本书是国家社科基金西部项目
“《文心雕龙》‘依经立义’研究”（16xzw001）结项成果，
受昆明学院国家一流专业“汉语言文学”专业建设经费资助。

《文心雕龙》“依经立义”研究

朱供罗 ◎ 著

中国社会科学出版社

图书在版编目(CIP)数据

《文心雕龙》"依经立义"研究/朱供罗著. —北京：中国社会科学出版社，2024. 3
ISBN 978 - 7 - 5227 - 2873 - 5

Ⅰ. ①文… Ⅱ. ①朱… Ⅲ. ①《文心雕龙》—古典文学研究
Ⅳ. ①I206. 2

中国国家版本馆 CIP 数据核字(2023)第 246702 号

出 版 人 赵剑英
责任编辑 郭晓鸿
特约编辑 杜若佳
责任校对 师敏革
责任印制 戴 宽

出 版 中国社会科学出版社
社 址 北京鼓楼西大街甲 158 号
邮 编 100720
网 址 http://www. csspw. cn
发 行 部 010 - 84083685
门 市 部 010 - 84029450
经 销 新华书店及其他书店

印 刷 北京明恒达印务有限公司
装 订 廊坊市广阳区广增装订厂
版 次 2024 年 3 月第 1 版
印 次 2024 年 3 月第 1 次印刷

开 本 710 × 1000 1/16
印 张 29. 5
插 页 2
字 数 473 千字
定 价 169. 00 元

凡购买中国社会科学出版社图书，如有质量问题请与本社营销中心联系调换
电话：010 - 84083683

目录

引　论

2016年6月，笔者在博士学位论文的基础上以《〈文心雕龙〉“依经立义”研究》为题申报国家社科基金，很幸运获批西部项目。关于本课题的研究，有必要先介绍一些基本情况。

一　选题缘起

笔者于2010年考入云南大学攻读文艺学博士，师从张国庆教授研究古代文学理论。由于导师的影响和本人对《文心雕龙》的爱好，笔者想围绕《文心雕龙》展开博士学位论文的研究，但围绕论文的选题，却经历了长达三年的摸索才最终确定为《“依经立义”与〈文心雕龙〉的理论建构》。论文写作过程中，笔者先从《文心雕龙》征引儒经的角度对相关材料进行详细梳理，在此基础上探讨“依经立义”思维方式对《文心雕龙》的影响，然后再深入分析“依经立义”影响《文心雕龙》理论体系的具体情形。论文将《文心雕龙》的理论体系分为两个层次：核心文论、一般文论。2015年9月，笔者进行博士学位论文预答辩，当时将《文心雕龙》中“依经而立的儒家伦理思想”单独作为一章。答辩的专家对此提出质疑，认为《文心雕龙》的伦理思想似乎不能纳入“理论体系”之中，建议删除。国庆师也认为，学位论文不是研究整体的《文心雕龙》“依经立义”，删去较好；如果研究整体的“依立”情况，就可以放进来了。预答辩中的这一个建议，让我第一次有了对《文心雕龙》整体依立情况进行研究的意识。

预答辩后，笔者根据专家们的意见，调整章节，补充材料，修改润色。2015 年 11 月，笔者进行博士学位论文正式答辩。答辩老师给予了较多肯定，认为选题有意义，章节较合理，论述较深入，基本实现写作目的，但也提出了一些建议，其中就包括对“理论建构的深度与广度”要再加强。国庆师勉励我，要把“依经立义”的情形再作精细把握与深入分析，要让别人说起《文心雕龙》的“依经立义”，就不能跳过我的研究，这样才不致浪费一个好题目。国庆师的话，让我第二次有了对《文心雕龙》“依经立义”整体状况进行研究的愿望。

2016 年 1 月 22 日，笔者提交了国家社科基金课题的纸质申报稿。我申报的课题就是《〈文心雕龙〉“依经立义”研究》。这是笔者将博士学位论文答辩过程中导师与专家的指导与自己的体会付诸实践的一次尝试。非常幸运的是，2016 年 6 月，我的项目立项为国家社科基金西部项目。

这是《〈文心雕龙〉“依经立义”研究》选题逐步确立的过程。如果从学理角度与学术价值来看，本选题有如下考虑。

（一）“龙学”是显学

刘勰的《文心雕龙》初成，虽受沈约看重，“常陈诸几案”，但“未为时流所称”[①]，此种状况在隋以后大为改观，唐宋文人不乏称引著录，明代《文心雕龙》研究真正兴起，出现许多新的版本，序跋品评较多，清代的《文心雕龙》研究注意力转向考证、征引和系统校注。民国时期的《文心雕龙》研究进入新阶段，可以说是“龙学”形成的准备期。新时期以来，“龙学”在中国大陆蓬勃发展。此外，“龙学”在中国港澳台及海外也有许多成果。

“龙学”有专门的学会（《文心雕龙》学会，国家一级学会），也有专门的刊物《文心雕龙学刊》，学会每两年举行一次年会，不定期召开专题会议。龙学界名家辈出，如黄侃、范文澜、杨明照、刘永济、詹锳、祖保泉、周振甫、牟世金、张少康、王元化、王运熙、张文勋等，龙学专著与论文更是数不胜数。可以说，“龙学”成了一门实实

① （唐）姚思廉撰：《梁书·刘勰传》，中华书局 1973 年版，第 712 页。

在在的“显学”。

（二）“龙学”研究想要出新有难度

20年前，三万八千多字①的《文心雕龙》研究论著就已近四千万言，“‘龙学’方面的几乎每一块砖都被人敲过”②。面对此一情况，“龙学”要想创新，难度很大。李平先生提出四点建议：“首先，培养后续力量；其次，更新研究方法，寻找新的研究角度和切入点；第三，避免研究的低水平重复；第四，加强国际合作与交流。”③

（三）《文心雕龙》与传统文化的研究有待深入

尽管龙学取得了很大成绩，但是还有很多工作可做。李平认为：“首先，思想、理论方面一些有争议的问题还可以继续展开讨论，同时也可以开辟一些新的研究方向，《文心雕龙》与传统文化的研究也可以深入下去。”④ 李平先生的话很有启发性。笔者阅读《文心雕龙》时，强烈感受到《文心雕龙》的理论体系建立在对传统文化的全面把握与深刻理解之上，其中儒家思想影响最为深刻。经过搜索，笔者发现“传统文化对《文心雕龙》之影响”的相关研究集中在《文心雕龙》思想基础的有关论争上。

不少学者认为《文心雕龙》的思想基础是儒家思想，如范文澜、王元化、杨明照等；饶宗颐、马宏山则认为刘勰的思想基础是佛家思想；周振甫以道家思想分析刘勰；李建中谓刘勰是“文师周孔、道法自然、术兼佛玄”⑤；等等。从总体来看，“由儒、道、释、玄各执一

---

① 学界流行的看法是《文心雕龙》全书约37000字，但实际上不计标点的话，《文心雕龙》全书有38400余字。

② 李平：《20世纪中国〈文心雕龙〉研究的回顾与反思》，《文艺理论与批评》1999年第5期。

③ 参见李平《20世纪中国〈文心雕龙〉研究的回顾与反思》，《文艺理论与批评》1999年第5期。

④ 李平：《20世纪中国〈文心雕龙〉研究的回顾与反思》，《文艺理论与批评》1999年第5期。按：李平发表此文时是1999年，当时还没有研究《文心雕龙》与传统文化的专著。2000年以后，研究《文心雕龙》与传统文化之关系的著作有：戚良德主编《儒学视野中的〈文心雕龙〉》（上海古籍出版社2014年版）；胡辉《刘勰诗经观研究》（云南大学出版社2015年版）；高林广《〈文心雕龙〉先秦两汉文学批评研究》（中华书局2016年版）；朱供罗《“依经立义”与〈文心雕龙〉的理论建构》（云南人民出版社2019年版）；等等。

⑤ 董玲：《也谈百年“龙学”亟需再反思》，《湖北第二师范学院学报》2012年第6期。

端到以儒为主诸家并存，……基本成为'龙学'界的共识，只是对各家思想在书中所占的比重看法仍然不一"[①]。

（四）"以儒为主"的思想影响具体情形如何，需要准确把握

"以儒为主诸家并存"，虽然是学界共识，但儒家思想到底对《文心雕龙》的影响深到何种层次？对其理论建构的影响具体是何情形？是否存在理论建构之外的影响？这些问题的解决，需要明细的材料支撑，也需要精确的思想比对。

（五）"依经立义"为龙学提供了新的、特定的切入角度

学界对于"依经立义"的有关研究很值得关注。如童真的《阐释学与中国依经立义的意义生成方式》(2004)；曹顺庆、王庆的《中国传统学术生成的奥秘："依经立义"》(2012)；郭明浩、万燚的《"述而不作"与中国阐释学建构》(2012)；等等。这些论文对"依经立义"的内涵、作用、演变进行了整体研究，为本课题的写作提供了理论基础和切入角度。

（六）研究《文心雕龙》的"依经立义"具有明显的学术价值

1. 全面揭示《文心雕龙》一书"依经立义"的整体状况，进而全面揭示出《文心雕龙》与儒家经典的总体关系，这是《文心雕龙》研究中不可或缺的重要内容，但"龙学"界目前还没有完成此项工作。

2. 从"依经立义"的角度可以翔实准确地证明儒家思想在《文心雕龙》思想体系中的基础性地位，从而对主张道家思想、佛家思想等在《文心雕龙》思想体系中占主体地位的学者做出扎实的学术反应。

3. "依经立义"作为一种意义生成方式、理论建构方式，有其积极影响，也存在一些消极效果，从"依经立义"的角度考察可以对《文心雕龙》中的一些优点与不足进行深入说明。

4. 从"依经立义"的角度研究《文心雕龙》，既是对"《文心雕龙》与传统文化"的深入探究，也能更深入理解中国古代文论的典型建构方式，并为中国现代文论的建构带来有益启发。

---

① 李平：《〈文心雕龙〉研究史论》，黄山书社2009年版，第16页。

二　术语简释

（一）经

本课题所论之“经”[①]，大体指刘勰之前的儒家经典及权威注疏，包括《诗》《书》《礼》《易》《春秋》，《论语》《孝经》（此两书与前面“五经”在汉代曾合称“七经”[②]）。将《论语》列为经典，还有一个理由：《论说》篇说“《论语》以前，经无‘论’字”，可见，刘勰本人也将《论语》视为经书之一。此外，虽然《孟子》正式列入经典时是北宋，但孟子受业于子思子门人，继承孔子学说又有发扬，故也将《孟子》视为“经”。除了原典，也包括相应的注疏：如《毛诗序》（汉）郑玄笺，《尚书》（汉）孔安国传，“三礼”郑玄注，《周易》王弼注，《左传》（晋）杜预注，《公羊传》（汉）何休注，《穀梁传》范宁注，《论语》何晏注，《孟子》赵岐注，等等。

（二）“依经立义”

“依经”，即依托儒家经义，也可以是依据与经典有关的典故。“立义”，即确立意义或建立理论主张，其意旨可能与儒家经义相一致（偏重“因”），也可能与儒家经典不一致（偏重“革”）。“立义”不是儒家语义的简单呈现，“谊（义）者，宜也，裁制事物，使合宜也”[③]，“立义”一方面是立则，即确立符合儒家经义的规范、规则。

---

① 程苏东认为，“经目”是历代中央政府对官学中所尊“经书”及其解释体系的限定，具有学理性、稳定性和制度性，而具有民间私议色彩的一般性的经书合称则具有偶然性、随意性和个人性。“五经”“六经”“九经”“十三经”是官方确立的“经目”，而“七经”“开成十二经”“石室十三经”等是一般性的经书合称。区分“经目”与一般性的经书合称之间的本质区别，对于经学史研究十分重要。参见程苏东《从六艺到十三经：以经目演变为中心》，北京大学出版社2018年版，第5—6页。本书并不细究两种经目之间的区别，旨在强调儒家经典是一个整体性的概念，其对人们的“依经立义”有深刻影响。

② 汉代提倡“孝治”，宣传宗法封建思想，贵族子弟先授《论语》《孝经》，连同《诗》《书》《礼》《易》《春秋》五经，合称“七经”。参见金炳华等编《哲学大辞典（修订本）》，上海辞书出版社2001年版，第1111页。

③ （东汉）刘熙撰，（清）毕沅疏证，（清）王先谦补，祝敏彻、孙玉文点校：《释名疏证补》，中华书局2008年版，第119页。

具体到《文心雕龙》的"立义"，则既有文学方面的理论建树，又有写作方面的具体规范；另一方面即建立意义。前者是特殊的意义，后者是普通的意义。

"依经立义"有广、狭二义。狭义的"依经立义"指"在经学系统中所产生的，以儒家经典为阐发对象的意义生成与言说方式"；广义的"依经立义"主要指"以学界熟悉的典籍为依托，设立其先验合法性并由此生发自己观点的话语生产范式与意义生成方式"。[①] 本课题的"依经立义"介于广义与狭义之间，认为刘勰《文心雕龙》以儒家经典作为意义生长点，构建起体大思精的理论体系，但该理论体系并不属于儒家经学系统，而属于文章学理论领域；《文心雕龙》全书浓厚的儒家伦理精神也多属依经而立。从依据经典角度上，本课题的"依经立义"是狭义的；从建立义理角度看，本课题的"依经立义"是广义的。

（三）刘勰

《梁书》有《刘勰传》，但记载简略，其生卒年亦不详，以下简要叙述其生平。刘勰，字彦和，祖籍东莞莒县（今山东省莒县），但其家族在永嘉丧乱期间寄居京口（今属江苏镇江）。其祖父是南朝宋司空刘秀之的弟弟，其父亲刘尚曾担任"越骑校尉"之职，但在刘勰很小的时候就去世了。虽家道中落又早早成为孤儿，但刘勰一心向学。刘勰不愿婚娶，投靠定林寺的僧祐，并与之一起生活十余年，于是博通佛家经论。刘勰在定林寺期间干了两件大事，一是对佛经进行分类叙录；二是写了体大、思精、虑周的《文心雕龙》。书成之后，不被时流看重，刘勰就想办法找到了当时的文坛领袖沈约，沈约非常看重该作，认为深中文理，常常放在书案上。在沈约的推荐下，刘勰进入了官场。梁武帝天监初年，开始担任"奉朝请"，从此开启仕途。历任临川王萧宏记室、车骑仓曹参军、太末县令。因太末令任期"政有清绩"，任南康王萧绩（梁武帝萧衍第四子）记室，兼任东宫太子萧统的通事舍人。当时的宗庙（天子七庙）祭祀已受佛教不杀生的影响

① 曹顺庆、王庆：《中国传统学术生成的奥秘："依经立义"》，《中州学刊》2012 年第 5 期。

用蔬果做祭品，但南北二郊祭祀天地的仪式还是用牲畜做祭品，刘勰上疏认为祭祀天地应与祭祖庙一样改成蔬果。后建议被采纳，刘勰升为“步兵校尉”兼“东宫通事舍人”。昭明太子喜爱文学，非常喜欢与刘勰交往。后刘勰的恩师僧祐去世，刘勰受皇帝命回定林寺与慧震重新整理佛经，接替僧祐未竟之事业。其间，与刘勰关系亲密的昭明太子溺亡，太子的其他旧臣除刘杳外一律以新职调出，在定林寺撰经的刘勰什么新职也没有，则继续撰经。佛经整理完毕，刘勰请求出家，先削发明志。皇帝批准后刘勰即出家为僧，改名慧地。其后不到一年，刘勰就死了。

在文字方面，刘勰除了留下了《文心雕龙》一书，还留下了因维护佛教而与某道士相驳难的《灭惑论》一文。此外，因刘勰精通佛理，常为人撰写寺塔及名僧碑志，遗留的篇章还有《梁建安王造剡山石城寺石像碑铭》①。至于《刘子》一书是否为刘勰所撰，学界多有分歧，兹不论。

三　研究综述

与《文心雕龙》、“依经立义”有关的文献有三个方面。

（一）龙学研究

与本课题关系密切的龙学研究大体有六类。

一是校注释译类研究，如范文澜《文心雕龙注》，杨明照《文心雕龙校注》，刘永济《文心雕龙校释》，王利器《文心雕龙校证》，周振甫《文心雕龙注释》《文心雕龙今译》，詹锳《文心雕龙义证》，李曰刚《文心雕龙斠诠》，牟世金、陆侃如《文心雕龙译注》，祖保泉《文心雕龙解说》，张国庆、涂光社《〈文心雕龙〉集校、集释、直译》，等等。此类著述不仅有对《文心雕龙》字词义的考释，也有对《文心雕龙》的段落结构及理论内涵的精辟分析。

二是理论类研究，如王元化的《文心雕龙创作论》，张少康的

① 参见朱文民《刘勰志》，山东人民出版社 2010 年版，第 11—70 页。

《文心雕龙新探》，张文勋的《文心雕龙探秘》，易中天的《文心雕龙美学思想论稿》，等等。这些著作偏重于对《文心雕龙》的理论研究，有些著作关注专题性理论，有些则关注全书的理论。

三是索引类研究。如岗村繁的《文心雕龙索引》，朱迎平的《文心雕龙索引》，戚良德的《文心雕龙学分类索引》，等等。前两书主要索引《文心雕龙》语词，戚著则收录近百年《文心雕龙》研究目录，"既有利于按照论题查找各类文章，也可以通过分类展示龙学的基本面貌、历史进程、学科体系及其丰富内容"①。

四是《文心雕龙》学术史研究。如张文勋的《文心雕龙研究史》，李平的《〈文心雕龙〉研究史论》，张少康等的《文心雕龙研究史》，牟世金的《〈文心雕龙〉七十年概观》（上、中、下），等等。此类研究对了解龙学的发展状况大有裨益。

五是《文心雕龙》理论体系研究。按《文心雕龙学分类索引》可查得 69 篇文献②。这些研究包括对《文心雕龙》理论体系的描述与评价、定性分析、成因探讨等，为我们理解《文心雕龙》的理论体系提供了便利。

六是《文心雕龙》思想基础研究。"由儒、道、释、玄各执一端到以儒为主诸家并存"，"已基本成为'龙学'界的共识"③。本课题需要吸收《文心雕龙》思想基础的有关成果，开展《文心雕龙》"依经立义"的研究，也是对"儒家思想是《文心雕龙》主导思想"主张的扎实推进。

（二）经学与《文心雕龙》关系研究

此类成果可分为以下两类。一类单论某一部经书对《文心雕龙》的影响，如黄高宪的《试论〈易传〉对〈文心雕龙〉的影响》（2000）；张晓峰的《〈尚书〉经传对〈文心雕龙〉的影响》（2008）；石了英的《从〈诗〉学到诗学——刘勰〈诗经〉阐释与〈文心雕龙〉诗学理论》（2013）；高林广的《"立体"和"剬范"：〈文心雕龙〉

① 戚良德：《文心雕龙学分类索引》，上海古籍出版社 2005 年版，前言第 2 页。

② 统计时间是 1907—2005 年，其中中国大陆 65 篇，中国台湾 3 篇，国外 1 篇。

③ 李平：《〈文心雕龙〉研究史论》，黄山书社 2009 年版，第 16 页。

“三礼”批评的意义旨归》（2011）；张金梅的《刘勰“〈春秋〉笔法”论及其文论建构》（2011）；等等。另一类总论经学与《文心雕龙》的关系，如蔡宗阳的《刘勰文心雕龙与经学》（1989），袁芬的《文心雕龙引〈经〉书考》（2011），吴建民《经学与刘勰〈文心雕龙〉的文学思想》（2016）①。

整体看来，此类研究单论多而总论少，这也说明关于对刘勰依五经而立义的研究空间还很大。同时应该注意，经学对《文心雕龙》的影响，与“依经立义”对《文心雕龙》的影响一方面有重合之处，因为两者都涉及儒家经典对《文心雕龙》的影响；另一方面两者又有明显不同：经学是指关于儒家经典的学术，其中今文经学注重阐发“微言大义”，古文经学以经为本，注重对儒经的文字、音韵、训诂作精深研究；“依经立义”则是指依据儒家经义来确立义理，它是一种阐释方式、话语言说方式、意义表达方式、理论研究范式，从深层意义上说是一种思维方式。经学的重心在经，“依经立义”的重心却在依经所立之“义”，这“义”可能是“经”的“本义”，也可能是“经义”的“引申义”，或者是由“经义”衍生出来的全新的意义。同时应该注意，“依经立义”强调“经”与“义”之间的意义关联，这和“经学”单纯以经为本也是不一样的。

（三）“依经立义”研究

关于“依经立义”的研究，有60多篇文献，可分为四类。

1. 总论“依经立义”：如曹顺庆、王庆的《中国传统学术生成的奥秘：“依经立义”》（2012），郭明浩、万燚的《“述而不作”与中国阐释学建构》（2012），等等。此类论文视野宏阔，纵横捭阖，理论性强，为本课题提供了理论基础。

2. “依经立义”与其他言说方式比较研究：如傅勇林的《中印欧文化范型的确立及其意义与言说方式的历史形成》（1999）、童真《阐释学与中国依经立义的意义生成方式》（2004）。傅文将中印欧不同的言说方式进行对比，童真将西方阐释学与中国“依经立义”进行比

① 参见吴建民《经学与古代文论之建构》，南京大学出版社2016年版，第127—152页。

较，这样的比较视角，有利于我们对“依经立义”进行深入理解。

3. “依经立义”与古代文学（文论）研究。可细分为 4 种情况。(1) 诗经学研究，如毛宣国的《汉代〈诗经〉阐释的诗学研究》(2007)。(2)《楚辞》学研究，如刁生虎的《依经立义与主体证悟——汉代屈骚阐释的价值取向与解读方法》(2006)。(3) 作家批评，如高明峰的《论韩愈、李翱的经学成就》(2007)。(4) “龙学”研究，如刘绍瑾的《“依经立论”与“文的自觉”——论〈文心雕龙〉理论体系的杂糅与矛盾》(1992)、张金梅的《刘勰“〈春秋〉笔法”论及其文论建构》(2011) 等。这些论文大多是微观研究，刘绍瑾的文章属于宏观研究，但较少从材料方面举证①。本课题将尽量实现宏观与微观的结合。

4. “依经立义”与当代文艺学建设研究：如曹顺庆、王超的《论中国古代文论的中国化道路——对“中国文学批评”学科史的反思》(2008)，李建中、张金梅的《依经立义：作为中国文论研究方法的建构》(2009)，等等。此类研究的立足点在于古代学术传承的“依经立义”方式，其目的是探讨“依经立义”在当代文艺学建设的积极意义，对本课题也有启发意义。

总之，“龙学”研究虽然成果丰硕，但从“依经立义”的角度来研究《文心雕龙》仍是一个新颖的角度，相关论文仅有少数几篇，且基本都是微观研究、局部研究②，从整体上研究《文心雕龙》“依经立义”的著述目前除了笔者的博士学位论文外暂时还没有其他文章。另外，“依经立义”的内涵研究与应用研究也取得了不少成果，它们将

① 参见刘绍瑾《“依经立论”与“文的自觉”——论〈文心雕龙〉理论体系的杂糅与矛盾》，载饶芃子主编《文心雕龙研究荟萃》，上海书店 1992 年版，第 390—403 页。

② 刘绍瑾的《“依经立论”与“文的自觉”——论〈文心雕龙〉理论体系的杂糅与矛盾》虽为宏观研究，却限于篇幅没有充分展开，而且该文对刘勰的“依经立论”评价不高。该文认为，“依经立论”就是以儒家经典作为准则所进行的文学批评，这种“依经立论”在汉代达到极盛，它的直接后果，一是丧失了文学的独立地位，使文学成为经学的奴婢；二是忽视甚至无视文学的审美特征，把文学作为一种达到其道德目的、政治功用的工具。“文的自觉”除了表现为对文学形式的有意识强调，还体现在对文学抒情性的认识上。刘勰企图把“依经立论”的原则与“文的自觉”的观念进行调和，但刘勰对二者的调和是没有说服力的，更多是牵强附会的。

为本课题提供有益的参考。

四 思路与结构

研究思路：从“依经立义”的角度切入，在梳理“依经立义”内涵与发展的基础上简要介绍魏晋时期“依经立义”的学术背景、刘勰“依经立义”的原因以及“依经立义”的外在表征，再重点探析《文心雕龙》理论建构中的“依经立义”、伦理精神上的“依经立义”、篇目细节上的“依经立义”、思维模式上的“依经立义”，最后从影响效果角度上对“依经立义”予以检讨。

本书的结构安排如下。

第一章介绍“依经立义”的思想基础、内涵与演变。

第二章介绍《文心雕龙》“依经立义”的背景与原因。其中，魏晋南北朝文论“依经立义”的介绍，是关于刘勰生活时代学术风气的背景考察；关于《文心雕龙》“依经立义”具体原因的探讨，也是展开《文心雕龙》“依经立义”研究的必要准备。本章认为其原因涉及三个方面：历史的反思、现实的反拨、主体的志愿。

第三章统计《文心雕龙》征引五经的数据并归类，将“依经立义”分为“依经立体”“依经立论”“依经立则”“依经而思”四个层次，从而为下文探讨《文心雕龙》“依经立义”的具体情形打下基础。

第四章至第六章，研究《文心雕龙》理论体系上的“依经立义”。第四章通过分析《宗经》篇的理论要点——“文源五经”“宗经六义”的依立及其在全书中的呼应情况，指出《宗经》是《文心雕龙》“依经立义”的集中体现。第五、六章分别论述《文心雕龙》核心文论、一般文论中的“依经立义”。区分两者的标准为：如果文论观点涉及文学文章的基本问题，又是专章专论或多篇综论，则归为“核心文论”，否则归为“一般文论”。第五章包括七个论题：原道论、奇正观、体性论、风骨论、通变论、文质观（华实观）、和谐观。这些论题分别涉及文学本原、“奇”“正”关系、作家个性与文体风格、风格美学、文学通变、文质关系、篇章和谐等问题，理论地位非常重要。

第六章讨论《文心雕龙》一般文论对儒经的依立，包含“功利教化”“比兴美刺”“修辞立诚”“辞尚体要”“微辞婉晦”“立言不朽”六个方面。这些观点主要涉及文学功能与文学修辞两个方面，具有一定的理论地位。

第七章讨论《文心雕龙》伦理精神对儒经的依立，包含“本于明德”“彰善瘅恶”“维护纲伦”“敬慎不败”“博学穷理”五个方面。这五个方面的伦理精神涉及主体修养及文学的社会功用等问题。

第八章至第十一章，大体按照《文心雕龙》的篇次，对各篇的“依立”进行了查漏补缺式分析。其中，第八章“文原论”中的“依经立义”，主要讨论《征圣》《正纬》《辨骚》三篇。第九章“文体论”中的“依经立义”，按“《诗》部文体”“《礼》部文体”“《易》部文体”“《春秋》文体”“《书》部文体”五类，对《明诗》至《书记》二十篇中的“依经立义”进行探讨。第十章讨论“文术论”中的“依经立义”，基本创作理论方面讨论了《神思》《定势》两篇，创作技巧论方面分三节讨论了9篇，并且将《物色》篇列入技巧论。第十一章讨论“文评论”中的“依经立义”，涉及《时序》《才略》《知音》《程器》四篇。总的来说，第八章到第十一章所谈的内容与前文理论体系上的“依经立义”、伦理精神上的“依经立义”尽量避免重复，实现互补，从而体现全书的整体性。

第十二章讨论《文心雕龙》思维模式层面的“依经立义”，包括三种思维模式：“整体性思维”“折衷性思维”“溯源性思维”。第十三章从影响效果的角度审视“依经立义”对《文心雕龙》的积极效果与消极效果。

最后的余论交代了两个问题，一是对《序志》篇的“依经立义”作简略介绍；二是对刘勰依经而又兼采纬书、楚辞、子书、史书、文论的情况进行简要论述。

第一章 “依经立义”的内涵与渊源

建元五年（前136）春，汉武帝在汉文帝、汉景帝所置“一经博士”的基础上置“五经博士”①，“罢传记博士，独立五经”②，这是“经学正式确立的标志”③。“依经立义”的话语方式也随着五经的确立而正式形成。不过，“依经立义”的正式定名还要归功于刘勰。

西汉朝臣“以经义断事”已关注到“经义”的现实运用。东汉王逸《楚辞章句序》有“夫《离骚》之文，依托五经以立义焉”④，已出现“依经立义”的雏形。晋代的杜预在《春秋左传集解序》中提到“传或先经以始事，或后经以终义，或依经以辩理，或错经以合异，随义而发”⑤，注意到了“传义”与“经义”之间的关系，“依经以辩理”与“依经立义”非常相似。到了南朝齐梁时期，刘勰将王逸“夫《离骚》之文，依托五经以立义焉”的观点提炼为“《离骚》之文，依经立义”。至此，“依经立义”这一重要的命题正式由刘勰提炼定名。

当然，“依经立义”作为一种重要的文化现象，有其深厚的思想基

---

① （汉）班固著，颜师古注释：《汉书》，中华书局1962年版，第159页。

② （汉）赵岐撰，（宋）孙奭疏：《十三经注疏·孟子注疏·题辞解》，上海古籍出版社1997年版，第2663页。

③ 严正：《汉代经学的确立与演变》，载姜广辉主编《中国经学思想史》卷2第24章，中国社会科学出版社2003年版，第7页。

④ 郭绍虞主编：《中国历代文论选》第1册，上海古籍出版社2001年版，第150页。

⑤ （晋）杜预注，（唐）孔颖达等正义：《十三经注疏·春秋左传正义》，上海古籍出版社1997年版，第1705页。

础，如先秦以来就广泛存在的圣人崇拜、经典崇拜、语言崇拜等。"依经立义"有着丰富的内涵，其演变经历了纵向的延续与横向的延展。

第一节 "依经立义"的思想基础

"依经立义"在刘勰之前就已经广泛而深入地存在于古代的历史文化与社会心理之中，它具有深厚的思想文化基础，比如圣人崇拜、经典崇拜、语言崇拜等①。

一 圣人崇拜

儒家极力尊崇古圣先王，如尧、舜、禹、汤、文、武、周公、孔子等。"畏圣人之言"（《论语》）、"是非以圣人为师"（《荀子》②）、"圣人以神道设教而天下服"（《周易》）等话语，体现了古人的"圣人崇拜"思想。"圣人崇拜"尤其与孔子密切相关。因孔子是六经的整理者，六经都经孔子整理，体现着圣人心迹。经典流传下来，人们的圣人崇拜也就衍化为"经典崇拜"。

二 经典崇拜

五经确立虽在汉代，但此前已有经典意识。"经"之取义有二，一是《说文解字》"经，织从丝也"③，二是刘熙《释名·释典艺》"经，径也，常典也，如径路无所不通，可常用也"④。织布之时，先固定纵丝（经线），将其按奇偶分成上、下两层，再用梭子牵引纬丝

---

① 参见朱供罗《论〈文心雕龙〉"依经立义"的思想基础》，《昆明学院学报》2015年第5期。

② 荀子虽是法家代表人物，但有着深厚的儒家思想。

③ （东汉）许慎撰，（清）段玉裁注：《说文解字注》，浙江古籍出版社2006年版，第644页。

④ （汉）刘熙撰，（清）毕沅疏证，（清）王先谦补，祝敏彻、孙玉文点校：《释名疏证补》，中华书局2008年版，第227页。

在上、下纵丝间反复穿插，再用打纬刀压紧纬线。“先经而后纬”，是织布的基本流程。把“经”解释为“径”，意为道路、方法，音注兼义注，“常典”指“经”是稳定的法则、制度，“可常用也”，既可指适用范围广，也可指适用时间长。两种解释都表明“经”地位重要、价值巨大。

春秋以前，周天子及各诸侯国“顺先王诗书礼乐以造士，春秋教以礼乐，冬夏教以诗书”[①]，《诗》《书》《礼》《乐》常用于培养贵族子弟；孔子之后，《诗》《书》《礼》《乐》《易》《春秋》（“六经”）成为儒者研习之书。

春秋战国百家争鸣，“各学派标榜自家宗旨，称自家所习之文献为‘经’，以竞压别家文献”[②]。比如，道家有《道德经》，墨家有《墨经》，法家有《法经》[③]，等等。“经”名之立，应始于诸子纷纷著书立说之时。所谓“经”者，相对于一般书籍而言，意谓最重要之书。[④]

“典”指标准、法则。这种意识在五经中就有了。“《诗》在缀以‘经’名之前已有了典的地位。这是由于在《诗》中有先祖的仪型，圣王的灵光，民族的历史，人生的启示和思想的积淀。”[⑤]《尚书·说命下》有言：“学于古训乃有获。事不师古，以克永世，匪说攸闻。……监于先王成宪，其永无愆。”[⑥] 所谓“古训”“先王成宪”是指古圣先王的规范和训诫。《尚书·五子之歌》有言：“明明我祖，万邦之君，有典有则，贻厥子孙”[⑦]，表明彼时的皇族子孙非常重视祖宗遗留下来的“典”“则”；《五子之歌》又言“皇祖有训：‘民可近，不可下。民惟

① （汉）郑玄注，（唐）孔颖达等正义：《十三经注疏·礼记正义》，上海古籍出版社 1997 年版，第 1342 页。

② 姜广辉主编：《中国经学思想史》第 1 卷，中国社会科学出版社 2003 年版，第 29 页。

③ 战国时期李悝所作，已失传。

④ 姜广辉主编：《中国经学思想史》第 1 卷，中国社会科学出版社 2003 年版，第 29 页。

⑤ 姜广辉主编：《中国经学思想史》第 1 卷，中国社会科学出版社 2003 年版，第 448 页。

⑥ （汉）孔安国传，（唐）孔颖达等正义：《十三经注疏·尚书正义》，上海古籍出版社 1997 年版，第 175 页。

⑦ （汉）孔安国传，（唐）孔颖达等正义：《十三经注疏·尚书正义》，上海古籍出版社 1997 年版，第 157 页。

邦本，本固邦宁’”[①]，具体记载了“训典”的内容：“以民为本。”这些都说明《尚书》中有了“典”的意识。

三 语言崇拜

《诗经·大雅·抑》有言：“白圭之玷，尚可磨也；斯言之玷，不可为也”[②]，表明春秋时期人们就有了“不能在语言上出现瑕疵”的自觉意识。孔子主张的“言之无文，行而不远”[③]也表明语言须有文采才能流布久远。

此外，由于朝聘往来的外交需要，众多使臣往返于周王朝与诸侯、诸侯与诸侯之间，这也为能言善辩之士提供了展示才能的机会。“烛武行而纾郑，端木出而存鲁”，体现了“一人之辩，重于九鼎之宝；三寸之舌，强于百万之师”的巨大影响。辩士横行，无疑会强化人们的语言崇拜。

《左传·襄公二十四年》：“大上有立德，其次有立功，其次有立言，虽久不废，此之谓不朽。”[④]通过立言，个体可以实现生命不朽。这是语言崇拜的至高点。

总之，“圣人崇拜”“经典崇拜”“语言崇拜”的相互结合，构成了“依经立义”的思想基础。

第二节 “依经立义”的内涵

曹顺庆、王庆认为：中国古代文论固有两个话语规则，一是以

① （汉）孔安国传，（唐）孔颖达等正义：《十三经注疏·尚书正义》，上海古籍出版社1997年版，第156页。

② （汉）郑玄笺，（唐）孔颖达等正义：《十三经注疏·毛诗正义》，上海古籍出版社1997年版，第555页。

③ （晋）杜预注，（唐）孔颖达等正义：《十三经注疏·春秋左传正义》，上海古籍出版社1997年版，第1985页。

④ （晋）杜预注，（唐）孔颖达等正义：《十三经注疏·春秋左传正义》，上海古籍出版社1997年版，第1979页。

“道”为核心的意义生成与话语言说方式①；二是儒家“依经立义”的意义建构方式和“解经”话语模式②，并且“依经立义”是中国传统学术生成的奥秘所在③。此论虽稍显绝对，但把“依经立义”在传统学术中起到的重要作用彰显出来了。

“依经立义”的内涵如何呢？笔者认为，可以从六个方面加以理解。

一 解经方式

“依经立义”作为一种解经方式，表现为经学家在解经过程中创造了序、传、注、疏、笺等一系列阐释文本。“传”（包括“序”）是对经的解说与转授，包括阐明经义、解释字句等。“注”即对经籍进行解说，使其意义著明。“注疏”常连言，但两者存在差别：“注”训字词，“疏”释文义，“疏”既解注又解原文，也称“正义”。“笺”是在原注简略不明的地方加以补充申发，或记下自己的不同看法④。与六艺有关的阐释文本还有“说”“记”“杂记”“微”“故”“解故”“故训”“章句”等。

从体例来看，经是一切阐释的起点，传、注、笺、疏、诂、章句等都是对于经典的阐释和发挥。经学阐释的一般原则是注不违经、疏不破注⑤。所以，以传、注、笺、疏为代表的注释体例表现了“依经立义”的操作方式。⑥

二 话语言说方式

假设有 A、B 两个人，A 说：“感冒了要多喝热水。”B 说：“医生说：‘感冒了要多喝热水。’”显然，A 是直接陈述，B 则是转述医生

① 此方式又包括“言不尽意”“无中生有”“立象尽意”“得意忘言”等规则。

② 曹顺庆、王庆：《中国文学理论的话语重建》，《文史哲》2008 年第 5 期。

③ 曹顺庆、王庆：《中国传统学术生成的奥秘：“依经立义”》，《中州学刊》2012 年第 5 期。

④ 许嘉璐主编：《传统语言学辞典》，河北教育出版社 1990 年版，第 189 页。

⑤ 姜广辉主编：《中国经学思想史》第 2 卷，中国社会科学出版社 2003 年版，第 12 页。

⑥ 需要说明的是，经学中的“注不违经，疏不破注”，与作为子学的先秦儒学相比，大大减少了创造活力。

（权威）的观点。通过借用权威，B 的观点显得更加可信，更具说服力，也更加无可置疑。

这是日常生活中常见的借助权威来增强说服力的情况，其实“依经立义”也是这样一种不直接说出自己的观点、意愿，而是通过引用权威经典来曲折表达观点的言说方式。大多数情况下，“依经立义”非常有效。因为把权威（包括经典、定论、有影响力的人等）搬出来之后，争论一般都会止息，众人一般都会认同。如果这时还要质疑，就不只是质疑言说者，更是在质疑言说者所引用的权威。所以，要想“冒天下之大不韪”挑战权威，最好的办法是“以子之矛攻子之盾”，同样引用权威的观点加以驳斥。如此，双方的论战仍在“依经立义”的话语方式下展开。

三　意义生成方式

在中国，孔子的言论、思想在后代被不断地注解、推演。它包含两条途径：其一，“我注六经”，即对经典进行阐释与解读；其二，“六经注我”，将自我的主体意识加于经典之上，赋予经典以新的意义。这两条途径都涉及主体对经典的解释与发挥，都是“依经立义”方式下的意义建构。这种解读模式与意义建构方式，“对中国数千年文化发展产生了极其重大而深远的影响”，甚至可以说，“对中国文化而言是真正奠基性的、决定性的”。①

四　理论建构方式

“依经立义”是一种意义生成方式，理论有特殊的“意义”，所以“依经立义”也可以是一种理论建构方式。比如，《原道》篇依《周易》“鼓天下之动者存乎辞”而建构起“辞之所以能鼓天下者，乃道之文也”。类似例子许多，详见后文。

① 曹顺庆：《中外比较文论史》，山东教育出版社 1998 年版，第 401 页。

五 学术研究方式

曹顺庆、王庆认为，中国古代经史子集的学术构架，以“依经立义”方式由内而外展开：经学以“十三经”为骨鲠，以注经、研经著作为肌肤，是所有学问的核心；史学为经学之延伸，子学为经学之羽翼，集部为经学之散发，构建起中国特色的学术体系。[①] 尽管此论稍显绝对，却说明了“依经立义”的学术研究范式盛极一时[②]。

就例证而言，将“依经立义”作为学术研究范式的例子很多。刘勰正是运用“依经立义”的学术研究范式来“原道”“征圣”“宗经”“正纬”“辨骚”，“依经立义”也是“文体论”“文术论”“文评论”的主要学术研究方式。详见后文。

六 思维方式

所谓思维方式，是人在思维时借助一定的思维方法、通过一定的步骤所实现的思维活动过程的结构形式，思维的立足点、思维的角度、思维的顺序是其三要素[③]。

“依经立义”具备此三要素。首先，“依经立义”以儒家经典为思维的起点，把儒家义理和典故当作意义的建构起点和意义生长点，具备“思维的立足点”。其次，主体依据儒家经典来建构意义，这就决定了主体的“思维角度”是儒家角度（也有可能是反儒家角度）。最后，“依经立义”依据经典而建构意义，主体的思维是定向的，从“经”至“义”，“经”是起点、“义”是目的，所以也具有“思维顺序”这一要素。

---

① 曹顺庆、王庆：《中国传统学术生成的奥秘：“依经立义”》，《中州学刊》2012 年第 5 期。

② 之所以说是“曾经盛极一时”，是因为五四之后，“我们引进西方的学科体系，建构起当今大学的基本形制。由于学术谱系被连根置换，‘依经立义’学术生成的脉络也被打断了”。参见曹顺庆、王庆《中国传统学术生成的奥秘：“依经立义”》，《中州学刊》2012 年第 5 期。

③ 吕智敏主编：《文艺学新概念辞典》，文化艺术出版社 1990 年版，第 333 页。

第三节 “依经立义”的演变

“依经立义”经历了纵向延续与横向延展两个向度的演变。

一 纵向延续

春秋时期，诸侯之间外交频繁，使臣往往“赋诗言志”，说明“依经立义”在春秋时期已经萌芽。

《左传·桓公六年》：齐侯欲以文姜妻郑大子忽。大子忽辞，人问其故，大子曰：“人各有耦，齐大，非吾耦也。《诗》云：‘自求多福。’在我而已，大国何为?”

“自求多福”，语出《诗经·大雅·文王》，意即求助自己比求助他人会得到更多的福佑。公子忽认为齐国强大郑国弱小，不能相配，他通过引用《诗经》成辞拒绝迎娶文姜，不想以政治联姻来获得大国的帮助。

类似例子不胜枚举，“赋《诗》言志”几乎成为当时王侯、卿相、谋士、使节必不可少的本领，能不能恰当巧妙地“赋诗言志”被看作外交使者“贤”或“不肖”，以及其所代表的诸侯国文明程度是否先进的重要标志。《左传》中引《诗》、论《诗》凡230余处，不啻一部春秋时人妙用《诗》句的要典[①]。

当然，先秦文献中，除了引《诗》，也引《书》《易》。如《左传》《国语》引用筮例共有22处之多，其中有11处明确指出来源于《周易》[②]。据清代顾栋高统计，《左传》引《书》据义22处[③]。另据刘起

① 张海晏：《“诗云”时代：先秦诗学》，载姜广辉主编《中国经学思想史》第1卷，中国社会科学出版社2003年版，第459页。

② 邢文：《〈左传〉〈国语〉筮例的再认识》，载姜广辉主编《中国经学思想史》第1卷，中国社会科学出版社2003年版，第403页。

③ （清）顾栋高辑，吴树平、李解民点校：《春秋大事表》，中华书局1993年版，第2565页。

釪《尚书学史》考证，《左传》引《书》共86次[①]。可见，在春秋战国时期，引用《诗》《书》《易》就已经成为一种习见的文化现象。

汉代确立五经后，“依经立义”更为普遍。如果说先秦的“依经立义”还停留在外交场合的语言层面、表意层面，那么汉代的“依经立义”则主要用于政事实践层面。

汉代经学家通经致用，“（平当）以《禹贡》治河，（夏侯胜）以《洪范》察变，（董仲舒）以《春秋》决狱，（王式）以三百五篇当谏书，治一经得一经之益也”[②]。此外，隽不疑“以经义断事”[③]果断处决假冒卫太子一事，影响深远。

始元五年（前82），有人拜见皇帝，自称卫太子。皇帝令文武高官共同辨察，长安吏民几万人聚集围观。右将军在皇宫周围备下军队，以防万一。文武百官都不敢发声。京兆尹隽不疑后到，马上命令士兵将此人捉住。有人说真假难辨不要轻举妄动，但隽不疑认为不必担忧所谓的卫太子。以前的卫国太子蒯聩因谋害南子而违命出逃，后来他的儿子卫出公蒯辄拒不接纳他这个父亲，《春秋》对此持肯定态度[④]。现在的这个人（就算是真的卫太子刘据），得罪了先帝，也是

① 刘起釪：《尚书学史（订补修订版）》，中华书局2017年版，第49页。

② （清）皮锡瑞著，周予同注释：《经学历史》，中华书局1959年版，第90页。

③ 赵翼《廿二史札记》曾有一条“汉时以经义断事”的笔记，记有包括隽不疑处理假太子在内的八个事例。详见（清）赵翼著，王树民校证《廿二史札记校证》，中华书局1984年版，第43页。

④ 关于蒯聩出奔其子不纳，《春秋》是何态度，有不同观点。一种观点认为，《春秋》并不认可蒯辄拒父入卫的行为。程颐曰：“隽不疑说《春秋》，非是。然其处事应机则不异于古人矣。”胡寅曰：“蒯聩，卫灵公世子也。出奔于宋，灵公未尝命废之而更立它子也。灵公卒，蒯聩之子辄遂自立，拒蒯聩亦未尝有灵公之命也。蒯聩欲杀南子，又忘父丧，当黜何疑？然辄拒之则失人子之道。故《春秋》于‘赵鞅纳蒯聩’，书曰‘世子’，明其位之未绝也；于‘石曼姑围戚’书‘齐国夏为首’，恶其党辄也。然则谓《春秋》是辄者，考实未详而处义未精矣。”（上引两人言语见于王祎《大事记续编》卷一）。另一种观点则认为，《春秋》认可蒯辄拒父一事。首先是因为蒯聩有“无义”“不孝”之行。按《春秋公羊传注疏·定公十四年》，“卫世子蒯聩出奔宋”经文下有何休解诂：“子虽见逐，无去父之义。”（唐）徐彦疏曰：“今主书此经者，一则讥卫侯之无恩，一则甚大子之不孝。”其次蒯辄拒父合乎“重本尊统”之义。在《哀公三年》“石曼姑围戚”经文下有公羊寿传语：“曼姑受命乎灵公而立辄。以曼姑之义，为固可以距之也……然则辄之义可以立乎？曰可。其可奈何？不以父命辞王父命也，以王父命辞父命，是父之行乎子也。不以家事辞王事，以王事辞家事，是上之行乎下也。”何休解诂曰：“是灵（转下页）

罪人，应该治罪[①]。隽不疑果断处理假冒卫太子[②]一事，获得皇上赞赏，百官钦佩。后来，假冒卫太子的身份被查明：他叫成方遂，以卜筮为业。卫太子刘据门客曾问卜于他，称其与卫太子形貌酷似。成方遂因此假冒卫太子以求富贵，被隽不疑当机立断抓捕下狱，查明身份后以"诬罔不道"之罪被腰斩。汉昭帝[③]与霍光进而得出结论：公卿大臣，应当用经术明晓大义（"公卿大臣当用经术明于大谊"）。

此类"以经义断事""经以致用"的案例，受到皇帝、大臣的称赞，为人们学习效仿，强化了人们用经典指导言行、通经致用的意识，从而使"依经立义"逐渐内化为群体性的思维方式。

汉末，大儒郑玄"著书浩富，弟子众多，故汉魏之间盛行郑氏一家之学"[④]。魏晋玄学兴盛，但儒学仍然占据重要地位。王肃的"《尚书》、《诗经》、《论语》、三《礼》、《左传》等经传著述，皆为当时所崇尚"[⑤]；而杜预《春秋左传集解》，也彰显了儒学的影响。南朝（宋、齐、梁、陈）时期，玄学进一步发展，佛教般若学为玄学推波助澜，但汉学的方法和成果也得到一定的继承，皇侃《礼记义疏》《论语义疏》即产生于此一时期[⑥]。

（接上页）公命行乎蒯聩，重本尊统之义。"最后，从蒯聩后来阴谋入卫夺权，蒯辄出奔，《春秋》不书可以见出。"诸侯之礼，礼当死位，若出奔者，皆书而责之。今不书者，正欲不责辄之拒父故也。"（按：此（唐）徐彦疏语，见于《春秋公羊传注疏·哀公二年》，但所言"不书辄之出奔"并不确切。《公羊》《穀梁》二传不书，恐怕是此两传所记止于鲁哀公十四年春"获麟"，"辄之出奔"在其后，所以不书；而《春秋左传正义·哀公十六年》经文书曰："卫世子蒯聩自戚入于卫。卫侯辄来奔。"）

① 不疑曰："诸君何患于卫太子！昔蒯聩违命出奔，辄距而不纳，《春秋》是之。卫太子得罪先帝，亡不即死，今来自诣，此罪人也。"参见（汉）班固著，颜师古注释《汉书》，中华书局1962年版，第3037页。

② 卫太子刘据，是汉武帝与卫子夫之子，被立为皇太子。后在巫蛊之祸中被江充、韩说等诬陷，起兵诛杀江充。汉武帝误信谎情镇压刘据，刘据兵败自杀。后冤案平反，汉武帝建思子宫、归来望思之台以表哀思。

③ 汉昭帝刘弗陵，是刘据的异母弟。

④ 刘师培：《刘申叔遗书》，（凤凰出版传媒集团·凤凰出版社）1997年版，第487页下栏。

⑤ 姜广辉主编：《中国经学思想史》第2卷，中国社会科学出版社2003年版，第630页。

⑥ 姜广辉主编：《中国经学思想史》第2卷，中国社会科学出版社2003年版，第701—702页。

北朝方面，崇儒之风较南朝浓厚。一方面，北朝统治者注重以经术取士。“在上者既知以此取士，士亦争务于此以应上之求，故北朝经学较南朝稍盛。”① 另一方面，北朝统治者莫不以尊儒兴学为急务，推行儒家教化，无论中央官学（太学），还是州郡县学，抑或是私学，都以经学（重视蔡邕所刻石经②）为重③。

隋代至清末，朝廷以科举取士，科举考题直接来自“四书五经”，熟读儒家经典也就成为士人的利禄之阶。官方规定的经目也不断扩大：唐初以《易》《书》《诗》《周礼》《仪礼》《礼记》《左氏传》《公羊传》《穀梁传》合称“九经”；太和、开成年间刻石国子学，又增《论语》《孝经》《尔雅》，合为“十二经”④；北宋，《孟子》正式由子书升为经书⑤，遂有“十三经”之称。南宋，朱熹作《四书章句集注》⑥，此书长期成为科举考试的入门书，对后代影响极大。在这样的情况下，“依经立义”势必成为广大读书人乃至全体社会主导性的话语模式。

二 横向延展

最初，“依经立义”只限于经学的范围；后来，“依经立义”的范

---

① （清）赵翼著，王树民校证：《廿二史札记校证》，中华书局 1984 年版，第 314 页。

② 从汉灵帝熹平四年（175）开始，至光和六年（183）完成。共刻了七部儒经，有《周易》《鲁诗》《尚书》《春秋》《公羊传》《仪礼》《论语》。由蔡邕用隶书一体写成，故又称“一体石经”。共刻四十六石，立于洛阳太学门前，为最早的儒经官定本。

③ 陈朝晖：《北朝儒学教育及其影响》，《齐鲁学刊》1991 年第 6 期。

④ 虞云国主编：《宋代文化史大辞典》上册，汉语大辞典出版社 2006 年版，第 5 页。注：程苏东（《从六艺到十三经：以经目演变为中心》，北京大学出版社 2018 年版，第 4 页）认为，从唐初至北宋初期，经学史始终处于“九经”的时代，所谓经目从“九经”发展到“十二经”的说法与史实并不相符。所谓的“十二经”只是宋人的一种俗称而已，并非具有学理性色彩的“经目”。本书认可程说，但认为“十二经”的观念体现了人们对儒家经典的重视。

⑤ 虞云国主编：《宋代文化史大辞典》上册，汉语大辞典出版社 2006 年版，第 5 页。

⑥ 朱熹编四书的顺序为：《大学》《论语》《孟子》《中庸》，后人因为《大学》《中庸》的篇幅较短，为了刻写出版的方便，而把《中庸》提到《论语》之前，成了现在通行的《大学》《中庸》《论语》《孟子》的顺序。

围逐渐向其他领域延展。"经学"的基础是"小学"，其具体内容包括文字、音韵、训诂。就"训诂"的"诂"而言，即"以今言解释古言"①，则古言有似于"经"，"今言"有似于"义"，"以今言解释古言"，则有似于依"经"立"义"。

"依经立义"还延展进入了史学。马一浮以《史记》和《资治通鉴》为例，论证史书的编撰以"经学"为模板，"史学之名，可不立也"。其论断虽不免绝对，却表明了史书"依经立义"的总体面貌②。

"依经立义"也延展进了子学。《汉书·艺文志》论诸子："合其要归，亦《六经》之支与流裔。"③ 诸子被认为是六经的流变与补充。

集部中"依经立义"的文字也很多。比如其"诗文评"所收钟嵘《诗品》，即有不少"依经立义"的内容，见以下论述——《〈文心雕龙〉"依经立义"的文论背景》。

"依经立义"甚至延展进入了四部之外的蒙学。《三字经》《千字文》宣扬儒家思想的内容很多，孩童在童蒙阶段就接受了"依经立义"的熏陶。

可见，"依经立义"的延展范围十分广阔。不过，随着近代以来的西学东渐、科举考试的废除、新文化运动的兴起，狭义的强势话语模式的"依经立义"已不复存在。但是，广义的"依经立义"还存在于人们的意识深处。它不再频繁地呈现为"子曰""诗云"，形式不再那么鲜明，而是更内隐、更宽泛地存在于人们的潜意识中，以至于我们运用了"依经立义"还没有觉察。比如人们在论辩时总喜欢引经据

---

① 徐复等编：《古汉语大词典》，上海辞书出版社1998年版，第450页。

② 马一浮说："司马迁作《史记》，自附于《春秋》，《班志》因之。纪传虽由史公所创，实兼用编年之法。多录诏令、奏议，则亦《尚书》之遗意。诸志特详典制，则出于《礼》。……史学巨制，莫如《通典》《通志》《通考》，世称三通，然当并《通鉴》计之为四通。编年记事出于《春秋》，多存论议出于《尚书》。记典制者出于《礼》。……知此则知诸史悉统于《书》《礼》《春秋》，而史学之名，可不立也。"参见马一浮《论六艺该摄一切学术》，载胡晓明、傅杰主编《释中国》卷2，上海文艺出版社1998年版，第896页。

③（汉）班固著，颜师古注释：《汉书》，中华书局1962年版，第1746页。按：刘勰也说："诸子者，入道见志之书"，"繁辞虽积，而本体易总，述道言治，枝条五经。其纯粹者入矩，踳驳者出规。"

典，这其实就是不自觉的“依经立义”。如此，我们可以说，“依经立义”在纵向的延续上已经走向终结，而在横向的延展上，“依经立义”仍然广泛存在于我们的文化基因当中①。

① 朱供罗：《“依经立义”的内涵及其演变——论一种影响深远的文化现象》，《文化中国（加拿大）》2016 年第 2 期。

第二章 《文心雕龙》“依经立义”的背景与原因

本章首先概要介绍魏晋南北朝时期文论家“依经立义”的大体背景，此后再探讨刘勰“依经立义”的具体原因。

第一节 《文心雕龙》“依经立义”的文论背景

本节主要探讨曹丕、陆机、挚虞、沈约、萧统、钟嵘、颜之推等几位文论家“依经立义”的大体情形，以见出“依经立义”在刘勰生活的时代是一种普遍的文化现象[①]，这也是对《文心雕龙》“依经立义”的文论背景的考察。

一 三国魏曹丕《典论·论文》

曹丕的《典论·论文》提出了“文章不朽”的新观念。

> 盖文章，经国之伟业，不朽之盛事。……是以古之作者，寄身于翰墨，见意于篇籍，不假良史之辞，不托飞驰之势，而声名自传于后。[②]

---

① 朱供罗、郭林红：《魏晋南北朝文论“依经立义”概览》，《文艺评论》2016年第11期。

② 郭绍虞主编：《中国历代文论选》第1册，上海古籍出版社2001年版，第159页。

曹丕的“文章不朽论”与《左传》穆叔所云的“立言”不朽显然有联系，但有了新的内涵。《左传·襄公二十四年》范宣子问何谓“死而不朽”。穆叔（孙叔豹）说：

> 大上有立德，其次有立功，其次有立言，虽久不废，此之谓不朽。[①]

这就是有名的“三不朽”论。曹丕“文章不朽”论在此基础上有继承也有革新。一方面，“文章不朽”即是“立言不朽”，这与穆叔的思想相通。另一方面，曹丕不提“立德”“立功”，只提“文章（立言）”，这样就没有了“大上”“其次”“其次”等而下之的价值排序，而是直接标举“文章不朽”“文章无穷”，这是曹丕赋予“立言不朽”的时代新意。

曹丕“文章不朽论”还有另一层新意。《左传》所谓“言”主要是指“子书”，而曹丕所谓“文章”既包括“子书”类学术著作（“唯干著论，成一家言”），也包括辞赋类文学作品（“王粲长于辞赋”）。单靠辞赋作品即可不朽，此一观念是“依经”而立，但显然具有全新的内涵。

二 晋代陆机《文赋》

晋代陆机《文赋》以“赋”的形式论“文”，其中不乏“依经立义”之处。在谈到感物而起情时，陆机说：

> 遵四时以叹逝，瞻万物而思纷；悲落叶于劲秋，喜柔条于芳春[②]。

① （晋）杜预注，（唐）孔颖达等正义：《十三经注疏·春秋左传正义》，上海古籍出版社1997年版，第1979页。

② 郭绍虞主编：《中国历代文论选》第1册，上海古籍出版社2001年版，第170页。

这与《礼记·乐记》“人心之动，物使之然也。感于物而后动，故形于声”[①] 有依立关系。

陆机在总结文体规范时说：“虽区分之在兹，亦禁邪而制放。要辞达而理举，故无取乎冗长”[②]，这与《毛诗序》“发乎情，止乎礼义”[③]、《论语》“辞达而已矣”[④]、《尚书》“辞尚体要”[⑤] 也有依立关系。

三　晋代挚虞《文章流别论》

挚虞《文章流别论》已佚，从严可均《全晋文》辑录本来看，挚虞也多次运用“依经立义”的方法。挚虞说“赋者，敷陈之称，古诗之流也”，与《周礼·春官·大师》郑玄注“赋之言铺，直铺陈今之政教善恶”[⑥] 的思想相通；“古之作诗者，发乎情，止乎礼义”直接引用《毛诗序》；“四过”[⑦] 之赋“背大体而害政教”[⑧] 的观点，也和《毛诗序》强调诗歌的功利教化、《论语》“过犹不及”[⑨] 等思想相符。

四　南朝齐沈约《宋书·谢灵运传论》

齐代沈约在《宋书·谢灵运传论》也运用了“依经立义”的理论范式。比如，沈约首先认为人天然具有感情（“民禀天地之灵，含五常之德”），情志内动就会发为歌咏（“夫志动于中，则歌咏外发”），

---

① （汉）郑玄注，（唐）孔颖达等正义：《十三经注疏·礼记正义》，上海古籍出版社 1997 年版，第 1527 页。

② 郭绍虞主编：《中国历代文论选》第 1 册，上海古籍出版社 2001 年版，第 172 页。

③ 郭绍虞主编：《中国历代文论选》第 1 册，上海古籍出版社 2001 年版，第 63 页。

④ 程树德撰，程俊英、蒋见元点校：《论语集释》，中华书局 1990 年版，第 1127 页。

⑤ （汉）孔安国传，（唐）孔颖达等正义：《十三经注疏·尚书正义》，上海古籍出版社 1997 年版，第 245 页。

⑥ （汉）郑玄笺，（唐）贾公彦等疏：《十三经注疏·周礼注疏》，上海古籍出版社 1997 年版，第 796 页。

⑦ “夫假象过大，则与类相远，逸辞过壮，则与事相违，辩言过理，则与义相失，丽靡过美，则与情相悖。”

⑧ 郭绍虞主编：《中国历代文论选》（第一册），上海古籍出版社 2001 年版，第 191 页。

⑨ 杨伯峻译注：《论语译注》，中华书局 2006 年版，第 130 页。

此观点实依《毛诗序》"情动于中而形于言，言之不足故嗟叹之，嗟叹之不足故咏歌之"① 而立；然后，沈约以《诗经》"风诗"来例证"夫志动于中，则歌咏外发"，并在此基础上展开推理，认为虞夏以前人们也是"情动而咏"；因此，沈约推论文学的起源"宜自生民始也"②。可见，沈约的推论有"依经立义"之处。

五 南朝梁萧统《文选序》

昭明太子萧统编有《昭明文选》，其《文选序》对文章体制有如下论述：

> 诗者，盖志之所之也。情动于中而形于言……颂者所以游扬德业，褒赞成功……箴兴于补阙……美终则诔发，图像则赞兴③。

此段话中，萧统对"诗""颂"二体的看法基本上是依据《毛诗序》，其他文体的看法也与经典多有依立。如"箴兴于补阙"与《左传》载师旷之言"史为书，瞽为诗，工诵箴谏，大夫规诲"④ 有依立关系，"美终则诔发"依《礼记·曾子问》郑玄注而立义："诔，累也，累列生时行迹，读之以作谥。"⑤

六 南朝梁钟嵘《诗品》

梁代钟嵘《诗品》的物感说、"兴比赋"三义说、"流别论"，有着明显的"依经立义"色彩。

---

① 郭绍虞主编：《中国历代文论选》第1册，上海古籍出版社2001年版，第63页。

② （南朝梁）沈约：《宋书·谢灵运传》，中华书局1974年版，第1778页。

③ 郭绍虞主编：《中国古代文论选》第1册，上海古籍出版社2001年版，第329—330页。

④ （晋）杜预注，（唐）孔颖达等正义：《十三经注疏·春秋左传正义》，上海古籍出版社1997年版，第1958页。

⑤ （汉）郑玄注，（唐）孔颖达等正义：《十三经注疏·礼记正义》，上海古籍出版社1997年版，第1398页。

物感说与《礼记·乐记》“人心之动，物使之然也。感于物而后动，故形于声”、《毛诗序》“情动于中，而形于言”有依立关系。当然，钟嵘的“物感说”的“物”，除“春风春鸟、秋月秋蝉、夏云暑雨、冬月祁寒”之类自然景物外，还创造性地将“嘉会寄诗以亲，离群托诗以怨”以及“楚臣去境、汉妾辞宫、骨横朔野、魂逐飞蓬、负戈外戍、杀气雄边、塞客衣单、孀闺泪尽、解佩出朝、扬蛾入宠”等社会生活也引入了“物”的范畴，大大扩展了“物”的内涵。

“兴比赋”三义说，直接来源于《毛诗序》“诗六义”之“风赋比兴雅颂”，但钟嵘有着自己的理论建构。他将“赋比兴”的顺序调整为“兴比赋”并赋予“兴”“言已尽而意有余”[①]的新解，突出了文学的审美性，这是一个重大创见，就其建构方式而言，则是典型的“依经立义”。

“流别论”中，因钟嵘“态度鲜明地确认《诗》胜于《骚》”，所以对于骚派诗人除了属于上品的诸家以外，多有贬抑[②]。这也可看出钟嵘“依经立义”的立场。

七　北朝颜之推《颜氏家训·文章》

颜之推所生活的年代比刘勰略晚。他在《颜氏家训·文章》篇阐述文章起源：“夫文章者，原本五经：诏命策檄，生于《书》者也……书奏箴铭，生于《春秋》者也”，颜之推也将五经作为文体之源[③]，这是“依经立义”。他将文章分为“朝廷宪章，军旅誓诰”之类实用文章与“陶冶性灵，从容讽谏”之类审美文章，前一类文章才是文章正体，后一类文章是“行有余力，则可习之”[④]，此正依《论

---

① 郭绍虞主编：《中国古代文论选》第1册，上海古籍出版社2001年版，第309页。

② 蔡钟翔、黄保真、成复旺：《中国文学理论史》，北京出版社1987年版，第320页。

③ 颜之推的“文源五经”论与刘勰的“文源五经”论又有所不同：不仅五经的排序不同，各经对应的文体也有差异。

④ （南北朝）颜之推撰，王利器集解：《颜氏家训集解（增补本）》，中华书局1996年版，第237页。

语》“行有余力，则以学文”[1] 而立义。

以上就魏晋南北朝著名文论家的“依经立义”作了大体考察，可见“依经立义”普遍存在于文论建构当中，故刘勰的“依经立义”不是孤立的文化现象。不过也应该指出，魏晋南北朝文学自觉意识逐渐觉醒，有些文论观点如“事出于沉思，义归于翰藻”（萧统）[2]，“立身先须谨重，文章且须放荡”（萧纲）[3]，“吟咏风谣，流连哀思者，谓之文”（萧绎）[4]，等等，几乎不涉及“依经立义”的建构方式。

第二节 《文心雕龙》“依经立义”的具体原因

在探讨刘勰《文心雕龙》“依经立义”的具体原因之前，有必要探讨一下“依经立义”的一般原因，大体如下。

第一，与儒家经典本身的特殊地位有关：儒家经典立于学宫，具有崇高地位；儒家学说受统治者提倡，成为主流意识形态；历代选官制度（包括推举制、九品中正制，特别是科举制）使读经成为利禄之阶[5]。

第二，与儒学传承讲究“家学”“师法”以及广大儒士自觉推行儒教的担当精神有关。

第三，与话语的权威性、神圣性、认同感、共通性有关。“经”是官方主流意识，具有话语的权威性；“经书”由圣人整理，具有神圣性，不可违背，不可怀疑，必须遵守；儒经的权威性与神圣性[6]能获得人们的普遍认同；初起的“经”与后起的“义”之间有思想的古

① 杨伯峻译注：《论语译注》，中华书局2006年版，第5页。

② 郭绍虞主编：《中国古代文论选》第1册，上海古籍出版社2001年版，第330页。

③ （清）严可均辑：《全上古三代秦汉三国六朝文·全梁文》卷11《诫当阳公大心书》，商务印书馆1999年版，第113页。

④ 郭绍虞主编：《中国古代文论选》第1册，上海古籍出版社2001年版，第340页。

⑤ 朱供罗：《“依经立义”的内涵及其演变——论一种影响深远的文化现象》，《文化中国（加拿大）》2016年第2期。

⑥ 朱供罗、李笑频：《〈文心雕龙〉“依经立义”的原因及效果》，《语文学刊》2017年第5期。

今连通，从而引起不同时代人们的共鸣。

第四，与建言者的责任有关。“依经立义”的话语言说方式是根据古已有之的“经义”来建构话语、主张某种规范，或者建议在上位者做出某种决定，这样的“言”古已有之，不是“我”（建言者）的创造，“我”依经而“建言”，是否采纳取决于“你”（在上位者）。因此，“依经立义”在一定程度上可以减免建言者的责任。

除了以上一般性的原因，《文心雕龙》“依经立义”还有历史、现实、主体志愿三方面的具体原因。

一 历史的反思

刘勰在不少篇目中对历史进行了反思，认为应该“依经立义”。

在《宗经》篇里，刘勰认为，在修炼德行方面，人们都知道要师法圣人，但在文章方面却很少有人宗法经典，所以楚辞艳丽、汉赋侈华，这样的流弊一去不返，“正末归本”不是很好吗？“正末归本”即是要“依经立义”。

在《通变》篇里，刘勰对历史的反思更系统、更深入。他通过对十代九变的详细考察，“黄唐淳而质，虞夏质而辨，商周丽而雅，楚汉侈而艳，魏晋浅而绮，宋初讹而新”，概括其规律是“从质及讹，弥近弥澹”。刘勰将其原因归结为“竞今疏古”“近附而远疏”，因此有两个主张：第一，“矫讹翻浅，还宗经诰”；第二，在质文、雅俗之间实现“通变”。简单说即是以“宗经”为前提，实现“宗经”与“通变”的融合。

总体来看，刘勰的“宗经”思想非常明确，十分广泛地存在于《文心雕龙》全书。既然主张“宗经”，刘勰自然要在论述过程中实践“宗经”的主张，就必然要运用“依经立义”的话语模式与理论建构范式。由历史的反思开始，提出“宗经”的主张，再在论述过程中自觉运用“依经立义”的理论建构范式，从这个角度上说，对历史的反思是刘勰“依经立义”的原因之一。

二 现实的反拨

刘勰主张为文要“依经立义”，也是针对现实问题而开出的良方。此现实指文学创作实际。

魏晋南北朝时期，人们日益追求文学独立的审美价值，因而开拓了山水、田园等新的题材，深化了对诗文的声韵、骈俪等形式方面的认识。无论是内容还是形式，齐梁时代的文学都是高度“陌生化”、新奇化的。

比如，追求奇句和长篇骈俪（《明诗》：“俪采百字之偶，争价一句之奇”），故意颠倒文句而没有实在内容（《定势》：“上字而抑下，中辞而出外，回互不常”），文辞过于求新求奇，在刘勰看来是“离本弥甚”，其结果是“将遂讹滥”（《序志》），所以刘勰要“宗经”。正是针对现实文坛的弊病，刘勰才有的放矢地选择了“依经立义”。

《情采》篇反映了刘勰企图对文坛创作现实加以纠正的意图。他认为，近代作者“远弃《风》《雅》，近师辞赋”，所以“体情之制日疏，逐文之篇愈盛”。这些人明明热衷功名利禄，却空泛地歌咏隐居的山林水泽（“志深轩冕，而泛咏皋壤”）；心里牵挂政务，却虚伪地描述世外桃源（“心缠几务，而虚述人外”），没有那种真挚的感情，他的“采”与“情”完全是相反的。不难看出，刘勰是将《诗经》看作“情”“采”结合的典范，主张后代作者“宗经”。这是“依经立义”，也是刘勰针对文坛出现“情采”分离而提出的对策。

三 主体的志愿

《序志》篇表现了刘勰“依经立义”的主体志愿，以下试从两方面加以分析。

（一）立言不朽

刘勰在《序志》篇中感叹：“形同草木之脆，名逾金石之坚；是以君子处世，树德建言”，认为君子应该通过建立功德、著书立说来扬名立身，此一思想正来自儒家“三不朽”的思想。刘勰还引用孟子的话说自己之所以想著书立说不是喜欢与人辩论，是迫不得已（“岂好辩哉？不得已也”），如此坚定的目标、如此强烈的愿望，说明儒家“立言不朽”的思想是他写作《文心雕龙》的强烈动机。

（二）论文弘儒

刘勰在而立之年梦见了孔子。梦中的刘勰“执丹漆之礼器，随仲尼而南行”，这个梦是他浓厚崇儒情结的潜意识表现。刘勰为梦中成为圣人门徒“怡然而喜”，他也有志弘扬孔子的儒家学说，但刘勰感到注经弘儒“未足立家”①，只有另辟蹊径——论文弘儒。因为经典是一切文化政治事业的本源，“‘五礼’资之以成，‘六典’因之致用，君臣所以炳焕，军国所以昭明”，而文章实质上是经典的枝条（“唯文章之用，实经典枝条”），所以刘勰要“依经立义”而论文。

总之，出于对历史的反思、对现实的反拨以及主体的志愿，刘勰才“依经立义”。当然，我们也应该看到，在刘勰生活的南朝齐梁前后，文论上“依经立义”也是一种常见的现象，这样的文论背景对刘勰存在一定的影响。

---

① 《序志》：“敷赞圣旨，莫若注经，而马、郑诸儒，弘之已精，就有深解，未足立家。”

第三章　《文心雕龙》“依经立义”的外在表征

上章论述了《文心雕龙》“依经立义”的文论背景与诸种原因，本章讨论《文心雕龙》“依经立义”的外在表征，分为两节：其一，征引五经数据统计；其二，征引五经情况归类。

第一节　征引五经数据统计

笔者以詹锳《文心雕龙义证》词语溯源为底本，参考有关成果，得到以下数据：《文心雕龙》引用《春秋》三传共238处，引用“三礼”（《含大戴礼记》）223处，引用《诗经》221处，引用《易经》206处，引用《尚书》（含《尚书大传》）共178处。此外涉及五经中两种以上的引用有25处。总共引用五经1091处，平均每篇引用五经约22次①。

书后附表为《文心雕龙》引用经典材料统计情况，详细征引材料参看拙著《“依经立义”与〈文心雕龙〉的理论建构》文后附录。

从附表可以得出以下结论。

1. 从引用数量来看，引用最多的经典是《春秋》三传，总数达238次，全书50篇中涉及47篇。引用第二多的是“三礼”，总数达

---

① 此外，《文心雕龙》还引用《论语》94次，《孟子》45处，《孝经》2处，共有1232处引用儒家经典。

223次，涉及44篇。引用第三多的是《诗经》，总数达221次，涉及45篇。引用数量列第四位的是《周易》，总数达206次，涉及49篇，只有《颂赞》没有引用。《尚书》引用总数178次，涉及45篇。有的引用不是针对某一种经典来言，而是涉及多种，如《宗经》篇所言："故文能宗经，体有六义"，这里的"经"即指整体的五经；《书记》"夫文辞鄙俚，莫过于谚，而圣贤《诗》《书》，采以为谈"，这里将《诗》《书》并举。这样的引用有25次。

2. 就引用经书种类而言，五种经书都有引用的有36篇，引用4种经书的有9篇，引用3种经书的有4篇，引用2种经书的有1篇，所有篇目至少引用2种以上的经书。

3. 就具体篇目而言，《文心雕龙》中引用次数较多的是《宗经》（54）、《书记》（50）、《祝盟》（49）、《原道》（45）、《诏策》（40）、《乐府》（38）、《时序》（38）、《史传》（33）、《比兴》（31）、《才略》（30）、《情采》（30）、《章表》（30），这12篇的引用次数都在30次及以上。《文心雕龙》中引用次数较少的是《杂文》（5）、《总术》（6）、《定势》（6）、《镕裁》（8）、《知音》（9）、《练字》（10）、《隐秀》（10）、《体性》（10），这8篇的引用次数都不超过10次。引用次数在10—19次（不包含10次）的有19篇，引用次数为20—29次的有11篇。

4. 再细致分析，"枢纽论"中引用次数从高到低的排列顺序为《宗经》（54）—《原道》（45）—《征圣》（27）—《辨骚》（19）—《正纬》（18）。单纯从引用角度而言，五经对"枢纽论"影响程度最大的是《宗经》，其次是《原道》，再次是《征圣》，对于《辨骚》的影响明显要弱，对于《正纬》的影响更少。理由大体如下：《原道》篇说："道沿圣以垂文，圣因文而明道"，则在《文心雕龙》中，"道""圣""经"是三位一体的，《原道》《征圣》《宗经》三篇文章共同阐明《文心雕龙》的思想基础乃是儒家思想，其中《宗经》最直截了当地表明了《文心雕龙》的论文主旨——宗经为文。因此，"枢纽论"中引用次数最多的是《宗经》，而引用《原道》与《征圣》的次数递减。《正纬》和《辨骚》是以儒家思想为参照对纬书、骚体进行辨析，主张吸取纬书、骚体的合理要素，以达到“为文”之目的。《正纬》《辨骚》更多地体现了一种“通变为文”的策略，所以，对于儒家经典的引用相对要少一些。

5. “论文叙笔”20 篇中，引用次数占前五位的是《书记》（50）、《祝盟》（49）、《诏策》（40）、《乐府》（38）、《史传》（33），占后五位的是《杂文》（5）、《诸子》（11）、《封禅》（13）、《谐隐》（14）、《诠赋》（17）。在“论文叙笔”中，单纯从引用角度而言，五经对《书记》《祝盟》《诏策》《乐府》《史传》的影响最大，对《杂文》《诸子》《封禅》《谐隐》《诠赋》的影响要少得多。大体的原因是《诏策》《史传》《书记》《祝盟》等政用性很强的文体，受儒家思想重视，所以引用五经较多，而“杂文”“谐隐”“诸子”“赋”等文体，受儒家轻视，所以这几类文体对五经的引用就明显要少得多。至于“封禅”，虽然不少皇帝非常重视，封禅大典也是极重要的礼仪，但封禅之文却很少，只有司马相如、张纯、扬雄、班固、邯郸淳、曹植数人之作，儒家经典对封禅之事与封禅之文的论述也很少，所以《封禅》引用五经也不多。

6. “剖情析采”24 篇之中，引用次数占前五位的是《时序》（38）、《比兴》（31）、《才略》（30）、《情采》（30）、《夸饰》《指瑕》（并列为 24 次），占后五位的是《总术》《定势》（并列为 6 次）、《镕裁》（8）、《知音》（9）、《体性》《练字》《隐秀》（并列为 10 次）。大体而言，《时序》《比兴》《情采》《夸饰》引用五经较多，是因为五经中关于此类思想资源相当多，《才略》《指瑕》涉及文人众多，其评点往往以儒家思想作为标准，所以引用也多。至于《总术》《定势》《镕裁》《练字》《隐秀》《体性》引用较少，归根结底还是这几篇主要讨论“文术”，《知音》讨论鉴赏，儒家思想关于此类理论的思想资源较少。

7. 就引用频率而言，《序志》引用五经 16 次，“文之枢纽”（枢纽论）前五篇引用五经 163 次，平均每篇引用经典将近 33 次；“论文叙笔”（文体论）20 篇引用五经共 499 次，平均每篇引用经典近 25 次；“剖情析采”（创作论和批评论）24 篇引用五经 413 次，平均每篇引用约 17 次。由此可知，从引用频率来看，“文之枢纽”前五篇 > “论文叙笔” 20 篇 > “剖情析采” 24 篇 > 序志。因此，我们可以推论，从征引五经的角度来看，五经对《文心雕龙》“枢纽论”影响最大，对“论文叙笔”（文体论）的影响较大，对“剖情析采”（创作论与批评论）的影响要小一些。

需要指出的是，以上仅是从引用频率的角度而作出的影响分析，如果从思想内涵的影响来分析的话，情况可能要复杂一些，有些引用次数少的篇目受到五经的思想影响并不少，而有些引用次数多的文章受到五经思想影响也许并不很深。下文有关“依经立义”的分析对此将有具体的说明。

第二节　征引五经情况归类

刘勰对儒经的引用[①]可以分为八类，如下。

一　袭用特有词语

如《镕裁》：“及云之论机，亟恨其多，而称‘清新相接，不以为病’，盖崇友于耳。”“友于”源出《尚书》：“惟孝友于兄弟”[②]，“友于”即相当于“兄弟”，它就像歇后语的前半截，旨在引起人们对于后半截“兄弟”的会意。所以，“友于”虽来源于儒家经典《尚书》，但并不涉及思想实质。

《时序》篇“明帝纂戎”中的“纂戎”也是如此，它也像歇后语，意在引起人们对《诗·大雅·烝民》（《大雅·韩奕》句同）的固定词组“缵戎祖考”的会意，意思是魏明帝继承祖、父两代的大业，这也是一种词语上的“依经立义”。

---

① 包括明引和暗引两种情况。

② （汉）孔安国传，（唐）孔颖达等正义：《十三经注疏·尚书正义》，上海古籍出版社 1997 年版，第 236 页。

二 评论儒家经典

《宗经》中，刘勰对儒家经典既有总的概括“经也者，恒久之至道，不刊之鸿教也”，也有分类细说：“《易》惟谈天，入神致用”“《书》实记言”“《诗》主言志”“《礼》以立体”“《春秋》辨理”，都体现了对儒家经典的评价。

《总术》篇说：“《六经》以典奥为不刊，非以言笔为优劣。”“以典奥为不刊”也是对儒家经典的评价。

三 评论历史人物

《原道》引用《易·系辞下》关于文王创作卦爻辞的说法，赞扬文王深怀忧患意识，认为他创作的卦辞、爻辞闪耀光辉（《原道》：“文王患忧，繇辞炳曜”）。这里的引用涉及对儒家圣人的评论。此类评价还有很多。

四 评论诸家作品

如《明诗》篇中，刘勰评价韦孟的四言诗：“汉初四言，韦孟首唱，匡谏之义，继轨周人。”韦孟曾为“楚元王傅，傅子夷王及孙王戊。戊荒淫不遵道，孟作诗讽谏”[①]。韦孟借用《诗经·小雅·小旻》中“履冰”的典故，希望楚王戊能保持敬慎之心，以承继先王之德，又借用《尚书·秦誓》“黄发”的典故，希望楚王戊能吸取教训，多

① 诗曰：“肃肃我祖，国自豕韦，黼衣朱绂，四牡龙旂。……于赫有汉，四方是征，靡适不怀，万国逌平。……如何我王，不思守保，不惟履冰，以继祖考！邦事是废，逸游是娱，犬马繇繇，是放是驱……嗟嗟我王，汉之睦亲，曾不夙夜，以休令闻！……非思非鉴，嗣其罔则，弥弥其失，岌岌其国。……兴国救颠，孰违悔过，追思黄发，秦缪以霸。岁月其徂，年其逮耇，于昔君子，庶显于后。我王如何，曾不斯觉！黄发不近，胡不时监！”参见（汉）班固著，颜师古注释《汉书》，中华书局 1962 年版，第 3101—3104 页。

向长寿之贤者请教。此诗无论是四言的形式、重章叠句的结构，还是讽谏的用意，都继承了《诗经》的传统，可以说，韦孟是“依经”而立“匡谏之义”。刘勰所谓“匡谏之义，继轨周人”则是对韦孟的“依经而评”。

再如，刘勰认为纬书有“虚伪、浮假、僻谬、诡托”之处，但纬书“事丰奇伟，辞富膏腴”，虽“无益经典”却“有助文章”。评论纬书而以经为参照，是“依经论纬”。刘勰评论《楚辞》与经典的“四同四异”，也是以经典为参照的，可谓“依经论骚”。

五 评析文化现象

如刘勰评论由皇帝主持的学术讨论活动：“至石渠论艺，白虎讲聚，述圣通经，论家之正体也”（《论说》）。“石渠论艺”发生在汉宣帝甘露三年（前51）石渠阁[①]，“白虎讲聚”发生在东汉章帝建初四年（79）十一月白虎观[②]。这两次学术讨论活动都讨论五经同异，并由皇帝最终裁定，其性质是“述圣通经”。“述圣”即阐述圣人之旨，“通经”即贯通经书，“述圣通经”自然也是“依经立义”。所以，刘勰说“述圣通经，论家之正体”，暗含有“‘依经立义’是论者的正宗体式”的意思。

再如评价建安文风，“观其时文，雅好慷慨，良由世积乱离，风衰俗怨，并志深而笔长，故梗概而多气也”（《时序》）。这是刘勰对建安风骨的精彩评析，其中的“世积乱离，风衰俗怨”暗引《礼记·乐记》（《毛诗序》亦同）“乱世之音怨以怒，其政乖”[③]。

---

① 《汉书》：“诏诸儒讲五经同异（在石渠阁），太子太傅萧望之等平奏其议，上亲称制临决焉。”（汉）班固著，颜师古注释：《汉书》，中华书局1962年版，第272页。

② 《后汉书》：“诸儒会白虎观，讲议《五经》同异……帝亲称制临决，如孝宣甘露石渠故事，作《白虎议奏》。”（南朝宋）范晔撰，（唐）李贤等注：《后汉书》，中华书局1965年版，第138页。

③ （汉）郑玄注，（唐）孔颖达等正义：《十三经注疏·礼记正义》，上海古籍出版社1997年版，第1527页。

六 支撑材料例证

如《征圣》:"故《春秋》一字以褒贬，丧服举轻以包重，此简言以达旨也。《邠》诗联章以积句，《儒行》缛说以繁辞，此博文以该情也。"

《春秋》用一个字来寄寓定贬态度，《礼记》记述轻服不能参与祭祀（暗含重服更不能参与），这是引用经典材料例证"简言以达旨"。"博文以该情"也引用了两个经典例子来证明，一个是《诗经·豳风·七月》。该诗由八章组成，每章十一句，是《诗经》中较长的一首，此所谓"《邠》诗联章以积句"。另一个材料是《礼记·儒行》，该文把"儒者之行"分为十六种表现来一一加以罗列论述，内容繁复，所谓"缛说以繁辞"也[①]。

七 阐发儒家文理

如《征圣》篇中，刘勰先引用《易》（"辨物正言，断辞则备"）、《书》（"辞尚体要，弗惟好异"），再就两条义理进行阐发——"正言所以立辩，体要所以成辞；辞成无好异之尤，辩立有断辞之美。虽精义曲隐，无伤其正言；微辞婉晦，不害其体要"，并在此后进行了理论综合——"体要与微辞偕通，正言共精义并用"，这就在阐发中建构了新的理论。

八 建立文论主张

如《宗经》:"故文能宗经，体有六义：一则情深而不诡，二则风清而不杂，三则事信而不诞，四则义贞而不回，五则体约而不芜，六

① 参见《礼记·儒行》。其内容有"自立、容貌、备豫、近人、特立、刚毅、自立、其仕、忧思、宽裕、举贤援能、任举、特立独行、规为、交友、尊让"等十六个方面。

则文丽而不淫。”

“六义”是说“宗经”为文会获得六大益处，六个方面都与儒家思想存在依立关系，但总体来看，“宗经六义”应视作刘勰独创的文论主张。

以上八类引用中，袭用特有词语主要是一种词汇上的沿袭，是一种成辞的套用，虽也可算是“依经立义”，但并没有太多的儒家思想实质内涵，其他七类“依经立义”的程度则明显要更高一些。后文将结合例证深入论述。

第四章 《文心雕龙》“依经立义”的集中体现:《宗经》

从全书的结构来看,“文之枢纽”是《文心雕龙》的“枢纽”,而《宗经》是“文之枢纽”的“核心”,所以《宗经》篇可谓“枢纽的枢纽”“核心的核心”,是全书最重要的篇章。从引用数据来看,《文心雕龙》引用五经次数最多的是《宗经》,总数达 56 次,其中引《诗》5 次,引《书》11 次,引《礼》8 次,引《易》10 次,引《春秋三传》共 13 次,整体评述经典 7 次,引用《论语》2 次。从数据来看,《宗经》篇是全书“依经立义”最集中的一篇。

从《宗经》篇本身的内容来看,该篇提到了“经”的概念、五经的特点与功能、“文源五经”以及“宗经六义”等重要理论,这些重要的表述及理论观点都依经而立,另外,“文源五经”与“宗经六义”在全书有着重要的理论辐射作用,存在着不少的理论呼应,所以,《宗经》篇是《文心雕龙》“依经立义”的集中体现。

以下对《宗经》篇理论要点进行梳理并重点分析其中的“文源五经”与“宗经六义”。

第一节 《宗经》要义

以下对《宗经》篇的理论要点及其“依经立义”的情形予以分析。

一 “三极彝训，其书曰经”

《宗经》一开篇，刘勰首先对“经”进行释义。

三极彝训，其书曰经。经也者，恒久之至道，不刊之鸿教也。故象天地，效鬼神，参物序，制人纪，洞性灵之奥区，极文章之骨髓者也。

关于“经”的释义，刘勰参考了经典的有关说法。“三极”来自《周易·系辞上》“六爻之动，三极之道也”，韩康伯注：“三极，三材也。兼三材之道，故能见吉凶、成变化也”①；“彝训”来自《尚书·酒诰》：“聪听祖考之彝训”，孔传：“言子孙皆聪听父祖之常教”②；“恒久之至道”语本《周易·恒·象》“天地之道，恒久而不已也”③；“参天地，效鬼神”语本《礼记·礼运》：“故圣人参于天地，并于鬼神，以治政也”④。可见，刘勰对“经”的释义多取自经典。

二 “夫子删述，大宝咸耀”

在对“经”释义后，刘勰概述了古经以及孔子整理古经的情况。

皇世《三坟》，帝代《五典》，重以《八索》，申以《九丘》。

---

① （魏）王弼等注，（唐）孔颖达等正义：《十三经注疏·周易正义》，上海古籍出版社1997年版，第77页。

② （汉）孔安国传，（唐）孔颖达等正义：《十三经注疏·尚书正义》，上海古籍出版社1997年版，第206页。

③ （魏）王弼等注，（唐）孔颖达等正义：《十三经注疏·周易正义》，上海古籍出版社1997年版，第47页。

④ （汉）郑玄注，（唐）孔颖达等正义：《十三经注疏·礼记正义》，上海古籍出版社1997年版，第1422页。

岁历绵暧，条流纷糅。自夫子删述，而大宝咸耀。于是《易》张《十翼》，《书》标七观，《诗》列四始，《礼》正五经，《春秋》五例。义既埏乎性情，辞亦匠于文理，故能开学养正，昭明有融。然而道心惟微，圣谟卓绝，墙宇重峻，而吐纳自深。譬万钧之洪钟，无铮铮之细响矣。

本节论述孔子对古经的整理，其中不少内容乃依经立义。

第一，上古典籍——“《三坟》《五典》《八索》《九丘》”，典出《左传·昭公十二年》“左史倚相趋过。王曰：‘是良史也，子善视之；是能读《三坟》《五典》《八索》《九丘》’”，杜预注：“皆古书名。”[①]

第二，夫子删述古籍，依经为说。孔安国《尚书序》曰：“先君孔子生于周末，睹史籍之烦文，惧览者之不一，遂乃定礼乐，明旧章，删《诗》为三百篇，约史记而修《春秋》，赞《易》道以黜《八索》，述职方以除《九丘》。”[②] 尽管有人对孔子整理古籍持疑，但《论语·子罕》“子曰‘吾自卫反鲁，然后乐正，《雅》《颂》各得其所’”[③]，被看作“孔子编辑过《诗经》的铁证”[④]。

第三，关于五经整理的具体内容，刘勰也依经立义。“十翼”指《上彖》《下彖》《上象》《下象》《上系》《下系》《文言》《说卦》《序卦》《杂卦》，“《十翼》之辞，以为孔子所作，先儒更无异论”[⑤]。“《书》标‘七观’”，《尚书大传·略说》子曰：“《尧典》可以观美，《禹贡》可以观事，咎繇[⑥]可以观治，《洪范》可以观度，六誓[⑦]可以

---

① （晋）杜预注，（唐）孔颖达等正义：《十三经注疏·春秋左传正义》，上海古籍出版社1997年版，第2064页。

② （汉）孔安国传，（唐）孔颖达等正义：《十三经注疏·尚书正义》，上海古籍出版社1997年版，第114页。

③ 杨伯峻译注：《论语译注》，中华书局2006年版，第105页。

④ 张文修：《孔子的生命主题及其对六经的阐释》，载姜广辉主编《中国经学思想史》第1卷，中国社会科学出版社2003年版，第128页。

⑤ （魏）王弼等注，（唐）孔颖达等正义：《十三经注疏·周易正义》，上海古籍出版社1997年版，第11页。

⑥ 咎繇即皋陶。

⑦ 六誓：《甘誓》《汤誓》《泰誓》《牧誓》《费誓》《秦誓》。

观义，五诰[①]可以观仁，《甫刑》可以观诫，通斯七观，《书》之大义举矣。"[②]"《诗》列四始"，说本《毛诗序》"是以一国之事，系一人之本，谓之《风》。言天下之事，形四方之风，谓之《雅》。雅者正也，言王政之所由废兴也。政有大小，故有《小雅》焉，有《大雅》焉。《颂》者，美盛德之形容，以其成功告于神明者也。是谓四始，诗之至也"[③]。"《礼》正五经"，说本《礼记·祭统》："凡治人之道，莫急于礼；礼有五经，莫重于祭"，郑注："礼有五经，谓吉礼、凶礼、宾礼、军礼、嘉礼也。"[④]"《春秋》五例"是《春秋》记事的五种体例，即《左传·成公十四年》所谓"微而显，志而晦，婉而成章，尽而不污，惩恶而劝善"[⑤]（详见本书第六章第五节）。

第四，刘勰论述五经整理取得的理想效果，也有依经立义之处。"开学养正"的"养正"，语出《周易·蒙·彖》"蒙以养正，圣功也"[⑥]，"昭明有融"出自《诗经·大雅·既醉》[⑦]，此二句谓五经能启发学者，自养正道，作用光明而久长；"道心惟微"[⑧]，语出《尚书·大禹谟》；"墙宇重峻"，语似《尚书·五子之歌》"峻宇雕墙"[⑨]，意

---

① 范文澜："五诰：《酒诰》《召诰》《洛诰》《大诰》《康诰》。《商书·汤诰》系东晋续出之伪古文，故《（尚书）大传》仅云五诰。"参见范文澜注《文心雕龙注》，人民文学出版社1962年版，第25页。

② 王云五主编，（汉）郑玄注，（清）王闿运补注：《尚书大传》，商务印书馆1937年版，第60页。

③ （汉）郑玄笺，（唐）孔颖达等正义：《十三经注疏·毛诗正义》，上海古籍出版社1997年版，第272页。

④ （汉）郑玄注，（唐）孔颖达等正义：《十三经注疏·礼记正义》，上海古籍出版社1997年版，第1602页。

⑤ （晋）杜预注，（唐）孔颖达等正义：《十三经注疏·春秋左传正义》，上海古籍出版社1997年版，第1913页。

⑥ （魏）王弼等注，（唐）孔颖达等正义：《十三经注疏·周易正义》，上海古籍出版社1997年版，第20页。

⑦ （汉）郑玄笺，（唐）孔颖达等正义：《十三经注疏·毛诗正义》，上海古籍出版社1997年版，第536页。

⑧ （汉）孔安国传，（唐）孔颖达等正义：《十三经注疏·尚书正义》，上海古籍出版社1997年版，第136页。

⑨ （汉）孔安国传，（唐）孔颖达等正义：《十三经注疏·尚书正义》，上海古籍出版社1997年版，第157页。

合《论语·子张》子贡曰“夫子之墙数仞，不得其门而入”[①]，比喻经书内容深沉而持论高妙。

三 “圣文殊致，表里异体”

经圣人整理的五经，有不同的特点和功能。

> 夫《易》惟谈天，入神致用。故《系》称旨远辞文，言中事隐。韦编三绝，固哲人之骊渊也。

《易》谈论天道，入神妙之境又能运用于实际，所以《系辞》说它旨趣深远而文辞精美，言语恰当而叙事隐微，孔子读《易》，竟然把竹编的皮绳多次磨断，它实在是哲人的宝库啊。这里的“入神致用”，语出《周易·系辞下》“精义入神，以致用也”[②]，“旨远辞文，言中事隐”语出《周易·系辞下》“其旨远，其辞文，其言曲而中，其事肆而隐”[③]，显然是依经立义。

> 《书》实记言，而训诂茫昧，通乎《尔雅》，则文意晓然。故子夏叹《书》:“昭昭若日月之代明，离离如星辰之错行”，言昭灼也。

《尚书》是记言的，但古语茫昧不明，通晓《尔雅》，就会明白文意了。所以，子夏说“像日月交替般明朗，像星辰交错般清楚”，说的就是它的清楚明白。这里的“昭昭若日月之代明，离离如星辰之错行”，引自《尚书大传》原文[④]，显然是依经立义。

---

① 杨伯峻译注:《论语译注》，中华书局2006年版，第230页。

② （魏）王弼等注，（唐）孔颖达等正义:《十三经注疏·周易正义》，上海古籍出版社1997年版，第87页。

③ （魏）王弼等注，（唐）孔颖达等正义:《十三经注疏·周易正义》，上海古籍出版社1997年版，第89页。

④ 王云五主编，（汉）郑玄注，（清）王闿运补注:《尚书大传》，商务印书馆1937年版，第60页。

> 《诗》主言志，诂训同《书》，摛风裁兴，藻辞谲喻，温柔在诵，故最附深衷矣。

《诗经》言志为主，它的古语也和《尚书》一样，铺陈风雅，裁用比兴，文辞华美表达婉曲，湿润和柔存于讽诵之中，所以能切中内心之情。此句也依《尚书》"诗言志"，《毛诗序》"诗六义""主文而谲谏"，《礼记·经解》"温柔敦厚，《诗》教也"等经典而立义（详见本书第六章第二节）。

> 《礼》以立体，据事制范，章条纤曲，执而后显，采掇片言，莫非宝也。

《礼经》用来建立体制，根据事务制定规范，章法条例细致绵密，执行之后就会显出功效。采摘其中的只语片言，无不显得宝贵。这里的"章条纤曲"有《礼记·中庸》所谓"礼仪三百，威仪三千"[①]为据，"执而后显"的"执"即《论语·述而》"《诗》《书》执《礼》"[②]的"执"[③]，实行之意。

> 《春秋》辨理，一字见义，五石六鹢，以详备成文；雉门两观，以先后显旨；其婉章志晦，谅以邃矣。

《春秋》辨究事理，用一个字来表示深义，"五石""六鹢"的记述，用记录的详略来构成文采辞；"雉门""两观"以排列的先后来显示意旨：它那婉转的辞章、隐晦的志意，确实是非常深远啊！

① （汉）郑玄注，（唐）孔颖达等正义：《十三经注疏·礼记正义》，上海古籍出版社1997年版，第1633页。

② （魏）何晏等注，（宋）邢昺疏：《十三经注疏·论语注疏》，上海古籍出版社1997年版，第2482页。

③ （宋）邢昺疏："《礼》不背诵，但记其揖让周旋，执而行之，故言执也"。参见（魏）何晏等注，（宋）邢昺疏《十三经注疏·论语注疏》，上海古籍出版社1997年版，第2482—2483页。

“五石”“六鹢”典出《春秋·僖公十六年》“春王正月戊申，朔，陨石于宋五。是月，六鹢退飞过宋都。”[①]《公羊传》云：“賈石记其闻。闻其磌然，视之则石，察之则五……六鹢退飞记见也。视之则六，察之则鹢，徐而察之则退飞。”[②]《穀梁传》云：“子曰：石无知之物，鶂，微有知之物。石无知，故日之；鶂微有知之物，故月之。君子于物，无所苟而已。石、鶂且犹尽其辞，而况于人乎！”[③]“五石六鹢”的记载有详有略，其中确实有不同的意旨、不同的文采。

“雉门”“两观”典出《春秋·定公二年》“雉门及两观灾”[④]。《春秋公羊传》曰：“其言‘雉门及两观灾’何？两观微也。然则曷为不言‘雉门灾及两观’？主灾者两观也。主灾者两观，则曷为后言之？不以微及大也。”[⑤]《穀梁传》云：“其不言‘雉门灾及两观’何也？灾自两观始也，不以尊者亲灾也。先言雉门，尊尊也。”[⑥]从所选典故来看，《春秋》确实具有深奥的意旨。

分述完五经的特点后，刘勰再以“言经”《尚书》和“事经”《春秋》为代表，总括五经的特点。

> 《尚书》则览文如诡，而寻理即畅；《春秋》则观辞立晓，而访义方隐。此圣文之殊致，表里之异体者也。

《尚书》的文字看起来古奥，寻绎其理路就畅通无阻；《春秋》粗

---

① （晋）杜预注，（唐）孔颖达等正义：《十三经注疏·春秋左传正义》，上海古籍出版社1997年版，第1808页。

② （汉）何休注，（唐）徐彦疏：《十三经注疏·春秋公羊传注疏》，上海古籍出版社1997年版，第2254—2255页。

③ （晋）范宁注，（唐）杨士勋疏：《十三经注疏·春秋穀梁传注疏》，上海古籍出版社1997年版，第2398页。

④ （晋）杜预注，（唐）孔颖达等正义：《十三经注疏·春秋左传正义》，上海古籍出版社1997年版，第2132页。

⑤ （汉）何休注，（唐）徐彦疏：《十三经注疏·春秋公羊传注疏》，上海古籍出版社1997年版，第2335页。

⑥ （晋）范宁注，（唐）杨士勋疏：《十三经注疏·春秋穀梁传注疏》，上海古籍出版社1997年版，第2443页。

看文字好像马上明白，寻访其意义却很隐晦。这就是圣人文章的不同表现、形式与内容的不同特色。

刘勰又谈到五经整体的功能。经书"根柢槃深，枝叶峻茂"，其中的文辞简约而意旨丰富，事料浅近而寓意深远（"辞约而旨丰，事近而喻远"），所以经书虽然是从旧时流传下来，但它的余味却与日俱新。后来的学者追寻探取并不算晚，前代贤人长久运用也没有占先，可以说是泰山遍雨天下，大河润泽千里（"太山遍雨，河润千里者也"）。这里的"太山遍雨，河润千里"显然出自《公羊传·僖公三十一年》"触石而出，肤寸而合，不崇朝而遍雨乎天下者，唯泰山尔；河海润乎千里"[①]，也是依经立义。

四　五经为文体之源

《宗经》的一个重要理论即是"文源五经"："故论、说、辞、序，则《易》统其首；诏、策、章、奏，则《书》发其源；赋、颂、歌、赞，则《诗》立其本；铭、诔、箴、祝，则《礼》总其端；记、传、盟、檄，则《春秋》为根。"

刘勰不仅主张文体源于五经，而且主张五经是文章的最高典范，所谓"穷高以树表，极远以启疆，所以百家腾跃，终入环内者也"，此一部分内容将在本章第二节详细展开。

五　"宗经六义"

《宗经》篇的另一个重要理论即是"宗经六义"。刘勰认为，如果能禀承经书以制定体式，参酌雅言来丰富文辞，就会像就着矿山来炼铜，靠近海边来煮盐一样（取之不尽、用之不竭），所以文章能够宗法经典，就会获得六大益处："情深而不诡""风清而不杂""事信而

① （汉）何休注，（唐）徐彦疏：《十三经注疏·春秋公羊传注疏》，上海古籍出版社 1997 年版，第 2263 页。

不诞”“义贞而不回”“体约而不芜”“文丽而不淫”。此一部分的“依经立义”，将在本章第三节详细展开。

六 宗经的必要性

在《宗经》篇末尾，刘勰论述了“宗经为文”的必要性。为什么要“宗经为文”呢？第一，“五经含文”。“扬子比雕玉以作器，谓五经之含文也”，扬雄用雕玉成器来作比，说明五经含有美好的文彩。要想自己的文章也含有美好文彩，不可不宗经。第二，文行相济。文辞靠德行来树立，德行靠文辞来流传，孔门四教，以“文”“行”为先，说的也是内符与外采要互补生辉。这里说的“四教所先”，显然依《论语·述而》“子以四教：文、行、忠、信”[①]而立义。第三，“正本归末”。砥砺德行建立名声，都知道师法圣人，但写作文章，很少有人宗法经书（“励德树声，莫不师圣，而建言修辞，鲜克宗经”），所以出现《楚辞》艳丽汉赋浮夸，流弊难返。纠正末流回归根本，不是很美好吗（“楚艳汉侈，流弊不还，正末归本，不其懿欤?”）？总体来看，第一点“五经含文”是客体方面的有利因素；第二点“文行相济”是主体方面的必然要求；第三点“正本归末”则是面对现实的应对良方。

总之，在《宗经》篇里，“三极彝训，其书曰经”这一释义突出了“经”的重要作用；“夫子删述，大宝咸耀”突出了孔子的伟大功绩；“圣文殊致，表里异体”说明了五经有不同的表现形式和功能作用；“五经为文体之源”表明文体上的“依经立体”；“宗经六义”突出了“依经为文”的六大益处；“宗经的必要性”则交代了宗经的原因。全篇依经立义，逻辑严密。

第二节 “文源五经”

《宗经》篇中，刘勰主张五经为各类文体之源并将五经确立为文

---

① （魏）何晏等注，（宋）邢昺疏：《十三经注疏·论语注疏》，上海古籍出版社 1997 年版，第 2483 页。

章的最高标准，这是"文体论"总则；在《定势》篇里，刘勰又对各类文体之"势"进行了概括，这可视为"文体分则"；自《明诗》至《书记》二十篇，详细讨论各类文体，可视为"文体细则"。这是《文心雕龙》"文体论"的三个层次。以下讨论"文体总则"和"文体分则"，而"文体细则"则放在第九章讨论。

一 文体总则

> 故论、说、辞、序，则《易》统其首；诏、策、章、奏，则《书》发其源；赋、颂、歌、赞，则《诗》立其本；铭、诔、箴、祝，则《礼》总其端；纪、传、盟、檄，则《春秋》为根：并穷高以树表，极远以启疆，所以百家腾跃，终入环内者也。

刘勰将文章的源头都追溯到五经，并认为五经为各体文体确立了最高典范，这体现了刘勰欲"依经"而"立体"的总体思路。

刘勰的文体论有四大特点。第一，文体分类繁简适中。刘勰将文体分成20篇集中讨论，重要的文体专篇讨论（如《明诗》《诠赋》），相似的文体合并讨论（如《颂赞》《诔碑》），琐碎的文体概括讨论（如《杂文》《书记》）。这样的分类安排，相对曹丕的"四科八体"[①]和陆机的"文分十体"[②]来说，无疑更加细致全面；相对于挚虞[③]和李充[④]的分类又显得简明集中。第二，遵循"依经立义"的思路，坚持

---

① 《典论·论文》"夫文本同而末异，盖奏议宜雅，书论宜理，铭诔尚实，诗赋欲丽。"参见郭绍虞主编《中国历代文论选》第1册，上海古籍出版社2001年版，第158页。

② 《文赋》："诗缘情而绮靡，赋体物而浏亮。碑披文以相质，诔缠绵而凄怆。铭博约而温润，箴顿挫而清壮。颂优游以彬蔚，论精微而朗畅。奏平彻以闲雅，说炜晔而谲诳。"参见郭绍虞主编《中国历代文论选》第1册，上海古籍出版社2001年版，第170页。

③ 晋代挚虞著有《文章流别论》，文体分类更趋繁复。原文虽已流佚，据后人辑文可知挚虞至少讨论了"诗、赋、颂、七、箴、铭、诔、哀辞、哀策、对问、碑、图谶等十二类"。参见郭绍虞主编《中国历代文论选》第1册，上海古籍出版社2001年版，第190—192页。

④ 李充的《翰林论》也讨论了众多文体，可惜流佚不存。

四大结构原则——"原始以表末，释名以章义，选文以定篇，敷理以举统"，把文体的名称意义、起源流变、典范示例、写作要领全部揭示出来，相对于前人的文体观更加系统精密。第三，刘勰第一次明确将重要文体溯源至五经。他可能受到班固将不同文章归类于《六艺略》下"诗类""礼类""书类""春秋类"的影响[①]，而将所有重要文体溯源至五经[②]。第四，刘勰第一次将五经看作文体的最高典范[③]。刘勰认为，五经是文体的起源，并且为这些文体树立了最高的标准，开启了最远的疆域，后世作者无论怎么飞腾跳跃写作，终究还是落入五经的范畴之内。

当然，刘勰的"文源五经并以五经为最高典范"的观点，本身颇可讨论。"文源五经"，纪昀评曰："此亦强为分析，似钟嵘之论诗，动曰源出某某。"[④] 笔者以为，刘勰将文章源头归为五经，大体是正确的，毕竟五经对先秦文化有着重要的整理，也为后世文体提供了源头，虽不能说包括所有文体，至少包括了绝大部分文体；钟嵘论述某一诗人时说其源出某某，主要是指诗歌风格的类似，风格类似的原因往往比较复杂，不一定有清晰的师承与源流关系，文体类似则比较容易判断，其源流关系也较为显明。所以，纪昀说钟嵘论诗"动曰源出某某"是"强为分析"，大体成立，但说刘勰论"五经为文体之源"也

---

① 《汉书·艺文志》将石渠论艺之《议奏》三十九篇归类于《六艺》下的《春秋》类，将武帝时《封禅议对》十九篇、宣帝时石渠论艺之《议奏》三十八篇归入《六艺》下的《礼》类，又将宣帝时石渠论艺之《议奏》四十二篇归入《六艺》下的《书》类。又将"赋""客主赋""杂赋""歌诗"等归入《诗赋》。参见（汉）班固著，颜师古注释《汉书》，中华书局1962年版，第1705—1755页。

② 此观点后来得到了颜之推的响应，《颜氏家训·文章》即说："夫文章者原本《五经》：诏、命、策、檄，生于《书》者也；序、述、论、议，生于《易》者也；歌、咏、赋、诵，生于《诗》者也；祭、祀、哀、诔，生于《礼》者也；书、奏、箴、铭，生于《春秋》者也。"参见（南北朝）颜之推撰，王利器集解《颜氏家训集解》，中华书局1993年版，第237页。

③ 荀子曾将《礼》《乐》《诗》《书》视作圣人之道的统归，但并没有讨论五经作为文体起源与文体典范。"圣人也者，道之管也。天下之道管是矣，百王之道一是矣，故《诗》《书》《礼》《乐》之归是矣。"（清）王先谦撰，沈啸寰、王星贤点校：《荀子集解》，中华书局1988年版，第133页。

④ （梁）刘勰著，（清）黄叔琳注，（清）纪昀评，李详补注，刘咸炘阐说，戚良德辑校：《文心雕龙》，上海古籍出版社2015年版，第16页。

是"强为分析"，则未为允当。

另外，刘勰将五经视为文章之最高典范，"穷高以树表，极远以启疆，所以百家腾跃，终入环内"，则显然有过于拔高经典之嫌。事实上，刘勰也意识到经典与文章不是一回事，写文章除了要取法经典，还要广泛吸收其他有益成分，《正纬》篇说"无益经典而有助文章"，《辨骚》篇说"凭轼以倚《雅》《颂》，悬辔以驭楚篇"，又说"圣贤并世，经子异流"（《诸子》），还说"熔铸经典之范，翔集子史之术"（《风骨》），这就说明五经并不是最好的文章，不是文学的最高典范。

二　文体分则

"依经立体"，即主张类似于经典的文体风格。正如《定势》篇所说："章、表、奏、议，则准的乎典雅；赋、颂、歌、诗，则羽仪乎清丽；符、檄、书、移，则楷式于明断；史、论、序、注，则师范于核要；箴、铭、碑、诔，则体制于宏深。"① 20种文体都遵循经典文体的规范而呈现不同的风格，分述如下。

《章表》："章式炳贲，志在'典'、'谟'，使要而非略，明而不浅。表体多包，情伪屡迁，必雅义以扇其风，清文以驰其丽。"《奏启》："（奏）必使理有典刑，辞有风轨。"《议对》："（议）大体所资，必枢纽经典。……标以显义，约以正辞。"所以，"章表奏议"四体，以"典雅"为准则。

《诠赋》："情以物兴，故义必明雅；物以情睹，故词必巧丽。"《颂赞》："颂惟典懿，辞必清铄。"《明诗》："五言流调，则清丽居宗。"所以，"赋颂歌诗"四体，以"清丽"为表率。

《书记》："符者，孚也。征召防伪，事资中孚。""书者，舒也。舒布其言，染之简牍，取象乎《夬》，贵在明决而已。"《檄移》：

① 原文还有"连珠、七辞，则从事于巧艳"，因连珠、七辞两体，不存在于经典中，故不论。

"(檄) 植义扬辞，务在刚健……事昭而理辨，气盛而辞断。""顺众资移，所以洗濯民心，坚同符契。"所以，"符檄书移"四体，以"明断"为规范。

《史传》:(纪传)"编年缀事"，"按实而书"。《论说》:(论)"义贵圆通，辞忌枝碎。""序者次事""注者主解"，两者与"论"一样，要求"要约明畅"。所以，"史论序注"各体，以"核要"为榜样。

《铭箴》: 箴文"文资确切"，铭文"体贵弘润"，两者要求"取事核以辨""摛文简而深"。《诔碑》: 诔文"选言录行，传体而颂文，荣始而哀终"，碑文"标序盛德，必见清风之华；昭纪鸿懿，必见峻伟之烈"。可见，"箴铭碑诔"四体，以"宏深"为体制。

以上所举文体 20 种分别追求"典雅""清丽""明断""核要""宏深"的风格，相应风格都从儒家经典中概括而来，所以，刘勰的文体风格论[①]乃"依经"而"立"。

总的来说，《宗经》篇确立了"文体源出五经并以五经为最高典范"这一总纲，《定势》篇对五类文体的文体规范有了"典雅""清丽""明断""核要""宏深"之类的具体要求，这五类要求可以视为文体论分则，而各种文体的具体规范则由从《明诗》到《书记》的20篇文体论展开具体论述，这些具体规范可以视为文体论细则。总纲、分则、细则，三个层次构成了刘勰文体论的整体层次，而这三个层次都存在依经立义现象，至于文体细则方面的依经立义将在第九章详细展开。

第三节 "宗经六义"

"文能宗经，体有六义：一则情深而不诡，二则风清而不杂，三则事信而不诞，四则义贞而不回，五则体约而不芜，六则文丽而不淫。""宗"兼有"尊"和"法"两种含义[②]，"宗经"既尊崇经典又

① "连珠七辞"除外。

② 参见张国庆、涂光社《〈文心雕龙〉集校、集释、直译》，中国社会科学出版社 2015 年版，第 53 页。

效法经典。"体"，斯波六郎认为，"当指文章的形式和内容浑一之姿"①。"体"当指文章整体。"义"，《说文解字注》曰："义之本训谓礼容各得其宜。礼容得宜则善矣。……义，善也，引申之训也。(義)，从我从羊。……董子曰：'仁者，人也；义者，我也。'谓仁必及人，义必由中断制也。从羊者，与善美同意。"② 所以，"六义"可以理解为"六善"，可引申为六大益处，也可以理解为六条标准或六条法则。

"六义"说可以按刘永济的意见分为三类："情深风清，'志'之事也；事信义贞，'辞'之事也；体约文丽，'文'之事也。"③ 刘勰在《镕裁》所提"三准说"："草创鸿笔，先标三准：履端于始，则设情以位体；举正于中，则酌事以取类；归余于终，则撮辞以举要"，"三准说"的第一步是依"情"立体；第二步是"酌事取类"，即材料的选择；第三步是"撮辞举要"，即"文辞"的提炼。"三准说"与"宗经六义"三类内容相一致。

以下，对"宗经六义"依经而立的具体情形进行探讨。"宗经六义"的三个层次六个方面都体现了"依经立义"的理论建构范式。

一 "情深而不诡，风清而不杂"

"情深风清"的标准可以溯源至《诗大序》。《诗大序》："诗者，志之所之也，在心为志，发言为诗。情动于中而形于言。"④ 情到深处，人们便会不由自主地选择恰当的表达方式——"言""嗟叹""永歌""手舞足蹈"表达心中之情，这些表达方式都直接抒情，毫不做作。

① ［日］斯波六郎：《文心雕龙札记》，载王元化选编《日本研究〈文心雕龙〉文论集》，齐鲁书社 1983 年版，第 89 页。

② （汉）许慎撰，（清）段玉裁注：《说文解字注》，浙江古籍出版社 2006 年版，第 633 页上栏。

③ 刘永济校释：《文心雕龙校释》，中华书局 2007 年版，第 6—7 页。按："六义"也可分成内容与形式两大类，"情深""风清""事信""义贞"可归为内容方面的要求，"体约""文丽"可归为表现形式方面的要求。

④ 郭绍虞主编：《中国历代文论选》第 1 册，上海古籍出版社 2001 年版，第 63 页。

所以，“情深而不诡”的第一层意思是：感情深厚真挚而不加诡饰。

“情深而不诡”的第二层意思是指情感深厚正直而不诡诈，也就是说内心之情合乎正道。这一层意思也可溯源至《诗大序》。《诗大序》：“变风发乎情，止乎礼义。”[①]“变风”大约指西周衰落时期的民歌，“变风”中的“情”有其自然天性的一面（“发乎情，民之性也”），但也有其合乎礼仪、归于正道的一面，这是因为怀念先王的恩泽（“止乎礼义，先王之泽也”）。“发情止礼”即是要求“情”合乎正道。

“情深而不诡”还与《礼记·表记》“情欲信，辞欲巧”[②]有关，显然符合其中“情欲信”的标准。“情深而不诡”与《周易》“修辞立其诚”[③]的观点有关联。“修辞立其诚”表明了圣人对忠诚信实的高度重视，“情深而不诡”与此相通。

“风清而不杂”，一般解释为“风格清新而不混杂”[④]，但笔者同意张少康先生的观点，“风清而不杂”的“风清”乃指“具有儒家纯正的思想感情、精神气质的作家在其作品中所体现的气度风貌特征”[⑤]。此意义也可溯源至《毛诗序》。

《诗大序》多次谈到“风”，其内涵各有不同。“故诗有六义焉：一曰风……”的“风”即“风诗”（民歌)。“风天下而正夫妇”的“风”是动词，“教育感化”之义。“下以风刺上”的“风”即“讽刺”“讽谏”。这三种内涵可用一句话概括：“风诗”能够对老百姓进行“风化教育”，也能对上层统治者进行“讽刺”以促其警醒。为什

---

① 《毛诗正义》:“国史者,《周官》大史、小史、外史、御史之等皆是也……然则凡是臣民皆得讽刺，不必要其国史所为，此特言国史者，郑（玄）答张逸云：‘国史采众诗时，明其好恶，令瞽矇歌之，其无作主，皆国史主之，令可歌。’”参见（汉）郑玄笺，（唐）孔颖达等正义《十三经注疏·毛诗正义》，上海古籍出版社 1997 年版，第 272 页。

② （汉）郑玄注，（唐）孔颖达等正义：《十三经注疏·礼记正义》，上海古籍出版社 1997 年版，第 1644 页。

③ （魏）王弼等注，（唐）孔颖达等正义：《十三经注疏·周易正义》，上海古籍出版社 1997 年版，第 15 页。

④ 周振甫：《文心雕龙今译》，中华书局 1986 年版，第 31 页。

⑤ 张少康：《风骨论——论文学的精神风貌美与物质形式美》，载张少康《文心雕龙新探》，齐鲁书社 1987 年版，第 131 页。

么能出现“上以风化下，下以风刺上”的效果呢？关键还在于“风诗”本身有着深厚真挚而又合乎正道的情，它的感染力深厚、清纯而不杂乱。

二 “事信而不诞，义贞而不回”

材料信实而不荒诞，义理正直而不邪曲，义理蕴于材料之中，这两条标准可以合并为“事义”。从文章的角度来看，“事义”是支撑“情志”的材料，要求信实正直，反对荒诞不经，因此，这两条标准可以概括为材料处理原则。“事义”标准与经典有关。

首先，“义贞而不回”语本《诗经·小雅·鼓钟》“淑人君子，其德不回”，郑笺：“回，邪也。”[①] “义贞而不回”，即义理正直而不邪曲，属于依经立义。

其次，“事信而不诞”与《周易·中孚》相通。“中孚”的“孚”，本义为“孵”，孵卵出壳的日期非常确切，故“孚”有“信”义。“中孚”卦形（䷼）为下兑上巽，外实内虚，喻内心诚信[②]。《中孚》各爻也从不同角度阐明了“中心诚信”的意义[③]。

再次，“事义”标准与儒家的“信史”传统密切相关。儒家一直重视“信史”，对于秉笔直书、实录无隐的史官给予高度评价。“春秋五例”其四曰：“尽而不污，直书其事，具文见意”[④]，这也是“信史”

① （汉）郑玄笺，（唐）孔颖达等正义：《十三经注疏·毛诗正义》，上海古籍出版社1997年版，第466页。

② 朱供罗：《宗经六义：〈文心雕龙〉“依经立义”的集中体现》，载詹七一主编《西南学林》2016年（上），云南民族出版社2017年版，第45—57页。

③ 卦辞用“感化小猪小鱼可获吉祥（豚鱼吉）”，喻诚信之德应当广被微物，此时“利涉大川，利贞”。卦中诸爻从不同角度提示其理：初安于下位以守信，二笃诚中实以感物，四专心致诚而不贰，五广施诚信而居尊，此四爻皆为有“信”的正面形象；而六三居心不诚，言行无常，上九信衰诈起，虚声远闻，则为无“信”的反面形象。参见黄寿祺、张善文《周易译注》，上海古籍出版社2004年版，第470页。

④ （晋）杜预注，（唐）孔颖达等正义：《十三经注疏·春秋左传正义》，上海古籍出版社1997年版，第1706页。

精神的表现[①]。

复次,"事义"与儒家的"修辞立诚"有关。材料信实,义理正直,这些都与"诚"相通。《周易》"修辞立其诚"强调的是修饰言辞要以忠诚信实为本,这与"事信而不诞,义贞而不回"是一致的。

最后,"事义"标准与儒家憎恶"谗言""巧言"有关。《诗经·小雅·巧言》有言:"蛇蛇硕言,出自口矣。巧言如簧,颜之厚矣!"[②],笺云:"颜之厚者,出言虚伪而不知惭于人。"[③]《论语》中多次谈到"巧言令色",如"巧言令色,鲜矣仁"(《学而》《阳货》),"巧言、令色、足恭,左丘明耻之,丘亦耻之"(《公冶长》),"君子耻其言而过其行"(《宪问》),"巧言乱德"(《卫灵公》)[④],总的意思是"巧言令色"的人没有仁德,可耻。对"谗言""巧言"的厌恶痛恨实际上也是对忠诚信实的肯定与向往,"事信义贞"与此有关。

三 "体约而不芜,文丽而不淫"

"体约而不芜,文丽而不淫"强调文章的篇幅要集中精练而不散乱芜杂,文辞要华丽精致而不过分淫靡。这两条标准也与儒家经典有关。

首先,"体约"与《尚书·毕命》"政贵有恒,辞尚体要"[⑤]直接相关。

其次,与《周易》"尚简""尚文"思想密切相关。《周易》以乾坤两卦统摄,揭示天下之理为"易简"。《周易·系辞下》也说:"夫

---

① 至于具体的例证,可参见董狐、南史氏等著名史官。

② (汉)郑玄笺,(唐)孔颖达等正义:《十三经注疏·毛诗正义》,上海古籍出版社1997年版,第454页。

③ (汉)郑玄笺,(唐)孔颖达等正义:《十三经注疏·毛诗正义》,上海古籍出版社1997年版,第454页。

④ 杨伯峻译注:《论语译注》,中华书局2006年版,第3、211、57、174、189页。

⑤ (汉)孔安国传,(唐)孔颖达等正义:《十三经注疏·尚书正义》,上海古籍出版社1997年版,第245页。

《易》……其称名也小，其取类也大，其旨远，其辞文”[①]，这里的“其称名也小，其取类也大”指卦爻辞的“称名”很小，但其所指称的物象非常广阔，这是“尚简”思想；“其辞文，其言曲而中”则鲜明地体现了“尚文”的思想。“体约而不芜，文丽而不淫”正与《周易》“尚简”“尚文”的思想相对应。

再次，与《左传》“言之无文，行而未远”思想有关。《左传·襄公二十五年》：“言之无文，行而不远。晋为伯，郑入陈，非文辞不为功。慎辞哉!”[②]“言之无文，行而不远”，以假设性否定句式强调“言”要有“文”，孔子还举例证明，“晋为伯，郑入陈”，非“文”辞不为“功”。

“郑伯入陈文辞为功”一事记载于《左传·襄公二十五年》，其情形如下：

> （郑伐陈）郑子产献捷于晋……晋人问陈之罪，对曰：“昔虞阏父为周陶正，以服事我先王……而封诸陈……今陈忘周之大德，蔑我大惠，弃我姻亲，介恃楚众，以凭陵我敝邑，不可亿逞。我是以有往年之告。未获成命，则有我东门之役……天诱其衷，启敝邑之心，陈知其罪，授手于我。用敢献功!”……（赵）文子曰：“其辞顺，犯顺不祥。”乃受之。冬十月，子展相郑伯如晋，拜陈之功。子西复伐陈，陈与郑平。[③]

晋国作为盟主，对郑（未经许可）伐陈一事不满，子产就将陈国忘德弃亲，借楚国之众侵凌边境的前因说了一遍，并阐述了往年向盟主请求伐陈而未获批准而后陈从楚伐郑东门的往事，说明了此次伐陈

① （魏）王弼等注，（唐）孔颖达等正义：《十三经注疏·周易正义》，上海古籍出版社1997年版，第89页。

② （晋）杜预注，（唐）孔颖达等正义：《十三经注疏·春秋左传正义》，上海古籍出版社1997年版，第1985页。

③ （晋）杜预注，（唐）孔颖达等正义：《十三经注疏·春秋左传正义》，上海古籍出版社1997年版，第1985页。

乃是陈国“咎由自取”。晋国的大夫赵文子认为子产的话很在理，就接受了郑国的献捷。后来，郑国又讨伐陈国并与之达成和约。子产在与晋国代表会谈时，对讨伐陈国一事作出说明，有理有据，言辞得当，所以孔子感叹：“晋为伯，郑入陈，非文辞不为功。”

孔子重视“文”、重视“文质相称”①，这些“尚文”思想，也与“文丽而不淫”有关联。

复次，“文丽而不淫”与《礼记·表记》“情欲信，辞欲巧”② 有关。“辞欲巧”强调言辞要美巧，正是“文丽而不淫”的来源。

最后，“文丽而不淫”与儒家中和思想有关。“文丽而不淫”，“淫”即“过分，“丽而不淫”即“丽”而不“过”，“丽”而有“则”。“文丽而不淫”虽与扬雄“诗人之赋丽以则，辞人之赋丽以淫”③ 的理论直接相关，但更早的源头实则是《毛诗序》。所谓“丽而则”正符合《毛诗序》“发乎情，止乎礼义”的精神。此外，“丽而不淫”与《论语》中孔子评价《关雎》“乐而不淫”、主张“过犹不及”等思想相通，体现了儒家“温柔敦厚”的《诗》教观，是儒家中和精神的体现。

四 “宗经六义”之呼应

“宗经六义”是《文心雕龙》的重要观点，除了《宗经》集中论述外，全书也有不少呼应。

《征圣》篇：“然则志足而言文，情信而辞巧，乃含章之玉牒，秉文之金科矣。”“志足言文，情信辞巧”，与“情深而不诡，文丽而不淫”有相通之处。“体要与微辞偕通，正言共精义并用”，也是《征圣》总结出的一条重要法则，它与“义贞而不回，体约而不芜”有相通之处。

---

① 如“文犹质也，质犹文也，虎豹之鞟犹犬羊之鞟”（《论语·颜渊》），“质胜文则野，文胜质则史，文质彬彬，然后君子”（《论语·雍也》），等等。“为命，裨谌草创之，世叔讨论之，行人子羽修饰之，东里子产润色之。”（《论语·宪问》）参见杨伯峻译注《论语译注》，中华书局 2006 年版，第 142、68、166 页。

② （汉）郑玄注，（唐）孔颖达等正义：《十三经注疏·礼记正义》，上海古籍出版社 1997 年版，第 1644 页。

③ 汪荣宝撰，陈仲夫点校：《法言义疏》，中华书局 1987 年版，第 49 页。

《情采》篇中，刘勰区分“《诗》人什篇”和“辞人赋颂”，认为前者“为情而造文”“要约而写真”，后者“为文而造情”“淫丽而烦滥”。这与“情深而不诡，文丽而不淫”显然相符。

《风骨》篇谈论文章的风骨，主张“风清骨峻”，显然与“风清而不杂”有关。

《通变》篇概论历代文风，认为“商周丽而雅……魏晋浅而绮，宋初讹而新”，“丽而雅”与“文丽而不淫”思想一致，但“浅而绮”与“情深而不诡”正好相反，“讹而新”与“事信而不诞，义贞而不回”也相反。

《物色》篇说“《诗》人丽则而约言，辞人丽淫而繁句”，与“文丽而不淫”相呼应。

此外，“论文叙笔”中论述各种文章的写作要求时，对“六义”也多有联系。如：

《诠赋》赞语“风归丽则，辞剪荑稗”与“文丽而不淫，体约而不芜”相通。

《铭箴》“其取事也必核以辨，其摛文也必简而深”，与“事信而不诞，体约而不芜”相通。

《诔碑》评价蔡邕“诔碑”“其叙事也该而要，其缀采也雅而泽”，“叙事该而要”则“体约而不芜”，“缀采雅而泽”则“义贞而不回”“文丽而不淫”。

《谐隐》评论司马迁《滑稽列传》说“子长编史，列传《滑稽》，以其辞虽倾回，意归义正也”，在评论隐语时说“义欲婉而正，辞欲隐而显”，“义正”即“义正”，“辞回”即文辞婉曲，“辞回义正”是说《滑稽列传》虽文辞婉曲但义理纯正，这与“义贞而不回”有相通之处，但也有一定反差。

总之，“宗经六义”涉及三个层次、六个方面，是六条为文准则，它在全文中有不少呼应①，是《宗经》篇的重要理论。

---

① 朱供罗：《宗经六义：〈文心雕龙〉“依经立义”的集中体现》，载詹七一主编《西南学林》2016 年（上），云南民族出版社 2017 年版，第 45—57 页。

第五章 《文心雕龙》核心文论对儒经的依立

本章讨论《文心雕龙》七个核心理论——原道论、奇正观、体性论、风骨论、通变论、文质观（华实观）、和谐观中的“依经立义”情形。

第一节 原道论

《原道》作为《文心雕龙》首篇，在全书中占有重要的地位。该篇主张“文原于道”，而所原之道究竟属于哪家哪派，涉及《文心雕龙》全书的指导思想。学界关于《原道》篇的研究见仁见智，已经取得丰硕成果。不过，从“依经立义”角度来解读《原道》，仍然是一个新颖的角度。

以下分析《原道》篇“依经立义”的具体情形。

一 文德为大，天地并生

文章开篇即设问：“文之为德也大矣，与天地并生者何哉？”此一句式与《论语·雍也》“中庸之为德也，其至矣乎”以及《礼记·中庸》“鬼神之为德，其盛矣乎”极为相似，突出了“文”之“德”大。“与天地并生”，在斯波六郎看来，恐系本陆机《文赋》“彼琼敷与玉藻，若中原之有菽，同橐籥之罔穷，与天地乎并育”之言[①]；吉川幸次郎则认为，与“天地并生”语更古和更直接的出处当本《左传·昭公二十六年》：“礼之可以为国也久矣，与天地并。”[②]《左传》谓“礼”“与天地并”，而刘勰谓“文”“与天地并生”，句式甚为相近，意义也类似，可看出其中的“依经立义”。

天地产生就具有文彩，“丽天之象”与“理地之形”都是“道”的表现（“道之文”），这与《周易·系辞上》“在天成象，在地成形”[③]的思想一致。此后，刘勰再由天地推演到“两仪”“三才”“五行”：

> 仰观吐曜，俯察含章，高卑定位，故两仪既生矣。惟人参之，性灵所钟，是谓三才；为五行之秀，实天地之心。

“两仪”指天、地，语出《周易·系辞上》“易有太极，是生两仪”[④]；“三才”指天、地、人，语出《周易·说卦》：“立天之道曰阴与阳，立地之道曰柔与刚，立人之道曰仁与义。兼三才而两之，故易六画而成卦。”[⑤]“天地之心”可见于《周易·复·彖》“复，其见天地之心乎”[⑥]，但其意义却与《礼记·礼运》所云“故人者，天地之心也”[⑦]更相切合，即“天地之心”就是指“人”。刘勰借用五经（尤其是《周易》）中的“两仪”“三才”“天地之心”等语汇，意在突出

① 参见［日］斯波六郎《文心雕龙札记》，载王元化选编《日本研究〈文心雕龙〉文论集》，齐鲁书社1983年版，第39—40页。

② ［日］吉川幸次郎：《评斯波六郎〈文心雕龙原道、征圣篇札记〉》，载王元化选编《日本研究〈文心雕龙〉文论集》，齐鲁书社1983年版，第31页。

③ （魏）王弼等注，（唐）孔颖达等正义：《十三经注疏·周易正义》，上海古籍出版社1997年版，第76页。

④ （魏）王弼等注，（唐）孔颖达等正义：《十三经注疏·周易正义》，上海古籍出版社1997年版，第82页。

⑤ （魏）王弼等注，（唐）孔颖达等正义：《十三经注疏·周易正义》，上海古籍出版社1997年版，第93—94页。

⑥ （魏）王弼等注，（唐）孔颖达等正义：《十三经注疏·周易正义》，上海古籍出版社1997年版，第39页。

⑦ （汉）郑玄注，（唐）孔颖达等正义：《十三经注疏·礼记正义》，上海古籍出版社1997年版，第1424页。

人的地位，从而为下文论述“人文”的重要性奠基。人是“三才”之一，聚焦天地灵气，是万物的精华、天地的心灵。“心生而言立，言立而文明”，人一旦产生就有语言，有了语言就会使“文”显明，这是自然而然的道理（“自然之道也”）。天、地、人都自然有文，刘勰再触类旁通。“龙凤”“虎豹”“云霞”“草木”都自然有“文”，此谓“形文”；“林籁结响”“泉石激韵”，此谓“声文”。自然的形文、声文尚且“郁然有彩”，作为“有心之器”的人，怎么能没有文采呢？

刘勰在论述“形文”“声文”时也有不少“依经立义”之处。“虎豹以炳蔚凝姿”，其中的“炳”来自《周易·革》九五象辞“大人虎变，其文炳也”，“蔚”来自《周易·革》上六象辞“君子豹变，其文蔚也”。“草木贲华”，也与经典关系紧密，《周易·序卦》有言“贲者，饰也”；《尚书·汤诰》有言“贲若草木”，“草木贲华”的“贲”，义同“饰”，正是“依经立义”。“有心之器”的“器”与《周易·系辞上》“形而上者谓之道，形而下者谓之器”也有意义上的联系。一方面，“形而上者”即是“道”，它超越具体形态，是无形的道体；“形而下者”指具体有形的器用，是物质的，是道之用。人为“有心之器”，有具体的形态，是道之“用”。另一方面，说人是“有心之器”，也隐含着这样的意思：人具有多方面的才能，所有的才能正是“人文”的体现。所以才说：“有心之器，岂无文欤？”

二 人文之元，肇自太极

论述人文与天地并生之后，刘勰又论述了最初的“人文”——人类文明早期的神秘符号。最早的人文始于太极，八卦最早阐明神秘的道理（“幽赞神明，《易》象惟先”）。“庖牺画其始”指庖牺最初制作八卦，其具体情形记于《周易·系辞下》①；“仲尼翼其终”，指的是孔

① 《周易·系辞下》：“古者包牺氏之王天下也，仰则观象于天，俯则观法于地，观鸟兽之文，与地之宜，近取诸身，远取诸物，于是始作八卦，以通神明之德，以类万物之情。”参见（魏）王弼等注，（唐）孔颖达等正义《十三经注疏·周易正义》，上海古籍出版社1997年版，第86页。

子为阐释《周易》而作"十翼"[①]。"而《乾》《坤》两位，独制《文言》，言之文也，天地之心哉?"《周易》起首两卦也是最重要的两卦，即乾卦、坤卦，"以乾坤德大，故特文饰以为《文言》"[②]，"《文言》，文饰卦下之言也"[③]，言语有文采，正是天地的灵气。

在这一段话中，刘勰依据与《周易》有关的典故（"十翼""乾文言""坤文言"）以及经义原文（"古者包牺氏之王天下也……"），由"太极八卦"说到"十翼"，再具体说到十翼中的"《文言》"，依经立义，得出结论：言语的文采是天地灵气的表现。刘勰由具体特指的"《文言》有文采"而扩展泛化到所有的"言语"都有文采，其背后的运思路径还是"依经立义"。

最早的"人文"除了伏牺（羲）所创八卦、孔子所赞的《周易》，还有河图洛书。"河图洛书"，可见《周易·系辞上》："河出图，洛出书，圣人则之。"[④] 孔安国以为"《河图》则八卦是也，《洛书》则九畴是也"[⑤]。《洛书》即是《洪范》九畴，为大禹治水所用，《尚书·洪范》有相关表述[⑥]，争议不大，但"《河图》即八卦"一说，似与上文所引《周易·系辞下》关于伏牺创立八卦的经过相矛盾。伏牺创立八卦是仰观俯察、远近取象的结果，并不是直接从《河图》而来。李曰刚《文心雕龙斠诠》对《原道》篇赞语"龙图献体、龟书呈貌"的解释或许可以为此提供启发。李认为："龙图献体：言河龙负图，献出八卦的雏形；龟书呈貌：言洛龟背书，呈现九畴之概貌。"[⑦] 这就

① "十翼"：《上彖》《下彖》《上象》《下象》《上系》《下系》《文言》《序卦》《说卦》《杂卦》。参见（汉）司马迁《史记·孔子世家》，中华书局1959年版，第1937页。

② （魏）王弼等注，（唐）孔颖达等正义：《十三经注疏·周易正义》，上海古籍出版社1997年版，第15页。

③ （魏）王弼等注，（唐）孔颖达等正义：《十三经注疏·周易正义》，上海古籍出版社1997年版，第98页。

④ （魏）王弼等注，（唐）孔颖达等正义：《十三经注疏·周易正义》，上海古籍出版社1997年版，第82页。

⑤ （魏）王弼等注，（唐）孔颖达等正义：《十三经注疏·周易正义》，上海古籍出版社1997年版，第82页。

⑥ （汉）孔安国传，（唐）孔颖达等正义：《十三经注疏·尚书正义》，上海古籍出版社1997年版，第187页。

⑦ 李曰刚：《文心雕龙斠诠》，（台北）"国立"编译馆1982年版，第44页。

可以设想，《河图》并不是八卦本身，只是提供了八卦的雏形；伏牺在此基础上再仰观俯察、远近取象从而创立八卦。

“玉版金镂之实，丹文绿牒之华”两句互文见义，玉版金镂的实而华，丹文绿牒的华而实，谁在主宰[①]？也是神秘的“理”啊！由“亦”字来看，刘勰是把《河图》、《洛书》、八卦都看作神理的启示，从产生的先后来看，“《河图》孕乎八卦”，则河图早于八卦，“《洛书》蕴乎九畴”，九畴为大禹治水所用，大禹晚于伏牺，则八卦又早于《洛书》。不过，纬书《尚书中候握河纪》“河龙出图，洛龟书威，赤文绿字，以授轩辕”[②]，把《河图》《洛书》两部神秘的“天书”都归于黄帝，不涉及伏牺、大禹，这又与《周易》《尚书》的有关记载相矛盾。尽管刘勰认为“经足训矣，纬何豫焉”（《正纬》），但刘勰改“赤”为“丹”，曰“丹文绿牒”，不难看出，刘勰在“依经立义”之时，也受到了纬书一定的影响。

三 夫子继圣，独秀前哲

论述人文史上早期的神秘符号后，刘勰接着简述有文字以来的人文发展史，涉及的人物有：尧、舜、益稷、禹、周文王、周公旦、孔子。“依经立义”的情形有以下几处。

其一，“鸟迹代绳。”鸟迹，指书契（文字）。《周易·系辞下》有言“上古结绳而治，后世圣人易之以书契”[③]，认为“鸟迹代绳”的是“圣人”。孔安国《尚书序》“古者伏牺氏之王天下也，始画八卦，造书契，以代结绳之政，由是文籍生焉”[④]，直接点明伏牺以书契代替结绳记事，并且认为八卦和书契都是伏牺所创造。不过，关于“仓颉造

① “谁其尸之？亦神理而已”，“谁其尸之”，语出《诗经·召南·采蘋》。

② 马国翰：《玉函山房辑佚书》第6帙第2册，光绪九年长沙嫏嬛馆补校刊，第2页下栏。

③ （魏）王弼等注，（唐）孔颖达等正义：《十三经注疏·周易正义》，上海古籍出版社1997年版，第87页。

④ （汉）孔安国传，（唐）孔颖达等正义：《十三经注疏·尚书正义》，上海古籍出版社1997年版，第113页。

字"的传说也早有流传[①]，刘勰《练字》篇也认可"仓颉造字"之说[②]，但"鸟迹代绳"一说则明显依从于《周易》《尚书序》。

其二，"炎皞遗事，纪在《三坟》。""炎皞"，指炎帝神农氏，太皞伏牺氏。《三坟》，孔安国《尚书序》云："伏牺、神农、黄帝之书，谓之《三坟》，言大道也。"[③]

其三，"唐虞文章，则焕乎始盛。"源出《论语·泰伯》："子曰：'大哉尧之为君也！巍巍乎！唯天为大，唯尧则之。荡荡乎！民无能名焉。巍巍乎其有成功也，焕乎其有文章！'"[④] 孔子专言尧，而历来尧舜并称，故此连及（虞）舜[⑤]。

其四，"元首载歌，既发吟咏之志；益稷陈谟，亦垂敷奏之风。"此事记录在《尚书·益稷》篇。"元首载歌"指虞舜所唱之歌："肱股喜哉，元首起哉，百工熙哉"[⑥]，这首歌吟咏出了舜的情志。伯益和后稷陈述谋议，开启了陈言的风气。《尚书·益稷》禹曰："敷纳以言，明庶以功，车服以庸。……帝不时，敷同日奏罔功。"[⑦] 若帝举贤臣，陈布其言而纳受之；以功之大小显明众人之能；赐以车服，表其功之所用。若帝用臣不当，则远近流风趋同而日进于无功。

其五，"夏后氏兴，业峻鸿绩，九序惟歌，勋德弥缛。"夏后氏功绩记录在《尚书·禹贡》[⑧] 中。"九序惟歌"见于《尚书·大禹谟》

---

① 《荀子·解蔽》篇有言："故好书者众矣，而仓颉独传者，壹也。"《淮南子·本经训》："昔者仓颉作书，而天雨粟，鬼夜哭。"东汉许慎在《说文解字序》中"黄帝之史仓颉，见鸟兽蹄迒之迹，知分理之可相别异也，初作书契"。

② 《练字》："夫文象列而结绳移，鸟迹明而书契作，斯乃言语之体貌，而文章之宅宇也。仓颉造之，鬼哭粟飞；黄帝用之，官治民察。"

③ （汉）孔安国传，（唐）孔颖达等正义：《十三经注疏·尚书正义》，上海古籍出版社 1997 年版，第 113 页。

④ 程树德撰，程俊英、蒋见元点校：《论语集释》，中华书局 1990 年版，第 549、551 页。

⑤ （南朝梁）刘勰著，詹锳义证：《文心雕龙义证》，上海古籍出版社 1989 年版，第 19 页。

⑥ （汉）孔安国传，（唐）孔颖达等正义：《十三经注疏·尚书正义》，上海古籍出版社 1997 年版，第 144 页。

⑦ （汉）孔安国传，（唐）孔颖达等正义：《十三经注疏·尚书正义》，上海古籍出版社 1997 年版，第 143 页。

⑧ 参见（汉）孔安国传，（唐）孔颖达等正义《十三经注疏·尚书正义》，上海古籍出版社 1997 年版，第 146—153 页。

禹曰："德惟善政，政在养民。水、火、金、木、土、谷，惟修；正德、利用、厚生，惟和。九功惟叙，九叙惟歌。"① "九序"的具体所指在《左传》里有确切说明："六府三事，谓之九功。水、火、金、木、土、谷，谓之六府；正德、利用、厚生，谓之三事。"② 可见，刘勰用"九序惟歌"来赞颂大禹是依《尚书》《左传》而立义。

其六，"文王患忧，繇辞炳曜。"此本《周易·系辞下》而为言。"《易》之兴也，其于中古乎？作《易》者其有忧患乎？"③ "《易》之兴也，其当殷之末世，周之盛德邪？当文王与纣之事邪？"④

其七，"公旦多材，制诗缉颂。""公旦多材"见《尚书·金縢》"乃元孙不若旦多材多艺"⑤。"制诗辑颂"，《七月》《鸱鸮》周公所作⑥；《小雅·常棣》《大雅·文王》《周颂·清庙》《周颂·时迈》，并周公所制⑦。

其八，对孔子的高度赞颂。"金声而玉振"语出《孟子·万章下》"孔子之谓集大成。集大成也者，金声而玉振之也"⑧。"木铎起而千里应"乃合《周易》《尚书》《论语》而为言。"木铎"最早来自《尚书·胤征》"遒人以木铎徇于路"。孔安国传"木铎，金铃木舌，所以振文教"⑨。将孔子与木铎联系起来则见于《论语·八佾》："（仪封人）出曰：天将以夫子为木铎。"孔安国注："言天将命孔子制作法

---

① （汉）孔安国传，（唐）孔颖达等正义：《十三经注疏·尚书正义》，上海古籍出版社1997年版，第135页。

② （晋）杜预注，（唐）孔颖达等正义：《十三经注疏·春秋左传正义》，上海古籍出版社1997年版，第1846页。

③ （魏）王弼等注，（唐）孔颖达等正义：《十三经注疏·周易正义》，上海古籍出版社1997年版，第89页。

④ （魏）王弼等注，（唐）孔颖达等正义：《十三经注疏·周易正义》，上海古籍出版社1997年版，第90页。

⑤ （汉）孔安国传，（唐）孔颖达等正义：《十三经注疏·尚书正义》，上海古籍出版社1997年版，第196页。

⑥ 参见（南朝梁）刘勰著，范文澜注《文心雕龙注》，人民文学出版社1958年版，第10页。

⑦ 参见（南朝梁）刘勰著，黄叔琳注，杨明照校注拾遗《增订文心雕龙校注》，中华书局2012年版，第13页。

⑧ 杨伯峻译注：《孟子译注》，中华书局2008年版，第180页。

⑨ （汉）孔安国传，（唐）孔颖达等正义：《十三经注疏·尚书正义》，上海古籍出版社1997年版，第157页。

度，以号令于天下。"[①]《周易·系辞上》："子曰：'君子居其室，出其言善，则千里之外应之，况其迩者乎？'"[②]"木铎起而千里应"正是指孔子文教隆盛，影响广播。

"席珍流而万世响"中的"席珍"是"席上之珍"的缩略，此典故来自《礼记·儒行》。"哀公命席，孔子侍，曰：儒有席上之珍以待聘，夙夜强学以待问。"[③]周振甫认为："'席珍'指席位上的珍宝，指儒家所倡导的修身治国的理论。"[④]此论似可商榷。从原文出处来看，"席上之珍"应该和"夙夜强学"构成一个喻体和本体的关系，是指博闻强记的学识、文献、典故等而并非指儒家伦理。就《原道》篇此段而言，前面提到"雕琢情性，组织辞令"，詹锳认为"雕琢性情"，指修身言；"组织辞令"，指修辞言[⑤]，此论甚为有理。所以，"木铎起而千里应"赞扬孔子的儒家伦理教化深广，侧重修身的道德层面；"席珍流而万世响"则赞扬孔子的文章学识广博，侧重修辞的"文章"层面。至于此后的"写天地之光辉，晓生民之耳目矣"则又合论孔子的道德文章足与天地同光，可收启聋振聩之功。综合来看，刘勰对孔子的评价涉及三个方面："夫子继圣，独秀前哲"表明其独一无二的地位；"金声而玉振"表明其思想价值——儒家思想之大成；"木铎起而千里应，席珍流而万世响，写天地之光辉，晓生民之耳目矣"表明其道德文章的深远影响。

以上可知，刘勰评述历代儒家贤圣的人文功绩多是依经而立义，所依之经则包括《尚书》《周易》《礼记》《左传》《论语》《孟子》等。值得一提的是，刘勰在评述大禹与文王的时候，插入了一小段话"逮及商周，文胜其质，《雅》《颂》所被，英华日新"，这里的"商

---

① （魏）何晏等注，（宋）邢昺疏：《十三经注疏·论语注疏》，上海古籍出版社1997年版，第2468页。

② （魏）王弼等注，（唐）孔颖达等正义：《十三经注疏·周易正义》，上海古籍出版社1997年版，第79页。

③ （汉）郑玄注，（唐）孔颖达等正义：《十三经注疏·礼记正义》，上海古籍出版社1997年版，第1668页。

④ 周振甫注：《文心雕龙注释》，人民文学出版社1981年版，第6页。

⑤ （南朝梁）刘勰著，詹锳义证：《文心雕龙义证》，上海古籍出版社1989年版，第23页。

周，文胜其质”来自《礼记·表记》子曰：“虞夏之质，殷周之文，至矣。虞夏之文，不胜其质；殷周之质，不胜其文”①；“《雅》《颂》所被”，指《诗经》影响所及；“日新”来自《周易·大畜·彖》的“刚健笃实辉光，日新其德”②，《礼记·大学》：“汤之盘铭曰：‘苟日新，又日新，日日新’”③，短小的一段话，几乎每一个字都依据经典。

四 原道心以敷章，研神理而设教

刘勰在对人文发展史简要描述后，总结出两条规律，第一条关乎“神理设教”的途径与结果。“神理设教”的总途径是“原道心以敷章，研神理而设教”，具体而言则是“取象乎河洛，问数乎蓍龟，观天文以极变，察人文以成化”。《尚书·大禹谟》有“人心惟危，道心惟微”④，《周易·观·彖》有“圣人以神道设教，而天下服矣”⑤，这些都是刘勰“原道心以敷章，研神理而设教”的依据，也是赞语中“道心惟微，神理设教”的出处。“取象乎河洛，问数乎蓍龟”来源于《周易·系辞上》“探赜索隐，钩深致远，以定天下之吉凶，成天下之亹亹者，莫大乎蓍龟”⑥。“观天文以极变，察人文以成化”由《周易·贲·彖》“观乎天文，以察时变；观乎人文，以化成天下”⑦简化而来。

“神理设教”的结果是“经纬区宇，弥纶彝宪，发挥事业，彪炳

① （汉）郑玄注，（唐）孔颖达等正义：《十三经注疏·礼记正义》，上海古籍出版社 1997 年版，第 1642 页。

② （魏）王弼等注，（唐）孔颖达等正义：《十三经注疏·周易正义》，上海古籍出版社 1997 年版，第 40 页。

③ （汉）郑玄注，（唐）孔颖达等正义：《十三经注疏·礼记正义》，上海古籍出版社 1997 年版，第 1673 页。

④ （汉）孔安国传，（唐）孔颖达等正义：《十三经注疏·尚书正义》，上海古籍出版社 1997 年版，第 136 页。

⑤ （魏）王弼等注，（唐）孔颖达等正义：《十三经注疏·周易正义》，上海古籍出版社 1997 年版，第 36 页。

⑥ （魏）王弼等注，（唐）孔颖达等正义：《十三经注疏·周易正义》，上海古籍出版社 1997 年版，第 82 页。

⑦ （魏）王弼等注，（唐）孔颖达等正义：《十三经注疏·周易正义》，上海古籍出版社 1997 年版，第 37 页。

辞意”。“弥纶”语出《周易·系辞上》“《易》与天地准，故能弥纶天地之道”[①]，“彝宪”语出《尚书·冏命》“永弼乃后于彝宪”[②]，“弥纶彝宪”即“制订出包举一切的常法”。《周易·说卦》有“发挥于刚柔而生爻”、《周易·系辞上》有“举而措之天下之民谓之事业”[③]，“发挥事业”即从此整合而来。总的来说，“神理设教”可以取得伟大的功绩，这也证明了“文德”之伟大。

五　道沿圣以垂文，圣因文以明道

刘勰从人文发展史中总结出的第二条规律关乎“道”“圣”“经”三者的关系：“道沿圣以垂文，圣因文以明道。”大道沿着圣人垂显于经文之中，圣人因经文而阐明大道，这正是《原道》篇的主旨所在。笔者认为，《原道》赞语有言“天文斯观，民胥以效”，此话似可概括为“民因文而效教”。从“道”“圣”“经”“民”的联系来看，“文”确实具有伟大的功德。所以，刘勰总结说：“《易》曰：‘鼓天下而动者存乎辞。’辞之所以能鼓天下者，乃道之文也。”这是“依经立义”的一个典型例子，先引用经典（《周易·系辞上》“鼓天下之动者存乎辞”[④]），再顺着经义进行发挥：“辞之所以能鼓天下者，乃道之文也。”《系辞上》的“辞”指“卦爻辞”，卦爻辞既为揭示吉凶得失，则其义足以鼓动天下，使人奋发振作[⑤]。刘勰“依经”而“立义”，将“辞”由专指的“卦爻辞”变为泛指的“文辞”，并且指出“文辞之所以能鼓动天下”，就因为它是“道”的体现。这是对文章开头所说“文之为德也大矣”的呼应。这样，刘勰就确立了“文”的崇高地位。

---

① （魏）王弼等注，（唐）孔颖达等正义：《十三经注疏·周易正义》，上海古籍出版社1997年版，第77页。

② （汉）孔安国传，（唐）孔颖达等正义：《十三经注疏·尚书正义》，上海古籍出版社1997年版，第247页。

③ （魏）王弼等注，（唐）孔颖达等正义：《十三经注疏·周易正义》，上海古籍出版社1997年版，第83、93页。

④ （魏）王弼等注，（唐）孔颖达等正义：《十三经注疏·周易正义》，上海古籍出版社1997年版，第83页。

⑤ 黄寿祺、张善文：《周易译注》，上海古籍出版社2004年版，第528页。

需要指出的是，本节说到“道沿圣以垂文，圣因文而明道”，接着说“旁通而无滞，日用而不匮”，这里的“旁通”语出《周易·乾·文言》“六爻发挥，旁通情也”①，“旁通”和《周易》的象数之学也有关②；“日用而不匮”，典出《左传·襄公二十九年》季札观《颂》乐时的一段评语：“至矣哉！直而不倨，曲而不屈……用而不匮，广而不宣……盛德之所同也。”③ 此外，赞语中的“天文斯观，民胥以效”也和经典有关。《诗经·小雅·角弓》：“尔之教矣，民胥效矣”④，郑笺：“天下之人皆学之，言上之化下，不可不慎”⑤，所以，“天文斯观，民胥以效”不仅“依经”而立，而且其中还渗透了儒家的“敬慎”精神。

六 原于何道

原道论所原之“道”到底属于哪家哪派，仁者见仁，智者见智⑥。

---

① （魏）王弼等注，（唐）孔颖达等正义：《十三经注疏·周易正义》，上海古籍出版社1997年版，第17页。

② 参见第十章第三节《隐秀》篇的有关论述。

③ （晋）杜预注，（唐）孔颖达等正义：《十三经注疏·春秋左传正义》，上海古籍出版社1997年版，第2007页。

④ （汉）郑玄笺，（唐）孔颖达等正义：《十三经注疏·毛诗正义》，上海古籍出版社1997年版，第491页。

⑤ （汉）郑玄笺，（唐）孔颖达等正义：《十三经注疏·毛诗正义》，上海古籍出版社1997年版，第491页。

⑥ 正如马宏山所说，如果把许多对“道”的说法加以罗列，则有黄侃、刘永济的自然说；范文澜的儒家圣贤之大道说；陆侃如的儒家说；杨明照的三才说；郭绍虞的自然之道和儒道不矛盾说；黄海章的自然之道和圣人之道不能等同说；刘绶松的自然法则说；周振甫的道家说；曹道衡的儒佛调和说；寇效信的神秘的超自然的存在说，还有毕万忱的自身的规律说，以及邱世友同志的自然而然说；等等。马宏山本人则主张“以佛统儒，佛儒统一”。此外，周汝昌认为刘勰之道就是《易》道，亦即魏晋以来以王弼为代表的融合老、易而为一的易道。张少康提出刘勰思想“是以儒为主，而又兼通佛道的”。李建中认为刘勰是“文师周孔、道法自然、术兼佛玄”。张国庆认为：“以道家之‘道’开篇，以儒家之‘道’终结；以至上、形上、神秘的道家本体之‘道’为‘文’立基立极，以现实的以儒家思想为主体的圣人之‘道’作为‘人文’的实际楷范标则，以《周易》作为连接融通道儒或说由道入儒的桥梁，这就是《原道》篇的精义之所在，也是它的内在逻辑之所在。”参见张国庆、涂光社《〈文心雕龙〉集校、集释、直译》，中国社会科学出版社2015年版，第20页。

笔者限于篇幅，未能详谈，认为《原道》之“道”属于《易》道。《易》道非常特殊，它有两种形态：“形而上者谓之道，形而下者谓之器。”《原道》篇体现了《易》道的“形上”“形下”两种性质。《原道》篇开头两段所说的“天文、地文、人文”属于形而上层面，或称之宇宙本体之道。此后无论是“人文史”的考察，还是“神理设教”的途径与结果，或是“道”“圣”“经”之关系，都已经将“形而上”的哲学本体之道转换为“形而下”的政治伦理之道——具体指儒家之道[①]。宇宙本体之道是第一位的，是“体”，政治伦理之道反映宇宙本体之道，由圣人领悟而垂显于经书以教化民众，是第二位的，是“用”。“体用”都被包含在《易》道之中。此外，从《文心雕龙》的开篇《原道》和结尾《程器》来看，刘勰也有一种由“道”而“器”、道器合一、体用结合的思路[②]。这也可以说明《原道》篇所原之道应是《易道》。

第二节　奇正观

“奇正”，先见于兵家[③]，“奇”“正”相对亦见于《老子》，但奇正也是一个具有浓厚儒家背景的术语。“正”有正宗、正中、平正、正当、正固、正常、不偏不倚等含义，往往与儒家思想相联系；“奇”含有奇特、新奇、奇异、奇幻、奇妙、奇巧、异于正常等含义，往往与破除儒家思想有关系。刘勰的奇正观正涉及“奇”“正”两个方面，有三点基本内涵：“奇正兼通”“执正驭奇”“依义弃奇”。国庆师认为“奇正观”是“《文心雕龙》于文章、文学创作方面提出的一个关乎全局的根本性原则”[④]。笔者赞同此观点，并且认为“奇正观”三种内涵

① 赞语中的“光采玄圣，炳耀仁孝”更是明白地点出了其核心内容——“仁孝”。当然，政治伦理之道也具有抽象、形上性质，只是相对于宇宙本体的形上、抽象而言，略逊一筹。

② 参见张国庆、涂光社《〈文心雕龙〉集校、集释、直译》，中国社会科学出版社 2015 年版，前言第 4 页。

③ 张国庆、涂光社：《〈文心雕龙〉集校、集释、直译》，中国社会科学出版社 2015 年版，前言第 12 页。

④ 张国庆、涂光社：《〈文心雕龙〉集校、集释、直译》，中国社会科学出版社 2015 年版，前言第 13 页。

都与“依经立义”思维方式相关联。

一 奇正兼通

刘勰在《体性》篇里认为文章可分为八种风格，其中包含“典雅”“新奇”，这两种风格恰恰相反，刘勰对“典雅”持肯定态度，对“新奇”则稍有贬义。“新奇者，摈古竞今，危侧趣诡者”，“诡”者，“不正”也，“趣诡”即不合正道的趋向，新奇的风格，就是摆落古代体式，竞相创作今体，在危险的、不合正道的小路走向怪异。显然，刘勰对“新奇”的定义合乎其“宗经”思想，但刘勰又说“八体虽殊，会通合数，得其环中，则辐辏相成”，主张八种风格（包含“雅典”与“新奇”两种风格）要能融会贯通。

《定势》篇：“渊乎文者，并总群势；奇正虽反，必兼解而俱通。”刘勰认为，深于为文者，能综合各种体势；而文章体势又有雅正与新奇之分，虽然相反，但必须全部了解并通晓其用法。

《知音》篇“六观”之四即是“观奇正”，指批评者要观察作品或奇或正的表现手法，要能整体把握。

二 执正驭奇

《定势》说，“旧练之才，则执正以驭奇”。“执正驭奇”表明“正”为主，“奇”为辅，两者相互配合，但“正”占主要地位。

《文心雕龙》的“文之枢纽”五篇其实体现了“奇正相参”“执正驭奇”的用意。前三篇“道圣经”三位一体，代表着“正”，纬书离骚与“经”不同，有着独特的价值，代表着“奇”，“文之枢纽”五篇体现着一种奇正相参的逻辑联系。代表“正”的三篇以《宗经》为代表，提出了一系列的“为文法则”，这些法则有着明显的“依经立义”色彩；代表着“奇”的《正纬》《辨骚》两篇认为：纬书、离骚的“奇”对文章写作有巨大帮助，因此要“酌乎纬”“变乎骚”（详见第八章）。

《正纬》认为，"纬书""事丰奇伟，辞富膏腴"，这是与经典的"正"完全不同的"奇"，这种"奇"虽"无益经典"而"有助文章"。《辨骚》认为，屈原的《楚辞》能超越前人而切合当世，极富表现力和感染力，对后代影响深远。所以，刘勰主张融合《诗》《骚》进行创作，"酌奇而不失其贞，玩华而不坠其实"。"酌奇而不失其贞"，酌取离骚的"奇"（主要指辞藻艳丽、描写生动、抒情细腻等）但不能失去"正"，即不能失去雅正的儒家经典的指引。

"执正驭奇""酌奇而不失其贞"，突出了"正"的支配地位，也强调"奇"对文学创作的重要作用，这虽然一定程度上跳出了"依经立义"的范围，但其中的"依经立义"色彩依然很突出——特别是对"正"的突出强调。

儒家经典非常强调"正"，如《周易·乾·文言》云："知进退存亡而不失其正者，其唯圣人乎？"[①]《周易·系辞下》："开而当名，辨物正言，断辞则备矣。"[②]《尚书·洪范》："无反无侧，王道正直。"[③]《毛诗序》："《关雎》……所以风天下而正夫妇也。"[④]《礼记·乐记》："是故先王之制礼乐也……将以教民平好恶，而反人道之正也。"[⑤]《左传·隐公十一年》："政以治民，刑以正邪。"[⑥]《桓公二年》："礼以体政，政以正民。"[⑦]《论语》："必也正名乎！……名不正，则言不顺；

① （魏）王弼等注，（唐）孔颖达等正义：《十三经注疏·周易正义》，上海古籍出版社1997年版，第17页。

② （魏）王弼等注，（唐）孔颖达等正义：《十三经注疏·周易正义》，上海古籍出版社1997年版，第89页。

③ （汉）孔安国传，（唐）孔颖达等正义：《十三经注疏·尚书正义》，上海古籍出版社1997年版，第190页。

④ （汉）郑玄笺，（唐）孔颖达等正义：《十三经注疏·毛诗正义》，上海古籍出版社1997年版，第269页。

⑤ （汉）郑玄注，（唐）孔颖达等正义：《十三经注疏·礼记正义》，上海古籍出版社1997年版，第1528页。

⑥ （晋）杜预注，（唐）孔颖达等正义：《十三经注疏·春秋左传正义》，上海古籍出版社1997年版，第1736页。

⑦ （晋）杜预注，（唐）孔颖达等正义：《十三经注疏·春秋左传正义》，上海古籍出版社1997年版，第1743页。

言不顺，则事不成。"[1] 以上列举的"正"，除了"正常""正当""正确"等义，还有动词"规范""端正""纠正"义，反映了儒家经典对"正"的突出强调。刘勰受此影响，强调正主奇辅，"执正驭奇""酌奇而不失其贞"。

三 依义弃奇

刘勰在《史传》《练字》《定势》篇中提及"依义弃奇"。

《史传》篇中，刘勰转述了班固对司马迁的评价——"爱奇反经之尤"，他对司马迁的"好奇反经"似乎也有批评。在总结史书撰写之难时，刘勰则比较具体地谈到了"爱奇"的危害。他认为，史料如果可疑，宁肯从缺，这是尊重历史的做法（"文疑则阙，贵信史也"）。世俗之人喜爱新奇而不顾实理（"俗皆爱奇，莫顾理实"），听闻传说却想夸大事迹，追述远古还想使事迹详细起来，故意舍弃共同的认识而标新立异，穿凿附会，旧史没有记载的，有些人却写得很广博，这真是史书讹滥的根源，追述远古史的大害。

刘勰反对爱奇违理，主张"文疑则阙"。"文疑则阙"源出《论语·卫灵公》。

> 子曰：吾犹及史之阙文也，有马者借人乘之[2]，今亡矣夫！

孔子说："我还能看到史书存疑的地方。有马的人（自己不会训

① 程树德撰，程俊英、蒋见元点校：《论语集释》，中华书局1990年版，第886、892页。

② "史之阙文"与"有马借人乘之"，其间有什么关联，历来有争议。包咸《论语章句》和皇侃《义疏》都把它们看作不相关的两件事，宋叶梦得《石林燕语》根据《汉书艺文志》引文无"有马"等七字，怀疑其为衍文。杨伯峻也主张把它看作两件事，但钱穆《论语新解》认为两者有内在一致性，"史之阙文：一说：史官记载，有疑则阙。一说：史者掌书之吏，遇字不知，阙之待问，不妄以己意别写一字代之。有马者借人乘之：一说：如子路车马与朋友共。一说：马不调良，借人服习之。借，犹藉义。借人之能以服习己马也。史阙文，以待问。马不能驭，借人之能代己调服。此皆谨笃服善之风。一属书，一属御，孔子举此为学六艺者言，即为凡从事于学者言。孔子早年犹及见此二事，后遂无之，亦举以陈世变"。笔者认可钱穆先生的看法。参见钱穆《论语新解》，巴蜀书社1985年版，第388页。

练）先给别人使用，这种精神，今天也没有了啊!"[1] 刘勰借孔子对"古史存疑"的赞叹主张"文疑则阙"，又据"文疑则阙"反对撰写史书时"爱奇违理"，体现了依经立义的理论建构模式。

在《练字》篇里，刘勰针对典籍在传写过程中出现的"音讹文变"现象，直接提出了"依义弃奇，订正文字"的主张。他认为，爱奇之心，古人今人都有，但是，应该像孔子慎重对待古史阙文的做法那样（"史之阙文，圣人所慎"），依义而弃奇，就可以订正文字了。显然，这也是依经而立义。

《定势》篇里，刘勰针对近代辞人的"效奇之法"展开了尖锐的批判：

> 效奇之法，必颠倒文句；上字而抑下，中辞而出外，回互不常，则新色耳。夫通衢夷坦，而多行捷径者，趋近故也；正文明白，而常务反言者，适俗故也。然密会者以意新得巧，苟异者以失体成怪。

"颠倒文句""上字抑下""中辞出外""反言"等，都是"失体成怪"，都有违"自然"的法度[2]，都是应该"依义"而"弃"的"奇"!

略举一例，可见当时所谓"颠倒文句"的"效奇之法"之一斑。庾信《梁东宫行雨山铭》有言"草绿衫同、花红面似"。这句话的正常语序应该是"衫同草绿，面似花红"，虽有押韵的需要，但"其有意取讹者，亦好新奇之过也"。[3]

总之，刘勰的"奇正观"涉及"正"与"奇"两个方面，"正"往往与遵守儒家规范相关，"奇"往往与破除儒家束缚有关。"奇正观"有三方面的内涵："奇正兼通""执正驭奇""依义弃奇"。文章既要坚持正大、正常，也要吸收奇异、奇幻，但要以"正"为主，

---

① 杨伯峻译注：《论语译注》，中华书局2006年版，第189页。

② 张国庆、涂光社：《〈文心雕龙〉集校、集注、直译》，中国社会科学出版社2015年版，第567页。

③ 范文澜注：《文心雕龙注》，上海古籍出版社1958年版，第525页。

“奇”不能妨碍“正”，否则宁肯“依义弃奇”。

第三节 体性论

《体性》篇是《文心雕龙》的重要一篇。杨明先生认为：“《体性》可以说是我国文学批评史上的第一篇风格专论。在刘勰之前，曹丕已经谈到了这一问题，但未作深入探讨。刘勰则不但从理论上作了细致的分析，而且还从写作实践方面作切实的指导。在我国古代风格论的发展中，刘勰是有重要贡献的。”①

《体性》篇不仅是文论史上第一篇风格专论，在古代风格论的发展中有重要贡献，而且和《体势》《才略》《程器》等篇密切关联，构成了《文心雕龙》作家批评的重要内涵。不仅如此，刘勰本人也认为“体性论”很重要：“摹体以定习，因性以练才，文之司南，用此道也。”“文之司南”说明了“体性”的重要性。那么，“体性论”的具体内容是什么？其中的依经立义又是何情形呢？

一 “才气学习”四性

刘勰认为，作家才性有四个因素：“才、气、学、习”，“才、气”属于先天“情性”，“学、习”属于后天“陶染”。“才”有平庸与杰出之别，“气”有刚柔之异，学识有浅有深，习染有雅有郑。四性的综合凝聚，使得作品风格呈现得千差万别。尽管存在巨大差别，却和主体的“才、气、学、习”脱不开关系：文辞义理的俊秀与凡庸都不能超越作者自身的才能；文风趣向的刚健与温柔，难道会与其气质个性不符吗？用事取义的深浅，从未听说与其学识相背；文章体式是雅还是俗，很少与其写作习染相反。人人都是顺着各自的“才气学习”来写作，作品风格就像人的脸面一样差别很大（“各师成心，其异如面”）。

四因素中，“才气”比“学习”更重要。因为，“才气”受自先天

① 杨明：《文心雕龙精读》，复旦大学出版社2007年版，第121页。

禀赋，可遇而不可求；“学习”则可能通过后天的努力勤奋来扩展。《事类》篇也说：“才为盟主，学为辅佐。主佐合德，文采必霸”，才是主，学是辅，其意甚明；又说“文章由学，能在天资”，文章出于学问，才能在于天资，也说明天资更重要。但是，后天的“学、习”也很重要。因为通过后天的“学、习”可使作者的“才气”发生改变，一定程度上改善天赋，当然这个过程慢慢才会显现出来[①]。

张利群认为，“才、气、学、习”说是作者创作素质构成学说，是刘勰风格论不可缺少的重要组成部分[②]；刘勰对作者创作素质构成的每个要素都有高标准的要求，也就是创作者要“才俊”“气清”“学深”“习雅”，这样才能保证作者的高素质、高水平，保证文学创作的质量和水准[③]。此论似可商榷，刘勰要求创作者“气清”未必准确。刘勰只说“气有刚柔”，这种或刚或柔的个性是不能肯定一方否定另一方的。曹丕也说，“文以气为主。气之清浊有体，不可力强而致……虽在父兄，不能以移子弟”[④]，换句话说，“气清”也好，“气浊”也好，都是先天禀赋，都是作家创作素质之构成。

再来说说“四性”“依经立义”的情况。本篇开篇“情动而言形，理发而文现”前半句暗引《诗大序》“情动于中而形于言”，后半句出自《礼记·乐记》“理发诸外”[⑤]，由此得出“沿隐以至显，因内而符外者也”这一推论。此一“依经立义”得出的推论实为全篇讨论之基础前提。

具体就“四性”而言，“习有雅郑”的“雅郑”，显然与《诗经》的《大雅》《小雅》《郑风》有关，起初指的是《诗经》的不同内容，后来则指“雅”与“俗”的音乐风格。《论语》多次提到“郑声”，

---

① 《体性》赞语：“习亦凝真，功沿渐靡。”

② 张利群：《中国古代作者创作素质构成论研究——刘勰的“才气学习”说新解》，《江西师范大学学报》2002年第4期。

③ 张利群：《〈文心雕龙〉体制论》，广西师范大学出版社2010年版，第279页。

④ 郭绍虞主编：《中国历代文论选》第1册，上海古籍出版社2001年版，第158—159页。

⑤ “理发诸外，而民莫不承顺。”（汉）郑玄注，（唐）孔颖达等正义：《十三经注疏·礼记正义》，上海古籍出版社1997年版，第1544页。

都是负面评价，“放郑声，远佞人。郑声淫，佞人殆”[①]，“恶紫之夺朱也，恶郑声之乱雅乐也”[②]。孔子提倡雅正平和的雅乐而反对“郑声”，因为郑声追求情感和感官的快适，以放纵的节奏旋律畅抒本然的情感，这种特点使其“声哀而不庄，乐而不安，慢易而犯节，流湎而忘本，广则容奸，狭则思欲，感涤荡之气而灭平和之德”。[③] 简单来说，“郑声”不讲节制超越规矩（此即“淫”），不符合中和之美的审美理念。“雅郑”是一个经典的儒家语汇。“习有雅郑”有“依经立义”色彩。

另外，“气有刚柔”的“刚柔”，也与《周易》有关。《周易·系辞上》“刚柔相摩，八卦相荡”，《系辞下》“刚柔相推，变在其中矣”“刚柔者，立本者也”，《说卦》：“立地之道曰柔与刚”[④]。“气有刚柔”的“刚柔”指阴阳二气，符合《周易》的话语背景。此外，“各师成心，其异如面”前半句出自《庄子》[⑤]，后半句出自《左传·襄公三十一年》：“子产曰：‘人心之不同，如其面焉’”[⑥]，仍可看出“依经立义”的痕迹。

二 数穷“八体”

作家的“才气学习”各不相同，作品也呈现完全不同的面貌，可归为“八体”：典雅、远奥、精约、显附、繁缛、壮丽、新奇、轻靡。其中，第一体显然与儒家经典相关联。“典雅者，熔式经诰，方轨儒门者也”，镕铸取法儒家经典，遵循儒家规范。“雅与奇反”，故第七体“新奇”也和儒家有关，只不过是负面意义上的相关。新奇的风格

① 杨伯峻译注：《论语译注》，中华书局 2006 年版，第 185 页。

② 杨伯峻译注：《论语译注》，中华书局 2006 年版，第 211 页。

③ 赖力行：《中国古代文论史》，岳麓书社 2000 年版，第 17 页。

④ （魏）王弼等注，（唐）孔颖达等正义：《十三经注疏·周易正义》，上海古籍出版社 1997 年版，第 76、85、85、93 页。

⑤ 《庄子·齐物论》：“夫随其成心而师之，谁独且无师乎？”（参见陈鼓应注译《庄子今注今译》，中华书局 1983 年版，第 58 页。）“成心”即成见，但本文中该词没有贬义，指已定型的内心情性。

⑥ （晋）杜预注，（唐）孔颖达等正义：《十三经注疏·春秋左传正义》，上海古籍出版社 1997 年版，第 2016 页。

则摈弃古典范式竞相创作新体，在危险的小径上趋向怪异。可见这两体在内容上以儒家精神为旨归。另外六体，远奥的风格辞采繁复，以玄学思想为宗旨。精约风格字句精简，剖析入微。显附风格文辞质直、意义畅达，契合事理让人满意。繁缛的风格比喻众多辞采丰富，像分支别派似的繁密而又富有光彩。壮丽的风格议论卓越，体制宏伟，文采突出。浮靡的风格文辞浮华，没有根基，轻飘飘而又显得低俗[①]。这六体中，“轻靡者，浮文弱植，缥缈附俗者也”，没有深厚的情感作根基，只是用虚饰的辞藻来取悦世俗之人，这种风格与“宗经六义”所谓“情深而不诡”是相反的，与《礼记·乐记》所谓“情深而文明”[②] 也是相违背的，因此这种风格是儒家不提倡的。“精约者，核字省句”显然与儒经的“辞尚体要”有关。所以，八体之中，至少有四种和儒家精神有关。此外，应该看到，刘勰对“新奇”“轻靡”两体不无微词，针砭时弊的用意十分明显。[③]

有一个问题需要说明，刘勰说“总其归途，数穷八体”，是不是只有这八种风格就没有其他风格了呢？詹锳对这个问题的理解是具有启发意义的。他说：“有些作家作品的风格，属于某种基本类型的亚型，……还有许多作家作品的风格可能属于中间型的，它可能介于繁缛和精约之间，也可能介于典雅和轻靡之间……实际上这八种基本类型可以组合成几十种甚至上百种不同的风格。”[④] 也就是说，基本风格类型有八种，但还有许多的组合型、亚型、中间型，所以风格是千变万化的，正如清刘开《书文心雕龙后》所说：“论及《体性》，八途包乎万变。”[⑤] 所以，刘勰也说“文辞根叶，苑囿其中”，意思是八体包

---

① 《体性》：“远奥者，复采曲文，经理玄宗者也。精约者，核字省句，剖析毫厘者也。显附者，辞直义畅，切理厌心者也。繁缛者，博喻酿采，炜烨枝派者也。壮丽者，高论宏裁，卓烁异采者也。轻靡者，浮文弱植，缥缈附俗者也。”

② （汉）郑玄注，（唐）孔颖达等正义：《十三经注疏·礼记正义》，上海古籍出版社 1997 年版，第 1536 页。

③ 张国庆、涂光社：《文心雕龙集校、集注、直译》，中国社会科学出版社 2015 年版，第 515 页。

④ 詹锳：《〈文心雕龙〉的风格学》，人民文学出版社 1982 年版，第 8—9 页。

⑤ （清）刘开：《书文心雕龙后》，载《丛书集成续编》第 194 册《孟涂骈体文》卷 2，台北：新文丰出版公司 1988 年影印版，第 319 页上栏。

括了文章的内容与形式，也涵括了所有的风格。刘勰不仅强调八体的概括性与涵盖面，还谈到“八体虽殊，会通合数”，八体虽各不相同，要融会贯通才合乎规律，这就体现了风格的综合化与融通性。“会通”一词，正来源于《周易》中的“圣人有以见天下之动，而观其会通”[①]。所以，强调“会通八体”也是“依经立义”。

三 体性批评十二例

《体性》篇根据“体”与“性”的关系对十二位作家进行了评论。刘勰首先认为，八体风格屡屡变化，要靠作者不断学习才会有这样的效果。才力蕴于心中，最初由气质而肇始。气质充实情志，情志确定语言（“气以实志，志以定言”）。作家倾吐华美的文辞，无一不出自己的情性（“吐纳英华，莫非情性”）。此后连举十二位作家为例，说明情性与文风的关联：贾谊才气俊秀，所以文风高洁清雅，司马相如狂傲放诞，所以持理过分文辞虚浮……潘岳性格轻薄而敏慧，所以文辞锋芒毕露；陆机庄重，所以情事繁复而辞义含蓄[②]：以此类推，内在情性与外在风格必然相符。刘勰体性批评十二例，充分表明作家的内在情性与作品的外在风格具有一致性。

需要指出的是，刘勰在开展体性批评的时候，仍然遵循“依经立义”的理论范式，这里有两处是“依经立义”。一是“气以实志，志以定言”，此话原出《左传·昭公九年》“味以行气，气以实志，志以定言”。杜预注：“气和，则志充；在心为志，发口为言。”[③] 此为原文

---

① （魏）王弼等注，（唐）孔颖达等正义：《十三经注疏·周易正义》，上海古籍出版社 1997 年版，第 83 页。

② 《体性》：“贾生俊发，故文洁而体清；长卿傲诞，故理侈而辞溢；子云沉寂，故志隐而味深；子政简易，故趣昭而事博；孟坚雅懿，故裁密而思靡；平子淹通，故虑周而藻密；仲宣躁竞，故颖出而才果；公干气褊，故言壮而情骇；嗣宗俶傥，故响逸而调远；叔夜俊侠，故兴高而采烈；安仁轻敏，故锋发而韵流；士衡矜重，故情繁而辞隐：触类以推，表里必符，岂非自然之恒姿，才气之大略哉！”（《文心雕龙·体性》）

③ （晋）杜预注，（唐）孔颖达等正义：《十三经注疏·春秋左传正义》，上海古籍出版社 1997 年版，第 2057—2058 页。

引用，意义基本保持经典中的原意。二是“吐纳英华，莫非情性”，语意取自《礼记·乐记》中的“和顺积中，而英华发外”①，两者都谈到了“英华发外”，强调的都是“中”与“外”的一致。

四 学慎始习

《体性》篇最后一段中，刘勰在进行体性批评之后，再回过头来谈文章写作。他认为，文风由作者的“性”所决定，这“性”又有“才、气、学、习”四类，分别由先天的“情性所铄”与后天的“陶染所凝”。由于先天的“情性”难以改变，能改变的只有后天的“学、习”，所以后天的“学、习”就特别重要。而尤其重要的是最开始的“学、习”，即“学慎始习”。为什么要“学慎始习”呢？在刘勰看来，学习就像“斫梓染丝”一样，一开始就确定了其基本的规格与格局，待到“器成采定”之后，就很难改变了。如何才能“学慎始习”呢？在刘勰看来，孩童初写文章，一定要学习雅正的体制（“童子雕琢，必先雅制”）。一开始就要“正”，这是“根本”，抓住了这个根本，其他的“枝节”就很容易掌握，思路也就自然圆转。八种风格虽然各不相同，统贯起来就会发现其中的规律，抓住关键就会像车毂统摄辐条一样形成运转自如的车轮。刘勰最后从文章写作指南的高度指出了“学慎始习”的意义：模仿雅正的文体以保证雅正的习染，顺着各自的情性以锤炼文才（“摹体以定习，因性以练才”），这是文章写作的“司南”啊！“文之司南”，涉及“体”“习”“性”“才”之间的关系，但从根本上讲，还是重视“学慎始习”的问题。

在《体性》篇的最后一段里，有两处“依经立义”。一是“童子雕琢，必先雅制”，此与《易·蒙·彖》“蒙以养正”思想相通。“蒙以养正，圣功也”②，在童蒙（蒙昧）之时，要培养他的正气，这

① （汉）郑玄注，（唐）孔颖达等正义：《十三经注疏·礼记正义》，上海古籍出版社1997年版，第1536页。

② （魏）王弼等注，（唐）孔颖达等正义：《十三经注疏·周易正义》，上海古籍出版社1997年版，第20页。

是伟大的功绩。二是“学慎始习”“摹体以定习”与孔子“性相近也，习相远也”[①] 有意义联系。人（学童）的性情相近，习染不同，往后的差别就会很大。所以，一开始就要模仿学习雅正作品（特别是儒家经典类作品）从而形成雅正习染。这一思想在《附会》篇也有表述，正所谓“才童学文，宜正体制”，两者都与《周易》“蒙以养正”有依立关系。

第四节 风骨论

“风骨”是“龙学”热点，但其内涵、渊源与价值等基本问题，在学术界仍有不少争议。笔者认为，“风骨”论体现了《文心雕龙》“风清骨峻”的风格美学，是“为文法则”的重要内容，其渊源与儒家经典特别是《周易》的刚健精神有关。

一 “风骨”的内涵

《风骨》篇集中论述“风骨”，其内涵包括两个方面。

（一）何为“风骨”？

刘勰认为“风”为“情”所“含”，若有“意气俊爽”之“情”，则文之风“清”，“深乎风者，述情必显”，反之则“思不环周，牵课乏气”。“骨”为“辞”所“待”，若“结言端直”，则“文”有“骨”，“练于骨者，析辞必精”。

整体而言，“捶字坚而难移，结响凝而不滞，此风骨之力也”，炼字确凿而难以改换，语句成韵而不板滞，这就是风骨之力的体现。“风骨”不仅表现在用字和用韵方面，更与作品的整体效果相关。“若能确乎正式，使‘文明以健’，则风清骨峻，篇体光华。”如果建立正确体式，使文辞明朗而刚健，就会风力清新、骨力挺拔，整部作品闪耀光华。

---

① 杨伯峻译注：《论语译注》，中华书局2006年版，第204页。

张少康先生认为，“风骨”可以理解为“文学作品的精神风貌美，风侧重于指作家主观的感情、气质特征在作品中的体现；骨侧重于指作品客观内容所表现的一种思想力量”①。祖保泉认为，“骨”包含三个重要因素：“（一）文章意脉清楚；（二）用词精当；（三）词调朗畅。”②

（二）风骨与辞采的关系

张少康先生认为，风骨指作品的精神风貌特征，它和作为物质手段的辞采恰好构成一组对立的关系，实际上也就是内容与形式关系的一种表现。③ 此话有理，风骨只是内容的“一种表现”，辞采也只是形式的“一种表现”，两者不能扩大为“内容与形式的关系”。风骨与辞采的关系，在对立中又相互依存。

如果辞藻丰富完备，却没有爽利刚健的风骨，那么文章就会黯淡无光，音节也难以动人。这就说明仅有“辞采”还不行，应该在有辞采的基础上追求“风骨”。风骨与辞采，就像飞鸟的双翼，缺一不可。

刘勰还比喻论证“风骨”与“辞采”的相互依存：“若风骨乏采，则鸷集翰林；采乏风骨，则雉窜文囿”，“鸷”是指鹰隼一类猛禽，鹰隼虽缺乏华丽的羽毛却高飞空中（“鹰隼乏采而翰飞戾天”），这是由于它们骨劲而气猛；“雉”即雉鸡，它们具备五彩毛色却只能小飞百步，这是由于它们肌肉丰腴气力不足。无论是“鸷”，还是“雉”，都存在某些方面的缺陷，如果兼具高耀的辞藻和高翔的风骨之力，两者相得益彰，才是文章中的“凤凰”啊（“惟藻耀而高翔，固文笔之鸣凤也”）。

值得指出的是，这里的“翰飞戾天”出自《诗经·小雅·小宛》中的“宛彼鸣鸠，翰飞戾天”④，意为高飞在天；“文笔之鸣凤”暗引

① 张少康：《风骨论——论文学的精神风貌美与物质形式美》，载张少康《文心雕龙新探》，齐鲁书社 1987 年版，第 131 页。

② 祖保泉：《祖保泉选集·文心雕龙解说》，安徽教育出版社 2012 年版，第 463 页。

③ 张少康：《风骨论——论文学的精神风貌美与物质形式美》，载张少康《文心雕龙新探》，齐鲁书社 1987 年版，第 132 页。

④ （汉）郑玄笺，（唐）孔颖达等正义：《十三经注疏·毛诗正义》，上海古籍出版社 1997 年版，第 451 页。

《诗经·大雅·卷阿》中的“凤凰鸣矣”[①]，也显示了词汇上的“依经”而立。

二 “风骨”论乃“依经”而立

从“风骨”与儒家经典的有关论述来看，两者存在“依立”关系。

（一）“风骨”之“风”与《毛诗序》之“风”

“风骨”的“风”指情感的感染力，它与《诗大序》之“风”有依立关系。《毛诗序》说：“风，风也，教也；风以动之，教以化之”[②]；《风骨》篇则说“斯乃化感之本源，志气之符契也”，两者都强调“诗有教化作用”。

《毛诗序》又说“情动于中而形于言，言之不足，故嗟叹之……”；《风骨》篇说“怊怅述情，必始乎风”，两者都认识到了“诗人必有深刻感受才能动笔”。

但是，《风骨》之“风”与《毛诗序》之“风”并不能完全等同，因为刘勰在“依经立义”的过程中把“气”和“风”联系起来了，从而加入了新的内涵。“气”蕴于内，处静态；“风”发于外，处动态，所以“风”是“志气”之“符契”。“缀虑裁篇，务盈守气”，创作之先，一定要守持作者的气质性情。刘勰之所以批评“习华随侈、流遁忘反”的文风，与此种文风“瘠义肥词”有关，也与它缺少鲜明的气质个性、没有主体之“气”有关。

《风骨》之“风”与《毛诗序》之“风”还有重要区别，即刘勰对“风”提出了特定要求。“意气俊爽，则文风清焉”“深乎风者，述情必显”“风力遒也”，“清新”“明显”“遒劲”[③]，正是刘勰对“风”

① （汉）郑玄笺，（唐）孔颖达等正义：《十三经注疏·毛诗正义》，上海古籍出版社1997年版，第547页。

② （汉）郑玄笺，（唐）孔颖达等正义：《十三经注疏·毛诗正义》，上海古籍出版社1997年版，第269页。

③ 庄子关于“风”的论述：“大块噫气，其名为风，是惟无作，作则万窍怒号”，这样的“风”威力强劲，与刘勰所谓“风力遒”有相通之处，可能对于刘勰“风骨论”有一定的影响。参见陈鼓应注译《庄子今注今译》，中华书局1983年版，第39页。

的特定要求。

（二）“风骨”与经典的“刚健”

李凯认为，刘勰“风骨”的文化根源不仅和魏晋时期品评人物的相人之术有关，更和儒家提倡的“刚健中正”的人格精神有关[①]。“刚健中正”的人格精神在《周易》有突出表现，其《大有》《同人》两卦彖辞直接影响了《文心雕龙》“风骨”论的建构。

“刚健中正”出自《周易·乾·文言》[②]，原初意义和占卜有关：“刚”指阳爻；“健”是“乾”之卦德；“中”指二、五爻；“正”指阴爻处阴位，阳爻处阳位。后来，“刚健中正”被合理地引申为“刚强劲健，居中守正”[③]之意。此外，《周易》多处提到“刚”“健”“中”“正”[④]，包括“大”“刚健”“充实”“辉光”等。孟子提出的“充实之谓美，充实而有光辉之谓大”[⑤]的精神似乎正好涵盖《周易》“刚健中正”精神。刘勰“风骨”论最基本的特征是“力”，是阳刚之美[⑥]。此种“阳刚之美”的追求与《周易》“刚健中正”所蕴含的“阳刚之美”正相符。更具体来说，刘勰的“风骨”论直接来源《大畜》（䷙）、《同人》（䷌）彖辞的“刚健精神”。

《周易·大畜·彖》的“刚健笃实辉光，日新其德”[⑦]，《风骨》借其语而变为“刚健既实，辉光乃新”，“既”与“乃”表明一种条件关系，先有“刚健之气”充实，后有“辉光之采”显现。“刚健之气”是风骨之力的来源。

---

① 李凯：《“风骨”精神的文化阐释——兼论刘勰〈文心雕龙·风骨〉与儒家思想的联系》，《四川师范大学学报》2002年第5期。

② （魏）王弼等注，（唐）孔颖达等正义：《十三经注疏·周易正义》，上海古籍出版社1997年版，第17页。

③ 黄寿祺、张善文：《周易译注》，上海古籍出版社2004年版，第17页。

④ 如《需·彖》“刚健而不陷”，《师·彖》“刚中而应”，《比·彖》“以刚中也”，《小畜·彖》“健而巽，刚中而志行”，《同人·彖》“文明以健，中正而应”，《大有·彖》“其德刚健而文明”，《大畜·彖》“刚健笃实辉光，日新其德”，等等，见（魏）王弼等注，（唐）孔颖达等正义《十三经注疏·周易正义》，上海古籍出版社1997年版，第23、25、26、26、29、30、40页。

⑤ 杨伯峻译注：《孟子译注》，中华书局2008年版，第263—264页。

⑥ 牟世金：《“龙学”七十年概观（下）》，《社会科学战线》1988年第1期。

⑦ （魏）王弼等注，（唐）孔颖达等正义：《十三经注疏·周易正义》，上海古籍出版社1997年版，第40页。

《风骨》篇又说，“若能确乎正式，使‘文明以健’，则风清骨峻，篇体光华”，“篇体光华”与“光辉乃新”有一致之处，而“文明以健”直接引用《同人》彖辞。《同人》“文明以健，中正而应”，其卦下离上乾（☲），离者明也，乾者健也，二、五爻中正且阴阳相应。刘勰引用“文明以健”，其义有所改变，可理解为“文辞鲜明而刚健”，这样的效果就会“风清骨峻，篇体光华”。

从以上对两则彖辞的引用分析，可以看出《风骨》篇对《周易》的依立，也可看出《周易》“刚健中正”精神对《风骨》的影响。其他经典中也有丰富的“刚健”精神，如《尚书·舜典》“刚而无虐”、《诗经·大雅·烝民》“柔亦不茹，刚亦不吐；不侮矜寡，不畏强御”①、《礼记·儒行》“儒有可亲而不可劫也，可近而不可迫也，可杀而不可辱也……其刚毅有如此者”② 等。它们与《周易》一起，构成了刘勰“风骨”论的儒家思想源头。

第五节 通变论

齐梁时期是中国古代文学文体发展的一个重要阶段，如何看待评价文学创作中出现的“新变”，是摆在文论家面前的一个重要问题。当时的文论家主要提出了“复古”“新变”“通变”三种主张。裴子野为“复古”论代表，他认为当时的文坛“淫文破典，斐尔为功，无被于管弦，非止于礼义。深心主卉木，远致极风云，其兴浮，其志弱”③，主张回归《诗经》“四始六义”的传统。“新变”论以萧子显、萧纲、萧统、萧绎为代表。萧子显在《南齐书·文学传论》提出“若无新变，不能代雄”④ 的响亮口号。萧纲在《与湘东王书》中说“远

① 此诗在《左传·文公十年》和《左传·定公四年》两次被称引，可见这几句已经成为春秋战国时期人们对刚直性格最恰当的表述。参见（晋）杜预注，（唐）孔颖达等正义《十三经注疏·春秋左传正义》，上海古籍出版社 1997 年版，第 1848、2136 页。

② （汉）郑玄注，（唐）孔颖达等正义：《十三经注疏·礼记正义》，上海古籍出版社 1997 年版，第 1669 页。

③ 郭绍虞主编：《中国历代文论选》第 1 册，上海古籍出版社 2001 年版，第 324 页。

④ 郭绍虞主编：《中国历代文论选》第 1 册，上海古籍出版社 2001 年版，第 265 页。

则扬、马、曹、王，近则潘、陆、颜、谢，观其遣辞用心，了不相似"[①]，肯定"新变"。萧统《文选序》的选录标准"赞论之综辑辞采，序述之错比文华，事出于沉思，义归于翰藻"[②]，也重视辞藻。萧绎在《金楼子·立言》中认为"吟咏风谣，流连哀思"的"文"具有"绮縠纷披，宫徵靡曼，唇吻遒会，情灵摇荡"[③]的特点。复古派看到了文学新变中的弊端，但其文学主张过于保守落后；新变派强调出新，但对于前人的创作经验缺乏继承与借鉴。刘勰提出的"通变"论，强调"资于故实""酌于新声"，"会通""适变"克服了"复古""新变"两派各自的片面性，因而成为《文心雕龙》对文学史论的突出贡献。

但是，对于《文心雕龙》"通变"的内涵，却有多种理解[④]，笔者认为"通变"指通达而不拘泥固执的认识与策略，既包含对文学演变或对立因素相互关系的正确认识，也包含对文学困境的应对策略[⑤]。就认识而言，"通变"主要是一种"会通"，就应对策略而言，"通变"主要是一种"适变"。"通变"是全书的重要文学观念，也是贯穿《文心雕龙》的基本精神。从"通变论"的思想基础来看，"依经立义"产生了重要的影响。

一　《文心雕龙》"通变"思想总况

（一）《通变》《时序》篇中的"通变"

《通变》的"通变"思想包含以下四个方面。其一，何为通变？

① 郭绍虞主编：《中国历代文论选》第1册，上海古籍出版社2001年版，第327页。

② 郭绍虞主编：《中国历代文论选》第1册，上海古籍出版社2001年版，第330页。

③ 郭绍虞主编：《中国历代文论选》第1册，上海古籍出版社2001年版，第340页。

④ 一般有四种理解：一是"重在复古"；二是"主于革新"；三是"继承与革新"；四是文学创作方面的"会通""适变"。参见何懿《"通变"论》，载杨明照主编《文心雕龙学综览》，上海书店出版社1995年版，第123页。

⑤ 田辰山认为：从《易经》中总结出来的"通变"哲学有七大启示：1. 一个互素关系的宇宙；2. 包含任何形式和类型的互系；3. 人是自然之延续；4. 神是人，不是上帝；5. 变是延续；6. 相反相成偶对体；7. 道是变化之道。（参见田辰山《中国辩证法：从〈易经〉到马克思主义》，萧延中译，中国人民大学出版社2016年版，第21—38页。）通变思维看到的是一个融会贯通、互系延续的宇宙，人透彻理解此一规律即可"入神"。

通变的对象是“文辞气力”，效果是能“久”，特点是没有一定之规。其二，历代文风如何演变？“黄唐淳而质，虞夏质而辨，商周丽而雅，楚汉侈而艳，魏晋浅而绮，宋初讹而新。”总体规律是“从质及讹，弥近弥淡”，其根本原因则是“竞今疏古，风昧气衰也。”其三，如何应对当时文风？“矫讹翻浅，还宗经诰。斯斟酌乎质文之间，而檃栝乎雅俗之际。”刘勰还举例说明，枚乘、司马相如、马融、扬雄、张衡描写天地日月，“五家如一”，“莫不相循”，这是不懂得通变的结果。只有错综三五有因有革，才是通变的规律。其四，如何实现通变？首先要广泛浏览，精细阅读，概括大纲抓住要点，然后拓展创作道路，安排作品的关键，“凭情以会通，负气以适变”，才能创作脱颖而出的作品；否则就会走到通变的反面，固执、僵化，“龌龊于偏解，矜激乎一致”。

《时序》篇与《通变》可相互阐发。通过考察，刘勰将历代文学十代九变的原因归结为“文变染乎世情，兴废系乎时序”。“世情”即时代情况，它包括政治风气的影响，所谓“风动于上，而波震于下者也”；时代风潮的影响，如战国时期的纵横诡谲的风气、建安时期的慷慨之气等；学术思潮的影响，如东汉时期的儒学影响、正始时期及东晋南渡后的玄学影响；也包括一定时期内对杰出作家的集体效仿，如汉代文人对屈原楚辞的效仿①。通过考察历代文学演变与时代的关系，刘勰认为：“原始以要终，虽百世可知也。”无疑，对历代文学的考察与规律性认识，体现了一种“通变”的思想。

（二）其他篇目主张的“通变”思想

其他篇目中，也有明显主张“通变”思想，往往与“变通”“会通”“适变”“参伍”等词汇有关。以下略作梳理。

1.《征圣》篇主张对圣人“繁略隐显”之法“变通适会”。

---

① 有论者认为，《时序》篇考察文学与时代发展的关系，其中“文学自身的继承性也是考察文学发展时不可忽视的因素”，说明刘勰“不仅明了文学发展的外部规律，也清楚其内部规律”（李壮鹰主编：《中国古代文论读本》，高等教育出版社2008年版，第162页），此论似可商榷。刘勰讨论汉赋的发展，认为汉赋“大抵所归，祖述《楚辞》，灵均余影，于是乎在”，所谓“祖述《楚辞》”是指汉代大赋的作家都学习模仿《楚辞》，这是一种时代风气。刘勰主要还是从时代角度出发，从外部规律的角度来看待文学的发展。

2.《议对》篇主张“议”“对”的创作要懂“通变”[①]。

3. 创作论方面，《体性》篇主张八种风格的融会贯通，“八体虽殊，会通合数”；《镕裁》篇主张文章风格要“变通以趋时”；《章句》主张在处理篇幅的大小与韵调的缓急上要“随变适会”；《丽辞》评论战国以前的丽辞“奇偶适变，不劳经营”；《练字》强调字形的选择要“参伍单复”；《养气》认为“养气”是由“神之方昏”转变到“郁此精爽”的通变之法；《物色》篇认为景物描写也要“通变”——“物色尽而情有余者，晓会通也”。

4.《知音》篇认为，“通变”也是文学批评的重要内容。

（三）渗透《文心雕龙》全书的通变思想

《文心雕龙》有些篇目虽没有明确主张“通变”“变通”“适变”“会通”“参伍”等，但也渗透了通变精神。如：

《正纬》篇中，刘勰将“宗经”与“为文”结合起来，认为谶纬“事丰奇伟，辞富膏腴，无益经典而有助文章”，这无疑是一种“通变”的眼光。

《辨骚》篇认为《楚辞》效仿三代时期的经典，又夹杂着战国时期的诡异风气，相比《雅》《颂》，它是较低贱的赌徒[②]，而在辞赋中它又是英雄豪杰。此看法周全圆通，体现了“通变”思想。刘勰还主张融合《诗》《骚》而为文，“酌奇而不失其贞，玩华而不坠其实”，体现了刘勰的“通变”思想。

此外，《情采》篇通过对文质关系的历时性考察，得出“《贲》象穷白，贵乎反本”的结论，提出“文不灭质，博不溺心”的主张，也体现了“通变”思想。《章句》篇中，刘勰对于诗行字数的发展变化[③]

① “（议）故其大体所资，必枢纽经典。采故实于前代，观通变于当今。”“使事深于政术，理密于时务。酌三五以熔世，而非迂缓之高谈；驭权变以拯俗，而非刻薄之伪论。风恢恢而能远，流洋洋而不溢：王庭之美对也。”（文心雕龙·议对》）

② 山东大学李飞认为：博徒只能解释为赌徒，赌博成为六朝时任诞风气的一种标识，而任诞作为六朝以来个体自觉的最极端形态，社会评价总体上趋于肯定。“雅颂之博徒”虽然是以雅颂为标尺对楚辞的贬低，但贬低的程度是很轻微的。李飞：《由六朝任诞风气释“雅颂之博徒”——兼论〈文心雕龙·辨骚〉篇的枢纽意义》，《中国文化研究》2013 年第 2 期。

③ “四字密而不促，六字格而非缓，或变之以三五，盖应机之权节也。”（《文心雕龙·章句》）

及转韵问题的主张①，体现了通变而不固执拘泥的态度。

总之，“通变”思想在《文心雕龙》全书中有专篇论述，也有明确呼应，还渗透于不少篇章之中，是贯穿《文心雕龙》的重要思想。

二 “通变”论乃依经而立

“通变”的思想很显然来自《周易》。《文心雕龙》的“通变则久”正是《周易》“《易》穷则变，变则通，通则久”② 的凝练，只不过将其从哲学领域引入文学理论领域，属于典型的“依经立义”。《周易·系辞下》原文如下：

> 古者包牺氏之王天下也……作结绳而为罔罟，以佃以渔……包牺氏没，神农氏作，斫木为耜，揉木为耒，耒耨之利，以教天下……神农氏没，黄帝、尧、舜氏作，通其变，使民不倦；神而化之，使民宜之。《易》穷则变，变则通，通则久，是以“自天佑之，吉无不利”。③

从包牺至神农，再到黄帝、尧、舜，五帝治理天下各有其法。“《易》穷则变，变则通，通则久”，韩康伯注曰：“通变则无穷，故可久也。”④ “是以‘自天佑之，吉无不利’”，说明“若能通变则无所不利”⑤。可见，“通变”的起始状况是“穷”，“通变”的目的是适应时势，“通变”的理想结果是“无穷”“开通久长”“吉无不利”。

---

① “两韵辄易，则声韵微躁；百句不迁，则唇吻告劳……曷若折之中和，庶保无咎。”（《文心雕龙·章句》）

② （魏）王弼等注，（唐）孔颖达等正义：《十三经注疏·周易正义》，上海古籍出版社 1997 年版，第 86 页。

③ （魏）王弼等注，（唐）孔颖达等正义：《十三经注疏·周易正义》，上海古籍出版社 1997 年版，第 86 页。

④ （魏）王弼等注，（唐）孔颖达等正义：《十三经注疏·周易正义》，上海古籍出版社 1997 年版，第 86 页。

⑤ （魏）王弼等注，（唐）孔颖达等正义：《十三经注疏·周易正义》，上海古籍出版社 1997 年版，第 86 页。

《周易·系辞上》还有两段话对"变""通"作了解释。一是"化而裁之谓之变，推而行之谓之通。"[1] 由此可知，"变"的目的是要裁制现状，"通"的目的是施行开通。二是"阖户谓之坤，辟户谓之乾，一阖一辟谓之变，往来不穷谓之通。"孔颖达正义："一阖一辟谓之变者，开闭相循，阴阳递至……是谓之变也。往来不穷谓之通者，须往则变来为往，须来则变往为来，随须改变，不有穷已，恒得通流，是谓之通也。"[2] 所以，"变"是针对现状作出改变，"通"是根据需要作出改变使之长久流通（"随须改变，恒得通流"）。

就《通变》篇要旨而言，"通变"的起始状况是当时文坛"弥近弥淡、风味力衰"的现状，"通变"目的是要对此进行裁制以适应文学发展的需要，"通变"的总体原则是"矫讹翻浅，还宗经诰。斯斟酌乎质文之间，而隐括乎雅俗之际"，其具体操作则没有成规（"通变无方"），"通变"的结果是"变则堪久，通则不乏"。所以说，《文心雕龙》"通变论"与《周易》的"通变"思想完全相符，只不过是从哲学领域迁移至文学领域。正如国庆师所说："虽然一为文学理论而一为哲学理论，但《文心雕龙》与《易传》所共同标举的'通变'，在精神上是完全一致的。"[3]

第六节　文质观(华实观)

"文质"是《文心雕龙》中的重要概念，主要有两方面的内涵：一指"内质"与"外文"两个方面；二是指"华丽"与"朴实"两种文风。就"内质"与"外文"的关系而言，"质文"相当于"情采"。《情采》篇即主要讨论"情"与"采"的关系，其主要内容如下。

---

① （魏）王弼等注，（唐）孔颖达等正义：《十三经注疏·周易正义》，上海古籍出版社1997年版，第83页。

② （魏）王弼等注，（唐）孔颖达等正义：《十三经注疏·周易正义》，上海古籍出版社1997年版，第82页。

③ 张国庆、涂光社：《〈文心雕龙〉集校、集释、直译》，中国社会科学出版社2015年版，第547页。

一 “采”之重要性

《情采》开篇即发问：“圣贤书辞，总称‘文章’，非采而何?”这就是说圣贤的“文章”本来就是讲究文采的。《宗经》篇谓：“扬子比雕玉以作器，谓五经之含文也”，正可与此相互发明。承认“采”的重要性，这是刘勰“情采”论（或文质观）的第一个要点。此后，刘勰说：“若乃综术性灵，敷写器象，镂心鸟迹之中，织辞渔网之上，其为彪炳缛采名矣。”这就是说表述性灵，描写物象，精心营构文字并写在纸上，就是为了能以光耀的文采而著称。这还是强调“采”的重要性。

不仅圣人的文章讲究文采，诸子的文章也是讲究文采的：

> 老子疾伪，故称“美言不信”；五千精妙，则非弃美矣。庄周云：“辩雕万物”，谓藻饰也。韩非云：“艳采辩说”，谓绮丽也。绮丽以艳说，藻饰以辩雕，于斯极矣。

刘勰认为，就算宣称“美言不信”的老子也写下了精妙五千言的《道德经》，可见老子并不舍弃文采之美；庄子和韩非子讲究“藻饰”“绮丽”，其追求“文采之美”的意识更自觉，庄子说“辩雕成物”，韩非说“艳采辩说”，对文采的强调真是达到了极致。

不仅圣人与诸子重视“文采”，刘勰还根据《孝经》“丧言不文”进行推论：“《孝》经垂典，丧‘言不文’，故知君子常言，未尝质也”，主张君子的日常言辞也是讲究文采的。这里体现了“依经立义”话语言说方式：先推出经典，“《孝》经垂典，丧‘言不文’”，然后进行推论：“丧言不文”，则“常言”与之相反，即“君子常言，未尝质也”，所以君子常言也是有文采的。

通过“圣人”“诸子”“君子”对“文采”的重视与运用，刘勰构建起了“情采”论第一个要点——强调“采”的重要性。

二 文采如何形成？

《情采》："立文之道，其理有三：一曰形文，五色是也；二曰声文，五音是也；三曰情文，五性是也。五色杂而成黼黻；五音比而成《韶》《夏》，五性发而为文章，神理之数也。"刘勰认为，形成文采的方法有三种，一是"形中之文"（犹绘画之中有文采），一是"声中之文"（犹音乐之中有文采），一是"情中之文"。这里的"声文"显然来源于《礼记·乐记》"声成文，谓之音"。[①]"情文"是"五性"所发而形成的文章。至于五性，有人解释为"仁、义、礼、智、信"，不过刘勰此处所用的"五性"可能与《大戴礼记·文王官人》中"民有五性，喜、怒、哀、惧、忧也"[②]的思想更接近。如此，不难发现，刘勰所谓"声文""情文"是依经立义。

三 文质相依

《论语·颜渊》曾谈到"文质相依"：

> 棘子成曰："君子质而已矣，何以文为？"子贡曰："……文犹质也，质犹文也。虎豹之鞟犹犬羊之鞟。"[③]

子贡认为：文与质相互依存，去了毛的虎皮和豹皮，看起来就会与去了毛的狗皮、羊皮差不多。

刘勰吸收了《论语》"文质相依"的思想，并从两方面加以补充：波纹与花萼都有美丽的"文采"，它们是由于水与树的或虚或实的本体决定的（"夫水性虚而沦漪结，木体实而花萼振"），这是"文"依

① （汉）郑玄注，（唐）孔颖达等正义：《十三经注疏·礼记正义》，上海古籍出版社1997年版，第1527页。

② （清）王聘珍撰，王文锦点校：《大戴礼记解诂》，中华书局1983年版，第191页。

③ 程树德撰，程俊英、蒋见元点校：《论语集释》，中华书局1990年版，第840—842页。

赖于“质”；另外，虎皮、豹皮若没有毛发几乎与狗皮、羊皮相同（“虎豹无文，则鞟同犬羊”），犀牛皮做的器具如果涂上红漆就更美观（“犀兕有皮，而色资丹漆”）这是“质”依赖于“文”。与《论语》的“文质相依”相比，刘勰从正反两方面来举例，论述更丰富、充分。

四 情经辞纬

除了论述“文质相依”，《情采》还论述了“情经辞纬”的观点：“夫铅黛所以饰容，而盼倩生于淑姿；文采所以饰言，而辩丽本于情性。故情者，文之经；辞者，理之纬。经正而后纬成，理定而后辞畅：此立文之本源也。”这是说内在的“情志”（质）对外在的“文辞”（文）起决定作用。这里的“盼倩”语出《诗经·卫风·硕人》“巧笑倩兮，美目盼兮”①，“倩”，笑时脸颊出现的酒窝；“盼”，眼睛黑白分明，刘勰引用《诗经》语汇生成新句“盼倩生于淑姿”，意思是美目巧笑，顾盼生情来自美好的风姿，依经而立义。

基于此，刘勰区分了诗人与辞人对待“情”“采”的两种不同态度：诗人是“为情而造文”，先有强烈情感的蓄积再吟咏情性，“以风其上”，所以此类作品“要约而写真”。辞人是“为文而造情”，心中没有深厚的情感，纯粹为了夸张修饰，沽名钓誉，所以其作品“淫丽而烦滥”。但令人遗憾的是，“为情而造文”“为文而造情”在后世完全本末倒置了。

后代作者舍弃了《诗经》“为情而造文”的传统，却学习效仿辞赋“为文而造情”的做法，所以“体情之制日疏，逐文之篇愈盛”，出现了言不由衷、“真宰不存”的现象。刘勰认为此种现象是“翩其反矣”，此语正来自《诗经·小雅·角弓》②，意思是说的和内心真实

① （汉）郑玄笺，（唐）孔颖达等正义：《十三经注疏·毛诗正义》，上海古籍出版社1997年版，第322页。

② （汉）郑玄笺，（唐）孔颖达等正义：《十三经注疏·毛诗正义》，上海古籍出版社1997年版，第490页。

想法完全相反。

刘勰对此种现象提出了批评。《史记》有言“桃李不言，下自成蹊”[1]，这是因为有果实存在；《淮南子》所谓“男子树兰而不芳”，这是因为他没有爱花之情。像草木这样的微小事物，尚且依赖真情实感，何况文章以表述情志为根本呢？若“言与志反”，这样的“文”还怎么去征验其中的“志”呢？“言与志反，文岂足征”，此乃依《左传》“言以足志，文以足言”[2] 而立义。原文强调“志”“言”“文”之间在表达上的一致性与充分性，但后代作者的文章“为文而造情”，“文”“言”“志”之间是脱离的、相反的，所以刘勰才提出批评。

五 《贲》象穷白，贵乎反本

针对近代作家“苟驰夸饰”“鬻声钓世”，刘勰提出了批评，并给出了自己的建议：

> 是以联辞结采，将欲明理；采滥辞诡，则心理愈翳。固知翠纶桂饵，反所以失鱼。“言隐荣华”，殆此谓也。是以“衣锦褧衣”，恶文太章；《贲》象穷白，贵乎反本。

刘勰认为，过于讲究文采，辞藻泛滥，言语诡异，则不能将其内在之理表达清楚，有可能使内在之理更加隐蔽。这里，刘勰使用了两个儒经典故，一个是“衣锦褧衣”，来自《诗经·卫风·硕人》“硕人其颀，衣锦褧衣”，孔颖达正义曰：“锦衣所以加褧者，为其文之大著也。故《中庸》云：‘衣锦尚絅，恶其文之大著’是也。”[3] 这样说来，“‘衣锦褧衣’，恶文太章”，实是《诗经》《中庸》共同的思想。刘勰

---

① （汉）司马迁：《史记》，中华书局 1959 年版，第 2878 页。

② （晋）杜预注，（唐）孔颖达等正义：《十三经注疏·春秋左传正义》，上海古籍出版社 1997 年版，第 1985 页。

③ （汉）郑玄笺，（唐）孔颖达等正义：《十三经注疏·毛诗正义》，上海古籍出版社 1997 年版，第 322 页。

依经立义，反对过于显露文采。另一个是“《贲》象穷白，贵乎反本”，该典故出自《周易》。《周易·贲》上九爻辞：“上九，白贲无咎。”① 李曰刚认为：“序卦云：‘贲者，饰也。’杂卦云：‘贲，无色也’。穷，终也，极也。指《贲》卦之上九，以其居卦之终极位也。此句（按：“《贲》象穷白”）言《贲卦》之象，终极于上九一爻之白贲者，素饰也。‘贵乎反本’谓饰之穷白，尽去其华，贵乎归反本素也。”② 刘勰引用“《贲》象穷白”，意在说明文饰到了极点，就要归反其本来的朴素了，依经而立义。

六 文不灭质，博不溺心

刘勰认为，文采虽然博丽但不能淹没其本质与内心之情（“文不灭质、博不溺心”），适度的文采就像朱蓝一样的正色，要大力发扬（“正采耀乎朱蓝”）；过分的文采就会红紫一样的杂色，要予以摒弃（“间色屏于红紫”）。这样才可以说精雕细琢的文章、文质彬彬的君子（“雕琢其章，彬彬君子”）。

这里的“彬彬君子”显然是引用《论语》“质胜文则野，文胜质则史，文质彬彬，然后君子”③。“正色”“间色”也是源于《礼记·玉藻》：“衣正色，裳间色。”皇侃曰：“正谓青、赤、黄、白、黑，五方正色也。不正谓五方间色，绿、红、碧、紫、骝黄是也。”④ 从颜色的比方来看，刘勰提倡正色，反对间色，实则还是强调“文不灭质，博不溺心”。

《情采》篇赞语说：“言以文远，诚哉斯验。心术既形，英华乃赡。吴锦好渝，舜英徒艳。繁采寡情，味之必厌。”“言以文远”，源

① （魏）王弼等注，（唐）孔颖达等正义：《十三经注疏·周易正义》，上海古籍出版社 1997 年版，第 38 页。

② 李曰刚：《文心雕龙斠诠》，（台北）“国立”编译馆 1982 年版，第 1452—1453 页。

③ 程树德撰，程俊英、蒋见元点校：《论语集释》，中华书局 1990 年版，第 400 页。

④ （汉）郑玄注，（唐）孔颖达等正义：《十三经注疏·礼记正义》，上海古籍出版社 1997 年版，第 1477 页。

出《左传·襄公二十五年》"言之无文，行而不远"[①] 的缩略，这是对儒经的转引，有明显的"依经立义"色彩。"心术"指内在之"情"，"英华"指外在之"采"，两者存在一种由内及外、表里相符的关系，与《礼记·乐记》"和顺积中，而英华发外，唯乐不可以为伪"[②] 暗合。吴锦容易褪色（有质而文难留），木槿花虽艳却花时短暂（有文而质难久），这都是文质不相称的表现。如果文章辞藻繁富而缺少深情，读来必定令人生厌。"繁采寡情"恰恰涉及"宗经六义"第一条"情深而不诡"和第六条"文丽而不淫"，情采两方面都处理失当，因而遭到刘勰的重点批评。

七　其他篇目与"华实""文质"相关的论述

《文心雕龙》还有多处谈到文质关系，其中"华实观"可看作"文质观"的另一种表述。

刘勰有时用"华实""文质"表示"华丽"与"朴实"两种风格。如《章表》篇"文举之荐祢衡，气扬采飞"，是"华丽"的文风；"孔明之辞后主，志尽文畅"，是"朴实"的文风。《养气》篇"淳言以比浇辞，文质悬乎千载"，"淳言"代表三代时期的"朴实"文风，"浇辞"代表战国以来的"浇薄浮夸"的"艳丽"文风。

刘勰更多的时候是将"华""实"以及"文""质"看作文章的内在"情感"与外显的"文辞"之间的相互关系。比如：《征圣》"圣人之情，见乎辞矣"，"然则圣文之雅丽，固衔华而佩实者也"；《宗经》"义既挻乎性情，辞亦匠于文理"；《谐隐》"义欲婉而正，辞欲隐而显"；《书记》篇赞语"既驰金相，亦运木讷"；《体性》篇"辞为肌肤，志实骨髓"；《才略》"荀况……文质相称，固巨儒之情也"；等等，都谈到了"文质（华实）"关系。

① （晋）杜预注，（唐）孔颖达等正义：《十三经注疏·春秋左传正义》，上海古籍出版社1997年版，第1985页。

② （汉）郑玄注，（唐）孔颖达等正义：《十三经注疏·礼记正义》，上海古籍出版社1997年版，第1536页。

在“质（实）”与“文（华）”的相互关系中，刘勰强调的是文质（华实）的配合协调，所谓“衔华而佩实”“文质辨洽”“文质相称”“华实相扶”，也就是《论语》“文质彬彬”之意。

八 文质（“情采”）观的依经立义

“文质彬彬”出自《论语·雍也》：“子曰：‘质胜文则野，文胜质则史，文质彬彬，然后君子。’”① 孔子本来谈论的是理想君子应该注重内在美质与外在礼仪的相得益彰，后来则引申指文章的思想内容与言辞表达的统一。《论语》的“文质彬彬”对《文心雕龙》有影响，刘勰文质观乃“依经”而立义。儒经中类似“文质关系”的论述，还有不少，略举如下。

1.《礼记·乐记》篇：“情欲信，辞欲巧”②，情感要追求真挚，言辞要讲究华丽，“情”与“辞”也就是“质”与“文”。

2.《礼记·乐记》：“故情深而文明，气盛而化神，和顺积中，而英华发外，唯乐不可以为伪。”③ “情深而文明”，是“情”与“文”的关系，也即“质”与“文”的关系。此外，“和顺积中”，和顺之情深蕴于胸，也即“情深”；“英华发外”，秀气华采显现于外，即“文明”，两者也关乎“文质”关系。

3.《周易·系辞下》：“其称名也小，其取类也大，其旨远，其辞文……”④，“其旨远，其辞文”即意旨深远，修辞具有文采，也指“质”与“文”的关系。

以上为儒经中“情、辞”“情、文”的有关论述，大体而言，强调“内质”与“外文”，“情”与“采”相得益彰。这成了刘勰的“文

---

① 程树德撰，程俊英、蒋见元点校：《论语集释》，中华书局 1990 年版，第 400 页。

② （汉）郑玄注，（唐）孔颖达等正义：《十三经注疏·礼记正义》，上海古籍出版社 1997 年版，第 1644 页。

③ （汉）郑玄注，（唐）孔颖达等正义：《十三经注疏·礼记正义》，上海古籍出版社 1997 年版，第 1536 页。

④ （魏）王弼等注，（唐）孔颖达等正义：《十三经注疏·周易正义》，上海古籍出版社 1997 年版，第 89 页。

质观"的理论渊源[①]。

第七节　和谐观

本节先简介儒家及中国先秦思想中的和谐思想，再简要介绍中和之美的两种形态：普遍和谐观和特定风格论，重点讨论《文心雕龙》中的艺术和谐思想：主要体现在《镕裁》《章句》《附会》等篇中的篇章和谐理论，以及在《附会》篇中的声律和谐理论，从而见出《文心雕龙》和谐观也是"依经立义"。

一　儒经中的"和谐思想"

儒家经典"中""和""中和""中庸""时中"等思想观念非常丰富。五经中关于此类思想的材料大致有以下几方面。

1.《礼记》的"中庸"思想。"中"即正确，"庸"即用，"中庸"即"用中"，其完整的表述是"执其两端，用其中于民"[②]，简称"执两用中"，意即掌握住事物对立两端并在两端间选取、运用正确之点[③]。

2.《周易》的尚"中"、尚"和"思想。《周易》的尚"中"思想和象数之学有关。"中"即指上下卦的中位（二、五爻），这两爻位置比较好，后来引申为"适中"。《周易》尚"和"，如《乾卦·彖》"乾道变化，各正性命。保和大和，乃利贞"[④]。《周易》还有着丰富的

---

① 当然，刘勰的"文质观"与扬雄、傅玄的有关观点也有承继关系。扬雄《法言·吾子》说："事胜辞则伉，辞胜事则赋，事、辞称则经"（参见汪荣宝撰，陈仲夫点校《法言义疏》，中华书局1987年版，第60页），傅玄《傅子》"《诗》之《雅》《颂》，书之《典》《谟》，文质足以相副"（参见刘治立评注《傅子评注》，天津古籍出版社2010年版，第150页），也有"依经立义"的痕迹，而这些思想也被刘勰借鉴吸收。

② （汉）郑玄注，（唐）孔颖达等正义：《十三经注疏·礼记正义》，上海古籍出版社1997年版，第1626页。

③ 张国庆：《论中和之美的哲学基础》，载张国庆《中国古代美学要题新论》，中国社会科学出版社1994年版，第4页。

④ （魏）王弼等注，（唐）孔颖达等正义：《十三经注疏·周易正义》，上海古籍出版社1997年版，第14页。

“时中”思想，“时中”即合适恰当的时机。《丰·象》：“天地盈虚，与时消息。”《损·象》：“损益盈虚，与时偕行。”《艮·象》：“动静不失其时，其道光明。”[①]《周易·系辞下》主张君子应“藏器于身，待时而动”，要能发现微妙的时机和隐约的兆头，所谓“知几其神乎？……君子知微知彰”，还要懂得“穷则变、变则通、通则久”[②]，这都体现了《周易》对“时中”的重视。

3.《左传》“晏婴论和”有着典型的“和”的思想。《昭公二十年》晏婴谈“和”：

> 和如羹焉，水、火、醯、醢、盐、梅，以烹鱼肉，燀之以薪，宰夫和之，齐之以味，济其不及，以泄其过。……声亦如味，一气，二体，三类，四物，五声，六律，七音，八风，九歌，以相成也；清浊、大小，短长、疾徐，哀乐、刚柔，迟速、高下，出入、周疏，以相济也。……若以水济水，谁能食之？若琴瑟之专一，谁能听之？同之不可也如是。[③]

晏婴以调羹和制声为喻，说明“和”是对立因素互济互泄、相辅相成的有机统一体。

4.《左传》“季札观乐”有着典型的“中和”思想。《襄公二十九年》季札对《颂乐》的评价：

> 至矣哉！直而不倨，曲而不屈；迩而不逼，远而不携；迁而不淫，复而不厌；哀而不愁，乐而不荒；用而不匮，广而不宣；施而不费，取而不贪；处而不底，行而不流。五声和，八风平，

① （魏）王弼等注，（唐）孔颖达等正义：《十三经注疏·周易正义》，上海古籍出版社1997年版，第52、62、67页。

② （魏）王弼等注，（唐）孔颖达等正义：《十三经注疏·周易正义》，上海古籍出版社1997年版，第86、88页。

③ （晋）杜预注，（唐）孔颖达等正义：《十三经注疏·春秋左传正义》，上海古籍出版社1997年版，第2093—2094页。

节有度，守有序，盛德之所同也。[①]

《颂乐》兼收并蓄十四项可取因素，泄除了十四项不可取因素，诸可取因素又两两相对，互济不足，共同构成了整个乐曲有着内在节度与秩序的整体和谐[②]。这是"A 而不 B"式中和之美排比使用最集中、最典型的例子。

5.《礼记·乐记》论中和之美，其中"乐者，天地之和也……和故百物皆化"，体现了尚"和"思想；"乐由天作，礼以地制，过制则乱，过作则暴"，就强调"中"反对"过"，体现了尚"中"思想；"五色成文而不乱，八风从律而不奸，百度得数而有常。小大相成，终始相生，倡和清浊，迭相为经"[③]，则体现了"中"与"和"的结合。

需要注意的是，道家思想代表人物老子也谈到相成相生的问题："有无相生，难易相成，长短相形，高下相盈，音声相和，前后相随。"(《老子》第二章)[④] 老子所说的"相成相生"，是在一种两相对立的情境下，对立因素彼此依赖，相互转化。可以说，以《乐记》《左传》为代表的儒家"相成相生"说与以《老子》为代表的道家"相成相生"说，有着巨大的区别：前者指向对立因素互济互泄、相辅相成、和谐共存的有机统一状态，后者指向两相对待、相互依赖、相互转化、对立统一的辩证认识；前者走向审美，后者走向认识论哲学。杜道明认为："在中国传统文化中，和谐既是世界观，也是方法论。和谐的前提是差异与对立，是'一分为二'；和谐的结果却是'互泄互济'，是'合二为一'。所以和谐是'一分为二'与'合二为一'的对立统一。不过，和谐的主导面是'合二为一'而非'一

① （晋）杜预注，（唐）孔颖达等正义：《十三经注疏·春秋左传正义》，上海古籍出版社1997年版，第2007页。

② 张国庆：《论中和之美》，载张国庆《中国古代美学要题新论》，中国社会科学出版社1994年版，第24页。

③ （汉）郑玄注，（唐）孔颖达等正义：《十三经注疏·礼记正义》，上海古籍出版社1997年版，第1530、1530、1536页。

④ 陈鼓应：《老子注译及评介》，中华书局2009年版，第60页。

分为二’。”[①] 我们认为，老子的“相成相生”可看作“一分为二”，《礼记·乐记》的“相成相生”、《左传》晏婴的“相成相济”可看作“合二为一”。“中和之美”的主导面是“合二为一”，其主要思想资料来自儒家经典。

二 《文心雕龙》与两种中和之美

儒家的“中和”思想如此丰富，被广泛运用于社会、文艺、政治各方面[②]，人们常称之“中和”或“中和之美”。国庆师认为，“中和之美”有两种类型：一种是以《乐记》为代表的富含辩证精神的普遍的艺术和谐观；另一种是以“儒家诗教”（温柔敦厚）为代表的特定的艺术风格论[③]。将“中和之美”一分为二，并以“普遍艺术和谐观”和“特定艺术风格论”分别指称，是国庆师对“中和之美”的重要理论澄清。

两种类型的“中和之美”都在《文心雕龙》的理论体系中有继承，本节只讨论艺术和谐观的“中和之美”，至于特定艺术风格论的“中和之美”将在第六章第二节《比兴美刺》论述。

三 《文心雕龙》的艺术和谐观

《文心雕龙》的艺术和谐观，可用《附会》篇“弥纶一篇，杂而不越”一语概括。“弥谓弥缝补合，纶谓经纶牵引”[④]，“弥纶一篇”即将众多事理、材料、章句等弥缝整合在一篇文章之内。“杂而不

---

① 杜道明：《走向和谐之路：中国的和谐文化与和谐美学》，国防大学出版社 2000 年版，第 89 页。

② 张国庆、涂光社：《〈文心雕龙〉集校、集释、直译》，中国社会科学出版社 2015 年版，前言第 14 页。

③ 参见张国庆《中和之美——普遍的艺术和谐观与特定艺术风格论》，中央编译出版社 2009 年版，第 17 页。

④ （魏）王弼等注，（唐）孔颖达等正义：《十三经注疏·周易正义》，上海古籍出版社 1997 年版，第 77 页。

越"，复杂而不散乱，即多样统一。张长青认为，《附会》"杂而不越"的结构艺术，包含着丰富的辩证法内容，是在单一与杂多、统一与松散、简约与繁复、源头与枝派、根干与枝叶、扼要与繁复、部分与整体、文内与文外等矛盾中，求得平衡、统一与和谐[①]。此论甚为精妙。"杂而不越"不仅是《附会》篇的核心思想，"弥纶一篇，杂而不越"可以概括刘勰艺术和谐观的内涵。

《文心雕龙》的和谐观主要有两方面的内容：一是《镕裁》《章句》《附会》所论述的篇章和谐理论；二是《声律》篇所论述的声律和谐理论。两者的内涵都很丰富，并表现出"依经立义"的特点。

（一）篇章和谐理论

《镕裁》《章句》《附会》阐述篇章整体和谐理论，有六个方面。

1. 改韵从调，节文辞气

艺术的和谐，先从韵调开始。

> 若乃改韵从调，所以节文辞气，贾谊枚乘，两韵辄易；刘歆桓谭，百句不迁：亦各有其志也。昔魏武论赋，嫌于积韵，而善于贸代。陆云亦称"四言转句，以四句为佳"。观彼制韵，志同枚贾。然两韵辄易，则声韵微躁；百句不迁，则唇吻告劳。妙才激扬，虽触思利贞，曷若折之中和，庶保无咎。《章句》

为了调节言辞气脉，改换韵调，"两韵辄易"与"百句不迁"都不理想，"折之中和"才可保无咎。这里的"中和"应该是以"四句换韵"为基本形式，但并不要求四韵就必须换韵。刘勰主张的是不要太频繁地换韵，也不要上百句还不换韵，而是要采一种中正平和的做法，"以四句为佳"，这是用韵上的和谐，也是艺术和谐观在语音（韵调）层面的要求。

2. 字句章篇，交相为用

字、句、篇、章是不同的语言层级，它们交相为用。刘勰首先论

① 张长青：《文心雕龙新释》，湖南大学出版社 2009 年版，第 519 页。

述“章”与“句”的不同功用：

> 夫设情有宅，置言有位。宅情曰章，位言曰句。故章者，明也；句者，局也。局言者，联字以分疆；明情者，总义以包体，区畛相异，而衢路交通矣。《章句》

“句”有局限，联结文字划分疆界，“章”能彰明，总括文意包蕴成体。“章句”虽范围大小不同，但相互联系。更进一步讲，字句章篇四者之间也相互作用：

> 夫人之立言，因字而生句，积句而为章，积章而成篇。篇之彪炳，章无疵也；章之明靡，句无玷也；句之清英，字不妄也。振本而末从，知一而万毕矣。
>
> 句司数字，待相接以为用；章总一义，须意穷而成体。《章句》

不仅字句章篇交相为用，刘勰还特别谈到语助虚词对语言表达整体和谐的作用：

> 又《诗》人以“兮”字入于句限，《楚辞》用之，出于句外。寻兮字承句，乃语助余声，舜咏《南风》，用之久矣，而魏武弗好，岂不以无益文义耶！至于“夫”“惟”“盖”“故”者，发端之首唱；“之”“而”“于”“以”者，乃札句之旧体；“乎”“哉”“矣”“也”者，亦送末之常科。据事似闲，在用实切。巧者回运，弥缝文体，将令数句之外，得一字之助矣。外字难谬，况章句欤？《章句》

刘勰论述了“兮”字的使用历史以及各类虚词在语言表达方面的作用。按事理来说好像无关紧要，就表达效果而言实在紧要。巧妙的作者圆转使用虚词，弥纶缝合文体，使多句实义性的话，得到一个虚词的帮助而更有妙味。刘勰不由感叹，虚词尚且害怕出错，何况章节词句呢？

这段话中，刘勰回溯“兮”字的使用历史时提及了《诗经》《礼记》。《诗经》作者用“兮”进入句内，《楚辞》将“兮”用在句子之外①。“兮”字作为语气助词用来延迟语气，大舜歌咏“南风”就已经出现②。大舜造《南风》之诗，其事记于《礼记》：“昔者，舜作五弦之琴，以歌南风。”③ 所以，刘勰对诗中用“兮”的论述有“依经立义”。

3. 规范本体，剪截浮词

《镕裁》篇所言“规范本体谓之镕，剪截浮词谓之裁。裁则芜秽不生，镕则纲领昭畅”，涉及作文的基本要求：删繁就简，凸显纲领。所以，《镕裁》篇认为“一意两出，义之骈枝也；同辞重句，文之疣赘也”，“一意两出”和“同辞重句”都应避免。刘勰提出“三准说”也涉及“镕裁”问题：

> 是以草创鸿笔，先标三准：履端于始，则设情以位体；举正于中，则酌事以取类；归余于终，则撮辞以举要。《镕裁》

“三准说”实际说的是写作的三个步骤：首先，根据情理选择中心主旨；其次，斟酌事义以选取材料；最后，提炼文辞以突出要点。

---

① 其实，《诗经》“兮”字用于句中的情况很少，《诗·小雅·蓼莪》：“父兮生我，母兮鞠我”，“兮”字用于主谓之间；《诗·郑风·伯兮》“伯兮朅兮，邦之桀兮”第一个“兮”字用于主谓之间；“绿兮衣兮”（《诗·邶风·绿衣》）第一个“兮”字用于定语与中心语之间，句中用“兮”仅此三见。《诗经》中“兮”字主要用于句末，如《诗·卫风·氓》：“于嗟鸠兮！无食桑葚。于嗟女兮！无与士耽。士之耽兮，犹可说也。女之耽兮，不可说也。”有些“兮”字看似用于句中但实际是位于并列式词组或复现式词组之间，还是应该看作句末，《诗·郑风·萚兮》：“萚兮萚兮，风其吹女。叔兮伯兮，倡予和女。”《楚辞》除《天问》不用“兮”字外，其他篇目都用“兮”，许多篇目几乎每句都要用“兮”。总体来看，句尾用“兮”的情况要多一些，但句中用“兮”的情况也很多，如《九歌》、《九怀》（《九怀·株昭》除外）、《九思》几乎全部句中用“兮”。

② 《孔子家语·辩乐解》：“昔者舜弹五弦之琴，造《南风》之诗，其诗曰：‘南风之熏兮，可以解吾民之愠兮；南风之时兮，可以阜吾民之财兮。’”歌词存疑。参见杨朝明、宋立林《孔子家语通解》，齐鲁书社2009年版，第400页。

③ （汉）郑玄注，（唐）孔颖达等正义：《十三经注疏·礼记正义》，上海古籍出版社1997年版，第1534页。

刘永济认为，“撮辞必切所酌之事，酌事必类所设之情。辞切事要而事明，事与情类而情显。三者相得而成一体，如镕金之制器，故曰‘镕’也”①。换句话说，“三准说”涉及“炼意”的问题，“炼意”“炼”得好，文章就能“首尾圆合，条贯统序”，“炼意”“炼”得不好就随心遣词，只会“异端丛至，骈赘必多”。“异端”指与主旨不符的思想，“骈赘”指重复累赘的字词与语义。

“三准既定，次讨字句”，“三准”主要涉及“镕”（炼意），此后主要涉及“裁”，也就是要“炼辞”了。

《镕裁》：

> 句有可削，足见其疏；字不得减，乃知其密。精论要语，极略之体；游心窜句，极繁之体；谓繁与略，适分所好。引而申之，则两句敷为一章；约以贯之，则一章删成两句。思赡者善敷，才核者善删；善删者字去而意留，善敷者辞殊而意显。字删而意缺，则短乏而非核；辞敷而言重，则芜秽而非赡。

“炼辞”涉及两方面的意思：一是删繁去滥，使句不可削，字不得减，字句精要。二是既要善删，也要善敷，善删的标准是“字去而意留”，善敷的标准是“辞殊而意显”。比如“（谢）艾繁而不可删，（王）济略而不可益”，可谓“练镕裁而晓繁略”。

《镕裁》篇尾，刘勰点出了“镕裁”的意义。“夫百节成体，共资荣卫；成趣会文，不离辞情。若情周而不繁，辞运而不滥，非夫镕裁，何以行之乎？”各种骨节构成人体框架，共同需要血气的流通；多种意趣形成文章，离不开辞句表达的情理。如果情理表达周全而不繁杂，文辞巧运而不浮滥，不靠规范剪裁，又怎么实现呢？刘勰强调艺术整体和谐离不开“情”“辞”的“镕裁”。

值得指出的是，“规范本体”的“体”，不能简单等同于“体裁”“体制”。“体”本指身体，正如“百节成体”的“体”。许慎《说文

① 刘永济：《文心雕龙校释》，中华书局2007年版，第110页。

解字》说："体，总十二属也。从骨豊声。"[1] 段玉裁认为人体为首、身、手、足，每部分又各三小部，故有"十二属"[2]。"体""总十二属"，则"体"有"整体"之义，"整体"包含"部分"，而部分之间存在内在有机联系，"总"有"总持、统摄、纲领"之义。所以，"规范本体"可致"纲领昭畅"，也可使文章"条贯统序，首尾圆合"。

4. 首尾周密，表里一体

《文心雕龙》的篇章和谐理论突出表现在"文章前后连贯"的相关论述。

《章句》篇有言：

> 寻《诗》人拟喻，虽断章取义，然章句在篇，如茧之抽绪。原始要终，体必鳞次。启行之辞，逆萌中篇之意；绝笔之言，追媵前句之旨：故能外文绮交，内义脉注，跗萼相衔，首尾一体。

刘勰认为，追寻古人写《诗》，虽是分章表意（"断章取义"），但各个章句之间意脉连贯，就好像蚕茧抽丝，丝连不断。从开头到结尾，文章外在结构必然像鳞片一样次第紧连。开始的文辞，预启中篇的文意；结尾的言语，追应前句的旨趣。外显的文字像花纹一样交错联结，内在的意义像血脉一样贯注一气，文词与意义就像花房、花萼一样相互衔接，形成首尾一贯的整体。这里的"《诗》人拟喻，赋诗断章"典出《左传》"赋诗断章，余取所求焉"[3]，原指春秋战国的外交使节，根据实际情况灵活截取《诗经》某首诗的某些章节，来表达其内心情境；刘勰此处的"断章取义"指《诗经》的作者采用了分章

---

① （汉）许慎撰，（清）段玉裁注：《说文解字注》，浙江古籍出版社 2006 年版，第 166 页上栏。

② 段玉裁注："十二属，许未详言。今以人体及许书核之。首之属有三，曰顶，曰面，曰颐；身之属有三，曰肩，曰脊，曰尻；手之属三，曰厷，曰臂，曰手；足之属三，曰股，曰胫，曰足。合《说文》全书求之，以十二者统之，此皆十二者所分属也。"见（汉）许慎撰，（清）段玉裁注《说文解字》，浙江古籍出版社 2006 年版，第 166 页上。

③ （晋）杜预注，（唐）孔颖达等正义：《十三经注疏·春秋左传正义》，上海古籍出版社 1997 年版，第 2000 页。

分节的表意形式。刘勰对《诗经》外在结构上的“断章取义”与内在意脉的前后连贯、首尾一体的特点认识很充分，并把《诗经》当作篇章和谐的典范来描述。这也体现了他的“依经立义”。

刘勰接着从反面申述：

> 若辞失其朋，则羁旅而无友；事乖其次，则飘寓而不安。是以搜句忌于颠倒，裁章贵于顺序，斯固情趣之指归，文笔之同致也。

如果文辞不能前后配合，就像行旅之中孤独无友；叙事如果没有次序，好似在外漂泊不得安宁，造句最忌颠倒，分章必有顺序，这是表达情趣的需要，散文韵文的共同要求。这也就是说，文辞要呼应，事义要讲条理。“辞”与“事”，即“外文”“内义”，也即“表”与“里”。

《附会》篇也对文章的“首尾”“表里”之间的有机联系进行论述：

> 何谓附会？谓总文理，统首尾，定与夺，合涯际，弥纶一篇，使杂而不越者也。
>
> 是以附辞会义，务总纲领，驱万涂于同归，贞百虑于一致；使众理虽繁，而无倒置之乖，群言虽多，而无棼丝之乱；扶阳而出条，顺阴而藏迹；首尾周密，表里一体：此附会之术也。

“总文理”即总领文章条理；“统首尾”，即“统贯开头结尾”；“定与夺”谓确定材料取舍；“合涯际”，即密合各部分章节，使其密切关联；“弥纶一篇，使杂而不越”即包举缝合全篇，使文章虽内容繁多而结构严密，寓杂多于统一。这几个方面的结合就是“附会”，也即“附辞会义”。所谓“驱万涂于同归，贞百虑于一致”也即“杂而不越”，寓杂多于统一，突出了“纲领”的总括、统摄作用。“无倒置之乖”“无棼丝之乱”则突出了“本体”的条贯统序作用。

刘勰又从反面进行论证：“若统绪失宗，则辞味必乱；义脉不流，则偏枯文体”，各种头绪若失去主宰，没有纲领，则文辞意味必然紊乱；意义脉络不能流通，文体就像半身不遂一样。所以，文章必须要有统一连贯的主旨。

刘勰非常重视文章的开头结尾之间的呼应通贯，如《镕裁》有言“首尾圆合”，《章句》篇有言“首尾一体”，《附会》篇有言“统首尾”“首尾周密”“制首以通尾”“首尾相援”等。不仅如此，刘勰也很重视章节上下文间的呼应与配合。

《附会》篇有言：

> 若首唱荣华，而媵句憔悴，则遗势郁湮，余风不畅，此所谓“臀无肤，其行次且”也。

他认为如果首句的引唱闪耀光华，后面的衬句憔悴枯涩，就会使后来的文势滞塞文风不畅，就像《周易》所说的“臀无肤，其行次且”（臀部受伤失去皮肤，走路就很困难）。刘勰引用《周易·夬卦》九四爻辞，来比喻前后句之间的不均衡，是依经立义。

《附会》赞语有言“道味相附，悬绪自接。如乐之和，心声克协”。前两句是说，情理文辞相互附合，纷悬头绪自然衔接。“悬绪自接”，可以宽泛地理解为上下文之间的接应与配合。后两句以音乐作比，“首尾周密”“悬绪自接”的文章就像音乐一样“心”“声”和谐，“心”即“里”，包含内在情理事义；“声”即外，包括字句章篇，两者的最佳结合即“和”。童庆炳先生认为，“杂而不越”说是古老的“和而不同”的文化思想在作品结构艺术思想上面的投射①。其实，“杂而不越”不仅是作品结构艺术思想，也是“首尾周密、表里一体”的“附会之术”的理想结果，代表了篇章结构的最佳和谐状态。

5. 弃偏善之巧，学具美之绩

刘勰的篇章和谐理论不仅强调整体的“和”，也强调“局部”

---

① 童庆炳：《〈文心雕龙〉“杂而不越”说》，《文艺研究》2007 年第 1 期。

与“整体”的关系，即“偏善”与“具美”的辩证关系。在刘勰看来，画师关注毛发而忽视形貌，射手审视毫厘而不顾大片的墙壁，集中精力于纤微小巧之处，必然忽视大局（“锐精细巧，必疏体统”）。所以他主张：

> 故宜诎寸以信尺，枉尺以直寻，弃偏善之巧，学具美之绩，此命篇之经略也。（《附会》）

“寸”与“尺”相对“尺”与“寻”而言是局部，“尺”与“寻”相对“寸”与“尺”而言是整体。“寸”不能离开“尺”孤立发展，“尺”也不能离开“寻”孤立发展，因为这种发展孤立来看虽极尽其美，却往往成为有害于整体和谐美的“偏善”，所以必须对这种“偏善”加以“枉屈”，使之服务于整体的“具美”。“枉屈”之后的“寸”“尺”并非极其尽美，然置之全篇，却恰能得其“时”之“中”之“正”，正符合整体和谐美的特定要求。[1]“弃偏善之巧，学具美之绩”，既体现出中国古代突出的时中精神，又体现出“局部服从整体”的艺术和谐观念[2]。

刘勰还通过“驭马之术”来比喻：

> 是以驷牡异力，而六辔如琴，驭文之法，有似于此。去留随心，修短在手，齐其步骤，总辔而已。

四匹脚力不同的马拉车，脚力快的马单独来看是非常好的，但却不利于整体的前进，是“偏善”，要适度调节，将缰绳或放长或缩短，平齐马步，总揽辔绳和谐前进，这才是“具美”，此时好像“六辔如琴”，和谐共进。此时，脚力快的马匹并未能最完美地展现其脚

① 参见张国庆《儒家的时中精神及其在古代文艺理论中的意义》，《思想战线》1988 年第 2 期。

② 张国庆、涂光社：《〈文心雕龙〉集校、集释、直译》，中国社会科学出版社 2015 年版，第 809 页。

力，却是此时最正确的选择，合于“时中”。“驷牡异力，而六辔如琴”语本《诗经·小雅·车辖》“四牡骓骓，六辔如琴”①，也是依经而立义。

6. 献可替否，以裁厥中

文章写作，涉及众多要素、环节、细节，如何才能写出好的作品？首先要学懂规范体式。

文章体式有四个方面，好似人体一样，“情志”是文章之“心神”；“事义”像“骨骼”② 支撑全文，并井然有序；“辞采”应像“肌肤”丰满充实；作品的“音律”要像“声气”一样抑扬变化。懂得了其中的有机整体关系再构思文章，此时要像画家调染各种颜色、乐手演奏各种乐器一样，选择好的替换不好的，以确保其恰当合适。“献可替否，以裁厥中”，“献替”是过程，“裁中”是目标。“中”就是恰当、合适、妥帖。需要说明的是，“献可替否”语源《左传·昭公二十年》晏子曰：“君所谓可，而有否焉，臣献其否，以成其可；君所谓否，而有可焉，臣献其可，以去其否。”③ 晏子认为，臣子对君主的“可”与“否”不能只是认同，要分析判断，就算君主赞同的，也要指出其中的不合理之处，就算君主不赞同的，也要指出其中的合理之处。通过这样的献替，使君主能“成其可”“去其否”。可见，“献可替否”讲求和而不同，讲究合适、适中。“献可替否，以裁厥中”乃依经立义。

不仅在构思过程中要“献替裁中”，文章写成之后的修改也要“献替裁中”。修改文章有一个普遍的经验：改写一章比重新写一篇还难，改一个字比改换一句话更难（“改章难于造篇，易字艰于代句”）。

① （汉）郑玄笺，（唐）孔颖达等正义：《十三经注疏·毛诗正义》，上海古籍出版社1997年版，第482页。

② 《附会》：“情志为神明，事义为骨髓，辞采为肌肤，宫商为声气。”“骨髓”的“髓”，据杨明照《文心雕龙校注拾遗》：“宋本、钞本、喜多本御览引作‘髓’；倪本、活字本、鲍本御览作‘鲠’。……以辨骚篇‘骨鲠所树，肌肤所附’例之，当以御览所引为是。”参见杨明照校注《文心雕龙校注拾遗》，上海古籍出版社1982年版，第322页。

③ （晋）杜预注，（唐）孔颖达等正义：《十三经注疏·春秋左传正义》，上海古籍出版社1997年版，第2093页。

詹锳认为，修改某些意义不明确，游离于主题之外，与上下文义不衔接的章节，必须善于附会，所以比另写一篇要难；更换一个精当的字，使句子通顺，意义明确，更富于表现力，这必须善于炼辞，所以比另造一句要困难①。此话甚为有理。这实际也是一个“献替裁中”的过程。《附会》还举了两个例子：

> 昔张汤拟奏而再却，虞松草表而屡谴，并事理之不明，而词旨之失调也。及倪宽更草，钟会易字，而汉武叹奇，晋景称善者，乃理得而事明，心敏而辞当也。以此而观，则知附会巧拙，相去远哉！

张汤写的奏章，屡屡被退回，虞松草拟奏表多次被斥责，都是不明事理、词旨不能协调的缘故。后来倪宽再行拟写，钟会改动五个字，结果汉武帝称奇、晋景帝叫好，这是道理充当、事义明白，心思敏锐而措辞妥当。可见附会的“巧”与“拙”相差是很远的啊。

总之，《附会》《镕裁》《章句》的篇章和谐理论精深透彻而又丰富全面。其中，“改韵从调，节文辞气”属于语音层面的调和；“字句章篇，交相为用”属于文章不同表意单位之间的协调配合；“规范本体，剪截浮词”涉及“炼辞炼意”两方面，目的在于提炼主旨、简繁得当；“首尾周密，表里一体”则涉及辞义统贯于主旨，结构前后连贯均衡；“弃偏善之巧，学具美之绩”体现了“局部服从整体”的和谐观；“献可替否，以裁厥中”是在构思与修改过程中反复斟酌替换修改，以达到最佳表达效果。《文心雕龙》的篇章和谐理论不仅涉及从小到大的语言层级，涉及文章结构的上下及首尾，也涉及言辞的繁简与主旨的提炼，不仅关注到了局部服从整体的大局，也关注了斟酌替换以求适中的细节等，表现了和谐观的丰富内涵。

（二）声律和谐理论

上文所谈篇章和谐理论，包括“改韵从调，节文辞气”，主要涉

① 詹锳义证：《文心雕龙义证》，上海古籍出版社1987年版，第1610页。

及语音层面的调韵。《声律》篇也是谈声律调协，但其调整对象既有韵，又有“律”和“声”，是讨论声律和谐的理论专篇。刘永济说：“自魏有李登《声类》之书出，则文章声律之说乃宏；自梁沈约以后，则文章声律之说乃精；自彦和此篇之说出，则文章声律之说始大定。于是唐宋人士之于散骈，后人读之无不铿锵者，具见其势之洪涛也。”[①] 可见，沈约、刘勰声律理论对于后世之深远影响。

刘勰与沈约的声律理论贡献巨大，但两人的声律理论其实有同有异。相同者大致有三：其一，区分汉字平上去入四声，且有四声二元化的趋势；其二，要求诗句中平声仄声互相配合，协调统一；其三，沈刘都仅仅以一联两句为讨论对象[②]。但刘勰与沈约有显著的区别，即刘勰突出强调声律的整体和谐。

《声律》篇集中论述声律和谐理论，其特点即突出声律的整体和谐。包含两个方面：一是用“和”来标示声律的最高目标与整体效果；二是提出声律和谐的原则要求。

1. “和”——声律的最高目标与整体效果

南北朝时期是中国古代诗歌从非格律（自然声律）向人工格律转进的关键时期，刘勰和沈约二人关于诗歌格律的理论探讨则是此一进程中的重要桥梁。[③] 刘勰和沈约在声律探讨中，都体现出了鲜明的艺术和谐思想，但刘勰最突出的是他对诗文调律的目的有清楚的认识，并用“和”——这一标志和谐哲学最重要的概念来反复标示。

他认为，抚琴的时候，声音不协调，就知道调整弦的松紧，文章的声律不协调，却不懂如何调整。声音由琴弦发出，能够实现和谐，这是外在的声音容易察觉；诗文的声音是从心里发出来的，却不能和谐（“声萌我心，更失和律”），这是内在的声音难以认清（“内听难

① 张立斋：《文心雕龙注订》，国家图书馆出版社2010年版，第292页。

② 张国庆、涂光社：《〈文心雕龙〉集校、集释、直译》，中国社会科学出版社2015年版，第610—611页。

③ 参见张国庆、涂光社《〈文心雕龙〉集校、集释、直译》，中国社会科学出版社2015年版，前言第14—15页。

为聪"),[1] 同声相应的地方,叫作"韵"("异音相从谓之和,同声相应谓之韵"),韵一旦确定,其他的用作韵脚的字就容易安排了,制韵很容易。但要实现文章的抑扬顿挫("和体抑扬"),异音相从,是很难的("选和至难")。可见,"和"正是《声律》篇高标的核心概念[2]。"和"不仅表示声律追求目标,也代表了声律追求的整体效果。"和韵""和律""异音相从""和体抑扬",显然都指向文章声律的整体表达效果。

2. 声律和谐的原则要求

沈约和刘勰都对如何谐调声律有过论述,相比较而言,沈约的要求非常具体,可操作性很强。他对声律谐调的要求是两句五言诗之中音节完全对立,"宫羽相变,低昂互节,若前有浮声,则后须切响。一简之内,音韵尽殊;两句之中,轻重悉异"[3],换句话说,即"十字之文,颠倒相配"[4]。

刘勰的声律谐调不像沈约那样具体,他只作原则性的要求。如《声律》篇所谓"辘轳交往,逆鳞相比","声转于吻,玲玲如振玉;辞靡于耳,累累如贯珠矣","声不失序,音以律文","异音相从谓之和,同声相应谓之韵",等等。

---

① 周振甫《文心雕龙注释》(人民文学出版社 1981 年版,第 372 页)认为:"音乐比文章声律要复杂得多。不过音乐已有歌谱,奏乐是否合调,可用歌谱来衡量;文章声律正在酝酿中,当时格律诗格律文的格律还没有确定,反而难以把握。这里说音乐是'外听易为巧',文章声律是'内听难为聪',是就当时说的。文章声律到初唐形成了,以后作者按照格律来写,就比音乐的作曲要简单得多。"此话不然。第一,操琴不调,不是说与歌谱不合(如果与歌谱不合,是弹错了,不需改张),而是说音调需要调整。这种外在的音调高低很容易听出来,所以就可以调弦而达到和谐,这就是"外听易为巧(察)"。第二,"内听难为聪",说的是文章在构思阶段!是内心发出的声音,内心发出的声音是难以确定其是否和谐的。这种内在的声音要转化为外在的文字,文字再转化外在的声音,才好判断声律是否和谐。第三,"外听易为察,内听难为聪",并不是"就当时说的",而是普遍情况,就算格律理论相当成熟也是如此。第四,"音乐比文章声律要复杂得多","按照格律来写,就比音乐的作曲要简单得多",这样的论断似是而非。刘勰强调的是"外听""内听"各自的特点,而不是要两者相比。

② 张国庆、涂光社:《〈文心雕龙〉集校、集释、直译》,中国社会科学出版社 2015 年版,前言第 15 页。

③ (南朝)沈约:《宋书·谢灵运传论》,中华书局 1974 年版,第 1779 页。

④ (清)严可均辑:《全上古三代秦汉三国六朝文·全梁文》,商务印书馆 1999 年版,第 310 页。

当然，刘勰也提出了几个稍微硬性的规定，即要避免以下五种毛病：其一，“双声隔字而每舛”；其二，“叠韵离句而必睽”；其三，“沈则响发而断”；其四，“飞则声飏不还”；其五，“连其际会，则往蹇来连，其为疾病，亦文家之吃也”。前两条要求双声叠韵的词之间不要有其他字分隔，也不要分属上下句，一旦这些词之间有插入的字或是有间隔，音韵就会失去和谐；中间两条要求不能单一而持续地使用声调下沉的字，或是声调飞扬的字，要平仄相互配合，像井上辘轳，圆转自如，又像龙鳞一样紧密相连，无懈可击。最后一条指出，如果平仄配合不当，就会很拗口，就像写文章的人患口吃一样。刘勰主张避免五种毛病，根本目的还是要追求音韵的整体和谐，所谓“际会”就是指音节的和谐妥帖。总体来看，刘勰关于声律和谐的有关主张即使部分是技术性的（如前四种毛病），也只是大体规定，并不死板机械。

这些大体要求，避免了沈约声律论的烦琐，从理论上极大地支持了古代诗文向着人工声律方向的进一步发展。当然，由于不具备沈约声律论那种极强的实践性和操作性品格，所以刘勰声律论对诗歌声律和谐实践的推动，就没有沈约声律论那样显著了。[①] 换句话说，刘勰的声律理论强调整体的“和”的效果，只提出了一些原则性的要求，在具体的实现方式上并不特别清晰、具体、细致，不过，这也为文人们声律调谐提供了两大好处：1. 有一个调律的总体方向——“和”；2. 拥有较大的自由空间。

（三）其他篇章体现的艺术和谐思想

《文心雕龙》的艺术和谐观，除了上述篇章和谐理论与声律和谐理论，其他篇章也有所体现，略作梳理。

《征圣》：“体要与微辞偕通，正言共精义并用”“圣文之雅丽，固衔华而佩实者也”，雅丽并举，华实相扶，正是“和”的表现。

“论文叙笔”20篇中，体现艺术和谐之处也所在多有。《明诗》篇谈到写诗之难易时，“诗有恒裁，思无定位，随性适分，鲜能圆通。

① 张国庆、涂光社：《〈文心雕龙〉集校、集释、直译》，中国社会科学出版社2015年版，前言第15页。

若妙识所难，其易也将至；忽以为易，其难也方来”，写诗之难易对主体而言，是辩证的、可变的，这是艺术和谐论在主体论方面的表现。《谐隐》评论“子长编史，列传《滑稽》，以其辞虽倾回，意归义正也。但本体不雅，其流易弊”，体现了对文体特征的辩证性认识；评论魏代以来的谜语创作，也有一种深刻的辩证眼光，“义欲婉而正，辞欲隐而显”。《诸子》中希望博学之士，能“览华而食实，弃邪而采正，极睇参差，亦学家之壮观也”，也体现了一种中和的眼光。

《章表》总结章表两种文体的写作要领，多次体现了艺术和谐观。“章”的写作要做到“要而非略，明而非浅”，这是“A 而不（非）B”对举。“A 而不 B”句式对举使用或是排比使用，是“中和之美”的极有效的表现形式，孔子“《关雎》，乐而不淫，哀而不伤”的说法，即是很好的例证[1]。“表”的写作要做到“繁约得正，华实相胜，唇吻不滞，则中律矣”，要像子贡说的“心以制之，言以结之”[2]，使辞意合一。“繁约得正，华实相胜”，即是指繁约适当，华实相配；“唇吻不滞，则中律矣”即声律和谐；赞语“条理首尾”即是指章表的写作要条理分明通贯首尾。可见，《章表》篇中的艺术和谐观思想相当明显。

《神思》提倡“博而能一”，《体性》主张“会通合数”，《风骨》强调“藻耀而高翔”，《通变》主张“斟酌乎质文之间，而檃栝乎雅俗之际”，《定势》认为“兼解而俱通”“随时而适用”，《夸饰》强调“夸而有节，饰而不诬”，等等。这些论说，要么强调对立因素间的平衡，要么强调杂多中的统一，要么强调中和而不要过分，都体现艺术和谐的精神。

值得指出的是，《总术》篇对艺术和谐的审美效果也有全面的描述。首先，肯定其整体的合适，“若夫善弈之文……因时顺机，动不

---

① 张国庆：《中和之美——普遍艺术和谐观与特定艺术风格论》，中央编译出版社 2009 年版，第 63 页。

② 《左传·哀公十二年》原文为：“心以制之，玉帛以奉之，言以结之，明神以要之。”参见（晋）杜预注，（唐）孔颖达等正义《十三经注疏·春秋左传正义》，上海古籍出版社 1997 年版，第 2170 页。

失正”，“因时顺机，动不失正”指的是写文章要顺应时机，写作要合乎规范，显然，这与《周易》的“因时而动”的“时中”精神有关。其次，多侧面描述艺术和谐的审美效果——“视之则锦绘，听之则丝簧，味之则甘腴，佩之则芬芳”：文章写到这个程度就完美了。这是艺术和谐的理想境界。相反，如果忽视一些很小的细节，也会影响整体的完美。

> 夫骥足虽骏，缰牵忌长，以万分一累，且废千里。况文体多术，共相弥纶，一物携贰，莫不解体。(《总术》)

马与车都可致千里，但缰绳长了一点，这样极细微的缺点（“万分一累”），也可能无法达致千里（“且废千里”）。文章也似如此，写作方法与技巧多种多样，需要协调组合，一点点不协调、一点点小瑕疵，也会破坏作品的整体效果。不难发现，这与《周易》“知几其神”“知微知彰”的思想有关。

总之，《文心雕龙》的和谐观依据儒家经典中的普遍艺术和谐观（“中和之美”）而立义，在《镕裁》《声律》《章句》《附会》等篇目中展开集中论述，并扩散渗透到全书其他有关篇目，在《文心雕龙》的理论体系中占有非常重要的地位。

第六章 《文心雕龙》一般文论对儒经的依立

本章讨论《文心雕龙》一般文论对儒经的依立，包括“功利教化”“比兴美刺”“修辞立诚”“辞尚体要”“微辞婉晦”“立言不朽”六个方面。这些文论观点在《文心雕龙》理论体系中虽占有较为重要的地位，但显然比不上前文论述的宗经论及原道论、体性论、风骨论、和谐观等核心文论。特别要说明的是，“比兴美刺”虽有《比兴》专篇讨论，但此篇只是将“比兴”作为众多“文术”之一，与“丽辞”“夸饰”“事类”等同属于修辞技巧层面的探讨，其理论价值相对要低一些，故归入一般文论。

第一节 功利教化

《文心雕龙》重视文艺的功利教化作用，相关论述梳理如下。

1. 《序志》对文章的定位——“唯文章之用，实经典枝条；‘五礼’资之以成，‘六典’因之致用，君臣所以炳焕，军国所以昭明，详其本源，莫非经典”，突出其功用。

2. 《原道》篇重视文艺的教化作用，认为儒家圣贤创作经典的源头是“道心”，其目的是“设教”，具体过程有“经纬区宇，弥纶彝宪，发挥事业，彪炳辞意”等，其影响巨大，旁通万物而无所滞碍，老百姓日常应用而不会匮乏，其文辞足以鼓动天下。

3. 《征圣》篇说“陶铸性情，功在上哲”，认为圣人能化育老百姓的性情；又说“政化贵文”“事迹贵文”“修身贵文”，凸显“文”的功用。

4.《宗经》篇认为经书是不可刊改的鸿大教训（“恒久之至道，不刊之鸿教也”），具有无可比拟的教化作用。

5. 在文体论中，刘勰重视各类“文笔”的政治功用。如，诗要“持人情性”，乐府“情感七始，化动八风”，批评辞赋“繁华损枝，膏腴害骨，无实风轨，莫益劝戒”。此外，刘勰对有关文体的定义，如“‘教’者，效也，出言而民效也”，“移者，易也；移风易俗，令往而民随者也”，“陈政事，献典仪，上急变，劾愆谬，总谓之奏”，等等，都涉及文章功用、政治教化等方面。就算对于“谐言隐语”这样的文学末流，刘勰也重视其“会义适时，颇益劝戒”的功用，如果只是“空戏滑稽”，就会“德音大坏”。重视文体的功利教化是贯穿文体论的主线。

6. 在创作论中，刘勰探讨创作基本规律，深研文术技巧，其深层次的原因是追求文章的功利。如刘勰重视夸饰，认为“形器易写，壮辞可得喻其真”；刘勰也重视“事类”，主张“综学在博，取事贵约，校练务精，捃摭须核”，这样才能“众美辐辏，表里发挥”。

儒家思想本质上是追求政治功利的实用哲学。刘勰强调文章的功用、教化、实际效果，与儒家的功利教化思想是相通的，是“依经立义”。

《礼记·大学》有所谓“三纲八目”之说，三纲即“明明德，亲（新）民，止于至善”，八条目即“格物、致知、诚意、正心、修身、齐家、治国、平天下”①，三纲八目体现了儒者由己及人、由智而德、追求至善的功利目的。此外，“大学”题解“《大学》者，以其记博学，可以为政也”②，也表明《大学》强调政治功用并服务“为政”

① 三纲中“止于至善”是总纲领，“明明德”和“新民”是两个分纲，“明”涉及智慧，包括“格物”“致知”两条目；“德”涉及自我的道德修养，包括“诚意、正心、修身”三条目；“民”则涉及百姓治理，包括“齐家、治国、平天下”三条目。

② （汉）郑玄注，（唐）孔颖达等正义：《十三经注疏·礼记正义》，上海古籍出版社 1997 年版，第 1673 页。

的目的，其功利色彩显而易见。

《礼记·经解》对六经的教化作用有整体描述：

> 孔子曰："入其国，其教可知也。其为人也温柔敦厚，《诗》教也；疏通知远，《书》教也；广博易良，《乐》教也；洁静精微，《易》教也；恭俭庄敬，《礼》教也；属辞比事，《春秋》教也。"[①]

六经可以发挥不同的教化作用，从而实现"为人"的理想效果。

就《毛诗序》而言，"功利教化"思想也很明显。"风，风也，教也；风以动之，教以化之。……故正得失，动天地，感鬼神，莫近于诗。"[②] 考正政治得失，感动天地鬼神，没有什么比得上诗。

比较一下刘勰对"经"的看法和《毛诗序》对"诗"的看法：

> 象天地，效鬼神，参物序，制人纪，洞性灵之奥区，极文章之骨髓者。(《宗经》)
>
> 正得失，动天地，感鬼神，莫近于诗。先王以是经夫妇，成孝敬，厚人伦，美教化，移风俗。(《毛诗序》)[③]

可以看出，两者不仅句式相仿，而且意旨类似，都提到"天地、鬼神、人纪"[④]。所以，《文心雕龙》重视文章的"功利教化"乃依经而立。

第二节　比兴美刺

"比兴美刺"在《文心雕龙》的理论体系中虽比不上"原道"

---

① (汉) 郑玄注，(唐) 孔颖达等正义：《十三经注疏·礼记正义》，上海古籍出版社 1997 年版，第 1609 页。

② (汉) 郑玄笺，(唐) 孔颖达等正义：《十三经注疏·毛诗正义》，上海古籍出版社 1997 年版，第 269—270 页。

③ (汉) 郑玄笺，(唐) 孔颖达等正义：《十三经注疏·毛诗正义》，上海古籍出版社 1997 年版，第 270 页。

④ 所谓"经夫妇，成孝敬，厚人伦，美教化，移风俗"，都可以算作"制人纪"。

"宗经""体性"等核心文论，作为一般文论，还是具有较为重要的地位。其内容主要包括如下方面。

一 《比兴》篇论"比兴"

《比兴》篇谈到了何谓"比兴"。"比者，附也"，"比"即"比附"，以切合类似之物来说明事物，"兴"即"起兴"，情感起兴，因隐微之物而引发情感，所以"比"显而"兴"隐。"比附"是怀着愤激的感情来指斥（"比则畜愤以斥言"），"起兴"是用委婉的譬喻来寄托讽刺（"兴则环譬以托讽"），显然，刘勰对郑玄"比刺兴美"的观点有所继承。郑玄《周礼》注："比，见今之失，不敢斥言，取比类以言之。兴，见今之美，嫌于媚谀，取善事以喻劝之。"[①] 郑玄将"比兴"与"美刺"分别联系起来，似乎过于僵化[②]。

从"畜愤以斥言"和"环譬以托讽"来看，刘勰强调"比"之"斥"和"兴"之"讽"，似乎重"刺"轻"美"。当然，从《明诗》篇刘勰对诗歌"顺美匡恶，其来久矣"的说法来看，刘勰还是看到了诗歌具有"美刺"两种功能。

刘勰以《诗经》为例谈了"比兴"的内涵。"兴"托物喻意，婉转含蓄又富有文采（"兴之托谕，婉而成章"），称名虽小但概括的物象却极广泛（"称名也小，取类也大"），暗含"兴"要发挥类比联想才能理解之意，所以"发注而后见"。"比"是描写事物来比附志意，用鲜明的语言来贴切表现事理。所以，刘勰认为"比显而兴隐"。就其举例而言，二则"兴"例——"关雎有别，故后妃方德；尸鸠贞一，故夫人象义"，八则"比"例——"故金锡以喻明德，珪璋以譬诱民，螟蛉以类教化，蜩螗以写号呼，浣衣以拟心忧，席卷以方志

① （汉）郑玄注，（唐）贾公彦疏：《十三经注疏·周礼注疏》，上海古籍出版社1997年版，第796页。

② 孔颖达对此也不同意，说："其实美、刺俱有比、兴者也。"参见（汉）郑玄笺，（唐）孔颖达等正义《十三经注疏·毛诗正义》，上海古籍出版社1997年版，第271页。

固”，全都来自《诗经》①，可见，《诗经》成了刘勰“立义”的例据。

值得注意的是，刘勰在描述“兴”的内涵时，明显体现了“依经立义”的理论建构方式，其中，“婉而成章”来自《左传·成公十四年》：“《春秋》之称，微而显，志而晦，婉而成章，尽而不污，惩恶而劝善。”杜预注“婉而成章”即“谓曲屈其辞，有所辟讳，以示大顺，而成篇章”②。“称名也小，取类也大”来自《周易·系辞下》“易……其称名也小，其取类也大”，王弼注：“托象以明义，因小而喻大。”③ 综合来看，刘勰对“兴”的定义基本保持了“婉而成章”“称名也小，取类也大”在儒家经典中的原意。

刘勰又对“比兴”进行了修辞史的考察。屈原“依《诗》制《骚》，讽兼比兴”，刘勰认为，屈原的“讽刺讽谏”兼有“比、兴”两种手法，这是对郑玄的“比、兴”分管“美刺”理论的突破。接着，刘勰对“比”“兴”在西汉的不同发展作了探讨。“炎汉虽盛，而辞人夸毗，诗刺道丧，故兴义销亡”，“夸毗”意为柔媚无骨气，语出《诗·大雅·板》“无为夸毗”④，汉代虽然兴盛，但辞赋家阿谀奉承，以诗歌讽刺违道失德之行的传统没有继承，所以“兴义”消亡。“于是赋颂先鸣，故比体云构，纷纷杂遝，倍旧章矣。”刘勰将“比”盛“兴”亡的原因归结为“辞人夸毗”，其见解是深刻的。不过，还不算彻底。辞人为什么会柔媚无骨，不敢“环譬以托讽”呢？可能还得从西汉大一统后，皇权大伸，儒士大夫的话语空间被大大压缩这一现实状况去找原因。此外，“比体云构”的汉代大赋受到统治者喜爱并倡导，于是文人创作大赋蔚然成风，客观上也导致辞人们重视

① “关雎有别，故后妃方德；尸鸠贞一，故夫人象义。义取其贞，无从于夷禽；德贵有别，不嫌于鸷鸟……故金锡以喻明德，珪璋以譬诱民，螟蛉以类教化，蜩螗以写号呼，浣衣以拟心忧，席卷以方志固：凡斯切象，皆比类也。至于麻衣如雪，两骖如舞，若斯之类，皆比类者也。”（《文心雕龙·比兴》）

② （晋）杜预注，（唐）孔颖达等正义：《十三经注疏·春秋左传正义》，上海古籍出版社1997年版，第1913页。

③ （魏）王弼等注，（唐）孔颖达等正义：《十三经注疏·周易正义》，上海古籍出版社1997年版，第89页。

④ （汉）郑玄笺，（唐）孔颖达等正义：《十三经注疏·毛诗正义》，上海古籍出版社1997年版，第549页。

"比"而忽略"兴"。

刘勰还总览后屈原时代的辞赋作品中"比兴"修辞的运用情况。从宋玉、枚乘、贾谊、王褒、马融、张衡等的作品中举出"比"的不同类型①，说明"比"是"辞赋所先"，与之形成强烈反差的是"兴"的运用很少，正所谓"日用乎比，月用乎兴"。刘勰认为，这是"习小而弃大"，所以辞赋比《诗经》要逊色得多。可见，刘勰还是更看重"兴之托喻，婉而成章"。

在《比兴》篇的最后，刘勰还对"比"的过于频繁提出了自己的意见。像扬雄、班固一类文人，曹植、刘桢以后的作家，描写山川云物，都是借"比"来显示华采，借"比"而耸动视听。刘勰认为，"比"的种类虽然繁多，但要以贴切为贵（"比类虽繁，以切至为贵"），如果将天鹅刻画得像鸭子一样，就不足取了。"比类虽繁，以切至为贵"，突出了"比"的"切类"，但与刘勰在《比兴》篇开头对"比"的定义——"比者，附也……附理者，切类以指事……附理故比例以生"——相比，缺少了"事理"方面的诉求。

二 "擒风裁兴，藻辞谲喻，温柔在诵，故最附深衷矣"

《宗经》篇里，刘勰评论《诗经》："《诗》主言志……擒风裁兴，藻辞谲喻，温柔在诵，故最附深衷矣。"这一评论依《诗经》《礼记》《毛诗序》等儒家经典而立。

"《诗》主言志"明显继承了《尚书·尧典》"诗言志"的命题，与《毛诗序》"在心为志，发言为诗"的观点相通，在肯定诗有"言志"功能的同时，强调由内而外的"发言"过程。

"擒风裁兴"即铺陈"风雅颂"之内容，斟酌取用"赋比兴"之表现手法，目的是实现"藻辞谲喻"。

"藻辞谲喻"即通过富有修饰性的文辞委婉地表达，与《毛诗序》

① "夫比之为义，取类不常：或喻于声，或方于貌，或拟于心，或譬于事……以物比理者……以声比心者……以响比辩者……以容比物者"。（《文心雕龙·比兴》）

“主文而谲谏”的观点相通。“主文”即突出文采，“谲谏”即委婉含蓄地提出讽谏；“主文而谲谏”，就是要用委婉深切的言辞表达自己的看法和意见，微言谏诤，不能实话直说[①]。两相对比，“藻辞”与《毛诗序》的“主文”含义相符，“谲喻”指使用委婉含蓄手法来表情达意的情形，包含“谲谏”。“藻辞谲喻”往往需要借用“比兴”手法，这样才能实现既有修饰文采，又比较委婉含蓄。

“温柔在诵”即温润和柔就存在讽诵之中，此意乃依《礼记·经解》。“孔子曰：‘其为人也温柔敦厚，《诗》教也。……故《诗》之失愚……其为人也，温柔敦厚而不愚，则深于《诗》者也。’”[②] 孔颖达疏曰：“温，谓颜色温润；柔，谓情性和柔。《诗》依违讽谏不指切事情，故云‘温柔敦厚’。”[③] 可见，“温柔敦厚”是“《诗》教”的目的，是用《诗经》教化而形成的民众的性情品格。当然，单就“温柔”而言，指“温润和柔”的艺术风格——“哀而不伤，乐而不淫”作为特定艺术风格的“中和之美”。

“最附深衷”即最切合内心情怀，它与《毛诗序》“发情止礼”的主张是相通的。诗人既要抒发本然的情感——“发乎情，民之性也”，又要感念先王恩泽而遵守礼义——“止乎礼义，先王之泽”，“主文而谲谏”就成了最佳选择。这样的艺术处理可以有一举数得之妙，“言之者无罪，闻之者足以戒”，“在下者”既尽忠心安又不致获罪，“在上者”既保全面子易于纳谏又能戒除过失[④]，而且“主文而谲谏”通过艺术性的表达（如“比兴”手法等）加大了理解的难度，可以让人更久地品味涵泳，“在上者”与“在下者”更能体会那种心有灵犀的默契与会心。这才是最深切的情衷。

综上，刘勰对《诗经》的评论“《诗》主言志，……摛风裁兴，

---

① 赖力行：《中国古代文论史》，岳麓书社2000年版，第59页。

② （汉）郑玄注，（唐）孔颖达等正义：《十三经注疏·礼记正义》，上海古籍出版社1997年版，第1609页。

③ （汉）郑玄注，（唐）孔颖达等正义：《十三经注疏·礼记正义》，上海古籍出版社1997年版，第1609页。

④ 张国庆：《论儒家诗教的思想性质》，载张国庆《中国古代美学要题新论》，中国社会科学出版社1994年版，第103页。

藻辞谲喻，温柔在诵，故最附深衷矣”乃依经而立。

需要说明的是，《文心雕龙》的“比兴美刺”思想在其他篇目中也有体现，比如《辨骚》篇所谓“规讽之旨”“比兴之义”，《明诗》“顺美匡恶，由来久矣”，《奏启》篇所谓“《诗》刺谗人……《礼》疾无礼”，《情采》篇“吟咏情性，以讽其上，此为情而造文也”，限于篇幅，不再细述。

总之，《文心雕龙》的“比兴美刺”思想乃依经而立。

第三节 修辞立诚

刘勰在《祝盟》篇明确提出“修辞立诚”的命题，全书也有多处涉及。“修辞立诚”是一个较重要的文论观点。

《祝盟》篇：“修辞立诚，在于无愧。”刘勰认为，（祭祀神灵时）修饰文辞立足于真诚，要心中无愧。赞语“立诚在肃，修辞必甘……神之来格，所贵无惭”也是“修辞立诚”的意思。

《情采》篇谈“为情而造文”和“为文而造情”两种情况，“为情而造文”即是“修辞立诚”，“为文而造情”即恰恰相反。篇末指出：“夫以草木之微，依情待实；况乎文章，述志为本。言与志反，文岂足征？”这一观点的逻辑前提也是“修辞立诚”。

《论说》：“凡说之枢要，必使时利而义贞……自非谲敌，则唯忠与信”，“说”文如果不是为了迷惑欺骗敌人，就只有出自忠心与诚信。

《奏启》谈到“奏”的写作，“固以明允笃诚为本”，也把笃诚当作奏文的写作根本。

“宗经六义”中的“情深而不诡，事信而不诞”，“不诡”“不诞”即真诚信实，与“修辞立诚”相通。

《文心雕龙》“修辞立诚”的观点显然是依经立义。《周易·乾·文言》：“君子进德修业。忠信，所以进德也；修辞立其诚，所以居业也。”[①]

① （魏）王弼等注，（唐）孔颖达等正义：《十三经注疏·周易正义》，上海古籍出版社 1997 年版，第 15 页。

君子要增进德行，修炼功业。忠诚信实可以提高德行，修饰言辞以诚信为本，就可以积聚功业。“修辞立诚”本来是指一个人说话时应该以诚信为本，是道德标准，但它涉及言辞修饰问题，和文章、文学写作密切相关，所以也是一个文论观点。

“修辞立诚”不仅直接出自儒家经典，也和儒家所重视的“信”“诚”一致。《礼记·中庸》对“诚”有系统阐述。“诚”即真诚，诚信，诚实，真实不虚。怎样才能行“诚”？

首先，要分辨善行。所谓“不明乎善，不诚乎身矣”①。

其次，只有行“诚”，才会不断获致信任。反身而诚则“顺乎亲”，“顺乎亲”则“信乎朋友”，“信乎朋友”则“获乎上”，“获乎上”则“民可得而治矣”。

再次，将“诚”提到天道的高度。“诚者，天之道也。诚之者，人之道也。”②“诚”是天地之道，诚信是人伦准则。

最后，要追求“天下至诚”。“唯天下至诚，为能经纶天下之大经，立天下之大本，知天地之化育。”③ 可以说，《中庸》将“诚”推至无以复加的崇高地位。

儒家经典对“信”也极为重视④。如《论语·为政》“人而无信，不知其可也”⑤，《论语·学而》“曾子曰：‘吾日三省吾身。……与朋友交而不信乎？’”⑥，等等。

《左传》同样推崇“诚”“信”。《左传·隐公三年》“君子曰：‘信不由中，质无益也……苟有明信，涧溪沼沚之毛……可荐于鬼神，

① （汉）郑玄注，（唐）孔颖达等正义：《十三经注疏·礼记正义》，上海古籍出版社 1997 年版，第 1632 页。

② （汉）郑玄注，（唐）孔颖达等正义：《十三经注疏·礼记正义》，上海古籍出版社 1997 年版，第 1632 页。

③ （汉）郑玄注，（唐）孔颖达等正义：《十三经注疏·礼记正义》，上海古籍出版社 1997 年版，第 1635 页。

④ “信”可当作名词“诚信”“信实”理解，也可以作动词“信用、相信”理解。《礼记·中庸》“上焉者，虽善无征，无征不信，不信民弗从。下焉者，虽善不尊，不尊不信，不信民弗从”中的“信”可为一例。

⑤ 程树德撰，程俊英、蒋见元点校：《论语集释》，中华书局 1990 年版，第 126 页。

⑥ 程树德撰，程俊英、蒋见元点校：《论语集释》，中华书局 1990 年版，第 18 页。

可羞于王公。'"[1] 不是发自内心的忠信，即使以王子为"质"，也没有好处；如果待人如己，忠信合礼，就算没有"质子"，也会同心同德，又有谁能挑拨离间呢？只要忠信，即使微薄之物也不妨碍与鬼神沟通、献与王公为食。《左传·襄公二十七年》："其祝史陈信于鬼神，无愧辞"[2]，也表明祝史陈"信"鬼神，在于心中无愧。

可见"修辞立其诚"的命题深受儒家思想影响。

第四节　辞尚体要

"辞尚体要"在《文心雕龙》一书中有三次明确引用，另有多处间接涉及，在全书的理论建构中占有较重要的地位。

《序志》篇中，刘勰针对当时"浮诡讹滥"的文风，以《尚书》"辞尚体要"和孔子"恶乎异端"为理论依据，开始写作《文心雕龙》。"辞尚体要"是刘勰写作《文心雕龙》的理论依据，也是他批判"浮诡讹滥"文风的理论武器。

《征圣》篇也谈到了"辞尚体要"，但刘勰并不是单纯引用经典话语，而是为了建构理论。刘勰引用《尚书》"辞尚体要"是为了和《周易》"辨物正言，断辞则备"一起构建新的理论："体要与微辞偕通，正言共精义并用。"

《风骨》篇说，"《周书》云：'辞尚体要，弗惟好异。'盖防文滥也"，主张"辞尚体要"是为了防止文饰泛滥。

《文心雕龙》还多处谈到"体要"和"断辞"，如《定势》篇"断辞辨约者，率乖繁缛"，《比兴》篇赞语"拟容取心，断辞必敢"，《诠赋》"然逐末之俦，蔑弃其本，虽读千赋，愈惑体要"，《奏启》"是以立范运衡，宜明体要"，等等，都和"辞尚体要"的思想相通。

可见，"辞尚体要"是《文心雕龙》比较重要的命题。它出自

① （晋）杜预注，（唐）孔颖达等正义：《十三经注疏·春秋左传正义》，上海古籍出版社1997年版，第1723页。

② （晋）杜预注，（唐）孔颖达等正义：《十三经注疏·春秋左传正义》，上海古籍出版社1997年版，第1996页。

《尚书》，基本保留原义。《尚书·毕命》曰："政贵有恒，辞尚体要，不惟好异。"孔颖达释："为政贵在有常，言辞尚其体实要约，当不惟好其奇异。"[①] "体要"，周振甫解释为"体察要义"[②]；陆侃如、牟世金理解为"抓住要点"[③]；詹锳理解为"切实简要"[④]，戚良德也理解为"切实而简要"[⑤]。笔者认为，"体要"也许可以作四种理解：一是"体于要"。"体于要"是动宾结构，解释为"体察要义"或"体现要点"。二是"体与要"，作为并列式名词词组，如孔颖达理解为"体实要约"，詹锳和戚良德理解为"切实简要"。

联系《文心雕龙》的"文体论"，"体要"还有一种理解——"文体与要点"。如，《论说》篇所说："原夫论之为体，所以辨正然否……必使心与理合，弥缝莫见其隙；辞共心密，敌人不知所乘：斯其要也"，分别谈"论"之"体"与"要"。又如《檄移》篇谈"檄"的写作要领，"檄之大体，或述此休明，或叙彼苛虐……必事昭而理辨，气盛而辞断，此其要也"，也是谈"檄"之"体"与"要"。再比如，《书记》总结各类文书的写作要领："或事本相通，而文意各异；或全任质素，或杂用文绮。随事立体，贵乎精要：意少一字则义阙，句长一言则辞妨"，"随事立体"即指"体"，"贵乎精要"即指"要"，具体来说即文字恰到好处地表达足够的意义（"意少一字则义阙，句长一言则辞妨"），说的也是"文体与要点"。"体要"有时分开，有各自的所指。如《议对》"至如吾丘之驳挟弓，安国之辨匈奴……虽质文不同，得事要矣。若乃张敏之断轻侮，郭躬之议擅诛……事实允当，可谓达议体矣"，这里的"体"指"议"（文）之"体"，"要"指"事"之"要"。

还有一种理解，即将"体要"理解为单义性词语，即"概要、纲

---

① （汉）孔安国传，（唐）孔颖达等正义：《十三经注疏·尚书正义》，上海古籍出版社1997年版，第245页。

② 周振甫：《文心雕龙今译》，中华书局1986年版，第22页。

③ 陆侃如、牟世金译注：《文心雕龙译注》，齐鲁书社1995年版，第108、605页。

④ 詹锳义证：《文心雕龙义证》，上海古籍出版社1989年版，第48页。

⑤ 戚良德：《文心雕龙校注通译》，上海古籍出版社2008年版，第15、567页。

要、简要、精要”。“辞尚体要”，即“文辞讲求精要”。

所以，“辞尚体要”内涵丰富，在理解过程中要注意具体情况具体分析。

第五节　微辞婉晦

“微辞婉晦”是(《春秋》)“五例微辞以婉晦”的简称。“《春秋》五例”是《春秋》记事的五种体例，也称“春秋笔法”“春秋义法”等，即“微而显、志而晦、婉而成章，尽而不污，惩恶而劝善”[1]，《春秋》五例的总体效果是“微辞婉晦”。严格来说，“微辞婉晦”是对儒家经典《春秋》叙事特点的评价，但刘勰对《春秋》五例以及“微辞”“婉晦”的多次提及，也暗含了对此种风格或写作手法的认可与提倡，故也可将其看作一种文论观点。

《文心雕龙》在《征圣》《宗经》篇两次直接提到“春秋五例”。《征圣》篇中，刘勰认为“五例微辞以婉晦”，是“隐义以藏用”的典范。《宗经》篇，刘勰认为“《春秋》五例，义既挺乎性情，辞亦匠于文理，故能开学养正，昭明有融”。

此外，《宗经》篇评述《春秋》时也间接谈到了《春秋》五例：“《春秋》辨理，一字见义，‘五石’‘六鹢’，以详略成文；‘雉门’‘两观’，以先后显旨：其婉章志晦，谅以邃矣……《春秋》则观辞立晓，而访义方隐。”

从以上引用来看，刘勰认为，《春秋》五例具有“微辞婉晦”的特点，造成了“义隐”的效果。《春秋》五例，也称“春秋笔法”，出自《左传·成公十四年》：“《春秋》之称，微而显，志而晦，婉而成章，尽而不污，惩恶而劝善”[2]，其中，“微而显”（辞微而义显），虽然有所谓“义显”，但这些“微言”背后的“大义”“显义”本身并

① （晋）杜预注，（唐）孔颖达等正义：《十三经注疏·春秋左传正义》，上海古籍出版社1997年版，第1913页。

② （晋）杜预注，（唐）孔颖达等正义：《十三经注疏·春秋左传正义》，上海古籍出版社1997年版，第1913页。

没有说出来，还是很隐晦[①]。“志而晦”与“婉而成章”正是刘勰“微辞婉晦”的出处，两者都能造成“义隐”的效果，但“志而晦”是通过简约而有细微差别的字词记录实现“义隐”，而“婉而成章”则是通过避讳来实现“义隐”。[②]“尽而不污”指完整记录事实不加污曲[③]，而作者的批判之意隐在其间。“惩恶而劝善”也是通过把“善名、恶名”写出，寄寓孔子的惩劝之意。[④]

总体来看，《春秋》五例是五种不同的记事体例，其共同点是通过“微辞婉晦”显示“隐义”，而“隐义”往往指圣人的褒贬劝惩之意。刘勰对“《春秋》五例”的引用符合原意，是依经立义。

需要说明的是，《春秋》五例通过“微辞婉晦”而造成“义隐”与诗三百通过“比兴”以求“美刺”是有区别的。李洲良说：“《春秋》‘五例’是‘春秋笔法’的基本内涵……尚简用晦是‘春秋笔法’的本质特征，是《春秋》对‘诗三百’比兴寄托手法的借用和发挥，意在追求‘一字定褒贬’的美刺效果。”[⑤]笔者对此稍有异议。《诗经》的“比兴”，“比显而兴隐”，主要寄托作者的美刺，造成一种“谲谏”；“春秋五例”中“微婉显隐”等记述方法，主要寄托孔子对历史人物、事件的褒贬，形成“微言大义”[⑥]。两者都强调言外之

① 如《春秋·僖公二十年》：“梁亡。”其实是秦灭梁，不写秦灭梁而写“梁亡”，是含有梁国君主暴虐，自取灭亡的意思。这个意思没有说出，所以是微。虽没有说出，但当时人看了“梁亡”都知道这样写的用意，所以是显。参见周振甫《文心雕龙今译》，中华书局1986年版，第18页。

② 周振甫《文心雕龙今译》举例说明“志而晦”，如《春秋·宣公七年》：“公会齐侯伐莱。”用“会”，表示鲁公事前不知道，倘事前知道得用“及”字。这样写意义比较隐晦。又举例说明“婉而成章”，如《春秋·桓公元年》：“郑伯以璧假（借）许田。”郑国拿田来和鲁国交换许田，因价值不相当，加上块璧。照规矩，诸侯的田不能互相交换，所以写成用璧来借许田，这是避讳的说法。

③ 如《春秋·桓公十五年》：“天王使家父来求车。”照礼节，除了规定的贡物外，天子不能向诸侯索要东西，这里老实写出，不加隐讳。参见周振甫《文心雕龙今译》，中华书局1986年版，第18页。

④ 如《春秋·襄公二十一年》：“邾庶其以漆、闾丘来奔。”邾庶其是个没有名望的人，他的名字没有资格写到《春秋》里，因为他带了土地来投奔，孔子憎恶他出卖祖国的土地，所以记上了他的名字显示他的罪状。参见周振甫《文心雕龙今译》，中华书局1986年版，第18页。

⑤ 李洲良：《春秋笔法的内涵外延与本质特征》，《文学评论》2006年第1期。

⑥ 《文心雕龙·宗经》也说“《春秋》则观辞立晓，而访义方隐”。

“隐”的理解，但两者有很重要的区别：《诗经》的隐晦委婉主要是靠“比兴”等修辞手法实现的；《春秋》中的“隐晦”主要是靠叙事角度（比如说主动式、被动式）、近义词选择（如“公会齐侯伐莱”，用“会”不用“及”）、选择性记载（包括“书”与“不书”的情形）来实现的。前者侧重于修辞方法的选择，后者涉及字词的使用与叙述内容的选择，与“比兴”等修辞手法无关。换个角度说，《诗经》侧重抒情，故借重比兴等修辞手法，其言外之“隐”也通过抒情来寄托；《春秋》侧重叙事，故创造了《春秋》五例等记事笔法，其褒贬劝惩的“大义”隐含在简略叙事的“微言”之中。由于叙事手法与抒情手法存在根本性差别，因此，认为《春秋》笔法是“《春秋》对‘诗三百’比兴寄托手法的借用和发挥”，似乎未为允当。

第六节　立言不朽

“立言不朽”的思想对《文心雕龙》有影响，全书有两次明确提及。《序志》篇中，刘勰认为“君子处世，树德建言”，此一思想正来自儒家“立德立功立言三不朽”的思想。“立言不朽”也成了《文心雕龙》的创作动机。前文论述刘勰“依经立义”的具体原因时，已有论述，不赘。

《诸子》篇也谈到了“立言不朽”。《诸子》开头认为，“唯英才特达，则炳曜其文，腾其姓氏，悬诸日月焉”；《诸子》篇末尾感叹诸子通过“立言”而获得的声名，“标心于万古之上，而送怀于千载之下，金石靡矣，声其销乎！”刘勰正寄望像诸子一样，借“著书立说”而青史留名。

“立言不朽”的思想来自《左传·襄公二十四年》：

> 二十四年，春，穆叔如晋。范宣子逆之，问焉，曰：“古人有言曰，‘死而不朽’，何谓也？”穆叔未对。宣子曰：“昔匄之祖，自虞以上为陶唐氏，在夏为御龙氏，在商为豕韦氏，在周为唐杜氏，晋主夏盟为范氏，其是之谓乎？”穆叔曰：“以豹所闻，

此之谓世禄，非不朽也。……豹闻之：‘大上有立德，其次有立功，其次有立言。’虽久不废，此之谓不朽。”①

穆叔认为，“不朽”不是“世禄”，它有三种情况，“立德、立功、立言”三立。“三立”可以让人声名广播、永垂不朽，但价值有高低，难易程度也不同。“立德，谓创制垂法，博施济众，圣德立于上代，惠泽被于无穷”，立德者定是上圣之人，如黄帝、尧、舜；“立功，谓拯厄除难，功济于时”，故立功者有大功于当世，如禹、稷；“立言，谓言得其要，理足可传”②，如史佚、周任、臧文仲；等等。显然，立言的难度低得多。所以，“立言不朽”就成为众多文士追求的人生目标。

前文讨论魏晋南北朝文论的“依经立义”情形时，曾谈到曹丕“盖文章，经国之伟业，不朽之盛事”对传统的“三不朽”的观点有继承也有发展，刘勰的“立言不朽”显然也与此有关，但从源头来看，刘勰还是依经立义。

此外，值得注意的是，刘勰有“立言不朽”之志，有“拔萃出类”“腾声飞实”之愿，感叹诸子“标心于万古之上，而送怀于千载之下，金石靡矣，声其销乎”，这一切除了与《左传》“立言不朽”、《论语》“君子疾没世而名不称焉”③相关，可能还与《孝经》“立身行道，扬名后世，以显父母，孝之终也”④的思想有关。也就是说，扬名后世、光宗耀祖才是“孝”的最高境界。如此说来，刘勰写作《文心雕龙》以求名，也符合儒家“孝道”。

---

① （晋）杜预注，（唐）孔颖达等正义：《十三经注疏·春秋左传正义》，上海古籍出版社 1997 年版，第 1979 页。

② （晋）杜预注，（唐）孔颖达等正义：《十三经注疏·春秋左传正义》，上海古籍出版社 1997 年版，第 1979 页。

③ 杨伯峻译注：《论语译注》，中华书局 2006 年版，第 187 页。

④ （唐）唐玄宗注，（宋）邢昺疏：《十三经注疏·孝经注疏》，上海古籍出版社 1997 年版，第 2545 页。

第七章 《文心雕龙》对儒经一般伦理的依立

《文心雕龙》虽然引用了众多儒家经典，但它毕竟立足于“为文”，服务于文章写作，而不是直接宣扬、阐释儒家经典，所以，它的目标是建立文论体系以指导文章写作与批评。儒家思想从本质上说是一种政治伦理哲学，它对《文心雕龙》的影响除了文艺理论层面，也有伦理精神层面的渗透。本章即讨论《文心雕龙》对儒经一般伦理观念的依立，这些一般性的伦理观念是人们的道德准则、言行规范，也在一定程度上对写作主体、文章教化进行了规范，不妨称之为“依经立则”，这也反映出刘勰依经立义的多层性。

本章拟从五个方面概要论述：本于明德、彰善瘅恶、维护纲伦、敬慎不败、博学穷理。“本于明德”突出“德”的崇高地位，是一种根本性的伦理原则，也是文章施以教化的基础；“彰善瘅恶”是树立风清气正的社会风气的手段，也是文章施行教化的实现途径；“维护纲伦”是保持社会正常有序的手段，也体现了文章的社会作用；“敬慎不败”是重要的修身精神，也能影响作者的写作态度；“博学穷理”要求主体求索外在事理，是主体自我完善的过程，也是写作主体必要的写作准备。

第一节 本于明德

《祝盟》篇有言“牺盛惟馨，本于明德”（祭祀的祭品丰富而芳香，但感动神明的不是祭品的香气，而是献祭者的美德）。这一思想直接来源于《尚书·君陈》“至治馨香，感于神明，黍稷非馨，明德惟馨”①。《左传·僖公五年》表述更充分。晋侯欲借虞伐虢，宫之奇谏假道，虞公认为神灵会保佑他，宫之奇说：“鬼神非人实亲，惟德是依。故《周书》曰：‘皇天无亲，惟德是辅。’② 又曰：‘黍稷非馨，明德惟馨。’又曰：‘民不易物，惟德繄物。’③ 如是，则非德，民不和，神不享矣。神所冯依，将在德矣。”④ “神所冯依，将在德矣”与“牺盛惟馨，本于明德”意旨相似。《祝盟》篇“本于明德”思想乃依《尚书》《左传》而立。

儒家思想是以“明德”为核心的道德体系，这一体系包括仁、义、礼、智、信、温、良、恭、俭、让、忠、勇、正、直、刚、恕等具体内容⑤。儒家经典中，整体谈及“德行”“明德”“崇德”“修德”的思想很普遍，论及单一美德的主张更是不胜枚举。

《论语·述而》子曰：“德之不修，学之不讲，闻义不能徙，不善不能改，是吾忧也。”⑥ “德之不修”是孔子四忧之首。《周易》“举天象以明人事”，体现以“德”为本的精神⑦。《尚书》赞美尧、舜、禹、汤、文、武、周公及伯益、叔稷等圣君贤臣的崇高德行，体现了“崇德”思想。《诗经》中，“风诗”（民歌）与统治者的德行相关，“雅诗”表现王政兴衰，颂诗主要赞美盛大的德行。《礼记·大学》篇将“明明德”⑧ 视

① （汉）孔安国传，（唐）孔颖达等正义：《十三经注疏·尚书正义》，上海古籍出版社 1997 年版，第 237 页。

② 语见《尚书·周书·蔡仲之命》。参见（汉）孔安国传，（唐）孔颖达等正义《十三经注疏·尚书正义》，上海古籍出版社 1997 年版，第 227 页。

③ 语见《尚书·周书·旅獒》，原文为“民不易物，惟德其物”。参见（汉）孔安国传，（唐）孔颖达等正义《十三经注疏·尚书正义》，上海古籍出版社 1997 年版，第 195 页。

④ （晋）杜预注，（唐）孔颖达等正义：《十三经注疏·春秋左传正义》，上海古籍出版社 1997 年版，第 1795 页。

⑤ 参见朱供罗《论〈文心雕龙〉的伦理道德批评》，《昆明学院学报》2014 年第 1 期。

⑥ 杨伯峻译注：《论语译注》，中华书局 2006 年版，第 75 页。

⑦ 如《乾卦》象辞“天行健，君子以自强不息”，《坤卦》象辞“地势坤，君子以厚德载物”，《大蓄卦》象辞“辉光日新其德”，《晋卦》象辞“君子以自昭明德”，等等。

⑧ （汉）郑玄注，（唐）孔颖达等正义：《十三经注疏·礼记正义》，上海古籍出版社 1997 年版，第 1673 页。

为"三纲"之一。《左传·宣公三年》楚子问"鼎",王孙满"在德不在鼎"的著名论断,体现了古代政治外交中浓烈的"崇德"观念。这些都表明了儒家经典对"德"的高度重视。

所以,《祝盟》"本于明德"的思想是合乎儒家经典基本精神的。除《祝盟》明确提出"本于明德"外,《文心雕龙》还多处涉及此思想。《宗经》篇说"励德树声,莫不师圣",砥砺德行、树立名声方面,人们无不学习圣人。这是主体修养上的"修德"。

《明诗》"顺美匡恶,其来久矣",说明文学作品把统治者的"德行"当作或美或刺的对象,由来已久。《颂赞》"颂者,容也,所以美盛德而述形容也","颂"文要称述祖宗美德。《诔碑》"诔者,累也;累其德行,旌之不朽也",诔文要积累死者的德行。这些文体都把"德"视为写作的对象。

《论说》篇谈到"说"的写作,"自非谲敌,则唯忠与信",如果不是为了欺骗敌人,就只能讲究忠诚与信实。这里谈到的"忠""信",就是两种具体的"德"。

《檄移》说:"凡檄之大体,或述此休明,或叙彼苛虐。""述此休明"即指叙述己方的美好德行,"叙彼苛虐"即暴露对方的苛刻暴虐,一正一反,共同表达了"檄"文与"德性"的关联度很高。

《比兴》篇说:"关雎有别,故后妃方德;尸鸠贞一,故夫人象义。义取其贞,无从于夷禽;德贵有别,不嫌于鸷鸟",这是从《诗经》中列举的"兴"例,能取贞一之义,就不因为它是平凡的鸟而舍弃它(尸鸠),看重雌雄定偶的德性,就不顾忌它是猛禽(雎鸠),刘勰点明《诗经》用"兴"时以"德、义"为本。此外,《指瑕》篇也从道德角度指出了许多作品的瑕疵,后文还有论述,此处略过。

其他篇目中,也有强调重视德行的思想,兹不尽举。

第二节　彰善瘅恶

《史传》说,"诸侯建邦,各有国史,彰善瘅恶,树之风声"。"彰善瘅恶,树之风声"来自《尚书·毕命》:

王曰："呜呼！父师，今予祗命公以周公之事，往哉！旌别淑慝，表厥宅里，彰善瘅恶，树之风声。弗率训典，殊厥井疆，俾克畏慕。"①

周康王命毕公管理成周东郊，要求毕公识别善恶，将善人和恶人的住所②进行区分，以表彰善良、嫉恨邪恶，从而引领人们向善去恶，树立好的风气。对那些不遵守先王古训的人，改变他的井田疆界③（使他不能与其他人正常来往），从而使人们懂得畏慎和敬慕。

刘勰依经立义，把"彰善瘅恶，树之风声"当作史书编撰的功用目的。此思想在《史传》篇也有呼应。"（夫子）因鲁史以修《春秋》。……褒见一字，贵逾轩冕；贬在片言，诛深斧钺"，只言片语的"褒贬"，却给人以极强烈的荣辱感，这是对"彰善瘅恶"的具体说明，与晋范宁《春秋穀梁传序》"一字之褒，宠逾华衮之赠；片言之贬，辱过市朝之挞"④ 意义完全相符，也是依经而立义。

《文心雕龙》其他篇的某些论述也与"彰善瘅恶"相通，如《明诗》篇"顺美匡恶，其来久矣"，"顺美匡恶"即《孝经》"将顺其美，匡救其恶"（顺应发扬优点，匡正补救过失）⑤，实质也是"彰善瘅恶"。再比如《檄移》篇"凡檄之大体，或述此休明，或叙彼苛虐"，

① （汉）孔安国传，（唐）孔颖达等正义：《十三经注疏·尚书正义》，上海古籍出版社 1997 年版，第 245 页。

② 孔颖达疏："若今孝子顺孙义夫节妇表其门闾者也，表其善者，则恶者自见，明其为善，当褒赏之；病其为恶，当罪罚之。其有善人，立其善风，令邑里，使放效之；扬其善声，告之疏远，使闻知之。"参见（汉）孔安国传，（唐）孔颖达等正义《十三经注疏·尚书正义》，上海古籍出版社 1997 年版，第 245 页。

③ 孔颖达疏："乡田同井，出入相友，守望相助，疾病相扶持，则百姓亲睦，然则先王制之为井田也，欲使民相亲爱，生相佐助，死相殡葬。不循道教之常者，其人不可亲近；与善民杂居，或染善为恶，故殊其井田居界，令民不与来往。犹今下民有大罪过不肯服者，则摒出族党之外，吉凶不与交通，此之义也。"参见（汉）孔安国传，（唐）孔颖达等正义《十三经注疏·尚书正义》，上海古籍出版社 1997 年版，第 245 页。

④ （晋）范宁注，（唐）杨士勋疏：《十三经注疏·春秋穀梁传注疏》，上海古籍出版社 1997 年版，第 2359 页。

⑤ （唐）唐玄宗注，（宋）邢昺疏：《十三经注疏·孝经注疏》，上海古籍出版社 1997 年版，第 2560 页。

"檄"文或者颂扬己方之"善"，或者揭露敌方之"恶"，也和"彰善瘅恶"有关。"叙彼苛虐"的具体方法是"征其恶稔之时，显其贯盈之数"，目的在于"摇奸宄之胆，订信顺之心"[①]，这样一种淋漓尽致的"瘅恶"，可使"百尺之冲，摧折于尺书；万雉之城，颠坠于一檄"。

第三节 维护纲伦

儒经中"维护纲伦"的思想很普遍，以下作简略梳理。

《周易·说卦》云："立人之道，曰仁与义。"[②]"仁义"是人伦规范的核心。

《尚书·说命下》"监于先王成宪，其永无愆"[③]，《毕命》"不由古训，于何其训？"[④] 所谓的"成宪""古训"即指古时流传下来的、应该遵守的纲纪人伦。如果违纲乱纪，就会灭亡，正如《尚书·五子之歌》所言："乱其纪纲，乃厎灭亡。"[⑤]

《毛诗序》"厚人伦，美教化，移风俗"[⑥]，有以诗来维护纲伦之意。

① 此处的"总其罪人"有不同理解，有人翻译成"（振奋军队的威武愤怒）集中在（于）罪人身上"（周振甫、王运熙等），也有人翻译成"（振奋威武愤怒），率领敌人内部的反对派"（褚世昌）。"总其罪人"出自《左传·僖公八年》。在齐桓主持的宁母盟会上，郑子华违背郑伯之命，阴谋"求介于大国（齐国）以弱其国（郑国）"，管仲劝说齐桓勿许："君若绥之以德，加之以训辞，而帅诸侯以讨之，郑将覆亡之不暇，岂敢不惧？若总其罪人以临之，郑其有辞矣。何惧？"《左传》中的"总其罪人"是特指，"子华奸父之命，即罪人"（杜预）。笔者认为，"总其罪人"在《左传》里确实有率领对手内部的反对派之意，但在《檄移》篇里这样理解似乎过于狭窄，"总其罪人"可以理解为联合一切反对者进行讨伐，至于这些反对者来自讨伐对象内部还是外部不必深究。

② （魏）王弼等注，（唐）孔颖达等正义：《十三经注疏·周易正义》，上海古籍出版社 1997 年版，第 94 页。

③ （汉）孔安国传，（唐）孔颖达等正义：《十三经注疏·尚书正义》，上海古籍出版社 1997 年版，第 175 页。

④ （汉）孔安国传，（唐）孔颖达等正义：《十三经注疏·尚书正义》，上海古籍出版社 1997 年版，第 245 页。

⑤ （汉）孔安国传，（唐）孔颖达等正义：《十三经注疏·尚书正义》，上海古籍出版社 1997 年版，第 157 页。

⑥ （汉）郑玄笺，（唐）孔颖达等正义：《十三经注疏·毛诗正义》，上海古籍出版社 1997 年版，第 270 页。

《礼记·大传》说："亲亲也，尊尊也，长长也，男女有别，此其不可得与民变革者也"[①]，这是说"亲亲、尊尊、男女有别"的一整套人伦准则是不会随民而变的，应当维护和坚守。

《左传·昭公二十五年》云："夫礼，天之经也，地之义也，民之行也"[②]，这是维护纲伦的最响亮口号。另外，《左传》常说"礼也""非礼也"，通过清楚明白的点评，表现了维护纲伦的意图。

以上对儒家"维护纲伦"的伦理精神作了简略梳理，现梳理《文心雕龙》一书中"维护纲伦"的相关表述，以见出两者之间的一致性，如下。

1. 经书"制人纪"。《宗经》篇中，刘勰认为"制人纪"是经书的功能之一，正与儒家经典维护纲伦思想一致。

2. 祝文"体（礼）失之渐也"。《祝盟》有言"礼失之渐"，李曰刚认为："谓祭祀之规制仪式渐流于荒诞淫滥，而非祭祀之礼典本身有何废弛也。"[③] 张国庆等考校诸说，将"礼"校为"体"，但认为作"礼"也通，因"体"既流于荒诞淫滥，则礼典本身的精神也不可能完全不受负面的影响而"失之渐"也。[④] 从"体（礼）失之渐也"，可以看出《文心雕龙》对纲伦失常的忧虑。

3. 商鞅韩非"弃孝废仁，轘药之祸，非虚至也"（《诸子》）。刘勰认为商鞅、韩非的悲惨下场不是没有来由的，一个被车裂、一个被毒死，正是他们废弃儒家"仁孝"思想造成的因果报应，这正体现了刘勰维护儒家纲伦的立场[⑤]。

4. 光武魏文，诏书"乖章"。《诏策》："（光武）诏赐邓禹，称司徒为尧……魏文帝下诏，辞义多伟，至于'作威作福'，其万虑之一

---

① （汉）郑玄注，（唐）孔颖达等正义：《十三经注疏·礼记正义》，上海古籍出版社 1997 年版，第 1506 页。

② （晋）杜预注，（唐）孔颖达等正义：《十三经注疏·春秋左传正义》，上海古籍出版社 1997 年版，第 2107 页。

③ 李曰刚：《文心雕龙斠诠》，（台北）"国立"编译馆 1982 年版，第 422 页。

④ 张国庆、涂光社：《〈文心雕龙〉集校、集释、直译》，中国社会科学出版社 2015 年版，第 185 页。

⑤ 参见朱供罗《论〈文心雕龙〉的伦理道德批评》，《昆明学院学报》2014 年第 1 期。

蔽乎!"光武帝称邓禹为"尧"实在不合法度，魏文帝的诏书中有"作威作福"的话，也是万虑一失。

5."礼门义路，悬规植矩。"《奏启》体现了刘勰维护纲伦最严厉的态度。当时的奏文存在"竞于诋诃，吹毛取瑕，次骨为戾，复似善骂"的现状，刘勰认为这样的"躁言丑句、诟病为切"（急躁的言辞丑陋的句子、急切指责相互诟病）是完全没有必要的。朝廷应该"辟礼门以悬规，标义路以植矩"，清楚宣示合乎礼义的"规矩"，如果有人不遵守规矩，就严厉惩罚他们：打断"逾垣者"的胳膊，砍掉"捷径者"的脚趾。对待这些不守礼义的人，刘勰主张"无纵诡随"、实行严厉惩罚。这里的"礼门""义路"出自《孟子》"夫义，路也；礼，门也。唯君子能由是路，出入是门也"[①]。"无纵诡随"出自《诗经》，可见刘勰维护纲伦时的"依经立义"。参见第九章第五节有关分析。

6. 违理背伦，文人瑕累。《指瑕》篇指出作家的瑕疵，其中就有比尊于微、不重孝道、称尊如卑、拟人不伦等情况[②]，也反映了他维护纲伦的思想。《程器》篇列举十六位著名文人的瑕累，虽是为批驳魏文帝"文人无行"论而作铺垫，也可看出其维护纲伦的想法。

可见，《文心雕龙》"维护纲伦"的有关表述是依经而立。

第四节　敬慎不败

"敬慎不败"是儒家的重要伦理精神，《文心雕龙》对此精神也有依立。"敬慎"一词的最早出处可能是《诗经·大雅·抑》"敬慎威仪，维民之则""慎尔出话，敬尔威仪"[③]，"敬慎不败"则明显出自《周易》。《周易·需·象》九三："'需于泥'，灾在外也；自我致寇，

① （汉）赵岐注，（宋）孙奭疏：《十三经注疏·孟子注疏》，上海古籍出版社 1997 年版，第 2745 页。

② 朱供罗：《论〈文心雕龙〉的伦理道德批评》，《昆明学院学报》2014 年第 1 期。

③ （汉）郑玄笺，（唐）孔颖达等正义：《十三经注疏·毛诗正义》，上海古籍出版社 1997 年版，第 554—555 页。

敬慎不败也。”王弼注：“敬慎不败，自由也；由我欲进而致寇来，己若敬慎则不有祸败者也。”[①] 黄寿祺、张善文解释此象：“‘在泥滩中需待’，说明九三灾祸尚在身外；自我招致强寇，说明九三要敬谨审慎才能避免危败。”[②] 王弼与黄、张两位的注解都说明外在的危险都是自我招致而来，如果保持敬慎之心就不会有祸败。“敬慎不败”就是这样一种高度自觉的谨慎恭敬精神，简称为“慎”的精神。《诗经·小雅·小旻》“战战兢兢，如临深渊，如履薄冰”[③]，正描绘了小心翼翼、警惕戒惧、不敢松懈的情形。

五经中特别强调“慎”，可分为以下几种情形。

一是“慎微”，如“能慎微接下，无不自尽以奉其上焉”（《诗·吉日》[④] 小序），“将慎其细也”[⑤]（《左传·成公十六年》），谨小慎微，细节入手。《尚书·周书·旅獒》所言“不矜细行，终累大德；为山九仞，功亏一篑”[⑥] 也是谨小慎微之意。《左传·僖公二十二年》记载的鲁僖公因轻视邾国而遭受失败的故事可以说是“慎微”的反面教材。邾国因鲁国取其须句之地而出兵伐鲁，鲁僖公轻视邾国，“不设备而御之”，臧文仲曰：“国无小，不可易也。无备虽众，不可恃也。《诗》曰：‘战战兢兢，如临深渊，如履薄冰。’又曰：‘敬之敬之，天惟显思。’命不易哉。先王之明德，犹无不难也，无不惧也，况我小国乎？君其无谓邾小，蜂虿有毒，而况国乎！”[⑦] 臧文仲的劝说引经据典，说明战争无小事，不可不慎，要早作准备，否则会带来危险。鲁

① （魏）王弼等注，（唐）孔颖达等正义：《十三经注疏·周易正义》，上海古籍出版社 1997 年版，第 24 页。

② 黄寿祺、张善文：《周易译注》，上海古籍出版社 2004 年版，第 58 页。

③ （汉）郑玄笺，（唐）孔颖达等正义：《十三经注疏·毛诗正义》，上海古籍出版社 1997 年版，第 449 页。

④ （汉）郑玄笺，（唐）孔颖达等正义：《十三经注疏·毛诗正义》，上海古籍出版社 1997 年版，第 429 页。

⑤ （晋）杜预注，（唐）孔颖达等正义：《十三经注疏·春秋左传正义》，上海古籍出版社 1997 年版，第 1921 页。

⑥ （汉）孔安国传，（唐）孔颖达等正义：《十三经注疏·尚书正义》，上海古籍出版社 1997 年版，第 195 页。

⑦ （晋）杜预注，（唐）孔颖达等正义：《十三经注疏·春秋左传正义》，上海古籍出版社 1997 年版，第 1813 页。

僖公不听，后来果然遭受失败。

二是“慎始”，《礼记·经解》“《易》曰：‘君子慎始，差若毫厘，谬以千里’”[①]，初始时的毫厘之差，后来发展成大至千里的大错，所以一开始就要“敬慎”。《礼记》虽明言此三句话引自《易》，但今本《周易》无此语，实出自纬书《易纬·乾凿度》，但《礼记》引用此语，还是应该看作经典的思想。

三是“慎独”，如“故君子必慎其独也”[②]（《礼记·大学》）。

四是“慎政”，如“政不可不慎也”[③]（《左传·昭公七年》），“不慎，必失诸侯”[④]（《左传·襄公十一年》），对统治者来说，谨慎对待政权、权力，尤其重要。

五是“慎刑”，如“明德慎罚”[⑤]（《尚书·康诰》），“慎用刑而不留狱”[⑥]（《周易·旅卦·象》），古人重德轻刑，对待刑狱诉讼非常慎重。

六是“慎名”，如“名之不可不慎也如是”[⑦]（《左传·昭公三十一年》），“是以为君，慎器与名，不可以假人”[⑧]（《左传·昭公三十二年》）。

七是“慎仪”，如“敬慎威仪，以近有德”[⑨]（《大雅·民劳》），

---

① （汉）郑玄注，（唐）孔颖达等正义：《十三经注疏·礼记正义》，上海古籍出版社1997年版，第1611页。

② （汉）郑玄注，（唐）孔颖达等正义：《十三经注疏·礼记正义》，上海古籍出版社1997年版，第1673页。

③ （晋）杜预注，（唐）孔颖达等正义：《十三经注疏·春秋左传正义》，上海古籍出版社1997年版，第2049页。

④ （晋）杜预注，（唐）孔颖达等正义：《十三经注疏·春秋左传正义》，上海古籍出版社1997年版，第1950页。

⑤ （汉）孔安国传，（唐）孔颖达等正义：《十三经注疏·尚书正义》，上海古籍出版社1997年版，第203页。

⑥ （魏）王弼等注，（唐）孔颖达等正义：《十三经注疏·周易正义》，上海古籍出版社1997年版，第68页。

⑦ （晋）杜预注，（唐）孔颖达等正义：《十三经注疏·春秋左传正义》，上海古籍出版社1997年版，第2126页。

⑧ （晋）杜预注，（唐）孔颖达等正义：《十三经注疏·春秋左传正义》，上海古籍出版社1997年版，第2128页。

⑨ （汉）郑玄笺，（唐）孔颖达等正义：《十三经注疏·毛诗正义》，上海古籍出版社1997年版，第548页。

"敬慎威仪，维民之则"[①]（《抑》和《泮水》），外在的仪表威仪是社会等级的体现，也是自身修养的表现，不可不慎。

八是"慎辞"，如"晋为伯，郑入陈，非文辞不为功。慎辞也！"[②]（《左传·襄公二十五年》），"白圭之玷，尚可磨也；斯言之玷，不可为也！"[③]（《诗经·大雅·抑》）

可以说，"敬慎不败"是儒家重要的伦理精神，《文心雕龙》对此精神也有依立，表现在以下方面。

一是写作态度。如《乐府》篇："夫乐本心术，故响浃肌髓。先王慎焉，务塞淫滥"，音乐要慎重，一定要杜绝淫滥。《颂赞》篇："颂惟典懿，辞必清铄……敬慎如铭"，"颂"文写作敬重谨慎像铭文。《铭箴》："周公慎言于《金人》"，周公在《金人铭》里提出说话要谨慎。《史传》："宣后乱秦，吕氏危汉，岂唯政事难假，亦名号宜慎矣。"史书的写作要慎重对待名号。《诏策》中论述诏策的写作一定要敬慎，"王言之大，动入史策，其出如綍，不反若汗"，又说"淮南有英才，武帝使相如视草；陇右多文士，光武加意于书辞：岂直取美当时，抑亦敬慎来叶矣"，汉武帝和光武帝如此重视诏书，岂止是要获得当时人的称赞，也是为了敬慎面对后来的时代。"敬慎来叶"表明了两位皇帝在诏书写作态度上极度慎重。《指瑕》说："声不假翼，其飞甚易；情不待根，其固匪难。以之垂文，可不慎欤！""声"与"情"都可以靠文字得以流传，怎么可以不慎重呢？

二是主体修养。《体性》强调"夫才由天资，学慎始习……故童子雕琢，必先雅制"。孩童一开始学习就要慎重，一定要先学习雅正的体制。

三是文章瑕疵。《练字》"马字缺画，而石建惧死，虽云性慎，亦

---

① （汉）郑玄笺，（唐）孔颖达等正义：《十三经注疏·毛诗正义》，上海古籍出版社1997年版，第554、611页。

② （晋）杜预注，（唐）孔颖达等正义：《十三经注疏·春秋左传正义》，上海古籍出版社1997年版，第1985页。

③ （汉）郑玄笺，（唐）孔颖达等正义：《十三经注疏·毛诗正义》，上海古籍出版社1997年版，第555页。

时重文也。"石建因为马字少写了一笔，怕得要死，这与其生性谨慎有关。《指瑕》"巧言易标，拙辞难隐，斯言之玷，实深白圭"，语言上的毛病实在比白玉上的瑕疵更难磨灭，这是依《诗经·大雅·抑》"白圭之玷，尚可磨也；斯言之玷，不可为也"[①] 而立说。

四是文章政用。实用类文章要服务于政事，所以也要有"慎"的精神。例如"议"体就要求有益实用，"夫动先拟议，'明用稽疑'，所以敬慎群务，弛张治术"（《议对》），行动之前要先计划、讨论，再稽考疑难，所以要庄敬慎重地对待各种政务，使统治松紧适度，所以"议"的写作，"必枢纽经典，采故实于前代，观通变于当今。理不谬摇其枝，字不妄舒其藻。又郊祀必洞于礼，戎事必练于兵，佃谷先晓于农，断讼务精于律"，这里的"不谬""不妄"指的是义理准确、文字精简，"洞于礼""练于兵""晓于农""精于律"指的是业务精熟，这都是"敬慎"的表现。

有时候，除了写作之前要"慎"、写作时要"慎"，写完之后还要"慎"。如《奏启》"晁错受《书》，还上'便宜'。后代'便宜'，多附封事，慎机密也"，晁错受命学习《尚书》，回来后上疏奏报"便利宜行"之事，后代所谓"便宜"，大多附有黑色帛袋密封简板（"封事"），这是谨慎地保守机密。

可见，《文心雕龙》关于"敬慎不败"有不少主张，它与儒家"敬慎不败"的伦理精神是一致的。

第五节 博学穷理

"博学""穷理"是儒家的重要精神，儒家经典中两者并未结合成一个词，但两者分开的论述有许多。

《礼记·中庸》"博学之，审问之，慎思之，明辨之，笃行之"[②]，

---

① （汉）郑玄笺，（唐）孔颖达等正义：《十三经注疏·毛诗正义》，上海古籍出版社 1997 年版，第 555 页。

② （汉）郑玄注，（唐）孔颖达等正义：《十三经注疏·礼记正义》，上海古籍出版社 1997 年版，第 1632 页。

“为学之阶”第一步就是“博学”。

《礼记·大学》有“八条目”之说，其中的“格物致知”既涉及“博学”，也涉及“穷理”。

《论语》“博学而笃志，切问而近思”（《论语·子张》），“博学于文，约之以礼”（《论语·雍也》）都提出了“博学”的要求。

《周易·乾·文言》：“君子学以聚之。”① “聚学”即积聚学识。《大畜·象辞》：“君子以多识前言往行，以畜其德”②，“畜德”的前提是博学。《说卦》：“昔者圣人之作《易》也……穷理尽性以至于命。”③ “穷理”既有对于客观事物的深入了解，也有对于社会规律、人情伦理等的深入探究④。

以上为儒家“博学穷理”思想的简略梳理，总体来看，“博学穷理”是君子修炼德性的重要内容。刘勰受此思想影响，在《奏启》《神思》《事类》《练字》《物色》等篇有所提及。

1.《奏启》：“博见足以穷理。”广博的见识足以穷究事理，是“奏”体写作要领之一。

2.《神思》：“积学以储宝，酌理以富才，研阅以穷照。”这是创作前的准备。“积学以储宝”的结果即“博学”，“酌理以富才”的过程即“穷理”，“研阅以穷照”即研究阅历以透彻了解，包含“博学”和“穷理”的内容。只有通过“积学、酌理、研阅”，才能积累广博的见识，明白人情物理，这是文学创作的基本准备，也是开展文学评论的前提。

3.《神思》：“博见为馈贫之粮。”《神思》认为写作文章有两种毛病，“理郁者苦贫，辞溺者伤乱”。对于“苦贫者”而言，“博见为馈贫之粮”，也就是说广博的见识可以弥补作者见识的短缺。

---

① （魏）王弼等注，（唐）孔颖达等正义：《十三经注疏·周易正义》，上海古籍出版社1997年版，第17页。

② （魏）王弼等注，（唐）孔颖达等正义：《十三经注疏·周易正义》，上海古籍出版社1997年版，第40页。

③ （魏）王弼等注，（唐）孔颖达等正义：《十三经注疏·周易正义》，上海古籍出版社1997年版，第93页。

④ 《红楼梦》中的“世事洞明皆学问，人情练达即文章”或可以涵盖“穷理”的范围。

4.《事类》：“才为盟主，学为辅佐。”文章涉及“才”与“学”两方面，才“主”学“辅”，但“学”可以影响提升扩充“才”，所以“将赡才力，务在博见”。

5.《事类》：“将赡才力，务在博见。”对于用典而言，“博见”是必然要求。如果“所见不博”，典故可能会用错，文章就经不起仔细问究，细问就不知道出处，就会有“寡闻之病”。所以，“将赡才力，务在博见，狐腋非一皮能温，鸡蹠必数千而饱”。要想丰富自己的才力就一定要见识广博，就像狐裘要很多狐皮才能制成、鸡趾要几千才能吃饱一样。因此，刘勰又主张“综学在博”，综汇学问一定要广博。

6.《练字》：“非博学不能综其理。”刘勰在《练字》篇引用曹植的话说，“扬、马之作，趣幽旨深，读者非师传不能析其辞，非博学不能综其理”。“非师传不能析其辞”是说前汉的作家大都喜欢奇文异字，如果不是师法相传就不能理解文字；“非博学不能综其理”是说扬雄、司马相如的作品意趣幽远、义旨遥深，读者不博学就不能总握它的事理。不管是认字，还是识理，都依赖“博学”。

7.“博览”是通变的前提。《通变》篇说：“是以规略文统，宜宏大体。先博览以精阅，总纲纪而摄契；然后拓衢路，置关键，长辔远驭，从容按节，凭情以会通，负气以适变，采如宛虹之奋鬐，光若长离之振翼，乃颖脱之文矣。”先博览再精阅，总揽大纲掌握法则，然后才实现通变，博览即是“博见”，是实现通变的前提。

8.《知音》：“圆照之象，务先博观。”“博观”就是“见得多”，它与“博学”“博见”义同。“博观”是文学批评的必要储备，正所谓“凡操千曲而后晓声，观千剑而后识器”。

此外，刘勰也将“博学穷理”作为评点作家作品的具体标准。一方面，刘勰从“博”（包括“博练”“博雅”“博通”“博识”等）的角度评价作家作品。如《正纬》篇赞扬桓谭、尹敏、张衡、荀悦对纬书的批驳：“四贤博练，论之精矣。”《诠赋》篇说：“伟长（徐干）博通，时逢壮采。”《杂文》篇称赞杂文作者是“智术之子，博雅之人”。《史传》篇称赞司马迁有“博雅弘辩之才”。《奏启》篇说：“张衡指摘于史职，蔡邕铨列于朝仪，博雅明焉。”《才略》篇说：“王逸博识有功，而绚采无力。”这些评论都是和主体的博学有关。

另一方面，刘勰也从“理”的角度评论作家作品，或者批评某些文章不合情理，《杂文》篇“陈思《客问》，辞高而理疏”，《诸子》篇“公孙之白马孤犊，辞巧理拙，魏牟比之鸮鸟，非妄贬也”，《指瑕》篇“夫辩匹而数首蹄，选勇而驱阉尹，失理太甚，故举以为戒”，等等。或者对某些深得事理的作品表达赞许，如《物色》篇“‘皎日’‘嘒星’，一言穷理”，《奏启》篇“若夫贾谊之务农……谷永之谏仙：理既切至，辞亦通畅，可谓识大体矣”。

总之，“博学穷理”是儒家的修养目标，在《文心雕龙》有关理论表述中，主要表现为创作准备、批评储备、批评标准或是通变前提等，《文心雕龙》乃依经立义。

第八章 《文心雕龙》“文原论”中的“依经立义”

牟世金《〈文心雕龙〉的总论及其理论体系》一文曾指出，《文心雕龙》的总论是《原道》《征圣》《宗经》三篇，这三篇加上《正纬》是“枢纽”；《辨骚》至《书记》21篇是文体论；下篇自《神思》至《程器》是“剖情析采”，分论“创作论”和“批评论”，其中，《神思》是创作论总纲，《体性》至《镕裁》6篇研究如何处理“情”与“言”的关系，从《声律》至《总术》12篇讲写作技巧，《时序》《物色》集中研究“言”与“物”的关系；批评论包括《才略》《知音》《程器》；最后的《序志》是序言。[①] 张文勋《〈文心雕龙〉的理论体系》一文则认为，《文心雕龙》上篇前三篇是总纲，《正纬》《辨骚》两篇是附录，五篇合称“文之枢纽”；自《明诗》至《书记》是文体论；下篇自《神思》到《物色》21篇是创作论，其中，《神思》至《情采》是文学创作基本理论，自《镕裁》至《总术》是文学创作技巧论，《时序》《物色》两篇探讨文学创作与社会现实的关系；《才略》《知音》《程器》三篇组成批评论；最后的《序志》是序言。[②]

笔者以为，两位先生的观点似可商榷。《文心雕龙》前五篇总称“文之枢纽”，前三篇举“正”，后两篇酌“奇”，前五篇构成一种奇正

① 参见牟世金《〈文心雕龙〉的总论及其理论体系》，《中国社会科学》1981年第2期。

② 参见张文勋《〈文心雕龙〉的理论体系》，《云南社会科学》1982年第3期。

相参的总纲，似不宜将《辨骚》归入文体论，也不宜将《正纬》《辨骚》两篇称为附录，这两篇也是“文之枢纽”的重要组成部分。这五篇笔者称为“文原论”。自《明诗》至《书记》20 篇，是为“文体论”。自《神思》至《总术》是创作论。笔者赞同张文勋的观点，将《神思》至《情采》六篇归为一类，讨论文学创作基本理论。另外，笔者同意范文澜、王利器、周振甫、刘永济、张立斋等关于《物色》篇次序有误的意见，将《物色》纳入“文术论”，具体排在哪篇与哪篇之间则不作安排，将自《镕裁》至《总术》13 篇再加《物色》篇统归为文学创作技巧论。笔者将这两部分 20 篇合称为“文术论”，将《时序》《才略》《知音》《程器》合归为“文评论”。

前文谈到“文之枢纽”前三篇正面确立“依经立义”的原则，后两篇侧面补充“依经立义”的原则，“奇”“正”相参，构成了“文原论”中“依经立义”的总貌。就具体篇目而言，由于此前已对《原道》《宗经》两篇有过深入讨论，本章只讨论《征圣》《正纬》《辨骚》三篇文章中的“依经立义”情形。

第一节 征圣立言——《征圣》

《征圣》介于《原道》与《宗经》之间，是“道”“圣”“经”三位一体的重要中介环节，六经（五经）是圣人替天地言道之书，没有圣人，也就不能实现“道”至“经”的转换，《周易》这样描绘圣人的中介作用，“圣人有以见天下之赜，而拟诸其形容，象其物宜，是故谓之象”①。所以说，“圣”在“道”与“经”之间，作用很重要。纪昀所言：“此篇却是装点门面，推至究极，仍是宗经”②，相当程度上否定了《征圣》篇独立存在的地位和意义③，因而受到了众多

① 黄寿祺、张善文：《周易译注》，上海古籍出版社 2004 年版，第 508 页。

② （梁）刘勰著，（清）黄叔琳注，（清）纪昀评，（清）李详补注，刘咸炘阐说，戚良德辑校：《文心雕龙》，上海古籍出版社 2015 年版，第 11 页。

③ 张国庆、涂光社：《〈文心雕龙〉集校、集释、直译》，中国社会科学出版社 2015 年版，第 33 页。

学者的反对。当然,《征圣》不只是“道”“圣”“经”三者不可或缺的重要环节,更重要的是该篇提出了一系列重要的为文法则。

那么,《征圣》篇所提倡的为文法则又有哪些?其中的“依经立义”的情形又如何呢?

一 “作者曰圣”

“作者曰圣,述者曰明,陶铸性情,功在上哲”,“作者”是很神圣的,他“制礼作乐”,可称“圣人”。培育人的性情,是圣人的功绩。“作者曰圣,述者曰明”直接引自《礼记·乐记》。“故知礼乐之情者能作,识礼乐之文者能述,作者之谓圣,述者之谓明。明圣者,述作之谓也”[①],可见,“作者”的定义乃依经立义。

二 “圣人之情,见乎文辞”

“夫子文章,可得而闻,则圣人之情,见乎辞矣”,孔子的文章,可以听闻,圣人的情怀思想,也表现在经书的文辞中了。“先王圣化,布在方册;夫子风采,溢于格言”,前代圣王的教化,载于典籍,孔子的风度神采,从他的格言中可以流露出来。“夫子文章,可得而闻”源出《论语·公冶长》子贡曰:“夫子之文章,可得而闻”[②],刘勰引用此语,语义不变。“圣人之情,见乎辞矣”则出自《周易·系辞下》“圣人之情见乎辞”[③],刘勰引用此语,“辞”的语义由《周易》所专指的“卦爻辞”扩大为泛指的经典中的“文辞”。尽管语义有的不变、有的变宽,这两处的引用还是“依经立义”。

---

① (汉)郑玄注,(唐)孔颖达等正义:《十三经注疏·礼记正义》,上海古籍出版社 1997 年版,第 1530 页。

② 程树德撰,程俊英、蒋见元点校:《论语集释》,中华书局 1990 年版,第 318 页。

③ (魏)王弼等注,(唐)孔颖达等正义:《十三经注疏·周易正义》,上海古籍出版社 1997 年版,第 86 页。

三 "贵文有征"

从经书文辞中可以窥见圣人情思，比如说从经书中就可以看出圣人"贵文"的思想。"贵文"思想可以从三个方面来检验。

第一方面，从政化上看圣人"贵文"。"远称唐世，则焕乎为盛；近褒周代，则郁哉可从：此政化贵文之征也。""政化贵文"涉及两则例证，一则载于《论语·泰伯》篇，子曰："大哉尧之为君也！巍巍乎！唯天为大，惟尧则之。荡荡乎！民无能名焉。巍巍乎其有成功也，焕乎其有文章!"① 另一则载于《论语·八佾》，子曰："周监乎二代，郁郁乎文哉!"② 此二则例证均来自《论语》，都突出了圣人在教化方面对"文/文章"的重视。

第二方面，从事功上看圣人"贵文"。"郑伯入陈，以文辞为功；宋置折俎，以多文举礼：此事迹贵文之征也。"事功方面"贵文"，所举两例全部来自《左传》。"郑伯入陈，以文辞为功"，载于襄公二十五年。郑伯攻打陈国，派子产向当时的盟主晋国献捷。晋国不满而质问，子产就把前因讲述清楚，文辞得当，收到了功效（"以文辞为功"），晋国的赵文子不得不接受郑国的献捷并与之达成盟约。于是孔子赞叹："郑入陈，非文辞不为功，慎辞哉!"③（见第四章第三节）。另一个例子载于《左传·襄公二十七年》。

> 宋向戌善于赵文子，又善于令尹子木，欲弭诸侯之兵以为名。如晋……晋人许之。如楚，楚亦许之。如齐……齐人许之。告于秦，秦亦许之。皆告于小国，为会于宋。五月甲辰，晋赵武至于宋。丙午，郑良霄至。六月丁未朔，宋人享赵文子，叔向为介。司马置折俎，礼也。仲尼使举是礼也，以为多

---

① 程树德撰，程俊英、蒋见元点校：《论语集释》，中华书局1990年版，第549、551页。

② 程树德撰，程俊英、蒋见元点校：《论语集释》，中华书局1990年版，第182页。

③ （晋）杜预注，（唐）孔颖达等正义：《十三经注疏·春秋左传正义》，上海古籍出版社1997年版，第1985页。

文辞。[1]

宋人向戌与晋国的赵文子赵武友好，又与楚国令尹子木友好，想化解诸侯之间的战争以博取名声。晋、楚、齐、秦各大国以及其他小国都同意化解争战。六月初一，宋国人为赵文子置办享宴之礼，叔向作为赵文子的副手，司马举办“折俎”之礼，把牲体的骨节折断（切开），放在盘子里，这是合乎礼的。仲尼使人记下这个礼节，因为他觉得这个享礼有丰富的文辞和仪式，这些文辞和仪式可以为后人仿效。

“郑伯入陈”“宋置折俎”两则故事都是邦交方面的事功，体现了圣人孔子对文采的重视。两则事例都出自经典，提炼出“事迹贵文”的观点，依经而立义。

第三方面，是修身方面圣人“贵文”。两个事例同样来自儒家经典。“褒美子产，则云‘言以足志，文以足言’；泛论君子，则云‘情欲信，辞欲巧’：此修身贵文之征也。”“言以足志，文以足言”出自《左传·襄公二十五年》，是孔子引用古代志书赞扬子产能言辞得当，就郑伯入陈一事漂亮回复晋赵文子。第二个例证出自《礼记·表记》子曰：“情欲信，辞欲巧。”[2] 这两个例证一为专门表扬子产，另一为泛论君子，都表明了孔子在修身方面对“文”的重视。不难发现，三个方面都是依经而义，三者结合，则共同表达一个意思：“圣人贵文。”

四 “志足言文，情信辞巧”

这是“征圣”得到的第一条准则——“志足而言文，情信而辞巧”。此一准则也被刘勰称为“含章之玉牒，秉文之金科”。“志足而言文”源自《左传·襄公二十五年》，“情信辞巧”出自《礼记·表

① （晋）杜预注，（唐）孔颖达等正义：《十三经注疏·春秋左传正义》，上海古籍出版社1997年版，第1995页。

② （汉）郑玄注，（唐）孔颖达等正义：《十三经注疏·礼记正义》，上海古籍出版社1997年版，第1644页。

记》，这是“依经”；“志足言文，情信辞巧，乃含章之玉牒，秉文之金科”，这是刘勰的主张，是为“立义”。

从以上四点的逻辑来看，先论“圣人”地位崇高，功用巨大，再论从文辞可以看出圣人情思，再进一步举例验证圣人“贵文”的思想，最后得出“志足言文，情信辞巧”这一“贵文”思想应该成为写作的金科玉律，刘勰得出的每一观点都是依经而立，并且思路逐渐聚焦，从而得到了征圣的第一个为文法则。

五 “繁略殊形，隐显异术，抑引随时，变通适会”

这是“征圣”得到的第二条准则。在《征圣》篇第二段，刘勰先说圣人识鉴像日月遍照，全面通透，又精致细腻，入微通神——“鉴周日月，妙极几神”，所以能达致良好效果：“文成规矩，思合符契”，文章成为典范，文字契合思路。“几神”两字来源于《周易·系辞上》“惟几也，故能成天下之务；惟神也，故不疾而速，不行而至”①，又说“几者动之微”“阴阳不测之谓神”②，“妙极几神”即指圣人能知晓精妙隐微的变化。吉川幸次郎认为，“‘鉴周日月’是因，‘文成规矩’是果；‘妙极几神’是因，‘思合符契’是果”③，指出其中的因果关系是很有见地的，但两对因果一一对应，似乎稍嫌僵化，将“鉴周日月，妙极几神”统一看作写作的前期准备（即“体察”与“领悟”），将“文成规矩，思合符契”整体看作写作效果（即“文思”之表现），将两者的关系理解为前因后果，可能更合适一些。此种因果关系也就为下文总结出四大技巧作了铺垫。接着刘勰点明四大技巧：“或简言以达旨，或博文以该情，或明理以立体，或隐义以藏用。”

① （魏）王弼等注，（唐）孔颖达等正义：《十三经注疏·周易正义》，上海古籍出版社1997年版，第81页。

② （魏）王弼等注，（唐）孔颖达等正义：《十三经注疏·周易正义》，上海古籍出版社1997年版，第78、88页。

③ ［日本］吉川幸次郎：《评斯波六郎〈文心雕龙原道、征圣篇札记〉》，载王元化选编《日本学者〈文心雕龙〉文论集》，齐鲁书社1983年版，第35页。

(一) 简言以达旨

"《春秋》一字以褒贬，丧服举轻以包重，此简言以达旨也"，刘勰从《春秋》《礼记》征验圣人言行，得出"简言以达旨"的技巧(也可谓之法则)。"《春秋》一字以褒贬"，融合了《春秋穀梁传序》和《春秋左氏传序》的说法。范序："一字之褒，宠逾华衮之赠；片言之贬，辱过市朝之挞"[①]，突出了只言片语的褒贬却给人强烈的荣辱感。杜序："《春秋》虽以一字为褒贬，然皆须数句以成言"[②]，说明其表述形式[③]。"丧服举轻以包重"，是《礼记》关于丧服礼仪的推理性概括。试以二例说明：

> 曾子问曰：相识有丧服，可与于祭乎？孔子曰："缌不祭，又何助于人！"[④]（《礼记·曾子问》）
>
> 曾子曰："小功不税，则是远兄弟无服也。而可乎？"[⑤]（《礼记·檀公上》）

"缌"，服丧三月。孔子对曾子的回答，是说"身有丧服，尚不得自祭己家宗庙，何得助于他人祭乎！" "小功"，轻丧，服丧五月。"税"，丧期已过，闻丧而服。小功之丧，如过了丧期才知晓丧讯就不补服，含有服丧超过五月的就要补服之意。黄叔琳注："丧服举轻以包重：如举缌不祭，则重于缌之服，其不祭不言可知；举小功不税，

---

① (晋) 范宁注，(唐) 杨士勋疏：《十三经注疏·春秋穀梁传注疏》，上海古籍出版社 1997 年版，第 2359 页。

② (晋) 杜预注，(唐) 孔颖达等正义：《十三经注疏·春秋左传正义》，上海古籍出版社 1997 年版，第 1707 页。

③ 正如《春秋左传正义》所言："褒贬虽在一字，不可单书一字以见褒贬。"如隐公元年《郑伯克段于鄢》："段不弟，故不称弟。如二君，故称克。称郑伯，讥失教也。"参见 (晋) 杜预注，(唐) 孔颖达等正义《十三经注疏·春秋左传正义》，上海古籍出版社 1997 年版，第 1716 页。

④ (汉) 郑玄注，(唐) 孔颖达等正义：《十三经注疏·礼记正义》，上海古籍出版社 1997 年版，第 1391 页。

⑤ (汉) 郑玄注，(唐) 孔颖达等正义：《十三经注疏·礼记正义》，上海古籍出版社 1997 年版，第 1282 页。

则重于小功者，其税可知，皆语约而义该也。"[①] 刘勰借《春秋》和《礼记》的有关材料，举例论证圣人之言有"简言以达旨"（简要的言辞来表达意旨）的情形，明显是"依经"而"立义"。

（二）博文以该情

"《邠》诗联章以积句，《儒行》缛说以繁辞，此博文以该情也"，刘勰引用两个经典例子来征验圣人，总结出"博文以该情"的技巧法则。其中，一个例子是《诗经·豳风·七月》。该诗由八章组成，每章十一句，是《诗经》中较长的一首，此所谓"《邠》诗联章以积句"。另一个材料是《礼记·儒行》，该文把"儒者之行"分为十六种表现来一一加以罗列论述，内容涉及自立、容貌、备豫、近人、特立、刚毅、自立、仕、忧思、宽裕、举贤援能、任举、特立独行、规为、交友、尊让等十六个方面，繁复详尽，所谓"缛说以繁辞"也[②]。此两者即是"博文以该情"（繁博的文辞详尽描述其情形），也是"依经立义"。

（三）明理以立体

"书契决断以象《夬》，文章昭晰以效《离》，此明理以立体也"，刘勰对"明理以立体"也举了从两个例证。其中，"书契决断以象《夬》"明显来自《周易·系辞下》。《周易·系辞下》云："上古结绳而治，后世圣人易之以书契，百官以治，万民以察，盖取诸《夬》。"韩康伯注："夬，决也；书契所以决断万事也。"[③] 夬卦，下乾上兑（䷪），五阳一阴，刚胜柔也。书契（文字）决断万事，就在于它的明白决断。"文章昭晰以效《离》"，《离》（䷝），上下重离，《易·说卦》传："离也者，明也，万物皆相见，南方之卦也。圣人南面而听天下，向明而治，盖取诸此也。"又："离为火，为日，为电。"为日为火，皆文明之象。[④] "文章昭晰以效《离》"，就是说文章应该效法《离》卦

① （梁）刘勰著，（清）黄叔琳注，（清）纪昀评，（清）李详补注，刘咸炘阐说，戚良德辑校：《文心雕龙》，上海古籍出版社 2015 年版，第 10 页。

② 参见（汉）郑玄注，（唐）孔颖达等正义《十三经注疏·礼记正义》，上海古籍出版社 1997 年版，第 1668—1671 页。

③ （魏）王弼等注，（唐）孔颖达等正义：《十三经注疏·周易正义》，上海古籍出版社 1997 年版，第 87 页。

④ 詹锳义证：《文心雕龙义证》，上海古籍出版社 1989 年版，第 43 页。

的卦象，鲜明而有光辉。"明理以立体"，用明显的事理来树立文章体式，刘勰在征验圣人的同时依经立义。

（四）隐义以藏用

"四象精义以曲隐，五例微辞以婉晦，此隐义以藏用也。""四象"来自《周易·系辞上》："《易》有太极，是生两仪；两仪生四象，四象生八卦。"[①]《系辞上》又曰："《易》有四象；所以示也。"[②] 六十四卦之中有实象，有假象，有义象，有用象，如以乾为天，为实象；以乾为父，为假象；以乾为健，为义象；乾有元、亨、利、贞四德，为用象[③]。四象的含义是曲折隐晦的。"精义"出《系辞下》"精义入神"。韩康伯注："精义，物理之微者也。"[④]"曲隐"二字见于《系辞下》"其言曲而中，其事肆而隐"[⑤]。"四象精义以曲隐"，是指《周易》卦象的四种意义，精微、隐晦、曲折。"五例微辞以婉晦"指的是《春秋》记事的五个条例，文辞精微、含蓄婉转（前文第六章第五节已有详述，此处略过）。刘勰用《周易》四象和《春秋》五例来举例，得出一个结论："隐义以藏用"——隐含文章深义让文章能潜在地发挥功用。"藏用"即"藏诸用"，来源于《周易·系辞上》。原文"显诸仁，藏诸用"，韩康伯注："衣被万物故曰显诸仁，日用而不知故曰藏诸用。"[⑥] 所以，"隐义以藏用"也是"依经"而立义。

刘勰潜心于经典，征验于圣人，从而得出四个写作技巧（四条写作法则）。这体现了刘勰高超的理论概括与整理能力[⑦]，不过，刘勰进

---

① （魏）王弼等注，（唐）孔颖达等正义：《十三经注疏·周易正义》，上海古籍出版社 1997 年版，第 82 页。

② （魏）王弼等注，（唐）孔颖达等正义：《十三经注疏·周易正义》，上海古籍出版社 1997 年版，第 82 页。

③ 周振甫：《文心雕龙今译》，中华书局 1986 年版，第 21 页。

④ （魏）王弼等注，（唐）孔颖达等正义：《十三经注疏·周易正义》，上海古籍出版社 1997 年版，第 87 页。

⑤ （魏）王弼等注，（唐）孔颖达等正义：《十三经注疏·周易正义》，上海古籍出版社 1997 年版，第 89 页。

⑥ （魏）王弼等注，（唐）孔颖达等正义：《十三经注疏·周易正义》，上海古籍出版社 1997 年版，第 78 页。

⑦ 黄侃《文心雕龙札记》有云："文术虽多，要不过繁简隐显而已，故彦和征举圣文，立四者以示例。"参见黄侃著，吴方点校《文心雕龙札记》，中国人民大学出版社 2004 年版，第 11 页。

一步得出一个更具有综合性、更具有理论高度的结论：“故知繁略殊形，隐显异术，抑引随时，变通适会，征之周孔，则文有师矣。”“繁略殊形，隐显异术”是说经典中的“繁略隐显”四种技巧各有不同，侧重于“依经”，“抑引随时，变通适会”是说后世作者应该随时应变、灵活运用“繁略隐显”四种技巧，侧重于“立义”。两者的结合，就是刘勰检验圣人后得出的第二大为文法则。

值得指出的是，刘勰主张随机应变灵活运用“繁略隐显”之后，在该篇中第一次总括式地提出“征圣”对于“为文”的作用：“征之周孔，则文有师矣。”也就是说如果能够以周公、孔子等圣人作为检验标准，文章就会有所师法了。

六 “体要与微辞偕通，正言共精义并用”

这是“征圣”得出的第三条为文法则。紧随前文，第三段一开头说“是以论文必征于圣，窥圣必宗于经”，谈论文章一定要用圣人作为检验标准，窥仰圣人一定要以经书作为效仿依据，再次点题。此后，刘勰从“征圣”得到了第三条为文法则：“体要与微辞偕通，正言共精义并用。”

此一法则的建构过程是这样的：刘勰首先从《易》《书》里找到了两个理论资料，“辨物正言，断辞则备”①（辨明各种事物，使用正当的语言，语辞决断，辞意充足），“辞尚体要，弗惟好异”②（文辞重在追求精要，不单纯是为了追求奇异）；加以阐释与勾联：“正言所以立辩，体要所以成辞；辞成无好异之尤，辩立有断辞之美”，前两句关乎目的，后两句关乎效果。在此基础上，加入“精义”与“微辞”两个要素：“虽精义曲隐，无伤其正言；微辞婉晦，不害其体要。”“精义”“微辞”两个要素不是简单叠加，而是要与“正言”“体要”

① （魏）王弼等注，（唐）孔颖达等正义：《十三经注疏·周易正义》，上海古籍出版社 1997 年版，第 89 页。

② （汉）孔安国传，（唐）孔颖达等正义：《十三经注疏·尚书正义》，上海古籍出版社 1997 年版，第 245 页。

两个要素和谐双美：精妙的意义曲折隐晦，但不会伤及言辞的正当；隐微的文辞即使婉转深奥，也不会损害其精练简要。最后，刘勰终于提出了一个全新的命题："体要与微辞偕通，正言共精义并用"（精练简要与婉转隐晦在文辞中相通，正当的言辞与精妙的意义共存）。该命题新就新在强调四个关键要素和谐共生，即"体要""微辞""正言""精义"的配合互补，四个要素涉及内容与形式两个方面，既要达到内容方面的标准：意义的精妙、隐微、正确，又要达到形式方面的标准：语言的简要、准确、含蓄。所以，这个命题的确是很全面、很深刻的。在第二段结尾，刘勰再次点题：此征验圣人的文章，是可以看到"体要与微辞偕通，正言共精义并用"这一规律的。

需要说明的是，《文心雕龙》全书在不少地方分别谈到"体要""微辞"等，可参见第六章第四、五节，此处略过。

七 "圣文之雅丽，固衔华而佩实"

这是"征圣"得出的第四条为文法则。上文提到的"体要与微辞偕通，正言共精义并用"，谈了内容与形式两方面的标准，但并不能因此就认为孔子不讲文采，不重语言的修饰润色，也不能指责孔子过于重视华丽的辞藻，而不顾实质内涵：

> 颜阖以为仲尼"饰羽而画，徒事华辞"，虽欲訾圣，弗可得已。然则圣文之雅丽，固衔华而佩实者也。天道难闻，犹或钻仰；文章可见，胡宁勿思？若征圣立言，则文其庶矣。

据《庄子·列御冠》，颜阖认为："孔子在漂亮的鸟羽上还要雕画文采，徒然讲究华丽的辞藻"，他即使想要诋毁圣人，也是诋毁不了的。因为圣人的文章内容充实、文辞华丽，本来就是既有内在的"实"也有外在的"华"。"衔华而佩实"与"文质观"内涵相似，第六章"文质观（华实观）"已论述对经典的依立，不赘。

《征圣》篇的最后，刘勰再一次对“圣”之当“征”进行了论述：“天道难闻，犹或钻仰；文章可见，胡宁勿思?”天道神秘，人们还要深入钻研，（圣人的）文章可以看见，怎么可以不加以思索呢？这里的“胡宁”出自《诗经·小雅·四月》和《大雅·云汉》“胡宁忍予”，有一种强烈的反问语气。怎么可以不对文章细细思索呢？刘勰思索的结果是要“征圣”，以圣人（圣人之文）作为检验的标准，他认为这样的话，文章就会写得差不多了（“若征圣立言，则文其庶矣”），再次点题并自然结束全文。

需要说明的是，刘勰“征圣”得出四大为文法则，“征圣”既是一种方法，也是一种思想。作为一种思想，《荀子·正论》的“故凡言议期命，是非以圣王为师”[①] 或许可以作为最佳注脚。作为一种方法，在五经中的很多资源都可以用来征验。如《尚书·酒诰》：“文王诰教小子、有正、有事，无彝酒。越庶国，饮惟祀，德将无醉。”[②] 周公引用周文王故例告诫后人不可饮酒上瘾，特别是不能醉酒，这可以成为“征圣”而得到的准则。《尚书·大禹谟》记载的舜帝对禹的训诫“人心惟危，道心惟微，惟精惟一，允执厥中”[③]，更是被称为儒家治国理政的“十六字心传”，成为历代统治者可资借鉴的法则。《尚书》中的典、谟、训、诰、誓、命等，儒家经典中提到的尧、舜、禹、汤、文王、武王、周公、孔子等，很多都成为“征圣”的对象。可以说，刘勰的“征圣论”本身也是依经立义。

第二节 酌经验纬——《正纬》

刘勰对纬书的态度是“正纬”“酌乎纬”，前者表明刘勰要对纬书进行辨正，以求得到准确全面的认识；后者表明刘勰要在准确全面认

① （清）王先谦撰，沈啸寰、王星贤点校：《荀子集解》，中华书局1988年版，第342页。

② （汉）孔安国传，（唐）孔颖达等正义：《十三经注疏·尚书正义》，上海古籍出版社1997年版，第206页。

③ （汉）孔安国传，（唐）孔颖达等正义：《十三经注疏·尚书正义》，上海古籍出版社1997年版，第136页。

识的基础上参考酌取纬书“有益文章”的积极因素。那么，刘勰为什么要“正纬”“酌乎纬”呢？有什么标准呢？这两个问题的回答，都和“依经立义”的理论范式与思维模式有关。

刘永济《文心雕龙校释》对刘勰为什么要正纬有精到的分析。“舍人之作此篇，以箴时也。盖谶纬之说，宋武禁而未绝，梁世又复推崇。其书多托始仲尼，抗行经典，足以长浮诡之习，扬爱奇之风。故列四伪以匡谬，述四贤而正俗。疾其‘乖道谬典’，正所以足成《征圣》《宗经》之义也。故次之以《正纬》。”① 诚然，刘勰之所以要正纬，就是要针砭当时的学术风气。谶纬原本各有不同，据《四库提要·易类》：“案儒者多称谶纬，其实谶自谶，纬自纬。谶者，诡为隐语，预决吉凶。……纬者，经之支流，衍及旁义。”② 后来，谶与纬合二为一。光武帝借谶纬之力取得天下后更笃信斯术，于是天下学者大都修习谶纬，乃至谶纬之学大行其道。宋武帝禁而不绝，梁朝又加以推崇，所以，在刘勰所处的时代，谶纬仍大量存在。刘勰将其统称为“纬书”。这些纬书假托孔子所作，杂以妖妄之说，与经典抗衡而并行于世。刘勰认为，这样的风气是“浮诡”“爱奇”，这样的书“乖道谬典”，应该予以辨正。明确纬书与经典的乖谬之处，即是反向意义上的“征圣”“宗经”。至于“正纬”的标准，毫无疑问是经典，刘勰对纬书的辨正也是依经立义。

本篇的“依经立义”可以从以下四点予以分析。

一　经书的起源与河图洛书有关

神秘的大道、精微的天命会隐幽地显现出来，黄河中“龙马负图”而出，于是就有了《易》③ 的兴起，洛水中神龟背书现身，由此有了《尚书·洪范》的闪耀。早期的《易》《书》与河图洛书有关。《周

① 刘永济：《文心雕龙校释》，中华书局2007年版，第9页。

② 《影印文渊阁四库全书》第1册，（台北）台湾商务印书馆1986年版，第158页上栏。

③ 《河图》并不是八卦本身，只是提供了八卦的雏形；伏牺在此基础上再仰观俯察、远近取象从而创立八卦。但从源头来说，《河图》为《易》的兴起提供了基础。

易·系辞上》“河出图，洛出书，圣人则之”①，说的就是圣人以河图洛书作为取法的对象（于是就有了早期的《易》《书》）。刘勰将河图洛书视为上天降下的“图箓”“图谶”“图纬”，认为它们是真的。

由于年代久远，记载不明，容易出现假托，“真”迹虽然保留了下来，“伪”作也会凭此而生。一“真”一“伪”，鲜明地表达了刘勰对河图洛书与后世纬书的态度。“真”的自然要保留、继承、发扬，“伪”的自然要舍弃。“真虽存矣，伪亦凭焉”，刘勰区分“图箓”“图谶”“图纬”的“真”，并指出了纬书“四伪”，但我们不能就此认为，刘勰反对纬书之“伪”反对得不彻底，或者说刘勰对纬书的辨正还不到位。要知道，刘勰所处的时代，人们深信河图洛书之类是“圣人则之”的“天生神物”，是“阐幽”的“神道”，是“微显”的“天命”，很难想象刘勰会像现代人一样将此类图纬看作伪造的，所以刘勰才援引孔子典故，说“河不出图，夫子有叹，如或可造，无劳喟然”②。说刘勰反对“纬书”不彻底，或要求刘勰将河图洛书也看作伪造，实在有些苛求古人了。事实上，刘勰将河图洛书之类纬书看作真的，也是受《周易》的影响，可以说是“依经立义”。

二 以经书为标准，“酌经验纬”

夫《六经》彪炳，而纬候稠叠；《孝》《论》昭晰，而《钩》《谶》葳蕤。酌经验纬，其伪有四：盖纬之成经，其犹织综，丝麻不杂，布帛乃成。今经正纬奇，倍摘千里，其伪一矣。经显，世训也；纬隐，神教也。圣训宜广，神教宜约，而纬多于经，神理更繁，其伪二矣。“有命自天”，乃称符谶，而八十一篇皆托于孔子；则是尧造绿图，昌制丹书，其伪三矣。商周以前，图箓频

① （魏）王弼等注，（唐）孔颖达等正义：《十三经注疏·周易正义》，上海古籍出版社1997年版，第82页。

② 《论语·子罕》：“凤鸟不至，河不出图，吾已矣夫。”参见杨伯峻译注《论语译注》，中华书局2006年版，第102页。

> 见，春秋之末，群经方备；先纬后经，体乖织综，其伪四矣。伪既倍摘，则义异自明，经足训矣，纬何预焉？

刘勰首先对经书和纬书进行对比：《易》《书》《诗》《礼》《乐》《春秋》六经经义彰明，而纬书却多而重复；《孝经》《论语》清晰明白，而《钩命诀》《比考谶》却芜杂烦琐。斟酌经典再来检验纬书，其作伪表现在四个方面：一是从性质而言，“经正纬奇，倍摘千里”，经书正正当当，纬书神神怪怪，差异很大；二是从数量而言，“纬多于经，神理更繁”，纬书不仅数量大大多于经书，而且神秘的说法更是烦琐，不符合“经显，世训也；纬隐，神教也。世训宜广，神教宜约”的道理；三是从来源而言，八十一篇纬书①皆托于孔子，还有“尧造绿图，昌制丹书”等说法，这不符合“有命自天，乃称符谶”的通则；四是从时间而言，先纬后经，不符合纺织的体例——织布都是先布好经线，再编纬线的。由此，刘勰认为纬书与经书完全背道而驰，其意义差异不言自明，经足以训导世人，又何必要纬来参与呢？“酌经验纬”的四点分析，无疑正是“依经立义”。

需要说明两点：一是“有命自天”，直接引自《诗经·大雅·大明》“有命自天，命此文王”②，意思是天命要从上天降下来③，这是依经而立义；二是刘勰所说的“商周以前，图箓频见”是针对伪造纬书者而言。这些伪作者造作了许多图箓，宣称是“商周”以前就有的，刘勰认为真正的“图箓”是上天降下的祥瑞，只有河图洛书算得上图箓，其他的图箓都是鱼目混珠，以假乱真。并且，按照织布的程序来看，先经后纬，春秋以后才有群经，配合经书的纬书就不应当出现在

① 据范文澜《文心雕龙注》：“其书出于前汉，有《河图》九篇，《洛书》六篇，云自黄帝至周文王所受本文。别有三十篇，云自初起至于孔子，九圣之所增演，以广其意。又有《七经纬》三十六篇（《易》纬六、《书》纬五、《诗》纬三、《礼》纬三、《乐》纬三、《春秋》纬十四、《孝经》纬二），并云孔子所作，并前合为八十一篇。”参见范文澜注《文心雕龙注》，上海古籍出版社1958年版，第37页。

② （汉）郑玄笺，（唐）孔颖达等正义：《十三经注疏·毛诗正义》，上海古籍出版社1997年版，第508页。

③ 胡辉：《刘勰诗经观研究》，云南大学出版社2015年版，第74页。

春秋以前。所以，凡是宣称商周以前出现的纬书通通是伪作。

三 纬书“无益经典”

刘勰指出纬书四伪之后，再详论纬书对经典没有帮助，反而会起破坏作用。

> 夫图箓之见，乃昊天休命，事以瑞圣，义非配经。故河不出图，夫子有叹，如或可造，无劳喟然。昔康王河图，陈于东序；故知前圣符命，历代宝传，仲尼所撰，序录而已。于是伎数之士，附以诡术，或说阴阳，或序灾异，若鸟鸣似语，虫叶成字，篇条滋蔓，必征孔氏；通儒讨核，谓伪起哀、平，东序秘宝，朱紫乱矣。至光武之世，笃信斯术。风化所靡，学者比肩，沛献集纬以通经，曹褒选谶以定礼，乖道谬典，亦已甚矣。

刘勰首先表示河图洛书之类是祥瑞，故“历代宝之”。图箓一类祥瑞的出现，是上天降下的美好旨意，是圣人出现的祥瑞征兆，并不是用来配合儒经的。所以黄河不再次出现图箓，孔子就感伤无法看到圣人出现，如果可以人为造作，就不用喟叹了。这里明显引用了《论语·子罕》：“子曰：‘凤鸟不至，河不出图，吾已矣夫！’”[①] 以前康王将《河图》陈列于东厢房，可见先圣瑞应的符命，统治者都作为珍宝历代相传，仲尼只是按次序编录罢了。

接着，刘勰对方技术士之纬书进行了总体描述。那些方技术士，用怪异诡杂之说予以附会，有的解释阴阳变化，有的书写灾难变异，说什么鸟的叫声像说话一样，树叶被虫吃出了文字，各种滋蔓演绎的怪事，一定假借孔子来证实。通贯儒学的大家（桓谭、贾逵、张衡等）经过探讨考核，认为伪纬在西汉哀帝、平帝时就兴起了。这样导致的后果是，东厢房所存的秘不示人的宝物被人用谶纬搅乱了。

---

① 程树德撰，程俊英、蒋见元点校：《论语集释》，中华书局1990年版，第588页。

此后，刘勰特别论述了光武帝笃信谶纬造成的严重后果。由于光武帝笃信谶纬[①]，学者纷纷参与进来。沛献王刘辅集合纬书之说来通释儒经，曹褒选用谶纬来作为修定礼仪的依据，其背离经典的程度，实在太过分了。这样的状况遭致正直学者的声讨："桓谭疾其虚伪，尹敏戏其浮假，张衡发其僻谬，荀悦明其诡托"，桓谭憎恶谶纬的虚伪，尹敏嘲戏谶纬的浮假，张衡揭发其偏颇荒谬，荀悦辨明其诡谲伪托。这四位贤者博通练达，他们对谶纬的议论是很精当的了。

总的来看，谶纬对于经典没有益处，反而有害。所谓"乖道谬典"，其背后有一个参考的标准就是儒家经典。表面是说谶纬如何如何，却时时可见其背后经典的影子，仍然是以经典作为话语中心的，这也是"依经立义"。

有一个问题值得一提，斯波六郎《文心雕龙札记》："彦和于本篇所言之纬，意义甚广，图、谶皆包括在内。彦和把这广义的纬分为真伪两部分。他相信《河图》《洛书》、尧之《绿图》、文王《丹书》等天示圣人以祥瑞之物的存在，认为它们是真的纬书，而成于后世术士之手者则被斥为伪的纬书。"[②] 斯波所言似可商榷。首先，刘勰认为《河图》《洛书》是真的，但不认为它们是纬书，因为纬书是配合经书的，而河图洛书"乃昊天休命，事以瑞圣，义非配经"。其次，斯波六郎说刘勰相信《绿图》《丹书》是真纬，也不准确。刘勰指出纬书之伪时说，"尧造《绿图》，昌制《丹书》，其伪三也"，明显是不认可尧造《绿图》、昌制《丹书》，认为《绿图》《丹书》既然不是"有命自天"，哪怕是圣人（尧、文王）所造也终究是人造，既然是人造的就只能是伪的。最后，说刘勰所言之"纬"是广义的"纬"，包含"图、谶"，也不妥当。纬书的概念在刘勰那里是很清楚的。纬书不包

---

① 《后汉书·桓谭传》："帝方信谶，多以决定嫌疑。……其后有诏会议灵台所处，帝谓谭曰：'吾欲谶决之，何如?'谭默然良久曰：'臣不读谶。'帝问其故，谭复极言谶之非经。帝大怒曰：'桓谭非圣无法，将下斩之。'谭叩头流血，良久乃得解。"参见（南朝宋）范晔撰，（唐）李贤等注《后汉书》，中华书局1965年版，第961页。

② ［日本］斯波六郎：《文心雕龙札记》，载王元化选编《日本研究〈文心雕龙〉文论集》，齐鲁书社1983年版，第92页。

括河图洛书这样的天降祥瑞，凡是托名孔子或其他圣人、在两汉时期由方技术士所造的以假乱真、用来配合经典的书统统称为纬书。"酌经验纬，其伪有四"，说明用来配合经典的纬书是不可信的，所以，纬书都是伪造的，没有真伪之分。

四 纬书"有助文章"

> 若乃羲农轩皞之源，山渎锺律之要，白鱼赤雀之符，黄银紫玉之瑞，事丰奇伟，辞富膏腴，无益经典而有助文章。

纬书中有不少关于人文始姐伏羲（伏牺）、神农、黄帝、少皞的传说，高山大川和黄钟律吕感应灵验的要闻，周文王得赤雀丹书、周武王得白鱼之类的符命，黄银紫玉现于深山的祥瑞征兆，众多的典故神奇特异，文辞又很有藻采，对经书没有好处却可以帮助写作文章[①]。

对于纬书"有助文章"的性质，前人也有认识，所以不少作家，也从纬书中采纳辞藻。据李善《文选注》，谶纬对汉魏六朝的文学作品的影响十分普遍："这些文学作品所征引的纬书有七十多种，征引纬书达数百条之多，涉及诗、赋、文等多种文体，其中尤以赋受谶纬的影响最为明显。从作家来看，这一时期著名的文学家，如扬雄、班固、张衡、王粲、曹丕、曹植、嵇康、潘岳、左思、张华、陆机、谢灵运、沈约、任昉、刘孝标等等，在他们的作品中，都有引用纬书的现象。"[②] 此外，孙蓉蓉认为，虽然汉魏六朝志怪小说的发展还有其他的因素，如道教和佛教的影响等，但是谶纬的兴盛是其中一个非常重

① 在这里，刘勰对"经典"和"文章"作了明显的区别，经典要求义理真实正确，有益于人伦世务；文章则应该叙事丰富奇特神伟，充满感染力。联系《序志》篇的"文章功用论"（"唯文章之用，实经典枝条；'五礼'资之以成，'六典'因之致用，君臣所以炳焕，军国所以昭明：详其本源，莫非经典"），可以这样推论：《序志》篇里，"文章"依附"经典"，"文章"为"经典"服务；《正纬》篇里，"文章"与"经典"各自独立，各有独特要求。这样的认识更接近"文章"的本质。

② 孙蓉蓉：《诗纬与汉魏六朝文论》，《文艺研究》2007 年第 9 期。

要的原因。[1] 张衡担心纬书迷误后学，奏请皇帝下令禁绝，但荀悦爱惜其中夹杂着真知，不同意将纬书全部焚毁。可见，纬书“有益文章”既有学者的理性认识，也有现实的事实支撑。

最后，刘勰部分说明了写作本篇的原因——“前代配经，故详论焉”。刘勰认为，前人用纬书来配合经书，这种做法是不对的。就算是河图洛书之类的图箓，也只是圣人出现的祥瑞征兆，不能用来配合经书（“事以瑞圣，义非配经”）。更不要说出自方术之士的纬书，谈论阴阳灾变，神神怪怪，荒诞不实，这样的纬书实在无益于经典。所以，前人用纬书来配合经典的做法是应该反对的。当然，“配不配经”只是刘勰写作本篇的部分原因，其他重要的原因是“正纬”可以获得对于纬书的全面准确认识，从而对“朱紫腾沸”的状况有所改变。“酌乎纬”可以清楚看到纬书对于文学创作的正面价值，正如赞语所说“芟夷谲诡，采其雕蔚”，删除纬书中的诡谲不正[2]之处，吸取其辞采方面的奇巧富丽，从而对当时“言贵浮诡”“辞人爱奇”的风气有所改变。

总之，在本篇，刘勰正是这样以“经”作为立论的参照，主张酌取纬书的有益成分而作文，正是“依经立义”。

第三节　依经辨骚——《辨骚》

《辨骚》是“文之枢纽”第五篇，紧接《原道》《征圣》《宗经》《正纬》之后。就其主导倾向而言，《原道》《征圣》《宗经》是“正”的一面，必须坚持；《正纬》《辨骚》是“奇”的一面，要斟酌采纳，其中，对于“纬”书的态度否定大于肯定，而对于“离骚”的态度基本上趋于肯定。就具体内容而言，其中的“依经立义”现象比较多。

首先，刘勰感叹《离骚》是紧承《诗经》之后兴起的“奇文”，

---

① 孙蓉蓉：《谶纬与文学研究》，中华书局2018年版，第195页。

② 《论语·宪问》有言：“晋文公谲而不正，齐桓公正而不谲。”参见杨伯峻译注《论语译注》，中华书局2006年版，第169页。所以，“芟夷谲诡”也有“求思想之正”的意思。

而屈原是“去圣未远”的“多才”楚人。

> 自《风》《雅》寝声，莫或抽绪，奇文郁起，其《离骚》哉！固已轩翥《诗》人之后，奋飞辞家之前，岂去圣之未远，而楚人之多才乎？

一开篇，就从与圣人、经典的关系中定位屈原及《离骚》（“《风》《雅》寝声”，“去圣之未远”），经典（包括圣人）就是刘勰评价屈骚的坐标，体现了“依经立义”的思维模式。另外，“奋飞辞家之前”的“奋飞”一词也语出《诗经·邶风·柏舟》“静言思之，不能奋飞”，郑笺：“（不能）如鸟奋翼而飞去”①，刘勰借用其辞，指屈原高飞在辞家之前。

其次，刘勰述评前人对屈骚的评价。其中不乏“依经立义”的点评：

> 昔汉武爱《骚》，而淮南作传，以为“《国风》好色而不淫，《小雅》怨诽而不乱，若《离骚》者，可谓兼之”；蝉蜕秽浊之中，浮游尘埃之外，皭然涅而不缁，虽与日月争光可也。

淮南王刘安受武帝之命作《离骚传》②，对屈原和《离骚》都给予高度评价。他认为，《国风》写男女相悦之情却不过分，《小雅》怨刺时政却讲究君臣伦常，而《离骚》兼取这两大优点；屈原像蝉蜕一样从浊秽之中脱离出来，遨游尘俗之外，身心高洁不受肮脏环境污染，即使与日月争光也是可以的。刘安评价《离骚》融合了《诗经》两部

① （汉）郑玄笺，（唐）孔颖达等正义：《十三经注疏·毛诗正义》，上海古籍出版社 1997 年版，第 297 页。

② 《辨骚》篇言：“昔汉武爱《骚》，而淮南作传”，《神思》篇又言：“淮南崇朝赋《骚》”，那刘安所作到底是《离骚赋》还是《离骚传》？杨树达《离骚传与离骚赋》认为，“传”在西汉是指“通论杂说式”的传，东汉方指“训故式”的传。武帝、刘安皆西汉人，故知所作《离骚传》只是“泛论大意的文字”，不是训故，所以能半日而毕。参见詹锳义证《文心雕龙义证》，上海古籍出版社 1989 年版，第 137 页。

分内容的优点，这是依经而评：

> 班固以为“露才扬己，忿怼沉江”；羿浇二姚，与《左氏》不合；昆仑玄圃，非经义所载；然其文丽雅，为词赋之宗，虽非明哲，可谓妙才。

班固同样是依经而评，但他看到的不全是优点，而是明显的缺陷[①]。他认为，屈原显露才华称扬一己心性，愤恨中投江自尽，这不符合“明哲保身”（《诗经·大雅·烝民》“既明且哲，以保其身”[②]）的儒家伦理。除此之外，班固指责屈原自尽可能还与《孝经》“身体发肤，受之父母，何敢毁伤”[③] 的观念有关，也就是说屈原的自杀是不孝之举。此外，屈原是贬絜狂狷景行之士，不符合儒家的中庸之道[④]。从《离骚》来看，羿、浇和二姚的故事，与《左传》叙述不合；所谓“昆仑”“玄圃”也不是经书所载，但他的文章华丽优雅，是辞赋的宗祖；屈原虽不是明智的贤哲，也称得上“妙才”。

显然，班固的“依经而评”更具体，也更全面，其中儒家伦理的影响更突出。

王逸的屈骚批评也是依据经典作出的，但他与班固的出发点不一样。王逸不仅要肯定屈原的文学成就，还要在儒家伦理的范畴内肯定

① 班固《离骚序》：“及至羿、浇、少康、二姚、有娀佚女，皆各以所识，有所增损，然犹未得其正也。故博采经书传记本文，以为之解。且君子道穷，命矣。……故《大雅》曰：‘既明且哲，以保其身。’斯为贵矣。今若屈原，露才扬己，竞乎危国群小之间，以离谗贼，然责数怀王，怨恶椒兰，愁神苦思，强非其人，忿怼不容，沉江而死，亦贬洁狂狷景行之士。多称昆仑冥婚宓妃，虚无之语，皆非法度之政，经义所载。谓之‘兼《诗》风雅而与日月争光’，过矣。然其文弘博丽雅，为辞赋宗，后世莫不斟酌其英华，则象其从容。自宋玉、唐勒、景差之徒，汉兴，枚乘、司马相如、刘向、扬雄，骋极文辞，好而悲之，自谓不能及也。虽非明智之器，可谓妙才者也。”参见郭绍虞主编《中国历代文论选》第1册，上海古籍出版社2001年版，第89页。

② （汉）郑玄笺，（唐）孔颖达等正义：《十三经注疏·毛诗正义》，上海古籍出版社1997年版，第568页。

③ （唐）唐玄宗注，（宋）邢昺疏：《十三经注疏·孝经注疏》，上海古籍出版社1997年版，第2545页。

④ 《论语·子路》：“不得中行而与之，必也狂狷也。狂者进取，狷者有所不为也。”参见杨伯峻译注《论语译注》，中华书局2006年版，第158页。

屈原的为人。他说，屈原讽谏君王的措辞比《诗经·大雅·抑》[①] 里所谓“耳提面命”的方式，态度还要和缓（“《诗》人提耳，屈原婉顺”）；《离骚》的文字完全是依据经典而立义的（“《离骚》之文，依经立义”）。例如“驷虬乘鹥”就类似《易经》“时乘六龙”；“昆仑流沙”，类似《尚书》“禹贡敷土”。王逸评价屈骚，以儒家五经作为参照，认为《离骚》符合五经委婉含蓄的创作原则，也运用了类似的想象、夸张等表现手法。所以，王逸主张屈原是百世无匹的伟大作家（“金相玉质，百世无匹”者也）。

> 及汉宣嗟叹，以为皆合经传；扬雄讽味，亦言体同《诗》雅。

汉宣帝刘询喜爱《楚辞》，并说“辞赋大者与古诗同义”[②]。扬雄吟讽玩味《楚辞》，说它的体式与《诗经》的“风”“雅”相同。两人对屈骚的评论也是依据经典而作的。

刘勰再对五人的评论进行点评。他指出淮南王刘安、王逸、汉宣帝刘询、扬雄都用经典来比拟《离骚》，但班固说《离骚》不会符合经传，这种褒贬流于表面、脱离实际，有鉴别却不精深，有赏玩但不切实（“鉴而弗精，玩而未核”）。

刘勰评论了五个人的屈骚评论，但没有提及司马迁在《史记》中对屈骚的评论，为什么呢？笔者认为，可能是因为司马迁基本上继承了淮南王刘安的观点，认为其文兼备《诗经》“风”“雅”之优点，其情志可与日月争光，但司马迁补充了“其文约，其辞微，其志洁，其行廉”四个方面，总体来看没有超出淮南王刘安的思路，所以就没有详谈。当然，司马迁补充的前两点——“其文约，其辞微”——合乎“体要”“微辞”等儒家一般文论要求，后两点——“其志洁，其行廉”——又有着浓重的儒家伦理色彩，也是依经立义。

再次，刘勰开始了自己对屈骚的辨析，他先指出了离骚与经典的

---

① （汉）郑玄笺，（唐）孔颖达等正义：《十三经注疏·毛诗正义》，上海古籍出版社 1997 年版，第 556 页。

② （汉）班固撰：《汉书》，中华书局 1962 年版，第 2829 页。

四同四异：

> 将核其论，必征言焉。故其陈尧、舜之耿介，称汤、禹之祗敬，典诰之体也；讥桀、纣之猖披，伤羿、浇之颠陨，规讽之旨也；虬龙以喻君子，云蜺以譬谗邪，比兴之义也；每一顾而掩涕，叹君门之九重，忠怨之辞也：观兹四事，同于《风》《雅》者也。至于托云龙，说迂怪；驾丰隆，求宓妃；凭鸩鸟，媒娀女：诡异之辞也；康回倾地，夷羿彃日，木夫九首，土伯三目，谲怪之谈也；依彭咸之遗则，从子胥以自适，狷狭之志也。“士女杂坐，乱而不分”，指以为乐；“娱酒不废”，沉湎日夜，举以为欢：荒淫之意也。摘此四事，异乎经典者也。故论其典诰则如彼，语其夸诞则如此。

“四同”即离骚与儒经都具有的四个方面：“典诰之体”“规讽之旨”“比兴之义”“忠怨之辞”；“四异”指离骚显著不同于儒经的四个方面：“诡异之辞”“谲怪之谈”“狷狭之志”“荒淫之意”。刘勰不像淮南王、王逸、扬雄、汉宣帝等只强调楚辞合乎经典而加以推崇；也不像班固一样主要从行为不合儒家礼仪、内容不合经典[①]的角度批评屈原。他既看到楚辞与经典的“同”，也看到了楚辞与经典的“异”，同异合观，全面而准确。

所以，刘勰对楚辞有一个整体评价：“固知楚辞者，体宪于三代，而风杂于战国，乃《雅》《颂》之博徒，而辞赋之英杰也。观其骨鲠所树，肌肤所附，虽取熔经旨，亦自铸伟辞。”这个评价分为四个层次：一是“体宪于三代”即指《楚辞》在体式上效仿夏商周三代时期的《诗》、《书》（如“典诰”者）；二是“风杂于战国”是指《楚辞》夹杂着战国时期的诡异风气（如“夸诞”者）；三是“乃《雅》《颂》之博徒，而辞赋之英杰也”，是说《楚辞》相比《雅》《颂》，

① 班固认为屈原沉江自尽不合《大雅》“既明且哲，以保其身”的道理；其“露才扬己”“责数怀王”“强非其人，忿怼不容”，是“贬絜狂狷景行之士”；楚辞的不少内容也“非法度之政、经义所载”。

它是较低贱的赌徒[①]，而在辞赋中它又是英雄豪杰；四是看楚辞的核心内容（"骨鲠"）和言语修辞（"肌肤"），就算是取法镕铸了经书的意旨，也称得上自创的伟大篇章。刘勰对楚辞的评价从楚辞与《诗》《书》等经典的关系出发，涉及内容与形式、继承与独创多个方面，作出了中肯的评价。此评价也是"依经"而"评"，但刘勰比起其他人看得更全面，评价也更客观。

就具体作品而言，《离骚》《九章》明朗而华丽，叙述哀苦的心志；《九歌》《九辨》绮靡美妙，抒发忧伤的情感；《远游》《天问》瑰丽诡谲显示其灵巧慧心；《招魂》《大招》艳丽夺目，文采华美；《卜居》表述旷达任诞的兴致；《渔父》寄托遗世独立的才情。所以说屈原的才气能压倒古代作家，文辞又远超当今文人，文采惊人，美艳绝顶，没有其他作品能与其并称。刘勰对屈原和他的作品都给予高度评价。屈原的伟大创造性与崇高典范性也由此得到说明。

最后，《辨骚》还论述楚辞的影响及楚辞对于文章写作的意义。自王褒的《九怀》之后，作家们都紧跟《楚辞》的足迹前行，但屈原、宋玉的步伐豪迈，没有人能追得上。他们的楚辞内容很多，主要涉及"情"与"景"二端，就情而言，有怨尤之情，也有离群独处之情，都容易引人共鸣，让人心情压抑，怏怏不乐，难以释怀；就景而言，写山水好像能循着话语感知状貌，写时令节气，也能让人一读就感受到气候。其表现力和感染力令人惊叹！所以后来的作家都学习屈原，枚乘、贾谊学到了楚辞的"丽"，司马相如、扬雄学到了楚辞的"奇"，屈原惠及和影响的作家不止一两代。不同的人可以有不同的受益：文采高超的可以学会构思宏大的体制，心思巧妙的可以猎取其华艳文辞，吟咏讽诵的人玩味其山川景色，初学写作的采拾其美人香草的比喻。

古代诸侯争战，君主倚靠车前横木观阵，御者把握缰绳控制马匹

① 山东大学李飞认为：博徒只能解释为赌徒，赌博成为六朝时任诞风气的一种标识，而"任诞"作为六朝以来个体自觉的最极端形态，社会评价总体上趋于肯定。"雅颂之博徒"虽是以雅颂为标尺对楚辞的一种贬低，但贬低的程度却是很轻微的。李飞：《由六朝任诞风气释"雅颂之博徒"——兼论〈文心雕龙·辨骚〉篇的枢纽意义》，《中国文化研究》2013 年第 2 期。

驱驰。刘勰借此比喻，主张作者应该“凭轼以倚《雅》《颂》，悬辔以驭楚篇”，像倚靠横木一样倚重《雅》《颂》经典，并有节制地驾驭楚辞，斟酌《离骚》之“奇”而不失《诗经》之“正”，玩味华美文辞而不忽略其内蕴之实——“酌奇而不失其贞，玩华而不坠其实”，这样才可以回望睥睨之间恣意驱遣文辞，轻声吟诵就可以领略其情之所至，也就不用再向司马相如和王褒之类文豪的神灵求助了。显然，刘勰认为，以“经”为主，以“骚”为辅，将“经”与“骚”结合起来，做到奇正相参、华实相扶，就可以实现写作的自由。

涂光社认为：“变乎《骚》……目的在于：树立经典（主要指《诗经》）问世之后文学创作以‘奇’求变的楷范，总结屈《骚》和楚辞的成功经验和变革原则”，“本篇所‘辨’，正在于厘清‘取镕经旨，自铸伟辞’的《离骚》在‘执正驭奇’方面的伟大成功”[①]。此话似可商榷。本篇所“辨”即“辨同异”，是辨《离骚》与经典的四同四异，而“变乎《骚》”是说在变化上要参考楚骚，但还是要坚持“酌奇而不失其贞”的变革原则。

总之，无论是评述别人对楚辞的评价，还是刘勰对楚辞的分析与定义，无论是论及楚辞的影响，还是阐述“酌奇而不失其贞”的写作规则，都体现了“依经立义”的理论建构方式。当然，也要看到，《离骚》毕竟不是经书，刘勰在“依经辨骚”的同时注意到了楚骚的特殊性，“依经”的同时在一定程度上“破经”，此一部分内容后文还会谈及，此处略过。

① 张国庆、涂光社：《〈文心雕龙〉集校、集释、直译》，中国社会科学出版社2015年版，第93页。

第九章 《文心雕龙》“文体论”中的“依经立义”

“论文叙笔”共20篇，占《文心雕龙》整体篇幅的五分之二，在全书中占有重要地位。讨论《文心雕龙》的“文体论”，不能仅仅局限于“论文叙笔”20篇，还应该把目光投向全书的有关论述。比如《宗经》篇将五经看作各体文章之源，并认为五经是各体文章的最高典范；《定势》篇认为各类文体有不同“体势”；等等。前文第四章已对“文体总纲”“文体分则”进行了论述，本章再从“文体细则”层面详细讨论《文心雕龙》“文体论”中的“依经立义”。

《文心雕龙》“文体论”从《明诗》至《书记》，共20篇文章，论述各种有韵之文与无韵之笔，涉及文体30种以上。“文体论”20篇，总体上遵循“原始以表末，释名以章义，选文以定篇，敷理以举统”的结构原则，即追溯各种文体的源头与发展，解释名称以彰显意义，选择例文以确定其价值地位，陈述写作规则以凸显要领。所以，“论文叙笔”20篇对文体的论述最为清晰明确、丰富翔实，其中的“依经立义”也非常丰富。

如果将所有的文体细则都归为一节，其内容过于庞大，故借鉴简良如先生的研究将“论文叙笔”按《诗》部文体、《礼》部文体、《易》部文体、《春秋》文体、《书》部文体五类①，大体参照原书的

① 参见简良如《〈文心雕龙〉之作为思想体系》，中国社会科学出版社2011年版，第183、198、213、229、250页。

篇目顺序及结构体例对其中的"依经立义"现象进行梳理。此种结构安排不仅出于篇幅均衡考虑，也可看出其"依经立体"的总体思路。以下先论述《诗》部文体。

第一节 《诗》部文体

"赋、颂、歌、赞，则《诗》立其本"，《诗》部文体涉及《明诗》《乐府》《诠赋》《颂赞》四篇。

一 诗

从定义上看，《明诗》篇认为："诗者，持也，持人情性；《三百》之蔽，义归'无邪'。""诗者，持也"，以形为训，其训释来自纬书《诗纬·含神雾》，但其"持人情性、使不失坠"的内涵，不仅符合《论语》"诗三百，一言以蔽之，曰'思无邪'"[①] 的内在精神，也与儒家重视德教、修身等精神相符。

从源头来看，《明诗》篇将"诗"的源头追溯至远古时期。葛天氏的乐歌《玄鸟》载于《诗经·商颂》[②]，黄帝时期的舞曲《云门》记载于《周礼》，其辞无闻，但应该不会只有音乐没有歌辞（"理不空弦"）。尧帝时期的《大章之歌》，"美尧之禅"[③]。舜造"南风"之诗，《礼记》记其事，歌辞传说记于《孔子家语》[④]。赞美大禹功成以及讽

---

① 程树德撰，程俊英、蒋见元点校：《论语集释》，中华书局1990年版，第65页。

② 《诗经·商颂·玄鸟》："天命玄鸟，降而生商，宅殷土芒芒。古帝命武汤，正域彼四方。/方命厥后，奄有九有。商之先后，受命不殆，在武丁孙子。武丁孙子，武王靡不胜。/龙旂十乘，大糦是承。邦畿千里，维民所止，肇域彼四海。/四海来假，来假祁祁。景员维河。殷受命咸宜，百禄是何。"参见（汉）郑玄笺，（唐）孔颖达等正义《十三经注疏·毛诗正义》，上海古籍出版社1997年版，第623页。

③ 《尚书大传》云："报事还归，二年荧然，乃作《大唐之歌》。"其乐曰："舟张辟雍，鸧鸧相从。八风回回，凤皇喈喈。"（汉）郑玄注："《大唐之歌》，美尧之禅也。"

④ 《孔子家语·辩乐解》对其事其辞曾有记载："昔者舜弹五弦之琴，造《南风》之诗，其诗曰：'南风之熏兮，可以解吾民之愠兮；南风之时兮，可以阜吾民之财兮。'"（参见杨朝明、宋立林《孔子家语通解》，齐鲁书社2009年版，第400页。）按：郑玄在《礼记·乐记》（转下页）

刺太康败德的诗歌也都记在《尚书》里。自商至周的诗歌总集则有《诗经》。将"诗"的源头追溯到《诗经》《尚书》《礼记》的相关记载，体现了《文心雕龙》"依经立义"的观念。

此外，单就五言诗而言，刘勰认为其源头也可以追溯到儒家经典：

> 按《召南·行露》，始肇半章；孺子《沧浪》，亦有全曲，《暇豫》优歌，远见春秋，《邪径》童谣，近在成世，阅时取证，则五言久矣。

《诗经·召南·行露》第二章："谁谓雀无角，何以穿我屋？谁谓女无家，何以速我狱？虽速我狱，室家不足。"此诗前四句皆为五言，只有后两句是《诗经》常用的四言句式，所以称为（五言的）"半章"。《孟子·离娄上》篇载孺子之歌曰："沧浪之水清兮，可以濯我缨。沧浪之水浊兮，可以濯我足。"此诗全为五言，所以称为"全曲"。春秋时期的优施所唱的《暇豫》歌，载于《国语》①，汉成帝时的童谣《邪径》②也是五言诗，所以刘勰认为，五言诗历史久远。将五言诗的源头追溯到《诗经》《孟子》，可见出其中的"依经立义"。

从选文来看，《明诗》对于相关作家作品的评论体现了"依经立义"。

1.《诗经》："'四始'彪炳，'六义'环深。"此为直接对《诗经》的评论，依"经"而立义。此后，刘勰用《论语》中的两个典故举例说明《诗经》具有辞采的华美与义理的启发。"子夏鉴'绚素'之章，子贡悟'琢磨'之句；故商、赐二子，'可与言《诗》矣'"，子夏由《诗经》中"巧笑倩兮，美目盼兮，素以为绚兮"领悟出"礼

（接上页）曾有注曰："南风，长养之风也，以言父母之长养已。其辞未闻。"郑玄所言，《南风》言父母之长养，是孝子之诗，今《孔子家语》所载歌辞并非为父母而发，乃是以民为怀，两说并不能完全相合，此文应是后人伪作。或有其他言孝亲之《南风》歌已佚，故郑玄言"其辞未闻"。

① 《国语·晋语》载《暇豫》，歌辞曰："暇豫之吾吾，不如鸟乌。人皆集于苑，已独集于枯。"参见徐元诰撰，王树民、沈长云点校《国语集解》，中华书局2002年版，第276页。

② 《邪径》："邪径败良田，谗口乱善人。桂树花不实，黄爵巢其颠。故为人所羡，今为人所怜。"此为汉成帝时童谣。参见（汉）班固撰《汉书》，中华书局1962年版，第1396页。

后乎（仁）"的道理，子贡由夫子点拨而领悟《诗经》"如切如磋，如琢如磨"的道理，孔子欣赏子夏、子贡的领悟力，因此赞美两人可以与自己深入讨论《诗经》了。细品之下可以发现，子夏乃由"经"而悟"义"，子贡乃引"经"以证"理"，都是"依经立义"的表现。刘勰还谈到了春秋时期外交使节"赋诗言志"的情形："春秋观志，讽诵旧章"，这里的"旧章"即指旧有的《诗经》篇章，"观志"即指从外交使节们引用《诗经》篇章中可以察看他们的心志。

2.《古诗》："观其结体散文，直而不野，婉转附物，怊怅述情，实五言之冠冕也。"直抒胸臆而不粗野，委婉含蓄地描写外物，表述惆怅感伤切合真情，是五言诗之冠。"直而不野"则有"质"有"文"，"怊怅述情"则"情信"，"婉转附物"则"辞巧"，所以，刘勰对《古诗》十九首的评论与儒家思想中的"情欲信，辞欲巧""文质彬彬"等有相通之处。

3. 正始诗人："何晏之徒，率多浮浅。唯嵇志清峻，阮旨遥深，故能标焉。若乃应璩《百一》，辞谲义贞，亦魏之遗直也。"对何晏等的"浮浅之作"语含批评，对情志深隐的嵇阮诗作表示赞许，与《礼记·乐记》的"情深而文明"相符。评价应璩的《百一》诗"辞谲义贞"，与《毛诗序》的"主文而谲谏"相符，"义贞"即义理正直，与"宗经六义"所谓"义贞而不回"有相通之处，也是依经而立。

从写作要领而言，刘勰认为，四言是正宗的体式（"正体"）①，五言是流行的曲调（"流调"），"正体"与"流调"的划分是以《诗经》为标准，依"诗"而立义。"雅润"的四言与"清丽"的五言，对于华实的趣向不同，功用也不同，只有依作者才情而定（"华实异用，唯才所安"）。

二 乐府

从定义来，"乐府者，'声依永，律和声'也"，直接引用《尚书·

① 《章句》篇亦云："至于诗颂大体，以四言为正。"

尧典》。

从源头来看，刘勰把“钧天九奏”、“葛天八阙”、《咸池》、《五英》、“东南西北四音之始”等都看作是“乐府”的源头。“钧天九奏”指赵简子在梦中到了上帝那里听到九奏《万舞》，事载《史记·赵世家》。“葛天八阙”指上古帝王葛天氏的八首音乐，事载《吕氏春秋·古乐》。黄帝乐曰《咸池》，帝喾乐曰《五英》，五帝以来的音乐无从谈起。至于四方音乐之始，刘勰借用的是《吕氏春秋·音初》的说法。黄侃认为，“涂山有《候人》之歌，其后《曹风》有《候人》，则《曹风》依放涂山也；有娀有燕燕之歌，其后《邶风》有《燕燕》之篇，则《邶风》依放有娀也；孔甲有《破斧之歌》，其后《豳风》有《破斧》之篇，则《豳风》依放《孔甲》也”，由此，黄侃认为，“后世依古题以制辞亦昉于古”[①]。寻黄侃之意，借用“乐府旧题”以作乐府诗篇的做法很早就有了。范文澜对此提出不同意见：“吕氏之说，不见经传，附会显然，或者谓《国风》托之以制题，殆信古太甚之失也。”[②] 刘勰虽然将包括《吕氏春秋》《史记》等非经典所载的资料作为乐府的源头，但其总评“匹夫匹妇，讴吟土风，诗官采言，乐胥被律”显然是“依经立义”了。据《公羊传·宣公十五年》(汉)何休注：“男女有所怨恨，相从而歌，饥者歌其食，劳者歌其事。男年六十、女年五十无子者，官衣食之，使之民间求诗，乡移于邑，邑移于国，国以闻于天子。”[③] 据《周礼》《礼记》，“乐胥”指“乐官”，“乐胥被律”即乐官为采集来的诗配上音乐。所以，刘勰所谓“诗官采言，乐胥被律”正是对经典中“采诗配乐”制度的总结。当然，“采诗配乐”并不是纯粹的音乐欣赏，而是“观风知政”的途径。所以，刘勰接着说“是以师旷觇风于盛衰，季札鉴微于兴废，精之至也”。

---

① 黄侃著，吴方点校：《文心雕龙札记》，中国人民大学出版社 2004 年版，第 34 页。当然，黄侃认为就算是题目同，其意旨也不一样，“然则制题相同，托意则异”。

② 范文澜注：《文心雕龙注》，人民文学出版社 1958 年版，第 104 页。

③ (汉) 何休注，(唐) 徐彦疏：《十三经注疏·春秋公羊传注疏》，上海古籍出版社 1997 年版，第 2287 页。

“师旷觇风”一事载于《左传·襄公十八年》：

> 楚师侵郑……甚雨及之，楚师多冻，役徒几尽。晋人闻有楚师，师旷曰：“不害，吾骤歌北风，又歌南风，南风不竞，多死声，楚必无功。”董叔曰：“天道多在西北，南师不竞，必无功。”叔向曰：“在其君之德也。”①

据《左传》所记，师旷吹律以咏八风，南风音微，由此推断楚师侵郑必然无功。有趣的是董叔和叔向对此有不同解读。董叔认为是岁时等天道多在西北，“南师不时”；而叔向认为是楚君其德不厚，这就有了“天时地利不如人和”的思想了。

“季札鉴微于兴废”指的是季札观乐一事，载于《左传·襄公二十九年》(第五章第七节有引用)。季札针对鲁国所奏的不同音乐，给予不同的带有政治预言性的点评。核心思想是一个地区的民歌反映该地区的政治风貌，由这些民歌可以预言该地区的政治前途。

由《左传》所载的“师旷觇风”与“季札观乐”出发，刘勰感叹音乐真是精微到了极致啊。这是《乐府》篇在源头上的“依经立义”。

从选文来看，刘勰评论了汉高祖时的舞曲《武德》和汉文帝时的舞曲《四时》，“虽摹韶夏，而颇袭秦旧，中和之响，阒其不还”，中正平和的音调一去不还。刘勰强调乐曲应该中正平和，与儒家的“中和”精神相一致，可谓依经立义。

刘勰又说“《桂华》杂曲，丽而不经；《赤雁》群篇，靡而非典”，《桂华》《赤雁》两篇的音调不合“经”“典”，显然是“依经立义”。不过这里有一个问题需要说明，纪昀评曰：“《桂华》，《安世房中歌》之一也，尚未至于‘不经’，此论过当。《赤雁》群篇，亦不得目之为‘靡’，论亦过高。盖深恶涂饰，故矫枉过正。”② 纪昀认为刘

① (晋) 杜预注，(唐) 孔颖达等正义：《十三经注疏·春秋左传正义》，上海古籍出版社1997年版，第1966页。

② (梁) 刘勰著，(清) 黄叔琳注，(清) 纪昀评，(清) 李详补注，刘咸炘阐说，戚良德辑校：《文心雕龙》，上海古籍出版社2015年版，第46—47页。

勰对《桂华》《赤雁》等篇的评价“矫枉过正”。詹锳认为，刘勰此论可能是对乐曲而说的，不是对歌辞说的。此论有理。《乐府》篇还谈到另外两件事：“河间荐雅而罕御，故汲黯致讥于《天马》也。”河间献王刘德向朝廷献雅乐，汉武帝很少使用；汉武帝得神马，作《天马歌》[①]，并且列入郊祀歌，汲黯进言曰：“凡王者作乐，上以承祖宗，下以化兆民。今陛下得马，诗以为歌，协于宗庙，先帝百姓，岂能知其音耶?”[②] 像《天马歌》这种乐曲，虽然“协于宗庙”，但“多咏祭祀见事及其祥瑞而已，商周雅颂之体阙焉”[③]，这样的乐曲，不适宜祭祀，“先帝”与“百姓”是不会欣赏的。这也说明，刘勰所谓雅乐主要指乐曲而言。在评论后汉祀乐时，刘勰说：“暨后汉郊庙，惟杂雅章，辞虽典文，而律非夔旷”，这也明确指出后汉祭祀所用乐曲有雅章而无雅乐。

针对三曹父子所作乐府歌曲——“‘北上’众引，‘秋风’列篇”，刘勰这样认为，魏国三祖所作乐府，情志不免于放荡，文辞多关乎哀思，虽算是《平调》《清调》《瑟调》三调的正声，实则属于《韶》《夏》中的郑曲（“虽三调之正声，实《韶》《夏》之郑曲”）。“郑曲”即“郑声”，孔子主张“放郑声”[④] “恶郑声之乱雅乐也”[⑤]，明确反对“郑声”。因为郑声“以放纵的节奏旋律畅抒本然的情感”[⑥]，过于放纵而不加节制，“郑声淫”正是此意。《礼记·乐记》对“淫乐”的态度是贬责的，“君子贱之也”[⑦]。刘勰对魏之三祖所作乐府的评论还是侧重乐曲方面，也是依经而立。

此外，刘勰论及晋代的乐歌，傅玄通晓音乐制作雅正的歌辞，来

---

① 歌诗曰：“天马来兮从西极，经万里兮归有德。承灵威兮降外国，涉流沙兮四夷服。”参见（汉）司马迁《史记》，中华书局1959年版，第1178页。

② （汉）司马迁：《史记》，中华书局1959年版，第1178页。

③ （南朝梁）沈约：《宋书》，中华书局1974年版，第550页。

④ 杨伯峻译注：《论语译注》，中华书局2006年版，第185页。

⑤ 杨伯峻译注：《论语译注》，中华书局2006年版，第211页。

⑥ 赖力行：《中国古代文论史》，岳麓书社2000年版，第17页。

⑦ （汉）郑玄注，（唐）孔颖达等正义：《十三经注疏·礼记正义》，上海古籍出版社1997年版，第1535页。

歌咏祖宗；张华的新乐，也充作宫廷舞曲。这里的“亦充庭万”，语出《诗经·邶风·简兮》“公庭万舞”①，万舞是一种挥动羽毛的文舞和挥动盾斧的武舞交织的大舞，张华的乐歌充作万舞所用的舞曲。这里也有经典语词的借用。

通过对历代乐歌的分析，刘勰总结道：“诗”为“乐”心，“声”为“乐”体，“声”之一面要求和谐合律，“诗”之一面要求规正其文，“务塞淫滥”。《唐风》有言“好乐无荒”，不可过度，所以季札称赞“思深哉……何忧之远也”②；《郑风》有言“伊其相谑”，这就过分了，所以季札预言“美哉，其细已甚，民弗堪也，是其先亡乎”③。所以，刘勰总结说，“季札观乐，非直听声而已”，意即季札听乐，不只是听声听乐，更是品味其中的文辞，探察当地的政治盛衰。强调诗与声的表里配合，借用季札观乐的经典案例，主张创作乐歌要用雅乐并且符合儒家精神，以及“先王慎焉，务塞淫滥”的主张，都有着明显的依经立义的色彩。可以说，刘勰并没有总结《乐府》的创作规律，只是提出了一些原则性、精神上的要求。

但是，近代文坛的乐歌却是与这种精神相违背的：“若夫艳歌婉娈，怨诗诀绝，淫辞在曲，正响焉生？然俗听飞驰，职竞新异：雅咏温恭，必欠伸鱼睨；奇辞切至，则拊髀雀跃。诗声俱郑，自此阶矣。”艳歌婉转缠绵，怨诗辞语决绝，淫邪的辞语存在歌曲之中，雅正的音调哪里还能出现呢？但是世俗的赏音趣味飞腾喧嚣，一味追求新奇怪异：雅正的咏歌温婉恭肃，一听就打哈欠斜着眼睛无精打采；新奇的辞曲忽然而至，一听就拍着大腿欢呼雀跃。歌辞与曲调一起浮靡，从此每况愈下了。

这一段话中也有“依经立义”之处，如“雅咏温恭，必欠伸鱼

---

① （汉）郑玄笺，（唐）孔颖达等正义：《十三经注疏·毛诗正义》，上海古籍出版社 1997 年版，第 308 页。

② （晋）杜预注，（唐）孔颖达等正义：《十三经注疏·春秋左传正义》，上海古籍出版社 1997 年版，第 2007 页。

③ （晋）杜预注，（唐）孔颖达等正义：《十三经注疏·春秋左传正义》，上海古籍出版社 1997 年版，第 2006 页。

睨；奇辞切至，则拊髀雀跃”，两种表现反差巨大，显然与《礼记·乐记》魏文侯所言“吾端冕而听古乐，则唯恐卧；听郑卫之音，则不知倦”[①] 的语意一致。词语引用方面，“艳歌婉娈”的“婉娈”，本《诗·齐风·甫田》：“婉兮娈兮，总角丱兮”[②]，本指少女年少又美好的样子，这里指歌曲缠绵婉转；“职竞新异”的“职竞”出自《诗经·小雅·十月》：“职竞由人”，毛传：“职，主也”[③]，“职竞新异”即主要在新异上开展竞争；“欠伸”语出《仪礼·士相见礼》：“君子欠伸”，郑注：“志倦则欠，体倦则伸”[④]；“诗声俱郑，自此阶矣”的“阶”，语出“《毛诗·小雅·巧言》：“无拳无勇，职为乱阶”，笺云：“人主为乱作阶，言乱由之来也”[⑤]，又《大雅·瞻卬》也有：“妇有长舌，维厉之阶”，笺云：“阶，所由上下也。”[⑥]

关于《乐府》篇的“依经立义”从以上论述已可知其大概，有意思的是，学界对于刘勰在此篇的论述有不少反对意见。如纪昀认为刘勰批评《桂华》《赤雁》“丽而不经，靡而非典”是“矫枉过正”。詹锳认为刘勰批评魏之三祖，“志不出于滔荡，辞不离于哀思”，“从内容到形式都加以否定，这就未免过分了”[⑦]。祖保泉先生认为刘勰在《乐府》篇里有三个错误结论——“乐府民歌都是非经非典的靡丽之作，是淫于声而害于德的溺音”“魏世三祖的乐府诗，刘氏评之为‘淫’”“傅玄、张华虽有‘雅歌’‘新篇’，又都不合律吕，也无足取”，在刘勰眼里，除《诗经》，凡带有民间文学特色的诗章，都不能

① （汉）郑玄注，（唐）孔颖达等正义：《十三经注疏·礼记正义》，上海古籍出版社 1997 年版，第 1538 页。

② （汉）郑玄笺，（唐）孔颖达等正义：《十三经注疏·毛诗正义》，上海古籍出版社 1997 年版，第 353 页。

③ （汉）郑玄笺，（唐）孔颖达等正义：《十三经注疏·毛诗正义》，上海古籍出版社 1997 年版，第 447 页。

④ （汉）郑玄注，（唐）贾公彦疏：《十三经注疏·仪礼注疏》，上海古籍出版社 1997 年版，第 977 页。

⑤ （汉）郑玄笺，（唐）孔颖达等正义：《十三经注疏·毛诗正义》，上海古籍出版社 1997 年版，第 454 页。

⑥ （汉）郑玄笺，（唐）孔颖达等正义：《十三经注疏·毛诗正义》，上海古籍出版社 1997 年版，第 577 页。

⑦ 詹锳义证：《文心雕龙义证》，上海古籍出版社 1989 年版，第 246 页。

进入文学之林[①]。国庆师对这些批评与质疑作了很有说服力的解释："刘勰评论乐府诗，虽然基本上是辞曲并重，但具体评论时则侧重在音乐方面，而在音乐方面又突出推重往古正音，曹氏父子之作杰出一代，辞不违经，但乐则已非往古正音，故刘勰论其诗则称赞有加，评其乐（乐府诗）则责为郑曲。"[②] 确实，刘勰是以《诗经》的《雅》《颂》古音作为乐府诗的评价标准，所以汉魏以来的不少乐府诗都被其指责为非经非典，而且刘勰并没有真正认识到民歌才是乐府的源头，所以他所举的范例都是帝王创作或文人创作的合乐诗。"这种对乐府民歌的轻视，是他的保守思想的一次大暴露。"[③]

三 赋

从定义上看，刘勰提到了好几处"赋"的定义。一是"《诗》有'六义'，其二曰赋。赋者，铺也；铺采摛文，体物写志也"，这是和《诗经》有关的"赋"，作为"六义"之一，"赋"的本义是"铺"，铺陈文辞以展示华采，描绘外物以抒写情志。"赋者，铺也"依据郑玄《周礼》注"赋之言铺，直铺陈今之政教善恶"[④] 之义。二是"昔邵公称'公卿献诗'，'师箴，瞍赋'"，语出《国语·周语上》，指的是一种献诗制度，公卿献诗，盲人吟唱公卿所献之诗，"赋"即吟诵。三是"传云：'登高能赋，可为大夫'"，《毛诗》传有云："建邦能命龟……升高能赋……君子能此九者，可谓有德音，可以为大夫"[⑤]，孔颖达正义："升高能赋者，谓升高有所见，能为诗赋其形状，铺陈其事势也。"[⑥] 从第一个定

① 祖保泉：《祖保泉选集·文心雕龙解说》，安徽教育出版社 2012 年版，第 114—115 页。

② 张国庆、涂光社：《〈文心雕龙〉集校、集释、直译》，中国社会科学出版社 2015 年版，第 143 页。

③ 祖保泉：《祖保泉选集·文心雕龙解说》，安徽教育出版社 2012 年版，第 113 页。

④ （汉）郑玄注，（唐）贾公彦疏：《十三经注疏·周礼注疏》，上海古籍出版社 1997 年版，第 796 页。

⑤ （汉）郑玄笺，（唐）孔颖达等正义：《十三经注疏·毛诗正义》，上海古籍出版社 1997 年版，第 316 页。

⑥ （汉）郑玄笺，（唐）孔颖达等正义：《十三经注疏·毛诗正义》，上海古籍出版社 1997 年版，第 316 页。

义和第三个定义来看，“依经立义”很明显。刘勰总结道，“《诗序》则同义，传说则异体，总其归途，实相枝干”，意思是说，《毛诗序》将“赋”看作“诗”的“六义”之一，毛传则认为赋与诗各有不同的表现方式，赋是专用铺陈描述事物形状。统观两种说法的旨趣，其实是相互支撑的。所以，刘向说“不歌而诵”谓之赋，班固说赋是诗歌的支流。

从源头来看，最早可追溯至郑庄之赋“大隧”、士蔿之赋“狐裘”。郑庄赋“大隧”见《左传·隐公元年》。郑庄公因其母姜氏偏心助其弟共叔段作乱，以欲擒故纵之计击败共叔段，并对姜氏发毒誓“不及黄泉，无相见也”，说完又有后悔之意。后来在颍考叔的点拨下，郑庄公派人掘地及泉，与姜氏“隧而相见”，公入而赋“大隧之中，其乐也融融”。姜氏出而赋：“大隧之外，其乐也泄泄。”① 士蔿赋“狐裘”载于《左传·僖公五年》。士蔿受晋侯命为两位公子在浦地和屈地筑城，不慎在城墙里放进了木头，后被公子夷吾举诉，受到晋侯谴责。士蔿辩解，一方面，没有兵患而筑城，国内的敌人必据而守之，把城筑得坚固，恰是有利于寇仇，而对国君不忠；另一方面，受命筑城却筑得不坚固，这是对国君不敬，故不知所从，退而赋曰：“狐裘龙茸，一国三公，吾谁适从？”② 此两例虽合赋体，还不是成熟的赋③。等到屈原制作《离骚》，才开始广泛描写声形相貌（“及灵均唱《骚》，始广声貌”）。所以，刘勰认为，赋是从《诗经》中发源，而从《楚辞》中开拓天地④。赋的成熟形态是《楚辞》，但其源头却从《诗经》和《左传》说起，这也是“依经立体”。“赋”由“诗六义”之一类发展成一种独立且盛行的体裁（“六义附庸，蔚成大国”），它和《诗》相区别的起始依据、命名为“赋”的原初标志就是“述客主以

① （晋）杜预注，（唐）孔颖达等正义：《十三经注疏·春秋左传正义》，上海古籍出版社1997年版，第1716—1717页。

② （晋）杜预注，（唐）孔颖达等正义：《十三经注疏·春秋左传正义》，上海古籍出版社1997年版，第1795页。杜预注：“龙：乱貌；公与二公子为三。言城不坚则为公子所诉，为公所让；坚之则为固仇不忠，无以事君，故不知所从。”

③ “虽合赋体，明而未融”，“明而未融”本自《诗经·大雅·既醉》“昭明有融”。

④ 《辨骚》：“受命于《诗》人，而拓宇于楚辞者也。”

首引，极形貌以穷文"，即以主、客对话开篇，穷尽文辞来描写事物的形貌。从命名的源头上强调"赋"与《诗》的联系与区别，这也是"依经立义"的表现。

从选文来看，刘勰在评论以下赋体的时候，有"依经立义"。

> 观夫荀结隐语，事数自环，宋发夸谈，实始淫丽；枚乘《菟园》，举要以会新……太冲、安仁，策勋于鸿规；士衡、子安，底绩于流制，景纯绮巧，缛理有余；彦伯梗概，情韵不匮：亦魏晋之赋首也。

宋玉所作之赋，言辞夸张，开创了淫丽的文风。刘勰对宋玉赋的评价含有贬义，代表了其对赋的基本态度，即赋不能"淫丽"，要"丽而不淫"。这里面的"依经立义"参见第四章第三节《"宗经六义"》的"文丽而不淫"。

据刘永济《文心雕龙校释》："枚乘《菟园》，今存残文，复多讹夺，不易句读，然词致检练，铸语新奇，尚循览可得，故曰'举要以会新'。"[①]"举要"即突出要领，其效果表现为"词致检练"。"举要"符合《尚书》"辞尚体要"的要求，刘勰对枚乘《菟园》的评价也体现了"依经立义"的特点。

刘勰对其他人的评论从思想实质上讲与经典联系不大，但"策勋"来自《左传·桓公十年》"舍爵策勋焉，礼也"[②]，"底绩"来自《尚书·禹贡》"覃怀底绩，至于衡漳"[③]，仍可看出其与儒经的密切关系。

从赋体的文体规范和写作要领来看，刘勰也有"依经立义"。

关于汉大赋，刘勰说：

① 刘永济：《文心雕龙校释》，中华书局2007年版，第26页。

② （晋）杜预注，（唐）孔颖达等正义：《十三经注疏·春秋左传正义》，上海古籍出版社1997年版，第1743页。

③ （汉）孔安国传，（唐）孔颖达等正义：《十三经注疏·尚书正义》，上海古籍出版社1997年版，第146页。

> 若夫京殿苑猎，述行叙志，并体国经野，义尚光大。既履端于倡序，亦归余于总乱。序以建言，首引情本，乱以理篇，写送文势。按《那》之卒章，闵马称“乱”，故知殷人辑颂，楚人理赋，斯并鸿裁之寰域，雅文之枢辖也。

就其内容而言，涉及京殿、苑猎、述行、叙志等方面。“体国经野”出自《周礼·天官·序官》，意指治理国家；“义尚光大”有取于《易·坤·文言》“含弘光大，品物盛享”，两句话合起来揭示了汉大赋的主旨：关乎王者治理国家的大事，所以应该光大鸿业。就其形式而言，文前有“序”，文末有“乱”。

《诗经·商颂·那》的最后一章，闵马父称为“乱”，可知商人整理《商颂》和楚人总结赋文做法是一样的。这是鸿文巨制、雅丽篇章的基本框架和关键要点。

关于小赋，刘勰认为其对象涉及草木禽鸟及各种杂物，描写细致妥帖，深入事理（“拟诸形容，则言务纤密；象其物宜，则理贵侧附”）。这里的“拟诸形容，象其物宜”出自《周易·系辞上》：“圣人有以见天下之赜，而拟诸其形容，象其物宜，是故谓之象”，原意指“圣人发现天下幽深难见的道理，就把它譬拟成具体的形象容貌，用来象征特定事物适宜的意义”①。刘勰依经而立义，将“拟诸形容”加以细化，“言务纤密”；将“象其物宜”加以细化，“理贵侧附”，也就是说赋的语言要细致贴切，事理又须切合物象。

刘勰又对整体的赋体做了概括：赋的写作原是“睹物兴情”，要做到以下三点：一是“义必明雅”“词必巧丽”，词义配合得当；二是要以“情”“义”为“本”“质”，实现“体要”，不可一味追求华采；三是要有益劝戒，反对“无实风轨，莫益劝戒”。这些内容与儒家经典中“文质彬彬”“情欲信、辞欲巧”“辞尚体要”、重视功利教化等内容相一致，也体现了“依经立义”的理论范式。

① 黄寿祺、张善文：《周易译注》，上海古籍出版社2004年版，第508页。

四 颂

从名称上看，“颂者，容也，所以美盛德而述形容也”，依《诗大序》中“颂者，美盛德之形容，以其功成告于神明者也”① 而立义。“四始之至，颂居其极”，《诗经》四始之中，“颂”居于最高端，这也是依据《毛诗序》“四始，诗之至也”而突出了“颂”的重要地位。

从源头来看，最早的“颂”有帝喾时期咸黑作的颂《九韶》、编入《诗经》的《鲁颂》《商颂》《周颂》等。这样的“颂”是“宗庙之正歌，非宴飨之常咏”，是“告于神明”的赞歌，是颂的正体。由于“民各有心”②，老百姓的嘴是堵不住的，慢慢就出现了民间的“颂”。晋国民众为激励晋侯斗志而吟诵的《原田》③，鲁人讽刺孔子相鲁而吟诵的“裘韠之歌”④，这是由“容告神明”而“浸被乎人事”，是颂的一种变体——“野颂”。至于屈原所作《橘颂》“情采芬芳，比类寓意”，又推广至细小的事物了（“覃及细物”⑤），这是颂的又一种变体。从源流正变来看，有“依经立义”的色彩。

从选文来看，刘勰评论了以下作家作品：扬雄模仿《诗经·商颂·那》作《赵充国颂》，班固《安丰戴侯颂》和史岑的《和熹邓后颂》与《鲁颂》（首篇为《駉》）体意相类，傅毅依《清庙》作《显宗颂》，虽详略深浅不同，褒美德行、显扬仪容的规则是一致的。班固《车骑将军窦北征颂》，先写车骑将军窦宪才干德行，次写他统率将士北征，

① （汉）郑玄笺，（唐）孔颖达等正义：《十三经注疏·毛诗正义》，上海古籍出版社 1997 年版，第 272 页。

② （汉）郑玄笺，（唐）孔颖达等正义：《十三经注疏·毛诗正义》，上海古籍出版社 1997 年版，第 556 页。

③ “原田每每，舍其旧而新是谋。”参见（晋）杜预注，（唐）孔颖达等正义《十三经注疏·春秋左传正义》，上海古籍出版社 1997 年版，第 1825 页。

④ “麛裘而韠，投之无戾。韠而麛裘，投之无邮。”见《吕氏春秋·乐成》。麛裘，古时常服。韠即蔽膝，古时朝祭之服。二者不共用。后以“裘韠”比喻不为时人所习惯的政令。参见许维遹撰，梁运华整理《吕氏春秋集释》，中华书局 2009 年版，第 412 页。

⑤ “覃及细物”的“覃及”本自《诗经·大雅·荡》：“覃及鬼方。”参见（汉）郑玄笺，（唐）孔颖达等正义《十三经注疏·毛诗正义》，上海古籍出版社 1997 年版，第 553 页。

再写他破敌制胜，最后写他的功绩。刘勰认为颂的体例在于歌功颂德，不宜像班固此篇颂文铺叙事实，变为序引，褒美过分而不合乎体例（“褒过而谬体”）。傅毅的《西征颂》已散佚，“当与《北征颂》同一写法”[①]。马融的《广成颂》《上林颂》，描写铺张，完全是赋的写法，而不是颂体，所以刘勰评之“弄文而失质”。崔瑗的《南阳文学颂》、蔡邕的《京兆樊惠渠颂》序文写得很长而颂文写得很简，这也是不合体的。至于陆机的《汉高祖功臣颂》，褒贬杂糅，也是乱世之中的“讹体”。从这些评论来看，刘勰是将《诗经》的“颂体”当作典范的“正体”，模仿正体的“颂”受到了表扬，其他的颂体要么被斥为“谬体”，要么被斥为“讹体”，充分体现了“依经立体”的思路。

从写作要领来看，“颂”体的写作特别强调雅正美好，文辞要清澄明丽。它与另外两种文体密切联系，“敷写似赋，而不入华侈之区；敬慎如铭，而异乎规戒之域”，有赋一样的铺陈但不华靡侈滥，像铭一样庄重但没有规劝警诫。用美好辞藻来称扬功德、树立深远的意旨，其中的微妙难以直言，大体是依情而变。这里的“敬慎”见于《周易·需·象》九三：“‘需于泥’，灾在外也；自我致寇，敬慎不败也”[②]；也见于《诗经·大雅·抑》“敬慎威仪，维民之则”[③]，是儒家的伦理精神，参见第七章第四节《敬慎不败》。

五 赞

“赞者，明也，助也”，“赞”之“明”义，有取于王弼《周易》注。《易·说卦》：“幽赞于神明而生蓍。”韩康伯注：“赞，明也。”[④]“赞”之“助”义有取于《礼记》郑玄注。《礼记·中庸》：“可以赞

① 周振甫：《文心雕龙注释》，人民文学出版社1981年版，第99页。

② （魏）王弼等注，（唐）孔颖达等正义：《十三经注疏·周易正义》，上海古籍出版社1997年版，第24页。

③ （汉）郑玄笺，（唐）孔颖达等正义：《十三经注疏·毛诗正义》，上海古籍出版社1997年版，第554页。

④ （魏）王弼等注，（唐）孔颖达等正义：《十三经注疏·周易正义》，上海古籍出版社1997年版，第93页。

天地之化育。”郑注：“赞，助也。”[①] 显然，“赞”的内涵取自经典。

就其源头来看，《尚书大传》所记舜禅位给禹时乐正所唱的赞最早[②]，但那时的“赞”是“歌唱之前所作发引之辞”[③]（“唱发之辞”）。其后“益赞于禹”载于《尚书·大禹谟》[④]，“伊陟赞于巫咸”记于《尚书序》[⑤]，两处的“赞”指的是高声说明事理，用感叹来增强语气的意思（“扬言以明事，嗟叹以助辞”）。早期的“赞”虽记载在《尚书》，但其表现形式是诗。

后世的“赞”有了不少变化。汉代置鸿胪官，唱名引拜为赞，这是“赞”的古代就有的用法。后来司马相如开始称赞荆轲。司马迁、班固用赞来寄寓褒贬，用简明的言辞来总结，用颂体的形式发议论。此外，两人史书的本传和列传后面的评语也叫“赞”。郭璞注《尔雅》、写《尔雅图赞》的时候，动植物都写有“赞”，含义有褒有贬，像颂的变体了。

总之，“赞”的本义产生于对事物的赞美感叹（“然本其为义，事在奖叹”），所以自古以来篇幅短小，一般以四言为句，不过数韵（“必结言于四字之句，盘桓乎数韵之词”）。提纲挈领写尽情事，简洁明快收束文章，这是“赞”的体制（“约举以尽情，昭灼以送文，此其体也”）。“赞”产生很早，但实际上运用不多，大体属于颂的支派。

显然，“赞”的释名有依经立义，源头上也追溯到了儒经。至于

---

① （汉）郑玄注，（唐）孔颖达等正义：《十三经注疏·礼记正义》，上海古籍出版社 1997 年版，第 1632 页。

② 《尚书大传》：“舜为宾客，禹为主人。乐正进赞曰：‘尚考大室之义，唐为虞宾，至今衍于四海，成禹之变，垂于万世之后。’于是卿云聚，俊乂集，百工相和而歌《卿云》。”参见王云五主编，（汉）郑玄注，（清）王闿运补注《尚书大传》，商务印书馆 1937 年版，第 17 页。

③ 詹锳义证：《文心雕龙义证》，上海古籍出版社 1989 年版，第 340 页。

④ 《尚书·大禹谟》：“益赞于禹曰：‘惟德动天，无远不届。满招损，谦受益，时乃天道。”参见（汉）孔安国传，（唐）孔颖达等正义《十三经注疏·尚书正义》，上海古籍出版社 1997 年版，第 137 页。

⑤ 《尚书·咸有一德》：“伊陟赞于巫咸，作《咸乂》四篇。”［参见（汉）孔安国传，（唐）孔颖达等正义《十三经注疏·尚书正义》，上海古籍出版社 1997 年版，第 166 页。］牟世金、陆侃如认为：“伊陟见到桑谷并生，认为是不祥之兆，便告诉巫咸……赞：这里是告诉、说明的意思。”参见陆侃如、牟世金译注《文心雕龙译注》，齐鲁书社 1995 年版，第 176 页。

写作要领所说"约举以尽情，昭灼以送文"，"约举"即主旨突出，符合《尚书》"辞尚体要"的精神。

第二节 《礼》部文体

"铭、诔、箴、祝，则《礼》总其端"，《礼》部文体涉及以下四篇:《祝盟》《铭箴》《诔碑》《哀吊》。

一 祝

"祝史陈信，资乎文辞"，祝官与史官都要借助文辞表达他们的真诚信实，此语来自《左传·襄公二十七年》:"其祝史陈信于鬼神，无愧辞。"[①]"祝"的文体起源与祝官密不可分。据《周礼·春官·大祝》:"（大祝）作六辞以通上下亲疏远近"[②]，祝官（太祝）掌六祝之辞，有顺祝（顺民心求丰年）、年祝（求长寿）、吉祝（求福）、化祝（弭兵灾）、瑞祝（求风调雨顺）、策祝（祈求远罪避疾）[③]。祝官用于祝祷的文辞就叫"祝"。

应该指出的是，刘勰不仅对"祝"的释义上依经而立义，而且在"祝"的礼仪程式上完全信奉儒家规范。"天地定位，祀遍群神。六宗既禋，三望咸秩，甘雨和风，是生黍稷，兆民所仰，美报兴焉。"这里讲到了祭祀祝祷的对象（天地群神），顺序（六宗既禋，三望咸秩）、目的（甘雨和风，是生黍稷）、参与者（兆民所仰）、心理效应（美报兴焉）等，完全是儒家风俗。更重要的是，刘勰说"牺盛惟馨，本于明德"。此语脱胎于《尚书·君陈》"黍稷非馨，明德为

---

① （晋）杜预注，（唐）孔颖达等正义:《十三经注疏·左传正义》，上海古籍出版社1997年版，第1996页。

② （汉）郑玄注，（唐）贾公彦等疏:《十三经注疏·周礼注疏》，上海古籍出版社1997年版，第809页。

③ （汉）郑玄注，（唐）贾公彦等疏:《十三经注疏·周礼注疏》，上海古籍出版社1997年版，第808页。

馨"，意思是说祭祀时祭物散发的芬芳，源自美好的德行。显然，刘勰的此番论说是符合儒家规范的。参见第七章第一节的相关表述。另外，这里的"甘雨和风，是生黍稷"，意为祈求风调雨顺，使作物生长丰茂，语本《诗经·小雅·甫田》"以祈甘雨，以介我稷黍，以谷我士女"①。

从"祝"的源头来看，有以下几种材料。

1. 伊耆氏之蜡祭。伊耆氏最早进行蜡祭，以祭祀八位神灵。其辞云："土反其宅，水归其壑，昆虫毋作，草木归其泽。"② 文辞祝祷田土不崩、水不泛滥、昆虫不为灾、草木不生于良田害嘉谷。这是最早的祝文，载于《礼记·效特牲》。

2. 舜之祠田。辞曰："荷此长耜，耕彼南亩，四海俱有。"刘勰评为："利民之志，颇形于言矣。"此辞与《困学纪闻》卷十引《尸子》略异③，虽不出自儒家经典，但其"利民之志"颇合儒家精神。

3. 汤之祭天、求雨。"至于商履，圣敬日跻，玄牡告天，以万方罪己，即郊禋之词也；素车祷旱，以六事责躬，则雩禜之文也。"据《论语·尧曰》："予小子履④，敢用玄牡，敢昭告于皇皇后帝：有罪不敢赦，帝臣不蔽，简在帝心。朕躬有罪，无以万方；万方有罪，罪在朕躬。"⑤ 这是商汤祭天的祝词。据传，商汤还曾素车白马祷雨救旱。其辞见《荀子·大略》："政不节与？使民疾与？何以不雨致于斯极也！宫室荣与？妇谒盛与？何以不雨致于斯极也！苞苴行与？谗夫兴与？何以不雨致于斯极也！"⑥ 这里的"六事责躬"表现了商汤反躬自审的精神，符合儒家的民本思想。从商汤祭天的祝词来看，刘勰是"依经立

① （汉）郑玄笺，（唐）孔颖达等正义：《十三经注疏·毛诗正义》，上海古籍出版社 1997 年版，第 474 页。郑笺云："介，助；谷，养也。"

② （汉）郑玄注，（唐）孔颖达等正义：《十三经注疏·礼记正义》，上海古籍出版社 1997 年版，第 1454 页。

③ 据《困学纪闻》所引《尸子》曰："舜兼爱百姓，务利天下。其田也，荷彼耒耜，耕彼南亩，与四海俱有其利。"参见上海师范大学古籍整理研究《困学纪闻》所编，《全宋笔记》第七编九，大象出版社 2015 年版，第 299 页。

④ 商汤，字天乙，又名履。

⑤ 杨伯峻译注：《论语译注》，中华书局 2006 年版，第 234 页。

⑥ （清）王先谦撰，沈啸寰、王星贤点校：《荀子集解》，中华书局 1988 年版，第 504 页。

义”。从词语不看，“圣敬日跻”出自《诗经·商颂·长发》[①]，也是依“经”立义。

4. 周之太祝掌六祝之辞。“是以‘庶物咸生’，陈于天地之郊；‘旁作穆穆’，唱于迎日之拜；‘夙兴夜处’，言于祔庙之祝；‘多福无疆’，布于少牢之馈；宜社类祃，莫不有文：所以寅虔于神祇，严恭于宗庙也。”《大戴礼记·公符》所载《祭天辞》《祭地辞》有“庶物群生”之句，其所载《迎日歌》有“旁作穆穆”等语[②]；《仪礼·士虞礼》祔祭有“夙兴夜处”之辞[③]，《仪礼·少牢馈食礼》有“多福无疆”[④] 之言，至于《礼记·王制》所规定的军队出征相关祭祀[⑤]，都恭敬虔诚创作祝文。

不难看出，“祝文”的源头要么有儒经记载其事，要么有儒经记载其制度，就算不是儒经所出（如“舜之祠田”），也和儒家推奉的圣人相关。

刘勰在论述祝文的演变时，也贯穿“依经立义”的话语模式。“春秋已下，黩祀谄祭，祝币史辞，靡神不至”，春秋以下，亵渎谄媚的祭祀很多，祝官的币帛史官的祷词，几乎没有一个神没奉献。至于张老祝贺新室，在“歌于斯，哭于斯”的颂祝中表达赞美；蒯聩临战之时祈祷神灵保佑勿伤筋骨：虽然在仓促困顿之间也不忘祝告（“虽造次颠沛，必于祝矣”）。这里的“黩祭谄祀”捏合《尚书》《论语》相关词语而成：《尚书·说命中》“黩于祭祀”[⑥]，《论语·为政》“非

---

① （汉）郑玄笺，（唐）孔颖达等正义：《十三经注疏·毛诗正义》，上海古籍出版社 1997 年版，第 626 页。

② （清）王聘珍撰，王文锦点校：《大戴礼记解诂》，中华书局 1983 年版，第 250 页。

③ （汉）郑玄注，（唐）贾公彦疏：《十三经注疏·仪礼注疏》，上海古籍出版社 1997 年版，第 1176 页。

④ （汉）郑玄注，（唐）贾公彦疏：《十三经注疏·仪礼注疏》，上海古籍出版社 1997 年版，第 1202 页。

⑤ 《礼记·王制》：“天子将出征，类乎上帝，宜乎社，造乎祢，祃于所征之地。”郑注：“类、宜、造皆祭名，其礼亡。祃，师祭也，为兵祷，其礼亦亡。”参见（汉）郑玄注，（唐）孔颖达等正义《十三经注疏·礼记正义》，上海古籍出版社 1997 年版，第 1333 页。

⑥ （汉）孔安国传，（唐）孔颖达等正义：《十三经注疏·尚书正义》，上海古籍出版社 1997 年版，第 175 页。

其鬼而祭之，谄也"[①]，"黩祀谄祭"指的是春秋以后的祝祷祭祀过于泛滥、不当祭祀的情形很多，与《尚书》《论语》中的本义是相符的。"祝币史辞"，语出《左传》[②]；"靡神不至"语似《诗经·大雅·云汉》"靡神不举"；"造次颠沛"语出《论语》"造次必于是，颠沛必于是"。"张老贺室，致美于歌哭之祷"，典出《礼记·檀弓下》[③]；"蒯聩临战，获祐于筋骨之请"，典出《左传·哀公二年》[④]。可见，这一小段文字中，既有词语的引用、材料的征引，也有思想的述说，几乎无一字不"依经"。

在选文定篇的过程中，刘勰仍然遵循着"依经立义"的法则。

汉代的多种祭祀之文，有的采纳了大儒的建议[⑤]（"既总硕儒之义"），有的用了方士之说[⑥]（"亦参方士之术"）。秘密祝告将过失转移给臣下，与成汤的利民之志有天壤之别（"秘祝移过，异于成汤之心"）。用童子念咒驱赶疫鬼，像越地巫人祷告一样（"侲子驱疫，同乎越巫之祝"），祝文中的"礼"渐渐失去了。不少学者认为"礼失之渐也"的"礼"应为"体"[⑦]，笔者认为"体"在版本史上虽有有力证据[⑧]，但"礼"字义长。"礼"不仅照应上文"汉之群祀，肃

① 杨伯峻译注：《论语译注》，中华书局2006年版，第23页。

② 《左传·成公五年》："祝币，史辞，以礼焉。"杜注："（祝币）陈玉帛；（史辞）自罪责。"又《左传·昭公十七年》："祝，用币；史，用辞"，杜注："用币于社，用辞以自责。"参见（晋）杜预注，（唐）孔颖达等正义《十三经注疏·春秋左传正义》，上海古籍出版社1997年版，第1902、2082页。

③ 《礼记·檀弓下》："晋献文子成室，晋大夫发焉。张老曰：'美哉轮焉，美哉奂焉，歌于斯，哭于斯，聚国族于斯。'文子曰：'武也得歌于斯，哭于斯，聚国族于斯，是全要领以从先大夫于九京也。'北面再拜稽首。君子谓之善颂善祷。"参见（汉）郑玄注，（唐）孔颖达等正义《十三经注疏·礼记正义》，上海古籍出版社1997年版，第1315页。

④ 《左传》哀公二年晋郑之战，卫太子蒯聩在晋赵鞅部下作战，"望见郑师众，太子惧，自投于车下。……卫太子祷曰：'曾孙蒯聩，敢昭告皇祖文王，烈祖康叔，文祖襄公，郑胜乱从，晋午在难，不能治乱，使鞅讨之。蒯聩不敢自佚，备持矛焉。敢告：无绝筋，无折骨，无面伤，以集大事，无作三祖羞。大命不敢请，佩玉不敢爱。'"参见（晋）杜预注，（唐）孔颖达等正义《十三经注疏·春秋左传正义》，上海古籍出版社1997年版，第2157页。

⑤ 如泰山祭天。

⑥ 如祭灶神。

⑦ 杨明照校注：《文心雕龙校注拾遗》，上海古籍出版社1982年版，第84页。

⑧ 如：唐写本残卷、元至正本、明张之象本、梅庆生音注本、王惟俭训故本等都写作"体"。

其百礼”的“礼”，而且“礼失之渐”还与“侲子驱疫，同乎越巫之祝”意义连贯。“侲子驱疫，同乎越巫之祝”①，汉宫中选120名童男念咒驱鬼，这和粤地的巫咒之风类似，在刘勰看来，这是“礼”失之于渐变，是中原文明向边地风俗的堕落。可以说，“礼失之渐”体现了刘勰的“华夷之辨”，而“华夷之辨”也是儒家的重要精神。

“黄帝有祝邪之文”，事见宋代张君房《云笈七签》卷一百《轩辕本纪》②。黄帝巡守至东海得白泽神兽，达于万物之情。因问天下鬼神之事，凡万一千五百二十种，白泽能言之，帝令图写之以示天下，乃作《祝邪之文》以祝之。可知，黄帝《祝邪之文》是对鬼神的祝祷，出于安民利世之目的。“东方朔有骂鬼之书”，据王延寿《梦赋序》，“臣弱冠尝夜寝，见鬼物，与臣战。遂得东方朔与臣作骂鬼之书”③，东方朔可能写有《骂鬼书》，今不可考。大概此文有许多游戏滑稽笔墨，以骂鬼取乐。后来的谴咒之文，一味追求谩骂（“后之谴咒，务于善骂”）。只有曹植的《诘咎文》，通过对风雨之神的问罪，最后使得风调雨顺，算是以正义来结尾。纵观祝文的历史，刘勰非常重视两点：出乎公心，合乎礼仪。这两点也符合儒家的基本精神，所以刘勰对“祝”体的选文定篇体现了“依经立义”的立场。

此外，从写作要领来看，“祝”的重要特点是“务实”“修辞立诚”“无愧辞”，这样才能适应祈祷时的诚敬，符合祭奠时的哀恭。此处的“修辞立诚”来源于《周易·乾·文言》，“在于无愧”来自《左传·襄公二十七年》“其祝史陈信于鬼神，无愧辞”，其中的“依经立义”也很清楚。

---

① 吴林伯《文心雕龙义疏》（武汉大学出版社2013年版，第210页）：“汉代在每年十二月腊祭之前一日，选宫内宦官子弟十岁以上、十二岁以下一百二十人，名侲子，命与宦官念咒，驱逐厉鬼。越，同粤。粤人信鬼神，以巫念咒。祝，咒辞。”

② （宋）张君房纂辑，蒋力生等校注：《云笈七签》，华夏出版社1996年版，第611页。

③ 《影印文渊阁四库全书》第1332册，（台北）台湾商务印书馆1986年版，第621页。

二　铭箴

从释义来看，“铭”“箴”都是依经立义。

铭的释义：“故铭者，名也。观器必也正名，审用贵乎盛德。”“铭”指的是“名称，名分”。观看祭器之铭文，一定考察是否名实相符，戒其不相符，要审察施用于祭器之铭文是否以（祖先）盛德为贵。“观器必也正名”显然合乎《论语》“必也正名乎”意旨。整个定义又与《礼记》有关论述密切相关。《礼记·祭统》曰：“夫鼎有铭。铭者自名也，自名以称扬其先祖之美，而明著后世者也。……铭者，论撰其先祖之有德善、功烈、勋劳、庆赏、声名，列于天下，而酌之祭器，自成其名焉，以祀其先祖者也。显扬先祖，所以崇孝也。身比焉，顺也。明示后世，教也。夫铭者，壹称而上下皆得焉耳矣。是故君子之观于铭也，既美其所称，又美其所为。为之者，明足以见之，仁足以与之，知足以利之，可谓贤矣。贤而勿伐，可谓恭矣。”[①]“论撰其先祖之有德善、功烈、勋劳、庆赏、声名，列于天下，而酌之祭器，自成其名焉，以祀其先祖者也”（将先祖之功德铭刻于祭器之上，在其后署上自己的名字，称扬先祖），这就是“贵乎盛德”；“君子之观于器也，既美其所称，又美其所为”，“所称”指铭文所称扬之先祖功德，“所为”指刻铭于器之事，考察“所称”与“所为”是否相配，即“必也正名”。显然，铭的定义与《礼记·祭统》对铭的叙述及孔子“正名”思想有关。

箴的释义为：“箴者，针也，所以攻疾防患，喻针石也”，此含义在经典中多有所见。《书·盘庚》篇云：“无或敢伏小人之攸箴”[②]；《左传·襄公十四年》载师旷之言：“工诵箴谏，大夫规诲”[③]；《诗·

---

① （汉）郑玄注，（唐）孔颖达等正义：《十三经注疏·礼记正义》，上海古籍出版社1997年版，第1606—1607页。

② （汉）孔安国传，（唐）孔颖达等正义：《十三经注疏·尚书正义》，上海古籍出版社1997年版，第169页。

③ （晋）杜预注，（唐）孔颖达等正义：《十三经注疏·春秋左传正义》，上海古籍出版社1997年版，第1958页。

庭燎序》云："因以箴之"[①]，"箴"都有讥过刺失之意。

从源头来看，"铭"有警惕鉴戒与称扬功德两种用法。

> 昔帝轩刻舆几以弼违，大禹勒笋虡而招谏；成汤盘盂，著日新之规，武王《户》《席》，题必诫之训；周公慎言于《金人》，仲尼革容于欹器：则先圣鉴戒，其来久矣。

黄帝在舆几上刻上纠正过失的话，大禹在编钟架上刻上征求意见的话[②]，应属后人假托，不载于经典，但广为流传；"慎言于《金人》"见《说苑·敬慎》[③]，"仲尼革容于欹器"见《荀子·宥坐》[④]，也都不是出自经典，但成汤著"苟日新，又日新，日日新"，载于《礼记·大学》。周武王有《户铭》《席四端铭》，载于《大戴礼记·武王践祚》。从以上源头来看，与上古圣贤有关的铭，其重要作用即是"警惕鉴戒"。

> 盖臧武仲之论铭也，曰："天子令德，诸侯计功，大夫称伐。"夏铸九牧之金鼎，周勒肃慎之楛矢，令德之事也；吕望铭功于昆吾，仲山镂绩于庸器，计功之义也；魏颗纪勋于景钟，孔悝表勤于卫鼎，称伐之类也。

---

① （汉）郑玄笺，（唐）孔颖达等正义：《十三经注疏·毛诗正义》，上海古籍出版社 1997 年版，第 432 页。

② 据《淮南子·氾论训》："禹之时，以五音听治，悬钟鼓磬铎，置鞀，以待四方之士，为号曰：'教寡人以道者击鼓，谕寡人以义者击钟，告寡人以事者振铎，语寡人以忧者击磬，有狱讼者摇鞀。当此之时，一馈而十起，一沐而三捉发，以劳天下之民，此而不能达善效忠者，则才不足也。"参见刘文典撰，冯逸、乔华点校《淮南鸿烈集解》，中华书局 1989 年版，第 437 页。

③ "孔子至周，观于太庙。右陛之前，有金人焉，三缄其口而铭其背曰：'我古之慎言人也。戒之哉！戒之哉！无多言，多言多败。无多事，多事多患……'"（参见《四部备要》第 46 册《说苑》，中华书局 1989 年版，第 69 页。）范文澜认为："此道家附会之辞，伪迹显然，不可信"，"周公《金人铭》，无可考。"（参见范文澜注《文心雕龙注》，人民文学出版社 1958 年版，第 197—198 页。）

④ 孔子（见宥坐之器）曰："吾闻宥坐之器，虚则欹，中则正，满则覆……"孔子喟然而叹曰："吁！恶有满而不覆者哉！"（参见《四部备要》第 46 册《说苑》，中华书局 1989 年版，第 65 页。）纪昀评曰："欹器未闻有铭，此句未详。"[（梁）刘勰著，（清）黄叔琳注，（清）纪昀评，李详补注，刘咸炘阐说，戚良德辑校：《文心雕龙》，上海古籍出版社 2015 年版，第 73 页。]

臧武仲的言论载于《左传·襄公十九年》，表明铭的另一个重要功能是"称扬功德"，又可细分为天子、诸侯、大夫三个层次，此一思想完全为刘勰所吸收。夏铸九牧之金鼎，见《左传·宣公三年》"昔夏之方有德也，远方图物，贡金九牧，铸鼎象物"[①]。周武王在肃慎氏所贡之楛矢上刻铭，欲昭其令德以致远[②]。两者都关于天子的"令德之事"。吕望铭刻功劳于昆吾金版[③]，仲山甫镂刻功绩于记功之器[④]，两者关乎诸侯之功劳。魏颗在景钟纪录勋绩，载于《左传·宣公十五年》，孔悝在卫鼎上表明勤苦，铭文载于《礼记·祭统》，事载于《左传》哀公十五、十六年，此两者关乎大夫的"征伐之劳"。本段中的臧武仲的论点是中心观点，出自《左传》，其他所举例证也大都来自经典。

就"箴"的源头来看，也可追溯到夏、商、周三代。

> 斯文之兴，盛于三代。夏商二箴，余句颇存。周之辛甲，百官箴阙，唯《虞箴》一篇，体义备焉。迄至春秋，微而未绝。故魏绛讽君于后羿，楚子训民于在勤。

辛甲原为商臣，多次劝谏纣王，不被采纳，遂离商至周，任周太史，命百官作箴劝谏武王，《虞箴》即为百官所作之一[⑤]。此后，魏绛借用《虞箴》所述后羿之事劝告晋侯不要荒于田猎而忘记国事，此事载于《左传·襄公四年》。"楚子训民于在勤"，据《左传·宣公十二

---

① （晋）杜预注，（唐）孔颖达等正义：《十三经注疏·春秋左传正义》，上海古籍出版社1997年版，第1868页。

② 参见徐元诰撰，王树民、沈长云点校《国语集解》，中华书局2002年版，第204页。

③ 《逸周书·大聚》："乃召昆吾冶而铭之金版。"昆吾，当时善冶人名。（参见王云五主编，朱右曾著《逸周书集训校释》，商务印书馆1937年版，第65页。）

④ 《后汉书·窦宪传》：南单于遗宪古鼎，容五斗，其旁铭曰："仲山甫鼎，其万年子子孙孙永保用。"参见（南朝宋）范晔撰，（唐）李贤等注《后汉书》，中华书局1965年版，第817页。

⑤ 《虞人之箴》曰："芒芒禹迹，画为九州，经启九道。民有寝庙，兽有茂草；各有攸处，德用不扰。在帝夷羿，冒于原兽，忘其国恤，而思其麀牡，武不可重，用不恢于夏家，兽臣司原，敢告仆夫。"参见（晋）杜预注，（唐）孔颖达等正义《十三经注疏·春秋左传正义》，上海古籍出版社1997年版，第1933页。

年》，楚庄王经常教育国人要勤勉，曾作箴“民生在勤，勤则不匮”[1]。可知，“箴”的源头存于经典。

从文例评点来看，“铭箴”两体的“依经立义”的色彩较明显。

先说“铭”的文例点评：

> 若乃飞廉有石棺之锡，灵公有夺里之谥，铭发幽石，吁可怪矣。赵灵勒迹于番吾，秦昭刻博于华山，夸诞示后，吁可笑也。

秦国的祖先飞廉在祭祀纣王时得到一个刻有铭的石椁，铭文居然说此椁是上天赐给飞廉[2]。卫灵公死后卜葬，掘地得石椁，上有“不冯其子，灵公夺而里之”的铭文，所以卫灵公死后谥为“灵”[3]。刘勰认为，铭文居然出自埋得很深的石头，太奇怪了。赵武灵王令工匠在番吾山刻下大脚印并写下“主父尝游于此”的铭文[4]，秦昭王令工匠在华山上用松柏心做大型局戏，并刻上“昭王尝与天神博于此”的铭文[5]，以虚幻荒诞来昭示后人，这太可笑了。

汉以来的“铭”文大致如下：

> 若班固《燕然》之勒，张昶《华阴》之碣，序亦盛矣。蔡邕铭思，独冠古今。桥公之《钺》，吐纳典谟；朱穆之《鼎》，全成碑文，溺所长也。至如敬通杂器，准镬武铭，而事非其物，繁略

---

① （晋）杜预注，（唐）孔颖达等正义：《十三经注疏·春秋左传正义》，上海古籍出版社1997年版，第1880页。

② 铭文曰：“帝令处父，不与殷乱。赐尔石棺以华氏。”司马贞索隐：“言处父至忠，国灭君死而不忘臣节，故天赐石棺，以光华其族。事盖非实，谯周深所不信。”参见（汉）司马迁《史记》，中华书局1959年版，第174—175页。

③ 参见陈鼓应注译《庄子今注今译》，中华书局1983年版，第734页。

④ 《韩非子·外储说左上》：“赵主父令工施钩梯而缘番吾，刻疏人迹其上，广三尺，长五尺，而勒之曰：‘主父尝游于此。’”参见（清）王先慎《韩非子集解》，中华书局1998年版，第276页。

⑤ 《韩非子·外储说左上》：“秦昭王令工施钩梯而上华山，以松柏之心为博，箭长八尺，棋长八寸，而勒之曰：‘昭王尝与天神博于此矣。’”参见（清）王先慎《韩非子集解》，中华书局1998年版，第276页。

违中。崔骃品物，赞多戒少。李尤积篇，义俭辞碎：蓍龟神物，而居博弈之中；衡斛嘉量，而在臼杵之末，曾名品之未暇，何事理之能闲哉！

班固的《封燕然山铭》、张昶《西岳华山堂阙碑铭》，序文写得很长。蔡邕的碑铭写得古今独步，其歌颂桥玄的《黄钺铭》模仿《尚书》（显得典雅庄重），歌颂朱穆的《鼎铭》则把"铭"写成了他擅长的"碑"。东汉冯衍写了刀、杖、车等杂器的铭文，效仿周武王的《席四端》《机》等铭，但内容与事物并不匹配，又繁略失当。崔骃品评事物的一些铭文，赞颂多而警诫少。至于李尤的一些铭文，内容单薄而文辞琐碎，更有甚者，他将写蓍草龟甲等神灵之物的铭文置于《围棋铭》之下；又把关于标准量器的《权衡铭》放在关于杵臼的铭文之后。连事物的名分品级都无暇顾及，怎么能明察事理呢？

从以上评论来看，蔡邕模仿《尚书》作铭，受到赞赏，但把"铭"写成"碑"受到批评。冯衍效仿武王写铭，却文不对题、详略失当，也受到指责。刘勰重点批评李尤"不辨名分"。赞赏效仿经典，讲究文题相应、详略得当，强调名分品级、明辨事理，这是铭文写作时的注意事项，透露出"依经立义"的思想。

至于"箴"文，刘勰也作了例文评点：

至扬雄稽古，始范《虞箴》，作卿尹、州牧二十五篇。及崔胡补缀，总称《百官》。指事配位，鞶鉴有征，信所谓追清风于前古，攀辛甲于后代者也。至于潘勖《符节》，要而失浅；温峤《侍臣》，博而患繁；王济《国子》，文多而事寡；潘尼《乘舆》，义正而体芜：凡斯继作，鲜有克衷。至于王朗《杂箴》，乃置巾履，得其戒慎，而失其所施。观其约文举要，宪章武铭，而水火井灶，繁辞不已，志有偏也。

扬雄模仿辛甲所作《虞箴》，写了关于卿尹、州牧等官员的箴文二十五篇，后来的崔骃、胡广又加了补充连缀，总称《百官箴》。这些箴文根据官位提出相应的箴戒之事，像明镜一样可以借鉴，确实堪称上追往古好风气、在后代仰攀辛甲的做法了。至于潘勖《符节箴》，简要却肤浅；温峤《侍臣箴》，广博却繁杂；王济《国子箴》，文字多而内容少；潘尼《乘舆箴》，文义雅正而文体芜杂；后世相继之作，很难恰到好处。至于王朗《杂箴》，竟然写在头巾鞋子之上，虽不乏警诫之意，但所写的地方不合适。《杂箴》能做到评议简约突出要义，效法武王作铭，却又写水火井灶之类，繁杂不堪，志趣走偏了。

从点评可以看出，刘勰是以辛甲作《虞箴》和武王铭文为标准，要求箴文发挥警诫规劝作用，也体现了“依经立体”的思路。

最后说说“铭箴”两体写作要领的依经立义。铭文与箴文，虽然名称、功用各有不同，但都要讲求“警诫”（“名用虽异，而警戒实同”）。箴全在抵御过失，所以文辞要确切（“箴全御过，故文资确切”）；铭兼有褒扬赞美，所以文体要宏伟圆润（“铭兼褒赞，故体贵弘润”）。选择事料明辨而扼要，舒布文辞简约而深刻（“取事也必核以辨，其攡文也必简而深”）。“警诫”合乎儒家的“敬慎”精神，“确切”“核以辨”正符合“宗经六义”中的“事信而不诞”，“简而深”则合乎“宗经六义”的“情深而不诡”。赞语中的“义典则弘，文约为美”，“义典”即意义典正，与《周易》“辨物正言”有关；“文约”即文字简约，与《尚书》“辞尚体要”有关。可见，铭箴两体在写作要领方面也是“依经立义”。

三 诔碑

“诔”的释义：“诔者，累也，累其德行，旌之不朽也。”此释义来自《周礼》郑众注及《礼记》郑玄注。《周礼·春官·大祝》：“作六辞以通上下亲疏远近……其六曰诔”，郑众注：“诔谓积累生时德行，以赐之命。”[①]《礼记·曾子问》郑玄注：“诔，累也，累列生时行

① （汉）郑玄注，（唐）贾公彦疏：《十三经注疏·周礼注疏》，上海古籍出版社 1997 年版，第 809 页。

迹，读之以作谥。谥当由尊者成。"[①] 刘勰还谈到了与"诔"有关的三个方面。一是"大夫之材，临丧能诔"，意即临丧能作诔文，是大夫应该具备的政治才干之一，此义来自郑玄。郑玄在为《诗经·鄘风·定之风中》作笺说："丧纪能诔……可以为大夫。"[②] 二是何人可作诔？"贱不诔贵，幼不诔长，其在万乘，则称天以诔之"，作诔非常注重等级观念，贵贱长幼必须讲究。此义正依《礼记·曾子问》而立。《礼记·曾子问》原文："贱不诔贵，幼不诔长，礼也。唯天子称天以诔之。诸侯相诔，非礼也。"[③] 三是"读诔定谥，其节文大矣"，诔文的重要功能就是确定死者的谥号，"诔"与"谥"密切相关，这是非常重大的礼仪。

"碑"的意义来源有三，一曰："碑者，埤也。上古帝王，纪号封禅，树石埤岳，故曰碑也。"二曰："宗庙有碑，树之两楹，事止丽牲，未勒勋迹。"三曰："后代用碑，以石代金，同乎不朽，自庙徂坟，犹封墓也。"可见，"碑"的初始意义是"埤"，即"增高"之意，上古帝王记录功绩祭祀天地，立碑于泰山之上，就叫"碑(埤)"。此类碑可称之为"记功碑"。还有一种宗庙中的碑，立在东西两楹之间，用来系住祭祀用的牲畜，不记功德。此类碑即"宗庙碑"。还有一种是墓碑，不像宗庙碑一样用铜，改用石头，但表示"不朽"的意义还是一样。这三种意义中，第二种意义来自《仪礼》郑玄注。《仪礼·聘礼》郑玄注曰："宫必有碑，所以识日景，引阴阳也。凡碑，引物者，宗庙则丽牲焉，以取毛血。"[④] 第一种"记功碑"与第三种"墓碑"通过碑文来记述功德以示"不朽"，与《左传·襄公二十

① （汉）郑玄注，（唐）孔颖达等正义：《十三经注疏·礼记正义》，上海古籍出版社 1997 年版，第 1398 页。

② "建邦能命龟，田能施命，作器能铭，使能造命，升高能赋，师旅能誓，山川能说，丧纪能诔，祭祀能语，君子能此九者，可谓有德音，可以为大夫。"参见（汉）郑玄笺，（唐）孔颖达等正义《十三经注疏·毛诗正义》，上海古籍出版社 1997 年版，第 316 页。

③ （汉）郑玄注，（唐）孔颖达等正义：《十三经注疏·礼记正义》，上海古籍出版社 1997 年版，第 1398 页。

④ （汉）郑玄注，（唐）贾公彦疏：《十三经注疏·仪礼注疏》，上海古籍出版社 1997 年版，第 1059 页。

二年》"立德、立功、立言三不朽"的论述在精神上相通。

从源头来看，在夏商以前，没有诔文留存。但《礼记·郊特牲》"古者生无爵，死无谥"[①] 一语提醒我们，如果"生有爵"，则"死当有谥"，有谥当有诔，只是世无传者，故云"其词靡闻"。周代虽然有诔，但不能用于下层贵族（"周虽有诔，不及于士"）。直到鲁庄公与宋人战于乘丘，其车驾慷慨赴死，庄公为其作诔加谥，诔才开始用于下层士族。"鲁庄战乘丘，始及于士"，此事载于《礼记·檀弓上》，但不见具体的诔文内容[②]。早期真正有内容可考的第一篇诔文，是鲁哀公所作《孔子诔》。《左传·哀公十六年》："孔丘卒。公诔之曰：'旻天不吊，不憖遗一老。俾屏余一人以在位，茕茕余在疚。呜呼哀哉！尼父，无自律。'"[③] 哀公所说"不憖遗一老"，语出《诗经·小雅·十月之交》："不憖遗一老，俾守我王。"[④] 刘勰评论此诔："观其憖遗之辞，呜呼之叹，虽非睿作，古式存焉。"早期还有一篇诔，代表着私诔的起源，即柳下惠之妻为柳下惠所作诔。《列女传》："柳下……既死，……妻乃诔之云：'夫子之不伐兮，夫子之不竭兮，夫子之信诚而与人无害兮。屈柔从俗，不强察兮。蒙耻救民，德弥大兮。虽遇三黜，终不蔽兮。恺悌君子，永能厉兮。嗟乎惜哉，乃下世兮！庶几遐龄，今遂逝兮！呜呼哀哉，魂泄兮！夫子之谥，宜为惠兮。'门人从之。"[⑤] 私诔代表一种新的倾向——"惟以寄哀"，"不必问其谥之有无，而皆可为之。至于贵贱长幼之节，亦不复论矣"[⑥]。此外，柳

---

① （汉）郑玄注，（唐）孔颖达等正义：《十三经注疏·礼记正义》，上海古籍出版社 1997 年版，第 1455 页。

② 《礼记·檀弓上》："鲁庄公及宋人战于乘丘，县贲父御，卜国为右。马惊败绩。公队，佐车授绥。公曰：'末之，卜也。'县贲父曰：'他日不败绩，而今败绩，是无勇也。'遂死之。圉人浴马，有流矢在白肉。公曰：'非其罪也。'遂诔之。士之有诔，自此始也。"参见（汉）郑玄注，（唐）孔颖达等正义《十三经注疏·礼记正义》，上海古籍出版社 1997 年版，第 1277 页。

③ （晋）杜预注，（唐）孔颖达等正义：《十三经注疏·春秋左传正义》，上海古籍出版社 1997 年版，第 2177 页。

④ （汉）郑玄笺，（唐）孔颖达等正义：《十三经注疏·毛诗正义》，上海古籍出版社 1997 年版，第 447 页。

⑤ （汉）刘向编撰：《古列女传·贤明》，中华书局 1985 年版，第 49—50 页。

⑥ （明）徐师曾撰，罗根泽点校：《文章明辨序说》，人民文学出版社 1962 年版，第 154 页。

妻之诔篇幅较哀公《孔子诔》要长，所以刘勰称之为“辞哀而韵长”。

不难看出，刘勰将古诔起源的线索从《礼记》《左传》等儒家经典中去找寻，这是“依经立义”；柳下惠的私诔虽不载于经典，刘勰也是在将其与古诔的对比中发现它的变化，依然看得出“依经立义”的痕迹。

就“碑”而言，刘勰将其源头追溯到周穆王。据《穆天子传》，周穆王曾在崦嵫山刻碑记功。此源头与经典无关，但刻碑记功与儒家的“三不朽”思想是相通的。

就例文评点而言，“诔”文较详，碑文较略。先看“诔文”的例评：

> 扬雄之诔元后，文实烦秽，沙麓撮其要，而挚疑成篇，安有累德述尊，而阔略四句乎？杜笃之诔，有誉前代；《吴诔》虽工，而他篇颇疏，岂以见称光武，而改盼千金哉！傅毅所制，文体伦序；孝山崔瑗，辨洁相参①：观其序事如传，辞靡律调，固诔之才也。潘岳构意，专师孝山，巧于序悲，易入新切，所以隔代相望，能徽厥声者也。至如崔骃《诔赵》，刘陶《诔黄》，并得宪章，工在简要。陈思叨名，而体实繁缓。《文皇诔》末，百言自陈，其乖甚矣！若夫殷臣咏汤，追褒玄鸟之祚；周史歌文，上阐后稷之烈；诔述祖宗，盖诗人之则也。至于序述哀情，则触类而长。傅毅之诔北海，云“白日幽光，氛雾杳冥”；始序致感，遂为后式，景而效者，弥取于工矣。

扬雄《元后诔》文辞烦琐，其中“沙麓”四句概括全文大意。挚虞怀疑此四句即是完整的篇章，哪有罗列德行述说尊者却只有简单四句呢？言下之意，诔文要“累德述尊”，有一定篇幅，但不能文辞烦

① 张国庆认为：辨洁相参，即“详”与“约”在正常限度内的对立互参。扬雄的《元后诔》“烦秽”，曹植的《文皇诔》“繁缓”，是“详”的发展过了头的不良质变；杜笃的诔“颇疏”，是“简要”“约”的发展过了头的不良质变。参见张国庆、涂光社《〈文心雕龙〉集校、集注、直译》，中国社会科学出版社2015年版，第227页。

琐。杜笃的诔文，在前代很有名，但除了《吴汉诔》比较工巧，其他篇章很粗疏，难道因为光武帝称赞过他的《吴汉诔》就认为他的其他诔文也很有价值吗？刘勰此话大概可看作对“名人效应”的批评。傅毅的诔，文章体制条理分明；苏顺、崔瑗的诔文详略配合得当。他们的叙事如同传记，文辞精美韵律和谐，确实是诔文高手。晋代的潘岳学习苏顺，很擅长叙述哀情，使人感到清新而亲切，所以能和苏顺隔代相望。以下三人形成对比：崔骃诔赵氏，刘陶诔黄氏，都很得法，就在于“简要”。曹植的诔文徒有虚名，写得实在辞繁势缓。《文皇诔》末尾有一百多字自我陈述，偏离“诔”的正常体制太远了！

此后，刘勰在评论例文时再次谈到诔有两类，一类为“累述祖宗功德”，此类文章在《诗经》中已有规范——要罗列祖宗的功德，就如殷臣歌咏商汤，用《玄鸟》追颂祖先的洪福；周史歌颂文王，就用《生民》等诗追颂后稷的功德。另一类为“叙述个人哀情”。此类诔文如傅毅《北海王诔》。此诔云“白日幽光，淫雨杳冥”，一开始就叙述感伤之情，于是成为后人学习的模式，而且模仿者更看重表达的工巧。

无论是要求诔文的“简要”，还是批评扬雄、曹植等创作的烦琐，都和《尚书》“辞尚体要”的观点相通；在“累述祖宗功德”一类诔文中，刘勰明确指出，这是《诗》人之遗法，也是依《诗》而论。

再看“碑”的例文评点：

> 自后汉以来，碑碣云起，才锋所断，莫高蔡邕：观《杨赐》之碑，骨鲠训典；《陈》《郭》二文，句无择言；周、胡众碑，莫非清允。其叙事也该而要，其缀采也雅而泽；清词转而不穷，巧义出而卓立；察其为才，自然至矣。孔融所创，有摹伯喈；《张》《陈》两文，辨给足采，亦其亚也。及孙绰为文，志在于碑；《温》《王》《郗》《庾》，辞多枝杂；《桓彝》一篇，最为辨裁矣。

后汉以来，蔡邕的碑文作得最好。其《太尉杨赐碑》，以《尚书》的“训”“典”为骨干；《陈实碑》《郭泰碑》，句中没有不当的话；

《周勰碑》《胡广碑》无不清允。其叙事全面扼要，措辞雅正润泽；清新文词变化无穷，巧妙立意卓然而出；考察其文采，真是自然而至。孔融的碑文模仿蔡邕，《张俭碑》和陈氏碑，行文便捷辞采充足，是仅次于蔡邕的碑文。至于孙绰的碑文，《温峤碑》《王导碑》《郗鉴碑》《庾亮碑》，文辞繁多，枝蔓碎乱，只有《桓彝碑》称得上明辨事理、剪裁得当。

蔡邕的碑"叙事也该而要"也即"简要"，与《尚书》"辞尚体要"相通；"缀采也雅而泽"即辞采典雅有光泽，其中的"典雅"是儒家基本的思想精神。孙绰的碑文"辞多枝杂"，"辞枝"来源于《周易·系辞下》"中心疑者其辞枝"①。所以，在"碑"的例文评点中，也不乏"依经立义"的色彩。

最后，再谈谈"诔碑"写作要领中的"依经立义"：

> 详夫诔之为制，盖选言录行，传体而颂文，荣始而哀终。论其人也，暧乎若可觌；道其哀也，凄焉如可伤：此其旨也。
>
> 夫属碑之体，资乎史才，其序则传，其文则铭。标序盛德，必见清风之华；昭纪鸿懿，必见峻伟之烈：此碑之制也。夫碑实铭器，铭实碑文，因器立名，事先于诔。是以勒石赞勋者，入铭之域；树碑述亡者，同诔之区焉。

"诔"的写作要求：选录其德言善行，传的体制（诔须切合本人，不应空泛）、颂的文辞（四言有韵），前半叙死者之功德，后半述时人之悲哀（"荣始而哀终"）。论述其人，仿佛就在眼前，表达哀情，凄然神伤②。"暧乎其可觌"来自《礼记·祭义》"祭之日，入室，僾然

① （魏）王弼等注，（唐）孔颖达等正义：《十三经注疏·周易正义》，上海古籍出版社1997年版，第91页。

② 刘师培《左庵文论》认为："'详夫诔之为制，盖选言录行，传体而颂文，荣始而哀终'，此三句所论，甚为明晰：诔须切合本人，不应空泛，故谓之'传体'；文则四言有韵，故谓之'颂文'。前半叙死者之功德，后半述时人之悲哀，故谓之'荣始而哀终'。"参见詹锳义证《文心雕龙义证》，上海古籍出版社1989年版，第442页。

必有见乎其位”[1]，揭示了诔文真切动人的艺术感染力。

“碑”文写作要依靠史才，其序文是传记体，其正文是铭文体。凸显盛大的美德，要显出清明高洁的风采，彰显其宏大的善行，要表现其宏大非凡的业绩。“盛德”“鸿懿”指盛大的美德、宏大的善行，正是儒家所倡导的人生追求。

刘勰还对“铭”“诔”“碑”三者的联系作了总结：“碑”是刻“铭”之器物，“铭”是“碑”刻之文章，因沿器物而得名，先有事迹后有诔文。刻石赞美功勋的，进入了“铭”文的区域；立碑记述死者的，进入“诔”文的范围。

四 哀吊

简良如认为：“若就《文心雕龙》本身对哀吊二体的界说，二者皆为对亡者的悼慰之辞，与临丧之诔相似。二者与诔之分别仅在：诔是对德行与年寿皆能善终者之悼念，故除了表示哀凄，更有透过文辞颂传，使已逝者垂范不朽的意味；哀吊所悼者却或是在年寿上短夭、或是有德但因种种际遇而逝者，因此，其辞主要以表现悼者之悲伤痛惜，及对亡者与家属之慰解为宗旨。由于与诔如此相似，《哀吊》与《诔碑》同归于《礼》，应无疑义。”[2]“哀”“吊”二体也依经而立义。

先从释义与源头来谈“哀”体的依经立义：

> 赋宪之谥，短折曰哀。哀者，依也。悲实依心，故曰哀也。以辞遣哀，盖下流之悼，故不在黄发，必施夭昏。昔三良殉秦，百夫莫赎，事均夭枉，《黄鸟》赋哀，抑亦《诗》人之哀辞乎？

公开颁布的谥法里，短命而死叫作“哀”，此说法源于《逸周

---

① （汉）郑玄注，（唐）孔颖达等正义：《十三经注疏·礼记正义》，上海古籍出版社 1997 年版，第 1592 页。

② 简良如：《〈文心雕龙〉之作为思想体系》，中国社会科学出版社 2011 年版，第 158 页。

书·谥法》“早孤短折曰哀，恭仁短折曰哀”①。《尚书·洪范》亦云：“六极：一曰凶短折。”孔安国传：“短，未六十；折，未三十。”② 这是名称上的依经立义。“哀”又训“依”，因为悲哀实是从内心发出来的，故曰“悲实依心”。哀辞不为老人而发，一定是为死去的婴幼——“夭昏”而作。“夭昏”来自杜预《左传》注：“短折曰夭，未名曰昏。”③

“哀”文的源头可以追溯到《诗经·秦风·黄鸟》。据《左传·文公六年》：“秦伯任好卒，以子车氏之三子奄息、仲行、针虎为殉，皆秦之良也，国人哀之，为赋《黄鸟》。”④ 刘勰将“哀”文源头追溯至《黄鸟》，其词存于《诗经》，其事记于《左传》，显然“依经”；刘勰又说这是《诗》人之哀辞乎？把《黄鸟》看作《诗》人所作的哀文源头，这也是“依经立体”。

“吊”的释义要复杂一些。首先解释“吊者，至也”；其次标明经典出处——“《诗》云‘神之吊矣’，言神至也”，“神之吊矣”语出《诗经·小雅·天保》；再次解释为什么“吊”是“至”的意思——“君子令终定谥，事极理哀，故宾之慰主，以至到为言也”；最后说明“吊”文不能用的情形——“压溺乖道，所以不吊矣”，“压溺乖道”来自《礼记·檀弓上》：“死而不吊者三：畏、压、溺。”⑤（含冤不辩轻生、被重物压死、被水淹死）这些不合正道的死亡不吊，刘勰只讲了“压”“溺“两种，但应该三种情况都包括在内。

“吊”可用于吊慰正常死亡的人，也可用于遭受重大灾难的国家，如“宋水郑火，行人奉辞，国灾民亡，故同吊也”。此处的“宋水郑

① 王云五主编，朱右曾著：《逸周书集训校释》，商务印书馆1937年版，第98页。

② （汉）孔安国传，（唐）孔颖达等正义：《十三经注疏·尚书正义》，上海古籍出版社1997年版，第193页。

③ （晋）杜预注，（唐）孔颖达等正义：《十三经注疏·春秋左传正义》，上海古籍出版社1997年版，第2087页。

④ （晋）杜预注，（唐）孔颖达等正义：《十三经注疏·春秋左传正义》，上海古籍出版社1997年版，第1844页。

⑤ （汉）郑玄注，（唐）孔颖达等正义：《十三经注疏·礼记正义》，上海古籍出版社1997年版，第1279页。

火”分别指庄公十一年宋国遭受水灾[①]和昭公十八年[②]郑国遭受火灾两事，水灾火灾给这两个国家的人民造成了重大伤亡，所以有其他国家前来吊慰，两事皆载于《左传》。“吊”除了用于表示死亡或是灾难这样明显令人悲伤的事件，还有一些特殊场合可以用。比如，表面上是喜事，值得贺喜，但其实是一件大祸事，可能带来严重的负面影响，有识之士这时就会翻“贺”为“吊”。《左传·昭公八年》所记“晋筑虒台”，《战国策·燕策》所载“齐袭燕城”，史赵、苏秦分别对此二事翻“贺”为“吊”，因为这两件事表面上是成功了，晋筑好了城，齐趁燕丧攻占燕国十座城，但这两件事都是“虐民构敌”，内害百姓、外树强敌，这是败亡之道，所以理应用“吊”。

使用“吊”的场合还有四种：“或骄贵以殒身，或狷忿以乖道，或有志而无时，或美才而兼累。”“骄贵以殒身”如秦二世，“狷忿以乖道”如屈原，“有志而无时”如张衡，“美才而兼累”如魏武帝曹操[③]，这些人的遭际都令人唏嘘，所以通过“吊”来追念并慰问他们，统称为“吊”。

可见，无论是“吊”之释义，还是使用“吊”的场合，或是不用“吊”的场合，大部分都依据《诗经》《左传》《礼记》，其中的“依经立义”很清楚。

从文例评点来看，“哀吊”两体都有依经立义之处。先看“哀”体。

汉武帝进行封禅大典的时候，霍嬗突然暴亡，帝伤心而作《伤霍嬗诗》，这也是哀辞。东汉的时候，汝阳公主死亡，崔瑗为其作《汝阳主哀辞》，开始改变以前哀辞只用于夭折者的惯例，此后哀辞不限于幼年，但该篇哀辞有三处明显不合体的地方：一是“履突鬼门”之类文辞怪异而不合体（“怪而不辞”）；二是“驾龙乘云”之类文辞，

---

① 《左传·庄公十一年》：“秋，宋大水。”公使吊焉，曰：“天作淫雨，害于粢盛，若之何不吊？”参见（晋）杜预注，（唐）孔颖达等正义《十三经注疏·春秋左传正义》，上海古籍出版社 1997 年版，第 1770 页。

② 《左传》昭公十八年：“宋、卫、陈、郑皆火。……郑使行人告于诸侯。宋、卫皆如是。陈不救火，许不吊灾，君子是以知陈、许之先亡也。”参见（晋）杜预注，（唐）孔颖达等正义《十三经注疏·春秋左传正义》，上海古籍出版社 1997 年版，第 2086 页。

③ 参见范文澜注《文心雕龙注》，人民文学出版社 1962 年版，第 247 页。

有仙幻的神奇而没有哀伤的情感（“仙而不哀”）；三是“卒章五言，颇似歌谣”，类似汉武帝为霍嬗所作诗。言下之意，“哀”应该四言韵文结尾。刘勰批评崔文不合“哀”体可谓翔实。

至于苏顺、张升等，都写有哀文，虽能发挥哀辞的文采，但没有充分展现哀辞的内涵，“华实”不能匹配。建安时期的哀辞，只有徐干写得差不多，其《行女哀辞》一篇，不乏悲伤之情。后来的潘岳写哀辞，确实集中了各种优点。文章构思缜密而语言多变化，感情深入悲苦，叙事如写传记，组织语言则模仿《诗经》(“结言摹《诗》”)，用音节短促的四言写成，很少有冗长的句子，所以义理端直而文辞婉转(“义直而文婉”)，文体虽旧却意趣求新，其《金鹿哀辞》《为任子咸妻作孤女泽兰哀辞》无后人能及。

从刘勰对崔瑗、苏顺、张升等的哀文评论来看，“哀”要以表达哀情为宗旨，不要荒诞（“怪”）、不要仙幻（“仙”）、不要辞藻华丽而缺少实情，不难看出其中有儒家“文质彬彬”的思想影响。刘勰对潘岳的“哀”文评点也有“依经立义”的性质。“结言摹《诗》”，表明其外在的文体渊源，“义直而文婉”则表明其内在的精神归依。义理正端是儒家的一贯主张，“文婉”则与《左传》“微辞婉晦”的“辞婉”、《毛诗序》“主文而谲谏”所体现的“谲”、《周易·系辞下》“其旨远，其辞文，其言曲而中，其事肆而隐”的“远、曲、隐”等思想一致。

“吊”体的例文评点中也有“依经立义”之处：

> 自贾谊浮湘，发愤《吊屈》。体周而事核，辞清而理哀，盖首出之作也。及相如之《吊二世》，全为赋体；桓谭以为其言恻怆，读者叹息。及卒章要切，断而能悲也。扬雄吊屈，思积功寡，意深《反骚》，故辞韵沉膇。班彪蔡邕，并敏于致诘，然影附贾氏，难为并驱耳。胡、阮之《吊夷齐》，褒而无间，仲宣所制，讥呵实工。然则胡、阮嘉其清，王子伤其隘，各其志也。祢衡之《吊平子》，缛丽而轻清；陆机之《吊魏武》，序巧而文繁。降斯以下，未有可称者矣。

贾谊的《吊屈原文》，体式周备而事实核要，文辞清朗而理意哀切，确实是最好的吊文了。司马相如吊秦二世，纯用赋体（着意铺陈），桓谭以为其言语悲痛，能令读者叹息；其结尾扼要而贴切，读完之后引人同悲。扬雄《反离骚》追吊屈原，思虑堆积但成效不显，着意与《离骚》反着说，所以文章沉赘臃肿。班彪、蔡邕都善于发出诘问，但只能跟在贾谊后面，难以与其并驾齐驱。胡广、阮瑀吊伯夷叔齐，褒扬而没有批评；王粲《吊夷齐文》，讥刺得很巧妙。胡阮赞美伯夷、叔齐的清高，王粲却不满他们的狭隘，这是不同的写作用意。祢衡《吊张衡文》，文辞绮丽而缺少根基（"轻清"则虚浮），陆机吊魏武帝文，序文巧妙而韵文繁缛。其余吊文不足为道。

从评论来看，刘勰高度评价贾谊，"体周而事核，辞清而理哀"，部分肯定司马相如吊文"卒章要切，断而能悲"，批评扬雄"辞韵沉腿"、陆机"文繁"都与《尚书》"辞尚体要"相通；"缛丽而轻清"，则是说文辞华丽缺少实情，与"文质彬彬"的理想状态相反。

从"哀吊"两体的写作要领来看，"依经立义"的情形也很明显。

> 原夫哀辞大体，情主于痛伤，而辞穷乎爱惜。幼未成德，故誉止于察惠；弱不胜务，故悼加乎肤色。隐心而结文则事惬，观文而属心则体奢。奢体为辞，则虽丽不哀。必使情往会悲，文来引泣，乃其贵耳。
>
> 夫吊虽古义，而华辞末造；华过韵缓，则化而为赋。固宜正义以绳理，昭德而塞违，剖析褒贬，哀而有正，则无夺伦矣。

"哀"的写作要领是要表达"痛伤""爱惜"，要"隐心而结文""情往会悲，文来引泣"，不能"奢体为辞"，这样只会"虽丽不哀"。就"吊"而言，也不需要华丽的辞藻，应该端正义理以评判事理，昭显美德而杜绝过失，仔细分析适当褒贬，表达哀悼之情而合乎正道，这样才不会失去常理。这其中，"奢体为辞，则虽丽不哀"与《尚书》"辞尚体要"意义暗合。"情往会悲，文来引泣"与《毛诗序》"情动于中故形于言"的观点一致。"哀而有正"，"正"指符合经典的准则、正确的标准等。“无夺伦”即不要失去常理。“正义以绳理，昭德而塞违”，也是儒家的一贯精神。

第三节 《易》部文体

“论、说、辞、序，则《易》统其首”，《易》部文体涉及以下四篇：《杂文》《谐隐》《诸子》《论说》。其中理由如下：一是“论”“说”两体已明言来自《易》；二是《诸子》篇有云“博明万事为子，适辨一理为论”，“博明万事”比“适辨一理”更丰富、更系统，故《诸子》归入《易》部文体；三是《杂文》《谐隐》前后相次，并且皆评为文章末造，二篇属性因而相近，应本自同一经典[①]；四是《杂文》有云：“详夫汉来杂文，名号多品……总括其名，并归杂文之区；甄别其义，各入讨论之域”，“杂文”与“讨论”相对成文，显“总”“分”之别，所以《杂文》归入《易》部文体；五是《谐隐》由此连带归入《易》部文体。以下分述各《易》部文体的“依经立义”。

一 杂文

《杂文》讨论了三种文体：对问、七体、连珠。其中的“依经立义”可以从释义、例文评点、写作要领等方面见出。

(一) 对问

刘勰梳理了“对问”的源头及相关篇目。宋玉受世俗的讥讽，于是创作《对问》来申述其志向。此后，东方朔模仿这种文体写《答客难》，托古事以慰藉其志趣，粗疏有辩才。此后，扬雄写有《解嘲》一文，诙谐戏谑杂于其中，反复自我开释，也很工巧。班固《答宾戏》一文，含有美好的文采；崔骃《达旨》，表达雅正的体制；张衡《应间》，绵密而典雅；崔寔《客讥》，齐整而稍显质朴；蔡邕《释诲》，体式深奥而文辞闪亮；郭璞《客傲》，情感显露而又文辞斐然，

① 简良如：《〈文心雕龙〉之作为思想体系》，中国社会科学出版社2011年版，第158页。

虽层层模仿也算得上这些文章中的佼佼者。至于曹植《客问》，文辞高明而义理粗疏；庾敳《客咨》，内容丰富而文辞枯竭。此类文章很多，基本上没什么可取的了。

此后，刘勰总结了“对问”的写作功能——“发愤以表志”，并概括了“对问”的写作要领：“身挫凭乎道胜，时屯寄于情泰，莫不渊岳其心，麟凤其采。”身心遭受挫折，就靠对道的追求来战胜困苦；时世艰难就靠寄情于泰然处之的态度，总是让文章有高深的思想，有着麟凤一样漂亮的文采。“发愤以表志”有《论语》“《诗》可以怨”之意。“渊岳其心，麟凤其采”也与《论语》“文质彬彬”相通。“身挫凭乎道胜，时屯寄于情泰”与《论语》赞扬颜回“安贫乐道”以及孟子“穷则独善其身”的思想是相通的。

（二）七体

枚乘铺写艳丽辞藻，首先写作《七发》，丰富的文辞像云一样汇聚，夸张的描写如四面风起。刘勰对“七体”的释义：“盖七窍所发，发乎嗜欲，始邪末正，所以戒膏粱之子也”。陆侃如、牟世金认为：“刘勰把‘七发’和‘七窍所发’联系在一起，是一种含混的说法，《七发》与‘七窍’无关。”① 张立斋则认为：“彦和之释，虽曲解微嫌，但新意可喜，备一说则可，古人立体之初，或不至若是耳。”② 笔者更倾向张说，并且认为这恰恰是刘勰依经所立之“义”。刘勰“盖七窍所发，发乎嗜欲，始邪末正，所以戒膏粱之子也”的观点，概括了七体的内容、总体结构及其目的，内容是与“七窍”有关的“嗜欲”（包括耳目声色之欲、口舌饮食之欲等），结构是“始邪而末正”，目的是“劝戒膏粱子弟”。整体来看，这个观点颇能体现儒家重视道德教化的思想。

刘勰对七体的点评，也体现了“依经立义”的话语模式。有名的“七体”有傅毅《七激》，崔骃《七依》，张衡《七辩》，崔瑗《七厉》，陈思《七启》，仲宣《七释》，桓麟《七说》，左思《七讽》，等

① 陆侃如、牟世金：《文心雕龙译注》，齐鲁书社1995年版，第219页。
② 张立斋：《文心雕龙注订》，国家图书馆出版社2010年版，第115页。

等，“枝附影从，十有余家”。这些文章有的文辞华丽而义理不正；有的道理精到而文辞驳杂。无不铺张地描写巍峨的宫馆、田猎的盛况，极致地写出了饮食衣服的瑰丽神奇、声歌美色的蛊媚人心。其甜蜜的意旨、艳丽的文辞使人心动神摇。“虽始之以淫侈，而终之以居正”，以淫逸奢华开端，结尾归于正道，但讽谏不过一分，劝诱却有一百分，势不能返归正道（然“讽一而劝百，势不自反”）。扬雄说过“骋郑卫之声，曲终而奏雅”，说的就是“七体”的这种情况。只有崔瑗的《七厉》叙述贤人，归于儒家之道，虽然文章算不上出类拔萃，但思想确实卓越高超。

刘勰对“七体”的点评带有明显的批判性，“讽一而劝百”说明“七体”在教化膏粱子弟上，目的与效果截然相反。对崔瑗《七厉》的赞许也落脚在其“归以儒道”的思想性上，可见刘勰此论受到了儒家教化论思想的影响。

（三）连珠

扬雄在天禄阁安心思考，擅长对前人进行综述，把琐碎的文思用妙语串联起来，开创了《连珠》一体，篇幅较小而文辞明亮润泽。此后不少人拟作。杜笃、贾逵、刘珍、潘勖等，学扬雄写《连珠》想把明珠串联起来，可惜学得不像，连贯起来的是鱼眼珠。只有陆机的《演连珠》，道理新颖文思敏捷，而篇幅大过前人旧篇[1]。文章短小容易周密，考虑成熟可以自足。能够使意旨明白而文词简省，引事圆满，音调和谐，圆转流动，就可以叫“连珠”了（“磊磊自转，可称珠耳”）。写作连珠的重要一点是“义明而词净”，即意旨明白而文词简省，与《尚书》“辞尚体要”相通。

（四）赞语

本书对《文心雕龙》各篇的赞一般少有提及，除非其中有明确的“依经立义”。本篇的赞语有其特殊性，一则是本文具体讨论了三种杂文，但对总体的“杂文观”没有分析，有必要通过对赞语的分析来探

---

① 刘勰评曰：“岂慕朱仲四寸之珰乎？”难道陆机是羡慕别人有四寸大的明珠而以扩大篇幅为美吗？语有微讽。

讨刘勰的“杂文观”；二则是本篇的赞语“依经立义”比较明显。

赞语前两句“伟矣前修，学坚才饱”，是说前代作者真是伟大，学问扎实富有才能。“负文余力，飞靡弄巧”，是说这些伟大作家写作文章有余力，就写作杂文飞扬华采、显弄工巧。“枝辞攒映，嘒若参昴”，后来的拟作众多聚集起来也有光彩，但光芒微弱好似参星昴星。“慕颦之徒，心焉只搅”，那些东施效颦的模拟之作，只会令人心烦意乱。可见，刘勰的总体的杂文观有以下几点：一是杂文是有才华的人在完成写作正途后的“余力”而为之；二是杂文辞采飞扬颇为工巧；三是众多拟作价值较低。这也与《杂文》开头所说“文章之枝派，暇豫之末造也”（杂文是文章的支流、闲暇娱乐的小文）的观念相通。

就“依经立义”而言，本篇赞语有以下体现。其一，“负文余力，飞靡弄巧”，与《论语·学而》“行有余力，则以学文”①，有语意上之承接，“行有余力，则以学文”，表明将“行”看作首要任务，“学文”是其次；“负文余力，飞靡弄巧”则将文章写作看作正途，将“飞靡弄巧”的杂文看作“余力”而为。其二，“枝辞”，语本《周易·系辞下》“中心疑者其辞枝”②；“嘒若参昴”，语本《诗经·召南·小星》“嘒彼小星，维参与昴”③。其三，“心焉只搅”，语本《诗经·小雅·何人斯》“只搅我心”④，刘勰借其辞用其意，表示东施效颦的诸多杂文只会让人心烦意搅。

二 谐隐

“谐隐”两种文体的有关溯源、例评与写作要领的论述，有不少地方乃依经而立义。文章开头说：“芮良夫之诗云：‘自有肺肠，俾民

---

① 杨伯峻译注：《论语译注》，中华书局2006年版，第5页。

② （魏）王弼等注，（唐）孔颖达等正义：《十三经注疏·周易正义》，上海古籍出版社1997年版，第91页。

③ （汉）郑玄笺，（唐）孔颖达等正义：《十三经注疏·毛诗正义》，上海古籍出版社1997年版，第292页。

④ （汉）郑玄笺，（唐）孔颖达等正义：《十三经注疏·毛诗正义》，上海古籍出版社1997年版，第455页。

卒狂'"，芮良夫之诗见《诗经·大雅·桑柔》，"自有肺肠，俾民卒狂"，指（厉王）"行其心中之所欲，乃使民尽迷惑也"[①]。刘勰引用《诗经》原话，是要说明一个道理："夫心险如山，口壅若川，怨怒之情不一，欢谑之言无方。"君主的心就像山一样高险，百姓的嘴就像江河被堵一样（是堵不住的），怨怒恼恨的心情各不相同，嘲笑戏谑的话无所顾忌地出现。这是刘勰"依经"所立之"义"[②]，说明了"谐言"出现的原因。

再看"谐隐"两体的源头上的"依经立义"。

早期的"谐言隐语"大多源出经典。"昔华元弃甲，城者发睅目之讴"事出《左传·宣公二年》[③]。郑伐宋，宋将华元战败被囚于郑。宋人以兵车文马赎华元。赎人过程中，华元逃跑，回到宋国。一日，宋国筑城，华元主其事，监工的时候眼睛瞪得很大，看得很仔细。筑城工人用诙谐的语言对弃甲而归的华元进行了辛辣讽刺：首先讽刺华元睁大眼睛，挺着肚皮，外表神气，其实是丢盔弃甲后逃回的可耻之徒；在华元的御乘人员反驳"犀牛皮还很多，丢了铠甲又如何"时，筑城工人再发讽刺："纵使有坚厚的犀牛皮，到哪里去找装饰用的丹漆呢?"

"臧纥丧师，国人造侏儒之歌"，源出《左传·襄公四年》。臧纥，即臧武仲[④]。他身材短小，时常穿狐裘。在邾人、莒人伐鲁国属地鄫时率兵往救，在邾国的狐骀被打败。鲁国人就根据"狐裘""狐骀"，

---

① （汉）郑玄笺，（唐）孔颖达等正义：《十三经注疏·毛诗正义》，上海古籍出版社 1997 年版，第 559 页。

② 刘勰是依《诗》而立义，但"心险如川"出自《庄子·列御寇》"凡人心险如山川"；"口壅若川"出自《国语·周语上》："召公曰：'防民之口，甚于防川。川壅而溃，伤人必多，民亦如之"，可见刘勰在"依经立义"的同时，吸收了子书、史书的有关思想资料。

③ （晋）杜预注，（唐）孔颖达等正义：《十三经注疏·春秋左传正义》，上海古籍出版社 1997 年版，第 1866 页。原文："宋城，华元为植，巡功，城者讴曰：'睅其目，皤其腹，弃甲而复，于思于思，弃甲复来。'使其骖乘谓之曰：'牛则有皮，犀兕尚多，弃甲则那!'役人曰：'从其有皮，丹漆若何?'华元曰：'去之，夫其口众我寡。'"

④ 《论语·宪问》中曾提到过臧武仲。子曰："若臧武仲之知，公绰之不欲，卞庄子之勇，冉求之艺，文之以礼乐，亦可以为成人矣。"参见杨伯峻译注《论语译注》，中华书局 2006 年版，第 168 页。

"侏儒""邾"之间的同音关系作了一首歌进行讽刺："臧之狐裘，败我于狐骀。我君小子，侏儒是使，侏儒侏儒，使我败于邾。"①

这两则故事中，人们都嘲笑主人公的形貌，发泄内心的怨怒。

"蚕蟹鄙谚"源出《礼记·檀弓下》。成地有人兄死而不为衰服，听闻孔子之徒子皋②将来成地为宰。子皋性至孝，此人慎怕治罪而为衰服。成人讽之以歌："蚕则绩而蟹有匡，范则冠而蝉有緌，兄则死而子皋为之衰。"③ 意思是说，蚕织茧（要用筐），螃蟹有筐（背壳似筐）（与蚕没有什么关系）；蜜蜂（即"范"）头上有冠（要有緌丝装饰），蝉有緌（其嘴似緌）（与蜜蜂没有什么关系）；成人兄死（该服衰），因怕子皋治罪而服衰（与其兄之死又有什么关系呢?）。

"狸首淫哇"也源出《礼记·檀弓下》。孔子故人原壤之母死，孔子助葬治椁。原壤居然在此时唱起歌来："狸首之班然，执女手之卷然。"④ 椁有漂亮纹理，像野猫头部的斑纹，"孔子手执斤斧，如女子之手，卷卷然而柔弱"⑤。原壤本意是欢悦孔子，但"在丧而歌，非礼之甚"，孔子之徒认为孔子应该停止治椁的做法，但孔子认为"亲者毋失其为亲也，故者毋失其为故也"⑥，"故旧无大故，则不弃也。无求备于一人"⑦，所以像没听见一样走了过去继续治椁。

这两则故事都讽刺了主人公的非礼之举，可以用来警示教育世人，所以载于经典。至于早期的"隐语"则有以下几例。

"还（无）社求拯于楚师"源出《左传·宣公十二年》：

---

① （晋）杜预注，（唐）孔颖达等正义：《十三经注疏·春秋左传正义》，上海古籍出版社1997年版，第1934页。

② 高柴，字子羔，又称子皋、子高、季高，孔子弟子，小孔子三十岁，卫国人。他以尊老孝亲著称，与子路是好友。

③ （汉）郑玄注，（唐）孔颖达等正义：《十三经注疏·礼记正义》，上海古籍出版社1997年版，第1316页。

④ （汉）郑玄注，（唐）孔颖达等正义：《十三经注疏·礼记正义》，上海古籍出版社1997年版，第1315页。

⑤ （汉）郑玄注，（唐）孔颖达等正义：《十三经注疏·礼记正义》，上海古籍出版社1997年版，第1315页。

⑥ （汉）郑玄注，（唐）孔颖达等正义：《十三经注疏·礼记正义》，上海古籍出版社1997年版，第1316页。

⑦ 程树德撰，程俊英、蒋见元点校：《论语集释》，中华书局1990年版，第1292页。

> 楚子伐萧……还无社与司马卯言，号申叔展。叔展曰：“有麦曲乎?”曰：“无。”“有山鞠穷乎?”曰：“无。”“河鱼腹疾，奈何?”曰：“目于眢井而拯之。”“若为茅绖，哭井则已。”明日萧溃，申叔视其井，则茅绖存焉，号而出之。①

楚庄王率军讨伐萧国。萧国大夫还无社与楚国大夫申叔展是故交，在即将城破时，与司马卯交谈并喊话申叔展（暗含呼救之意）。由于两军对垒，不便明说，申叔展就问有麦曲吗？还无社说没有。申叔展又问有山鞠穷吗？还无社还是说没有（麦曲与山鞠穷都是防湿用的，叔展以此暗示还无社逃到泥水中，无社不懂，所以说“无”）。叔展说，在水中害病，怎么办？还无社终于明白，说，看到枯井就来救他。叔展又教还无社在枯井表面放置茅草，要听到自己亲自哭才答应。第二天，城破。申叔展果然看到有茅草的枯井，就哭喊起来，还无社因此获救。由此例可知，隐语的使用有时是为了暗通消息，是一种只有当事人才互晓其意的沟通方式。

“叔仪乞粮于鲁人”源出《左传·哀公十三年》。吴国大夫申叔仪向鲁军借粮，以佩玉起兴，曰：“佩玉蘂兮，余无所系之！旨酒一盛兮，余与褐之父睨之。”鲁军公孙有山氏对曰：“粱则无矣，粗则有之，若登首山以呼曰：‘庚癸乎?’则诺。”②“庚癸”，庚在西方，指秋，秋天粮熟，故庚指粮。杜预注：“军中不得出粮，故为私隐。”③如此说来，隐语有时候是为了避免违规。

“伍举刺荆王以大鸟”，载于《史记》。楚庄王即位三年，不出号令，日夜为乐，命令“有敢谏者死无赦”。伍举以隐语入谏：“有鸟在于阜，三年不蜚不鸣，是何鸟也?”楚庄王明白其用意，说出一段著

---

① （晋）杜预注，（唐）孔颖达等正义：《十三经注疏·春秋左传正义》，上海古籍出版社1997年版，第1883页。

② （晋）杜预注，（唐）孔颖达等正义：《十三经注疏·春秋左传正义》，上海古籍出版社1997年版，第2172页。

③ （晋）杜预注，（唐）孔颖达等正义：《十三经注疏·春秋左传正义》，上海古籍出版社1997年版，第2172页。

名的话："三年不蜚，蜚将冲天；三年不鸣，鸣将惊人。"[①]

"齐客讥薛公以海鱼"，载于《战国策·齐策》[②]。薛公田婴想在薛邑筑城，不许门客谏止。一门客请见，只说"海大鱼"三个字就要走。田婴请他讲清楚。门客即讲了一番道理：海中大鱼，"网不能止，钩不能牵"，一旦干枯失水，"则蝼蚁得意焉"；现在的齐国就是薛君的"水"，如果长久据有齐地，要薛城有什么用呢？如果失去齐地，即使把薛城建得高到天上，又有什么用呢？薛公因此停止在薛地筑城。

庄姬托辞于龙尾，见于《列女传·辩通》。楚顷襄王好台榭，其左右受张仪谗言唆使顷襄王离城五百里观乐。年仅十二岁的庄姬前往劝谏，指出顷襄王三大危机，"大鱼失水、有龙无尾、墙欲内崩"[③]，"大鱼失水"指楚王要去离国都很远的地方，"有龙无尾"指顷襄王年已四十还没立太子；"墙欲内崩"指楚国内乱已成，而顷襄王不思悔改。庄姬更举出楚王因"五患"[④]而致此"三难"，楚王感其言，立刻返回都城，平定叛乱，后立庄姬为夫人，使楚国复强。伍举、齐客、庄姬使用隐语都是为了劝谏主公，都采用了打比方的方式。

臧文仲用隐语之事，见于《列女传·仁智》[⑤]。鲁国大夫臧文仲出使齐国，被囚禁。臧文仲暗中使人带书信给鲁国国君。书信全用隐语，鲁君不解，臧母深知其情而痛哭。原来，臧文仲被囚禁，齐国即将攻打鲁国[⑥]。鲁国立刻做好战争准备。齐国见战机已失就放还了臧文仲。因当时的鲁国国内有人暗通齐国，臧文仲作隐语，目的是以暗语传递

① （汉）司马迁：《史记》，中华书局1959年版，第1700页。

② （汉）何建章注释：《战国策注释》，中华书局1990年版，第297—298页。

③ （汉）刘向：《古列女传·辩通》，中华书局1985年版，第184页。

④ 《古列女传·楚处庄侄》："宫室相望，城郭阔达，一患也。宫垣衣绣，民人无褐，二患也。奢侈无度，国且虚竭，三患也。百姓饥饿，马有余秣，四患也。邪臣在侧，贤者不达，五患也。王有五患，故及三难。"

⑤ （汉）刘向：《古列女传·仁智》，中华书局1985年版，第77—78页。

⑥ 其隐语曰："敛小器，投诸台。食猎犬，组羊裘。琴之合，甚思之。藏我羊，羊有母。食我以同鱼。冠缨不足带有余。"臧叔母解为："敛小器，投诸台者，言取郭外萌，内之于城内也。食猎犬，组羊裘者，言趣飨战斗之士而缮甲兵也。琴之合，甚思之者，言思妻也。藏我羊，羊有母者，告妻善养母也。食我以同鱼，同者，其文错；错者，所以治锯；锯者，所以治木也，是有木治系于狱矣。冠缨不足带有余者，头乱不得梳，饥不得食也。"

消息、保守军事机密。

从以上材料可知，刘勰所引的谐言隐语大多来源于《左传》《礼记》（少数几例来源于《史记》《战国策》《列女传》），这反映了文体溯源上的“依经立义”。此外，刘勰认为谐言“苟可箴戒，载于礼典”，这也符合儒家重视功利教化的思想。

以下就“谐隐”两体的例文点评及写作要领来分析其中的“依经立义”。先看“谐”体。

齐威王沉溺于长夜酒乐，委政卿大夫，国家陷于危亡。淳于髡以“一斗亦醉，一石亦醉”引起齐威王的疑惑，然后再说明心情极畅快时“能饮一石”，以此告诫齐王“酒极则乱，乐极生悲”，齐威王乃罢“长夜之饮”①。楚襄王召集君臣宴饮，登徒子在楚王面前说宋玉的坏话，宋玉作《登徒子好色赋》，以守德、守礼来劝励襄王②。这都是用谐辞来委婉讽谏，是可取的。秦二世欲漆城，优旃以“难为荫室”巧妙予以劝阻③；楚庄王欲以大夫之礼葬其爱马，优孟假意顺承劝以“人君之礼”厚葬，使诸侯“知大王贱人而贵马也”，楚庄王知错④。这两人都是用诡诈的言辞和富有技巧的劝说来抑止君王的昏暴言行。所以司马迁写《史记》，专门列有《滑稽列传》，这是因为“谐辞”的言辞虽然曲折隐晦，其用意却合于正义，但谐辞本身的体制并不雅正，容易产生流弊。此后的东方朔、枚乘等寄食朝廷之中，对于统治者的错误无所匡正，仅仅是说些俏皮话逗人开心罢了，被人视为“倡优”，最后还是后悔了。至于魏文帝曹丕搜集谐谈，编成《笑书》，吴国的薛综在宴会上肆意调侃，虽令人拍手推席，终究是无益于时世。但是一些优秀的作家，难免会走上弯路：像潘岳的《丑妇》、束皙的《卖

① （汉）司马迁：《史记》，中华书局1959年版，第3199页。

② 宋玉《登徒子好色赋》。登徒子可能是虚构的人物。参见（南朝梁）萧统编，（唐）李善注《文选》卷19，上海古籍出版社1986年版，第892—894页。

③ 《史记·滑稽列传》：优旃者，秦倡侏儒也。善为笑言，然合于大道。……二世立，欲漆其城。优旃曰：“善！主上虽无言，臣固将请之。漆城虽于百姓愁费，然佳哉！漆城荡荡，寇来不能上；即欲就之，易为漆耳。顾难为荫室。”于是二世笑之，以其故止。参见（汉）司马迁《史记》，中华书局1959年版，第3202—3203页。

④ （汉）司马迁：《史记》，中华书局1959年版，第3200页。

饼》之类，更有甚者，知道此类文章不好还要模仿的不少百十来人。魏晋时诙谐取笑的风气极为盛行，以至于应玚的鼻子被形容为“盗削卵”（“偷来的半个鸡蛋”），张华的头被比作“握舂杵”（握在手里的棒槌）。这是“德音有亏”的坏话，和那些快淹死的人的乱笑，被缚的犯人的狂歌有什么区别呢（“溺者之妄笑，胥靡之狂歌”）？

刘勰对于谐辞的作用有一个等而下之的评价。“意在微讽、有足观者”“辞虽倾回，意归义正”，指出淳于髡等的谐辞能发挥讽谏作用，还算正面肯定；“无所匡正、见视如倡”“抃笑推席，无益时世”，指出东方朔、薛综等的谐辞虽能一时取笑但没什么实际用处，基本上等于否定；“懿文之士，未免枉辔”“尤而效之”，指出潘岳等走上了弯路带坏了许多人；“曾是莠言，有亏德音”“溺者之妄笑，胥靡之狂歌”，指出魏晋时的调笑戏弄实在过分、毫无底线，这些人的品行有亏，可能是将死之人的最后疯狂吧？刘勰在这里以一种略带诅咒的口气表达了他对就形态外貌而无底线取笑的极度厌恶。值得指出的是，“曾是莠言，有亏德音”中的“莠言”语本《诗经·小雅·正月》“莠言自口”[①]，“德音”语见《诗经·邶风·谷风》“德音莫违，及尔同死”[②]，意指谐言曾经是有害的坏话，有损于美好品德之名声，可谓采集经辞而为义。

可以说，刘勰在对于“谐”辞的历时性评述中，明显地显示其价值倾向。“谐辞”应发挥规劝作用，有益于世，不能只是纯粹的嘲笑胡闹。“辞虽倾回，意归义正”，是“谐辞”较为理想的状态。当然，它与刘勰在《宗经》篇所说“宗经六义”之“义贞（正）而不回”有一定的反差。“辞回义正”与“义贞（正）而不回”的反差也反映出“依经”而立义的话语模式。

再看“隐语”的相关论述中的“依经立义”之处。

刘勰在追述隐语的源头后指出“隐语之用，披于纪传”，再归纳

---

① （汉）郑玄笺，（唐）孔颖达等正义：《十三经注疏·毛诗正义》，上海古籍出版社 1997 年版，第 442 页。

② （汉）郑玄笺，（唐）孔颖达等正义：《十三经注疏·毛诗正义》，上海古籍出版社 1997 年版，第 304 页。

其作用——"大者兴治济身，其次弼违晓惑"。"兴治济身，弼违晓惑"突出了"隐语"的政治功用，与儒家的政治功用论文艺观相符，也算得上"依经立义"。刘勰还谈到"隐语""谬辞诋戏，无益规补"，这与其对"谐辞"的评价——"无所匡正""无益时用"——相似，也体现了以儒家功用论思想来衡量"隐语"的思想。

此外，刘勰还谈到了"隐语"的变体——谜语。"或体目文字，或图象品物，纤巧以弄思，浅察以炫辞，义欲婉而正，辞欲隐而显"，谜语要求"义欲婉而正"，这与"谐辞"的"辞虽倾回，意归义正"有相似之处，也与"宗经六义"的"义贞而不回"有一定的反差。刘勰还点评高贵乡公曹髦的谜语——"虽有小巧，用乖远大"。所谓"远大"即是指上文所提到的"隐语"的作用——"兴治济身、弼违晓惑"，显然谜语达不到这样的效果。于是，刘勰再一次反观"隐语"："观夫古之为隐，理周要务，岂为童稚之戏谑，搏髀而抃笑哉!""隐语"要寓理周至，切合时务，不是小孩子的游戏，拍腿发笑而已。刘勰还是强调"隐语"的政治功用。

最后，刘勰将"谐辞隐语"与小说联系起来，认为它虽是文体末流也还是可以发挥作用，"譬九流之有小说，盖稗官所采，以广视听"，但要注意适当节制，否则就会与淳于髡、优旃优孟之流成为知交。"效而不已"就会过分，要适当节制，把握分寸，这与儒家一贯主张的"中和"思想是相通的。

三　诸子

《诸子》表面看来与儒家思想相差明显，但刘勰在相关论述中还是在"依经立义"。

本节回答以下几个问题。一是诸子何由而作？"诸子者，入道见志之书。太上立德，其次立言。百姓之群居，苦纷杂而莫显；君子之处世，疾名德之不章。唯英才特达，则炳曜垂文，腾其姓氏，悬诸日月焉。"诸子是深入研究哲理、表达志趣之书，可以使智力超凡的作者流传不朽。显然，"诸子"的定义受"立言不朽"思想的影响。此外，“君子之处世，疾名德之不章”与《论语》“君子疾没世而名不称焉”[①]、《孝经》“立身行道，扬名后世，以显父母，孝之终也”[②] 是一致的。

二是诸子何人所始？“至鬻熊知道，而文王谘询，余文遗事，录为《鬻子》。子目肇始，莫先于兹。及伯阳识礼，而仲尼访问，爰序道德，以冠百氏。然则鬻惟文友，李实孔师，圣贤并世，而经子异流矣。”《鬻子》《老子》是最早的子书，其与儒家圣人也密不可分，鬻熊是文王之友，老子是孔子之师，圣贤并存于世，经书与子书属于不同的类型。

三是诸子内容如何？“孟轲膺儒以磬折，庄周述道以翱翔；墨翟执俭确之教，尹文课名实之符；野老治国于地利，驺子养政于天文；申商刀锯以制理，鬼谷唇吻以策勋；尸佼兼总于杂术，青史曲缀以街谈。”孟子服膺儒术而深深折服，庄子阐述大道而自由飞翔，墨子坚持俭朴刻苦的信条，尹文子考察名实之间是否相符，野老从农耕角度谈国家治理，邹子从天文五行的变化讲述政运，申不害、商鞅用严刑峻法来治理国家，鬼谷子以雄辩口才而建立功勋，尸佼综合概括各家学说，青史子细致连缀街谈巷语。其他还有众多流派，不可胜算，都是飞扬辩才以宣扬学说，以换取高官厚禄、富贵尊荣（“飞辩以驰术，厌禄而余荣矣”）。诸子在秦汉以后仍不断发展，刘向编辑整理《七略》，得诸子一百八十余家。魏晋子书更加细碎，“谰言兼存，琐语必录，类聚而求，亦充箱照轸矣”。

四是诸子与儒经关系如何？“繁辞虽积，而本体易总，述道言治，枝条五经。其纯粹者入矩，踳驳者出规。”概括来说，诸子阐述哲理表达社会治理的主张，是五经的枝条。换句话说，五经是干，诸子是枝，五经与诸子是一种“干”与“枝”的主从关系。具体而言，诸子中比较纯正的内容合乎儒家的规矩，比较驳杂的就逸出了五经的范围。比如：《礼记·月令》取自《吕氏春秋·十二月纪》；《礼记·三年

① 杨伯峻译注：《论语译注》，中华书局 2006 年版，第 187 页。

② （唐）唐玄宗注，（宋）邢昺疏：《十三经注疏·孝经注疏》，上海古籍出版社 1997 年版，第 2545 页。

问》，此前已写入《荀子》一书，这是思想纯正一类（“《礼记·月令》，取乎《吕氏》之纪；《三年问》丧，写乎《荀子》之书：此纯粹之类也”）。至于商汤问夏革，（夏革）说蚊子睫毛里有一种小虫（焦螟）可以发出雷霆般的声响（“蚊睫有雷霆之声”）；惠施向梁惠王推荐戴晋人，（戴晋人）说蜗牛触角间有两国大战，伏尸上万（“蜗角有伏尸之战”）；《列子》有愚公移山、巨人跨海的奇谈，《淮南子》有共工怒触不周山倾天陷地的怪说，这就是驳杂一类了。“述道言治，枝条五经。其纯粹者入矩，踳驳者出规”，以五经为主干、规矩，从与五经的“出”“入”来定义诸子，这是“依经立义”的话语模式。

五是对诸子应持何种态度？整体而言，由于诸子中有不少思想驳杂的内容，所以世人痛恨诸子，认为诸子混杂虚空荒诞不经（“是以世疾诸子，混洞虚诞”）。不过，刘勰认为此种看法值得商榷。因为《归藏经》也大谈神怪，诸如后羿射日、嫦娥奔月之类，商代的《易经》尚且如此，何况诸子之书呢（“按《归藏》之经，大明迂怪，乃称羿毙十日，嫦娥奔月。殷易如兹，况诸子乎”）？刘勰认为，谈论神神怪怪不足为“疾”，真正应该痛恨的是不讲仁义、辞巧理拙之作。像商鞅、韩非，说什么“六虱”[①] “五蠹”[②]，弃绝仁孝（不讲儒家伦理），所以后来两人遭到车裂毒药之祸，不是没有原因的（“镮药之祸，非虚至也”），换句话说，在刘勰看来，商鞅、韩非子最后惨死，就是他们不讲儒家伦理、“弃孝废仁”的必然结果，是罪有应得。从这种有点幸灾乐祸的点评中，我们可以看出刘勰对儒家思想的忠心维护。还有一种诸子喜欢诡辩，也应该贬斥——公孙龙说“白马非马”[③]“孤犊未尝有母”[④]，言辞看似巧妙，道理实在拙劣，魏公子牟把他比

---

① 《商君书·靳令》：“六虱：曰礼、乐；曰《诗》《书》；曰修善、曰孝弟；曰诚信、曰贞廉；曰仁、义；曰非兵、曰羞战。”参见高亨《商君书注释》，中华书局 1974 年版，第 106—107 页。

② 《韩非子·五蠹》把学者（儒生）、言谈者（纵横家）、患御者（害怕服役的人）、带剑者（游侠）和商工之民看作注释五种害国的蛀虫。参见（清）王先慎《韩非子集解》，中华书局 1998 年版，第 456 页。

③ 王琯：《公孙龙子悬解》，中华书局 1992 年版，第 42 页。

④ 参见杨伯峻《列子集释》，中华书局 1979 年版，第 142 页。

作猫头鹰，真不是乱加贬责（“魏牟比之鸮鸟，非妄贬也”）。刘勰再联系一个史实，以前东平王向朝廷求取诸子和《史记》，而朝廷不给，大概也是因为《史记》多有兵法谋略，诸子夹杂多种诡辩话术[①]。既然诸子中存在“弃孝废仁”“辞巧理拙”“杂诡术”等应该否定的负面因素，是不是就要把诸子完全排除在学习了解之外呢？不是这样的。

刘勰主张：作为一个博闻多识的人，应该学习诸子，抓住其中的要领（“宜撮体要”），要对其“华”与“实”（“表”与“里”）有观察体味（“览华而食实”），分析辨别，从而弃除其不合正道之处而吸引其正确恰当之处（“弃邪而采正”），要仔细关注诸子与儒家之间、诸子与诸子之间的差别出入，这样学者就能看到一片壮观景象（“极睇参差，亦学家之壮观也”）。可以看出，“览华而食实，弃邪而采正”体现了刘勰以儒家学说为标准对诸子进行合理的“弃”与“采”的态度，也体现了刘勰学习诸子的原则与方法，其中也可见出“依经立义”的理论范式。

六是诸子的风格特点如何？刘勰对先秦诸子的风格评析如下：

> 研夫孟、荀所述，理懿而辞雅；管、晏属篇，事核而言练；列御寇之书，气伟而采奇；邹子之说，心奢而辞壮；墨翟、随巢，意显而语质；尸佼、尉缭，术通而文钝；鹖冠绵绵，亟发深言；鬼谷眇眇，每环奥义；情辨以泽，文子擅其能；辞约而精，尹文得其要；慎到析密理之巧，韩非著博喻之富；吕氏鉴远而体周，淮南泛采而文丽：斯则得百氏之华采，而辞气之大略也。

“理”“事”“气”“心”“意”“术”“义”“情”等，都是从“实”的方面来谈，“辞”“言”“采”“语”“文”等都是从“华”的方面来谈，两方面的结合，突出了诸子在内容与形式方面的主要特点，评论精简到位。其中不少评价也可见出儒经的影响，如“理懿而辞

---

① 《汉书·宣元六王传》：“……东平思王来朝，上疏求诸子及《太史公书》。上以问大将军王凤。对曰：‘诸子书或反经术，非圣人；或明鬼神，信物怪。《太史公书》有战国纵横权谲之谋，汉兴之初谋臣奇策、天官灾异、地形厄塞，皆不宜在诸侯王。不可予。’”参见（汉）班固《汉书》，中华书局 1962 年版，第 3324—3325 页。

雅"指道理渊深、文辞雅正，"事核而言练"指事料信实可靠而文辞简练，"辞约而精"指言辞简约而精要等，与儒家的"辨物正言""辞尚体要"等观点相关。

刘勰还对汉以来的诸子做了简要介绍。"若夫陆贾《新语》，贾谊《新书》，扬雄《法言》，刘向《说苑》，王符《潜夫》，崔寔《政论》，仲长《昌言》，杜夷《幽求》"，这些文章或者阐述经典，或者阐明政治方略（"或叙经典，或明政术"），有些虽明标有"论"的名称，也统一归入诸子。因为这些文章不是只讲一个道理，而是涉及各种事物（"博明万事为子，适辨一理为论"）。

七是诸子的"远近之变"如何解释？刘勰认为先秦诸子与两汉以后的诸子在风格上有明显区别。"夫自六国以前……能越世高谈，自开户牖"；"两汉以后，体势浸弱，虽明乎坦途，而类多依采"，"此远近之渐变也"，就是说，先秦诸子大都能超越当世放言高论，自开门户，自成一家，而两汉以后的诸子往往依傍前人，较少独创，体制气势都逐渐衰弱了。刘勰对这种远近之变的解释是，先秦以前的诸子"去圣未远"，较少受到儒家的影响；汉武帝"罢黜百家，独尊儒术"以后，儒家思想成为官方主导思想，众多才士也认识到儒家是平坦大道，于是在他们的子书中依傍儒家学说而加以采择。所谓"类多依采"，指的是两汉以后的诸子之书有了明显的"依经立义"的话语模式与理论范式，其结果是理论的独创性有所不足，理论的气势显得衰弱。刘勰的分析是深刻的，体现了他对"依经立义"消极影响的体认。

八是刘勰对诸子的总体评价是什么？刘勰在《诸子》开头和结尾两段，分别谈到了他对诸子的总体评价。开头说，"太上立德，其次立言。百姓之群居，苦纷杂而莫显；君子之处世，疾名德之不章。唯英才特达，则炳曜垂文，腾其姓氏，悬诸日月焉"，这是说诸子借立言而不朽。文末说："嗟夫！身与时舛，志共道申，标心于万古之上，而送怀于千载之下，金石靡矣，声其销乎！"这是说诸子就算有才无命，英雄无用武之地，也会在万古之前高标其思想，于千年之后寄托其怀抱，虽说金石会磨灭痕迹，诸子的声名难道会消亡吗？纪昀曾评此段文字：“隐然自寓。”[①] 刘勰认为诸子实现了“立言不朽”，这显然也是“依经立义”。

值得一提的是，刘勰曾在《诔碑》篇赞语中说：“石墨镌华，颓影岂戢。”意思是石碑借笔墨镌刻下文采，那些死去的人难道会在历史长河中消失吗？言下之意，金石可铭刻下主人的功德声名。在《诸子》篇中，刘勰更进一步指出，就算金石磨灭痕迹，诸子的声名也不会消亡。两相比较，不难理解刘勰对“声名不朽”的向往。

四 论说

《论说》篇“依经立义”之处较多，试从“论”的释名、溯源、定篇、敷理四方面简要说明。

从释名来看：“圣哲彝训曰经，述经叙理曰论。论者，伦也；伦理无爽，则圣意不坠。”圣哲大贤永久的教诲叫“经”，阐释经书叙述义理的就叫“论”，“论”就是“有条理”的意思，道理讲得有条不紊，圣人的原意就不会丧失。“论”的功能和作用都和“经”有关，乃“依经立义”。刘勰还给“论”下过另一个定义：“论也者，弥纶群言，而研精一理者也”，意即“论”是综合概括各种言论，而深入研究某一道理。这一定义对于论文写作（包括各种学位论文）也是有指导意义的。“弥纶群言”，即写作之前要对与论题有关的相关研究有深入了解和归纳总结，了解研究动态，比较研究得失，发现研究空间，在此基础上再深入探究，“精研一理”。“弥纶群言，研精一理”，体现了论文写作的三大基本要求：一是研究动态的全面性；二是研究主题的集中性；三是研究内容的深入性。当然，“弥纶”一词出自《周易·系辞上》[②]，也可见出刘勰“依经立义”的话语模式。

从源头来看，“论”体最早可追溯到孔子及其弟子论撰的《论语》。

---

① （梁）刘勰著，（清）黄叔琳注，（清）纪昀评，（清）李详补注，刘咸炘阐说，戚良德辑校：《文心雕龙》，上海古籍出版社 2015 年版，第 114 页。

② （魏）王弼等注，（唐）孔颖达等正义：《十三经注疏·周易正义》，上海古籍出版社 1997 年版，第 77 页。

> 昔仲尼微言，门人追记，故抑其经目，称为《论语》。盖群论立名，始于兹矣。自《论语》以前，经无“论”字。《六韬》二论，后人追题乎！

从前，孔子的言论精微，其门人追记后编撰成册，出于谦虚不称之为“经”（言外之意，《论语》本可以称“经”），而是称之为《论语》。许多称“论”的著作，是以此为开端的。在《论语》出现以前，经书中没有以“论”作为篇名的，《六韬》中《霸典文论》和《文师武论》大概是后人追题的吧？

从“抑其经目”来看，刘勰认为《论语》是有资格称为“经”的。从“《论语》以前，经无‘论’字”可以看出，刘勰把《论语》和经书紧密联系在一起，希望在经书中找到“论”的最早起源，这说明刘勰有“依经立体”的思路。

刘勰还将“论”体细分为八体。“陈政则与议、说合契，释经则与传、注参体，辨史则与赞、评齐行，诠文则与叙、引共纪。故议者宜言，说者说语，传者转师，注者主解，赞者明意，评者平理，序者次事，引者胤辞：八名区分，一揆宗论。”这其中“释经则与传、注参体”指出“传、注”两体的重要作用即是“释经”，“议者言宜”有取于《礼记·中庸》“义者，宜也”①。

在对“论”体的例评中，可以见出刘勰“依经立义”的理论范式：

> 是以庄周《齐物》，以论为名；不韦《春秋》，“六论”昭列；至石渠论艺，白虎通讲，述圣通经，论家之正体也。及班彪《王命》，严尤《三将》，敷述昭情，善入史体。魏之初霸，术兼名法。傅嘏、王粲，校练名理。迄至正始，务欲守文；何晏之徒，始盛玄论。于是聃、周当路，与尼父争途矣。详观兰石之《才性》，仲宣之《去伐》，叔夜之《辨声》，太初之《本无》，辅嗣之《两例》，

① （汉）郑玄注，（唐）孔颖达等正义：《十三经注疏·礼记正义》，上海古籍出版社1997年版，第1629页。

平叔之“二论”，并师心独见，锋颖精密，盖论之英也。

刘勰把“石渠论艺”“白虎讲聚”这两次辩论五经同异的大型学术活动所形成的成果视为“论家之正体”，因为它阐述圣人旨意并通贯经典。当然，刘勰对“论”的界定并不完全局限于对儒家的“述圣通经”，他也重视“论”的“师心独见，锋颖精密”，即“论”除了要讲究思想上的“正体”——符合儒家思想，还要讲究别出心裁有创见，笔锋犀利，论证精密。体现后一方面要求的佳作可见于玄学，如傅嘏（兰石）、王粲（仲宣）、嵇康（叔夜）、夏侯玄（本初）、王弼（辅嗣）、何晏（平叔）等的论述。

刘勰对论辩色彩强烈的玄学不仅有赞许，也有严厉的批评：

次及宋岱、郭象，锐思于几神之区；夷甫、裴頠，交辨于有无之域；并独步当时，流声后代。然滞有者，全系于形用；贵无者，专守于寂寥。徒锐偏解，莫诣正理；动极神源，其般若之绝境乎？逮江左群谈，惟玄是务；虽有日新，而多抽前绪矣。

刘勰认为宋岱、郭象能敏锐思考神妙精微之处，王衍、裴頠相互辩论万物起源于“有”还是“无”的问题，这样的“玄论”在当时被认为是无人能及，其名声也流传后代，但这些人要么黏滞于“有”，完全拘泥于“形”“用”；要么推崇“无”，一意恪守“寂寥”，只是在某些片面的见解上比较敏锐深刻，不能认识正理。能破除“有”“无”之执、深究神理之源的，难道不是佛教“般若”所标示的最高境界吗[①]？东晋士人热衷谈玄，虽也有新的玄论，但大多是引绎前人余绪并没有多少创新。整体来看，玄学的优点是论述很有思辨性，论证讲求精密，但其缺点日趋明显：论述执于一端，观点创新性越来越少。

---

① 钱仲联认为：“刘氏欲以般若正理，破‘有’‘无’二种偏执，此决非下笔时一时忍俊不禁，信手拈一佛教术语，作为‘智慧’代称，而实与两晋以来，玄学家、佛教徒关于有无之论争，及‘般若’学说破其偏执之时代学风，有紧密之关系。”参见钱仲联《〈文心雕龙〉识小录》，《文艺理论研究》1985 年第 1 期。

在"选文定篇"的最后，刘勰再一次表达了对"正"的强调：

> 至如张衡《讥世》，颇似俳说；孔融《孝廉》，但谈嘲戏；曹植《辨道》，体同书抄。才不持论，宁如其已。

张衡的《讥世论》（今佚），很像俳优的戏说；孔融的《孝廉论》（今佚），尽谈些嘲戏玩笑；曹植的《辨道》，罗列许多材料就像抄书一样。才能如果不能持论，还不如不写。"持论"，含有"正论""正体"两方面的内涵，"张衡《讥世》，颇似俳说；孔融《孝廉》，但谈嘲戏"，正是突出两人的"论"思想不正，曹植的《辨道》思想是正确了，但"体同书抄"，论文之"体"又不正。刘勰批评张衡、孔融、曹植"才不持论，宁如其已"，正基于其"才须持论"的理论设想，而这一理论设想正符合儒家"正名"思想。

在总结"论"体的写作要领时，刘勰说：

> 原夫论之为体，所以辨正然否。穷于有数，究于无形，钻坚求通，钩深取极；乃百虑之筌蹄，万事之权衡也。故其义贵圆通，辞忌枝碎，必使心与理合，弥缝莫见其隙；辞共心密，敌人不知所乘：斯其要也。是以论如析薪，贵能破理。斤利者，越理而横断；辞辨者，反义而取通；览文虽巧，而检迹知妄。唯君子能通天下之志，安可以曲论哉？

此段先讲"论"的实质："辨正然否"，也就是说要对事理的"是""非""然""否"进行准确的辨析。再讲作"论"的前期准备：既要细察事物有形的具体的一面，也要深究事物无形的抽象的一面，钻研其坚深，探求其大体，开掘其深义，获取其至理。再讲作"论"在"辞、义"两方面的要求："义贵圆通，辞忌枝碎。""辞""义"都必须与作者之"心"紧密切合，这样才能弥缝事理不见漏隙，言辞严密使论敌无机可乘。再进一步，刘勰以劈柴来说明"论"体也要注意"辞"与"义"的配合。论文就像劈柴，贵在能顺着文理剖析。斧子锋利的，不顺纹理横着砍断；言辞锐利的，违反义理而自圆其说。读这样的文章感觉巧妙，但用实际来检验就知道不过是歪理邪说。最后，刘勰引用《周易·同人·彖》“君子正也，惟君子为能通天下人之志”①，说明只有“君子”才能用正道沟通天下人的思想，怎么可以用歪理来狡辩呢？在此段论述中，“辨正然否”与儒家“正名”思想有关，“钻坚求通，钩深取极”与《周易·系辞上》“探赜索隐，钩深致远”相通，“通天下之志”则直接源自《周易》，可以见其“依经立义”的具体情形。

刘勰还认为：注释的文字，就是解散的“论”体，间杂在正文之中，好像和“论”不同，统合起来就是“论”了。但是注解之“论”要注意“繁”与“简”的区别。像秦延君注《尧典》十多万字，朱普《尚书注》30多万字（实在太烦琐了），所以博览之士耻学章句之学。但“毛公之训《诗》，安国之传《书》，郑君之释《礼》，王弼之解《易》”，简约扼要明白晓畅，可以成为注释的典范。刘勰以毛公、孔安国、郑玄、王弼等的注解为例，主张经书的注解要简要，正是“依经立义”。需要指出的是，毛、孔、郑、王的注解本身也成为经典的有机组成部分，被后人正式编入《十三经注疏》。

再谈谈“说”体中的“依经立义”。

首先，“说”在释义上“依经立义”。“说者，悦也；兑为口舌，故言资悦怿”联合《周易·兑·彖》“兑，悦也”、《周易·说卦》“兑……为口舌”而成义。

其次，“说”在源头上“依经立义”。“过悦必伪，故舜惊谗说”，其“依经立义”有二：一是“舜惊谗说”出自《尚书·舜典》“朕堲谗说殄行，震惊朕师”②，舜帝痛恨谗说成风断绝义行、淆乱军队，所以派龙作纳言官，要求上传下达信实无伪，这就要求“说”讲求“真

① （魏）王弼等注，（唐）孔颖达等正义：《十三经注疏·周易正义》，上海古籍出版社1997年版，第29页。

② 《尚书·舜典》：“帝曰：‘龙，朕堲谗说殄行，震惊朕师。命汝作纳言，夙夜出纳朕命，惟允！’”参见（汉）孔安国传，（唐）孔颖达等正义《十三经注疏·尚书正义》，上海古籍出版社1997年版，第132页。

诚信实”，此义在后文再论；二是“过悦必伪”，过于讨好别人、求取别人的喜爱就一定是虚伪的，这与儒家所讲究的“过犹不及”“中庸”的思想相通，与《论语》“巧言乱德”[①] 的思想也相通。

再次，“说”在例文评点上的“依经立义”。“说之善者，伊尹以论味隆殷，太公以辨钓兴周，及烛武行而纾郑，端木出而存鲁，亦其美也”，四例之中[②]，“烛之武退秦师”载于《左传·僖公三十年》，是经典名篇。秦欲联晋攻郑，被郑人烛之武无意中知晓。烛之武对秦军将领晓以利害，先讲述亡郑无益于秦而使晋更加强大，留郑则有益于秦；再挑起秦晋之间的矛盾，晋曾失信于秦，且贪得无厌必西侵秦国；最后使秦晋退兵。烛之武的“说”设身处地，以理服人，取得了理想的效果，的确很出色。战国时期辩士横行，合纵连横，其长说短论相互交锋，其雄辩的口才与强大的说服力，使苏秦、张仪、毛遂这样的辩士获得巨大成功。汉代的辩士虽也在宫廷之上、酒席之间和皇帝大臣上下讨论、嘲笑取悦（“颉颃万乘之阶，诋戏公卿之席”），但都是见风使舵依附权势，再也没有战国时代那种逆流而上扭转大局的气魄了（“并顺风以托势，莫能逆波而泝洄矣”）。战国辩士与西汉辩士的气势完全不同，其中的理由可能与辩士作用不断削弱、地位不断下降有关，也与封建王权不断集中以及儒家思想逐渐居于一尊有关[③]。这里的“颉颃”一词，语出《诗经·邶风·燕燕》“燕燕于飞，颉之颃之”，原指上下翻飞，刘勰借用来指汉代的辩士们在皇帝大臣面前上下讨论。

最后，“说”在写作要领上也有“依经立义”。一方面，“说”要注意时机（“抚会”“顺情入机”），或张或弛灵活运用（“弛张相随”）；另一方面要讲求义理正确，所谓“时利而义贞”也，这样才能“进有契于成务，退无阻于荣身”。举例来说，范雎上疏秦昭王要求进言献策，李斯上疏秦王嬴政谏止驱逐客卿，“并顺情入机，动言中

---

① 杨伯峻译注：《论语译注》，中华书局 2006 年版，第 189 页。

② 范文澜注：“伊尹以下四事，唯烛武说秦伯可信。”参见范文澜注《文心雕龙注》，人民文学出版社 1962 年版，第 351 页。

③ 范文澜注：“‘并顺风以托势，莫能逆波而泝洄’，二语精绝。汉代学术文章，皆可作如此观。”参见范文澜注《文心·雕龙注》，人民文学出版社 1962 年版，第 352 页。

务”，虽然逆反了君主的主意，但都被采纳计谋而收获成功。至于邹阳上书吴王、梁王，比喻巧妙而道理充分，虽处境危险而终究没有灾难。冯衍向鲍永、邓禹进言，事情并不紧迫却文辞繁多（“事缓而文繁”），所以虽然多次陈政言事，却很少有人重用他（“历骋而罕遇也”）。此外，刘勰还具体谈到了“义贞”的内涵：“忠”“信”。“自非谲敌，则唯忠与信”，如果不是为了迷惑欺骗敌人，“说”要讲究忠诚信实，披肝沥胆向主上献出忠心，运用敏捷文思以成就言辞，这就是“说”的根本。刘勰更以此为据，认为陆机“说炜晔而谲诳”的说法是没有道理的。这也反映出刘勰的忠君思想及其儒家立场。综合来看，“时利”“义贞”显然与《周易》有关，而“忠”“信”则是儒家一贯主张的美德，因此，“说”在写作要领上也是“依经立义”的。

第四节 《春秋》文体

“纪、传、盟、檄，则《春秋》为根”，《春秋》文体涉及以下三篇：《祝盟》《史传》《檄移》。

一 盟

《祝盟》的“祝”属《礼》部文体，《盟》属《春秋》文体。先看“盟”体中的“依经立义”。

从定义来看，“盟者，明也；骍毛白马，珠盘玉敦，陈辞乎方明之下，祝告于神明者也”，此说与《周礼·秋官·序官》“司盟”郑玄注：“盟，以约辞告神，杀牲歃血，明著其信也”① 有关，与《周礼·秋官·司盟》“司盟掌盟载之法。凡邦国有疑会同，则掌其盟约之载，及其礼仪，北面诏明神”② 也有关。“盟”是一种重要的仪式。凡是邦

① （汉）郑玄注，（唐）贾公彦疏：《十三经注疏·周礼注疏》，上海古籍出版社 1997 年版，第 868 页。

② （汉）郑玄注，（唐）贾公彦疏：《十三经注疏·周礼注疏》，上海古籍出版社 1997 年版，第 881 页。

国不协需要会同结盟，就由“司盟”主持结盟仪式，其过程包括“杀牲歃血”“约辞告神”。“骍毛白马”[①] 是“杀牲”用的牲畜，“珠盘玉敦”是“歃血”用的食器，“陈辞乎方明之下，祝告于神明者也”即“约辞告神”。“神明”（“明神”）即“神之明察者，若日月山川也”[②]（郑玄注）。可见，“盟”的定义乃“依经立义”。值得指出的是，郑玄所说的“明著其信也”，强调盟誓须出于“信”，虽没有在定义中出现，但在其后的点评中，刘勰也是反复强调的。

“盟”的源头及例文的有关论述比较简略。“在昔三王，诅盟不及，时有要誓，结言而退”，此一说法来自《公羊传·桓公三年》“古者不盟，结言而退”[③]。东周衰落以后才有盟誓（“周衰屡盟，弊及要劫，始之以曹沫，终之以毛遂”），曹沫要挟齐桓公达成盟约，载于《公羊传·庄公十三年》。平原君门客毛遂要挟楚王达成盟约一事，载于《史记·平原君列传》。这里的“周衰屡盟”与《诗经·小雅·巧言》“君子屡盟，乱是用长”[④] 相通，“《小雅·巧言》是西周幽王时代的作品，此时周王朝已经走向没落”[⑤]，国君多次订立盟约却不作数，由此导致混乱无序，所以就出现了要挟的事。秦以后有四篇著名的“盟”：秦昭襄王与夷人订盟[⑥]、汉高祖与众臣

---

① “骍毛”当作“骍旄”，“骍旄之盟”与秦国先祖帮助平王东迁有关，参见（晋）杜预注，（唐）孔颖达等正义《十三经注疏·春秋左传正义》，上海古籍出版社 1997 年版，第 1949 页。“白马之盟”与汉高祖与群臣约誓“非刘氏而王者，天下共击之”，参见（汉）班固《汉书》，中华书局 1962 年版，第 2047 页。

② （汉）郑玄注，（唐）贾公彦疏：《十三经注疏·周礼注疏》，上海古籍出版社 1997 年版，第 881 页。

③ （汉）何休注，（唐）徐彦疏：《十三经注疏·春秋公羊传注疏》，上海古籍出版社 1997 年版，第 2214 页。

④ （汉）郑玄笺，（唐）孔颖达等正义：《十三经注疏·毛诗正义》，上海古籍出版社 1997 年版，第 454 页。

⑤ 胡辉：《刘勰诗经观研究》，云南大学出版社 2015 年版，第 83 页。

⑥ 事见《后汉书·南蛮西南夷列传·板楯蛮夷传》：“秦昭襄王时有一白虎，常从群虎，数游秦、蜀、巴、汉之境，伤害千余人。昭王乃重募国中有能杀虎者，赏邑万家，金百镒。时有巴郡阆中夷人，能作白竹之弩，乃登楼射杀白虎。昭王嘉之，而以其夷人，不欲加封，乃刻石盟要，复夷人顷田不租，十妻不算，伤人者论，杀人者得以倓钱赎死。盟曰：‘秦犯夷，输黄龙一双；夷犯秦，输清酒一钟。’夷人安之。”参见（南朝宋）范晔撰，（唐）李贤等注《后汉书》，中华书局 1965 年版，第 2842 页。

订盟[1]、臧洪为诸侯结盟伐董卓作盟[2]、刘琨与段匹磾结盟讨伐石勒而作盟[3]。关于这四篇章盟文，刘勰作了很有见地的评论：“及秦昭盟夷，设黄龙之诅；汉祖建侯，定山河之誓。然义存则克终，道废则渝始，崇替在人，祝何预焉?”坚持道义就能坚守盟约，道义废弛就会废弃盟约，盟约是否遵守，关键在人，与祝咒之辞有何关系？“若夫臧洪歃辞，气截云蜺；刘琨铁誓，精贯霏霜；而无补于汉晋，反为仇雠。故知信不由衷，盟无益也。”臧洪的盟誓气断长虹，刘琨的盟文精气贯通寒霜（凛然不可犯），但其事于汉、晋江山没有帮助，订盟双方反而成为仇敌。可见信约不发自内心，结盟是没有益处的。刘勰在论述“盟”文的时候，他不仅评论盟文本身，也对盟誓这一事件与行为进行了评论，并且将“文”与“事”分开对待，这是很有眼光的。需要指出的是，刘勰对“盟”之实事的评论也是依经立义的，其中“信不由衷，盟无益也”合《左传》“信不由中，质无益也”[4]“苟信不继，盟无益也”[5] 而为义。

---

① 《史记·高祖功臣侯者年表》封爵之誓曰：“使河如带，泰山若厉，国以永宁，爰及苗裔。”参见（汉）司马迁《史记》，中华书局 1959 年版，第 877 页。

② 《后汉书·臧洪传》载盟辞：“汉室不幸，皇纲失统。贼臣董卓，乘衅纵害，祸加至尊，毒流百姓。大惧沦丧社稷，翦覆四海。兖州刺史岱……等纠合义兵，并赴国难。凡我同盟，齐心一力，以致臣节，陨首丧元，必无二志。有渝此盟，俾坠其命，无克遗育。皇天后土，祖宗明灵，实皆鉴之。”参见（南朝宋）范晔撰，（唐）李贤等注《后汉书》，中华书局 1965 年版，第 1885—1886 页。

③ 《艺文类聚》卷三十三载刘琨与段匹磾盟文曰：“天不靖晋，难集上邦，四方豪杰，是焉煽动。乃凭陵于诸夏，俾天子播越震荡，罔有攸底。二虏交侵，区夏将泯，神人乏主，苍生无归，百罹备臻，死丧相枕。肌肤润于锋镝，骸骨曝于草莽，千里无烟火之庐，列城有兵旷之邑，兹所以痛心疾首，仰诉皇穹者也。臣琨蒙国宠灵，叨窃台岳；臣磾世效忠节，忝荷公辅，大惧丑类，猾夏王旅，陨首丧元，尽其臣礼。古先哲王，贻厥后训，所以翼戴天子，敦序同好者，莫不临之神明，结之盟誓。故齐桓会于邵陵，而群后加恭；晋文盟于践土，而诸侯兹顺。加臣等介在遐鄙，而与主相去迥辽，是以敢干先典，刑牲歃血。自今日既盟之后，皆尽忠竭节，以翦夷二寇。有加难于琨，磾必救；加难于磾，琨亦如之。缱绻齐契，披布胸怀，书功金石，藏于王府。有渝此盟，亡其宗族，俾坠军旅，无其遗育。”参见（唐）欧阳询撰，汪绍楹校《艺文类聚》，上海古籍出版社 1965 年版，第 589 页。

④ （晋）杜预注，（唐）孔颖达等正义：《十三经注疏·春秋左传正义》，上海古籍出版社 1997 年版，第 1723 页。

⑤ （晋）杜预注，（唐）孔颖达等正义：《十三经注疏·春秋左传正义》，上海古籍出版社 1997 年版，第 1756 页。

就“盟”的写作要领来看，刘勰认为：

> 夫盟之大体，必序危机，奖忠孝，共存亡，戮心力，祈幽灵以取鉴，指九天以为正，感激以立诚，切至以敷辞，此其所同也。

“序危机，奖忠孝”表明结盟的目的和必要性；“共存亡，戮心力”表明结盟的一致性和坚决性；“祈幽灵以取鉴，指九天以为正”表明结盟的神圣性；“感激以立诚，切至以敷辞”表明结盟的真诚性。总体来看，“盟”文的写作要领概括得较为简略，只是概略性地点明写作内容与性质，至于其他文体较为常见的具体写作特点的总结则付之阙如。此后，刘勰再一次评论“盟”之实用——“然非辞之难，处辞为难。后之君子，宜存殷鉴。忠信可矣，无恃神焉”，盟誓坚守忠诚信实就可以了，请神灵见证并发出诅誓这样依仗神灵的做法又有什么用呢？这是对“信不由衷，盟无益也”的呼应。需要指出的是“后之君子，宜存殷鉴”的“殷鉴”也语出《诗经·大雅·荡》“殷鉴不远，在夏后之世”，原意指殷纣应该吸取夏桀亡国的教训，刘勰用“殷鉴”指借鉴，意即后来订盟的国君应该吸取教训，忠诚信实就可以，不要依凭神灵。赞语中的“神之来格，所贵无惭”，意即请神灵来见证盟誓，可贵的也是心中诚信，真诚无愧。可见，盟誓时是否请“神灵”见证已不重要，重要的是盟誓的参与者要内心诚信。

值得一提的是，纪昀评论《祝盟》篇：“此篇独崇实而不论文，是其高于文士处。非不论文，论文之本也。”① 的确，刘勰对于“祝”文也有论“实事”之处，如“祝史陈信，资乎文辞”“牺盛惟馨，本于明德”“祈祷之式，必诚以敬；祭奠之楷，宜恭且哀”等，“盟”文崇“实”之处上文已有论述。但“崇实而不论文”的“不论文”并不是说不评论所选文例，而是说陈述写作规则方面没有具体主张。“非

---

① （梁）刘勰著，（清）黄叔琳注，（清）纪昀评，（清）李详补注，刘咸炘阐说，戚良德辑校：《文心雕龙》，上海古籍出版社2015年版，第66页。

不论文，论文之本也”，是说刘勰对“祝”文重视德行、对“盟”文重视诚信，非常重视两种文体与现实的对应，与主体的言行一致，可谓抓住了“论文”的根本。

二 史传

“史”最初指史官，其由来可追溯至轩辕时期的史官仓颉。“轩辕之世，史有仓颉，主文之职，其来久矣。”仓颉是黄帝时的史官，主管文书之职。《礼记·曲礼上》曰：“史载笔。”也就是说，史官带着笔（随时准备记录君主言行）。“史，使也；执笔左右，使之记也”，“史”就是“使”的意思，执笔站在君王左右，君王“使”他随时记录。“史”又可以分为“左史”“右史”，有不同的任务分工：“左史记事者，右史记言者。”因此，“史”又引申为“史官的记载”。史官的记载中有两部经典，分别是记言的经典《尚书》，记事的经典《春秋》。“唐虞流于典谟，商夏被于诰誓”，这些唐虞夏商时期的典谟、诰誓都记载在《尚书》里。“洎周命维新[①]，姬公定法，细三正以班历，贯四时以联事。诸侯建邦，各有国史，彰善瘅恶，树之风声”，周朝新建，周公制定礼法，推算夏、商、周三代的正月来颁布历法，依四季而记录史事。诸侯国也有各自的国史，其目的在于表彰良善贬斥丑恶，借此树立良好的风气和声名。周王朝与各诸侯国起先都有各自的国史，但后来王室衰弱，典章散乱，伦理败坏。孔子对此深感哀悯悲伤，于是挑起了文化整理的重担，其中一项重要的内容就是“因鲁史而修《春秋》”。《春秋》深寓褒贬，对人们有重要的价值引领作用。“举得失以表黜陟，征存亡以标劝戒；褒见一字，贵逾轩冕；贬在片言，诛深斧钺”，举出行为的得失来表明或褒扬或贬斥的态度，检验国家与个人的存亡来显出规劝与警诫；一个字的褒赞，比达官贵人所用的大车、高帽还要尊贵，只言片语的贬责，比斧钺诛伐所带来的耻辱还要深刻。此段话原意取自《春秋穀梁传》

① 此处的“周命维新”语出《诗经·大雅·文王》：“周虽旧邦，其命维新。”

"一字之褒，宠逾华衮之赠。片言之贬，辱过市朝之挞。德之所助，虽贱必申。义之所抑，虽贵必屈"[①]，正所谓"孔子成《春秋》，而乱臣贼子惧"[②]。

但是《春秋》那精深的意旨比较隐晦，其文字又简约委婉（想要弄明白还是比较困难）。左丘明和孔子大致处于同一时代，深彻理解孔子的微言大义，于是就推求事实的始末，创作《左传》。"传者，转也；转受经旨，以授于后，实圣文之羽翮，记籍之冠冕也"，"传"就是"转"，转相接受《春秋》经的意旨，以教授后人，所以"传"是"经"的羽翼，《左传》称得上史籍中的冠冕之作。

概括来说，"史"的本义是"史官"，后来引申为"史官所记之言行"，其源头可追溯至《尚书》和《春秋》。"传"即"转"，转受《春秋》经旨于后人，其源头可推至《春秋左氏传》。不难看出，刘勰对于"史""传"的定义及溯源，有着明显的"依经立义"。

关于历代史籍的点评，也可以看出刘勰"依经立义"的理论范式。

《战国策》"录而弗叙，故即简而为名"，这是说《战国策》只是存录了战国时期周王朝及各诸侯国的史实而没有条理清晰的叙述，所以就着这些刻有文字的简策而称为《战国策》。汉代陆贾《楚汉春秋》记录汉王灭秦及项羽有关史事，有了条理，但记载时代很短。出身于史官世家的司马迁，继承父亲遗志，考察并记叙帝王业绩，在书写体例上颇费思量。帝王的记载，参照《尚书·尧典》称"典"的话，有些帝王只能算中等贤人称不上圣人，如果效法孔子称著作为"经"的话，自己又不是圣人，所以仿照《吕氏春秋》"十二纪"称为"纪"。"纪"这样的名号也是很伟大的了。具体的体例包括记述帝王和大事的《本纪》，记述诸侯的《世家》，人物记在《列传》，记录典章制度的"八《书》"，记录年月大事的"十《表》"，虽然与古代史书体式不同，但叙事很有条理。班固对于《史记》有四点评论："实录无隐

---

① （晋）范宁注，（唐）杨士勋疏：《十三经注疏·春秋穀梁传注疏》，上海古籍出版社 1997 年版，第 2359 页。

② （汉）赵岐注，（宋）孙奭疏：《十三经注疏·孟子注疏》，上海古籍出版社 1997 年版，第 2715 页。

之旨，博雅弘辩之才，爱奇反经之尤，条例踳落之失。”刘勰引用班固的话来评点司马迁的《史记》，其中“实录无隐”与《春秋》五例之“尽而不污”相通，“爱奇反经”与儒家强调“正”“典”“经”“道”和反对离经叛道的思想有明显反差，体现了班固依经而评的立场。

此后，班固创作《汉书》，学习了司马迁《史记》的一些写法，十《志》写得丰富详赡，赞和序写得宏富壮丽、“儒雅彬彬”，确实很有余味。“儒雅彬彬”显然是带有“依经立义”色彩的评价。仲长统对于《汉书》也有四点评价：“宗经矩圣之典，端绪丰赡之功，遗亲攘美之罪，征贿鬻笔之愆。”其中，“宗经矩圣”是指班固仿效经书、取法圣人，因而有典雅的文风，属于“依经立义”。

刘勰对司马迁和班固的评价集中于史书体例层面，其内容有两点。一是赞扬司马迁克服《左传》“附经间出，氏族难明”的缺点，各篇传记对人物关系有详细区分，容易看明白。（“观夫左氏缀事，附经间出，于文为约，而氏族难明。及史迁各传，人始区详而易览，述者宗焉。”）二是严厉批评司马迁和班固为吕氏立纪，“违经失实”。杨园认为，“本纪以述皇王”，即以本纪记录帝王编年史事，这正是《春秋》经的传统。刘勰既然认为纪传体史书的本纪是《春秋》经的延续，那么为吕后这一并未称帝的女人立本纪就不符合《春秋》经义。更重要的是，前后本纪之间在年代上是编年连贯的，这与《春秋》编年之意相合。《史记》《汉书》为吕后立纪，依吕后当政编年记事，就意味着在同一时间段上不能为名义上的皇帝立纪，这有违《春秋》经体例，所以刘勰说“违经失实”。但为吕后立纪，也是司马迁的权宜之计，因为吕后朝有短暂的时期没有立皇帝，所以刘勰认为这是“汉运所值，难为后法”。[①] 其实，刘勰之所以严厉批评司马迁和班固除了以上所述，还有三条理由：一是“庖牺以来，未闻女帝者也”，刘勰观念上、思想上就不能接受“女人当皇帝”；二是“牝鸡无晨，武王首誓；

① 张国庆、涂光社：《〈文心雕龙〉集校、集释、直译》，中国社会科学出版社2015年版，第321—322页。

妇无与国，齐桓著盟"，先是引用《尚书·牧誓》周武王在牧野誓诫军民所说"牝鸡无晨。牝鸡之晨，惟家之索"①，再是引用《春秋穀梁传》齐桓公葵丘之盟有约"毋使妇人与国事"②，这是典型的"依经立义"；三是"宣后乱秦，吕氏危汉：岂唯政事难假，亦名号宜慎矣"，宣太后与义渠王淫乱所生二子被封王，吕后擅废皇帝、杀刘姓王而立诸吕子侄为王，这说明政权不应该轻易假手于妇人，本纪的年号也要慎重啊！刘勰先是举事实，然后说道理，"名号宜慎"与孔子"正名"思想是相通的，也是"依经立义"。正因为刘勰抱着"妇人不可与国事"的传统儒家观念，所以他对司马迁、班固为吕后立纪严厉批评。此后，他也批评想要为元帝王后立纪的张衡，认为这样做是"惑同迁固，谬亦甚矣"。说到底，"子弘虽伪，要当孝惠之子，孺子诚微，实继平帝之体：二子可纪，何有于二后哉?"这里的"子弘虽伪"，是说"子弘"曾被伪称为张后之子，但他毕竟是孝惠帝的儿子；孺子确实德行不够，但他是宣帝玄孙，继承了平帝的帝位，所以这两位皇帝可立本纪，而吕后、元后不当立本纪。可见刘勰看重的还是名号的正统性。

有关后汉的史书中，刘勰认为袁山松、张莹之作"偏驳不论"(片面而无条理)，薛莹、谢沈之作"疏谬少信"（疏漏错误而不真实），只有司马彪之作翔实、华峤之作准确恰当，算得上后汉史书中最好的了。至于三国史书，《魏氏春秋》《魏略》《江表传》《吴录》之类，要么思想激烈难以证实，要么空疏简略而不得要领（"或激抗难征，或疏阔寡要"），只有陈寿的《三国志》有文有质、辩论博洽，所以荀勖、张华将他比作司马迁、班固，不是虚伪的夸赞。从肯定与否定的对比中，可以发现，刘勰重视史书的"信实""体要""辨洽"，这与儒家经典《中庸》所标举的"诚""明辨"、《尚书》所倡导的"辞尚体要"正相符合。

---

① （汉）孔安国传，（唐）孔颖达等正义：《十三经注疏·尚书正义》，上海古籍出版社1997年版，第183页。

② （晋）范宁注，（唐）杨士勋疏：《十三经注疏·春秋穀梁传注疏》，上海古籍出版社1997年版，第2396页。

至于晋代史书，刘勰表扬了三个人的著作，分别是干宝的《晋纪》、孙盛的《晋阳秋》、邓粲的《晋纪》。干宝《晋纪》精审准确而次序井然（“审正得序”），孙盛《晋阳秋》以简明扼要为优点（“以约举为能”），邓粲的《晋纪》“撮略汉魏，宪章殷周，虽湘川曲学，亦有心典谟”，邓粲扬弃汉魏史书，学习殷周古书，虽身处湘水边远之地，也有心于学习《尚书》的典谟。“审正”暗合于儒家“正名”思想，“约举”有取于《尚书》“体要”思想，“有心典谟”表明刘勰还是以《尚书》作为评价的参照标准，这些都显示了“依经立义”的理论范式。

在对史书进行梳理点评后，刘勰总结了史书写作的要领：

> 原夫载籍之作也，必贯乎百氏，被之千载，表征盛衰，殷鉴兴废，使一代之制，共日月而长存，王霸之迹，并天地而久大。是以在汉之初，史职为盛，郡国文计，先集太史之府，欲其详悉于体国也。阅石室，启金匮，紬裂帛，检残竹，欲其博练于稽古也。是立义选言，宜依经以树则，劝戒与夺，必附圣以居宗；然后诠评昭整，苛滥不作矣。

刘勰首先认为史书具有重要功用：史书的创作必能贯通百家思想，流传久远，表征其兴衰际遇，使后人从中获得经验教训，这样才可以使一个朝代的制度以及王霸的事迹长存于世。正是因为史书有如此功用，史书的作者必须具备两大基本功：一则“详悉于体国”，二则“博练于稽古”，也就是说史书作者必须要详细了解国家治理的情况，还要对于史料稽考非常熟练。有了这样的基本功，刘勰又提出了史书创作的基本原则：“立义选言，宜依经以树则，劝戒与夺，必附圣以居宗；然后诠评昭整，苛滥不作矣”，立论措辞，应该依据经典来树立规则，劝勉与警诫，肯定与否定，必须以合乎圣人为标准，然后史书的评价才会明晰全面，不会有苛刻和随意的情况。从“依经以树则”“附圣以居宗”的原则来看，显然是“依经立义”。如果从词语角度来看，“殷鉴兴废”（从历史的兴亡中得到借鉴）的“殷鉴”出自

《诗经·大雅·荡》"殷鉴不远，在夏后之世"①，"共日月而长存"与《诗经·小雅·天保》"如月之恒，如日之升"② 语意相似。

除了"依经以树则""附圣以居宗"的基本原则，刘勰还提出了史书创作的具体注意事项。

一是"两难""两失"。

首先说"两难"。

> 然纪传为式，编年缀事，文非泛论，按实而书，岁远则同异难密，事积则起讫易疏，斯固总会之为难也。或有同归一事，而数人分功，两记则失于复重，偏举则病于不周，此又铨配之未易也。故张衡摘史班之舛滥，傅玄讥《后汉》之尤烦，皆此类也。

"两难"一是指"总会之难"，因为年代久远事件记录有差异，史事累积起止难断定，所以要在一部史书中汇总叙述很有难度；二是指"铨配之未易"，因为历史大事有很多人参与，多次记录就显得重复，只记某些人又不周全，如何在多人之间分配叙述很不容易。

其次看"两失"。

> 若夫追述远代，代远多伪，公羊高云"传闻异辞"，荀况称"录远略近"，盖文疑则阙，贵信史也。然俗皆爱奇，莫顾理实。传闻而欲伟其事，录远而欲详其迹，于是弃同即异，穿凿傍说，旧史所无，我书则博，此讹滥之本源，而述远之巨蠹也。至于记编同时，时同多诡，虽定哀微辞，而世情利害。勋荣之家，虽庸夫而尽饰；迍败之士，虽令德而嗤埋，吹霜煦露，寒暑笔端，此又同时之枉，可为叹息者也！故述远则诬矫如彼，记近则回邪如此，析理居正，唯素心乎！

---

① （汉）郑玄笺，（唐）孔颖达等正义：《十三经注疏·毛诗正义》，上海古籍出版社 1997 年版，第 554 页。

② （汉）郑玄笺，（唐）孔颖达等正义：《十三经注疏·毛诗正义》，上海古籍出版社 1997 年版，第 412 页。

“两失”指记述远古史与当代史的两大常见错误，一是指“代远多伪”，追述远古史，多有不可靠的记载；二是“时同多诡”，记录当代史事多有诡曲不正之处。具体来说，一种情况是：俗人作史喜欢收集奇闻逸事，不顾实际情况，听到传闻就夸大事实，记录远古史却想写得详细，于是标新立异，穿凿附会，别人没有写的“我”偏偏写得很详细广博，这是讹滥的本源，追述远古史的大害。另一种情况是：当代史因为涉及人情的利害关系，往往有任意褒贬的情况，就算是孔子作《春秋》，对同时代的定公、哀公也只是多有“微辞”，不像记录前代诸公那么直接。但有些人作当代史，对于勋荣贵族，即使是某些无能之辈也尽力粉饰；对于困苦人士，即使是品德美好之人也加以嗤笑使其埋没，可谓任意褒贬有失公正。

刘勰认为这“两失”——“述远则诬矫”“记近则回邪”，一为“虚”，一为“曲”，两者都应该避免，要有“文疑则阙”、尊重信史的态度，保持“析理居正”的公心。“文疑则阙”出自《论语·卫灵公》，强调的是尊重历史、谨慎存疑的态度；“析理居正”的“居正”出自《左传》“隐公元年春王正月”，杜预注“凡人君即位，欲其体元以居正，故不言一年一月也”[①]，“体元居正”指新君以天地元气为本，常居正道以施教。所以，无论是揭示“诬矫”“回邪”两失，还是主张“文疑则阙，贵信史”“析理居正”，都体现了“依经立义”。此外，刘勰说“虽定哀微辞，而世情利害”，也是依《春秋公羊传·定公元年》“定哀多微辞”[②] 而立义。

二是“两科”“四纲”。

> 若乃尊贤隐讳，固尼父之圣旨，盖纤瑕不能玷瑾瑜也；奸慝惩戒，实良史之直笔，农夫见莠，其必锄也：若斯之科，亦万代一准焉。至于寻繁领杂之术，务信弃奇之要，明白头讫之序，品酌事例之条，晓其大纲，则众理可贯。

---

① （晋）杜预注，（唐）孔颖达等正义：《十三经注疏·春秋左传正义》，上海古籍出版社1997年版，第1713页。

② （汉）何休注，（唐）徐彦疏：《十三经注疏·春秋公羊传注疏》，上海古籍出版社1997年版，第2334页。

"两科"即指"尊贤隐讳"和"奸慝惩戒"两条原则，范文澜认为"讳尊贤，惩奸慝，为作史之准绳"[①]。先说"尊贤隐讳"，尊重贤人并对他有所隐讳，这是孔子的宗旨，因为小的斑点不会玷污整块美玉。这里有两处"依经立义"：一是"尊贤隐讳"依《公羊传·闵公元年》"《春秋》为尊者讳，为亲者讳，为贤者讳"[②]；二是"纤瑕不能玷瑾瑜"取《左传·宣公十五年》"瑾瑜匿瑕"[③]之意。

再说"奸慝惩戒"。对奸邪之人要加以惩罚让后人引以为戒，这是优秀史家秉笔直书的品格，就像农夫看见恶草一定加以铲除一样。"良史直笔"典出《左传·宣公二年》"孔子曰：'董狐，古之良史也，书法不隐。'"[④]"农夫见莠，其必锄也"典出《左传·隐公六年》："周任有言曰：'为国家者，见恶如农夫之务去草焉；芟夷蕴崇之，绝其本根，勿使能殖，则善者信矣。'"[⑤]可见，"尊贤隐讳""奸慝惩戒"两条准则是依经而立。"四纲"指具体的写作方法——"寻繁领杂之术、务信弃奇之要、明白头讫之序、品酌事理之条"，即从纷繁复杂中找到头绪，力求真实摒弃怪说，明白事件起止顺序，品评斟酌事理。"四纲"之中的第二条"务信弃奇"中的"务信"明显与儒家对"信"的重视相通，"弃奇"与《尚书》"辞尚体要，弗惟好异"相通。第三条"明白头迄之序"、第四条"品酌事理之条"与《周易·艮》六五爻辞"言有序"[⑥]相通。所以，"四纲"也与"依经立

---

① 范文澜注：《文心雕龙注》，人民文学出版社 1962 年版，第 306 页。

② （汉）何休注，（唐）徐彦疏：《十三经注疏·春秋公羊传注疏》，上海古籍出版社 1997 年版，第 2244 页。

③ （晋）杜预注，（唐）孔颖达等正义：《十三经注疏·春秋左传正义》，上海古籍出版社 1997 年版，第 1887 页。

④ （晋）杜预注，（唐）孔颖达等正义：《十三经注疏·春秋左传正义》，上海古籍出版社 1997 年版，第 1867 页。原文："赵穿攻灵公于桃园。宣子未出而复。太史书曰：'赵盾弑其君。'以示于朝。宣子曰：'不然。'对曰：'子为正卿，亡不越境，反不讨贼，非子而谁？'宣子曰：'呜呼！"我之怀矣，自诒伊戚"，其我之谓矣。'孔子曰：'董狐，古之良史也，书法不隐。赵宣子，古之良大夫也，为法受恶。惜也，越境乃免。'"

⑤ （晋）杜预注，（唐）孔颖达等正义：《十三经注疏·春秋左传正义》，上海古籍出版社 1997 年版，第 1731 页。

⑥ （魏）王弼等注，（唐）孔颖达等正义：《十三经注疏·周易正义》，上海古籍出版社 1997 年版，第 63 页。

义"的理论范式密不可分。

最后，刘勰还感叹修史责任重大却易招是非。"然史之为任，乃弥纶一代，负海内之责，而赢是非之尤。秉笔荷担，莫此之劳。迁固通矣，而历诋后世。若任情失正，文其殆哉！"史书的责任就是整合一代，要对全国负责，却受到各种指摘责难。写文章要承担的责任没有比这劳累的，司马迁、班固算是通人了，还常受后人诋毁，如果凭私情而失去公正，那么，他的史书就更危险了。这里的"任情失正"与前文的"析理居正"刚好形成一个对比，再次强调史书的写作要剖析事理正直无私。

三 檄移

"纪、传、盟、檄，则《春秋》为根"，所以"檄"为《春秋》文体；又"檄移为用，事兼文武；其在金革，则逆党用檄，顺命资移"，檄移的应用涉及文、武两个方面，关于军事行动，讨伐逆党用檄，号令百姓服从就用移，所以"檄移"都列入《春秋》文体，此两体的论述也有不少内容是"依经立义"。

（一）檄

"檄者，皦也。宣布于外，皦然明白也"，从释义来看，"檄"即"皦"，强调其"清楚明白"。范文澜《文心雕龙注》曰："《文选序》'书誓符檄之品。'五臣注：'檄者，皦也，喻彼令皦然明白。'《一切经音义》十'檄者，皎也，明言此彼，令皎然而识之也。'此本彦和为说者，彦和又必有所本也。"[①] 笔者以为，刘勰将"檄"与"皦"联系起来，其义可能参考了《诗经·王风·大车》和《论语·八佾》。《诗经·王风·大车》最后一节说"谷则异室，死则同穴。谓予不信，有如皦日"[②]，意思是说活着不能同处一室，死后也要同埋一坑，如果不相信我，就让白日来做证。"皦日"就是白日，"有如皦日"表达了

① 范文澜注：《文心雕龙注》，人民文学出版社 1958 年版，第 381—382 页。

② （汉）郑玄笺，（唐）孔颖达等正义：《十三经注疏·毛诗正义》，上海古籍出版社 1997 年版，第 333 页。

女子坚贞的爱情誓言。《论语·八佾》子语鲁大师乐，曰："乐其可知也，始之翕如，从之纯如也，皦如也，绎如也，以成"[①]，孔子认为音乐是可以知晓的，开始的时候，各种乐器合奏，声音合鸣；继而发展下去，音声和谐，音节分明，绵绵不断，最后完成。"皦如"是指分明清楚的样子。如此，"依经立义"的痕迹可以见出。

从渊源来看，"檄"最早可追溯至舜帝及三王时期的训誓。"有虞始戒于国"，舜帝命禹讨伐有苗，禹因此对国人进行训诫，其辞见于《尚书·大禹谟》[②]。"夏后初誓于军"，夏启讨伐不服的有扈氏，将大战于甘，于是在军队之中作《甘誓》，其辞见于《尚书·甘誓》[③]。"殷誓军门之外"，商汤在军门外训誓百姓，将要讨伐夏桀，誓词载于《尚书·汤誓》[④]。周武王伐纣前在牧野训誓，誓词载于《尚书·牧誓》[⑤]。这些训诫誓师都只是针对自己的部众，而不针对敌人。

"檄"针对敌人，其源头难以追溯，但周穆王西征犬戎遭祭公谋

---

① 程树德撰，程俊英、蒋见元点校：《论语集释》，中华书局1990年版，第216页。

② 《尚书·大禹谟》："帝曰：'咨，禹！惟时有苗弗率，汝徂征。'禹乃会群后，誓于师曰：'济济有众，咸听朕命。蠢兹有苗，昏迷不恭，侮慢自贤，反道败德，君子在野，小人在位，民弃不保，天降之咎。肆予以尔众士，奉辞伐罪，尔尚一乃心力，其克有勋。'"参见（汉）孔安国传，（唐）孔颖达等正义《十三经注疏·尚书正义》，上海古籍出版社1997年版，第137页。

③ 《尚书·甘誓》："大战于甘，乃召六卿。王曰：'嗟！六事之人，予誓告汝：有扈氏威侮五行，怠弃三正，天用剿绝其命，今予惟恭行天之罚。左不攻于左，汝不恭命；右不攻于右，汝不恭命；御非其马之正，汝不恭命。用命，赏于祖；弗用命，戮于社，予则孥戮汝。'"参见（汉）孔安国传，（唐）孔颖达等正义《十三经注疏·尚书正义》，上海古籍出版社1997年版，第155页。

④ 《尚书·汤誓》王曰："格尔众庶，悉听朕言，非台小子，敢行称乱！有夏多罪，天命殛之。今尔有众，汝曰：'后不恤我众，舍我穑事而割正夏？'予惟闻汝众言，夏氏有罪，予畏上帝，不敢不正。今汝其曰：'夏罪其如台？'夏王率遏众力，率割夏邑。有众率怠弗协，曰：'时日曷丧？予及汝皆亡。'夏德若兹，今朕必往。尔尚辅予一人，致天之罚，予其大赉汝！尔无不信，朕不食言。尔不从誓言，予则孥戮汝，罔有攸赦。"参见（汉）孔安国传，（唐）孔颖达等正义《十三经注疏·尚书正义》，上海古籍出版社1997年版，第160页。

⑤ 《尚书·牧誓》王曰："古人有言曰：'牝鸡无晨；牝鸡之晨，惟家之索。'今商王受惟妇言是用，昏弃厥肆祀弗答，昏弃厥遗王父母弟不迪，乃惟四方之多罪逋逃，是崇是长，是信是使，是以为大夫卿士。俾暴虐于百姓，以奸宄于商邑。今予发惟恭行天之罚。今日之事，不愆于六步、七步，乃止齐焉。勖哉夫子！不愆于四伐、五伐、六伐、七伐，乃止齐焉。勖哉夫子！尚桓桓，如虎、如貔，如熊、如罴，于商郊。弗迓克奔，以役西土，勖哉夫子！尔所弗勖，其于尔躬有戮！"参见（汉）孔安国传，（唐）孔颖达等正义《十三经注疏·尚书正义》，上海古籍出版社1997年版，第183页。

父劝阻时所说"古有威让之令，有文告之辞"提到了早期檄文的文体形式，这里的"威让之令、文告之辞"，即以威势来谴责对方的训令，以文字来告示对方的言辞。到了春秋战国时期，人们对于"檄"文攻击敌方的性质有了更清楚的认识，并有了实例。

> 及春秋征伐，自诸侯出，惧敌弗服，故出兵须名，振此威风，暴彼昏乱，刘献公之所谓"告之以文辞，董之以武师"者也。齐桓征楚，诘苞茅之缺；晋厉伐秦，责箕郜之焚。管仲、吕相，奉辞先路，详其意义，即今之檄文。暨乎战国，始称为檄。檄者，皦也。宣布于外，皦然明白也。张仪檄楚，书以尺二，明白之文，或称露布。露布者，盖露板不封，布诸视听也。

春秋时期，诸侯相互征伐，担心对方不服，所以要"师出有名"。于是，各诸侯国要提振本方的威风，暴露对方的昏乱，正如刘献公所说用文辞来告诫对方，用武力来督责对方。这里明确提到了"檄"文所针对的是敌方，不是己方。就其实例来看，齐桓公征讨楚国时，管仲责备楚王为何不向周王室进贡祭祀时用以滤酒的苞茅①；晋厉王讨伐秦国，魏锜责问秦国为何焚烧晋国的箕郜两地②。两人都是在用兵之前先以文辞开路，这相当于现今的檄文了。战国时期才正式有"檄"的名号。张仪写给楚国的檄文，写在一尺二寸长的简牍上。这种公开显露的文辞叫"露布"。所谓"露布"就是显露于简板不加封口，布告世人使其广泛传播。

① 《左传·僖公四年》：（齐侯伐楚）楚子使与师言曰："君处北海，寡人处南海，惟是风马牛不相及也。不虞君之涉吾地也，何故？"管仲对曰："昔召康公命我先君太公曰：五侯九伯，汝实征之，以夹辅周室。赐我先君履，东至于海，西至于河，南至于穆陵，北至于无棣。尔贡苞茅不入，王祭不共，无以缩酒，寡人是征；昭王南征而不复，寡人是问。"参见（晋）杜预注，（唐）孔颖达等正义《十三经注疏·春秋左传正义》，上海古籍出版社 1997 年版，第 1792—1793 页。

② 《左传·成公十三年》："晋侯使吕相绝秦，曰：'……我君景公引领西望曰："庶抚我乎！"君亦不惠称盟，利我有狄难，入我河县，焚我箕郜，芟夷我农功，虔刘我边陲，我是以有辅氏之聚。'"参见（晋）杜预注，（唐）孔颖达等正义《十三经注疏·春秋左传正义》，上海古籍出版社 1997 年版，第 1911—1912 页。

在溯源的过程中，刘勰所说的"春秋征伐，自诸侯出"出自《论语》"天下无道，礼乐征伐自诸侯出"[①]；"兵出必名"符合《礼记·檀公下》"师必有名"[②] 的思想；刘献公"告之以文辞，董之以武师"载于《左传·昭公十三年》[③]；齐桓征楚和晋厉伐秦分别出自《左传》僖公四年和成公十三年[④]。可以看出，刘勰是依经而立义。

在选文定篇的过程中，刘勰概括了"檄"文的用词习惯和文体特点。由于军队是用来平定叛乱的，没有谁敢自作主张，所以如果是天子亲自出征，就称为"恭行天罚"（恭敬地执行上天的惩罚），如果是诸侯率领军队，就说"肃将王诛"（庄敬地奉王命加以诛伐）。所以君王授权将领出征，将帅奉君命讨伐罪人（"奉辞伐罪"），不仅要果敢杀敌达致坚毅（"致果为毅"），还要用严厉的檄文形成威武之势（"厉辞为武"）。"恭行天罚""奉辞伐罪"出自《尚书》[⑤]，"致果为毅"出自《左传·宣公二年》"杀敌为果，致果为毅"[⑥]，可见刘勰是"依经立义"。除此之外，刘勰说的"厉辞为武"即是指通过严厉的言辞使军民听命，莫敢违逆；就像《甘誓》所言"用命，赏于祖；弗用命，戮于社，予则孥戮汝"，《汤誓》所言"尔不从誓言，予则孥戮汝，罔有攸赦"，《牧誓》所言"尔所弗勖，其于尔躬有戮"[⑦]。可以说"厉辞为武"是对《尚书》训誓内容及风格的总结，正是"依经立义"。刘勰还具体地概述了檄文的内容及气势：

---

① 杨伯峻译注：《论语译注》，中华书局 2006 年版，第 196 页。

② （汉）郑玄注，（唐）孔颖达等正义：《十三经注疏·礼记正义》，上海古籍出版社 1997 年版，第 1305 页。

③ （晋）杜预注，（唐）孔颖达等正义：《十三经注疏·春秋左传正义》，上海古籍出版社 1997 年版，第 2071 页。

④ （晋）杜预注，（唐）孔颖达等正义：《十三经注疏·春秋左传正义》，上海古籍出版社 1997 年版，第 1792—1793、1911—1912 页。

⑤ 《甘誓》《牧誓》有"恭行天之罚"；《汤誓》有"致天之罚"；《大禹谟》有"奉辞伐罪"。

⑥ （晋）杜预注，（唐）孔颖达等正义：《十三经注疏·春秋左传正义》，上海古籍出版社 1997 年版，第 1866 页。

⑦ （汉）孔安国传，（唐）孔颖达等正义：《十三经注疏·尚书正义》，上海古籍出版社 1997 年版，第 155、160、183 页。

使声如冲风所击，气似欃枪所扫；奋其武怒，总其罪人。征其恶稔之时，显其贯盈之数，摇奸宄之胆，订信顺之心。使百尺之冲，摧折于咫书；万雉之城，颠坠于一檄者也。

振奋将士威武之愤怒，团结同仇敌忾的力量，验明敌方到了恶贯满盈气数已尽的时机，动摇为非作歹者的胆量，坚定忠顺臣民的信心，这五个方面可看作檄文的内容要点。声势如暴风冲击，气概像彗星横扫天宇……使百尺高的攻城车被咫尺檄文摧毁，万丈高的城墙被一纸檄文攻陷，充分说明了檄文震撼无比的气势及强大的力量。

本节文字中的“奋其武怒”出自《左传·昭公五年》“奋其武怒，以报其大耻”[①]，但《诗经·大雅·常武》的“王奋厥武，如震如怒”[②]，可能是“奋其武怒”的更早出处[③]。“总其罪人”，语出《左传·僖公七年》：“（管仲）对（齐侯）曰：‘君若绥之以德，加之以训辞，而帅诸侯以讨郑，郑将覆亡之不暇，岂敢不惧？若总其罪人以临之，郑有辞矣，何惧！’”杜注：“总，将领也。子华（郑伯的儿子）奸父之命，即罪人。”[④]“总其罪人”，原指率领敌人内部的反对者，此处也可以指团结所有的反对势力以征讨共同的敌人。“恶稔之时”“贯盈之数”互文，指（揭露对方的）恶贯满盈、气数已尽，“恶稔”的用法来自《左传·昭公十八年》：“苌弘曰：‘毛得必亡，是昆吾稔之日也。’”杜注：“昆吾，夏伯也；稔，熟也。侈恶积熟，以乙卯日与桀同诛。”[⑤]“贯盈”的用法来自《尚书·泰誓上》：“商罪贯盈，天命诛之。”[⑥]

---

① （晋）杜预注，（唐）孔颖达等正义：《十三经注疏·春秋左传正义》，上海古籍出版社1997年版，第2042页。

② （汉）郑玄笺，（唐）孔颖达等正义：《十三经注疏·毛诗正义》，上海古籍出版社1997年版，第577页。

③ 参见胡辉《刘勰诗经观研究》，云南大学出版社2015年版，第91页。

④ （晋）杜预注，（唐）孔颖达等正义：《十三经注疏·春秋左传正义》，上海古籍出版社1997年版，第1799页。

⑤ （晋）杜预注，（唐）孔颖达等正义：《十三经注疏·春秋左传正义》，上海古籍出版社1997年版，第2085页。

⑥ （汉）孔安国传，（唐）孔颖达等正义：《十三经注疏·尚书正义》，上海古籍出版社1997年版，第181页。

就其具体篇目来说，刘勰点评了四篇檄文。隗嚣的《移檄告郡国》"布其三'逆'，文不雕饰，而意切事明"，把握了檄文的写作要领。陈琳的《为袁绍檄豫州》"壮有骨鲠，虽……章实太甚……诬过其虐，然抗辞书衅，皦然露骨矣"，虽然锋芒直指曹操，却因檄文写得清楚明白而虽为袁党却免于被杀。钟会的《移蜀将吏士民檄》"征验甚明"、桓温的《檄胡文》"观衅尤切"，都是壮观的好文章。

在总结檄文的写作要领时，刘勰如此说：

> 凡檄之大体，或述此休明，或叙彼苛虐。指天时，审人事，算强弱，角权势，标蓍龟于前验，垂鞶鉴于已然，虽本国信，实参兵诈。谲诡以驰旨，炜晔以腾说，凡此众条，莫之或违者也。故其植义扬辞，务在刚健，插羽以示迅，不可使辞缓；露板以宣众，不可使义隐。必事昭而理辨，气盛而辞断，此其要也。若曲趣密巧，无所取材矣。

檄文的大致体式，或者叙述自身的美好，或者叙说对方的苛刻暴虐。指明天时，审查人事，计算强弱，较量权势，用以往的事例来验证占卜所示吉凶，用已然的成败标示经验教训。虽然基于国家的信誉，实际上掺杂了用兵的诡诈。用诡谲的方式来驾驭意旨，用华丽的修辞飞腾辞藻，这些都不可违背。所以，写作檄文的时候，立义遣词，一定要刚健有力。插上羽毛表示紧急，不可让文辞舒缓；不加封缄公示众人，不可使意义隐晦；一定引事显明而道理清晰，气势旺盛而言辞果断，这就是檄文的要领。如果写得意旨幽隐细密纤巧，就没什么可取了。

"植义扬辞，务在刚健"，这里的"刚健"即指"事昭而理辨，气盛而辞断"，包括内容（"事"）与语言（"辞"）两个方面，内容方面要求"事昭而理辨"（一般理解为"事义昭显而道理明白"，考虑到骈文中的"事"往往指"典故"，这里也可理解为"引用的典故事料为读者熟知而阐述的道理又细致充分"），言辞方面要求"气盛而辞断"（气势盛大而刚劲果断）。"刚健"与儒家以《周易》为代表的"刚健"精神有密切关联，“辞断”与《尚书》所主张的“辞尚体要”紧密相关，“理辨”与《中庸》所主张的“博学之、审问之、慎思之、明辨之、笃行之”也若合符节，可见，“依经立义”的理论范式行乎其中。

值得指出的是，《檄移》篇赞语中关于“檄”体的部分，八句赞语有六句与“檄”相关，与“移”有关的只有两句，这种比例不均的情况在《文心雕龙》赞语中是很少见的。就与“檄”有关的六句而言，其“依经立义”的情形也很明显。“三驱弛网”兼用《周易·比卦》“王用三驱失前禽”① 与《吕氏春秋·异用》篇商汤解网②之意，“失禽驰网”，指王者先德教而后征伐③。“九伐先话”，“九伐”出自《周礼·大司马》“以九伐之法正邦国”④，征伐必先声讨其罪，故曰“先话”。“九伐先话”指征伐之前先用“檄文”声讨对方罪过。“鞶鉴吉凶，蓍龟成败”，即指“标蓍龟于前验，垂鞶鉴于已然”，用以往的成败来验证蓍甲显示的吉凶，从已然的结果得到经验借鉴。“摧压鲸鲵，抵落蜂虿”指檄文具有横扫敌军、所向披靡的气势，其中的“鲸鲵”出自《左传·宣公十二年》：“古者明王伐不敬，取其鲸鲵而封之，以为大戮，于是乎有京观”，杜注：“鲸鲵，大鱼名，以喻不义之人，吞食小国”⑤；“蜂虿”出自《左传·僖公二十二年》臧文仲曰：“君其无谓邾小，蜂虿有毒，而况国乎！”⑥“三驱驰网”“九伐先

---

① 《易·比卦》“王用三驱失前禽”，王弼注：“夫三驱之礼，禽逆来趣己则舍之，背己而走则射之，爱于来而恶于去也，故其所施，常失前禽也。”参见（魏）王弼等注，（唐）孔颖达等正义《十三经注疏·周易正义》，上海古籍出版社 1997 年版，第 26 页。

② 《吕氏春秋·异用》：“汤见祝网者置四面，其祝曰：‘从天坠者，从地出者，从四方而来者，皆离（陷入）吾网。’……汤收其三面，置其一面。”参见许维遹撰，梁运华整理《吕氏春秋集释》，中华书局 2009 年版，第 235 页。

③ 周振甫注：《文心雕龙注释》，人民文学出版社 1981 年版，第 99 页。

④ 《周礼·大司马》：“以九伐之法正邦国：冯弱犯寡则眚（削地）之，贼贤害民则伐之，暴内陵外则坎（撤职）之，野荒民散则削之，负固不服则侵之，贼杀其亲则正之，放弑其君则残之，犯令陵正则杜之，外内乱、鸟兽行则灭之。”参见（汉）郑玄注，（唐）贾公彦疏《十三经注疏·周礼注疏》，上海古籍出版社 1997 年版，第 835 页。

⑤ （晋）杜预注，（唐）孔颖达等正义：《十三经注疏·春秋左传正义》，上海古籍出版社 1997 年版，第 1883 页。

⑥ （晋）杜预注，（唐）孔颖达等正义：《十三经注疏·春秋左传正义》，上海古籍出版社 1997 年版，第 1813 页。

话”“蓍龟”“吉凶”“鲸鲵”“蜂虿”等词语不仅源自《周易》《周礼》《左传》等经典，更重要的是其中蕴含了儒家的精神（如先德政、后征伐），刘勰对“檄”体的文体建构是“依经立义”。

（二）移

移的论述相对简略。不过其中的“依经立义”也比较明显。从定义来看，“移者，易也，移风易俗，令往而民随者也”，显然有取于《礼记·乐记》“移风易俗，天下皆宁”[1]；此外，《毛诗序》也说“正得失，动天地，感鬼神，莫近于诗。先王以是经夫妇，成孝敬，厚人伦，美教化，移风俗”[2]，也有通过诗文可以移风易俗的思想。

就其选文定篇而言，司马相如的《难蜀父老》，文字晓畅而喻指广博[3]（“文晓而喻博”），有移文的骨力。刘歆的《移书让太常博士》，文辞刚劲而义理明确（“辞刚而义辨”），居文事移文之首[4]；陆机的《移百官》，言辞简约而事理彰显（“言约而事显”），是武事移文中的重要篇目[5]。这些评语中，“文晓而喻博”之“喻博”与《周易·系辞下》“夫《易》……其称名也小，其取类也大”[6] 的“名小类大”相通，“言约而事显”之“言约”也与《尚书》“辞尚体要”相通。

就檄移的相互关系来看，刘勰认为移在意义作用上与檄有所差别，但体式、义理大体相同，这两种文体用在文事、武事两方面都可以，就武事方面而言，讨伐逆党用“檄”，号令百姓顺从用“移”；通过

① （汉）郑玄注，（唐）孔颖达等正义：《十三经注疏·礼记正义》，上海古籍出版社 1997 年版，第 1536 页。

② （汉）郑玄笺，（唐）孔颖达等正义：《十三经注疏·毛诗正义》，上海古籍出版社 1997 年版，第 270 页。

③ 《史记·司马相如列传》：“相如使时，蜀长老多言通西南夷之不为用，惟大臣亦以为然。相如欲谏，业已建之，不敢。乃著书籍以蜀父老为辞，而已诘难之，以风天子，且因宣其所指，令百姓知天子之意。”参见（汉）司马迁《史记》，中华书局 1959 年版，第 3048 页。

④ 周振甫认为：刘歆的《移书让太常博士》，指责今文经博士“抱残守缺，挟恐见破之私意，而无从善服义之公心，或怀妒嫉，不考情实，雷同相从，随声是非”，所以说“辞刚而义辨”。参见周振甫注《文心雕龙注释》，人民文学出版社 1981 年版，第 234 页。

⑤ 此移已失传，《艺文类聚》卷五十有少量引文。周振甫认为，“称为武移，当指移书论军事。”参见周振甫注《文心雕龙注释》，人民文学出版社 1981 年版，第 231 页。

⑥ （魏）王弼等注，（唐）孔颖达等正义：《十三经注疏·周易正义》，上海古籍出版社 1997 年版，第 89 页。

“檄移”来洗涤民心，使上下一心坚定不移（“洗濯民心，坚同符契”）。

在《檄移》篇赞语中，刘勰对“移”的总结“移风易俗，草偃风迈”也是“依经立义”。“移风易俗”语出《礼记·乐记》前文已有论述，“草偃风迈”则与《论语》相关。《论语·颜渊》“君子之德风，小人之德草，草上之风必偃”①，何晏注“偃，仆也。加草以风无不仆者，犹民之化于上”②，“草偃风迈”原来比喻君子之德容易感服大众，刘勰借用来比喻“移文”具有巨大的感染力，“令往而民随也”。

第五节 《书》部文体

“诏、策、章、奏，《书》发其源”，《书》部文体涉及以下几篇：《诏策》《封禅》《章表》《奏启》《议对》《书记》。这里有几点需要说明：

一是《诏策》《章表》《奏启》，《宗经》篇已明言属于《书》部文体。

二是《封禅》虽是“禋祀之殊礼，名号之密祝，天地之壮观”，似应归于《礼》部文体，但简良如认为，祝、碑、铭等《礼》部文体，“所关切的重点均应环绕在个人人格、生命等相关问题上”，而封禅文具有“对越天休”“树一代典章”的客观目的与政治意义，与《礼》之文体群组（祝、铭箴、诔碑、哀吊）出现分歧，列于《书》部文体（《诏策》《封禅》《章表》《奏启》《议对》《书记》）则不显唐突③。

三是《议对》归入《书》部文体。与《杂文》篇所讨论的“对问”不同，“对问”借客人设难、主人作答而显示作者的情志，属《易》部文体，而“议对”之“议”乃就朝廷政事进行商讨议论，以

① （魏）何晏等注，（宋）邢昺疏：《十三经注疏·论语注疏》，上海古籍出版社 1997 年版，第 2504 页。

② （魏）何晏等注，（宋）邢昺疏：《十三经注疏·论语注疏》，上海古籍出版社 1997 年版，第 2504 页。

③ 参见简良如《〈文心雕龙〉之作为思想体系》，中国社会科学出版社 2011 年版，第 159—161 页。笔者按：司马迁《史记》也将《封禅书》列为“八书”之一。

供皇帝决策参考，与奏疏相似，"对"乃是对答皇帝的咨询，时常提出相应策略，"对""策"常连用，所以"议对"属《书》部文体。

四是《书记》是对各种应用文的总称，"并述理于心，著言于翰，虽艺文之末品，而政事之先务也"，具有抒写真情、记录真实、重视政用等特点，故列入《书》部文体。

一　诏策

《诏策》篇论"诏""策"文体，旁及相关概念，其中"依经立体"是基本的思路。

从渊源来看，"诏"起源甚早，名称和含义也有变化。皇帝威严端坐背倚屏风，他的话语却能传播四方，靠的就是"诏策"，也是借助诏策，皇帝的话充满威灵。以前黄帝、唐尧、虞舜的时代，称这种能传达君王旨意的词叫"命"[①]。在夏、商、周三代，"命"兼有"誓""诰"两种作用，"誓"用于训诫军队，"诰"用来发布政令，用"命"表示来自上天，所以用来授予官职、赐福后代（"命喻自天，故授官锡胤"）。《周易·姤·象》有言："后以施命诰四方"，"诰命"能鼓动民众，就像风行天下一样广泛。战国时期统称为"命"，"命"就是"使"的意思（"命者，使也"）。秦始皇统一天下后，把"命"改称为"制"。汉初定下礼仪规则，"命"有四种："一曰策书，二曰制书，三曰诏书，四曰戒敕"。"敕"训诫州部长官，"诏"告知文武百官，"制"用以颁布赦令，"策"用来策封王侯。"策"就是"简"（"策者，简也"）；"制"就是裁断（"制者，裁也"）；"诏"就是告示（"诏者，告也"）；"敕"就是敕正（"敕者，正也"）。此四种文体都有经典出处：《诗》云"畏此简书"[②]，《易》称"君子以制数度"[③]，

① 如《尚书·尧典》："乃命羲和"，《尚书·舜典》："帝曰：'夔，命汝曲乐。'"

② 《诗经·小雅·出车》："岂不怀归，畏此简书。"参见（汉）郑玄笺，（唐）孔颖达等正义《十三经注疏·毛诗正义》，上海古籍出版社1997年版，第416页。

③ （魏）王弼等注，（唐）孔颖达等正义：《十三经注疏·周易正义》，上海古籍出版社1997年版，第57页。

《礼》称“明神之诏”①，《书》称“敕天之命”②，所以刘勰认为它们都是依据经典来立名，所谓“并本经典以立名目”。从释名与源头来看，刘勰明显是“依经立体”。

此外，本段文字中也有一些词汇来自经典。如“命喻自天”来自《诗经·大雅·大明》“有命自天，命此文王”③，“授官锡胤”的“锡胤”语本《诗经·大雅·既醉》“君子万年，永锡祚胤”④。“天下有风”是《姤》的卦象，意指风行天下，无物不遇，“人君法此以施教，诰于四方也”⑤。

在评点历代诏书时，刘勰也显示了“依经立义”的话语模式。

> 《记》称丝纶，所以应接群后。虞重纳言，周贵喉舌，故两汉诏诰，职在尚书。王言之大，动入史策，其出如綍，不反若汗。是以淮南有英才，武帝使相如视草；陇右多文士，光武加意于书辞：岂直取美当时，抑亦敬慎来叶矣。

汉代诏书由专门的官职（尚书）来负责，“两汉诏诰，职在尚书”。淮南王刘安文才出众，所以汉武帝给他下诏书要先请司马相如过目；陇右隗嚣有许多文士，所以光武帝给他的书信也多留意于文辞。为什么要这样呢？因为这样做符合儒家“慎”的精神。《礼记·缁衣》有言：“王言如丝，其出如纶；王言如纶，其出如綍”⑥，纶大于丝，

---

① 《周礼·秋官·司盟》：“北面诏明神。”郑注：“神之明察者，谓日月山川也。”参见（汉）郑玄注，（唐）贾公彦疏《十三经注疏·周礼注疏》，上海古籍出版社1997年版，第881页。

② 《尚书·益稷》：“帝庸作歌曰：敕天之命，惟时惟几。”参见（汉）孔安国传，（唐）孔颖达等正义《十三经注疏·尚书正义》，上海古籍出版社1997年版，第144页。

③ （汉）郑玄笺，（唐）孔颖达等正义：《十三经注疏·毛诗正义》，上海古籍出版社1997年版，第508页。

④ （汉）郑玄笺，（唐）孔颖达等正义：《十三经注疏·毛诗正义》，上海古籍出版社1997年版，第537页。

⑤ （魏）王弼等注，（唐）孔颖达等正义：《十三经注疏·周易正义》，上海古籍出版社1997年版，第57页。

⑥ （汉）郑玄注，（唐）孔颖达等正义：《十三经注疏·礼记正义》，上海古籍出版社1997年版，第1648页。

綍大于纶，说明王言一出，万民景仰效从，其影响不断扩大，所以一定要慎重。“虞重纳言”指的是舜命龙作纳言官一事，载于《尚书》。《尚书·舜典》：“龙，朕堲谗说殄行，震惊朕师。命汝作纳言，夙夜出纳朕命，惟允!”①“周贵喉舌”，语出《诗经》。《诗经·大雅·烝民》说仲山甫“出纳王命，王之喉舌”②。“虞重纳言，周贵喉舌”，以实例表明了圣人对“王言”的重视。“不反若汗”，语出《易·涣》九五爻辞“涣汗其大号”③，《汉书·刘向传》：“《易》曰‘涣汗其大号’，言号令如汗，汗出而不返者也。”④汉武帝和光武帝的做法，完全符合儒家经典的精义，不仅可以获得当时的赞美，还可以将其庄敬慎重垂范后世啊。从儒经中寻找言行的依据，正是“依经立义”。

从汉代到晋代的诏书，刘勰的评点大多以经典为标准：

> 观文景以前，诏体浮杂。武帝崇儒，选言弘奥。策封三王，文同训典；劝戒渊雅，垂范后代……逮光武拨乱，留意斯文，而造次喜怒，时或偏滥。诏赐邓禹，称司徒为尧；敕责侯霸，称“黄钺一下”：若斯之类，实乖宪章。暨明、章崇学，雅诏间出……建安之末，文理代兴，潘勖《九锡》，典雅逸群。……自魏晋诰策，职在中书，刘放、张华，并管斯任，施令发号，洋洋盈耳。魏文帝下诏，辞义多伟，至于“作威作福”，其万虑之一蔽乎！

汉武帝崇尚儒术，诏书言辞弘博深邃，策封三子为王的诏书，类似《尚书》中的《伊训》《尧典》，劝诫的言辞深沉雅正，可以垂范后世。光武帝拨乱反正，特别留意儒雅斯文，但匆忙仓促的喜怒之间，

① （汉）孔安国传，（唐）孔颖达等正义：《十三经注疏·尚书正义》，上海古籍出版社1997年版，第132页。

② （汉）郑玄笺，（唐）孔颖达等正义：《十三经注疏·毛诗正义》，上海古籍出版社1997年版，第568页。

③ （魏）王弼等注，（唐）孔颖达等正义：《十三经注疏·周易正义》，上海古籍出版社1997年版，第70页。

④ （汉）班固撰：《汉书》，中华书局1962年版，第1943—1944页。

不时有偏颇和过分之处。如他给大司徒邓禹的诏书中“司徒，尧也”，责备夏侯霸的玺书中有“黄钺一下”的诛杀之语，这样的话，实在背离常规。此后，汉明帝、汉章帝也尊崇儒学，雅正的诏书不时出现。三国时期的潘勖《册魏公九锡文》模仿《尚书》[①]，写得典雅绝伦。魏晋的诰策，由中书省掌管，魏代刘放、晋代张华，都曾担任这一职务，他们发号施令的诰书，华美而盛大。魏文帝的诏书，大多辞义高尚伟岸，但他给夏侯尚的诏书中有“作威作福”一语，大概是他的偶然失误吧。刘勰赞扬汉武帝、汉明帝、汉章帝因为崇尚儒学而写出的诏书典雅光辉，对光武帝、魏文帝偶尔背离常规不守儒家伦理的行为进行批评，背后的批评标准仍然是儒家经典。此外，“洋洋盈耳”来自《论语·泰伯》“师挚之始，《关雎》之乱，洋洋乎盈耳哉”[②]，也是依经而为言。

总结诏策的写作要领时，刘勰也是“依经立义”。

> 夫王言崇秘，“大观在上”，所以百辟其刑，万邦作孚。故授官选贤，则义炳重离之辉；优文封策，则气含风雨之润；敕戒恒诰，则笔吐星汉之华；治戎燮伐，则声有洊雷之威；“眚灾肆赦”，则文有春露之滋；明罚敕法，则辞有秋霜之烈：此诏策之大略也。

首先，刘勰引用《周易·观·彖》“大观在上”[③]，《诗经·周颂·烈文》“百辟其刑之”[④]，《诗经·大雅·文王》“万邦作孚”[⑤]，说明君王语言崇高神圣，人所共仰，因此诸侯取法，万邦信服。所以，不

---

① 《风骨》篇亦有言：“潘勖锡魏，思摹经典，群才韬笔，乃其骨髓峻也。”《才略》篇：“潘勖凭经以骋才，故绝笔于锡命。”

② 杨伯峻译注：《论语译注》，中华书局 2006 年版，第 95 页。

③ （魏）王弼等注，（唐）孔颖达等正义：《十三经注疏·周易正义》，上海古籍出版社 1997 年版，第 36 页。

④ （汉）郑玄笺，（唐）孔颖达等正义：《十三经注疏·毛诗正义》，上海古籍出版社 1997 年版，第 585 页。

⑤ （汉）郑玄笺，（唐）孔颖达等正义：《十三经注疏·毛诗正义》，上海古籍出版社 1997 年版，第 505 页。

同类型的诏策要有不同的风格：给贤能之士授予官职的诏策，要突出其道义的光辉如日月在天；褒奖册封的文告，要像润泽大地的风雨一样温厚；敕正训诫常理的文告，文笔要像群星吐耀灿烂光华；治军与统领征伐的文告，要体现其雷霆滚滚的声威；救灾免罪的文告，要像春天雨露滋润万物；严明刑罚、整饬法令的文告，文辞要像秋霜一样肃杀。这里的“重离之辉”源于《周易·离·彖》“离，丽也。日月丽乎天，百谷草木丽乎土，重明以丽乎正”[①]，“风雨之润”来自《周易·系辞上》“润之以风雨”[②]，“洊雷之威”源于《周易·震·象》“洊雷震，君子以恐惧修省”[③]，“眚灾肆赦”来自《尚书·舜典》[④]，“明罚敕法”来自《周易·噬嗑·象》[⑤]，“依经而立体”显而易见。

此外，刘勰还对与“诏策”有关的概念与文例进行点评，“依经立义”仍然是其主要的话语模式。

如，刘勰认为，“戒敕”是诏策中比较切实的一种，魏武帝认为“戒敕”要确指其事，不可依违两可，这是懂得行政管理的要领。晋武帝所作敕戒，则广泛地告诫百官：告诫都督掌握治兵要领，训诫州牧严加督查，警告郡守体恤民间疾苦，督促守将加强防卫，有《尚书》的“训”“典”之风。“有训典焉”表明了刘勰是以《尚书》作为评论的参照，这是“依经”评“诏”。

刘勰还“依经”而释“戒”。“戒者，慎也，禹称‘戒之用休’”，“戒”就是“慎重”，《尚书·大禹谟》说“戒之用休”，意即用美好的德行来告诫人们。

---

① （魏）王弼等注，（唐）孔颖达等正义：《十三经注疏·周易正义》，上海古籍出版社 1997 年版，第 43 页。

② （魏）王弼等注，（唐）孔颖达等正义：《十三经注疏·周易正义》，上海古籍出版社 1997 年版，第 76 页。

③ （魏）王弼等注，（唐）孔颖达等正义：《十三经注疏·周易正义》，上海古籍出版社 1997 年版，第 62 页。

④ （汉）孔安国传，（唐）孔颖达等正义：《十三经注疏·尚书正义》，上海古籍出版社 1997 年版，第 128 页。

⑤ （魏）王弼等注，（唐）孔颖达等正义：《十三经注疏·周易正义》，上海古籍出版社 1997 年版，第 37 页。

刘勰对“教”的定义也有“依经立义”之处。“‘教’者，效也，言出而民效也。契敷五教，故王侯称‘教’”，“‘教’者，效也，言出而民效也”，其义取自《春秋元命苞》：“天垂文象，人行其事，谓之教。教之为言，效也，上为下效，道之始也”①；“契敷五教，故王侯称‘教’”，典出《尚书·舜典》帝曰：“契，百姓不亲，五品不逊，汝作司徒，敬敷五教，在宽”②，“五教”的具体内涵，据《左传·文公十八年》指“父义、母慈、兄友、弟恭、子孝”③。

此外，刘勰对“诏”“命”的古今之变作了简述，“《诗》云‘有命自天’，明命为重也；《周礼》曰‘师氏诏王’，明诏为轻也。今诏重而命轻者，古今之变也”，“有命自天”“师氏诏王”都出自经典，“天”与“师氏”的地位之别表明“命重而诏轻”，而今“诏重而命轻”，此谓“古今之变”，这里也有“依经立义”的理论范式。

二 封禅

《封禅》介绍了一种特殊的文体——封禅文。此种文体，与铭、碑有相同之处，都是以美德为基本内容，但偏重点各有不同：铭文要通过对盛德的褒赞，达成最后借鉴、警诫之意义；碑则借金石标记懿德烈迹，使后人永志不朽；封禅文则是以“封勒帝绩”——树立天子之道德功绩，达到“对越天休”——以配天地名山之善美，其特点一是有德者的身份必为帝王，二是铭碑似乎更着重于个人的生命期许，而封禅则有匹配天休树立一代典章的客体目的。另外，封禅文与祝也有类似，两者都有超越人的祭祀对象——封禅祭天地名山，祝告神明，但祝文的焦点在于祝祷者本身的诚信无愧和虔敬谦恭，这一主体人格的指向性与铭、碑相似，封禅文有“封勒帝绩，对越天休”、成一代

① （宋）李昉等撰：《太平御览》卷三六〇，中华书局1960年影印本，第1656页下栏。

② （汉）孔安国传，（唐）孔颖达等正义：《十三经注疏·尚书正义》，上海古籍出版社1997年版，第130页。

③ （晋）杜预注，（唐）孔颖达等正义：《十三经注疏·春秋左传正义》，上海古籍出版社1997年版，第1862页。

典章的客体目的与政治意义，与祝文明显不同[①]。所以，《封禅》因对客体目的与政治意义的追求，不宜归入《礼》部文体，应归入《书》部文体。

在《封禅》文中，可以找到不少"依经立义"的情形。在文章首段，讲述为什么要封禅，其中就有"依经立义"。"夫正位北辰，向明南面，所以运天枢，毓黎献者，何尝不经道纬德，以勒皇迹者哉?"就像北极星位居天中央一样，皇帝面南向明而治，掌握天下权柄，养育黎民与贤才，何尝不是想建树道德、铭刻其伟大功绩呢?这里的"正位北辰"来源于《论语·为政》"为政以德，譬如北辰，居其所而众星共之"[②]，意指统治者施行德政则百姓衷心拱卫。"向明南面"出自《周易·说卦》"离也者，明也。万物皆相见，南方之卦也。圣人南面而听天下，向明而治，盖取诸此也"[③]，意指帝王面向南方天将黎明即开始听政。正因为统治者想要"经道纬德，以勒皇迹"，所以就有了封禅文的写作需求。当然，并不是所有的帝皇都能封泰山禅梁父，需要有崇高的功绩与德行，"戒慎以崇其德，至德以凝其化，七十有二君，所以封禅矣"，警惕慎重使道德达于崇高，至上之德以化育万物，古代有七十二位君王因而到泰山封禅[④]。虽然刘勰依《管子·封禅》而为说，但强调君主需"戒慎崇德"，显然出于儒家思想。

在对封禅文进行溯源时，刘勰结合有关史料谈到了封禅的黄帝、舜帝、成王、康王以及想要封禅而被管仲阻止的齐桓公，并谈到了李斯替秦始皇写的《泰山刻石》。

> 昔黄帝神灵，克膺鸿瑞，勒功乔岳，铸鼎荆山。大舜巡岳，

---

① 参见简良如《〈文心雕龙〉之作为思想体系》，中国社会科学出版社2011年版，第160—161页。

② （魏）何晏等注，（宋）邢昺疏：《十三经注疏·论语注疏》，上海古籍出版社1997年版，第2460页。

③ （魏）王弼等注，（唐）孔颖达等正义：《十三经注疏·周易正义》，上海古籍出版社1997年版，第94页。

④ 此论原出《管子·封禅》："古者封泰山，禅梁甫者，七十有二家。"参见黎翔凤撰，梁运华整理《管子校注》，中华书局2004年版，第952—953页。

显乎《虞典》；成康封禅，闻之《乐纬》。及齐桓之霸，爰窥王迹；夷吾谲谏，拒以怪物。固知玉牒金镂，专在帝皇也。然则西鹣东鲽，南茅北黍，空谈非征，勋德而已。是以史迁"八书"，明述封禅者，固禋祀之殊礼，铭号之秘祝，祀天之壮观矣。秦皇铭岱，文自李斯，法家辞气，体乏弘润；然疏而能壮，亦彼时之绝采也。

黄帝生而神异能承受鸿大的祥瑞，刻石记功于泰山，铸鼎于荆山。舜帝巡狩岱岳的历史，记载于《尚书·舜典》。周成王、周康王封禅的事，《乐纬》有记载①。齐桓公成为霸主后，想仿效帝王举行封禅，被管仲以没有远方祥瑞（怪物）巧妙地制止。可见，用玉版金镂进行封禅大典，只有帝王才能举行。所以西方比翼鸟、东方比目鱼、南方三脊茅、北方鄗上黍②，都是经不起检验的虚妄之谈，管仲用这些怪物拒止齐桓公，目的只是说明封禅者需要有伟大的功德。司马迁的《史记》八书中有《封禅书》，明确说到封禅是祭祀天地的特殊典礼，刻石的秘密祷告，显示出祭天的壮观。秦始皇刻石泰山，铭文出自李斯，一派法家辞气，缺少弘润之气，但疏朗雄壮，是当时的最好作品。

本节论述中，有以下几处"依经立义"。一是"黄帝神灵"，典出《大戴礼记·五帝德》："黄帝，少典之子也，曰轩辕，生而神灵。"③二是"大舜巡岳，显乎《舜典》"，据《尚书·舜典》记载，舜帝"五载一巡守"，当年二月巡东岳泰山，五月巡南岳衡山，八月巡西岳华山，十一月巡北岳恒山，巡守四岳都要燔柴祭天④。

刘勰重点谈到了汉代的两篇封禅文。司马相如为汉武帝写的《封禅文》以及张纯为光武帝写的封禅文。"观相如《封禅》，蔚为唱首。

---

① 《乐纬》已佚。

② 黎翔凤撰，梁运华整理：《管子校注》，中华书局2004年版，第953页。按：原文元代已亡，此书据司马相如《封禅书》所载管子言而补之。

③ （清）王聘珍撰，王文锦点校：《大戴礼记解诂》，中华书局1983年版，第117页。

④ （汉）孔安国传，（唐）孔颖达等正义：《十三经注疏·尚书正义》，上海古籍出版社1997年版，第127页。

尔其表权舆，序皇王，炳玄符，镜鸿业；驱前古于当今之下，腾休明于列圣之上，歌之以祯瑞，赞之以介丘，绝笔兹文，固维新之作也。及光武勒碑，则文自张纯。首胤‘典’‘谟’，末同祝辞，引钩谶，叙离乱，计武功，述文德；事核理举，华不足而实有余矣！凡此二家，并岱宗实迹也。”司马相如的《封禅文》，是封禅文的首创。其中追述上古封禅的起始，叙说历代帝王的行迹，显示上天祥瑞，反映宏大功业，置前代古帝的勋绩于当今伟业之下，推崇武帝的贤明胜过以往的圣王，作歌赞颂祥瑞，劝汉武帝封禅。它是司马迁生前绝笔，本是一篇创新之作。张纯为光武帝封禅而写的文章，开篇模仿《尚书》的“典”“谟”，末尾如同祝辞，文中又引用谶纬，叙述离乱，历数武功，表述文德，说事切实道理明白，华采欠缺而朴实有余，这两家都是封禅文的真实例证。刘勰评论司马相如的封禅文为“维新之作”，“维新”出自《诗经·大雅·文王》“周虽旧邦，其命维新”[①]，此处义同“创新”；指出张纯的封禅文“首胤‘典’‘谟’”，也体现了依经立义的话语模式。

除司马相如和张纯以外，写作封禅文的还有多人，但并没有与之相应的封禅事迹。扬雄《剧秦美新》，班固《典引》，没有刻石记碑的真事发生，只是沿袭封禅文的体例。扬雄《剧秦美新》模仿司马相如，言辞诡谲隐约，兼有神怪之事；体制细致靡密，文辞通贯。班固《典引》所述，典雅而有文采，借鉴前代作品，能秉持中庸之道（“能执厥中”），文采斐然而颇为巧妙。所以班固说司马相如的《封禅文》华丽而不典雅，扬雄的《剧秦美新》典雅而不切实，难道不是后人评论前人的作品容易看得明白，遵循前人的体势容易发挥才力吗？至于邯郸淳的《受命述》，攀附以前的封禅文，平庸而缺少力量，不过是连缀韵脚的颂词，虽然文理有顺序，但没有飞腾的气势（“不能奋飞”）。陈思王曹植的《魏德论》，借客主对话行文，问答松缓迂远，何况长达千言，用力多而收效少，没有雄壮的气势。

---

① （汉）郑玄笺，（唐）孔颖达等正义：《十三经注疏·毛诗正义》，上海古籍出版社 1997 年版，第 503 页。

评论班固的《典引》“能执厥中”，这一评语显然来自儒家的中庸思想；评论邯郸淳《受命述》“不能奋飞”，这一评语也源自《诗经·邶风·柏舟》“静言思之，不能奋飞”①，此处指邯郸淳《受命述》力量微弱不能高飞。

在总结封禅文的大致体制与创作要领时，刘勰说：“兹文为用，盖一代之典章也。构位之始，宜明大体，树骨于‘训’‘典’之区，选言于宏富之路；使意古而不晦于深，文今而不坠于浅；义吐光芒，辞成廉锷，则为伟矣。虽复道极数殚，终然相袭，而日新其采者，必超前辙焉。”

“树骨于‘训’‘典’之区”明显是以《尚书》为榜样，“意古而不晦于今，文今而不坠于古”，意义古雅而不晦涩，文字新颖而不浮浅，A 而不 B 的连用，是中和之美的典型样式。“义吐光芒，辞成廉锷”，即意义显现光辉，文辞锋芒锐利，“义”“辞”配合，A 而 B，是中和之美的另一种典型样式②。可见，刘勰总结封禅文的写作体制时既突出其与《尚书》的密切联系，也充分地应用了中和之美的表现方式。

三 章表

章、表都是臣子对帝王的上书。“章以谢恩，表以陈情”，章用来答谢君恩并称颂君王功德，表用来表述个人情志。刘勰对这两种文体的论述也有“依经立体”。

刘勰首先在溯源上依经立义。“夫设官分职，高卑联事。天子垂珠以听，诸侯鸣玉以朝。‘敷奏以言，明试以功。’”设立各种官职分

① （汉）郑玄笺，（唐）孔颖达等正义：《十三经注疏·毛诗正义》，上海古籍出版社 1997 年版，第 297 页。

② 张国庆《中和之美——普遍艺术和谐观与特定艺术风格论》认为，“中和之美”有三种常见的表现形式：A 而 B、A 而不 B、亦 A 亦 B。此外，还有一种类型无法归入上述三种形式，称为“艺术整体和谐的表现形式”。参见张国庆《中和之美——普遍艺术和谐观与特定艺术风格论》，中央编译出版社 2009 年版，第 57—71 页。

管各种职务，上下合作处理政事。天子戴垂珠的冕旒听政，诸侯佩玉器上朝，君臣朝见无不佩玉。诸侯大臣进陈奏折，天子考验其言以论功行赏。这是古代的官制和规范，也是章表文产生的环境。其中"设官分职"出自《周礼·天官·冢宰》①，"联事"出自《周礼·天官·小宰》"以官府之六联，合邦治：一曰祭祀之联事，二曰宾客之联事……六曰敛弛之联事"②，"天子垂珠以听，诸侯鸣玉以朝"有取于《礼记·玉藻》"古之君子必佩玉……然后玉锵鸣也""朝则结佩"③，"敷奏以言，明试以功"出自《尚书·舜典》④，几乎所有的词汇都出自经典，整体地表达了"章表"产生的环境，依经而立义。

"故尧咨四岳，舜命八元。固辞再让之请，'俞往钦哉'之授，并陈辞帝庭，匪假书翰。然则'敷奏以言'，则章表之义也；'明试以功'，即授爵之典也。""尧咨四岳"见《尚书·舜典》⑤，"舜命八元"见《左传·文公十八年》⑥，"固辞再让之请，'俞往钦哉'之授"载于《尚书·舜典》⑦，伯益有再三谦让的陈请，舜帝有"敬慎对待"的任命，这些咨询、任命与辞让之言只是在朝廷里交流，并没有用书面

---

① （汉）郑玄注，（唐）贾公彦疏：《十三经注疏·周礼注疏》，上海古籍出版社1997年版，第639页。

② （汉）郑玄注，（唐）贾公彦疏：《十三经注疏·周礼注疏》，上海古籍出版社1997年版，第653页。

③ （汉）郑玄注，（唐）孔颖达等正义：《十三经注疏·礼记正义》，上海古籍出版社1997年版，第1482页。

④ （汉）孔安国传，（唐）孔颖达等正义：《十三经注疏·尚书正义》，上海古籍出版社1997年版，第127页。

⑤ 《尚书·尧典》："帝曰：'咨，四岳，汤汤洪水方割，荡荡怀山襄陵。'"参见（汉）孔安国传，（唐）孔颖达等正义《十三经注疏·尚书正义》，上海古籍出版社1997年版，第122页。

⑥ 《左传》文公十八年："高辛氏有才子八人：伯奋、仲堪、叔献、季仲、伯虎、仲熊、叔豹、季貍，忠肃恭懿，宣慈惠和，天下之民谓之八元。此十六族也。世济其美，不陨其名，以至于尧，尧不能举。舜臣尧……举八元，使布五教于四方：父义、母慈、兄友、弟恭、子孝。内平外成。"参见（晋）杜预注，（唐）孔颖达等正义《十三经注疏·春秋左传正义》，上海古籍出版社1997年版，第1862页。

⑦ 《尚书·舜典》："帝曰：'俞。咨禹！汝平水土，惟时惟懋哉！'禹拜稽首，让于稷、契暨皋陶。帝曰：'俞，汝往钦哉！'"孔传："然其所推之贤，不许其让，故使往宅百揆。"参见（汉）孔安国传，（唐）孔颖达等正义《十三经注疏·尚书正义》，上海古籍出版社1997年版，第130页。

文字和专门的文体来记述传达，但朝臣进言陈奏已具有“章表”的作用，天子明验其言以论功行赏就是以功授爵的仪式了，这就是“章表”使用的最初场合。

具体事例可参看伊尹前后两次写给太甲的书信。商王太甲即位后因不守常道被流放，伊尹作《伊训》进行劝诫，后来太甲服膺常道悔过自新，回归亳京，伊尹又写了三篇《太甲》来赞美他。用文书来贡献好的意见，去掉坏的缺点（“文翰献替”），从这里就可以见出了。刘勰用《尚书》中的经典篇目论证“文翰献替”，进而将其作为初始形态的“章表”，是“依经立义”。

周代借鉴夏商二代，礼仪更加丰富（“周鉴乎二代，文理弥盛”）。显然，这也是依《论语·八佾》“周鉴乎二代，郁郁乎文哉”而言。

> “再拜稽首”，对扬休命，承文受册，“敢当丕显”，虽言笔未分，而陈谢可见。降及七国，未变古式，言事于王，皆称上书。

臣子磕头再拜，对答天子的美好命令，接受天子的册命，敢于承担重大显耀的委任。“‘再拜稽首’，对扬休命”，可见《诗经·大雅·江汉》“（召）虎拜稽首，天子万年”“虎拜稽首，对扬王休”①。“承文受册，‘敢当丕显’”载于《左传·僖公二十八年》，周天子册封重耳为侯伯，晋侯三辞从命，曰：“重耳敢再拜稽首，奉扬天子之丕显休命。”② 召虎和重耳受命口谢，并不像后世有谢章上奏，但陈述答谢之意，是可以看到的。下及战国时代，没有改变这样的程式，臣子对君主陈述事情，都称作“上书”。从《诗经》《左传》有关言辞有“陈谢之意”，抽绎出一种“古式”，将此类“言事于王”的古式，称为“上书”，显然是“依经立义”。

秦代称“书”为“奏”，汉代则分为四类：章、奏、表、议。

---

① （汉）郑玄笺，（唐）孔颖达等正义：《十三经注疏·毛诗正义》，上海古籍出版社1997年版，第574页。

② （晋）杜预注，（唐）孔颖达等正义：《十三经注疏·春秋左传正义》，上海古籍出版社1997年版，第1826页。

> 章以谢恩，奏以按劾，表以陈请，议以执异。章者，明也。《诗》云“为章于天”，谓文明也；其在文物，赤白曰章。表者，标也。《礼》有《表记》，谓德见于仪。其在器式，揆景曰表。章表之目，盖取诸此也。

在溯源的过程中，刘勰很顺畅地对“章表”进行了释义。“章”用来叩谢皇恩，“奏”用来按察弹劾，“表”用来陈述情志，“议”用来提出异议。“章”就是“明”的意思，《诗经·大雅·棫朴》“为章于天”[①]说的就是文彩鲜明。按照《周礼·考工记》，就事物的文彩而言，红白相间就叫“章”[②]。“表”就是“标”（标明），《礼记》有《表记》篇，“以其记君子之德见于仪表者也”[③]，意思是君子之品德可从仪表中见出。称呼器物，测量日影的仪器就叫“表”。章表的名称大概由此而来。由释义来看，刘勰引用《诗经》《周礼》《礼记》来定义，显然是“依经立义”。

刘勰对章表文的例评也有“依经立义”之处。

> 昔晋文受册，三辞从命，是以汉末让表，以三为断。曹公称：为表不止三让，又勿得浮华；所以魏初表章，指事造实；求其靡丽，则未足美矣。

晋文受策，三辞从命，载于《左传·僖公二十八年》，后世辞让之表，以三次为限。后来曹操主张为表不以三让为限，又说不要浮华，所以汉初的章表指切事实，要从华丽的角度来衡量就不值得称赞了。此处引用《左传》说明“让表以三为断”，是“依经立义”，然而曹操

① （汉）郑玄笺，（唐）孔颖达等正义：《十三经注疏·毛诗正义》，上海古籍出版社 1997 年版，第 514 页。

② 《周礼·考工记》：“画缋之事，赤与白谓之章。”参见（汉）郑玄注，（唐）贾公彦疏《十三经注疏·周礼注疏》，上海古籍出版社 1997 年版，第 918 页。

③ （汉）郑玄注，（唐）孔颖达等正义：《十三经注疏·礼记正义》，上海古籍出版社 1997 年版，第 1638 页。

的主张有意打破此种规矩，但带来的后果一方面是“指切事实”，另一方面又算不上靡丽，这也是文质不符的一种表现。细思之下，刘勰似乎认为“表”还是要写得华丽。结合后文刘勰对章表写作要领的概括，“循名课实，以文为本者也”，刘勰重视章表的“华丽”于此可以看得更加清楚。

就章表的写作要领而言，“依经立义”也很明显。

> 原夫章表之为用也，所以对扬王庭，昭明心曲；既其身文，且亦国华。章以造阙，风矩应明；表以致禁，骨采宜耀：循名课实，以文为本者也。是以章式炳贲，志在“典”“谟”；使要而非略，明而不浅。表体多包，情伪屡迁，必雅义以扇其风，清文以驰其丽。然恳恻者辞为心使，浮侈者情为文屈，必使繁约得正，华实相胜，唇吻不滞，则中律矣。子贡云：“心以制之”“言以结之”，盖一辞意也。荀卿以为“观人美辞，丽于黼黻文章”，亦可以喻于斯乎！

“对扬王庭”融合《周易·夬·彖》“扬于王庭”[①] 和《诗经·大雅·江汉》“对扬休命”，“既其身文”语出《左传·僖公二十四年》“介之推曰：‘言，身之文也’”[②]，“且亦国华”典出《国语·鲁语》“季文子曰：‘吾闻以德荣为国华’”[③]。刘勰使用这些经典中的材料（《周易》《诗经》《左传》均为经典，《国语》虽非经典，但季文子“以德之荣为国华”的思想颇合于儒家的“以德为本”的思想），意在说明章表使用的场合是回报和颂扬朝廷恩德，以表明自己的情意；章表既体现个人的文才，也表现国家的荣耀，显然是“依经立义”。由此，刘勰总结章表的不同要求：章要送达王廷，所以风格规范要彰显；表也要进呈宫禁，其骨力要凸显出来：顾名思义，章表要以“文”为

① （魏）王弼等注，（唐）孔颖达等正义：《十三经注疏·周易正义》，上海古籍出版社 1997 年版，第 56 页。

② （晋）杜预注，（唐）孔颖达等正义：《十三经注疏·春秋左传正义》，上海古籍出版社 1997 年版，第 1817 页。

③ 徐元诰撰，王树民、沈长云点校：《国语集解》，中华书局 2002 年版，第 173 页。

本。章的体式文彩炳曜，意在仿效《尚书》中的"典""谟"，使之简明扼要而不粗略肤浅；表的体裁覆盖面广，情感内容不断变化，一定要用雅正的意义来加强其感染力，以清新的文风来驾驭辞藻。要使繁约适当，华实互辅，音调流畅。子贡所说的"心以制之、言以结之"就是指文辞与心意要一致。荀卿的"观人美辞，丽于黼黻文章"（让别人看到你的美文华辞，比文彩交织的黼黻文章还要华丽）[①]，也说明了章表"以文为本"的特点。这里，刘勰把《尚书》的"典""谟"当作"章"体的典范，要求"章"体典雅体要，"表"体义雅文清，又断章取义地引用《左传·哀公十二年》子贡的话"盟，所以周信也。故心以制之，玉帛以奉之，言以结之，明神以要之"[②]，说明章表都重视"文"，强调繁约得正，华实相胜，词意一致，正是"依经立义"。

四　奏启

"奏启"和"章表"一样，都是臣子对君主的上书，但其含义与体制又明显不同。刘勰在论述"奏启"时，也"依经"而立义。先看"奏"体的有关论述。

首先，刘勰对"奏"的溯源与定义是"依经立义"。

> 昔唐、虞之臣，敷奏以言；秦、汉之辅，上书称奏。陈政事，献典仪，上急变，劾愆谬，总谓之奏。奏者，进也。言敷于下，情进于上也。

"敷奏以言"出自《尚书·舜典》"敷奏以言，明试以功，车服以

---

① 刘勰此处引文与今本《荀子》略异。《荀子·非相》有言："观人以言，美于黼黻、文章；听人以言，乐于钟鼓琴瑟。故君子之于言无厌。"参见（清）王先谦撰，沈啸寰、王星贤点校《荀子集解》，中华书局1988年版，第84页。笔者按："观人美辞"，应按《荀子集解》杨倞注，理解为使动用法，"观人以言，谓使人观其言"，现有《文心雕龙》译本多有误。

② （晋）杜预注，（唐）孔颖达等正义：《十三经注疏·春秋左传正义》，上海古籍出版社1997年版，第2170页。

庸”，王肃注：“敷，陈；奏，进也。诸侯四朝，各使进陈治理之言，明试其言以要其功，功成则赐车服以表显其能用。”① 也就是说，“奏”最早可溯源到唐尧虞舜时代臣子向部落联盟首领进言献奏。秦汉时代的辅臣向皇帝上书也称“奏”。其内容大体包括：陈述政治事务，进献典章礼仪，呈报紧急事变，弹劾罪过错误，等等。“奏”就是“进”，下臣陈言于下，下情进呈于君上。显然，从溯源与定义两方面来看，刘勰都是依《尚书》而立义。

刘勰对“奏”的例文评点，体现了“依经立义”的理论范式。

> 秦始立奏，而法家少文。观王绾之奏勋德，辞质而义近；李斯之奏骊山，事略而意诬：政无膏润，形于篇章矣。自汉以来，奏事或称上疏；儒雅继踵，殊采可观。若夫贾谊之务农，晁错之兵事，匡衡之定郊，王吉之劝礼，温舒之缓狱，谷永之谏仙：理既切至，辞亦通畅，可谓识大体矣。后汉群贤，嘉言罔伏：杨秉耿介于灾异，陈蕃愤懑于尺一，骨鲠得焉；张衡指摘于史职，蔡邕铨列于朝仪，博雅明焉。魏代名臣，文理迭兴：若高堂天文，黄观教学，王朗节省，甄毅考课，亦尽节而知治矣。晋氏多难，灾屯流移；刘颂殷勤于时务，温峤恳恻于费役，并体国之忠规矣。

刘勰认为，王绾上奏歌颂秦始皇功德，文辞质直而意义浅显②，李斯《治骊山陵上书》叙述简略而虚饰③，大概是政治上刻薄寡恩，文章上就缺乏文采。这一段论述与《礼记·乐记》“声音之道，与政

① （汉）孔安国传，（唐）孔颖达等正义：《十三经注疏·尚书正义》，上海古籍出版社 1997 年版，第 127 页。

② 《史记·秦始皇本纪》：“丞相王绾、御史大夫冯劫、廷尉李斯等皆曰：‘昔者五帝……今陛下兴义兵，诛残贼，平定天下，海内为郡县，法令由一统，自上古以来未尝有，五帝所不及。’”参见（汉）司马迁《史记》，中华书局 1959 年版，第 236 页。

③ 《全秦文》载李斯《治骊山陵上书》：“臣所将隶徒七十二万人治骊山者，已深已极，凿之不入，烧之不燃，叩之空空，如下天状。”按：天本在上，此言“下天状”，意指骊山陵像倒过来的天一样深远，故刘勰称“诬”（虚假）。参见（清）严可均辑《全上古三代秦汉三国六朝文·全秦文》，商务印书馆 1999 年版，第 224 页。

通矣"暗合。自汉朝以来，奏事也称为"上疏"。随着儒雅之士接踵而来，奏疏的文采非常可观。"儒雅继踵，殊采可观"，可见出刘勰对儒家文化的肯定态度。贾谊、晁错、匡衡、王吉、路温舒、谷永等的上疏，道理很中肯，文辞也畅达，可以说掌握了奏章写作的要领。后汉的群才，美好的言论无所隐伏，杨秉耿直地借灾异进行劝谏①，陈蕃在奏章中表达对诏书选举不公的愤懑②，体现了耿直的骨气。张衡指责司马迁、班固史书录事不实，蔡邕论列朝廷礼仪不当之处，说明两人见识广博。"嘉言罔伏"有取于《尚书·大禹谟》"嘉言罔攸伏"，意即美好的言论不会被埋没，刘勰借用此语，意为美好的言论必然发表出来，从所举例证来看，杨秉、陈蕃两书之"嘉"即"骨鲠得焉"，张衡、蔡邕两书之"嘉"即"博见明焉"，这是"依经"而立义并有例证支撑。至于魏代的高堂隆上疏借天象异变来警诫魏明帝③，黄观上疏主张教学④，王朗奏疏主张节省⑤，甄毅奏疏谈官员考核⑥，等等，都可算尽臣子应尽之节，懂得国家治理之道。晋代的刘颂关切

---

① 《后汉书·杨秉传》:"（桓）帝时微行，私过幸河南尹梁胤府舍。是日大风拔树，昼昏。秉因上疏谏曰：'……王者至尊，出入有常……况以先王法服而私出盘游……设有非常之变，任章之谋，上负先帝，下悔靡及。'"参见（南朝宋）范晔撰，（唐）李贤等注《后汉书》，中华书局1965年版，第1769—1770页。

② 《后汉书·陈蕃传》:"时封赏逾制，内宠猥盛。蕃乃上疏谏曰：'……夫狱以禁止奸违，官以称才理物，若法亏于平，官失其人，则王道有缺。而今天下之论，皆谓狱由怨起，爵以贿成。夫不有臭秽，则苍蝇不飞，陛下宜采求失得，择从忠善。尺一选举，委尚书三公，使褒责诛赏，各有所归，岂不幸甚！'"参见（南朝宋）范晔撰，（唐）李贤等注《后汉书》，中华书局1965年版，第2161—2162页。

③ 《三国志·魏书·高堂隆传》:（青龙中）有星孛于大辰。隆上疏曰："……今之宫室，实违礼度，乃更建立九龙，华饰过前。天彗章灼，始起于房、心，犯帝座而干紫微。此乃皇天子爱陛下，是以发教戒之象……欲必觉寤陛下……不宜有忽，以重天怒。"参见（三国）陈寿撰，（晋）裴松之注《三国志》，中华书局1959年版，第711页。

④ 其疏无考。

⑤ 《全三国文》王朗《奏宜节省》:"夫所以极奢者，大抵多受之于秦余。……岂夫当今隆兴盛明之时，祖述尧舜之际，割奢务俭之政，除繁崇省之令，详刑慎罚之教，所宜希羡哉！……宜因年之大丰，遂寄军政于农事，吏士大小，并劝稼穑。"参见（清）严可均辑《全上古三代秦汉三国六朝文·全三国文》，商务印书馆1999年版，第217页。

⑥ 《太平御览》卷二百一十五引《魏名臣奏》，驸马都尉甄毅奏曰："……今尚书郎，皆天下之选，才技锋出，亦欲骋其能于万乘之前，宜如故事，令郎口自奏事，自处当。"参见（宋）李昉等撰《太平御览》卷二百一十五，中华书局1960年影印本，第1028页上栏。

时务[①]，温峤痛切地谏止民力耗费，都是体察国情的忠诚规劝。“体国”语出《周礼·天官·序官》“惟王建国，辨正方位，体国经野，设官分职，以为民极”[②]，泛指治理国家。刘勰所引魏晋两代奏疏，其内容都偏重于治国理政，正合乎“体国经野，以为民极”（治理国家，作为百姓的榜样），也是“依经立义”。

在论述“奏”的写作要领时，刘勰“依经立义”理论范式很明显。

> 夫奏之为笔，固以明允笃诚为本，辨析疏通为首。强志足以成务，博见足以穷理，酌古御今，治繁总要，此其体也。

“奏”这种文体，本来就是以明察允当忠厚诚信为本、明辨是非通达事理为首。记忆力强有助于办成事务，见识广博有助于通达事理，参酌古代的经验驾驭当今的问题，以简驭繁抓住要领，这就是“奏”体的总体要求。“明允笃诚”出自《左传·文公十八年》“昔高阳氏有才子八人……齐圣广渊，明允笃诚，天下之民谓之八恺。”杜注：“允，信也；笃，厚也。”[③] “成务”，成就事务，出自《周易·系辞下》“开物成务”[④]，“博见”与《中庸》“博学之……”[⑤] 相通，“穷理”来自《周易·说卦》“穷理尽性以至于命”[⑥]，刘勰借用这些材料，建构起“奏”体的总体要求，是“依经立义”。

此外，刘勰还对一种特殊的“奏”——按劾之奏进行了申述，其

---

① 《晋书·刘颂传》：“颂在郡上疏曰：‘……振领总纲，要在三条。凡政欲静，静在息役，息役在无为；仓廪欲实，实在利农，利农在平粜；为政欲著信，著信在简贤，简贤在官久。’”（唐）房玄龄等撰：《晋书》，中华书局1974年版，第1306页。

② （汉）郑玄注，（唐）贾公彦疏：《十三经注疏·周礼注疏》，上海古籍出版社1997年版，第639页。

③ （晋）杜预注，（唐）孔颖达等正义：《十三经注疏·春秋左传正义》，上海古籍出版社1997年版，第1862页。

④ （魏）王弼等注，（唐）孔颖达等正义：《十三经注疏·周易正义》，上海古籍出版社1997年版，第81页。

⑤ （汉）郑玄注，（唐）孔颖达等正义：《十三经注疏·礼记正义》，上海古籍出版社1997年版，第1632页。

⑥ （魏）王弼等注，（唐）孔颖达等正义：《十三经注疏·周易正义》，上海古籍出版社1997年版，第93页。

中的“依经立义”也很清楚。

> 若乃按劾之奏，所以明宪清国。昔周之太仆，“绳愆纠谬”；秦有御史，职主文法；汉置中丞，总司按劾；故位在鸷击，砥砺其气，必使笔端振风，简上凝霜者也。观孔光之奏董贤，则实其奸回；路粹之奏孔融，则诬其衅恶。名儒之与险士，固殊心焉。若夫傅咸劲直，而按辞坚深；刘隗切正，而劾文阔略：各其志也。

按劾之“奏”，用来严明纲纪整肃国政。周代、秦代、汉代都有专门官职负责按察弹劾。其中，《尚书》记载穆王命伯冏为周太仆正，奉王命“绳愆纠谬，格其非心”①，这是“依经”。“故位在鸷击，砥砺其气，必使笔端振风，简上凝霜”，居按劾之官就像搏击猎物的猛禽，所以其奏疏要磨砺出威猛的气势，必须文笔带劲风、文牍显肃杀，这是“立义”。刘勰还从正反两面举例说明按劾之奏的不同风格。孔光弹劾董贤，如实陈述他的奸诈邪佞，路粹弹劾孔融则是诬陷他的罪恶；这是名儒与奸险小人的区别。傅咸的按劾之奏刚劲深刻，刘隗的按劾之奏文字粗略。

> 后之弹事，迭相斟酌，惟新日用，而旧准弗差。然函人欲全，矢人欲伤；术在纠恶，势必深峭。《诗》刺谗人，“投畀豺、虎”；《礼》疾无礼，方之鹦、猩。墨翟非儒，目以羊、彘；孟轲讥墨，比诸禽兽。《诗》《礼》儒墨，既其如兹；奏劾严文，孰云能免？

此后的纠弹之文，对前代有参考借鉴，虽用词新异但仍遵从以往的标准。就像制造铠甲的人意在保全人体，做弓箭的人意在伤人一样，纠弹之奏意在纠察罪恶，所以也像弓箭一样尖锐严刻。《诗经》讽刺

---

① （汉）孔安国传，（唐）孔颖达等正义：《十三经注疏·尚书正义》，上海古籍出版社 1997 年版，第 246 页。

进谗之人说将他扔给豺狼老虎①；《礼记》痛恨无礼之人，将其比为鹦鹉、猩猩②；墨翟攻击儒家，将其视为猪羊③；孟子讥讽墨家，将其比作禽兽④。《诗经》《礼记》所载的讽刺与疾恨、儒墨两家的互相攻击，如此激烈、如此尖锐，奏劾纠弹这样的严厉文体，怎么能避免这种情况呢？不难看出，刘勰以《诗经》《礼记》《孟子》等经典材料为例⑤，论证纠弹之奏“术在纠恶，势必深峭”，也就是按劾之奏的风格必定深刻严厉，“依经”而“立义”。

按劾之奏“术在纠恶，势必深峭”，但近世文人所写奏疏又走过头了。

> 近世为文，竞于诋诃，吹毛取瑕，次骨为戾，复似善骂，多失折衷。若能辟礼门以悬规，标义路以植矩，然后逾垣者折肱，捷径者灭趾，何必躁言丑句，诟病为切哉！是以立范运衡，宜明体要。必使理有典刑，辞有风轨；总法家之裁，秉儒家之文，“不畏强御”，气流墨中；“无纵诡随”，声动简外，乃称绝席之雄，直方之举耳。

近世文人的按劾奏章竞相诋毁诃责，吹毛求疵，恨入骨髓的暴虐，再加上有些奏疏近似于谩骂，大多有失公允。刘勰给出的解决方案是：现实政治层面，朝廷应该开辟礼门义路以确立规矩，打断翻墙者

---

① 《诗经·小雅·巷伯》：“取彼谮人，投畀豺虎。豺虎不食，投之有北。有北不受，投畀有昊。”参见（汉）郑玄笺，（唐）孔颖达等正义《十三经注疏·毛诗正义》，上海古籍出版社1997年版，第456页。

② 《礼记·曲礼（上）》：“鹦鹉能言，不离飞鸟；猩猩能言，不离禽兽。今人而无礼，虽能言，不亦禽兽之心乎！”参见（汉）郑玄注，（唐）孔颖达等正义《十三经注疏·礼记正义》，上海古籍出版社1997年版，第1231页。

③ 《墨子·非儒下》：“贪于饮食，惰于作务，陷于饥寒，危于冻馁，无以违之。是若乞人，鼸鼠藏，而羝羊视，贲彘起。”参见（清）孙诒让撰，孙启治点校《墨子间诂》，中华书局2001年版，第291—292页。

④ 《孟子·滕文公下》：“杨氏为我，是无君也；墨氏兼爱，是无父也。无父无君，是禽兽也。”参见（汉）赵岐注，（宋）孙奭疏《十三经注疏·孟子注疏》，上海古籍出版社1997年版，第2714页。

⑤ 墨子非儒，虽不出于儒家经典，但也与儒家直接相关。

（“逾垣者”[1]）的胳膊，不走大路抄小路（走邪路者）的就伤他的脚趾；奏文方面，弹劾的奏章何必用暴躁的言辞、丑陋的文句甚至非议辱骂来显示弹劾者的激烈愤慨呢？刘勰得出的结论是：按劾之奏要建立规范实行标准，要明了其体制要求。一定要使“理”合乎典范，“辞”富有感染力，汇总法家裁量标准，秉持儒家文情，“不畏强暴”，正气流贯于文字之中；“不放纵诡谲从恶的人”，声势震动达于简牍之外，这才算是备受敬重的满座之上的雄才。内直外方的壮举。

刘勰总评按劾之奏“多失折衷”，“折衷”与《章句》篇“折之中和”、《附会》篇“以裁厥中”同义，是儒家中和思想的重要术语（见第十二章）。刘勰给出的解决方案中，“礼门义路”语本《孟子·万章下》：“夫义，路也；礼，门也。惟君子能由是路，出入是门也”[2]；“逾垣者”语出《尚书·费誓》[3]，“折肱”语出《左传·定公十三年》“三折肱知为良医”[4]，“灭趾”语出《周易·噬嗑》初九爻辞“屦校灭趾”[5]。刘勰所作结论中，“理有典刑”的“典刑”来自《诗经·大雅·荡》“虽无老成人，尚有典刑”[6]，“秉儒家之文”直接表明按劾之奏应该遵从儒家思想，“不畏强御”出自《诗经·大雅·烝民》“不侮孤寡，不畏强御”[7]（此诗在《左传·文公十年》和《左传·定公四

---

① “逾垣者”，语出《尚书·费誓》“无敢寇攘，逾垣墙，窃马牛，诱臣妾，汝则有常刑”。参见（汉）孔安国传，（唐）孔颖达等正义《十三经注疏·尚书正义》，上海古籍出版社 1997 年版，第 255 页。

② （汉）赵岐注，（宋）孙奭疏：《十三经注疏·孟子注疏》，上海古籍出版社 1997 年版，第 2745 页。

③ （汉）孔安国传，（唐）孔颖达等正义：《十三经注疏·尚书正义》，上海古籍出版社 1997 年版，第 255 页。

④ （晋）杜预注，（唐）孔颖达等正义：《十三经注疏·春秋左传正义》，上海古籍出版社 1997 年版，第 2150 页。

⑤ （魏）王弼等注，（唐）孔颖达等正义：《十三经注疏·周易正义》，上海古籍出版社 1997 年版，第 37 页。

⑥ （汉）郑玄笺，（唐）孔颖达等正义：《十三经注疏·毛诗正义》，上海古籍出版社 1997 年版，第 554 页。

⑦ （汉）郑玄笺，（唐）孔颖达等正义：《十三经注疏·毛诗正义》，上海古籍出版社 1997 年版，第 569 页。

年》两次被称引），“无纵诡随”出自《诗经·大雅·民劳》①，“直方之举”取自《周易·坤·文言》“直，其正也；方，其义也。君子敬以直内，义以方外”②。可见，刘勰对按劾之奏的相关论述是“依经立义”。再看刘勰对“启”的论述中的“依经立义”。

> 启者，开也。高宗云：“启乃心，沃朕心”，盖其义也。孝景讳启，故两汉无称。至魏国笺记，始云“启闻”；奏事之末，或云“谨启”。自晋来盛启，用兼表奏。陈政言事，既奏之异条；让爵谢恩，亦表之别干。必敛御入规，促其音节，辨要轻清，文而不侈，亦启之大略也。

“启”即“开”。商王武丁所说：“启乃心，沃朕心”③（开启你的心扉，灌溉我的心田），说的就是“开”的意思。汉景帝名启，所以两汉避讳不称“启”。魏国笺记才开始用“启闻”，奏事的末尾，有时也说“谨启”。晋代以来流行“启”，兼有表、奏的作用。陈述政事时，启是奏的分支；辞让爵禄拜谢皇恩时，启是表的不同样式。必控驭文笔合乎规范，使文句音节紧凑，论述简要轻脆明快，有文采而不过分，这是启的基本要求。将“启”的定义与《尚书·说命上》武丁之言联系起来，体现了刘勰“依经立义”的话语模式。

“表”因为准确切实，又称“谠言”。“谠者，无偏也。王道有偏，乖乎荡荡，矫正其偏，故曰‘谠言’也”，“谠”就是没有偏差，《尚书·洪范》“无偏无党，王道荡荡；无党无偏，王道平平；无反无侧，王道正直”④，王道有偏就会与宽宏大道相背离，纠正偏差所以叫“谠

① （汉）郑玄笺，（唐）孔颖达等正义：《十三经注疏·毛诗正义》，上海古籍出版社1997年版，第548页。

② （魏）王弼等注，（唐）孔颖达等正义：《十三经注疏·周易正义》，上海古籍出版社1997年版，第19页。

③ （汉）孔安国传，（唐）孔颖达等正义：《十三经注疏·尚书正义》，上海古籍出版社1997年版，第174页。

④ （汉）孔安国传，（唐）孔颖达等正义：《十三经注疏·尚书正义》，上海古籍出版社1997年版，第190页。

言”。汉成帝称赞班伯的“谠言”，看重的就是他的耿直。可见，刘勰关于“谠言”的说法取义于经典；将“表”和“谠言”等同起来，又引用经典说明其中的关联，也是“依经立义”。

> 自汉置八仪，密奏阴阳；皂囊封板，故曰“封事”。晁错受《书》，还上“便宜”。后代“便宜”，多附封事，慎机密也。夫王臣匪躬，必吐謇谔；事举人存，故无待泛说也。

汉代设置八仪之职，秘密上奏阴阳变化，用黑色帛袋密封简板，故称为“封事”。晁错受命学习《尚书》，回来后上疏陈述“便利宜行”之事。后代所谓便利宜行之事大多附有“封事”，是为了谨慎地保守机密。作为帝王臣子不计较自身得失，一定要倾吐直言，所言之事能贯彻实施，建言者也因此长留其名，这些与“启”有关之处就不再多言。此处“王臣匪躬，必吐謇谔”出于《周易·蹇》六二卦辞“王臣蹇蹇，匪躬之故”①，“事举人存”出自《礼记·中庸》“其人存，则其政举”②，刘勰引用两处经典，意在说明“启”之作本是由于王臣不计个人利益而忠言直谏君国大事，结果所言之事得以实施，王臣也因此青史留名，也是“依经立义”。

值得注意的是，《奏启》篇的赞语有言：“虽有次骨，无或肤浸”，意思是说即使奏文对邪恶言行有深入骨髓的揭露，也不能有丝毫的诬陷。“无或肤浸”的“肤浸”，典出《论语·颜渊》“浸润之谮，肤受之诉，不行焉，可谓明也已矣；浸润之谮，肤受之诉，不行焉，可谓远也已矣。”③ 郑（玄）曰：“谮人之言如水之浸润，渐以成之。”马

① （魏）王弼等注，（唐）孔颖达等正义：《十三经注疏·周易正义》，上海古籍出版社1997年版，第51页。

② （汉）郑玄注，（唐）孔颖达等正义：《十三经注疏·礼记正义》，上海古籍出版社1997年版，第1629页。

③ （魏）何晏等注，（宋）邢昺疏：《十三经注疏·论语注疏》，上海古籍出版社1997年版，第2503页。

（融）曰：“肤受之诉，皮肤外语，非其内实。”[1]“肤浸”就是指不实之语、诬陷之言。显然，赞语中的“虽有次骨，无或肤浸”也是“依经立义”。此外，赞语“皂饰司直，肃清风禁”的“司直”也来自经典：《诗经·郑风·羔裘》“彼其之子，邦之司直”，毛传：“司，主也”[2]，“司直”意为主持正义、正人过失的官吏。

五 议对

“议对”是臣下用于议政和对策的文体，“议”就朝廷政事进行商讨议论，与奏疏一样是为皇帝判断决策提供参考，因此“奏议”常并称；“对”是应对皇帝的咨询，也常常提出相应的策略，所以“对策”常连用。当然，“议”“对”本身也并非壁垒分明，回答皇帝提问时也能就事发表议论。[3] 以下就“议对”两体的“依经立义”情况进行分析。先看“议”体。

刘勰依经而释“议”。

> “周爰咨谋”，是谓为议。议之言宜，审事宜也。《易》之《节卦》，“君子以制数度，议德行”。《周书》曰：“议事以制，政乃弗迷。”议贵节制，经典之体也。

“周爰咨谋”出自《诗经·小雅·皇皇者华》“载驰载驱，周爰咨谋”，毛传：“忠信为周，访问于善为咨，咨事之难易为谋”[4]，使臣广泛咨询访问，为补其不及而尽职。“议”的意思是适宜，审查事理是否相

---

① （魏）何晏等注，（宋）邢昺疏：《十三经注疏·论语注疏》，上海古籍出版社1997年版，第2503页。

② （汉）郑玄笺，（唐）孔颖达等正义：《十三经注疏·毛诗正义》，上海古籍出版社1997年版，第340页。

③ 张国庆、涂光社：《〈文心雕龙〉集校、集释、直译》，中国社会科学出版社2015年版，第453页。

④ （汉）郑玄笺，（唐）孔颖达等正义：《十三经注疏·毛诗正义》，上海古籍出版社1997年版，第407页。

宜。《周易·节》卦辞说"君子制定规则法度，议论德行"，《尚书·周官》说"按规则和制度议事，政治就不会迷失"。引用《诗经》的"周爰咨谋"，说明了"议"的方式；引用《周易》和《尚书》，说明了"议贵节制"，这是"议"在经典中的体制规范。显然，刘勰是依经释"议"。

从"议"的溯源来看，刘勰主要是以经典为其来源：

> 昔管仲称轩辕有"明台之议"，则其来远矣。洪水之难，尧咨四岳；百揆之举，舜畴五臣。三代所兴，询及刍荛。春秋释宋，鲁僖预议。及赵灵胡服，而季父争论；商鞅变法，而甘龙交辩：虽宪章无算，而同异足观。

"明台"，传说为黄帝议政之所。《管子·桓公问》曰："黄帝立明台之议者，上观于贤也。"[①] 这说明"议"来源久远。"洪水之难，尧咨四岳"载于《尚书·尧典》[②]；"百揆之举，舜畴五臣"事见《尚书·舜典》[③]；"三代所兴，询于刍荛"语本《诗经·大雅·板》"先民有言，询于刍荛"[④]；"春秋释宋，鲁僖预议"载于《左传·僖公二十一年》[⑤]，宋襄公被楚军俘虏，鲁僖公与楚成王等会盟，劝楚成王释放宋襄公。这些都是儒家经典中记录的"议"的情形。赵武灵王改胡服同他叔父争论，商鞅变法前也同甘龙争辩，前者记于《史记·赵世家》，后者可见《史记·商君列传》，这些议论虽然没有记入儒家

---

① 黎翔凤撰，梁运华整理：《管子校注》，中华书局2004年版，第1047页。

② 《尚书·尧典》："帝曰：'咨，四岳！汤汤洪水方割，荡荡怀山襄陵，浩浩滔天，下民其咨！有能俾乂？'佥曰：'于！鲧哉！'"参见（汉）孔安国传，（唐）孔颖达等正义《十三经注疏·尚书正义》，上海古籍出版社1997年版，第122页。

③ 《尚书·舜典》："咨，四岳！有能奋庸熙帝之载，使宅百揆，亮采惠畴。"此后命禹作司空，弃作后稷，契作司徒，皋陶作士，垂作共工。所谓五臣，即指禹、弃、契、皋陶、垂。参见（汉）孔安国传，（唐）孔颖达等正义《十三经注疏·尚书正义》，上海古籍出版社1997年版，第130—131页。

④ （汉）郑玄笺，（唐）孔颖达等正义：《十三经注疏·毛诗正义》，上海古籍出版社1997年版，第549页。

⑤ 《春秋传》僖公二十一年："十有二月，癸丑，公会诸侯盟于薄，释宋公。"参见（晋）杜预注，（唐）孔颖达等正义《十三经注疏·春秋左传正义》，上海古籍出版社1997年版，第1811页。

经典，还是可以看出其与儒家经典中的“议”的同与异。

就其选文定篇而言，“依经立义”的情形也显而易见。

> 迄至有汉，始立驳议。驳者，杂也；杂议不纯，故曰驳也。自两汉文明，楷式昭备；“蔼蔼多士”“发言盈庭”。若贾谊之遍代诸生，可谓捷于议也。至如吾丘之驳挟弓，安国之辩匈奴，贾捐之之陈于珠崖，刘歆之辨于祖宗：虽质文不同，得事要矣。若乃张敏之断轻侮，郭躬之议擅诛；程晓之驳校事，司马芝之议货钱；何曾蠲出女之科，秦秀定贾充之谥：事实允当，可谓达议体矣。汉世善驳，则应劭为首；晋代能议，则傅咸为宗。然仲瑗博古，而铨贯有叙；长虞识治，而属辞枝繁；及陆机《断议》，亦有锋颖，而腴辞弗剪，颇累文骨。亦各有美，风格存焉。

汉代开始设立“驳议”的体制，“驳”就是“杂多”，多种议论不一致，所以叫“驳论”。两汉文明昌盛，各种体式完备，人才济济，各种言论充斥于朝廷。贾谊、吾丘寿王、韩安国、贾捐之、刘歆有多种“议”，虽然或朴质或华丽，但都能抓住事理的要领。又有张敏、郭躬、程晓、司马芝、何曾、秦秀等的“议”文，事理公允恰当，可说通达于“议”体了。应劭博通古事而条贯有序，傅咸懂得治世之道而文辞繁缛，陆机的《〈晋书〉断限议》写得很有锋芒但文辞臃肿。此处的“蔼蔼多士”来自《诗经·大雅·卷阿》“蔼蔼王多吉士”①，“发言盈庭”来自《诗经·小雅·小旻》“谋夫孔多，是用不集，发言盈庭”②，刘勰依据经典而对汉代的议体作总体评价。在具体的例文点评中，一类被称赞为“得事要”，另一类被称赞为“达议体”，“体”“要”两字源于《尚书·周书》“辞尚体要”。在《议对》篇中，“要”指语辞应抓住

① （汉）郑玄笺，（唐）孔颖达等正义：《十三经注疏·毛诗正义》，上海古籍出版社 1997 年版，第 546 页。

② （汉）郑玄笺，（唐）孔颖达等正义：《十三经注疏·毛诗正义》，上海古籍出版社 1997 年版，第 449 页。原意为谋划的人很多，但敢决断、敢担责的人却没有（“谁敢执其咎?”），刘勰借用“发言盈庭”，只是形容两汉写“议”的人很多。

事物的要领；“体”指语辞应符合文体规范。这是“依经而评文”。

就议体的写作要领而言，“依经立义”的情形也属显见。

> 夫动先拟议，“明用稽疑”，所以敬慎群务，弛张治术。故其大体所资，必枢纽经典。采故实于前代，观通变于当今；理不谬摇其枝，字不妄舒其藻。又郊祀必洞于礼，戎事必练于兵，佃谷先晓于农，断讼务精于律。然后标以显义，约以正辞。文以辨洁为能，不以繁缛为巧；事以明核为美，不以环隐为奇：此纲领之大要也。若不达政体，而舞笔弄文，支离构辞，穿凿会巧，空骋其华，固为事实所摈；设得其理，亦为游辞所埋矣。昔秦女嫁晋，从文衣之媵，晋人贵媵而贱女；楚珠鬻郑，为薰桂之椟，郑人买椟而还珠。若文浮于理，末胜其本，则秦女楚珠，复存于兹矣。

首先，“议”要有敬慎的态度。“动先拟议，明用稽疑，所以敬慎群务，弛张治术”，行动之先要有计划谋议，凡有疑惑必须考察明白，这样才能敬慎庄重地对待各种政务，有张有弛地施行治理之法。“动先拟议”暗引《周易·系辞上》“拟之而后言，议之而后动，拟议以成其变化”[①]，“明用稽疑”出自《尚书·洪范》[②]，“弛张治术”暗引《礼记·杂记下》“张而不弛，文、武不能也，弛而不张，文、武不为也；一张一弛，文、武之道也”[③]，刘勰引用这些经典材料，用来表达“议”要有敬慎态度，“依经”而“立论”。

其次，“议”要注意古今结合。“大体所资，必枢纽经典。采故实于前代，观通变于当今”，要以经典为关键，采用前代的典故，密切联系现实情况，注意其中的通贯与变化。“通变”是《周易》的重要

① （魏）王弼等注，（唐）孔颖达等正义：《十三经注疏·周易正义》，上海古籍出版社1997年版，第79页。

② （汉）孔安国传，（唐）孔颖达等正义：《十三经注疏·尚书正义》，上海古籍出版社1997年版，第188页。

③ （汉）郑玄注，（唐）孔颖达等正义：《十三经注疏·礼记正义》，上海古籍出版社1997年版，第1567页。

思想，也是儒家经典的重要精神。

再次，要突出主干、精练简约。“理不谬摇其枝”即突出主干，使事理简明扼要；“字不妄舒其藻”即辞藻精简。两方面的结合，符合《尚书·周书》“辞尚体要”的精神。“标以显义，约以正辞，文以辨洁为能，不以繁缛为巧；事以明核为美，不以环隐为奇”，“标以显义”即标示其显明的义理，“约以正辞”即用中规中矩的言辞来精约地表述，文字清晰简洁而不繁缛，事义简明扼要而没有曲折隐晦的奇异。显然，刘勰此论符合《尚书·周书》“辞尚体要，弗惟好异”的思想。

如果不能通达政务，就舞弄文笔，支离破碎地拼凑文辞，穿凿附会地运用技巧，徒劳无益地驰骋华采，必然为实用所抛弃；即使有些道理，也会被游离的文辞淹没。秦人嫁女，陪嫁的妾衣着华丽，晋人重视妾而轻视秦王之女；楚人在郑国卖珠宝，用名贵香料熏过的盒子来装，郑人买了盒子却把珠宝还回，如果文淹没了质，末胜过了本，秦人嫁女、郑人还珠的故事又将重演了。刘勰所谓“支离构辞”“游辞”来源于《周易·系辞下》“将叛者其辞惭；中心疑者其辞枝；吉人之辞寡；躁人之辞多；诬善之人其辞游，失其守者其辞屈”①，刘勰借用来表示文辞的支离破碎、游离主旨、中心不明等情况，与经典中的意义有所区别。此外，“末胜其本”借鉴了《礼记·大学》“其本乱而末治者，否矣”② 的思想。

最后，要对所“议”对象精熟于心。“议”的对象如果是祭祀就要透彻了解礼制，如果和军事有关就一定熟悉用兵之道，如果和种植庄稼有关就一定先得通晓农事，如果事关狱讼就一定要精于律法。此一条没有引用经典，但其所举四项内容，也与儒家思想密切相关。《左传·成公十三年》有言，“国之大事，在祀与戎”③，刘勰所举前两

① （魏）王弼等注，（唐）孔颖达等正义：《十三经注疏·周易正义》，上海古籍出版社 1997 年版，第 91 页。

② （汉）郑玄注，（唐）孔颖达等正义：《十三经注疏·礼记正义》，上海古籍出版社 1997 年版，第 1673 页。

③ （晋）杜预注，（唐）孔颖达等正义：《十三经注疏·春秋左传正义》，上海古籍出版社 1997 年版，第 1911 页。

项正与祭祀和军事有关。《论语·尧曰》"所重：民、食、丧、祭"[①]，儒家重视老百姓的生计，很重视农事，所以刘勰所举的第三类内容为"佃谷""农事"。至于第四项"断讼必精于律"，与《论语·颜渊》"子曰：'听讼，吾犹人也，必也使无讼乎'"[②]相关。孔子说审理案件他能同别人一样（好），但他认为没有诉讼案件发生，才是最理想的。这也从侧面反映出儒家对诉讼的重视。

再说说"对"的"依经立义"。从释义来看，"对策者，应诏而陈政也；射策者，探事而献说也。言中理准，譬射侯中的；二名虽殊，即议之别体也"，"对"分两种，一为对策，一为射策。对策是应帝王诏命而陈述政事；射策是就所抽取的题目而献言陈说。[③]言语要中肯，说理要准，有如射箭中靶。对策、射策虽然名称有异，都是"议"的不同样式。此处的"射侯中的"来自《礼记·射义》"故天子之大射，谓之射侯。射侯者，射为诸侯也。射中则得为诸侯；射不中则不得为诸侯"[④]，"射侯"本是一种重大的礼仪，射中与否关系重大，所以射者必然全力以赴以求命中，用"射侯中的"表明作者具有明确的写作目的并力求准确无误，属于"依经立义"。

从溯源与评点来看，体现了"依经立义"的理论范式。就其源头来看，"古之造士，选事考言"，古代造就人才，用事功来选拔，用言论来考核。"造士"语出《礼记·王制》"乐正崇四术，立四教，顺先王诗书礼乐以造士。春秋教以礼乐，冬夏教以《诗》《书》"[⑤]，此处是"造就人才"的意思；"选事考言"与《礼记·文王世子》一段暗合。《文王世子》有言"凡语于郊者，必取贤敛才焉。或以德进，或

① （魏）何晏等注，（宋）邢昺疏：《十三经注疏·论语注疏》，上海古籍出版社1997年版，第2535页。

② （魏）何晏等注，（宋）邢昺疏：《十三经注疏·论语注疏》，上海古籍出版社1997年版，第2504页。

③ 射策，也就是抽签答题，对策则题目公开，同时考问许多人，根据每人的答卷来比较优劣。参见詹锳义证《文心雕龙义证》，上海古籍出版社1989年版，第903页。

④ （汉）郑玄注，（唐）孔颖达等正义：《十三经注疏·礼记正义》，上海古籍出版社1997年版，第1688页。

⑤ （汉）郑玄注，（唐）孔颖达等正义：《十三经注疏·礼记正义》，上海古籍出版社1997年版，第1342页。

以事举，或以言扬”[①]，选拔人才的三个标准中，德为上，事功其次，言再次，与“立德立功立言”三不朽的顺序也是一致的。

刘勰简评了汉代选才制度并对汉以后的名“对”进行点评。“对策者以第一登庸，射策者以甲科入仕”，汉文帝举“贤良文学士”，对策者百余人，唯晁错为高第。“观晁氏之对，验古明今，辞裁以辨，事通而赡；超升‘高第’，信有征矣”，晁错的《贤良文学对策》，引古喻今，措辞简洁论述清晰，事理通达而周全，擢升确实是有根据的。汉武帝发扬光大，广泛搜求人才（“旁求俊乂”），得董仲舒、公孙弘等。“仲舒之对，祖述《春秋》，本阴阳之化，究列代之变；烦而不慁者，事理明也”，董仲舒的对策，模仿《春秋》，探究阴阳变化的根本，追查列代演变的原因，烦琐而不混乱，事理明晰。“公孙之对，简而未博；然总要以约文，事切而情举，所以太常居下，而天子擢上也”，公孙弘的对策，简要而不够广博，但能把握要领约束文辞，引事贴切而情意凸显，所以太常将其列为下等，天子将其提升为上等。汉成帝时，杜钦的对策，简略而意有所指（有微讽之意），言辞为治国而发，不为显示文采而作。及东汉的鲁丕，文辞气质朴实，以其对策儒雅，独入“高第”。这五家是前代的光辉典范。魏晋以来，渐渐追求华丽修饰，“以文纪实”方面已有欠缺；各地来京应选的才士，往往称病不参加考试，想要求对策之文，也没办法做到。所以汉成帝时博士行饮酒礼之际，野鸡聚于堂上；东晋成帝策试秀才，獐子竟然跑到堂前——不是其他方面鬼怪作祟，不过是选拔人才出现怪异罢了。“汉饮博士，而雉集乎堂；晋策秀才，而麏兴于前”，两种场合都是贤才齐聚之地，出现的“雉”“麏”，绝非祥瑞之兆，像《诗经·小雅·鹿鸣》鹿鸣以宴嘉宾，才是吉祥的，所以，刘勰认为“无他怪也，选失之异耳”。这虽是一种迷信的说法，但反映了刘勰以经典为参照的一种思路。

最后，刘勰还对“驳议”与“对策”的写作要领作了总结，其中

① （汉）郑玄注，（唐）孔颖达等正义：《十三经注疏·礼记正义》，上海古籍出版社 1997 年版，第 1406 页。

仍不乏"依经立义"之处。"夫驳议偏辨，各执异见；对策揄扬，大明治道"，"驳议"偏于辨论，各持己见，对策重在阐扬，要很好地阐明治国之道，使事深深植根于为政之术，理贴合于当下事务。斟酌三皇五帝之道以陶冶世风，而不作迂腐的高谈阔论（"酌三五以镕世，而非迂腐之高论"）；适当变通以拯救流俗，而不是刻薄的欺人之谈（"驭权变以拯俗，而非刻薄之伪论"）。有如好风劲吹流播辽远，又如江流浩大而不外溢（"风恢恢而能远，流洋洋而不溢"）：这才是"王庭之美对"。刘勰又发表感慨："难矣哉，士之为才也！"有的熟悉治理或缺少文采（"或练治而寡文，或工文而疏治"），有的精于文辞而不懂治理，对策所选的士人实在是属于通才。"志足而文远，不其鲜欤？""志足而文远"一般指"情志充盈而文采远播"，此处应该指政治志向远大而文采比较好，也就是说既有政治才干也有文学才能，这不是很少见吗？"志足文远"语出《左传·襄公二十五年》，刘勰引此语意在说明"对策"所需的"通才"很少见，属于"依经立义"。

六　书记

《书记》篇是文体论最后一篇，对此前"论文叙笔"十九篇以外的应用文体进行总述。此篇的"依经立义"仍随处可见。

先看开头关于"书"的释义。

> 大舜云："书用识哉！"所以记时事也。盖圣贤言辞，总为之《书》；《书》之为体，主言者也。扬雄曰："言，心声也；书，心画也。声画形，君子小人见矣。"故书者，舒也。舒布其言，染之简牍。取象乎《夬》，贵在明决而已。

刘勰先引用《尚书·益稷》中舜帝的"书用识哉"说明"书"的功能：记载时事。再用《尚书》为例，说明《尚书》是圣贤言辞汇总而成，主要用来记言。再引用扬雄的话说明"言为心声"，语言具有表现作者心灵的作用。通过这一系列的引事引言，刘勰得出结论：“书”就是“舒”，把语言展示出来，写在简牍上面。《周易》用夬卦来比拟书契①（文字），就是看重两者在“明确决断”上的一致，“明确”即显明而不模糊，“决断”既有“书契所以决断万事”之意，也有确定而难以更改之意，在这一点上，夬卦之义的确是比拟书契特点的最佳选择。这也可说是刘勰“引事”“引言”之外的“引义”，依经而立义。

在释义之后，刘勰“原始表末”“选文定篇”，对三代以降魏晋之前的“书”体进行了简略述论。

> 三代政暇，文翰颇疏。春秋聘繁，书介弥盛。绕朝赠士会以策，子家与赵宣以书，巫臣之遗子反，子产之谏范宣：详观四书，辞若对面。又子叔敬叔，进吊书于滕君。固知行人挈辞，多被翰墨矣。及七国献书，诡丽辐辏；汉来笔札，辞气纷纭。观史迁之《报任安》，东方之《谒公孙》，杨恽之《酬会宗》，子云之《答刘歆》，志气槃桓，各含殊采；并杼轴乎尺素，抑扬乎寸心。逮后汉书记，则崔瑗尤善。魏之元瑜，号称翩翩；文举属章，半简必录；休琏好事，留意词翰：抑其次也。嵇康《绝交》，实志高而文伟矣；赵至叙离，乃少年之激切也。至如陈遵占辞，百封各意；弥衡代书，亲疏得宜：斯又尺牍之偏才也。

夏、商、周三代政务闲暇，文书很少。春秋时期，外交使节的书信往来很频繁。绕朝、子家、巫臣、子产四人的“书”很直白，像是在面对面交流。鲁国的叔弓奉君命为滕成公丧事送上吊书，可见诸侯之间使节表达的意思往往写成了文书。战国时期的文书集中地体现了诡谲而华丽的特点。汉代以来的文书辞气纷纭多变。司马迁的《报任安书》、东方朔的《与公孙弘借车书》、杨恽的《酬会宗》、扬雄的《答刘歆书》都志气充盈而曲折回环，各有文采；都精心撰写书信，淋漓尽致地展现内心世界（“杼轴乎尺素，抑扬乎寸心”）。其后各代

① 《征圣》篇有言：“书契断决以象《夬》。”

也有文书方面的佳作和能手。

此段文字有不少出源经典。"书介"，范文澜认为即"书使"[①]；"介"，语出《左传·襄公八年》"亦不使一介行李"，杜预注："一介，独使也。"[②]"绕朝赠士会以策[③]"，载于《左传·文公十三年》[④]。"子家与赵宣以书"载于《左传·文公十七年》[⑤]，"巫臣之遗子反"载于《左传·成公七年》[⑥]，"子产之谏范宣"载于《左传·襄公二十四年》[⑦]。

---

① 范文澜注：《文心雕龙注》，人民文学出版社1958年版，第461页。

② （晋）杜预注，（唐）孔颖达等正义：《十三经注疏·春秋左传正义》，上海古籍出版社1997年版，第1940页。

③ 此"策"究为何指，有不同看法。服虔认为是"策书"，杜预认为是"马策"。黄侃、范文澜赞同杜说。杨慎认为"策"即"书策"，并认为绕朝所说"子无谓秦无人，吾谋适不用也"即策文，以此语见秦之有人，使士会归晋而不敢谋秦也。张立斋不同意范文澜的看法，认为"子无谓秦无人"即策书之意，观点与杨慎近似。李曰刚观点较为中和，认为："彦和盖假鞭策为书策，所谓言著于此，而义起于彼者也。"参见李曰刚《文心雕龙斠诠》，（台北）"国立"编译馆1982年版，第1059页。

④ （晋）杜预注，（唐）孔颖达等正义：《十三经注疏·春秋左传正义》，上海古籍出版社1997年版，第1852页。

⑤ 书曰："寡君即位三年，召蔡侯而与之事君。九月，蔡侯入于敝邑以行。敝邑以侯宣多之难，寡君是以不得与蔡侯偕。十一月，克灭侯宣多而随蔡侯以朝于执事。十二年六月，归生佐寡君之嫡夷，以请陈侯于楚而朝诸君。十四年七月，寡君又朝，以蒇陈事。十五年五月，陈侯自敝邑往朝于君。往年正月，烛之武往朝夷也。八月，寡君又往朝。以陈、蔡之密迩于楚而不敢贰焉，则敝邑之故也。虽敝邑之事君，何以不免？在位之中，一朝于襄，而再见于君。夷与孤之二三臣相及于绛，虽我小国，则蔑以过之矣。今大国曰：'尔未逞吾志。'敝邑有亡，无以加焉。古人有言曰：'畏首畏尾，身其余几。'又曰：'鹿死不择音。'小国之事大国也，德，则其人也；不德，则其鹿也，铤而走险，急何能择？命之罔极，亦知亡矣。将悉敝赋以待于鲦，唯执事命之。文公二年六月壬申，朝于齐。四年二月壬戌，为齐侵蔡，亦获成于楚。居大国之间而从于强令，岂其罪也。大国若弗图，无所逃命。"参见（晋）杜预注，（唐）孔颖达等正义《十三经注疏·春秋左传正义》，上海古籍出版社1997年版，第1860页。

⑥ 书曰："尔以谗慝贪惏事君，而多杀不辜，余必使尔罢于奔命以死。"参见（晋）杜预注，（唐）孔颖达等正义《十三经注疏·春秋左传正义》，上海古籍出版社1997年版，第1903页。

⑦ 书曰："子为晋国，四邻诸侯，不闻令德，而闻重币，侨也惑之。侨闻君子长国家者，非无贿之患，而无令名之难。夫诸侯之贿聚于公室，则诸侯贰。若吾子赖之，则晋国贰。诸侯贰，则晋国坏。晋国贰，则子之家坏。何没没也！将焉用贿？夫令名，德之舆也。德，国家之基也。有基无坏，无亦是务乎！有德则乐，乐则能久。《诗》云：'乐只君子，邦家之基。'有令德也夫！'上帝临女，无贰尔心。'有令名也夫！恕思以明德，则令名载而行之，是以远至迩安。毋宁使人谓子'子实生我'，而谓'子浚我以生'乎？象有齿以焚其身，贿也。"参见（晋）杜预注，（唐）孔颖达等正义《十三经注疏·春秋左传正义》，上海古籍出版社1997年版，第1979页。

"子叔敬叔进吊书于滕君"载于《礼记·檀弓》①。"行人挈辞"语出《穀梁传·襄公十一年》"行人者，挈国之辞也"②，意指来往使节携带的文书表达的是诸侯国君主的辞意。"杼轴乎尺素"中的"杼轴"一词出自《诗经·小雅·大东》"杼轴其空"③。从"言辞"与"事料"的角度来看，刘勰是"依经立义"。

就"书"的写作要领而言，刘勰的论述也有"依经立义"之处。"详诸书体，本在尽言，所以散郁陶，托风采，故宜条畅以任气，优柔以怿怀；文明从容，亦心声之献酬也。若夫尊贵差序，则肃以节文。""书"本来就是用来畅所欲言的，散发心中郁积的情感，寄托自己的风采，所以应该畅达地纵行意气、宽舒地愉悦情怀——文采显明，气度从容，相当于心与声的相互应答。如果"书"的交流双方存在等级差别，则要庄敬地以节制文辞。"若夫尊贵差序，则肃以节文"正符合《礼记·乐记》"乐者为同，礼者为异；同则相亲，异则相敬……礼义立，则贵贱等"④ 的精神。

> 战国以前，君臣同书；秦汉立仪，始有表奏。王公国内，亦称"奏书"，张敞奏书于胶后，其义美矣。迄至后汉，稍有名品：公府奏记，而郡将奉笺。记之言志，进己志也。笺者，表也，表识其情也。崔寔奏记于公府，则崇让之德音矣；黄香奉笺于江夏，亦肃恭之遗式矣。公干笺记，文丽而规益，子桓弗论，故世所共遗。若略取名实，则有美于为诗矣。刘廙谢恩，喻切以至；陆机自理，情周而巧，笺之善者也。原笺记之为式，既上窥乎表，亦下睨乎书；使敬而不慑，简而无傲，清美以惠其才，彪蔚以文其

① （汉）郑玄注，（唐）孔颖达等正义：《十三经注疏·礼记正义》，上海古籍出版社 1997 年版，第 1312 页。

② （晋）范宁注，（唐）杨士勋疏：《十三经注疏·春秋穀梁传注疏》，上海古籍出版社 1997 年版，第 2427 页。

③ （汉）郑玄笺，（唐）孔颖达等正义：《十三经注疏·毛诗正义》，上海古籍出版社 1997 年版，第 460 页。

④ （汉）郑玄注，（唐）孔颖达等正义：《十三经注疏·礼记正义》，上海古籍出版社 1997 年版，第 1529 页。

响，盖笺记之分也。

刘勰又对“书”的发展及流变作了追溯。战国以前，君臣同样用“书”；秦汉以后，确立礼仪规范，开始称臣子对君主的上书为“表”“奏”，在各诸侯国内，下属对诸侯国主的上书也称“奏书”（张敞给胶东王太后上奏书谏止其游猎，其意旨就很好）。到了东汉，这些名称之间有了品级地位的区分：呈报公府的叫“奏记”，呈报郡守的叫“笺记”。接着，刘勰对“奏记”“笺记”进行了释义和举例。“记”指的是言志，进呈一己之志；“笺”即“表述”，表述自己情志。举例来说，崔寔的“奏记”是推崇谦让的有德之文；黄香的“笺记”保存了恭敬的模范样式。刘桢（字公干）的“笺记”，有文采又有规劝。刘廙和陆机也有写得很好的“笺”。

此后，刘勰总结“笺记”的写作规则。考察“笺”的体式，大概介于“表”与“书”之间，向上进入“表”，向下流入“书”，与“表”不同的是，它恭敬却没有惶恐之意，与“书”不同的，它简明扼要却没有傲慢之状。以清丽的风格显示其才华，用华丽的辞藻文饰其语言，这大概是笺记的本分。这里，刘勰所谓的“敬而不慑”“简而无傲”是一种“A 而不 B”的组合式表达，符合儒家的“中和之美”的经典表达方式。更明显的是，“简而无傲”出自《尚书·舜典》。舜命令夔掌管音乐，教育贵族子弟。“直而温，宽而栗，刚而无虐，简而无傲”[①]（正直而温和，宽厚而严肃，刚强而不苛虐，简朴而不傲慢），这可以算是中国最早的教育纲领了。刘勰直接引用“简而无傲”，依经而立义。此外，像“崇让”“肃恭”“规益”符合儒家重视德行、重视功利教化的精神，“彪蔚”的“蔚”来自《周易·革·象》上六：“君子豹变，其文蔚也”[②]，也可看出其“依经立义”的痕迹。

---

① （汉）孔安国传，（唐）孔颖达等正义：《十三经注疏·尚书正义》，上海古籍出版社 1997 年版，第 131 页。

② （魏）王弼等注，（唐）孔颖达等正义：《十三经注疏·周易正义》，上海古籍出版社 1997 年版，第 61 页。

在对狭义的"书"进行论述之后，刘勰又对广义的"书记"作了总括式论述，涉及各种实务性文体，其中有依经而立名，也有依经而立例，也有依经而论理。

> 夫书记广大，衣被事体，笔札杂名，古今多品。是以总领黎庶，则有谱、籍、簿、录；医历星筮，则有方、术、占、式；申宪述兵，则有律、令、法、制；朝市征信，则有符、契、券、疏；百官询事，则有关、刺、解、牒；万民达志，则有状、列、辞、谚；并述理于心，著言于翰，虽艺文之末品，而政事之先务也。

刘勰先总结书记的六类二十四则，再归纳其基本性质与功用：叙述心中所想，留于书札之上，在各类文书中排在末位，但它是政治事务中首先面对的重要事项。此后，刘勰再分述各类书札。

先看总括黎民百姓的事务文书。

"故谓谱者，普也。注序世统，事资周普，郑氏谱《诗》，盖取乎此。"郑玄的《毛诗谱》，也是序之一类，"避子夏序名，以其列诸侯世及诗之次，故名谱也"①，其文本依《毛诗》而流行，本身也成为经典之一部分，可谓依经立例。

"籍者，借也。岁借民力，条之于版；《春秋》司籍，即其事也"，"籍"训"借"，说本《孟子·滕文公上》赵岐注："籍者，借也，犹人相借力助之也"②，"岁借民力"是指古代的一种公田制度，语本《礼记·王制》"古者，公田籍而不税……用民之力，岁不过三日"，郑注："籍之言借也，借民力治公田。"③借老百姓之力治理公田，并逐条记录在简版上。"《春秋》司籍"指的是春秋时代的孙伯黡掌管晋

---

① （汉）郑玄笺，（唐）孔颖达等正义：《十三经注疏·毛诗正义》，上海古籍出版社1997年版，第263页。

② （汉）赵岐注，（宋）孙奭疏：《十三经注疏·孟子注疏》，上海古籍出版社1997年版，第2702页。

③ （汉）郑玄注，（唐）孔颖达等正义：《十三经注疏·礼记正义》，上海古籍出版社1997年版，第1337—1338页。

国的典籍，因此成为籍氏先祖，事见《左传·昭公十五年》[①]。"籍"原意为"借"，后引申为典籍，其义皆出于经典。

"簿者，圃也。草木区别，文书类聚；张汤、李广，为吏所簿，别情伪也"，"草木区别"，来自《论语·子张》"譬诸草木，区以别矣"[②]，此处指园圃中草木分区种植，"文书类聚"暗引《周易·系辞上》"方以类聚，物以群分"[③]，此处指文书也按分类归集。张汤、李广当年被官吏按簿追责[④]，以区别真伪。"簿"也由"圃"引申为责罪或辩解的文书。其本初意义也是依经而立。

"录者，领也。古史《世本》，编以简策，领其名数，故曰录也"，"录"即"领"，古代史书《世本》，编录成简策，以姓名和户数为统领，所以称"录"。《周礼·春官·宗伯》有言："小史掌邦国之志，奠系世，辨昭穆，若有事，则诏王之忌讳"[⑤]，郑注："'系世'，谓《帝系》《世本》之属是也。"[⑥]

再看医历星卜文书方面的"依经立义"。"方者，隅也。医药攻病，各有所主，专精一隅，故药术称方"，"方"即"隅"，就像医药治病各有主治，专攻一个方面，所以用药之术称为"方"。因此，"方"有"方向""方术"之义，此义也可追溯到《左传》。昭公二十九年"官修其方"[⑦]，

---

① 《左传·昭公十五年》："周景王谓籍谈曰：'昔而高祖孙伯黡司晋之典籍，以为大政，故曰籍氏。'"参见（晋）杜预注，（唐）孔颖达等正义《十三经注疏·春秋左传正义》，上海古籍出版社1997年版，第2078页。

② （魏）何晏等注，（宋）邢昺疏：《十三经注疏·论语注疏》，上海古籍出版社1997年版，第2532页。

③ （魏）王弼等注，（唐）孔颖达等正义：《十三经注疏·周易正义》，上海古籍出版社1997年版，第76页。

④ 李广被卫青按簿追责，参见（汉）司马迁《史记·李将军列传》，中华书局1959年版，第2875页。张汤被汉武帝派使者按簿追责一事，参见（汉）司马迁《史记·酷吏列传》，中华书局1959年版，第3143页。

⑤ （汉）郑玄注，（唐）贾公彦疏：《十三经注疏·周礼注疏》，上海古籍出版社1997年版，第818页。

⑥ （汉）郑玄注，（唐）贾公彦疏：《十三经注疏·周礼注疏》，上海古籍出版社1997年版，第818页。

⑦ （晋）杜预注，（唐）孔颖达等正义：《十三经注疏·春秋左传正义》，上海古籍出版社1997年版，第2123页。

闵公二年"授方"[①]，两处的"方"即指"方术""方法"。

"占者，觇也。星辰飞伏，伺候乃见，登观书云，故曰占也"，"占"就是"观察"，星辰出没，要守候才能最终看到，登上高台记录云物的变化，就是"占"。"登观书云"是《左传》明确记载的一种制度。僖公五年"公既视朔，遂登观台以望，而书，礼也。凡分、至、启、闭，必书云物，为备故也"[②]，登台观天象，记录云物的变化，是一种礼仪。

"式者，则也。阴阳盈虚，五行消息，变虽不常，而稽之有则也"，"式"就是"规则"，阴阳有盈满亏虚，五行的消长，虽然变化无常，但考察下来还是能发现其中的运作规则。此处的"阴阳盈虚，五行消息"，语式仿《周易·丰》"天地盈虚，与时消息"[③]，依经而立。

就申述法令言说军事的文书来看，也有"依经立义"。"律者，中也。黄钟调起，五音以正；法律驭民，八刑克平：以律为名，取中正也"，"律"就是"中"。黄钟调律，五音就可以有规范；法律统治百姓，各种刑法就能公平允当。律有"中正"之意。"八刑"语本《周礼·大司乐》"以乡八刑纠万民：一曰不孝之刑，二曰不睦之刑……八曰乱民之刑"[④]。"中正"则在《周易》中屡见，其基本意义即是指正确而适合。"令者，命也。出命申禁，有若自天，管仲下令如流水，使民从也"，发布命令申明禁止，有如来自上天的旨意，管仲下令就像流水一样（自然），所以能让百姓顺从。其中"有若自天"与《诗经·大雅·大明》"有命自天"含义一致。

用作朝廷军事与市场商贸的凭证的事务文书有"符、契、券、

① （晋）杜预注，（唐）孔颖达等正义：《十三经注疏·春秋左传正义》，上海古籍出版社1997年版，第1789页。

② （晋）杜预注，（唐）孔颖达等正义：《十三经注疏·春秋左传正义》，上海古籍出版社1997年版，第1794页。

③ （魏）王弼等注，（唐）孔颖达等正义：《十三经注疏·周易正义》，上海古籍出版社1997年版，第67页。

④ （汉）郑玄注，（唐）贾公彦疏：《十三经注疏·周礼注疏》，上海古籍出版社1997年版，第707页。

疏”，刘勰对此“符、契、券”三种文书的论述也有“依经立义”。

“符者，孚也。征召防伪，事资中孚；三代玉瑞，汉世金竹，末代从省，易以书翰矣”，“中孚”为《周易》卦名，卦形䷼，为下兑上巽，外实内虚，喻内心诚信。《周易·杂卦》：“中孚，信也”[1]，“符”训“孚”，显然是依经立义。

“契者，结也。上古纯质，结绳执契；今羌、胡征数，负贩记缗，其遗风欤”，“上古纯质，结绳执契”，显然出自《周易·系辞下》“上古结绳而治，后世圣人易之以书契”[2]。李曰刚《文心雕龙斠诠》认为：“‘契’，诸书皆训为刻，舍人以结训契，盖书契所以结绳而然。”[3] 刘勰训契为“结”，揭示了结绳记事的初始面目，而其他诸家训“契”为“刻”，“书之于木，刻其侧为契”[4]，实则是书契代替结绳后才出现的意义。可以看出，刘勰的论述更切合《周易·系辞下》的情形。

“券者，束也。明白约束，以备情伪，字形半分，故周称判书”，“以备情伪”的“情伪”属复合偏义词，此处偏重于“伪”，其词见于《周易·系辞上》“设卦以尽情伪”[5]，《左传》“民之情伪尽知之矣”[6]，经典中的这两处“情伪”偏义于“情（实）”。“周称判书”，券也叫判书，《周礼·秋官·朝士》“凡有责（债）者，有判书以治则听”，郑玄注：“判，半分而合者，故书判为辨”，郑众注：“辨读为别，谓别券也。”[7]

---

① （魏）王弼等注，（唐）孔颖达等正义：《十三经注疏·周易正义》，上海古籍出版社 1997 年版，第 96 页。

② （魏）王弼等注，（唐）孔颖达等正义：《十三经注疏·周易正义》，上海古籍出版社 1997 年版，第 87 页。

③ 李曰刚：《文心雕龙斠诠》，（台北）“国立”编译馆 1982 年版，第 1093 页。

④ （汉）孔安国传，（唐）孔颖达等正义：《十三经注疏·尚书正义》，上海古籍出版社 1997 年版，第 113 页。

⑤ （魏）王弼等注，（唐）孔颖达等正义：《十三经注疏·周易正义》，上海古籍出版社 1997 年版，第 82 页。

⑥ （晋）杜预注，（唐）孔颖达等正义：《十三经注疏·春秋左传正义》，上海古籍出版社 1997 年版，第 1824 页。

⑦ （汉）郑玄注，（唐）贾公彦疏：《十三经注疏·周礼注疏》，上海古籍出版社 1997 年版，第 878 页。

有关官员征询事务的文书有关、刺、解、牒。刘勰论述“刺、解”也有“依经立义”之处。“刺者，达也。《诗》人讽刺，《周礼》‘三刺’：事叙相达，若针之通结矣”，《诗》人讽刺，指《诗经》有些篇章是“下以风刺上”，对上层统治者进行讽刺；《周礼》“三刺”是指《周礼·秋官·司刺》“掌三刺之法……壹刺曰讯群臣，再刺曰讯群吏，三刺曰讯万民”①，显然是依经立例。“解者，释也”，其义源出《仪礼·大射》郑注。《仪礼·大射》“司马正命退楅，解网”，郑注：“解，犹释也”②，刘勰正是依经立名。

表达万民情志的文书：状、列、辞、谚。刘勰论述“状”“辞”“谚”时均有“依经立义”。

“辞者，舌端之文，通己于人；子产有辞，诸侯所赖，不可已也”，“子产有辞，诸侯所赖”，载于《左传·襄公三十年》。郑相子产凭借巧妙的外交手段和出色的外交辞令，说服晋国礼待郑国，叔向因此赞扬子产“辞之不可已也如是乎！子产有辞，诸侯赖之，若之何其释辞也”③，依经而立例。

> 谚者，直语也。丧言亦不及文，故吊亦称谚。廛路浅言，有实无华。邹穆公云“囊漏储中”，皆其类也。《牧誓》曰：“古人有言，牝鸡无晨。”《大雅》云“人亦有言”“惟忧用老”，并上古遗谚，《诗》《书》所引者也。……夫文辞鄙俚，莫过于谚，而圣贤《诗》《书》，采以为谈。况逾于此，岂可忽哉！

谚语即直言。《孝经》“孝子之丧亲也，哭不偯，礼无容，言不文”④，

① （汉）郑玄注，（唐）贾公彦疏：《十三经注疏·周礼注疏》，上海古籍出版社 1997 年版，第 880 页。

② （汉）郑玄注，（唐）贾公彦疏：《十三经注疏·仪礼注疏》，上海古籍出版社 1997 年版，第 1042 页。

③ （晋）杜预注，（唐）孔颖达等正义：《十三经注疏·春秋左传正义》，上海古籍出版社 1997 年版，第 2015 页。

④ （唐）唐玄宗注，（宋）邢昺疏：《十三经注疏·孝经注疏》，上海古籍出版社 1997 年版，第 2561 页。

刘勰依经而加以引申推论：丧言不讲究文采，所以“吊”也称“谚”。此后，刘勰引用《尚书·牧誓》“古人有言曰，牝鸡无晨”[①]，《诗经·大雅》“人亦有言”“惟忧用老”[②] 等上古遗谚，说明“上古遗谚，《诗》《书》所引”，进而得出推论：“夫文辞鄙俚，莫过于谚；而圣贤《诗》《书》，采以为谈。况逾于此，岂可忽哉”，意思是鄙俚的谚语，圣人《诗》《书》尚且引为言谈，何况比鄙俚谚语更高雅一些的言辞，更应该注意吸引采纳，很显然是依经立论。

文体论的最后，刘勰对书记进行了汇总：

> 观此众条，并书记所总：或事本相通，而文意各异；或全任质素，或杂用文绮。随事立体，贵乎精要：意少一字则义阙，句长一言则辞妨；并有司之实务，而浮藻之所忽也。然才冠鸿笔，多疏尺牍，譬九方堙之识骏足，而不知毛色牝牡也。言既身文，信亦邦瑞，翰林之士，思理实焉。

“随事立体，贵乎精要”，“体要”二字，实出于《尚书·周书》，此处分属两个方面，“随事立体”指体裁要适合事料，“贵乎精要”是各种文书都要讲求精约简要，要实现字意充足，不能增减。刘勰此论，称得上依经立义。

“言既身文”引自《左传·僖公二十四年》：“介之推曰：‘言，身之文也’”[③]，“信亦邦瑞”乃综合《左传·僖公二十五年》“信，国之宝也”[④] 和《左传·襄公九年》“信者，言之瑞也，善之主也”[⑤]，两

① （汉）孔安国传，（唐）孔颖达等正义：《十三经注疏·尚书正义》，上海古籍出版社 1997 年版，第 183 页。

② 《诗经·大雅·荡》《诗经·大雅·抑》等篇有“人亦有言”；《诗经·小雅·小弁》有“维忧用老”之句，但“维忧用老”不见于《大雅》，舍人或偶尔记错。

③ （晋）杜预注，（唐）孔颖达等正义：《十三经注疏·春秋左传正义》，上海古籍出版社 1997 年版，第 1817 页。

④ （晋）杜预注，（唐）孔颖达等正义：《十三经注疏·春秋左传正义》，上海古籍出版社 1997 年版，第 1821 页。

⑤ （晋）杜预注，（唐）孔颖达等正义：《十三经注疏·春秋左传正义》，上海古籍出版社 1997 年版，第 1943 页。

句话联合起来的意思即：语言是自身文采的表现，诚信也是邦国的祥瑞。这实则还是强调文与质要相符，与《论语》“文质彬彬”观点相类似。从以上两点不难看出刘勰对广义的“书记”的汇总还是“依经立义”。

第十章 《文心雕龙》“文术论”中的“依经立义”

《文心雕龙》“文术论”涉及《神思》至《总术》共19篇，再加《物色》共20篇，包含文学创作基本理论和文学创作技巧论[①]。文学创作基本理论有《神思》至《情采》6篇，《体性》《风骨》《通变》《情采》篇已有论述，此章讨论《神思》和《定势》篇。文学创作技巧论涉及《镕裁》《声律》《章句》《丽辞》《比兴》《夸饰》《事类》《练字》《隐秀》《指瑕》《养气》《附会》《总术》13篇，加上《物色》计14篇，但第五章第七节《和谐观》已讨论《镕裁》《声律》《章句》《附会》，第六章第二节已讨论《比兴》，故本章只讨论《丽辞》《夸饰》《事类》《练字》《隐秀》《指瑕》《养气》《物色》《总术》。

第一节 创作基本理论——《神思》《定势》

本节主要讨论《神思》《定势》两篇的“依经立义”。

一 神思

《神思》作为创作论首篇，其主旨是论艺术想象，兼及艺术构思

① 关于《物色》篇的篇次问题，参见第八章开头部分的说明。

与其他问题[①]。本篇在《文心雕龙》的创作论中很重要，牟世金甚至认论它是创作论总纲（当然，此论也稍嫌牵强[②]）。以下在简述本篇论述思路的同时指出其"依经立义"情形。

（一）志气统其关键，辞令管其枢机

刘勰在《神思》开篇就谈到了何谓"神思"。"神思"即是想象，它有两大特点：一是超越时空；二是表象纷纭。"超越时空"如"思接千载，视通万里"，"表象纷纭"如"珠玉之声，风云之色"，表象可以各式各样（"声""色"等），也可以悦耳娱目（"珠玉""风云"）。两者的结合即"形在江海之上，心存魏阙之下"。

"神思"有三个要点：一是"神与物游"为"思理"之要；二是"志气"为"神"之要；三是"辞令"为"物"之要。后两点突出志气对启动想象的关键作用和辞令对描绘表象的枢纽作用。心神居于胸臆之间，志气统率其活动的开关（"神居胸臆，而志所统其关键"）；外物由耳目等感官来接触，语言掌握着表达物象的机关（"物沿耳目，而辞令管其枢机"）。语言表达的机关通畅的话，外物的形象就无法隐藏（"枢机方通，则物无隐貌"）；心神活动的开关关闭的话，心神就会涣散（"关键将塞，而神有遁心"）。

刘勰对想象的论述与陆机多有相通之处，陆机也说过"精骛八极，心游万仞""观古今于须臾，抚四海于一瞬"（此即"超越时空"），"情曈昽而弥鲜，物昭晰而互进""浮天渊以安流，濯下泉而潜浸"（此即"表象纷纭"），还说过"沉辞怫悦，若游鱼衔钩，而出重渊之深，浮藻联翩，若翰鸟缨缴，而坠曾云之峻"[③]（此即"辞令管其枢机"）。

① 参见张国庆、李国新《〈文心雕龙·神思〉集校、集注集释、篇旨述要》，《云南民族大学学报》（哲学社会科学版）2014年第4期。

② 第一，刘勰将《神思》与《体性》《风骨》《通变》等篇并列，并没有对其在创作论中的特殊地位、意义有任何说明。第二，《神思》篇提及并被后来篇章展开讨论的问题比《文心雕龙》创作论所论的问题要少得多，难以在量上被称为总纲，而且就算提及也是讨论艺术构思、艺术创作时常常会提及的问题，不能因为提及就称之为总纲。第三，《神思》开篇就对神思下了定义："形在江海之上，心存魏阙之下，神思之谓也。""神思"就是"精神自由驰运的思维活动"，或者称为"神运之思"。参见张国庆、涂光社《〈文心雕龙〉集校、集释、直译》，中国社会科学出版社2015年版，第497—499页。

③ 郭绍虞主编：《中国历代文论选》第1册，上海古籍出版社2001年版，第170页。

陆机的精彩描述有首创的意义，刘勰写作《神思》显然受其影响。不过，刘勰在陆机的基础上有重要的创新，即他提出了“神与物游”的命题。“精神与物象紧密贴合”，用现在的话说，主观情志与客观物象紧密关联。此一重要命题因与“依经立义”关系不大，故不作深入探讨。

若从词源来看，有几个重要词语和儒家经典有关。“志气”一词，来自《孟子·公孙丑上》：“夫志，气之帅也；气，体之充也。夫志至焉，气次焉。”赵注：“志，心所念虑也。气，所以充满形体为喜怒也。志帅气而行之，度其可否也。”[①] 志为心之所虑，志帅气而行，这些意义在《神思》篇中仍然保留，刘勰更将志气统一起来，认为其对想象活动的开启具有重要作用。“枢机”，来自《周易·系辞上》：“言行，君子之枢机。”韩康伯注：“枢机，制动之主。”[②]《神思》篇将辞令看作描绘表象的重要开关，思想上可能受到陆机影响，词语表达上则受到了《周易·系辞上》的影响。

（二）驭文之首术，谋篇之大端

在论述了“神思”的内涵后，刘勰接着讲“驭文首术，谋篇大端”。它包括两个要点：一是精神的虚静；二是“积学、酌理、研阅、驯致”。酝酿文思，贵在虚静，疏通五脏，洗净精神（“陶钧文思，贵在虚静，疏瀹五藏，澡雪精神”）。创作前要保持精神的虚静，此一思想来自老庄的道家思想，不作深谈。但“积学以储宝，酌理以富才，研阅以穷照，驯致以绎辞”则与儒家思想有关。

“积学”的结果是“博学”，“积学以储宝”与儒家“博学”的主张相通，如《礼记·中庸》所言“博学之，审问之，慎思之，明辨之，笃行之”[③]，“博学”是儒家为学五阶段的起始阶段。“酌理以富才”也和儒家“穷理”的主张相通。《周易·说卦》即有“和顺于道

① 杨伯峻译注：《孟子译注》，中华书局2008年版，第46页。

② （魏）王弼等注，（唐）孔颖达等正义：《十三经注疏·周易正义》，上海古籍出版社1997年版，第79页。

③ （汉）郑玄注，（唐）孔颖达等正义：《十三经注疏·礼记正义》，上海古籍出版社1997年版，第1632页。

德而理于义，穷理尽性，以至于命”[①] 的主张。前文“博学穷理”已有论述，不赘。“研阅以穷照”，精研阅历，以实现彻底观照。詹锳认为：“‘读万卷书，行万里路’正是古人增进阅历的方法之一。远者如司马迁，后者如顾炎武，都从阅历中求得对事物的透彻理解。”[②] 所以，“研阅以穷照”即通过直接认识与间接认识的不断累积以达到对事物的透彻而准确的理解，它与儒家的“格物致知”（《大学》）、“好学近乎知（智）”（《中庸》）、“智”为“仁义礼智信”——“五常”之一等思想是相通的。

从词源的角度来看，本段引文中的“驯致”来源于《周易·坤》象辞“履霜坚冰，阴始凝也；驯致其道，至坚冰也”[③]，原意指顺着某种趋势发展下去，《神思》篇指顺着思致抽绎出文辞。此外，“窥意象而运斤”的“意象”来自《周易·系辞上》“圣人立象以尽意”，原指圣人设立卦爻象以显示天意，“意”“象”是单独的两个词，但刘勰此处是将两个词合成一个词，即“意”中之“象”，具有重要的创新。引文的最后一句话“谋篇之大端”中的“大端”出自《礼记·礼器》“礼释回，增美质；措则正，施则行。其在人也，如竹箭之有筠也；如松柏之有心也。二者居天下之大端矣，故贯四时而不改柯易叶”，郑注“端，本也”[④]，“大端”引申为要点的意思，只是词语的引用。

（三）意翻空而易奇，言征实而难巧

刘勰在论述神思的内涵以及创作准备后，论述了“神思”的运行规律。开始的时候各种意象竞相萌发[⑤]，情力弥满[⑥]，才气自信[⑦]。等到成篇，还没有实现开始时的一半心思。原因大概是意象凭空想象容

① （魏）王弼等注，（唐）孔颖达等正义：《十三经注疏·周易正义》，上海古籍出版社 1997 年版，第 93 页。

② 詹锳义证：《文心雕龙义证》，上海古籍出版社 1989 年版，第 982 页。

③ （魏）王弼等注，（唐）孔颖达等正义：《十三经注疏·周易正义》，上海古籍出版社 1997 年版，第 18 页。

④ （汉）郑玄注，（唐）孔颖达等正义：《十三经注疏·礼记正义》，上海古籍出版社 1997 年版，第 1430 页。

⑤ 《神思》：“神思方运，万涂竞萌。”

⑥ 《神思》：“登山则情满于山，观海则意溢于海。”

⑦ 《神思》：“我才之多少，将与风云而并驱矣。方其搦翰，气倍辞前。”

易奇特，言辞具体指实难以运用巧妙——“意翻空而易奇，言征实而难巧也”。“思—意—言”三者之间，文意来自神思，语言又得自文意，三者密合就天衣无缝，疏漏就会相差万里，所以写作的时候，要注意秉持心灵、涵养文术，不必苦苦思索（“秉心养术，无务苦虑”）；体察美好事物、掌握规则，不必劳苦神情（“含章司契，不必劳情”）。

本章“依经立义”的色彩不强。只有两个普通的词语引用，“秉心”出自《诗经·鄘风·定之方中》“秉心塞渊”，“秉，操也”[①]，秉心即操持心神；“含章”出自《周易·坤》六三爻辞“含章可贞”，王弼注：“含美而可正者，故曰含章可贞者也”[②]，“含章”指事物包含美好的内质。

（四）博而能一，有助心力

《神思》篇里，刘勰还谈到文思的快慢以及常见的构思问题与解决方法。天赋的才能在构思的快慢上可以看出，当然构思快慢在文章篇幅的大小上也有一定差异。

司马相如、扬雄、桓谭、王充、张衡、左思等写有大赋巨文，但文思是迟缓的[③]。淮南王、枚皋、曹植、王粲、阮瑀、祢衡等写的是短篇，但文思是很敏捷的[④]。思路敏捷的，掌握要领又非常机敏，深思熟虑的，情思纷纭又疑虑许久，所以有人匆促之间就能成功，有人要许久才能成篇。但不管是机敏的还是深思熟虑的，都要博学练达（“并资博练”）。如果学问浅薄而空有迟缓，才学空疏而徒然快速，要写出成功的作品，还没有听说过。所以，才学对于作家来说，无疑是决定性的。

所以，构思行文有两大担忧：“理郁者苦贫，辞溺者伤乱。”博见是

① （汉）郑玄笺，（唐）孔颖达等正义：《十三经注疏·毛诗正义》，上海古籍出版社 1997 年版，第 316 页。

② （魏）王弼等注，（唐）孔颖达等正义：《十三经注疏·周易正义》，上海古籍出版社 1997 年版，第 18 页。

③ 《神思》：“相如含笔而腐毫，扬雄辍翰而惊梦，桓谭疾感于苦思，王充气竭于沉虑，张衡研《京》以十年，左思练《都》以一纪。虽有巨文，亦思之缓也。”

④ 《神思》：“淮南崇朝而赋《骚》，枚皋应诏而成赋，子建援牍如口诵，仲宣举笔似宿构，阮瑀据鞍而制书，祢衡当食而草奏，虽有短篇，亦思之速也。”

馈赠给“理郁者”（思理不畅者）的粮食，而主旨一贯则是拯救“辞溺者”（滥用辞藻者）的良药。博见而贯一，就会有助于构思。这里的“博见”包括书本知识与生活阅历，恰好能涵括上文所说的“积学以储宝，酌理以富才，研阅以穷照”。“博而能一”的理论在《礼记·中庸》“博学之，审问之，慎思之，明辨之，笃行之”的基础上有了拓展。

（五）至精而后阐其妙，至变而后通其数

《神思》篇最后一段，讲到了神思还要考虑“杼轴献功”与“文外曲致”的情况。

> 若情数诡杂，体变迁贸，拙辞或孕于巧义，庸事或萌于新意，视布于麻，虽云未费，杼轴献功，焕然乃珍。

左东岭先生认为，所谓“杼轴献功”不是指“修改润色”，而是谈骈体文构思过程中的词语安排和典故使用①。构思过程中，拙劣的文辞经过巧妙的安排也能孕育巧妙的意义，平庸的典故也能萌发出新颖的意义。用“杼轴献功”来说明“麻”至“布”的蜕变，以比喻构思过程的“化腐朽为神奇”，的确很贴切：

> 文外曲致，言所不追，笔固知止；至精而后阐其妙，至变而后通其数，伊挚不能言鼎，轮扁不能语斤，其微矣乎！

“伊挚不能言鼎，轮扁不能语斤”，文章言辞之外的细微巧妙之处难以言喻。难以言喻并不等同于不可言喻，刘勰认为达到了“至变”“至精”就能阐说清楚了。此一理论是依《易》而立。《易》曰：“非天下之至精，其谁能与于此？……非天下之至变，其谁能与于此？”②刘勰“至精而后阐其妙，至变而后通其数”的观点与此相通。

---

① 左东岭：《文体意识、创作经验与〈文心雕龙〉研究》，《文学遗产》2014年第2期。

② （魏）王弼等注，（唐）孔颖达等正义：《十三经注疏·周易正义》，上海古籍出版社1997年版，第81页。

二　定势

《体性》谈论"体"与"性"的关联，《定势》则主要谈论"情""体""势"的联系，所谓"因情立体，即体成势"。何为"势"？为什么要"定势"？如何"定势"？即是此篇要解决的问题。其论述的过程中，也有"依经立义"之处。

（一）何为势？

《定势》篇开头就谈到了"何为势"：

> 夫情致异区，文变殊术，莫不因情立体，即体成势也。势者，乘利而为制也。如机发矢直，涧曲湍回，自然之趣也。圆者规体，其势也自转；方者矩形，其势也自安：文章体势，如斯而已。

"势"乃"乘利而为制"，也就是趁着便利条件自然形成的一种趋向和态势。好比弩机一发，箭矢就笔直射出去，涧水曲折，急湍自然回旋，这是自然的趋向；圆的物体合乎"规"的体式，其势自然趋向转动；方的物体合乎"矩"的体式，其势自然而然趋向安定，文章体势，也是如此。

接着，刘勰列举四"势"——"模经为式者，自入典雅之懿；效《骚》命篇者，必归艳逸之华；综意浅切者，类乏酝藉；断辞辨约者，率乖繁缛"，并强调"势"的基本内涵是自然而然，"譬激水不漪，槁木无阴，自然之势也"。

要指出的是，四"势"的第一势"模经为式者，自入典雅之懿"，将经典的体势概括为"典雅"，并将模仿经典的体势也称为"典雅"，依经而立义。第四势"断辞辨约者，率乖繁缛"，"断辞"来源于《周易·系辞下》"开而当名，辨物正言，断辞则备"，原指《周易》"开释卦爻之义使各当所象之名，若乾卦当龙，坤卦当马"，"辨天下之物，各以类正定言之，若辨健物，正言其龙；若辨顺物正言其马"，"断辞则备者，言开而当名及辨物正言凡此二事，决断于爻卦之辞则备具矣"[①]。"断辞辨约者"即指决断于辨约之辞，也就是用明辨简约之辞来决定取舍，这样的体势就大抵和繁缛相反。

（二）总势与离势

列举四势之后，刘勰谈到了两种情况："总势"与"离势"。

> 是以绘事图色，文辞尽情；色糅而犬马殊形，情交而雅俗异势。镕范所拟，各有司匠，虽无严郛，难得逾越。然渊乎文者，并总群势；奇正虽反，必兼解而俱通；刚柔虽殊，必随时而适用。若爱典而恶华，则兼通之理偏，似夏人争弓矢，执一，不可独射也。若雅郑而共篇，则总一之势离；是楚人鬻矛盾，誉两，难得俱售也。

不同的文体就要用不同的体势，虽说不上壁垒森严，界限也难得逾越。但深通写作的人，能掌握各种体势：奇正两种体势虽然相反，但都能了解并都能运用；刚柔两种势不一样，也能随着场合的不同而适当使用。如果只喜欢典雅的势，讨厌华丽的势，就会像夏朝人争夺弓矢一样，两人各执弓、矢，不可以发射。但也要注意一篇文章只能有一个统一的"势"，如果"雅""郑"两种相互矛盾、不能兼容的体势出现在同一篇文章，那么整合贯一的体势就会瓦解，就像楚人夸耀矛利、盾坚，自相矛盾，难以一起卖出。

这里的"雅郑"来源于《诗经》，作为一般性词语引用。

（三）六体势

《定势》篇列举了六种体势，其中五种体势乃依经而立。

> 是以括囊杂体，功在铨别，宫商朱紫，随势各配。章、表、奏、议，则准的乎典雅；赋、颂、歌、诗，则羽仪乎清丽；符、檄、书、移，则楷式于明断；史、论、序、注，则师范于核要；

① （魏）王弼等注，（唐）孔颖达等正义：《十三经注疏·周易正义》，上海古籍出版社1997年版，第89页。

箴、铭、碑、诔，则体制于宏深；连珠、七辞，则从事于巧艳。此循体而成势，随变而立功者也。虽复契会相参，节文互杂，譬五色之锦，各以本采为地也。

本段大意是说六种体势，要能融会贯通，随机应变灵活运用。前文讨论“文体论”中的“依经立义”已有论述，此处略过。需要说明一下的是“括囊”一词源出《周易·坤》六四爻辞“括囊无誉无咎”[①]，此处有总括、网罗、包罗之意。刘勰喜欢从经典中采纳有关词语，就算不涉及实质性的儒家思想，刘勰也总喜欢引用经典中的词语，这不应该看作刘勰故意夸耀其对儒家经典的熟悉，而是表明刘勰受“依经立义”的话语模式与思维模式的影响非常深刻，不知不觉张口就引经据典，哪怕是一些简单语词，也总爱用经典中的语汇。

（四）如何定势——情固先辞，势实须泽

如何“定势”？刘勰认为“势”有各种类型，不一定指慷慨雄壮之势。重要的是要先情后辞，辞又须润饰文势。

桓谭称：“文家各有所慕，或好浮华而不知实核，或美众多而不见要约。”陈思亦云：“世之作者，或好烦文博采，深沉其旨者；或好离言辨句，分毫析厘者；所习不同，所务各异。”言势殊也。刘桢云：“文之体势，实有强弱，使其辞已尽而势有余，天下一人耳，不可得也。”公干所谈，颇亦兼气。然文之任势，势有刚柔，不必壮言慷慨，乃称势也。又陆云自称：“往日论文，先辞而后情，尚势而不取悦泽；及张公论文，则欲宗其言。”夫情固先辞，势实须泽，可谓先迷后能从善矣。

刘勰评论刘桢的势论，认为其所言之势是一种“气势”，以刚健

① （魏）王弼等注，（唐）孔颖达等正义：《十三经注疏·周易正义》，上海古籍出版社1997年版，第18页。

为尚，但势有刚也有柔，不一定要豪言壮语、慷慨激昂才称势。又评论陆云的势论，认为陆云能改变“先辞而后情，尚势而不取悦泽”的观点，是“先迷而后能从善”，因情感本来比文辞重要，文势还须有文辞来润色。“先迷而后能从善”借用《周易·坤》卦辞“先迷后得”①，语式相同，句意稍加改变，也是“依经立义”。

（五）为什么要定势——失体讹势

最后一段，刘勰谈到了为什么要“定势”，主要是针对时弊而言。

刘勰之所以提倡“定势”，是因为近代辞人大抵喜欢怪异新巧，这样的文体造成一种错讹的体势。他们讨厌旧有体式，就穿凿附会地选取新的体式，看似艰深其实没什么大不了，就是与正常之道反着来罢了。“正”字反着写就变成“乏”，文辞与“正”相反就是“奇”了（“文反正为乏，辞反正为奇”）。追求新奇的种种表现：颠倒文句，该在前面的字写到后面，应该居中的写到句外……大道平坦却有人走捷径，是抄近路（“通衢夷坦，而多行捷径者，趋近故也”）；正文能说明白，却常常要反着说，这是为了迎合世俗（“正文明白，而常务反言者，适俗故也”）。应该执正驭奇，不应该逐奇而失正。

有关内容在第五章第二节《奇正观》已有论述，此处略过。需要指出的是，这里有一处重要的“依经立义”。“文反正为乏”出自《左传·宣公十五年》“故文反正为乏”。孔疏引服虔云：“言人反正者，皆乏绝之道也。”② 竹添光鸿《左传会笺》：“《说文》正字作𤴓，乏字作𤴔，正字之反即为乏字，正是常也，人反常则妖灾生，万物空竭矣，左氏假文字以见义。”③“反正为乏”本是指“正”与“乏”的篆文刚好字形相反，但此话在《左传》中的完整语境是“天反时为灾，

① 《周易·坤》卦辞：“坤，元亨，利牝马之贞。君子有攸往，先迷，后得主利。西南得朋，东北丧朋，安贞吉。”参见（魏）王弼等注，（唐）孔颖达等正义《十三经注疏·周易正义》，上海古籍出版社1997年版，第17页。

② （晋）杜预注，（唐）孔颖达等正义：《十三经注疏·春秋左传正义》，上海古籍出版社1997年版，第1888页。注：孔颖达是唐代人，晚于刘勰，不过服虔是东汉经学家，他对《左传》的注释刘勰应该看到过。

③ ［日］竹添光鸿撰，刘伟主编：《左传会笺》，巴蜀书社2008年版，第925页。

地反物为妖，民反德为乱，乱则妖灾生，故文反正为乏"[1]，所以解释为"皆乏绝之道也"，意即有违正道应予摒弃。左氏已借文字而见义，刘勰有意摒弃效奇之法、反正之法，复返于"正"，乃"依经而立义"。

第二节　创作技巧论(一)——《丽辞》《夸饰》《事类》

本节主要讨论创作技巧论中的"依经立义"，因有关篇目在第五章第七节《和谐观》、第六章第二节《比兴美刺》已有论述，故本节及其后两节主要论述《丽辞》《夸饰》《事类》《练字》《隐秀》《指瑕》《养气》《物色》《总术》九篇。

先看《丽辞》篇的"依经立义"情形。

一　丽辞

虽然万物相对的思想早已有之，但把"丽辞"作为一种形式技巧专门探讨的，刘勰是第一人[2]。本篇的论述思路是先列举"何为丽辞"，再从经典中引出"丽辞"文例，再归类，最后整理运用"丽辞"的要点。

(一)"何为丽辞"?

> 造化赋形，支体必双；神理为用，事不孤立。夫心生文辞，运裁百虑，高下相须，自然成对。

大自然赋予形体，上下肢一定成双，神理应用到生活之中，事物也不会孤立。心灵产生文辞，运思裁断众虑，高低上下相须相配，自然而然形成偶对。这里的"造物赋形，支体必双"与《左传·昭公三

① (晋) 杜预注，(唐) 孔颖达等正义：《十三经注疏·春秋左传正义》，上海古籍出版社1997年版，第1888页。

② 郭鹏：《〈文心雕龙〉的文学理论和历史渊源》，齐鲁书社2004年版，第124页。

十二年》“物生有两……体有左右，各有妃（音“配”）耦”① 的思想一致，当然也可能与《老子》的“有无相生，难易相成，长短相形，高下相倾，音声相和，前后相随”有关。不过，老子所说的“相生”“相成”“相形”“相倾”“相和”“相随”侧重于强调“彼”与“此”的两相对待，是在相互关系中的一种辩证认识；“支体必双”“事不孤立”强调的是一种“自然成对”“各有配偶”的物质性（器用性）形态。所以，“丽辞”的思想与《左传》的思想更接近。

（二）“丽辞”在历代文学中的运用

刘勰对“丽辞”的运用进行简短的历史梳理，并适时作了点评：

> 唐虞之世，辞未极文，而皋陶赞云：“罪疑惟轻，功疑惟重。”益陈谟云：“满招损，谦受益。”岂营丽辞，率然对尔。《易》之《文》《系》，圣人之妙思也。序《乾》四德，则句句相衔；龙虎类感，则字字相俪；乾坤易简，则宛转相承；日月往来，则隔行悬合；虽句字或殊，而偶意一也。

尧舜时期，文辞并不很讲文采，但皋陶有“罪疑惟轻，功疑惟重”的赞语，伯益也有“满招损，谦受益”的谟诰，这些记录在《尚书》中的“丽辞”，难道是苦心经营出来的吗？不是，是不经意间自然成对罢了。《周易》的《文言》《系辞》，体现了圣人的精妙之思，说到《乾》卦四德②，句句衔接；讲到云龙风虎以类相感③，就字字相

---

① （晋）杜预注，（唐）孔颖达等正义：《十三经注疏·春秋左传正义》，上海古籍出版社1997年版，第2128页。

② 《乾文言》：“元者，善之长也；亨者，嘉之会也；利者，义之和也；贞者，事之干也。君子体仁足以长人，嘉会足以合礼，利物足以和义，贞固足以干事，君子行此四德者，故曰：‘乾，元亨利贞’。”参见（魏）王弼等注，（唐）孔颖达等正义《十三经注疏·周易正义》，上海古籍出版社1997年版，第15页。

③ 《乾文言》：“九五曰：飞龙在天利见大人。何谓也？子曰：同声相应，同气相求，水流湿，火就燥。云从龙，风从虎，圣人作而万物睹。本乎天者亲上，本乎地者亲下，则各从其类也。’”参见（魏）王弼等注，（唐）孔颖达等正义《十三经注疏·周易正义》，上海古籍出版社1997年版，第16页。

对；讲到乾坤之道"易"和"简"①，就宛转相承曲折相对；说到日月往来、寒暑相推②，就隔行相合；虽然字数不一致，但对偶的意思是一致的。

刘勰将《尚书》《周易》两部经书运用"丽辞"的情况进行了详述，并有评论为"岂营丽辞，率然对尔""句句相衔""字字相俪""宛转相承""隔行悬合""圣人之妙思"，无疑是"依经立义"。

> 至于《诗》人偶章，大夫联辞，奇偶适变，不劳经营。自扬、马、张、蔡，崇盛丽辞，如宋画吴冶，刻形镂法，丽句与深采并流，偶意共逸韵俱发。至魏晋群才，析句弥密，联字合趣，剖毫析厘。然契机者入巧，浮假者无功。

刘勰对《诗经》作者和春秋战国时期的大夫使臣们的"丽辞"运用情况评价为"奇偶适变，不劳经营"。汉代的赋家崇尚"丽辞"，雕琢繁密，刘勰评价为"丽句与深采并流，偶意共逸韵俱发"，整体上效果很理想。至于魏晋时期的作家，对"丽辞"追求得更细更密，效果则要两分："契机者入巧，浮假者少功"。需要指出的是，刘勰对所说《诗》人和春秋战国大夫"丽辞"运用的情况，显然是以《诗经》和《左传》有关文本作为依据的，并得出"奇偶适变，不劳经营"这样的评论，也是"依经立义"。

（三）"丽辞之体，凡有四对"

谈了"丽辞"的运用之后，刘勰再分析其"体"。

> 《丽辞》：故丽辞之体，凡有四对：言对为易，事对为难，反

① 《周易·系辞上》："乾道成男，坤道成女，乾知大始，坤作成物。乾以易知，坤以简能，易则易知，简则易从；易知则有亲，易从则有功；有亲则可久，有功则可大；可久则贤人之德，可大则贤人之业。易简而天下之理得矣。天下之理得，而成位乎其中矣。"参见（魏）王弼等注，（唐）孔颖达等正义《十三经注疏·周易正义》，上海古籍出版社1997年版，第76页。

② 《易·系辞下》："日往则月来，月往则日来，日月相推而明生焉。寒往则暑来，暑往则寒来，寒暑相推而岁成焉。"参见（魏）王弼等注，（唐）孔颖达等正义《十三经注疏·周易正义》，上海古籍出版社1997年版，第87页。

对为优，正对为劣。……又言对事对，各有反正，指类而求，万条自昭然矣。

本段主要讲丽辞的四种体例：言对、事对、反对、正对。举例说明后，刘勰对各自优劣进行了简评，并指出依类而推可以明白诸多条理。本段只有一处“钟仪幽而楚奏”的典故出自经典（《左传·成公九年》），“依经立义”的色彩不是很明显。

（四）“丽辞”运用要点

在本篇最后一段，刘勰谈到了《丽辞》的运用要点：

张华诗称：“游雁比翼翔，归鸿知接翮”；刘琨诗言：“宣尼悲获麟，西狩泣孔丘”：若斯重出，即对句之骈枝也。是以言对为美，贵在精巧；事对所先，务在允当。若两言相配，而优劣不均，是骥在左骖，驽为右服也。若夫事或孤立，莫与相偶，是夔之一足，趻踔而行也。若气无奇类，文乏异采，碌碌丽辞，则昏睡耳目。必使理圆事密，联璧其章，迭用奇偶，节以杂佩，乃其贵耳。类此而思，理斯见也。

丽辞的运用要点大致可分五点：第一，言对贵精巧，事对求允当；第二，丽辞忌优劣不均；第三，尽量不要出现孤立无偶的情况；第四，丽辞讲求“奇气”“异采”；第五，“理圆事密，联璧其章，迭用奇偶，杂以环佩”，要求道理圆通用事贴切，讲究辞藻（联璧其章），交叠运用单句和偶句，讲求声律（节以杂佩）。

此处的“依经立义”主要体现在以下几方面：一是“杂佩”。“杂佩”来自《诗经·郑风·女曰鸡鸣》：“杂佩以赠之。”毛传：“杂佩者，珩、璜、琚、瑀、冲牙之类。”① 朱熹传：“杂佩者，左右佩玉也。上横曰珩，下系三组，贯以蠙珠：中组之半，贯一大珠曰瑀；末悬一

① （汉）郑玄笺，（唐）孔颖达等正义：《十三经注疏·毛诗正义》，上海古籍出版社1997年版，第340页。

玉，两端皆锐，曰冲牙；两旁组半，各悬一玉，长博而方，曰琚；其末各悬一玉，如半璧而内向，曰璜。又以两组贯珠，上系珩两端，下交贯于瑀，而下系于两璜。行则冲牙触璜，而有声也。"[①]"节以杂佩"即是说丽辞的运用除了要讲求藻饰，也要讲求音律的和谐悦耳。二是"骖服"。"骖""服"来自《诗经·郑风·大叔于田》"执辔如组，两骖如舞""两服上襄，两骖雁行""两服齐首，两骖如手"，"骖服"，笺云："两服，中央夹辕者""在旁曰骖""骖之与服，和谐中节"[②]。"两服两骖"，合为四马，即"驷马"，《论语·颜渊》有云"驷不及舌"[③]，俗语所谓"一言既出，驷马难追"，都是指"两服两骖"四马拉一车的情况。

本篇赞语的最后一句"玉润双流，如彼珩佩"中的"珩佩"也是指"杂佩"之类的一组玉。《礼记·玉藻》："古之君子必佩玉，右徵角，左宫羽，趋以《采齐》，行以《肆夏》，周还中规，折还中矩，进则揖之，退则扬之，然后玉锵鸣也。"[④]杨明照认为，"双流"，谓其光泽与声，以喻丽辞之须讲求藻饰及声律也。[⑤]所以，从"杂佩""双流"两词来看，刘勰对"丽辞"的主张也和儒家的佩玉制度相关，属"依经立义"。

二　夸饰

《夸饰》讨论典籍中常见的修辞手法——夸张。古人对于夸饰有不同看法。孟子认为武王伐纣时"流血漂杵"的说法是不可信的，"仁人无敌于天下，以至仁伐至不仁，而何其血之流杵也"，

---

① （宋）朱熹集注，赵长征点校：《诗集传》，中华书局2011年版，第67页。

② （汉）郑玄笺，（唐）孔颖达等正义：《十三经注疏·毛诗正义》，上海古籍出版社1997年版，第337—338页。

③ 杨伯峻译注：《论语译注》，中华书局2006年版，第142页。

④ （汉）郑玄注，（唐）孔颖达等正义：《十三经注疏·礼记正义》，上海古籍出版社1997年版，第1482页。

⑤ （南朝梁）刘勰著，黄叔琳注，李洋补注，杨明照校注拾遗：《增订文心雕龙校注》，中华书局2000年版，第459页。

所以孟子“于《武成》，取二三策而已”，并主张“尽信《书》则不如无《书》”①。

孟子对“流血漂杵”的怀疑有些拘泥，不过，他的怀疑是为了阐说他的“仁者无敌”的道理。东汉的王充对于夸饰的态度又有所不同。他认为：“世俗所患，患言事增其实。”② 王充把夸张“言事增其实”的特点叫“增”，并写下了《语增》《儒增》《艺增》一组文章。在前两篇文章里，他本着“天下事不可增损”的思想，对“传语”“儒书”中的夸张进行了解剖和批判。在《艺增》中，王充主张“经艺之增与传语异也”，对《书》《易》《诗》《春秋》《论语》等经典中的“增”进行了分析并予以肯定。由此可见，王充对夸饰的态度是模棱两可、充满矛盾的。此外，王充还说“俗人好奇，不奇，言不用也。故誉人不增其美，则闻者不快其意；毁人不益其恶，则听者不惬于心”③，认识到了夸张有其必要性，它符合读者的阅读心理与期待，同时表明夸张具有更强的艺术感染力。刘勰对夸张的看法又与此不同。他将夸张作为一种重要的形式技巧专篇讨论，提出夸张的存在有其必然的理由，但夸张的运用出现了问题，针对这些问题，刘勰也提出了基本主张。论述的过程体现了“依经立义”的理论建构范式。

（一）“夸饰恒存”“其义无害”

刘勰首先引用《周易·系辞上》之言“形而上者谓之道，形而下者谓之器”④，但刘勰并不是要谈“道”“器”，而是笔锋一转，引出一组对比：“神道难摹，精言不能追其极；形器易写，壮辞可得喻其真。”深奥难懂的神道，即使用精妙的语言来表述，也不能追究其极致；那看得见的形器容易描绘，豪壮的言辞可以表达其真实状况。由此，刘勰切入“夸饰”的正题。这是一种典型的“依经立义”。

接着，刘勰谈到了夸饰长久以来就存在的事实。“故自天地以降，

① 杨伯峻译注：《孟子译注》，中华书局2008年版，第255页。

② 黄晖：《论衡校释》，中华书局1990年版，第381页。

③ 黄晖：《论衡校释》，中华书局1990年版，第381页。

④ （魏）王弼等注，（唐）孔颖达等正义：《十三经注疏·周易正义》，上海古籍出版社1997年版，第83页。

豫入声貌，文辞所被，夸饰恒存”，自有天地以来，凡涉及声貌及文字的记载，都存在夸饰。即使《诗经》《尚书》这样的经典，也因为要提倡某些风俗，感化世人，总会用到许多的事料，文字也会有夸张之处。（“虽《诗》《书》雅言，风格训世，事必宜广，文亦过焉。”）

> 是以言峻则嵩高极天，论狭则河不容舠，说多则子孙千亿，称少则民靡孑遗；襄陵举滔天之目，倒戈立漂杵之论：辞虽已甚，其义无害也。且夫鸮音之丑，岂有泮林而变好？荼味之苦，宁以周原而成饴？并意深褒赞，故义成矫饰。大圣所录，以垂宪章。孟轲所云“说诗者不以文害辞，不以辞害志”也。

刘勰列举了几个经典中的例证：“言峻则嵩高极天”指《诗经·大雅·崧高》所言“崧高维岳，骏极于天”，“论狭则河不容舠”指《诗经·卫风·河广》所说“谁谓河广？曾不容舠”，“说多则子孙千亿”指《诗经·大雅·假乐》“干禄百福，子孙千亿”，“称少则民靡孑遗”指《诗经·大雅·云汉》“周余黎民，靡有孑遗”。这四则材料都来自《诗经》。“襄陵举滔天之目”指《尧典》中所描述的洪水景象：“汤汤洪水方割，荡荡怀山襄陵，浩浩滔天”；“倒戈立漂杵之论”指的是《武成》所记述的景象：“前徒倒戈，攻于后，以北，血流漂杵。”这两则材料都来自《尚书》。刘勰依据这六则经典中的材料立论：“辞虽已甚，其义无害也（语辞虽说得很过，但对于表达意义没有妨碍）。”这是一个依经而立的小论点。值得指出的是这里的“已甚”来自《孟子·离娄下》“仲尼不为已甚者”，“仲尼不为已甚”是一种中庸的观点，而“辞虽已甚”意思仅仅是说“词语形容太过分了”，并不涉及价值判断，但也算是一种词语上的“依经立义”。

此后，刘勰又以反问的句式提到两个经典中的夸饰，“且夫鸮音之丑，岂有泮林而变好？荼味之苦，宁以周原而成饴？”刘勰的反问表明，这两则材料提到的“鸮音变好”“荼味成饴”从生活实际来考察不可能是真的。刘勰也不相信这样神秘的事。那《诗经》保留这些话有什么意图呢？先看这两则材料的具体出处。

第一则夸饰材料来自《诗经·鲁颂·泮水》:"翩彼飞鸮,集于泮林,食我桑葚,怀我好音。""鸮",猫头鹰。郑笺:"怀,归也。言鸮恒恶鸣,今来止于泮水之木上,食其桑葚,为此之故,故改其鸣,归就我以善音,喻人感于恩则化也。"① 第二则夸饰材料来自《诗经·大雅·绵》:"周原膴膴,堇荼如饴。"笺云:"广平曰原,周之原地,在岐山之南,膴膴然肥美,其所生菜,虽有性苦者,甘如饴也。"② 正义曰:"堇荼之菜虽性本苦,今尽甘如饴味然。大王见其如此,知其可居于此。"③ 这两则材料都来自《诗经》,刘勰用反问的语气表明这样的记录是不真实的。那圣人(孔子)为什么会留下这样不真实的话呢?原来是"意深褒赞,故义成矫饰",也就是说为了意味深长地赞美,所以用虚假的修饰来表示意义("意深褒赞,故义成矫饰")。所谓"鸮音变好"是为了"比喻不善之人感恩惠而从化"④,其目的是赞美鲁侯恩惠之深广。所谓"荼味成饴"是为了说明周民族先祖古公亶父(周太王)将部落由豳迁移至岐下,得到了周原这样一块美好的地方,赞美了太王在周民族发展史上所作出的重要贡献。

如果说"辞虽已甚,其义无害"是"言过其实"的夸张,那"意深褒赞,故义成矫饰"就是没有根据的夸张。伟大的圣人将这两类夸张记录在经典里,都可作为传世的典范。这正体现了圣人对夸饰的态度:只要"无害于义",就算没有事实根据,夸饰也是允许的。正如孟子所说"说诗者不以文害辞,不以辞害志",不拘泥于表面的字词,文字后面的"义""真意""深意"才是根本。这里直接引用《孟子》原文,显然也是"依经立义"。

需要指出的是,从"大圣所录,以垂宪章"来看,刘勰是完全赞

① (汉)郑玄笺,(唐)孔颖达等正义:《十三经注疏·毛诗正义》,上海古籍出版社1997年版,第612页。

② (汉)郑玄笺,(唐)孔颖达等正义:《十三经注疏·毛诗正义》,上海古籍出版社1997年版,第510页。

③ (汉)郑玄笺,(唐)孔颖达等正义:《十三经注疏·毛诗正义》,上海古籍出版社1997年版,第510页。

④ (汉)郑玄笺,(唐)孔颖达等正义:《十三经注疏·毛诗正义》,上海古籍出版社1997年版,第612页。

同经典的夸饰的，既不像孟子那样略显拘泥地怀疑，也不像王充那样"棱模两可"，而是完全赞同，并且认为这是可以传世的典范。不管是"辞虽已甚"言过其实的夸张，还是"义成矫饰"无中生有的夸张，刘勰都予以认可。当然，刘勰只是把夸饰当作一种达"意"的"辞"，认为追求"辞"背后的"志""意""义"才是根本，"辞"只是中介、手段。刘勰将"夸饰"定位为一种修辞，强调把握"夸饰"背后的"义"，这是对夸饰的正确定位，所以刘勰对"夸饰"的定位要比孟子、王充更合理。

（二）"诡滥愈甚""事义睽剌"

考察完经典中的"夸饰"的两种情形并总结圣人对待夸饰的态度后，刘勰又勾勒了楚汉以来夸饰运用情况的简明线索。

> 自宋玉、景差，夸饰始盛。相如凭风，诡滥愈甚：故上林之馆，奔星与宛虹入轩；从禽之盛，飞廉与焦明俱获。及扬雄《甘泉》，酌其余波，语瑰奇则假珍于玉树，言峻极则颠坠于鬼神。至东都之比目，西京之海若，验理则理无可验，穷饰则饰犹未穷矣。又子云《羽猎》，鞭宓妃以饷屈原；张衡《羽猎》，困玄冥于朔野。娈彼洛神，既非魑魅；惟此水师，亦非魍魉，而虚用滥形，不其疏乎！此欲夸其威，而其事义睽剌也。至如气貌山海，体势宫殿，嵯峨揭业，熠耀焜煌之状，光采炜炜而欲然，声貌岌岌其将动矣。莫不因夸以成壮，沿饰而得奇也。于是后进之才，奖气挟声，轩翥而欲奋飞，腾掷而羞跼步。辞入炜烨，春藻不能程其艳；言在萎绝，寒谷未足成其凋。谈欢则字与笑并，论戚则声共泣偕，信可以发蕴而飞滞，披瞽而骇聋矣。

本段主要介绍了夸饰在楚汉之后的运用简况。归纳为四个阶段：第一个阶段是战国（楚国）时代宋玉、景差"夸饰始盛"；第二个阶段是西汉司马相如所代表的时代"诡滥愈甚"；第三个阶段是东汉扬雄、张衡所代表的时代"事义睽剌"；第四个阶段是"后进之士"所代表的魏晋南北朝文坛运用夸张"奖气挟声"的阶段。总体来看，夸饰的运用越来越泛滥。本段中的“依经立义”色彩并不明显。不过，从整体来看，本段描写的“夸饰”运用情况恰恰与经典中的“夸饰”形成了一个明显的对比。经典中的夸饰都是为了凸显其中的“义”（“正义”），而汉以来越来越滥用夸饰，对于夸饰背后的“义理”“正义”却没有多少兴趣，恰恰相反，如果从“义”“理”的角度来看，两汉以来的“夸饰”“验理则理无可验”“其事义睽刺”。近代的后进之才，更是助长了夸张的气势，使夸饰具有裹挟读者的声威，甚至可以达到“披瞽而骇聋”的效果。显然，刘勰对这种过于注重外在形式、一味强调气势与声威的夸饰是持否定态度的。

（三）“夸而有节，饰而不诬”

“夸而有节，饰而不诬”可以说是刘勰针对当时滥用夸饰的一剂良方。

> 然饰穷其要，则心声锋起；夸过其理，则名实两乖。若能酌《诗》《书》之旷旨，剪扬、马之甚泰，使夸而有节，饰而不诬，亦可谓之懿也。

夸饰如果失去了它的精要，就会心思杂沓纷起；夸张如果超过事理，就会名与实相互背离。如果能酌取《诗经》《尚书》的宏大旨趣，剪除扬雄、司马相如那样的极端过分，使夸张而有节制，增饰而不虚假，就可以说是很美好的了。刘勰依据经典（酌《诗》《书》之旷旨），吸取历史教训（扬、马之泰甚），得出“夸饰”运用的总原则：“夸而有节，饰而不诬”，这也是一种“依经立义”。这里提到的“名实两乖”与孔子的“正名”思想有关；“夸而有节、饰而不诬”属于“A而B、A而不B”的联合使用，也是中和之美的表现形式。这里的“节”也与《周易·节卦》“节以制度”（《节卦》象辞）、“节，止也”（《杂卦》）、“物不可终离，故受之以节”（《序卦》）[1] 节制精神有关。

---

① （魏）王弼等注，（唐）孔颖达等正义：《十三经注疏·周易正义》，上海古籍出版社1997年版，第70、96页。

三　事类

《事类》篇讨论的文章写作技巧是“引事引言”，即用典。用典与援古证今思想有一定渊源。后汉袁康《越绝书·越绝篇叙外传记》：“略以事类俟告后人。”[①] 这是对事类可发挥认识作用的较早评价。王充《论衡·别通》云：“人不博览者，不闻古今，不见事类，不知然否”[②]，认识到事类对于人们的价值判断有积极作用。挚虞《文章流别论》：“古诗之赋以情义为主，以事类为佐。今之赋，以事形为本，以义正为助”[③]，认识到了诗人之赋虽引事类，但“事类”为“情义”服务。比刘勰稍晚的萧子显和钟嵘也谈到了“事类”。萧子显《南齐书·文学传论》有言：“辑事比类，非对不发，博物可嘉，职成拘制。或全借古语，用申今情，崎岖牵引，直为偶说，唯睹事例，顿失清采”[④]，表明当时的作者非常喜欢用典，而且把用典和对偶结合起来，体例比较僵化，萧子显对此现象不满。此后的钟嵘在《诗品序》中也说：“夫属词比事，乃为通谈。若乃经国文符，应资博古；撰德驳奏，宜穷往烈。至于吟咏情性，亦何贵于用事？”[⑤] 主张有关国家大事与歌功颂德、驳议奏疏之类实用文章应该引典，但吟咏情性的作品则不应该用典。虽然袁康、王充、挚虞、萧子显、钟嵘等都对用典（“用典”）有论述，但把它作为一种修辞技巧、一种创作的法门彰示于人，刘勰是第一人。[⑥]

刘勰对“事类”的论述，也有浓厚的“依经立义”色彩。其论述的基本思路与丽辞、夸饰等相似，先对该修辞技巧释义，然后从儒家经典中找例证，再简要追溯该种修辞技巧在历代文学中的表现，特别

① 李步嘉：《越绝书校释》，武汉大学出版社1992年版，第340页。

② 黄晖：《论衡校释》，中华书局1990年版，第591页。

③ 郭绍虞主编：《中国历代文论选》第1册，上海古籍出版社2001年版，第191页。

④ （南朝）萧子显：《南齐书》，中华书局1972年版，第908页。

⑤ 郭绍虞主编：《中国历代文论选》第1册，上海古籍出版社2001年版，第310页。

⑥ 郭鹏：《〈文心雕龙〉的文学理论和历史渊源》，齐鲁书社2004年版，第127页。

是近代以来的新变，最后再总结出运用此修辞技巧的基本原则，而此原则往往也与儒家思想相关。

（一）何为"事类"？

"事类者，盖文章之外，据事以类义，援古以证今者也。"事类，就是在文章之外，凭据事例来类比意义，援引古辞来证明今意。事类也可称为"事义""用典""用事"[①]，它又包含两种类型：引古辞、用古事。刘永济《文心雕龙校释》说："用古事者，援古事以证今情也；用成辞者，引彼语以明此义也。"[②] 詹锳认为："《事类》篇里所讲的（事类），相当于现代修辞学里的引用。所谓事类：指类似的事实或言辞。这比通常所说'典故'的范围要大得多。"[③] 周振甫将"事类"称为"引事引言"。笔者认为，将"事类"称为"引用"也可以，不过周振甫的"引事引言"更明确、更具体，从另一个角度来说，引事即"事典"，"引言"即"言典"，所以"引事引言"也可称为"用典"，只不过此处的"典"包括"事典"与"言典"。

（二）经典中的"事类"例证

在对"事类"进行释义后，刘勰紧接着用经典中的材料来例证什么是"事类"：

> 昔文王繇《易》，剖判爻位，《既济》九三，远引高宗之伐；《明夷》六五，近书箕子之贞：斯略举人事，以征义者也。至若胤征羲和，陈《政典》之训；盘庚诰民，叙迟任之言：此全引成辞，以明理者也。然则明理引乎成辞，征义举乎人事，乃圣贤之鸿模，经籍之通矩也。《大畜》之《象》："君子以多识前言往行"，亦有包于文矣。

① 祖保泉："六朝人对用古事、引成辞这种修辞现象，称谓不一：有称为'事类'的，有称为'事义'的，也有称为'用事'的。"参见祖保泉《祖保泉选集·文心雕龙解说》，安徽教育出版社2012年版，第610页。

② 刘永济：《文心雕龙校释》，中华书局2007年版，第131页。

③ 詹锳义证：《文心雕龙义证》，上海古籍出版社1989年版，第1407页。

以前文王推演《周易》，剖析六爻的位置，《既济》九三爻辞“高宗伐鬼方，三年克之”[①]，引用远古时代殷高宗讨伐鬼方的故事；《明夷》六五爻辞“箕子之明夷，利贞”[②]，记载了时代较近的箕子的贞操：这是简略举出人事来表明意义。此外，《尚书》记载胤君征讨羲和时，陈说了《政典》中的教训——“先时者杀无赦，不及时者杀无赦”[③]，盘庚迁都时为说服民众引叙了迟任的话——“人惟求旧，器非求旧，惟新”[④]，这是完全引用成辞来说明道理。所以说，“明理引乎成辞，征义举乎人事”，这是圣贤的准则，经书中的常见规范。刘勰引用《周易》《尚书》中的材料，将事类分为“明理引乎成辞，征义举乎人事”两大类，并将其上升到“鸿模”“通矩”的高度，这是一种“依经立义”。此外，又引用《周易·大畜》象辞“君子以多识前言往行”[⑤]，这里的“前言往行”就包含在“文”之中。刘勰引用《周易·大畜》象辞，表明“前言往行”即是“事类”。这也是“依经立义”。

（三）事类在历代文学中的应用

解释了事类的意义与经典中的实例后，刘勰又对事类在历代文学中的应用情况作了简要梳理。

> 观夫屈、宋属篇，号依《诗》人，虽引古事，而莫取旧辞。唯贾谊《鹏鸟》，始用《鹖冠》之说；相如《上林》，撮引李斯之《书》，此万分之一会也。及扬雄《百官箴》，颇酌于《诗》

① （魏）王弼等注，（唐）孔颖达等正义：《十三经注疏·周易正义》，上海古籍出版社 1997 年版，第 72 页。

② （魏）王弼等注，（唐）孔颖达等正义：《十三经注疏·周易正义》，上海古籍出版社 1997 年版，第 50 页。周振甫注：“明夷，明而被伤，指商纣王无道，箕子谏不听，装疯为奴仆。利贞，有利于守正。”

③ （汉）孔安国传，（唐）孔颖达等正义：《十三经注疏·尚书正义》，上海古籍出版社 1997 年版，第 158 页。

④ （汉）孔安国传，（唐）孔颖达等正义：《十三经注疏·尚书正义》，上海古籍出版社 1997 年版，第 169 页。

⑤ （魏）王弼等注，（唐）孔颖达等正义：《十三经注疏·周易正义》，上海古籍出版社 1997 年版，第 40 页。

《书》；刘歆《遂初赋》，历叙于纪传：渐渐综采矣。至于崔、班、张、蔡，遂捃摭经史，华实布濩，因书立功，皆后人之范式也。

该应用大体分为四个阶段。一是屈、宋“虽引古事，莫取旧辞”。屈原宋玉号称仿效《诗经》作者[①]，虽然引用古代事例，但不采用旧时成辞[②]。二是贾谊、相如，少量引言。贾谊的《鹏鸟赋》开始引用《鹖冠子》的话[③]；司马相如的《上林赋》摘引李斯的《谏逐客书》[④]，这是万中有一的情况。三是扬雄、刘歆，“渐渐综采”。扬雄的《百官箴》，常常酌取《诗经》《尚书》的话[⑤]；刘歆的《遂初赋》，依次叙述纪传中的记载[⑥]：慢慢地综合采用人事与成辞。四是崔、班、张、蔡，捃摭经史。崔骃、班固、张衡、蔡邕，广采经书史籍，充分显示“华”与“实”，凭借书籍获得功绩，成了后人的典范法式。本节所述“事类”，“依经立义”的色彩并不明显，但从“号依《诗》人”“颇酌于《诗》《书》”“捃摭经史”等线索来看，恰恰体现了“依经立义”话语模式从无到有、由萌芽到鼎盛的发展轨迹。

---

① 王逸《楚辞章句序》：“屈原履忠被谮，忧愁悲思，独依诗人之义，而作《离骚》。”参见郭绍虞主编《中国历代文论选》第1册，上海古籍出版社2001年版，第149页。

② 《辨骚》篇：“固知《楚辞》者，……虽取镕经意，亦自铸伟辞。”

③ 《鹏鸟赋》引用《鹖冠子》甚多，如“忧喜聚门兮，吉凶同域……越栖会稽兮，勾践霸世”，《鹖冠子·世兵》篇作“祸乎福之所倚，福乎祸之所伏。……忧喜聚门，吉凶同域。……越栖会稽，勾践霸世”。参见詹锳义证《文心雕龙义证》，上海古籍出版社1989年版，第1414页。

④ 李斯《谏逐客书》：“建翠凤之旗，树灵鼍之鼓。”司马相如《上林赋》：“建翠华之旗，树灵鼍之鼓。”参见范文澜注《文心雕龙注》，人民文学出版社1958年版，第619页。

⑤ 范文澜注《文心雕龙注》曾举《兖州箴》为例，说明“颇酌诗书”的具体情形：“悠悠济河，兖州之寓；九河既导，雷夏攸处；草繇木条，漆丝绨纻；济漯既通，降丘宅土（以上并见《禹贡》）。成汤五徙，卒都于亳，盘庚北渡，牧野是宅。丁感雊雉，祖己伊忠；爰正厥事，遂绪高宗。厥后陵迟，颠覆汤绪；西伯戡黎，祖伊奔走。致天威命，不恐不震（以上事俱见《商书》各篇）；妇言是用，牝鸡司晨（见《牧誓》）；三仁既知，武果戎殷。牧野之禽，岂复能耽；甲子之朝，岂复能笑。有国虽久，必畏天咎；有民虽长，必惧人殃。箕子歔欷，厥居为墟（箕子作《麦秀之歌》）。牧臣司兖，敢告执书。”参见范文澜注《文心雕龙注》，人民文学出版社1958年版，第619—620页。

⑥ 周振甫《文心雕龙注释》：“《遂初赋》的叙述，根据《春秋》《左传》（即纪传）。”参见周振甫注《文心雕龙注释》，人民文学出版社1981年版，第415页。

（四）酌取事类的必要性

简述历代作者对“事类”的运用后，刘勰论述了为什么要酌取事类。

> 夫姜桂因地，辛在本性；文章由学，能在天资。才由内发，学以外成，有学饱而才馁，有才富而学贫。学贫者迍邅于事义，才馁者劬劳于辞情，此内外之殊分也。是以属意立文，心与笔谋，才为盟主，学为辅佐。主佐合德，文采必霸，才学褊狭，虽美少功。夫以子云之才，而自奏不学，及观书石室，乃成鸿采。表里相资，古今一也。故魏武称张子之文为拙，以学问肤浅，所见不博，专拾掇崔、杜小文，所作不可悉难，难便不知所出。斯则寡闻之病也。

为什么要酌取事类呢？刘勰从姜、桂本性来打比方，生姜和木桂生长的地方虽有不同，但其辛辣的本性不会变。人的才学有似如此，文章出于学问，才能却在于天资。才能与学问的形成环境不同，才能从内部生发，学问由外部养成。两者的结合程度也各有不同，有的人学问饱满而才能不足，有的人才能全面却学问贫乏。学问贫乏的人在引证事义上困难重重，才能不足的人在表现辞情上劳累不堪，这就是内外之别。所以立意作文，心与笔共同谋划，才是主宰，学问是辅佐。“主”“佐”配合得当，文采必定称雄。才能与学问如果某方面有短缺，即使有偏美也不会有大的功绩。扬雄很有才华，但他上奏说自己没有什么学问，等他在石渠阁读了很多皇家藏书，作品才有了丰富文采。外学内才相互依凭，古今都是如此。魏武帝曹操称张子的文章拙劣，因为张子（疑为张范）学问浅薄，见识不广，专门捡拾崔、杜小文章，所写的东西不可以细致问难，一问难就不知道出处，这就是孤陋寡闻的毛病了。扬雄与张子一正一反两个例子说明，酌取事类可以拓展见闻、扩充学问，从而更好地与才能相配合，写出鸿博文采的文章。

本段的“依经立义”表现在本段开头，“姜桂本性”的比方来自

《韩诗外传》。《韩诗外传》“姜桂因地而生，不因地而辛”①，显然刘勰是依据《韩诗外传》的说法，再将其用来比喻“文章由学，能在天资”，文章就像姜桂，一方面需依仗学问就像姜桂生长需依凭土地，另一方面还是要以天赋的才能为根本，就像姜桂以辛味为本一样，这是“依经立义”。当然，《韩诗外传》并不是原始的经，而是韩婴所传的《诗经》的外传，也可将其看作《诗经》的传，刘勰依传而立义，也算作广义的“依经立义”。

（五）如何酌取事类？

酌取事类可丰富学识，避免孤陋寡闻，那如何酌取事类呢？具体的要求如何？

> 夫经典沉深，载籍浩瀚，实群言之奥区，而才思之神皋也。扬、班以下，莫不取资，任力耕耨，纵意渔猎，操刀能割，必裂膏腴。是以将赡才力，务在博见，狐腋非一皮能温，鸡跖必数千而饱矣。是以综学在博，取事贵约，校练务精，捃摭须核，众美辐辏，表里发挥。刘劭《赵都赋》云：“公子之客，叱劲楚令歃盟；管库隶臣，呵强秦使鼓缶。”用事如斯，可称理得而义要矣。故事得其要，虽小成绩，譬寸辖制轮，尺枢运关也。或微言美事，置于闲散，是缀金翠于足胫，靓粉黛于胸臆也。

刘勰首先表达一个观点：“经典沉深，载籍浩瀚，实群言之奥区，而才思之神皋也。”也就是说，经书内容深厚，书籍数量众多，它们确实是各种言论的渊薮、文才思致的宝库。此观点以经典作为主要的立论依据。接着，刘勰提到扬雄、班固以下的作家都从经典中获取资料，并由此提出学者需要“博见”才能扩展其才力②。“务先博见”是刘勰酌取事类的第一个要求。为了说明这一观点，刘勰也用了两个典故——“狐腋非一皮能温，鸡跖必数千而饱”，前一个典故出自《慎

① 许维遹校释：《韩诗外传集释》，中华书局1980年版，第259页。

② 《神思》篇也说：“博见为馈贫之粮。”

子·知忠》“粹白之裘，非一狐之皮也”[①]，后一个典故出自《吕氏春秋·用众篇》“善学者，若齐王之食鸡也，必食其跖（与蹠同），数千而后足”[②]。这两个典故充分说明学者必须有广博的见识，取道众多，然后才能学问俊秀。前文已对“博学穷理”的“依经立义”作了论述，不赘。

第二个要求是“博约精核，众美辐辏”。“综学在博，取事贵约，校练务精，捃摭须核”，综合汇聚学问要求广博，选取事例贵在简约，考校务必精要，采摘吸取必须核实，要注意学问的广博性、材料的精简性、考校的精准性、典故的真实性，各种优点汇聚，外学内才就会发挥出来。就比如刘劭《赵都赋》所用的典故——“公子之客，叱劲楚令歃盟；管库隶臣，呵强秦使鼓缶”（平原君门客毛遂叱责楚国使其与赵国歃血结盟，管理库房的小臣蔺相如呵斥强大的秦王使其为赵王击缶）。这样的用典既合理又抓住了要点。如果引事能抓住要点，虽然微小也有成效，好比寸把大的铜键可以管制车轮，尺许长的转轴能够转动大门（“寸辖制轮，尺枢运关也。”）。相反，如果言辞精妙、事例美好，却放在闲散的地方，那就是把黄金翠玉点缀在脚胫骨上，把红粉青黛涂在胸臆间了（“缀金翠于足胫，靓粉黛于胸臆也。”），指的就是事类引用在不合适的地方。

第三个要求是“用旧合机，不啻自其口出”，就是说要引事引言要契合机巧，就像从作者口中说出一样，看不到引用的痕迹，自然而然。结语也说“用人如己”，用了别人的典故，却好像讲自己的话，这个要求是很高的。需要指出的是，“不啻自其口出”出自《尚书·秦誓》：“人之有技，如己有之；人之彦圣，其心好之，不啻如自其口出，是能容人”，孔安国疏：“人之美圣，其心好之，不啻如自其口出，心好之至也，是人必能容之”[③]，原意是指别人的美好明哲，某人

① （战国）慎到撰：《慎子》（《四部备要》第52册），中华书局1989年据1936年版复印，第6页下栏。

② 许维遹撰，梁运华整理：《吕氏春秋集释》，中华书局2009年版，第100页。

③ （汉）孔安国传，（唐）孔颖达等正义：《十三经注疏·尚书正义》，上海古籍出版社1997年版，第256页。

真心赞赏，和他口里所说毫无区别，这个人就没有嫉妒心，能容人。刘勰将其用来表达“用人如己”之意，与原意已有区别，但仍可谓“依经”而“立义”。

第四个要求是避免“引事乖谬”。

> 凡用旧合机，不啻自其口出；引事乖谬，虽千载而为瑕。陈思，群才之英也，《报孔璋书》云：“葛天氏之乐，千人唱，万人和，听者因以蔑《韶》《夏》矣。”此引事之实谬也。按葛天之歌，唱和三人而已。相如《上林》云：“奏陶唐之舞，听葛天之歌，千人唱，万人和。”唱和千万人，乃相如接入，然而滥侈《葛天》，推三成万者，信赋妄书，致斯谬也。陆机《园葵》诗云：“庇足同一智，生理各万端。”夫葵能卫足，事讥鲍庄；葛藟庇根，辞自乐豫。若譬葛为葵，则引事为谬；若谓“庇”胜“卫”，则改事失真：斯又不精之患。夫以子建明练，士衡沈密，而不免于谬，曹洪之谬高唐，又曷足以嘲哉！夫山木为良匠所度，经书为文士所择，木美而定于斧斤，事美而制于刀笔：研思之士，无惭匠石矣。

刘勰举了两个例子来说明“引事乖谬”的情形。曹植《报孔璋书》引用司马相如的《上林赋》中的说法“奏陶唐之舞，听葛天之歌，千人唱，万人和”，并因此推论：“听者因以蔑《韶》《夏》也。”但考察葛天氏的歌曲，唱和的不过三人，司马相如说有千人唱、万人和，是他连接而加入的。曹植却相信《上林赋》而乱写，滥肆夸大葛天氏的歌曲，推“三”成“万”，导致这样的错误。还有一个是陆机的《园葵》说“庇足同一智，生理各万端”。这里实际上和《左传》的两个典故有关。一个典故见《左传·成公十七年》：“秋七月壬寅，（齐灵公）刖鲍牵而逐高无咎。……仲尼曰：‘鲍庄子之智不如葵，葵犹能卫其足。’”杜注：“葵倾叶向日，以蔽其根，言鲍牵居乱，不能危行言孙。”① 所以刘勰

① （晋）杜预注，（唐）孔颖达等正义：《十三经注疏·春秋左传正义》，上海古籍出版社1997年版，第1921页。

说:"葵能卫足,事讥鲍庄。"另外一个典故见《左传·文公七年》:"宋昭公将去群公子。乐豫曰:'不可。公族,公室之枝叶也,若去之,则本根无所庇荫矣。葛藟犹能庇其本根,故君子以为比,况国君乎!此谚所谓庇焉,而纵寻斧焉者也,必不可,君其图之。'"杜注:"葛之能藟蔓繁滋者,以本枝荫庥之多。"① 所以刘勰说"葛藟庇根,辞自乐豫"。刘勰再依经而立论,"若譬葛为葵,则引事为谬;若谓'庇'胜'卫',则改事失真:斯又不精之患",如果比"葛"为"葵",引用故事就谬误了;如果认为"庇"比"卫"好,就是改变典故失去其本真了,这都是不精确的毛病啊。以曹植的精明熟练、陆机的深沉细密,尚且出现这样的错误,曹洪误写高唐这样的事简直不值得嘲笑。

《事类》篇最后,刘勰对如何引用酌取事类进行了总结:"夫山木为良匠所度,经书为文士所择,木美而定于斧斤,事美而制于刀笔,研思之士,无惭匠石矣。"山中树木被优秀工匠所度量,经典书籍为文士所择取;美好的木材由工匠的斧斤所决定,事类的美好由文人的刀笔所控制,精研深思的文人,比起那著名的匠石②也毫不惭愧。从"经书为文士所择"可以看出,事类的主要来源仍然是儒家经典。

第三节 创作技巧论(二)——《练字》《隐秀》《指瑕》

本节主要讨论《练字》《隐秀》《指瑕》篇的"依经立义"。

先看《练字》。

一 练字

张国庆等认为,"练字"的"练"即"选择",而不是后世常用的

① (晋)杜预注,(唐)孔颖达等正义:《十三经注疏·春秋左传正义》,上海古籍出版社1997年版,第1845页。

② 匠石,典出《庄子·徐无鬼》。参见陈鼓应注译《庄子今注今译》,中华书局1983年版,第685页。

“锤炼”“锻炼”[①] 的意思；本篇题为“练字”，但直接论及“练字”的文字不是很多，全篇并非佳构，但是，本篇避免诡异、联边、重出和单复失调之论，虽难称深刻精到，但其针对汉代用字风习的弊端和当时创作中存在的问题而发，有很强的现实意义[②]。

笔者认为，刘勰从字形方面来论述文字简择问题，的确是针对当时的文坛弊病而言的，有着很强的现实意义，而且，字形的练择问题的的确确是一种文术。以下讨论《练字》篇中的“依经立义”。

（一）文字起源

在《练字》篇开头，刘勰首先讲到文字的起源。

> 夫文象列而结绳移，鸟迹明而书契作，斯乃言语之体貌，而文章之宅宇也。苍颉造之，鬼哭粟飞；黄帝用之，官治民察。

文字形成改变了结绳记事的习惯，辨认兽蹄鸟迹后文字符号兴起，这是言语的外形、文章的寓所。仓颉造字，鬼夜哭，天上落下粟米；黄帝使用文字，使百官治理各种事务，百姓明察事理。这里谈到了黄帝史官仓颉造字以及黄帝用书契治理天下的事，乃依经而为说。《周易·系辞下》有言：“上古结绳而治，后世圣人易之以书契，百官以治，万民以察。”[③] “结绳移”“书契作”“官治民察”，都来自《周易·系辞下》的说法，不过刘勰在文字起源上参合了《尚书序》《吕氏春秋》《淮南子》多种说法。《尚书序》“古者伏羲氏之王天下也，始画八卦，造书契，以代结绳之政，由是文籍生焉”[④]，认为“造

① 《练字》基本只涉及字形而很少涉及字义，和刘勰对于“练字”的具体定位有关，和当时特定的历史文化背景有关，也和刘勰特定的问题意识有关，不能据后世诗话、词话中“练字”主要从修辞、字义方面锤炼文字而对刘勰《练字》重字形轻字义提出批评。参见张国庆、涂光社《〈文心雕龙〉集校、集释、直译》，中国社会科学出版社 2015 年版，第 729—736 页。

② 参见张国庆、涂光社《〈文心雕龙〉集校、集释、直译》，中国社会科学出版社 2015 年版，第 729—736 页。

③ （魏）王弼等注，（唐）孔颖达等正义：《十三经注疏·周易正义》，上海古籍出版社 1997 年版，第 87 页。

④ （汉）孔安国传，（唐）孔颖达等正义：《十三经注疏·尚书正义》，上海古籍出版社 1997 年版，第 113 页。

书契”代“结绳”的是伏羲。《吕氏春秋·君守》“苍颉作书”[①]，认为是仓颉造字。《淮南子·本经训》“昔者苍颉作书，而天雨粟，鬼夜哭”[②]，也认为是仓颉造字。在多种说法中，刘勰认可伏羲画八卦（《原道》“伏牺画其始，仲尼翼其终”），而将造字之功归为仓颉，又将结绳移而书契作的后果“官治民察”，归之于黄帝，总体上讲，还是依经为说。

（二）文教制度

刘勰阐述完文字的起源后，接着论述了秦以前的文教制度，其中不少内容皆依“经”为说。

> 先王声教，书必同文，輶轩之使，纪言殊俗，所以一字体，总异音。《周礼》保氏，掌教六书。秦灭旧章，以吏为师。及李斯删籀而秦篆兴，程邈造隶而古文废。

先王传播教化，写的是统一的文字，乘坐轻车的使者，要到风俗不同的地区去记录方言，这是要统一字体，汇总不同方音。《周礼》中的保氏官，掌管教育授文字。秦朝烧掉前代典籍，以官吏做老师。到李斯删改籀文，秦朝小篆兴起，程邈创造隶书，周代的古文字都被废除。

这其中，“先王声教，书必同文”，本《礼记·中庸》“非天子不议礼，不制度，不考文。今天下车同轨，书同文，行同伦”[③]而为言。“《周礼》保氏，掌教六书”也是依经立说，《周礼·地官·保氏》有言“养国子以道，乃教之六艺”[④]，其中一项内容即为“六书”，即郑

---

① 许维遹撰，梁运华整理：《吕氏春秋集释》，中华书局2009年版，第443页。

② 高诱注：“苍颉始视鸟迹之文造书契，则诈伪萌生。诈伪萌生，则去本趋末，弃耕作之业，而务锥刀之利。天知其将饿，故为雨粟。鬼恐为书文所劾，故夜哭也。”参见刘文典集解《淮南鸿烈集解》，中华书局1989年版，第252页。

③ （汉）郑玄注，（唐）孔颖达等正义：《十三经注疏·礼记正义》，上海古籍出版社1997年版，第1634页。

④ （汉）郑玄注，（唐）贾公彦疏：《十三经注疏·周礼注疏》，上海古籍出版社1997年版，第731页。

众注"象形、会意、转注、处事、假借、谐声"①。

(三) 汉代以后的文字变化

秦以后的文字变化主要有四个阶段：西汉、东汉、魏、晋时期。

> 汉初草律，明著厥法：太史学童，教试六体；又吏民上书，字谬辄劾。是以马字缺画，而石建惧死，虽云性慎，亦时重文也。至孝武之世，则相如撰《篇》。及宣平二帝，征集小学，张敞以正读传业，扬雄以奇字纂训：并贯练《雅》《颉》，总阅音义。鸿笔之徒，莫不洞晓，且多赋京苑，假借形声。是以前汉小学，率多玮字，非独制异，乃共晓难也。暨乎后汉，小学转疏，复文隐训，臧否亦半。及魏代缀藻，则字有常检，追观汉作，翻成阻奥。故陈思称："扬、马之作，趣幽旨深，读者非师传不能析其辞，非博学不能综其理。"岂直才悬，抑亦字隐。自晋来用字，率从简易，时并习易，人谁取难？今一字诡异，则群句震惊；三人弗识，则将成字妖矣。然世所同晓者，虽难斯易；时所共废者，虽易斯难。趣舍之间，不可不察。

汉初创制法律，明白写有如此法令：大史对学童，要教授考试六种字体②；吏民上疏呈奏，文字有误就要弹劾，所以马字少写一笔，石建怕得要死，虽说生性谨慎，也是由于当时有重视文字的风气。到了汉武帝时期，司马相如写了《凡将篇》，宣帝、平帝时期，征集语言文字之学，张敞以正读古文传业、扬雄以汇集奇字而成《训纂篇》。他们才学宏博，无不通晓小学，多借形声字来写有关京都苑囿的大赋。所以西汉的文字之学，大都有奇异文字，并不是作者要特意标新立异，而是他们都通晓难字。东汉就不一样，文学之学转向空疏，复杂的文字隐微的义训，好坏各半。到了魏代，用字有了规范，回头再看汉代的作品，转而成了艰涩难懂的东西，所以曹植说："扬雄、司马相如

① （汉）郑玄注，（唐）贾公彦疏：《十三经注疏·周礼注疏》，上海古籍出版社1997年版，第731页。

② 六体者：古文、奇字、篆书（小篆）、隶书、缪篆、虫书。

的作品，意趣幽远意旨遥深，读者不是老师传授就不能辨析其文字，不博学就不能总括其事理。”不只是才学有悬殊，文字也有潜在的障碍。晋代以来，用字讲究简单平易，大家都习用容易的字，谁还选难写的字？一个字怪异，几句话都让人惊讶；三个人不认识，就被看成字妖了。所以，大家都通晓的，就算是难字也会看成容易的字；时代已经抛弃的字，就算容易也成为困难的字。用字的取舍，不可不察啊。

本节论述文字的发展，揭示了文字由难而易逐渐规范的基本线索，得出“世所同晓者，虽难斯易，时所共废者，虽易斯难”的规律。其中，“非博学无以综其理”，与儒家的“博学穷理”精神相通，“马字缺画，而石建惧死”所体现出的对待文字的谨慎态度与儒家的谨慎精神也是一致的。前文第七章第四、五节已有论及，不赘。

(四)《尔雅》《仓颉》对于作家有重要作用

在简单梳理文字的发展过程后，刘勰论述了《尔雅》《仓颉》两部训诂名著对于作家创作的重要性：

> 夫《尔雅》者，孔徒之所纂，而《诗》《书》之襟带也；《仓颉》者，李斯之所辑，而鸟籀之遗体也。《雅》以渊源诂训，《颉》以苑囿奇文，异体相资，如左右肩股。该旧而知新，亦可以属文。若夫义训古今，兴废殊用，字形单复，妍媸异体，心既托声于言，言亦寄形于字，讽诵则绩在宫商，临文则能归字形矣。

《尔雅》是孔子门徒所编纂，是《诗经》《尚书》的衣领衣带；《仓颉》是李斯所编辑，保存着籀文的字体。《尔雅》首开训诂，《仓颉》包揽奇文，体制不同但像左右肩腿一样相互依凭。总括古字而又认知新义，就可以写文章了。至于了解义训的古与今、文字兴废的不同使用情况、字形的简单与复杂、字写出来之后的美丑效果，心中所想寄托于言语，言语又寄托于文字，讽咏诵读就能在声律上听出效果，临篇命笔就能在字形选择上显示才能。

日本学者兴膳宏认为，《周易·系辞传》“书不尽言，言不尽意”

表达了“意—言—文字”这一公式，“而《文心雕龙·练字》篇‘心既托声于言，言亦寄形于字。讽诵则绩在宫商，临文则能归字形矣’，也是与这一理论呼应的”①。也就是说，“心既托声于言，言亦寄形于字，讽诵则绩在宫商，临文则能归字形矣”，与《周易·系辞下》“书（文字）不尽言，言不尽意”的“意—言—文字”的结构思路是一致的，不过，《周易》谈到了“书”“言”“意”之间的非一致性，而刘勰则突出了“心”“言”“字”之间的转换性与依托性，两者虽有差别，也称得上“依经立义”。

（五）练字四法

在论述完文字的起源与相关文教制度以及文字的发展史以后，刘勰谈到了练字的四种情况。

> 是以缀字属篇，必须练择：一避诡异，二省联边，三权重出，四调单复。诡异者，字体瑰怪者也。曹摅诗称：“岂不愿斯游，褊心恶呶呶。”两字诡异，大疵美篇，况乃过此，其可观乎！联边者，半字同文者也。状貌山川，古今咸用，施于常文，则龃龉为瑕，如不或免，可至三接，三接之外，其字林乎！重出者，同字相犯者也。《诗》《骚》适会，而近世忌同；若两字俱要，则宁在相犯。故善为文者，富于万篇，贫于一字，一字非少，相避为难也。单复者，字形肥瘠者也。瘠字累句，则纤疏而行劣；肥字积文，则黯黕而篇暗。善酌字者，参伍单复，磊落如珠矣。凡此四条，虽文不必有，而体例不无。若值而莫悟，则非精解。

“一避诡异”就是不要选怪异的字，曹摅的诗就是用了“呶呶”两个怪字，大大地损害了那篇美文。“二省联边”就是偏旁相同的字连用的时候要尽量减少。虽然描写山川状貌时经常连用，但在平常的文章中就要尽量减少，如果不可避免就可以连用三字，三字以上就像

① ［日］兴膳宏撰：《兴膳宏〈文心雕龙〉论文集》，彭恩华编译，齐鲁书社 1984 年版，第 43—44 页。

是字林了。"三权重出"就是要权衡重复出现的情况。《诗》《骚》的重出妥当适度，而近代忌讳重出。如果两个字都很重要，就宁可相犯[1]。"四调单复"是说要调适字形的肥与瘦。太多的瘦字聚集在一起，就稀疏而字形单薄，太多的肥字堆积在一起，就浓黑而篇章暗淡，所以要把肥瘦调配好，使它圆转起来像连贯的珠子。刘勰还体现了一种精益求精的精神，他说文章不一定出现这些毛病，但字形的体例上要有这些考虑，如果碰到这种情况了还不明白，就不算精通练字了。

刘勰在《总术》篇中说："凡精虑造文，各竞新丽，多欲练辞，莫肯研术。"精心结构文章的人，都在追求新丽，大多注重锤炼词句，没有人肯去研究文术。刘勰的《练字》专门谈论字形的练择，这就是一种实实在在的"文术"，而且刘勰认为只有掌握四种练字的方法才是"精解"，体现了刘勰的问题意识与解决问题的现实针对性。

本段中的"依经立义"大约有三处。第一处是论述"权重出"时，刘勰首先是把《诗》《骚》作为例据引入，"《诗》《骚》适会，而近世忌同"，接着提出自己的观点——"若两字俱要，则宁在相犯"。刘勰的主张与《诗》《骚》的体例也是相符的，因为《诗经》《离骚》并不避同，当然《诗》《骚》中的"同"也是妥贴适中（所谓"适会"），所以，刘勰"若两字俱要，则宁在相犯"的观点也是依经而立[2]。

第二处是刘勰谈论"调单复"时，提倡"参伍单复，磊落如珠"。"参伍"在全书中多次出现，《檄移》篇"（移）与檄参伍"，《议对》篇"酌三五以熔世，而非迂缓之高谈"，《通变》"参伍因革，通变之数也"，《练字》篇"善酌字者，参伍单复，磊落如珠矣"，《物色》篇"古来辞人，异代接武，莫不参伍以相变，因革以为功，物色尽而情有余者，晓会通也"。"参伍"一词出自《周易·系辞上》："参伍以变，错综其数。"孔颖达疏："参，三也。伍，五也。或三或五，以相

---

① 张国庆认为，唐代近体诗对"重出"的规避，大约比刘勰"若两字俱要，则宁在相犯"还要严格得多。参见张国庆、涂光社《〈文心雕龙〉集校、集释、直译》，中国社会科学出版社2015年版，第733页。

② 虽然涉及《骚》，可《离骚》也有很强的"依经立义"色彩。

参合，以相改变。略举三五，诸数皆然也。”[①] “参伍” 意谓《易》爻或三或五而变，后则引申为错综比较、错杂综合之意。所以说，“参伍单复，磊落如珠” 有 “依经立义” 痕迹。

第三处是刘勰 “避诡异” 的主张与儒家的基本精神相通。儒家重视并强调 “正”“义”“经”“典”，反对 “诡（异）”。如《诗经·大雅·民劳》“无纵诡随，以谨无良”“无纵诡随，以谨惛怓”“无纵诡随，以谨罔极” “无纵诡随，以谨丑厉” “无纵诡随，以谨缱绻”[②]，意即王为政，无听于诡人之善，不肯行随人之恶，以此勒慎无良之人、好争喜乱者（“惛怓”）、所行不中正者（“罔极”）、丑恶危险之人（“丑厉”）、反复无常之人（“缱绻”），这是一种 “慎小而惩大”[③] 的政治考虑。此诗在《左传·文公十年》引作 “毋纵诡随，以谨罔极”，杜预注：“诡人、随人，无正心者。”[④] 所以，“诡” 即 “不正”，不合正道。刘勰 “字形避诡异” 的主张与儒家反对 “非诡（异）” 的精神是相通的。

需要注意的是，“避诡异” 不仅是刘勰在字形简择方面的要求，也是《文心雕龙》的基本思想。刘勰在《奏启》直接引用 “无纵诡随”，并在《文心雕龙》多处谈到 “诡”，如：《正纬》“附以诡术”、《辨骚》“诡异之辞”、《史传》“时同多诡”、《诸子》“诸子杂诡术”、《檄移》“谲诡以驰旨”、《封禅》“诡言遁辞”、《书记》“诡丽辐辏”、《神思》“情数诡杂”、《体性》“笔区云谲，文苑波诡”、《定势》“率好诡巧”、《情采》“采滥辞诡”、《声律》“吃文为患，生于好诡”、《夸饰》“诡滥愈甚”、《时序》“纵横之诡俗”、《物色》“诡势瑰声”、《才略》“搜选诡丽”、《知音》“爱奇者闻诡而惊听”、《程器》“诡俦

① （魏）王弼等注，（唐）孔颖达等正义：《十三经注疏·周易正义》，上海古籍出版社 1997 年版，第 81 页。

② （汉）郑玄笺，（唐）孔颖达等正义：《十三经注疏·毛诗正义》，上海古籍出版社 1997 年版，第 548 页。

③ （汉）郑玄笺，（唐）孔颖达等正义：《十三经注疏·毛诗正义》，上海古籍出版社 1997 年版，第 548 页。

④ （晋）杜预注，（唐）孔颖达等正义：《十三经注疏·春秋左传正义》，上海古籍出版社 1997 年版，第 1848 页。

于愍怀”、《序志》“言贵浮诡”等，除了“云谲波诡”表示变幻莫测，没有贬义外，其他的“诡”大都表示“诡异”“不正”，明显含有贬义。可见，刘勰的“避诡异”与儒家思想是相通的。

（六）“文变之谬”与“依义弃奇”

刘勰在《练字》篇最后，还谈到了“文变之谬”与“依义弃奇”的问题。

> 至于经典隐暧，方册纷纶，简蠹帛裂，三写易字，或以音讹，或以文变。子思弟子，“于穆不似”，音讹之异也；晋之史记，“三豕渡河”，文变之谬也。《尚书大传》有“别风淮雨”，《帝王世纪》云“列风淫雨”，“别列淮淫”，字似潜移，“淫列”义当而不奇，“淮别”理乖而新异。傅毅制诔，已用“淮雨”，元长作序，亦用“别风”。固知爱奇之心，古今一也。史之阙文，圣人所慎，若依义弃奇，则可与正文字矣。

刘勰首先谈到了典籍在传抄的过程中可能受音近或形近的影响而产生错误。如子思弟子孟仲子把《诗经·周颂·维天之命》的“於穆不已”[①] 说成“於穆不似”，这是音近而讹误；子夏到晋国听到有人读史书“晋师三豕渡河”，纠正为“晋师己亥渡河”，这是形近而误。这是文字在传抄过程中出现的由于客观原因而导致的错误。刘勰还谈到了另外一种由于主观原因造成的文字错误——“爱奇之心”而导致的错误。《尚书大传》有“别风淮雨”，《帝王世纪》说“烈风淫雨”，“别列”“淮淫”，字形相似潜在改变移换，“淫雨烈风”意义恰当而不新奇，“淮雨别风”事理乖违而标新立异。所以，傅毅作诔文就用了“淮雨”；王融作序也用了“别风”。所以说“爱奇之心”，古今都有。史籍中的阙疑文字，孔子也谨慎对待，如果依据义正而弃置奇异，就可以订正文字了。

① 《诗经·周颂·维天之命》的原文实为：“维天之命，於穆不已。”参见（汉）郑玄笺，（唐）孔颖达等正义《十三经注疏·毛诗正义》，上海古籍出版社 1997 年版，第 583 页。

刘勰在《史传》篇提到“文疑则阙，贵信史也”，本篇又提到“史之阙文，圣人所慎”，都源出《论语·卫灵公》“子曰：吾犹及史之阙文也，有马者借人乘之，今亡矣乎!”① 刘勰引用此一典故，意即对待文字（哪怕是缺失的文字）要谨慎，不能因爱奇之心而随意改动，要“依义弃奇”，这样才可以订正文字。显然，这是一种“依经立义”，前文第五章《奇正观》已有论述，不赘。

二 隐秀

《隐秀》篇在《文心雕龙》全书中有一个特殊情况，即此篇在较早版本中缺了一页约400字，而在明末又被寻到补全。如此，就带来一个问题，即《隐秀》篇的明代补文的真伪问题。从清代直到当代，学界对此一直予以关注与讨论，并有着激烈的争论。笔者无意就争论双方的观点和关键证据细加罗列，认可学界多数人所主张的补文为伪撰，并且认为可以补充两条新的线索。

一是从跋语间的歧互可以看出补文来源的彼此矛盾。明代学者徐在《文心雕龙》跋语中指出，《隐秀》补文由“王孙孝穆”从“故家旧本（宋本）”中钞录。前辈学者对于“王孙孝穆”的身份有三大误解：或者将其等同石城王朱谋㙔（如王利器、詹锳、祖保泉、汪春泓等），要么将其视作弋阳王朱谋𫮯（如杨明照），要么完全没有看到朱孝穆同两位王爷的亲密关系（如周振甫）。据朱谋垔等《续书史会要》，“王孙孝穆”即朱谋㙔第三子朱统鍠，字孝穆。朱统鍠所见“故家旧本”必为其父朱谋㙔所见，但朱谋㙔跋语从未提及“故家旧本”；另外，徐𤊹也从未对朱谋㙔从许子洽处转钞钱功甫《隐秀》再写寄梅子庾补刊有所提及。徐𤊹与朱谋㙔、朱孝穆父子均有深交，但朱谋㙔跋语与徐𤊹跋语彼此矛盾，为《隐秀》补文的证伪提供了新的线索②。

① （魏）何晏等注，（宋）邢昺疏：《十三经注疏·论语注疏》，上海古籍出版社1997年版，第2518页。

② 朱供罗：《明代徐𤊹〈文心雕龙〉跋语“王孙孝穆”考——兼论〈文心雕龙·隐秀〉补文证伪的一条新线索》，《昆明学院学报》2019年第2期。

另一条线索是原文与补文的“依经立义”表现差异明显。本篇的原文部分很好地体现了“依经立义”的理论范式和思维模式，但补文部分的“依经立义”痕迹则很少。以下试分析全篇的“依经立义”情况。

（一）何为“隐秀”？

刘勰在“文术论”部分讨论某种文术，基本的结构是先释义，再追溯此一文术的起源与发展，再针对现状提出问题，最后总结此一文术的使用原则。所以，本篇也是一开始就给出“隐秀”的含义。

> 夫心术之动远矣，文情之变深矣，源奥而派生，根盛而颖峻，是以文之英蕤，有秀有隐。隐也者，文外之重旨者也；秀也者，篇中之独拔者也。隐以复意为工，秀以卓绝为巧。斯乃旧章之懿绩，才情之嘉会也。

《隐秀》一开头就“依经立义”。“心术之动远矣”（心灵意念的兴起很遥远吧），语本《礼记·乐记》，“应感起物而动，然后心术形焉”[①]；“文情之变深矣”（内在之“情”与外发之“文”其间的变化很深奥吧），语本《礼记·乐记》：“是故情深而文明，气盛而化神，和顺积中，而英华发外。”孔疏：“志起于内，内虑深远，是情深也。言之于外，情由言显，是文明也。”[②] 由心术与文情之深远，刘勰接着推论“源奥而派生，根盛而颖峻”（源头深远而支派繁生，根柢深固而枝叶高大），并引出主题“是以文之英蕤，有秀有隐”（文章中的精华，有秀有隐），显然，这是“依经立义”。

此后，刘勰对“隐”和“秀”各下了定义。“隐也者，文外之重旨也；秀也者，篇中之独拔者也。隐以复意为工，秀以卓绝为巧。斯乃旧章之懿绩，才情之嘉会也”，隐，是文章之外的多重意旨；秀，

① （汉）郑玄注，（唐）孔颖达等正义：《十三经注疏·礼记正义》，上海古籍出版社1997年版，第1535页。

② （汉）郑玄注，（唐）孔颖达等正义：《十三经注疏·礼记正义》，上海古籍出版社1997年版，第1536页。

是篇章中突出挺拔的文句。隐以多重含义为工巧，秀以卓越独到为巧妙，这是前人文章的美好成就、才华与情思的集中展现。讲完定义后，刘勰接着讲“隐”的本质。

> 夫隐之为体，义生文外，秘响旁通，伏采潜发，譬爻象之变互体，川渎之韫珠玉也。故互体变爻，而化成四象；珠玉潜水，而澜表方圆。

“隐”的本质，意义生于文辞之外，隐秘的声音从旁传来，隐伏的文采暗中闪耀，就好像爻象变化互体，川流蕴含珠玉，所以互体里变化爻象，化成四种象；珠玉潜藏在水中，波澜就显现出或方或圆的变化。这里谈到了《周易》的象数之学——“互体变爻”，用以说明“隐”含义丰富的特点。“互体变爻，而化成四象”，语本《周易·系辞上》“易有四象，所以示也”。孔颖达正义引庄氏曰：“四象谓六十四卦之中，有实象，有假象，有义象，有用象，为四象也。”① 周振甫的《文心雕龙注释》引用《左传·庄公二十二年》的一则占筮，作为“互体变爻”的例子，可见象数之学之一斑，现录于下：

> 《左传·庄公二十二年》：“陈侯使筮之，遇观䷓之否䷋。”注：“坤下巽上观，坤下乾上否。观六四爻变而为否。……《易》之为书，六爻皆有变象，又有互体，圣人随其义而论之。”疏：“《易》之为书，揲蓍求爻，重爻为卦。爻有七、八、九、六，其七、八者，六爻并皆不变。卦下总为之辞名之为彖。……其九、六者，当爻有变，每爻别为其辞名之曰象。……每爻各有象辞，是六爻皆有变象。二至四、三至五两体交互各成一卦，先儒谓之互体。圣人随其义而论之，或取互体，言其取义为（无）常也。”②

① （魏）王弼等注，（唐）孔颖达等正义：《十三经注疏·周易正义》，上海古籍出版社 1997 年版，第 82 页。

② （晋）杜预注，（唐）孔颖达等正义：《十三经注疏·春秋左传正义》，上海古籍出版社 1997 年版，第 1775 页。

“上引‘遇《观》䷓之《否》䷋’，里面有互体，有变爻。观卦倒数第四爻⚋为否卦的⚊，成为两个卦，其中☷是坤，‘坤，土也’；☴是巽，‘巽，风也’；☰是《乾》，‘乾，天也’。‘风为天于土上’，《观卦》的风☴变为《否卦》的天☰，居于土☷上，‘山也’。‘有山之材，而照之以天光，于是乎居土上。’故曰：‘观国之光，利用宾于王。’这里☴是风，☷是土，☰是天，是实象；‘风为天于土上，山也’，是假设的象；‘有山之材而照之以天光’，是义象；‘观国之光利用宾于王’，是用象。根据变爻就产生四象。”①

本例中，观卦䷓是本卦，六四⚋爻变成⚊就成了否卦䷋，称为之卦，这是爻变的一种情况。互体则是本卦的二至四爻与三至五爻重新组成的一个新卦，如观䷓的互体卦是䷖，内含坤☷艮☶。总之，一个复卦可能由于老阴（即爻数为六）或老阳（即爻数为九）就有了动爻，将动爻变成相反的爻而出现之卦，更由二至五爻的错综而出现互体，于是一个卦的意义就很丰富，错综复杂，可以旁通很多情况。刘勰用互体变爻的理论来比喻“隐”的含义丰富，蕴藉深沉，赞语中的“辞生互体，有似变爻”再次说明了此种情况。所以，这里体现了刘勰的依《易经》而立义的理论范式，不仅依义理之学，也依象数之学。

（二）补文的“依经立义”表现不明显

前辈学者已从补文来历和版本，《隐秀》缺文与补文字数，风格上的“自然”与“苦思”矛盾，以及补文论诗不论文、论诗不提及《诗经》《离骚》，全书不提陶渊明而《隐秀》补文提及陶渊明等方面论证《隐秀》为伪作。笔者认为，前述的从朱谋㙔跋语从未提及“故家旧本”，而徐𤊹也从未对朱谋㙔从许子洽处转钞钱功甫《隐秀》再写寄梅子庾补刊有所提及，两人跋语互不提及不合常理，可作为《隐秀》补文证伪的一条新线索。更重要的是，补文的“依经立义”很不明显，与全书浓厚的“依经立义”色彩很不一致，也可作为补文证伪

① 周振甫注：《文心雕龙注释》，人民文学出版社 1981 年版，第 434 页。注中引语来自《左传·庄公二十二年》。

的一条新线索。以下试分析补文的“依经立义”。

{始正而末奇，内明而外润，使玩之者无穷，味之者不厌矣。彼波起辞间，是谓之秀。纤手丽音，宛乎逸态，若远山之浮烟霭，娈女之靓容华。然烟霭天成，不劳于妆点；容华格定，无待于裁熔。深浅而各奇，秾纤而俱妙，若挥之则有余，而揽之则不足矣。

夫立意之士，务欲造奇，每驰心于玄默之表；工辞之人，必欲臻美，恒溺思于佳丽之乡。呕心吐胆，不足语穷；锻岁炼年，奚能喻苦？故能藏颖词间，昏迷于庸目；露锋文外，惊绝乎妙心，使蕴藉者蓄隐而意愉，英锐者抱秀而心悦。譬诸裁云制霞，不让乎天工；斫卉刻葩，有同乎神匠矣。若篇中乏隐，等宿儒之无学，或一叩而语穷；句间鲜秀，如巨室之少珍，若百诘而色沮：斯并不足于才思，而亦有愧于文辞矣。将欲征隐，聊可指篇：《古诗》之“离别”，乐府之《长城》，词怨旨深，而复兼乎比兴；陈思之《黄雀》，公干之“青松”，格刚才劲，而并长于讽谕；叔夜之□□，嗣宗之□□，境玄思澹，而独得乎优闲；士衡之□□，彭泽之□□，心密语澄，而俱适乎□□。如欲辨秀，亦惟摘句“常恐秋节至，凉飙夺炎热”，意凄而词婉，此匹妇之无聊也；“临河濯长缨，念子怅悠悠”，志高而言壮，此丈夫之不遂也；“东西安所之，徘徊以彷徨”，心孤而情惧，此闺房之悲极也；“朔}风动秋草，边马有归心”，气寒而事伤，此羁旅之怨曲也。（注：{} 内为补文）

分析补文的“依经立义”之前，先说一下补文的开头部分。周振甫认为，补文是承“隐之为体”来谈的，体用并举，那么，“隐之为体”是不是该和“秀之为用”对举呢？可是补文却说“彼波起辞间，是谓之秀”，跟“隐之为体”不相称①，笔者赞同此观点。顺着此思路，补文论“秀”的时候是否也应该像论“隐”那样论述“秀”的本质特征，也要引用经典？也要“依经立义”呢？

① 参见周振甫注《文心雕龙注释》，人民文学出版社 1981 年版，第 443 页。

抛开"始正而末奇，内明而外润，使玩之者无穷，味之者不厌矣"不谈[①]，先谈谈补文怎样论"秀"，不妨和论"隐"的有关文句对照起来参看：

> "隐"：隐之为体，义生文外，秘响旁通，伏采潜发，譬爻象之变互体，川渎之韫珠玉也。故互体变爻，而化成四象；珠玉潜水，而澜表方圆。｛始正而末奇，内明而外润，使玩之者无穷，味之者不厌矣。｝
>
> "秀"：｛彼波起辞间，是谓之秀。纤手丽音，宛乎逸态，若远山之浮烟霭，娈女之靓容华。然烟霭天成，不劳于妆点；容华格定，无待于裁熔。深浅而各奇，秾纤而俱妙，若挥之则有余，而揽之则不足矣。｝

"义生文外"，可谓"隐"的本质，但用"波起辞间"来比喻"秀"的本质，似不匹配，至少"义"是实义本体词，"波"是比喻格喻体词。"秘响旁通，伏采潜发"是对"义生文外"的进一步说明，可看作比喻修辞格中的本体，"譬爻象之变互体，川渎之韫珠玉也"是对"秘响旁通，伏采潜发"的比喻，是比喻修辞格中的喻体。但"纤手丽音，宛乎逸态"不是对"秀"的进一步申说，它不是比喻修辞格中的本体，而是喻体；"若远山之浮烟霭，娈女之靓容华"也是喻体，但其中并没有像"爻象之变互体，川渎之韫珠玉"一样使用典故。"爻象之变互体"前文已有举例，可看作与《周易》有关的一个典故；"川渎之韫珠玉"，典出陆机《文赋》"石韫玉而山晖，水怀珠而川媚"[②]，而"远山之浮烟霭，娈女之靓容华"似乎没有像样的典

---

① 周振甫认为：补文开头讲"隐"，却说"始正而末奇"，提出个奇正来，奇正同隐有什么关系呢？刘勰讲奇正，……都和隐无关。奇正又怎么跟始末联系呢？刘勰要求奇而不失正，奇求新变。"旧练之才，则执正以驭奇；新学之锐，则逐奇而失正"，没有把相反的奇正说成"始正而末奇"的，这也不是刘勰的观点。参见周振甫注《文心雕龙注释》，人民文学出版社1981年版，第443页。

② 郭绍虞主编：《中国历代文论选》第1册，上海古籍出版社2001年版，第173页。

故。如果一定要说有典故，也勉强可说“娈女”出自《诗经·小雅·车辖》“思娈季女逝兮”[①]，“容华”与曹植《美女篇》“容华耀朝日，谁不希令颜”[②]、《杂诗》“南国有佳人，容华若桃李”[③]的“容华”一致。但这样散见于两处勉强凑在一起的典故显然与“川渎之韫珠玉”不相配，并且就算“娈女之靓容华”有典，前面的“远山之浮烟霭”也没有典故，也不匹配。补文典故的不足[④]不仅是学问不够，也和补文作者的“依经立义”意识模糊有关。

再看“隐”的论述，“故互体变爻，而化成四象；珠玉潜水，而澜表方圆”，这是两个典故，也是两个喻体的进一步申说，表明“隐”含蓄丰富的特点。但“秀”的论述中，“然烟霭天成，不劳于妆点；容华格定，无待于裁熔”，并不是“若远山之浮烟霭，娈女之靓容华”的进一步申说，而是一种转折式补充，即烟霭也好、容华也好，须自然而然，无须装点。这一点与补文后面所述的“呕心吐胆”“锻岁炼年”又明显相矛盾。

至于“隐之为体”的最后一句“始正而末奇，内明而外润，使玩之者无穷，味之者不厌矣”与“是谓之秀”的最后一句“深浅而各奇，秾纤而俱妙，若挥之则有余，而揽之则不足矣”，句式相仿佛，语词相对立（“无穷”对“有余”，“不厌”对“不足”），是比较符合骈文特点的。这恰恰可能是两句全出于伪作者所写，所以比较通畅。如果一半为刘勰所写，另一半为伪作者所写，就可能会出现前面所述种种不相匹配的情形。

前面谈补文论“秀”缺少对经典的引用，说明伪作者可能学问不够，也可能“依经立义”意识模糊。这一点在后面具体例证“隐”

---

① （汉）郑玄笺，（唐）孔颖达等正义：《十三经注疏·毛诗正义》，上海古籍出版社 1997 年版，第 482 页。

② 赵幼文校注：《曹植集校注》，人民文学出版社 1998 年版，第 385 页。

③ 赵幼文校注：《曹植集校注》，人民文学出版社 1998 年版，第 387 页。

④ 一方面，补文典故数量不足；另一方面，补文典故存在疑问。纪昀认为：“‘呕心吐胆’，似摭玉溪《李贺小传》‘呕出心肝’语，‘锻岁炼年’，似摭周朴《六一诗话》‘月锻季炼’语……似乎明人伪托。”参见（梁）刘勰著，（清）黄叔琳注，（清）纪昀评，（清）李详补注，刘咸炘阐说，戚良德辑校《文心雕龙》，上海古籍出版社 2015 年版，第 233 页。

"秀"的时候，表现的更明显。补文作者根本就没有像其他的"文术论"那样追溯"隐""秀"两种修辞法（或者称之为"隐秀"修辞法）的源头，也没有从《诗经》《尚书》《周易》等经典中引用例证，只是从汉代、魏晋时代的作家作品中例证"隐""秀"，这说明伪作者根本没有刘勰那么清晰而自觉的"依经立义"意识。

还有一点值得指出，从结构上来看，刘勰对于"丽辞""比兴""夸饰""事类"等文术的论述，除了在源头上"依经立义"，还会简述某一"文术"在历代文学中的运用情况，特别是近代以来的运用情况，而近代的运用情况又常常存在这样那样的问题，刘勰再提出针对性的纠正和补救之术，从而使某一文术发挥其理想效果。但《隐秀》篇的补文中看不到源头，看不到"隐秀"文术运用的历史流向，也看不到近代（晋、宋）文坛中"隐秀"文术存在的问题，更看不到"隐"的使用原则或方法①，这些在结构上合乎常规的设想一个也没有出现。我们从补文中看到的只有为造成"隐秀"而"苦心经营"的描述（"呕心吐胆，不足语穷；锻岁炼年，奚能喻苦?"），有"隐"有"秀"后的奇妙效果的渲染（"不让乎天工""有同乎神匠"），"乏隐鲜秀"的症结归因（"斯并不足于才思，而亦有愧于文辞矣"）以及大量的分类举例，这样的结构的确是与其他"文术"论很不一致。所以，从结构上来看，补文伪作的可能性也是很大的。

（三）末段的补文问题

末段文字中有两处补文，一处为"晦塞非深，虽奥非隐"，补入之后与"雕削取巧，虽美非秀矣"形成对仗；一处为将"秀句所以照文苑"增补为"隐篇所以照文苑，秀句所以侈翰林"。国庆师认为，应该将两处补文都去掉，保留末段的原貌：

> 凡文集胜篇，不盈十一；篇章秀句，裁可百二：并思合而自逢，非研虑之所课也。或有［晦塞非深，虽奥非隐；］雕削取巧，

① 笔者认为，"并思合而自逢，非研虑之所课也"，"雕削取巧，虽美非秀"，"自然会妙，譬卉木之耀英华；润色取美，譬缯帛之染朱绿"，可视为"秀"的使用原则。

虽美非秀矣。故自然会妙，譬卉木之耀英华；润色取美，譬缯帛之染朱绿。朱绿染缯，深而繁鲜；英华曜树，浅而炜烨。秀句所以照文苑，[隐篇所以照文苑，秀句所以侈翰林，]盖以此也。

剔除两处补文，末段就成了集中论"秀"的一段文字①。张国庆由此逆推，"'（朔）风动秋草，边马有归心'，气寒而事伤，此羁旅之怨曲也"所在一段可能是专门列举"秀句"之例证，更可由此倒推上两段的结构可能是先例证"隐"再总结"隐"之特征。所以，全篇的结构可能是这样："首段总论隐秀特质，二段举例征'隐'，三段具体总结'隐'之特征，四段举例征'秀'，末段具体总结'秀'的特征，最后的'赞'语则括言隐秀二者。全篇结构严整，秩序井然。"②

张国庆的逆推自有道理。不过，笔者认为，将最后一段看作"秀"的特征，似可商榷。一个原因是首段已经总论"隐秀"特质，文末又分论"隐""秀"特征，似有重复之嫌；另一个原因是，"思合而自逢，非研虑之所课""雕削取巧，虽美非秀""自然会妙，譬卉木之耀英华""润色致美，譬缯帛之染朱绿"等说法中，都含有动作与效果的配对出现，所以将其视为"秀"的运用原则，似乎也说得通。

另外，笔者在上文根据文术论的一般情况所作的结构上的推想与张先生的结构推想不甚相同，但也有相似之处：即文章应该有关于"隐秀"的特征或是运用原则的总结（如上所述，"思合而自逢，非研虑之所课""雕削取巧，虽美非秀""自然会妙""润色致美"等可看作"秀"的运用原则；"隐"的运用原则应当也有总结）。当然，这种原则（或曰特征）总结应该有现实针对性，所以，对于"隐秀"的源流梳理，特别是近代词人"隐""秀"具体运用情况的描述，是结构方面应该考虑的内容。

---

① 张国庆、涂光社：《〈文心雕龙〉集校、集释、直译》，中国社会科学出版社 2015 年版，第 759 页。

② 张国庆、涂光社：《〈文心雕龙〉集校、集释、直译》，中国社会科学出版社 2015 年版，第 760 页。

总之，分析《隐秀》篇原文和补文中“依经立义”，可以发现原文中的“依经立义”表现明显，而补文中“依经立义”痕迹很少，这一明显差异或许可以成为《隐秀》补文证伪的又一条新线索。另外，从结构上看，《隐秀》篇没有对“隐”“秀”文术运用情况的源流梳理，特别是没有交代近代文坛中“隐秀”文术所出现的问题，也没有总结具有现实针对性的使用“隐”的原则，只交代了“秀”的运用原则。这或许为设想补文原貌提供了线索。

三　指瑕

指瑕，即指出瑕疵、毛病，所以本篇的主旨是举例论证文章之瑕。按刘永济《文心雕龙校释》，本篇所列文章八病为：一、措辞失体；二、立言违理；三、用辞伤义；四、拟人不伦；五、意义依稀；六、声音犯忌；七、为文剽窃；八、注书谬解[①]。以下在论述其瑕疵之时适时分析其“依经立义”的话语模式。

（一）总论“鲜无瑕病”

刘勰一开篇就引用管子的话，认为为文不可不慎。

> 管仲有言：“无翼而飞者声也；无根而固者情也。”然则声不假翼，其飞甚易；情不待根，其固匪难。以之垂文，可不慎欤！

“无翼而飞者声也；无根而固者情也”（没有翅膀却能飞行的是声音，没有根柢却能稳固的是情感），这是管子的话。声音不借助翅膀，它的传扬很容易；情感不依靠根柢，它的坚固也并不难[②]。将“声”

① 参见刘永济《文心雕龙校释》，中华书局2007年版，第142页。

② 黄侃《札记》：“案《管子·戒》篇文曰：‘管仲复于桓公曰：无翼而飞者声也（注：出言门庭，千里必应，故曰无翼而飞），无根而固者情也（注：同舟而济，胡越不患异心，故曰无根而固），无方而富者生也。公亦固情谨声，以严尊生，此谓道之荣。’案彦和引此，断章取义，盖以无翼而飞，无根而固，喻文之传于久远，易为人所记识，即后文‘文章岁久而弥光，若能檃栝一朝，可以无惭千载’之意。亦即《赞》‘斯言一玷，千载弗化’意。”参见黄侃著，吴方点校《文心雕龙札记》，中国人民大学出版社2004年版，第196页。

"情"流传于文字，可以不慎重吗？刘勰通过管子的比喻说明为文不可不慎，这种主张是与儒家"敬慎"精神相通的。前文第七章第四节《敬慎不败》已有论述，不赘。

接着，刘勰论述为文"鲜无瑕病"，"古来文才，异世争驱，或逸才以爽迅，或精思以纤密，而虑动难圆，鲜无瑕病"，自古以来的文人才士，在不同时代争锋，有的才华卓越而爽朗迅捷，有的精深思考而纤巧细密，可是考虑往往难以周全，很少没有毛病。以下具体论述文之瑕病。

（二）"措辞失体""立言违理""用辞伤义""拟人不伦"

此四种瑕病，刘勰分别举例，并随后进行了总结概括。

> 陈思之文，群才之俊也，而《武帝诔》云"尊灵永蛰"，《明帝颂》云"圣体浮轻"。浮轻有似于蝴蝶，永蛰颇疑于昆虫，施之尊极，岂其当乎？左思《七讽》，说孝而不从，反道若斯，余不足观矣。潘岳为才，善于哀文，然悲内兄，则云感"口泽"，伤弱子，则云心"如疑"。《礼》文在尊极，而施之下流，辞虽足哀，义斯替矣。若夫君子拟人，必于其伦，而崔瑗之诔李公，比行于黄、虞，向秀之赋嵇生，方罪于李斯！与其失也，虽宁僭无滥，然高厚之诗，不类甚矣。凡巧言易标，拙辞难隐，斯言之玷，实深白圭，繁例难载，故略举四条。

曹植的文章，是众多才士中非常杰出的。但他的《武帝诔》说"尊灵永蛰"[①]（尊贵的神灵永远蛰伏），《明帝颂》说"圣体浮轻"[②]（圣王的身体轻轻浮动）。"浮轻"好像是蝴蝶，"永蛰"很让人怀疑是昆虫，这样的词用在尊贵之极的人身上，难道是正当的吗？这是"措辞失体"。周锋、王运熙将其称为"比尊于微"。

① 《武帝诔》："幽闼一扃，尊灵永蛰。"参见赵幼文校注《曹植集校注》，人民文学出版社1998年版，第199页。

② 《冬至献袜履颂表》："翱翔万域，圣体浮轻。"参见赵幼文校注《曹植集校注》，人民文学出版社1998年版，第489页。

左思的《七讽》[①] 阐说孝道却不奉行，如此违反大道，其他方面就不值得看了（"余不足观也"）。这是"立言违理"。王运熙、周锋直接称为"说孝不从"。需要说明的是"余不足观也"，来自《论语·泰伯》："子曰：如有周公之才之美，使骄且吝，其余不足观也已。"[②] 这种成词套用，也是"依经立义"的表现。

潘岳有才能，很善于写哀悼文章，但悲悼内兄，就说感到他的"口泽"，伤痛弱子，就说疑心他还活着[③]。《礼记》的文字（"口泽"[④]"如疑"[⑤]）本用在极尊贵的人身上，而潘岳却用在同辈、晚辈身上，文辞虽然足够悲哀，礼仪的规则却被废了。这是"用辞伤义"，也即王运熙、周锋所谓"施尊于卑"。

君子比拟人物，一定要合乎同类。此一思想来自《礼记·曲礼下》："拟人必于其伦。"[⑥] 刘勰此论实依经而立。接下来举的例子都是反例。崔瑗作诔哀悼李公[⑦]，竟然将其德行比作黄帝、虞舜之德行；向秀作赋哀悼嵇康，竟将其遭受的罪刑比于李斯[⑧]！假如比拟有差失，宁可比得好一些也不要比得坏一些（"与其失也，宁僭无滥"），齐高

① 黄侃《札记》："左思《七讽》，今无考，然六朝人实有太不避忌者。"参见黄侃著，吴方点校《文心雕龙札记》，中国人民大学出版社 2004 年版，第 196 页。

② 程树德撰，程俊英、蒋见元点校：《论语集释》，中华书局 1990 年版，第 535 页。

③ 潘岳悲内兄文，今无考；伤弱子文《金鹿哀辞》有言："将反如疑，回首长顾。"参见董志广校注《潘岳集校注》，天津古籍出版社 2005 年版，第 161 页。

④ 《礼记·玉藻》："父没而不能读父之书，手泽存焉尔。母没而杯圈不能饮焉，口泽之气存焉尔。"参见（汉）郑玄注，（唐）孔颖达等正义《十三经注疏·礼记正义》，上海古籍出版社 1997 年版，第 1484 页。

⑤ 《礼记·檀弓》："孔子观送葬者曰：善哉为丧乎，……其往也如慕，其反也如疑。"参见（汉）郑玄注，（唐）孔颖达等正义《十三经注疏·礼记正义》，上海古籍出版社 1997 年版，第 1283 页。

⑥ （汉）郑玄注，（唐）孔颖达等正义：《十三经注疏·礼记正义》，上海古籍出版社 1997 年版，第 1268 页。

⑦ 杨明照《校注》："按子玉诔文已佚。以其时考之，'李公'未审为李固否？固曾为太尉，且有盛名（见《后汉书·郎顗传》及固本传），对瑗亦极推崇（见《后汉书》瑗本传）。见诛后，瑗为之作诔，谅合情理。"参见黄叔琳注，李洋补注，杨明照校注拾遗《增订文心雕龙校注》，中华书局 2000 年版，第 511 页。

⑧ 向秀《思旧赋》云："昔李斯之受罪兮，叹黄犬而长吟。悼嵇生之永辞兮，顾日影而弹琴。"参见（清）严可均辑《全上古三代秦汉三国六朝文·全晋文》，商务印书馆 1999 年版，第 763—764 页。

厚引的诗，不伦不类也太过分了！这里引用了《左传》的两个典故。一个是言典——“宁僭无滥”。《左传·襄公二十六年》：“善为国者，赏不僭而刑不滥。赏僭则惧及淫人，刑滥则惧及善人。若不幸而过，宁僭无滥。”① 杜预注：“僭，差也；滥，溢也。”② 范文澜《文心雕龙注》认为：“宁僭，谓崔媛之诔公；无滥，谓向秀之赋嵇生。”意思是说，同是拟人不伦，将人比得好一些比将人比得坏一些可接受一点，但高厚的引诗实在是令人太不能忍受了。

另一个就是事典——高厚引诗。《左传·襄公十六年》：“晋侯与诸侯宴于温，使诸大夫舞，曰：‘诗歌必类。’齐高厚之诗不类。荀偃怒，且曰：‘诸侯有异志矣。’使诸大夫盟高厚，高厚逃归。”杜注：“齐有二心故。”孔疏：“歌古诗，各从其恩好之义类，高厚所歌之诗，独不取恩好之义类，故杜云齐有二心。”③《左传》没有记载具体的引诗情况，但齐国公子高厚所引古诗与其他人不属于一类，可能是不服当时的霸主晋国，有“二心”，最后逃归。刘勰借用此典故，“用‘不类甚矣’表示虽不得已时，可以‘宁僭无滥’，但所比不能过分不伦不类”④。

以上四种瑕病，都与儒家伦理观念相关，刘勰是按照儒家伦理（特别是尊卑贵贱的等级观念）对有关语句进行的批评，由此也可看出刘勰受儒家思想影响之深刻。

刘勰还说：“凡巧言易标，拙辞难隐，斯言之玷，实深白圭，繁例难载，故略举四条”（工巧的言辞容易标显，拙劣的言辞也难以隐藏，言语上的污点，实在比白玉上的污点还要深刻——白玉上的污点还可以磨去，言语上的污点是磨不去的，例子繁多难以备载，所以略举四例）。这里，刘勰也引用了儒经典故。《诗·大雅·抑》云：“白

① （晋）杜预注，（唐）孔颖达等正义：《十三经注疏·春秋左传正义》，上海古籍出版社1997年版，第1991页。

② （晋）杜预注，（唐）孔颖达等正义：《十三经注疏·春秋左传正义》，上海古籍出版社1997年版，第2159页。

③ （晋）杜预注，（唐）孔颖达等正义：《十三经注疏·春秋左传正义》，上海古籍出版社1997年版，第1963页。

④ 陆侃如、牟世金译注：《文心雕龙译注》，齐鲁书社1995年版，第494页。

圭之玷，尚可磨也；斯言之玷，不可为也。”毛传：“玷，缺也。”[①] 此诗在《左传·僖公九年》中也有引用，杜注：“言此言之缺难治，甚于白圭。”[②] 可见，刘勰很慎重地对待言语上的瑕病，这一点也是“依经立义”。

（三）“意义依稀”“声音犯忌”“为文剽窃”“注书谬解”

此四种瑕病与上文论及的四种伦理观念支配下的道德批评不同，它立足于文字、作品本身，大体可分为两类：前两种瑕病“意义依稀”“声音犯忌”关乎文字的意义和声音，立足“文本批评”；后两种瑕病“为文剽窃”“注书谬解”，前者关乎作者人品，后者属于学术硬伤，两者都立足于“学术规范”。

先看“意义依稀”。

> 若夫立文之道，惟字与义，字以训正，义以理宣。而晋末篇章，依希其旨，始有“赏际奇至”之言，终有“抚叩酬即”之语，每单举一字，指以为情。夫“赏”训锡赉，岂关心解；“抚”训执握，何预情理。《雅》《颂》未闻，汉魏莫用，悬领似如可辩，课文了不成义，斯实情讹之所变，文浇之致弊。而宋来才英，未之或改，旧染成俗，非一朝也。

刘勰认为，作文的根基，在于文字和意义。文字靠解释获得正确的字义，意义靠道理来宣示。但晋代末年的篇章，意旨模糊，先有“赏”“际”“奇”“至”的言辞，后来又有“抚”“叩”“酬”“即”的词语，常常用一个字（的引申义），就指认是它的真实意义[③]。“赏”

① （汉）郑玄笺，（唐）孔颖达等正义：《十三经注疏·毛诗正义》，上海古籍出版社 1997 年版，第 555 页。

② （晋）杜预注，（唐）孔颖达等正义：《十三经注疏·春秋左传正义》，上海古籍出版社 1997 年版，第 1801 页。

③ “每单举一字，指以为情”，陈拱《文心雕龙本义》认为：“情者，情实之义，指上句‘字’字之实。此言晋末篇章中，有单举一字之引申义，即指此引申义为该字之实，而不再顾及其传统上之训诂也。”参见陈拱《文心雕龙本义》，（台北）台湾商务印书馆 1999 年版，第 1016 页。

的解释是赐予，和内心领会有什么关系？“抚”的解释是握住，何尝牵涉情感事理？《雅》《颂》中没有听说过，汉魏时也没有使用过，脱离原文凭空领会好像可以理解，考核文字完全不成意义，这实在是情感不端正造成的，是文风浮虚造成的弊病。但宋以来的有才华的作家，没有谁加以改正，旧的习染成为风俗，不是一朝一夕啊。

所谓“意义依稀”即“悬领似如可辩，课文了不成义”，这种情形是由于作者抛弃了文字的传统训诂，用新的引申义来表示意义造成的。刘勰认为，这种情况是“《雅》《颂》未闻，汉魏莫用”，是“情讹之所变，文浇之致弊”。刘勰把《雅》《颂》所代表的《诗经》作为评判的标准，反对宋代以来的文字意义的引申，认为这种“依希其旨”的弊病应该予以改正。“旧染成俗”典出《尚书·胤征》“旧染污俗，咸与惟新”①，言下之意还是要改变这种风俗。这既体现了刘勰依经而立义，也反映了刘勰受“依经立义”影响而对于字义引申现象拒绝接受的保守态度。

再看“声音犯忌”。“近代辞人，率多猜忌，至乃比语求蚩，反音取瑕，虽不屑于古，而有择于今焉”，近代的辞人，大都猜忌，甚至从谐音方面去挑毛病②，在反切方面找瑕疵③，虽古时不屑于此，但现今也有讲究这些方面啊。刘勰反对这种过于吹毛求疵的做法，但他认为既然有人在意声音方面犯忌，那还是注意避免。

再说“为文剽窃”。“又制同他文，理宜删革，若掠人美辞，以为己力，宝玉大弓，终非其有。全写则揭箧，傍采则探囊，然世远者太轻，时同者为尤矣”，刘勰认为文章写的和别人一样，就应该删去。

---

① （汉）孔安国传，（唐）孔颖达等正义：《十三经注疏·尚书正义》，上海古籍出版社 1997 年版，第 158 页。

② “比语求蚩”如《颜氏家训·文章》篇：“梁世费旭诗云：‘不知是耶非？’殷澐诗云：‘飖飏云母舟。’简文曰：‘旭既不识其父，澐又飖飏其母。’”王利器《颜氏家训集解》：“‘是耶’之‘耶’为父，‘云母’之‘母’为母，即比语求蚩之证。”（南北朝）颜之推撰，王利器集解：《颜氏家训集解（增补本）》，中华书局 1996 年版，第 274、277 页。

③ “反音取瑕”如《金楼子·杂记》篇上：何僧智者，尝于任昉坐赋诗，而其诗不类。任云：“卿诗可谓高厚。”何大怒曰：“遂以我为狗号？”（高厚切狗，厚高切号）。（南朝梁）萧绎撰，陈志平、熊清元疏证校注：《金楼子疏证校注》，上海古籍出版社 2014 年版，第 1070 页。

如果把别人的美好文辞窃为己有，以为是自己所创，就像偷取宝玉大弓，到底不属于自己。全抄就是开箱抢劫，摘抄就是摸袋偷窃，然而世代太遥远的抄袭人们多不太在意，抄袭同时代的人就是罪过了。刘勰反对"为文剽窃"，引用了《左传》的几个典故。"掠人美辞"暗引《左传·昭公十四年》"已恶而掠美为昏"①；"以为己力"出自《左传·僖公二十四年》"窃人之财，犹谓之盗；况贪天之功，以为己力乎"②；"宝玉大弓，终非其有"典出《左传》定公八年、九年阳虎故事。定公八年，"阳虎脱甲，如公宫，取宝玉大弓以出"，九年夏，"阳虎归宝玉大弓"③。刘勰引《左传》阳虎盗取宝玉大弓最终归还的典故，说明"制同他文，理宜删革"，反对为文剽窃，这一点与《礼记·曲礼》的"毋剿说，毋雷同"④的思想是一致的。

最后来看"注书谬解"。注解一类的书，是为了说明辨正事理，但研究搜求存在谬误，就有可能轻率做出判断。张衡《西京赋》说到中黄伯、夏育、乌获等，而薛综错误地将他们注为"阉尹"（太监头子），这是不知道他们是捉斑斓猛虎的猛士。《周礼》记载井田赋税，三十井按旧例出一匹马，但应劭解释"匹"，可能是量马头数马蹄。这难道是辨明事物的正确解释吗？刘勰认为，自古以来的正确名称，车称"辆"马称"匹"（"古之正名，车'两'而马'匹'"），使用起来都是两两相配的（"'匹''两'称目，以并耦为用"）。车子用副车配合正车，驾车的马匹也是两旁的马与中间的马相配（"车贰佐乘，马俪骖服"⑤），车和马都不是单一使用，所以名号必定是双的（"服乘不只，故名号必双"）。名号一确定，就算只有单一的马也称"匹"。

---

① （晋）杜预注，（唐）孔颖达等正义：《十三经注疏·春秋左传正义》，上海古籍出版社1997年版，第2076页。

② （晋）杜预注，（唐）孔颖达等正义：《十三经注疏·春秋左传正义》，上海古籍出版社1997年版，第1817页。

③ （晋）杜预注，（唐）孔颖达等正义：《十三经注疏·春秋左传正义》，上海古籍出版社1997年版，第2143、2144页。

④ （汉）郑玄注，（唐）孔颖达等正义：《十三经注疏·礼记正义》，上海古籍出版社1997年版，第1240页。

⑤ 《事类》篇也提到了"骖服相配"的问题："若两言相配，而优劣不均，是骥在左骖，驽为右服也。"

其实，“匹夫匹妇”也是相配的意思。像车马这样细小的含义，历代都没搞清楚，辞赋里讲的是晚近的事，也谬以千里（“千里致差”）。何况钻研经书，能够避免谬误吗？刘勰举薛综和应劭谬注的事例是要引以为戒。他认为，丹青的颜色开始鲜明后来就慢慢褪色，文章却是越久越显出光彩，倘使能够在一朝加以校正，那就可以流传千年而没有愧色了。

刘勰所举例证“《周礼》井赋，旧有匹马”和《周礼》有关。《周礼·地官·小司徒》：“乃经土地，而井牧其田野……而令贡赋。”[①] 郑注：“六尺为步，步百为亩，亩百为夫，夫三为屋，屋三为井，井十为通，通为匹马”[②]，谓“一通”之地，出马一匹。应劭谬注今已不见，但刘勰用应劭谬注来表明一个观点：“钻灼经典，能不谬哉。”这还是体现了“依经立义”的话语模式。

另外，“千里致差”的典故出《礼记·经解》“《易》曰：‘君子慎始，差若毫厘，谬以千里’”[③]，刘勰引用此典也表达了“注解需谨慎”态度，这也符合儒家的一贯精神。此外，“古之正名”中的“正名”与《论语》“必也正名乎”也有关。

第四节 创作技巧论（三）——《养气》《物色》《总术》

本节讨论《养气》《物色》《总术》篇中的“依经立义”。

一 养气

《养气》篇与论“文术”的其他篇不太一样，该篇谈的是创作主

① （汉）郑玄注，（唐）贾公彦疏：《十三经注疏·周礼注疏》，上海古籍出版社1997年版，第711页。

② （汉）郑玄注，（唐）贾公彦疏：《十三经注疏·周礼注疏》，上海古籍出版社1997年版，第712页。

③ （汉）郑玄注，（唐）孔颖达等正义：《十三经注疏·礼记正义》，上海古籍出版社1997年版，第1611页。注：今本《周易》不见此语，此语来自《易纬乾凿度》。

体的临文时生理、心理与精神状态的调适问题，不像其他篇那样谈论客观的文术问题，我们不妨称之为“主体之文术”。本篇写作目的有二：一是申述《神思》篇“秉心养术，无务苦虑，含章司契，不必劳情”；二是针对当时文坛“钻砺过分”“销铄精胆，蹙迫和气；秉牍以驱龄，洒翰以伐性”的现状而提出改正之法[①]。

刘勰此篇所谈的“养气”与孟子所谓“养吾浩然之气”的“养气”说不同，并未与道德修养相联系，却关乎生命精神的营卫[②]。关于此种思想的源头，詹锳认为可以追溯到《管子·内业》“敬守勿失”的养气功夫[③]。黄侃则认为：“大凡为学为文，皆有弛张之数，故《学记》云：‘君子之于学也，藏焉，修焉，息焉，游焉。’”[④] 如此，《养气》说的理论渊源也可追溯到《礼记·学记》“藏修息游”之说。

当然，对于刘勰“养气论”有直接影响的还是王充《论衡》。《论衡·自纪篇》：“养气自守，适食节酒，闭明塞聪，爱精自保。适辅服药引导，庶冀性命可延，斯须不老。”[⑤] 王充提倡“养气自守”“爱精自保”，其目的在于“性命可延，斯须不老”，即把“养气”当作延年益寿的途径，原本与作文无关。但此一思想被刘勰借鉴过来，作为作者作文时生理、心理与精神等方面进行调适的理论，从而成为文术论的重要内容，可以看出刘勰的“养气论”有着重要的理论创新。

《养气》篇里也有“依经立义”的理论范式，以下试分析之。

（一）“气”之生理规律

刘勰一开篇就谈到生理意义上的“养气”。

---

① 刘永济《文心雕龙校释》：“本篇申《神思》未竟之旨，以明文非可强作而能也。《神思》篇云：‘神居胸臆，而志气统其关键。’又云：‘方其搦翰，气倍辞前。’又云：‘秉心养术，无务苦虑，含章司契，不必劳情。’彼篇以虚静为主，务令虑明气静，自然神王而思敏。本篇‘率志委和’‘优柔适会’，及‘清和其心，调畅其气’，亦即求令虚静之旨。然细绎篇中示戒之语，如曰‘钻砺过分’，曰‘争光鬻采’，曰‘惭凫企鹤，沥辞镌思’，言外盖以箴其时文士，苦思求工，以鬻声誉之失也。”参见刘永济《文心雕龙校释》，中华书局2007年版，第145页。

② 张国庆、涂光社：《〈文心雕龙〉集校、集释、直译》，中国社会科学出版社2015年版，第788页。

③ 参见詹锳义证《文心雕龙义证》，上海古籍出版社1989年版，第1560页。

④ 黄侃著，吴方点校：《文心雕龙札记》，中国人民大学出版社2004年版，第198页。

⑤ 黄晖：《论衡校释》，中华书局1990年版，第1208—1209页。

> 昔王充著述，制"养气"之篇；验己而作，岂虚造哉！"夫耳目口鼻，心之役也"；心虑言辞，神之用也。率志委和，则理融而情畅；钻砺过分，则神疲而气衰：此性情之数也。

汉代王充著《论衡》，有关于"养气"的篇章：这是他根据自己的养生经验而写的，不是凭空虚造。耳目鼻口，为生命所役使[①]；思虑与言辞，是心神活动的作用。率着情志，趋于和顺，就会思路明白、情感舒畅；钻研过度，就会神情疲惫、气力衰竭，这是人性情活动的普遍规律。

本节论述"运气"的生理规律，可知"率志委和"是和"钻砺过分"截然相反的理想状态。"率志"的"率"与《中庸》开篇"天命之谓性，率性之谓道"的"率"用法一致。郑注："率，循也，循性行之是谓道"[②]，刘勰所说"率志"也即依循"情志"之意。"委和"，语出《庄子·知北游》"生非汝有，是天地之委和也"[③]，"天地之委和"即"天地所委托之和气"。刘勰所说"委和"意义有所改变，意为"委顺和气"。所以，"率志委和"作为一种"养气"的理想状态，虽在词源上和《庄子》有关，但还是体现了"依经立义"的话语模式。

（二）"养气"之古今差别

生命之气性有其内在规律，顺着情志任其自然，就会"理融而情畅"，反之过分钻研，就会"神疲而气衰"。那么，古人和今人在此问题上有没有区别？

> 夫三皇辞质，心绝于道华；帝世始文，言贵于敷奏。三代、春秋，虽沿世弥缛，并适分胸臆，非牵课才外也。战代技诈，攻奇饰说；汉世迄今，辞务日新：争光鬻采，虑亦竭矣。故淳言以

① 此据《吕氏春秋·贵生》："夫耳目鼻口，生之役也。"参见许维遹撰，梁运华整理《吕氏春秋集释》，中华书局2009年版，第38页。

② （汉）郑玄注，（唐）孔颖达等正义：《十三经注疏·礼记正义》，上海古籍出版社1997年版，第1625页。

③ 陈鼓应注译：《庄子今注今译》，中华书局1983年版，第606页。

比浇辞，文质悬乎千载；率志以方竭情，劳逸差于万里：古人所以余裕，后进所以莫遑也。

刘勰先对古人作文之主体状态进行了梳理。三皇时期，人们的语言质朴，心中没有考虑语言的华美；五帝时期开始讲求文采，上奏的言辞受到重视。夏、商、周三代和春秋时期，虽然文辞随着时代推移越来越繁缛，但都还是从心中发出，与众人的才能相适应，并不是勉强课求于才力之外。战国时期，各家各派机巧诡诈，追求奇特，文饰说辞。汉代以来，在辞采上天天力求新奇，互争光芒，炫耀文采，称得上用尽心思了。所以，将古人与今人一对比，就会发现很大差异。古人的语言纯朴自然，今人的语言过于浮夸，在"文"与"质"上相差千年；古人作文率性而发，今人作文殚精竭虑，其中的劳苦与轻松相差万里。所以，古人写作宽松从容，今人写作劳累忙碌。

总体来看，刘勰此处简述古今作者的劳逸不同，其中一个重要的原因是古人无心修辞，顺应情志，自然而发，但今人要追求新奇，以"争光鬻采"。这在两方面加大了作者作文的辛苦程度。一是今人要与古人竞争：前代的作品越积越多，辞藻也在不断丰富，想要出新出奇的确不易。二是今人要与今人竞争，想要在今人的竞争中脱颖而出，争奇光采，炫耀文才，更需要耗费心力。

本段论述中，"依经立义"体现在以下几处。一是"三皇五帝"的说法。"三皇五帝"有多种说法，其中孔安国《尚书序》以伏羲、神农、黄帝为三皇[①]，以少昊、颛顼、高辛、尧、舜为五帝[②]，刘勰可能受此影响。二是"言贵于敷奏"，来源于《尚书·舜典》"群后四朝，敷奏以言"[③]。孔传："敷，陈；奏，进也。诸侯四朝，各使陈进

① 《尚书序》："伏羲、神农、黄帝之书，谓之三坟，言大道也。"参见（汉）孔安国传，（唐）孔颖达等正义《十三经注疏·尚书正义》，上海古籍出版社1997年版，第113页。

② 《尚书序》："少昊、颛顼、高辛、尧、舜之书，谓之五典，言常道也。"参见（汉）孔安国传，（唐）孔颖达等正义《十三经注疏·尚书正义》，上海古籍出版社1997年版，第113页。

③ （汉）孔安国传，（唐）孔颖达等正义：《十三经注疏·尚书正义》，上海古籍出版社1997年版，第127页。

治理之言。”[1] 诸侯进陈治理之言，其言自当谨慎敬重，凸显文采，所以，刘勰据此而立“帝世始文，言贵于敷奏”之义。此外，“攻奇饰说”的“攻”与《论语·为政》“攻乎异端”的“攻”意义相似，有“攻求”之意；“古人所以余裕”的“余裕”来自《孟子·公孙丑下》“岂不绰绰然有余裕哉”[2]，原指有自由回旋的余地，刘勰用来指古人无意追求辞藻，因而精神上轻松自在。

（三）“养气为文”之必要性

刘勰论述古今作者的劳逸不同，为下文论及养气之必要性作了铺垫。不过，刘勰又宕开一笔，认为人的年龄大小、志气盛衰与临文时的精神状态有莫大关系。

> 凡童少鉴浅而志盛，长艾识坚而气衰；志盛者思锐以胜劳，气衰者虑密以伤神：斯实中人之常资，岁时之大较也。若夫器分有限，智用无涯；或惭凫企鹤，沥辞镌思。于是精气内销，有似“尾闾之波”；神志外伤，同乎“牛山之木”。怛惕之成疾，亦可推矣。

大体而言，青少年见识浅而志气旺，老年人见识深而血气弱，志气旺的思维敏锐不觉疲劳，血气弱的思虑周到便损伤精神，这是一般资质的人在年龄方面的大致情况。“中人之常资”的“中人”出自《论语·雍也》“中人以上，可以语上也；中人以下，不可以语上也”[3]。“常资”，正常的天分，一般的资质。说到资质、天分，其表现出来的高低当然与临文时的精神状态有关系。

各人的才分有限，而心智的运用没有止境；像凫鸟自惭腿短羡慕长腿的仙鹤一样，有的人也不顾自身实际勉强去锤炼字句挖空心思。

① （汉）孔安国传，（唐）孔颖达等正义：《十三经注疏·尚书正义》，上海古籍出版社 1997 年版，第 127 页。

② （汉）赵岐注，（宋）孙奭疏：《十三经注疏·孟子注疏》，上海古籍出版社 1997 年版，第 2695 页。

③ 程树德撰，程俊英、蒋见元点校：《论语集释》，中华书局 1990 年版，第 404 页。

于是就出现精气消耗于内，就像水流向无底洞一样；神志损伤于外，像被砍光的牛山一样，这样忧惧劳神而造成疾病，也是可以想到的。这里的"智用无涯""惭凫企鹤""尾闾之波"[①] 都是和《庄子》有关的典故，"牛山之木"则典出《孟子·告子上》"牛山之木尝美矣，以其郊于大国也，斧斤伐之，……牛羊又从而牧之，是以若彼濯濯也"[②]，"濯濯"，无草木的样子。"怛惕之成疾"的"怛惕"指忧伤怵惕，"怛"见于《毛诗·匪风》："中心怛兮。"传云："怛，伤也。"[③] 总体来看，本节引用了好多典故，其中有些典故出于经典，体现了"依经"为说的话语方式。

不管年龄大小、志气盛衰、天分高低，总存在神气不足精神不旺的时候，最怕的是连年累月地耗费精神。像王充在家里处处放置笔砚以便随时写作（"仲任置砚以综述"），曹褒在专研礼仪期间甚至睡觉还怀抱纸笔（"叔通怀笔以专业"），精气在年岁更替中耗损（"暄之以岁序"），性命在时日流逝中饱受煎熬（"煎之以日时"）。所以曹操害怕作文而损害性命（"曹公惧为文之伤命"），陆云感叹过于用心会使精神困乏（"陆云叹用思之困神"），这些都不是空话啊。

刘勰认为这种持续的高强度精神耗损有很大危害。他认为要区分两种情形：

> 夫学业在勤，功庸弗怠，故有锥股自厉；至于文也，则有申写郁滞，故宜从容率情，优柔适会。若销铄精胆，蹙迫和气；秉牍以驱龄，洒翰以伐性；岂圣贤之素心，会文之直理哉！

---

① 《庄子·养生主》："吾生也有涯，而智也无涯。"《庄子·骈拇》："是故凫胫虽短，续之则忧；鹤胫虽长，断之则悲。故性长非所断，性短非所续，无所去忧也。"《庄子·秋水》："北海若曰：天下之水，莫大于海，万川归之，不知何时止而不盈，尾闾泄之，不知何时已而不虚。"陈鼓应注译：《庄子今注今译》，中华书局 1983 年版，第 104、257、442 页。

② （汉）赵岐注，（宋）孙奭疏：《十三经注疏·孟子注疏》，上海古籍出版社 1997 年版，第 2751 页。

③ （汉）郑玄笺，（唐）孔颖达等正义：《十三经注疏·毛诗正义》，上海古籍出版社 1997 年版，第 383 页。

学习要勤奋，毫不懈怠才会有功效，所以有苏秦“锥骨自厉”的故事，但写文章就要注意抒发心头郁积的情感，应该从容不迫地顺着情感，宽舒不急地等待时机（灵感）到来（“优柔适会”）。倘使消耗精力，损伤和顺的体气，手执书简走向衰老，挥洒翰墨损害本性，这难道是圣贤的本意吗？是文章写作的正理吗？为了表达对此种状态的不满，刘勰把“圣贤”都搬出来了。

此后，刘勰接着论述：思路不通时只会越想越糊涂——“且夫思有利钝，时有通塞：‘沐则心覆’，且或反常；神之方昏，再三愈黩”。文思有顺畅、迟钝之别，时而通畅，时而阻塞，洗澡时弯着身子，心的位置翻覆（“沐则心覆”），甚至会违反常情去考虑问题[1]；精神昏聩的时候，反复思考只会更加昏乱（“再三愈黩”）。

本节有多处“依经立义”。如“优柔适会”的“优柔”来自杜预《春秋左氏传序》“优而柔之”[2]。刘勰所谓“优柔适会”就是要宽舒安顺地等待合适时机，“优柔”一词保留经典中的原意。

再如“沐则心覆”语出《左传·僖公二十四年》：“晋侯之竖头须……求见，公辞焉以沐。谓仆人曰：‘沐则心覆，心覆则图反，宜吾不得见也。……’仆人以告，公遽见之。”[3]“沐则心覆”指洗澡时弯着身子，心的位置颠倒了思考问题也可能会颠倒反常，刘勰借此典故表示思考问题要顺“心”，不要“覆心”，不然就会思路反常，与经典中的意思还是一致的。

“再三愈黩”也出自经典。按《周易·蒙》卦辞：“匪我求童蒙，童蒙求我。初筮告，再三渎，渎则不告。”[4] 原意是指童蒙求我启蒙，“初次祈问施以教诲，接二连三地滥问是渎乱学务，渎乱学务就不予

① 古人认为，心是思维器官。

② （晋）杜预注，（唐）孔颖达等正义：《十三经注疏·春秋左传正义》，上海古籍出版社1997年版，第1705页。

③ （晋）杜预注，（唐）孔颖达等正义：《十三经注疏·春秋左传正义》，上海古籍出版社1997年版，第1817页。

④ （魏）王弼等注，（唐）孔颖达等正义：《十三经注疏·周易正义》，上海古籍出版社1997年版，第20页。

施教"[1]。刘勰引用此典故是说精神错乱的时候再三思考只会更加混乱，依经而立义。

(四) 养气之方

在论述养气之必要性后，刘勰在文章最后集中论述养气的方法。

> 是以吐纳文艺，务在节宣：清和其心，条畅其气；烦而即舍，勿使壅滞。意得则舒怀以命笔，理伏则投笔以卷怀；逍遥以针劳，谈笑以药倦。常弄闲于才锋，贾余于文勇，使刃发如新，腠理无滞：虽非胎息之万术，斯亦卫气之一方也。

刘勰认为，写文章时，要对心理及精神状态进行调节疏导，使内心清宁和顺、体气调和顺畅；思绪烦乱就舍弃一旁，不让思路阻塞。意有所得就抒写怀抱动笔作文，思路不畅就搁笔不写收敛情怀；用逍遥自在来医治劳苦，用谈笑风生来救治疲倦。这样才能悠闲自得地展现才华，在文坛拥有使不完的勇气，就像刚磨砺过的刀刃顺着肌理解剖毫无阻碍。这不是"胎息"那样的万全之术，只是营卫精气的一种方法。

"养气之方"的论述中，"刃发如新，腠理无滞"的典故出自《庄子·养生主》"庖丁解牛"，其他的典故则多来自儒家经典。"吐纳文艺，务在节宣"的"节宣"出自《左传·昭公元年》"君子有四时，朝以听政，昼以访问，夕以修令，夜以安身，于是乎节宣其气"[2]。"节宣"即调节疏导，具体内容即"清和其心，条畅其气"，此与"节宣其气"相一致。

"烦而即舍"出自《左传·昭公元年》"先王之乐，所以节百事也……物亦如之，至于烦，乃舍也已，无以生疾"[3]。"勿使壅滞"同样出自《左传·昭公元年》"勿使有所壅闭湫底，以露其体"，杜注：

---

① 黄寿祺、张善文：《周易译注》，上海古籍出版社2004年版，第46页。

② （晋）杜预注，（唐）孔颖达等正义：《十三经注疏·春秋左传正义》，上海古籍出版社1997年版，第2024页。

③ （晋）杜预注，（唐）孔颖达等正义：《十三经注疏·春秋左传正义》，上海古籍出版社1997年版，第2024—2025页。

“湫，集也；底，滞也；露，羸也。”① 刘勰将“烦而即舍”“勿使壅滞”结合一起，言下仍有“无以生疾”“以羸其体”的告诫意味，显然是“依经立义”。

“贾余于文勇”出自《左传・成公二年》。齐高固徒步闯入晋军，举起石头投向晋兵，并擒获晋军战车而归。他在齐军面前豪言：“欲勇者，贾余余勇。”② 意为有多余的勇气可以卖出。刘勰引用此典故谓行文时有余勇可贾，也是依经立义。

值得一提的是，赞语的最后一句“无扰文虑，郁此精爽”总结了养气之方的精髓：不要扰乱文思，要营卫养旺精神。这里的“精爽”出自《左传・昭公二十五年》：“心之精爽，是谓魂魄。魂魄去之，何以能久?”③ 刘勰引用“精爽”一语，实则还是指养卫精气才能保持强健的生命力，才能有健旺的精神从事写作，如果没有健旺的精神，就失去了魂魄，怎么可能持续呢？此一层意思与经典暗合。

需要说明一点，刘勰所说养气，是对于用思过度者而言，并非对无所事事者而言，正如黄侃所言：“彦和养气之说，正为刻厉之士言，不为逸游者立论也。”④

二　物色

范文澜、王利器、周振甫、刘永济等认为《物色》篇在《文心雕龙》五十篇的次序可能有误⑤。笔者认可以上龙学名家对《物色》篇次

① （晋）杜预注，（唐）孔颖达等正义：《十三经注疏・春秋左传正义》，上海古籍出版社1997年版，第2024页。

② （晋）杜预注，（唐）孔颖达等正义：《十三经注疏・春秋左传正义》，上海古籍出版社1997年版，第1894页。

③ （晋）杜预注，（唐）孔颖达等正义：《十三经注疏・春秋左传正义》，上海古籍出版社1997年版，第2107页。

④ 黄侃著，吴方点校：《文心雕龙札记》，中国人民大学出版社2004年版，第199页。

⑤ 范文澜认为：“本篇当移在《附会》篇之下，《总术》篇之上。”王利器认为次序可能有错，但对于原来的位置未作断定，“《序志》篇云：‘崇替于《时序》，褒贬于《才略》，怊怅于《知音》，耿介于《程器》，长怀《序志》，以驭群篇。’彦和自道其篇次如此；《物色》正不在《时序》《才略》间，惟此篇由何处错入，则不敢决言之耳。”刘永济认为：“此篇宜（转下页）

序有误的判断，但对于其原本位于何处则不作断语，只将其作为“文术论”之内容。以下讨论《物色》篇中的“依经立义”。

（一）物色与情感之关系——“物色之动，心亦摇焉”

刘勰在《物色》篇一开头就谈到了“物色”对作者情志的感发作用。

“春秋代序，阴阳惨舒，物色之动，心亦摇焉”，春夏秋冬四季更迭，阴阳变化让人有凄凉或舒畅的感受。景物的变化，人的心绪也随之动摇。“物色之动，心亦摇焉”，乃刘勰熔铸经典而成义。其中句式模仿《左传·昭公二十四年》“诸侯之师，乃摇心矣”①。原意是指遭受军事失败后，诸侯的军心就会离散，刘勰此处乃是仿其句式。“物动心摇”之内涵则脱胎于《礼记·乐记》“凡音之起，由人心生也。人心之动，物使之然也”②。显然，“物色之动，心亦摇焉”乃依经立义。

刘勰论证“物动心摇”的逻辑思路是先讲“四时动物”，再顺势论证“人谁获安”。早春阳气萌发，蚂蚁开始行走，秋天阴气凝聚，萤火虫就收藏食物（“盖阳气萌而玄驹步，阴律凝而丹鸟羞”），小小的虫子还能感受到气候变化（“微虫犹或入感”），作为人而言，智慧心灵比美玉更杰出，清明气质赛过清秀花朵（“珪璋挺其惠心，英华秀其清气”），面对物色的感召，又有谁不会动心呢（“物色相召，人谁获安?”）?

接着，刘勰列举四季的物色与人的情感之对应关系。“献岁发春，

（接上页）在《练字》篇后，皆论修辞之事也。今本乃浅人改编，盖误认‘时序’为时令，故以《物色》相次。”张立斋认为：“《物色》篇当在《总术》篇之下为宜。且以两篇次序紧接，易致颠倒，若远移于《总术》之上或非也。”（参见詹锳义证《文心雕龙义证》，上海古籍出版社 1989 年版，第 1726—1727 页。）周振甫认为，“物以貌求，心以理应”，物貌指物色，心理指情理，物色与情理构成情采，而心与理应有待于熔裁，这就是《情采》《物色》《熔裁》。（参见周振甫注《文心雕龙注释》，人民文学出版社 1981 年版，第 15 页。）

①（晋）杜预注，（唐）孔颖达等正义：《十三经注疏·春秋左传正义》，上海古籍出版社 1997 年版，第 2102 页。

②（汉）郑玄注，（唐）孔颖达等正义：《十三经注疏·礼记正义》，上海古籍出版社 1997 年版，第 1527 页。

悦豫之情畅；滔滔孟夏，郁陶之心凝；天高气清，阴沉之志远；霰雪无垠，矜肃之虑深。”总之，一年四季有不同的景物，不同的景物又有不同的形貌，感情由于景物而改变，文字由于情感而产生（“岁有其物，物有其容；情以物迁，辞以情发”）。简单的景物都可能引起人的情感波动，复杂的景物更是如此啊（“一叶且或迎意，虫声有足引心，况清风与明月同夜，白日与春林共朝哉”）！

这一段的论述中，刘勰有两处“依经立义”。其一，“郁陶之心凝”源于《尚书·五子之歌》：“郁陶乎予心。”孔传：“郁陶，言哀思也。”① 其二，“岁有其物，物有其容”明显由《左传·昭公九年》“事有其物，物有其容”② 转化而来。杜预注：“物，类也；容，貌也。”刘勰将“事有其物”的内涵和时间联系，变成“岁有其物”，将“物”由“类”扩大为整个外物，属于“依经立义”。

（二）《诗》《骚》如何描述物色？

刘勰首先追溯《诗经》如何描述物色。这种溯源体现了“依经”为据的思路。

> 是以《诗》人感物，联类不穷。流连万象之际，沉吟视听之区。写气图貌，既随物以宛转；属采附声，亦与心而徘徊。

《诗经》的作者受外物的感召，会产生无穷的类比联想。在多种多样的景物中流连玩赏，在视听觉范围内沉潜吟咏。抒情状物，既顺着物态的变化而变化；文辞付诸表现，也在心里反复酝酿。所以，《诗经》里精彩的物色描述随处可见。“灼灼”③ 形容桃花的鲜艳，“依依”④ 曲尽杨柳轻柔的情态，“杲杲”⑤ 是太阳出来时光明的样子，

---

① （汉）孔安国传，（唐）孔颖达等正义：《十三经注疏·尚书正义》，上海古籍出版社 1997 年版，第 157 页。

② （晋）杜预注，（唐）孔颖达等正义：《十三经注疏·春秋左传正义》，上海古籍出版社 1997 年版，第 2057 页。

③ 《诗经·周南·桃夭》：“桃之夭夭，灼灼其华。”

④ 《诗经·小雅·采薇》：“昔我往矣，杨柳依依。”

⑤ 《诗经·卫风·伯兮》：“其雨其雨，杲杲出日。”

"瀌瀌"[①] 是雪下得很大的样子，"喈喈"[②] 模仿黄鸟的叫声，"喓喓"[③] 模仿草虫的声响。"皎日"[④] "嘒彼小星"[⑤] 的"皎"和"嘒"，一个字就点明了事物的要点；"参差"[⑥] "沃若"[⑦]，两字联绵就能穷尽事物的形貌。这里引用的《诗经》"物色"文例很多，描述的对象有日、星、晴、雪，花、柳、鸟、虫，有声有色，使用的修辞词有单一的字，也有叠字，还有联绵字，总之，这都是用极少的文字概括丰富的意蕴，而且内蕴之"情"与外显之"貌"都表现得淋漓尽致（"并以少总多，情貌无遗矣"），就算经过千百年的反复思考，也难以用别的字来代替（"虽复思经千载，将何易夺?"）。《诗经》文例的大量引用之后，再概括物色描写的规律，显然是"依经立义"。

此后，刘勰又考查了《离骚》的物色描写。《离骚》的物色描写触类旁通而加以引申，物貌难以完全描摹出来，就重叠反复地描写景物（"物貌难尽，故重沓舒状"），于是"嵯峨""葳蕤"之类的词聚集起来了。到了司马相如这些辞人，注意奇谲的体势和瑰丽的语言来摹写山水，形容词就像游鱼一样牵线不断（"诡势瑰声，模山范水，字必鱼贯"）。

综合来看，同样是描写物色，同样是讲究"丽"，《诗经》作者讲究法度，语言简约；辞赋作者则超越尺度，用辞繁多（"《诗》人丽则而约言，辞人丽淫而繁句也"）。此外，《诗》《骚》的物色描写很注重独创性。像《小雅》歌咏棠棣花，说"或黄或白"[⑧]；《离骚》歌咏秋兰，说"绿叶""紫茎"[⑨]。一切色彩的描写，贵在偶然出现，若是青、黄等色彩屡次出现，便繁杂而不可贵了。这里的"《诗》人丽则以约

① 《诗经·小雅·角弓》："雨雪瀌瀌。"
② 《诗经·周南·葛覃》："黄鸟于飞，集于灌木，其鸣喈喈。"
③ 《诗经·召南·草虫》："喓喓草虫，趯趯阜螽。"
④ 《诗经·王风·大车》："谓予不信，有如皦日。"
⑤ 《诗经·召南·小星》："嘒彼小星，维参与昴。"
⑥ 《诗经·周南·关雎》："参差荇菜，左右流之。"
⑦ 《诗经·卫风·氓》："桑之未落，其叶沃若。"
⑧ 《诗经·小雅·裳裳者华》："裳裳者华，或黄或白。"
⑨ 《楚辞·九歌·少司命》："秋兰兮青青，绿叶兮紫茎。"

言，辞人丽淫以繁句”，显然与扬雄的“诗人之赋丽以则，辞人之赋丽以淫”有关，也和刘勰主张的“宗经六义”之“体约而不芜，文丽而不淫”有关，前文第四章已讨论其中的“依经立义”，此处略过。

（三）近代作者的物色描写——“窥情风景，钻貌草木”

刘勰讨论文术，总会和近代的文学流变结合起来，以期能对现存问题有所匡正。近代的物色描写也出现了一些问题。

> 近代以来，文贵形似。窥情风景之上，钻貌草木之中。吟咏所发，志惟深远；体物为妙，功在密附。故巧言切状，如印之印泥，不加雕削，而曲写毫芥。故能瞻言而见貌，即字而知时也。

刘宋以来的作品重在逼真，窥知风景之中的情趣意蕴，钻求把握草木的形貌特点。吟咏出来的作品，情志唯求深远，体验外物的妙处，功效在于贴切。用巧妙的语言贴切描写事物的形状，就像封泥上盖印一样，不加人为雕琢，却能够详尽地把细微之处都表现出来。所以，看到物色描写的语言就像亲眼看到事物的形貌，从文字描写中就能知道时令节候的变换。这就说明刘宋以来，文人对景物描写的表现力增强了、感染力提升了。但刘勰认为这是“文贵形似”，还只是停留在“形似”的层面，言下之意，还可以由“形似”而进入“神似”的阶段，这也反映了刘勰对近代以来的物色描写抱有一定的批判和不满。

（四）物色的运用原则——“适要”“贵闲”“尚简”“会通”

刘勰在《物色》篇最后，对景物描写的原则进行了归纳。首先，刘勰主张，“善于适要，则虽旧弥新”。

> 然物有恒姿，而思无定检，或率尔造极，或精思愈疏。且《诗》《骚》所标，并据要害，故后进锐笔，怯于争锋。莫不因方以借巧，即势以会奇。善于适要，则虽旧弥新矣。

刘勰认为，景物有一定的形状，思维却没有固定的规则。有时候不经意间就达到极致，有时精心考虑却与极致之境愈加疏远。《诗经》

《离骚》的写景名句，都能抓住物色的要领。所以，后来的文坛新锐不敢与它们一较高下，都只是借鉴《诗》《骚》的描摹方法，顺着时代趋势写出求新求奇的作品。善于领会要领，就是在旧有的范围内也可以推陈出新。

此后，刘勰又谈论了“贵闲”“尚简”的原则。

> 是以四序纷回，而入兴贵闲；物色虽繁，而析辞尚简。使味飘飘而轻举，情晔晔而更新。

四季变化纷回轮转，可是引起诗人的兴味贵在闲静从容。物色虽然纷繁复杂，用来描写的文字却以简约为上。要能使意味轻飞飘扬，情趣盎然而不断更新。曹学佺评论“是以四序”四句：“此风雅也。”[①] 纪昀评价此四句：“四语尤精。凡流传佳句，都是有意无意之中，偶然得一二语，都无累牍连篇、苦心力造之事。”[②] 从曹学佺、纪昀的评语来看，“是以四序”四句体现了《诗经》以来的审美传统，“入兴贵闲”强调主体对外物持一种非功利的审美态度，“析辞尚简”则体现了文学表现上崇尚简约的特点。此两点确实很能体现中国美学的特点，难怪纪昀称之为“四语尤精”。不过从“依经立义”的角度来看，“析辞尚简”显然与《尚书》“辞尚体要”相通。

刘勰还谈到了物色描写要“晓会通”。他说，自古以来的辞人，在不同时代里先后继承（“古来辞人，异代接武”），无不是错综比较来寻求变化，继承革新来求得功效（“莫不参伍以相变，因革以为功”）。物色描写无所不包但情味无穷，这就是通晓了物色描写方面的会合变通（“物色尽而情有余者，晓会通也”）。从“参伍以相变，因革以为功”“晓会通”等词语来看，刘勰显然是依《周易》的“通变”思想而立义，前文第五章第五节《通变论》已有论述，不赘。

① 中国文心雕龙学会、全国高校古籍整理委员会编辑：《〈文心雕龙〉资料丛书》，学苑出版社2004年版，第1130页。

② （梁）刘勰著，（清）黄叔琳注，（清）纪昀评，李详补注，刘咸炘阐说，戚良德辑校：《文心雕龙》，上海古籍出版社2015年版，第266页。

总之，“物色”的四条运用原则中，“入兴贵闲”与前面《养气》篇所论主体精神状态的调适相关；“会通”与儒家“通变”思想有关，相关的“参伍”“因革”等也都体现了通变思想；“尚简”即崇尚精简，“适要”即“领会要领”，这两条原则都与《尚书》“辞尚体要”思想相关。所以，刘勰对“物色”运用原则的总结，也体现了“依经立义”的理论建构范式。

（五）江山之助

《物色》篇结尾，刘勰画龙点睛地揭示了自然景物对于文学写作的意义。他认为，山林原野，实在是启发文思的宝库（“若乃山林皋壤，实文思之奥府”）。屈原之所以能够深刻领会《国风》《离骚》在景物描写中的情状，大概也是得益于江河山林自然景物的帮助吧（“屈平所以能洞鉴《风》《骚》之情者，抑亦江山之助乎”）！纪昀评曰：“拖此一尾，烟波不尽。”[①] 纪昀认为，刘勰关于屈原洞鉴《风》《骚》得江山之助的结论有无穷余味。的确，刘勰由讨论“物色”的“文术论”延展到探讨缘由的“作家论”，结构上的余味与理论上的启发性[②]兼具，不愧是文章大家！从“依经立义”的角度来看，“屈平所以能洞鉴《风》《骚》之情者，抑亦江山之助乎”，虽然《风》《骚》并称，但也体现了“依经立义”的痕迹。

三 总术

《总术》总论“剖情析采”的文术，如果按照本书的体例，位于全书最后的《序志》是全书的序言，那位于“文术论”最后的《总术》，也可以看作“文术论”的序言。

---

① （梁）刘勰著，（清）黄叔琳注，（清）纪昀评，李详补注，刘咸炘阐说，戚良德辑校：《文心雕龙》，上海古籍出版社 2015 年版，第 266 页。

② 涂光社认为：《物色》篇首次说出作家的成功可以得“江山之助”的妙语，此后它不时见于文人们的著述中，比如《新唐书·张说传》：“既谪岳州，而诗亦凄婉，人谓得江山之助。”宋代的陆游更作过“江山之助”的专论。参见张国庆、涂光社《〈文心雕龙〉集校、集释、直译》，中国社会科学出版社 2015 年版，第 862 页。

本篇与其他文术论在篇章结构上不太一样，其他篇目都是先对某一文术释义，再追溯文术的源流并指出其在近代文坛出现的问题，最后总结文术的原则以纠正时弊，"此篇乃总会《神思》以至《附会》之旨，而丁宁郑重以言之，非别有所谓总术也"①。黄侃所说"总会《神思》以至《附会》之旨"，揭示了《总术》篇具有总括"文术论"的性质，"丁宁郑重以言之"，则强调研究文术的重要性，所以本篇具有总括文术、引起重视之意，因而具有序言的性质。

在本篇的论述中，"依经立义"也是重要的理论范式。

(一)"文笔"之辨

《总术》篇以"文笔"之辨开篇，纠正了颜延年"言笔"说的谬误。

> 今之常言，有"文"有"笔"；以为无韵者"笔"也，有韵者"文"也。夫"文以足言"，理兼《诗》《书》，别目两名，自近代耳。颜延年以为，"笔之为体，言之文也；经典则言而非笔，传记则笔而非言。"请夺彼矛，还攻其盾矣。何者？《易》之《文言》，岂非言文？若笔果言文，不得云经典非笔矣。将以立论，未见其论立也。

刘勰的时代，人们常常说文章有"文"有"笔"，认为无韵的就是"笔"，有韵的是"文"。其实，"文"和"笔"都有文采，"文采用来充分表达语言"，照理应该包括（有韵的）《诗经》和（无韵的）《尚书》。把文章分成"文"和"笔"两种文体，是从晋开始的。颜延年说"笔"这种文体，是有文采的"言"；经书是"言"而不是"笔"，传记是"笔"而不是"言"。这话有毛病，就用他的矛来攻击他的盾吧。《易经》有"文言"，难道不是有文采的"言"？要是说"笔"是有文采的"言"，就不能说经书不是"笔"。颜氏想要立论，但这个论点不能确立。这一段话里，有两个地方是"依经立义"。

① 黄侃著，吴方点校：《文心雕龙札记》，中国人民大学出版社2004年版，第203页。

一是"'文以足言'，理兼《诗》《书》"。首先，"文以足言"出自《左传·襄公二十五年》："仲尼曰：'《志》有之：'言以足志，文以足言。'不言，谁知其志？言之无文，行而不远。"[①] 其次，"理兼《诗》《书》"将《诗经》看作"有韵之文"的代表，将《尚书》看作"无韵之笔"的代表，认为这两者都是有文采的。"'文以足言'，理兼《诗》《书》"，是刘勰根据经义而作的推论，明显是"依经立义"。

二是"《易》之《文言》，岂非言文"。这是把《周易》的《乾文言》和《坤文言》当作有"文采"的言，进而推论：既然"《易》之《文言》"是有文采的"言"，有文采的"言"叫"笔"，那就可以说以《周易》为代表的经典就是"笔"，这和颜延年"经典则言而非笔，传记则笔而非言"的观点相矛盾了。"《易》之《文言》，岂非言文"是把经典的某些内容作为一个论据，从而推出某个结论，也属于"依经立义"。

此后，刘勰阐述了他对"言笔""文笔"的观点。

> 予以为：发口为言，属翰曰笔，常道曰经，述经曰传。经传之体，出言入笔；笔为言使，可强可弱。六经以典奥为不刊，非以言、笔为优劣也。昔陆氏《文赋》，号为曲尽，然泛论纤悉，而体实未该；故知九变之贯匪穷，"知言之选"难备矣。

刘勰认为，从口里说出来的就叫"言"，用笔写下来就叫"笔"，讲述恒久不变道理的是"经"[②]，解释经书的就叫"传"[③]。"经""传"都脱离"言"而进入"笔"的范畴。"笔"受"言"的影响，其文采表现可能有多有少。《六经》以内容的正确与深奥而成为不可磨灭的著述，不以"言""笔"之分来判别优劣。以前陆机的《文赋》，号称"曲尽其妙"，但只是泛泛地谈论细小的问题，对于主要问题的探讨还

---

① （晋）杜预注，（唐）孔颖达等正义：《十三经注疏·春秋左传正义》，上海古籍出版社 1997 年版，第 1985 页。

② 《宗经》篇所谓"三极彝训，其书曰经，恒久之至道，不刊之鸿教也"，可与此参见。

③ 《史传》篇所谓"传者，转也；转授经旨，以授于后"，可与此参见。

不完备。由此可知，各种复杂变化周而复始、前后相续没有止境，即使是识见高明的议论也难以完备。

此段的论述中也有两处“依经立义”。一是对于经、传的定义与判断。“常道曰经，述经曰传”，这是对于“经”“传”的定义，依“经”而立义。经传都是“笔”，“六经以典奥为不刊”，这两个判断都涉及经典，乃依“经”而立义。并且，“常道曰经”也与经义有关。《左传·昭公二十五年》云：“夫礼，天之经也，地之义也，民之行也。”杜注：“经者，道之常”①，“常道曰经”正与杜注相符。

二是“九变之贯匪穷，‘知言之选’难备。”刘永济认为，“九变之贯”，语本逸《诗》，《汉书·武帝纪》元朔元年赦诏引之。② 其实，“九变之贯”“知言之选”都出自赦诏所引逸诗——《诗》云：“九变复贯，知言之选。”③“九变复贯”，贯亦一也，犹言九变而复于一也。数极于九，至九则复归于一，故曰“复贯”也。④“知言之选”，选，善也。⑤ 所以，“九变之贯匪穷，‘知言之选’难备”，刘勰此论乃依逸《诗》而立。

（二）研究文术之重要

刘勰在讲述完“文笔”之辩后，着重讲了文术的重要性，为“文术论”的具体展开揭开序幕。

> 凡精虑造文，各竞新丽，多欲练辞，莫肯研术。落落之玉，或乱乎石；碌碌之石，时似乎玉。精者要约，匮者亦鲜；博者该赡，芜者亦繁；辨者昭晰，浅者亦露；奥者复隐，诡者亦曲。或义华而声悴，或理拙而文泽。知夫调钟未易，张琴实难。伶人告和，不必尽窕槬之中；动角挥羽，何必穷初终之韵：魏文比篇章

① （晋）杜预注，（唐）孔颖达等正义：《十三经注疏·春秋左传正义》，上海古籍出版社1997年版，第2107页。

② 刘永济：《文心雕龙校释》，中华书局2007年版，第150页。

③ （汉）班固著，颜师古注释：《汉书》，中华书局1962年版，第169页。

④ 刘永济：《文心雕龙校释》，中华书局2007年版，第150页。

⑤ （汉）班固著，颜师古注释：《汉书》，中华书局1962年版，第169页。

于音乐，盖有征矣。夫不截盘根，无以验利器；不剖文奥，无以辨通才。才之能通，必资晓术，自非圆鉴区域，大判条例，岂能控引情源，制胜文苑哉！

刘勰首先摆出一个现实情况：所有精心写作的，为了追求新奇华丽，大多只在锤炼文辞上用力，却不肯去研究文术。事实上，文术的研究很重要。

“落落之玉”有时会和石子相混，“碌碌之石”有时会和玉相似。研究文术，就要有分辨的眼光，首先要能分辨出彼此间的本质区别。精练的文章写得扼要简短，内容贫乏的也写得短小；博赡的文章写得很完备，芜杂的文章也写得很繁多；明辨事理的文章写得明白清楚，浅薄的文章也写得显露；深奥的文章写得含蓄曲折，诡谲的文章也写得曲隐费解。这种情况就是表面相似的文章却有着实质的不同。

其次，分辨的眼光还表现在能一分为二地看待文章的优劣，比如有的文章意义美好却缺乏声情，有的义理拙劣却文辞光鲜。

最后，分辨的眼光还表现在能看到细微之处的差误。“调钟不易，张琴实难”（协调钟的音声不容易，在琴上张弦定音也很难），乐师说音调协和了，不一定音的大小高低都恰到好处；乐师演奏的乐曲，未必从头到尾都合乎韵律。魏文帝用音乐来比拟篇章，确实是有根据的。这里的“伶人告和，不必尽窕㮽之中”，典出《左传·昭公二十一年》“天王将铸无射。伶州鸠曰：‘……小者不窕，大者不㮽，则和于物。物和则嘉成。……窕则不咸，㮽则不容，心是以感，感实生疾，今钟㮽矣”，杜注：“窕，细不满；㮽，横大不入。”① “窕”指乐音纤细，“㮽”指乐音宽大，掌管奏音的伶人告知乐调已经和谐，但乐音的巨细未必都准确，显然依《左传》立义。

刘勰由此得出一个结论：“夫不截盘根，无以验利器；不剖文奥，

① （晋）杜预注，（唐）孔颖达等正义：《十三经注疏·春秋左传正义》，上海古籍出版社1997年版，第2097页。

无以辨通才。”（不截断盘结的树根，无法验证斧子的锋利；不剖析文章的奥妙，无从辨别精通创作的才能。）写文章能够被称为通才，就一定要通晓文术。如果不去全面了解写作的各个层面、明白体式规范而举要治繁，怎么能控制情理，在文坛上获得成功呢？

这里的“不截盘根，无以验利器；不剖文奥，无以辨通才”，“不……，无以……”两个表达因果关系的双重否定句式连用，句型与《荀子·劝学》“不积跬步，无以至千里；不积小流，无以成江海”[①]完全一致。需要指出的是，《大戴礼记》也有《劝学》篇，“文有与《管子》《荀子》同者，当是记者采摭诸书而润益之”[②]，而且有“不积跬步，无以致千里；不积小流，无以成江海”[③]这句话（“至”改成“致”），由于《大戴礼记》也可归入广义的经书，所以刘勰的“不截盘根，无以验利器；不剖文奥，无以辨通才”也可以说是仿照经典句式。

（三）“执术”与“弃术”之别

刘勰还用两个比喻来说明“执术驭篇”与“弃术任心”的巨大差别，说明研究文术会使文章获得十分理想的效果。

> 是以执术驭篇，似善弈之穷数；弃术任心，如博塞之邀遇。故博塞之文，借巧傥来，虽前驱有功，而后援难继；少既无以相接，多亦不知所删，乃多少之并惑，何妍蚩之能制乎！若夫善弈之文，则术有恒数，按部整伍，以待情会；因时顺机，动不失正。数逢其极，机入其巧，则义味腾跃而生，辞气丛杂而至。视之则锦绘，听之则丝簧，味之则甘腴，佩之则芬芳：断章之功，于斯盛矣。

掌握文术技巧驾驭写作，就像高手下棋通晓棋的变化；抛开方法技巧任意而为，就像赌博一样只能碰运气。像赌博那样碰运气的

① （清）王先谦撰，沈啸寰、王星贤点校：《荀子集解》，中华书局1988年版，第8页。
② （清）王聘珍撰，王文锦点校：《大戴礼记解诂》，中华书局1983年版，目录第6页。
③ （清）王聘珍撰，王文锦点校：《大戴礼记解诂》，中华书局1983年版，第133页。

写作（弃术任心），只是机会碰巧偶然撞上，虽然前面写得很好，后面却难以为继；少写了不知道怎样接续，多写了不知道怎样删减，在写多写少的问题上都感到困惑，怎么能够解决文章美不美的问题呢？如果“执术驭篇”的话，情况就很不一样了。作者像围棋高手一样，就会掌握技巧法则，按部就班，等待情理会合，顺应灵感来临的时机，作文不失正轨。技巧运用得好，时机又掌握到位，就会意味腾跃般涌来，文辞的精神气势纷至沓来。这样的作品，给人无穷的美感：看上去像织锦的彩绘，听上去像琴弦簧管奏出的美妙之音，品味起来甘甜肥美，佩在身上芬芳四溢：文章写作的功效，像这样可谓非常完美了。

本节论述“执术”与“弃术”之别，主张“因时顺机，动不失正”地运用文术，才会获致理想的效果。“因时顺机，动不失正”，即行动合于时中，此与《周易·系辞下》“君子藏器于身，待时而动，何不利之有”[①] 暗合。

（四）本篇写作之由

《总术》篇最后交代了写作的缘由。刘勰写作此篇，是起一个总括和引领的作用。

> 夫骥足虽骏，纆牵忌长，以万分一累，且废千里。况文体多术，共相弥纶，一物携贰，莫不解体。所以列在一篇，备总情变，譬三十之辐，共成一毂，虽未足观，亦鄙夫之见也。

刘勰先从比喻入手。千里马虽然跑得快，但驾驭它的缰绳却忌讳过长。即使出现极其细微的差错，也会妨碍马跑千里。文章的写作要运用多种文术，它们又互有关联；如果构成要素之间相互背离，文章的整体性就会解体。所以把这些道理写在这一篇里，总括写作时的各种变化，有如车轮的三十根辐条组织在一起，共同成就一个

① （魏）王弼等注，（唐）孔颖达等正义：《十三经注疏·周易正义》，上海古籍出版社 1997 年版，第 88 页。

运转自如的车毂。尽管本篇所谈的这些道理未必值得高度重视，也算"我"的一点浅陋之见吧。"三十之辐，共成一毂"，典出《老子》"三十辐，共一毂，当其无，有车之用"[①]，《总术》篇没有讨论具体的"文术"，所以是"无"，但又"总括《神思》以至《附会》之旨，所以'有车之用'。如果以'车'为喻，则《神思》《通变》《附会》等'术'都是'车辐'，而《总术》篇则是'车毂'，毂中虚，但有车之用"[②]。此论甚当。至于本段的"依经立义"，前第五章第七节《和谐观》已有谈及，不赘。

① 陈鼓应注译：《老子今注今译》，商务印书馆2003年版，第115页。

② 蒋祖怡：《多欲练辞，莫肯研术》，载蒋祖怡《文心雕龙论丛》，上海古籍出版社1985年版，第179页。

第十一章　《文心雕龙》“文评论”中的“依经立义”

本章讨论《时序》《才略》《知音》《程器》四篇“文评论”中的“依经立义”。《时序》篇主要讨论文学与时代的关系；《才略》评论作家的才能与识略；《知音》篇是系统的文学批评论；《程器》篇讨论作家的“器用”，四篇文章都具有较系统的理论专题，所以被称为“文评论”。此前的《指瑕》篇，从八个方面指摘文之瑕病，算得上“文评”，但该篇还只是具体而微地评论文病，并不像《时序》《才略》《知音》《程器》那样具有比较系统的理论，所以并没有纳入“文评论”。

第一节　崇替于《时序》

《时序》篇讨论文学发展变化与社会历史变迁的关系。如果说《通变》主要从继承与革新的角度来探讨文学发展的内因，那本篇可以说是从政治、社会、历史等方面来讨论文学发展的外因。内因与外因的结合，才是刘勰文学发展观的完整思路。当然，刘勰的内外因文学发展观虽然思路完整，但并不完备。比如，刘勰忽视了社会物质、经济基础对文学演变的影响（这种影响作用在马克思主义看来，有着最终的决定作用）。“早在司马迁的《史记·货殖列传》中，就表现了从物质、经济发展的角度去考察社会发展的历史观念”[①]，相较于司马

① 孙秋克：《中国古代文论新体系教程》，浙江大学出版社2014年版，第180页。

迁，刘勰忽视从物质、经济基础的角度考察文学发展的外因，不得不说是一种遗憾，但刘勰从政治、社会发展的角度来考察文学的发展，不仅展示了古今的不同，还显示了前后的变化，的确显示了一种史学家历览古今的眼光，这也体现了“崇替于《时序》”的内有之义。

《时序》篇梳理了十代九变的总体状貌，得出了“文变染乎世情，兴废系于时序”的理论观点，是主要从外部原因来探讨文学发展的专篇，从“十代九变”的论述来看，本篇也可以被称为最早的中国文学史专论。“十代九变”，“十代”指“唐、虞、夏、商、周、汉、魏、晋、宋、刘”[①]，“九变”内容如下：唐尧诗歌质朴到虞舜诗歌“心乐而声泰”，一变；三代“歌功颂德”变“刺淫讥过”，二变；战国炜烨奇意，出纵横之诡俗，三变；西汉祖述《楚辞》，创立汉赋，四变；东汉渐靡儒风，趋向浅陋，五变；建安风骨，慷慨多气，六变；正始篇体轻淡，七变；西晋结藻清英，流韵绮靡，八变；东晋玄风大扇，辞意夷泰，九变。[②] 至于宋齐两代的文学变化，“作者尚多生存，又皆显贵，舍人存而不论，非但是非难定，且亦有所避忌也。故列代虽十，而衡论文变，止及晋世”[③]。

以下梳理“十代九变”的具体情形，并适时点明其中“依经立义”的情形。

一　唐尧诗歌质朴到虞舜诗歌“心乐而声泰”，一变

刘勰首先提问：“时运交移，质文代变；古今情理，如可言乎！”历代时运交替更迭，文章的质朴与华丽也随之变化，从古至今的变化情形，可以说一说吧？开头引出论题。此后，刘勰即按照从古至今的顺序梳理文章与时运的关系。

---

① 詹锳义证：《文心雕龙义证》，上海古籍出版社 1989 年版，第 1723 页。

② 参考周振甫的观点，但将不视为文变的第一时期，视作第一变，往后的八变照周说往后推移，周说第九变则删去。参见周振甫注《文心雕龙注释》，人民文学出版社 1981 年版，第 490 页。

③ 刘永济：《文心雕龙校释》，中华书局 2007 年版，第 151 页。

唐尧时期，道德昌盛教化普及，老农说出“尧何等力”[①] 的话，城郊的玩童唱着“不识不知”[②] 的歌。这样的话语直抒胸臆，质朴无华。到了舜帝时期，政治盛明，人民悠闲，“薰风”[③] 诗句出自舜帝，“烂云”歌词出于群臣。这些作品几乎完美，原因就在于内心欢乐而声音和畅（“心乐而声泰也”）。

“心乐而声泰”是对舜帝时期文学表现的一种概述，这种“心”与“声”的对应关系与《礼记》的说法一致。《礼记·乐记》：“凡音者，生人心者也。情动于中，故形于声，声成文谓之音。……是故治世之音安以乐，其政和……”[④]

此外，本节中的几个典故来自经典。“‘薰风’诗于元后”，“薰风：指《南风歌》”，其词疑见于《孔子家语·辩乐解》[⑤]，其事却记载在《礼记·乐记》：“昔者舜作五弦之琴，以歌南风。”[⑥]“烂云歌于列臣”出自《尚书大传》：“于时卿云聚，俊乂集，百工相和而歌《卿云》，帝乃倡之曰：‘卿云烂兮，纠缦缦兮，日月光华，旦复旦兮。’”[⑦]

---

① 《论衡·艺增》：“传曰：有年五十击壤于路者，观者曰：大哉尧德乎。击壤者曰：吾日出而作，日入而息，凿井而饮，耕田而食，尧何等力?”参见黄晖《论衡校释》，中华书局 1990 年版，第 388 页。

② 《列子·仲尼》：尧治天下五十年，不知天下治与不治，乃微服游于康衢，闻童谣云：‘立我烝民，莫匪尔极，不识不知，顺帝之则。’”参见杨伯峻《列子集释》，中华书局 1979 年版，第 143 页。

③ 《孔子家语·辩乐解》：“舜弹五弦之琴，造《南风》之诗，其诗曰：‘南风之薰兮，可以解吾民之愠兮；南风之时兮，可以阜吾民之财兮。’”参见杨朝明、宋立林《孔子家语通解》，齐鲁书社 2009 年版，第 400 页。

④ （汉）郑玄注，（唐）孔颖达等正义：《十三经注疏·礼记正义》，上海古籍出版社 1997 年版，第 1527 页。

⑤ 孔颖达正义：“案《圣证论》（王肃作）引《尸子》及《家语》难郑云：‘昔者舜弹五弦之琴，其辞曰：“南风之薰兮，可以解吾民之愠兮；南风之时兮，可以阜吾民之财兮。”郑云其辞未详，失其义也。’今案马昭云：‘《家语》王肃所增加，非郑所见。又《尸子》杂说，不可取证正经，故言未闻也。’”［参见（汉）郑玄注，（唐）孔颖达等正义《十三经注疏·礼记正义》，上海古籍出版社 1997 年版，第 1534 页。］按：《孔子家语·辩乐解》所载《南风》歌，应是后人伪作。

⑥ （汉）郑玄注，（唐）孔颖达等正义：《十三经注疏·礼记正义》，上海古籍出版社 1997 年版，第 1534 页。

⑦ 王云五主编，（汉）郑玄注，（清）王闿运补注：《尚书大传》，商务印书馆 1937 年版，第 17—18 页。按：“纠”原本作“礼”。

“尽其美者何”的“尽美”来自《论语·八佾》：“子谓《韶》，尽美矣，又尽善也。谓《武》，尽美矣，未尽善也。”①

二　三代“歌功颂德”变“刺淫讥过”，二变

夏、商、周三代，既有政治清明的时代，也有政治昏乱的年岁，伴随而来的是文章内容的不同表现。

大禹治水，各种功德受到赞颂（“大禹敷土，‘九序’咏功”）；商汤圣明恭谨，《诗经·商颂》也有赞美（“成汤圣敬，‘猗欤’作颂”）。到了周文王，恩德隆盛，《周南》中说人民勤劳而没有怨尤（“《周南》‘勤而不怨’”）；周太王的教化使民风淳朴，于是《邠风》表现欢乐却不过分（“《邠风》乐而不淫”）。周厉王、周幽王昏暴，所以《板》《荡》表现出愤怒之情（“幽、厉昏而《板》《荡》怒”）；周平王衰弱，所以《黍离》表现故国哀思（“平王微而《黍离》哀”）。所以说，歌谣的文采和情理，随着时世而转变，政治教化就像风一样在水面上吹，歌诗就像水那样在下面震荡起来（“歌谣文理，与世推移，风动于上，而波震于下者也”）。

此一节论“十代九变”第二变，禹、汤、文王时期的政治清明，于是诗文就歌功颂德，合乎教化；到了幽王、厉王、平王这样昏乱、衰弱的时期，诗文也表现出愤怒与哀伤等情感。诗文的情感与政治的清浊关系密切，就像风吹波震一样。其中有多个典故出自经典。“大禹敷土”事见《尚书·禹贡》，“‘九序’咏功”语出《尚书·大禹谟》“九功惟叙，九叙惟歌”②。“成汤圣敬”语本《诗经·商颂·长发》“汤降不迟，圣敬日跻”③，“‘猗欤’作颂”来自《诗经·商颂·那》篇首句“猗与那与”④。

① 程树德撰，程俊英、蒋见元点校：《论语集释》，中华书局1990年版，第222页。

② （汉）孔安国传，（唐）孔颖达等正义：《十三经注疏·尚书正义》，上海古籍出版社1997年版，第135页。

③ （汉）郑玄笺，（唐）孔颖达等正义：《十三经注疏·毛诗正义》，上海古籍出版社1997年版，第626页。

④ （汉）郑玄笺，（唐）孔颖达等正义：《十三经注疏·毛诗正义》，上海古籍出版社1997年版，第620页。

“《周南》‘勤而不怨’”见《左传·襄公二十九年》“季札观乐”对《周南》《召南》的评价：“美哉！始基之矣，犹未也。然勤而不怨矣。”① “《邠风》‘乐而不淫’”，也见于《左传·襄公二十九年》“季札观乐”。“为之歌《豳》，曰：‘美哉，荡乎，乐而不淫，其周公之东乎？’”② 具体的篇目可能是指《七月》和《东山》，“《豳风》乐而不淫者，谓《七月》《东山》之诗，《七月》述农田之乐而不及于私，《东山》述远征之归，有室家之好，而情止乎礼，皆乐而不淫意也”③。“幽、厉昏而《板》《荡》怒”，此据郑玄《诗谱序》：“厉也，幽也，政教尤衰，周室大坏。《十月之交》《民劳》《板》《荡》，勃尔俱作，众国纷然，刺怨相寻”④；“平王微而《黍离》哀”，依据《王风·黍离》序“《黍离》，闵宗周也。周大夫行役，至于宗庙，过故宗庙宫室，尽为禾黍，闵周室之颠覆，彷徨不忍去而作是诗也”⑤。以上各处皆是明显引自经典，此后的结论“风动于上而波震于下者也”则暗合《毛诗序》的“上以风化下”⑥。不难看出，本段几乎每句话都是依经立义。

三 战国炜烨奇意，出纵横之诡俗，三变

“十代九变”的第三变，是战国时百家争鸣，文变出乎“纵横之诡俗”。

春秋以后，战国七雄用战争来争胜；六经被弃置，百家之说如狂

---

① （晋）杜预注，（唐）孔颖达等正义：《十三经注疏·春秋左传正义》，上海古籍出版社1997年版，第2006页。

② （晋）杜预注，（唐）孔颖达等正义：《十三经注疏·春秋左传正义》，上海古籍出版社1997年版，第2006页。

③ 张立斋：《文心雕龙注订》，国家图书馆出版社2010年版，第377页。

④ （汉）郑玄笺，（唐）孔颖达等正义：《十三经注疏·毛诗正义》，上海古籍出版社1997年版，第263页。

⑤ （汉）郑玄笺，（唐）孔颖达等正义：《十三经注疏·毛诗正义》，上海古籍出版社1997年版，第330页。

⑥ （汉）郑玄笺，（唐）孔颖达等正义：《十三经注疏·毛诗正义》，上海古籍出版社1997年版，第271页。

飙卷起令人惊讶。韩魏追求武力、燕赵讲究权谋，秦国又崇尚法家对儒家思想严加禁止，只有齐、楚两国文化学术兴盛。齐国为学者在大道旁边开设大宾馆，楚国也为人才扩建兰台之宫。孟子在齐国作客，荀子在楚国兰陵为令，所以稷下学宫鼓动起清雅的学风，兰陵县形成了良好的风气。邹衍因谈天说地声名鹊起，驺奭因雕龙般的文采而名声传扬。屈原的作品可与日月争光，宋玉写风和朝云的赋交相辉映。从他们的辞采上看，掩盖了《诗经》中的《雅》《颂》，所以就知道那些光彩夺目的奇思妙想，可能出于纵横家所崇尚的诡谲多变的风气（“故知炜烨之奇意，出乎纵横之诡俗也”）。

本节“依经立义”的痕迹不明显。不过，从“观其艳说，则笼罩《雅》《颂》”可知，刘勰评价孟子、荀子、邹衍、驺奭、屈原、宋玉等的作品时，仍然是以《诗经》为参照的，显示了“依经立论”的理论建构范式。此外，刘勰指出楚骚出乎纵横诡俗的认识，是发前人所未发，后来也一直不为人所注意，直到清代章学诚写《文史通义·诗教》篇，才对这一点作了进一步的阐发。[①]

四　西汉祖述《楚辞》，创立汉赋，四变

屈原宋玉为代表的楚辞，在汉代受到统治者的喜爱，也受到文人的集体效仿，从而发展成为汉赋。

秦始皇焚书之后，汉高祖崇尚武功，戏弄儒生，怠慢学者。虽然开始制作儒家礼仪，但还没来得及教习《诗》《书》，然而《大风歌》《鸿鹄歌》也算是天才的作品。此后的孝惠帝、文帝、景帝时期，经学逐渐兴盛，但文人不被重用，看贾谊被贬斥以及邹阳、枚乘不得志就可以知道了。到了汉武帝尊崇儒家，用文辞来粉饰他的伟大功业，于是制礼作乐，写作辞章，都追求光彩。此时一大批文人得到优待和封赏：枚乘、主父偃、公孙弘、倪宽、朱买臣、司马相如等；像司马迁、吾丘寿王、严安、终军、枚皋等，有的对答起来随机应变，有的

① 周振甫：《文心雕龙今译》，中华书局1986年版，第392页。

写了不少文章，风流文采遗传下来，没有比这个时期更兴盛的了。经过汉昭帝到宣帝，继承了汉武帝的事业；学者在石渠阁展开对经学的论辩，文士在文会上从容讨论，既聚焦了擅长辞赋的文士，又发出尊重经学的高喻。于是王褒之类的才士可以享受俸禄等待诏见。从元帝到成帝，留意图书典籍，赞美玉屑般的高雅谈吐，为搜罗人才的金马门清扫道路。因此，扬雄对着上千篇赋作用心构思，刘向校勘儒家典籍。总的来看，西汉的文章继承了《楚辞》的传统，屈原的影响明显存在其中。

本部分主要谈西汉的文章受楚辞影响，论述中不时可见经学的学术背景。从高祖的"戏儒简学"到文景的"经术颇兴"，是一个儒家地位不断提升、影响逐渐扩大的过程；汉武帝时崇尚儒学、"润色鸿业"，儒学影响达到高峰；昭宣"驰骋石渠，暇豫文会"，继承了武帝的事业；后来的元帝成帝留意图籍，所以刘向父子整理六艺。刘勰为什么要陈述经学在西汉的发展轨迹呢？这恐怕是因为汉赋的总体发展是祖述《楚辞》，但也要服务于"润色鸿业"的政治需要，这就不能不提儒家的礼乐典章及经学。

五 东汉渐靡儒风，趋向浅陋，五变

东汉建立后，儒学影响文学更加明显，其重要表现即是文章渐渐引用经辞。儒家影响日益凸显。至东汉灵帝，招集一帮浅陋小人写辞赋，文风趋向浅陋，不值一提。此一变实则又包含"变"中之"变"，即由"渐靡儒风"到"招集浅陋"。①

光武中兴，建立东汉，他特别重视图谶，对文章不甚在意（"深怀图谶，颇略文华"），但杜笃因所献诔文出色而获免刑罚，班彪因参与起草奏章而补为县令，所以光武帝虽不是广泛搜救人才，他也并不抛弃文章（"虽非旁求，亦不遐弃"）。汉明帝和汉章帝都尊崇儒学，在明堂辟雍演习礼仪，在白虎观里讲论经文，让班固执笔修国史，为

① 周振甫注：《文心雕龙注释》，人民文学出版社1981年版，第490页。

贾逵准备笔札写歌颂祥瑞的《神雀颂》；东平宪王刘苍擅长写美好的礼文，沛献王刘辅以其《五经论》闪耀才华。帝王做出规则，藩王也做出榜样，两者相互辉映。和帝、安帝以下，到顺帝、桓帝，出现了班固、傅毅、崔骃、崔瑗、崔寔、王逸、王延寿、马融、张衡、蔡邕等大儒，文才出众。大体而言，东汉建立以后，才士们写作路子稍稍改变：在内容与形式的结合中，斟酌采用经典的辞藻（“华实所附，斟酌经辞”），大概是经历了多次的学者会聚讲经，渐渐沾染上儒家的风气（“盖历政讲聚，故渐靡儒风者也”）。

刘勰关于经学渗透文学的判断显示了敏锐的学术眼光，在《才略》篇里，刘勰说“自卿渊以前，多役才而不课学；雄、向以后，颇引书以助文”，可看作本篇“渐靡儒风”的注脚。当然，也应该指出，刘勰将此种文风改变的原因归结为“历政讲聚”是不够准确深入的。刘勰似乎只看到了“石渠论艺”“白虎讲聚”这两次由皇帝主持的大型儒家学术讨论活动的深远影响，但这只是表面，其实质是：汉武帝“罢黜百家，独尊儒术”，使儒家思想成为官方正统思想与主流意识，并以此作为选拔人才的重要指标，文人士子因此而形成了“依经立义”的话语模式与理论范式乃至思维模式。正是有了“依经立义”的话语模式、理论范式与思维模式，才出现文人士子大都“华实所附，斟酌经辞”的现象。

此外，本节所引“虽非旁求，亦不遐弃”也是融合《尚书·太甲》“旁求俊彦”[①] 与《诗经·周南·汝坟》“既见君子，不我遐弃”[②] 而为言。

> 降及灵帝，时好辞制，造皇羲之书，开鸿都之赋；而乐松之徒，招集浅陋，故杨赐号为“驩兜”，蔡邕比之俳优，其余风遗文，盖蔑如也。

① （汉）孔安国传，（唐）孔颖达等正义：《十三经注疏·尚书正义》，上海古籍出版社 1997 年版，第 164 页。

② （汉）郑玄笺，（唐）孔颖达等正义：《十三经注疏·毛诗正义》，上海古籍出版社 1997 年版，第 282 页。

至于东汉灵帝喜欢辞赋，自己编了《皇羲篇》，又开鸿都门接待辞赋作者，于是招集到乐松之类的浮浅鄙陋之人，杨赐将他们称为“驩兜”[1] 一样的坏蛋，蔡邕把他们比作小丑（“俳优”），他们的文风和遗留的作品就不值一提了。评价鸿都门招集的辞赋作者，以《尚书》中的著名恶人“驩兜”作比，表明了杨赐的“依经立义”。

六 建安风骨，慷慨多气，六变

建安时期，文学风气与时代风俗关系紧密，刘勰称为“雅好慷慨”，这是文学发展的“六变”。汉献帝建安时期，三曹父子爱好文学，聚集了王粲、陈琳、徐干、刘桢、应玚、阮瑀等才士，又有路粹、繁钦、邯郸淳、杨修等在酒宴前吟咏诗篇（“傲雅觞豆之前”），在坐席上从容谈艺（“雍容衽席之上”），挥笔写成酣畅的歌（“洒笔以成酣歌”），蘸墨写作以助谈笑（“和墨以借谈笑”）。观察此一时期的文章，一向喜欢慷慨之风，实在是由于当时长期战乱，风气败坏，人民愁怨，文士情志深远，笔力雄健，所以感慨深远而富有气势。刘勰对于建安风骨的描述与原因总结，识力非凡，后人对此的看法也大体沿袭不变。“观其时文，雅好慷慨，良由世积乱离，风衰俗怨，并志深而笔长，故梗概而多气也”，也与《礼记·乐记》“乱世之音怨以怒，其政乖”暗合。

七 正始篇体轻淡，七变

魏代正始时期，文章超脱淡远，这是文学发展的“七变”。

> 至明帝纂戎，制诗度曲；征篇章之士，置崇文之观：何刘群才，迭相照耀。少主相仍，唯高贵英雅，顾盼含章，动言成论。

---

① “驩兜”，唐尧时人，与共工、三苗、鲧称四凶。《书·舜典》：“流共工于幽洲，放驩兜于崇山。”参见（汉）孔安国传，（唐）孔颖达等正义《十三经注疏·尚书正义》，上海古籍出版社1997年版，第128页。

于时正始余风，篇体轻淡，而嵇、阮、应、缪，并驰文路矣。

魏明帝曹叡继承祖父、父亲的大业，制诗作曲，召集文章作者，设立崇文观来招揽人才，何晏、刘劭等有才华的人，文采竞相绽放光芒。此后的几任年轻君主，只有高贵乡公曹芳有才华学问，顾盼之间写成文章，出言成论。这时受到正始风气影响，文体风格轻浮淡薄，只有嵇康、阮籍、应璩、缪袭等显得不同，在文学大路上飞奔驰骋。

本小节中，"纂戎"，"纂，与'缵'通，继承。戎，大。《诗经·大雅·烝民》：'缵戎祖考。'《大雅·韩奕》句同。谓继承光大祖考的事业。郑玄解戎为汝，意谓继承汝祖考的事业。本文'纂戎'是歇后语，即作继承祖业解"①。"纂戎"有似歇后语，意在引起人们对《诗经》中的固定词组"缵戎祖考"的会意，这是一种词语上的"依经立义"。

八　西晋结藻清英，流韵绮靡，八变

西晋文学的变化是"结藻清英，流韵绮靡"，这是文学发展的八变。

司马懿父子虽外表儒雅却志在篡夺皇位。到晋武帝司马炎建立新王朝，在太平时期称帝（"武帝惟新，承平受命"），但学校和辞章并没有引起他的注意（"胶序篇章，弗简皇虑"）。后来的怀帝、愍帝，只是令人摆布的装饰而已（"降及怀愍，缀旒而已"）。晋朝虽然不重视文采，但西晋人才实在很多，如张华、左思、潘岳、夏侯湛、陆机、陆云、应贞、傅玄，张载、张协、张亢三兄弟，孙楚、挚虞、成公绥等，所作文章辞藻清新英俊，声韵流美。可叹这些人生在末世，没有充分发挥才华。

本节中有些词语源自儒家经典。"惟新"来自《诗经·大雅·文王》："周虽旧邦，其命维新。"② 这里指司马炎代魏建立晋王朝。"胶

---

① 郭绍虞主编：《中国历代文论选》第1册，上海古籍出版社2001年版，第291页。

② （汉）郑玄笺，（唐）孔颖达等正义：《十三经注疏·毛诗正义》，上海古籍出版社1997年版，第503页。

序”见《礼记·王制》：“夏后氏养国老于东序，养庶老于西序。……周人养国老于东胶。”郑注：“皆学名也。……东序、东胶亦大学。”[①]“弗简皇虑”，“简”见《论语·尧曰》：“简在帝心”[②]，“简，阅也”[③]。“胶序篇章，弗简皇虑”，即是指儒家的教育与文学辞章，不在皇帝的考虑之内。“缀旒”源出《公羊传·襄公十六年》：“君若赘旒然。”何注：“旒，旗旒。赘，系属之辞。……以旗旒喻者，为下所执持东西”[④]，喻指国君没有权力，只是装饰品而已。“降及怀愍，缀旒而已”，意即到了晋怀帝、晋愍帝，他们就成了没有权力的摆设。可见，在词源上还是可以看到“依经立义”的痕迹。

九 东晋玄风大扇，辞意夷泰，九变

东晋玄学盛行，文章写作也受此影响，“辞意夷泰”，是文学发展的“九变”。

刘勰首先对东晋的几位皇帝及其对待文人的情况进行了简述。其中主要讲了晋元帝、晋明帝和简文帝。东晋元帝中兴，重视文章兴办学校，刘隗、刁协两人因精通礼法而受到恩宠，郭璞因文思敏捷而得到提拔。此后的晋明帝天资聪颖，爱好文会，从任太子到登基后，不知疲倦地讲论六经，在诰令策问上注意研讨，在辞赋上发挥文采。庾亮与温峤也因为文才出众得到厚待。晋明帝提倡文学，在这一点上也可被称为晋代的汉武帝了。简文帝则奋发有为，气度深沉风格清峻，语言微妙道理精微，盈满于清谈之席；恬淡文思浓郁文采，时常传布于文学领域。

此后，刘勰对两晋的玄学及其对文学的影响进行了梳理。自西晋

① （汉）郑玄注，（唐）孔颖达等正义：《十三经注疏·礼记正义》，上海古籍出版社 1997 年版，第 1346 页。

② 程树德撰，程俊英、蒋见元点校：《论语集释》，中华书局 1990 年版，第 1350 页。

③ 参见程树德撰，程俊英、蒋见元点校《论语集释》，中华书局 1990 年版，第 1355 页。

④ （汉）何休注，（唐）徐彦疏：《十三经注疏·春秋公羊传注疏》，上海古籍出版社 1997 年版，第 2307 页。

看重清谈，东晋南渡后更为流行。受清谈风气的影响，造成新的文风。虽然时势极为艰难，文辞却写得平淡舒缓（“是以世极迍邅，而辞意夷泰”）；诗歌内容必以老子学说为宗旨，辞赋也成为庄子学说的注脚（“诗必柱下之旨归，赋乃漆园之义疏”）。

由此，刘勰对由唐尧至晋代的“九变”进行总结：文章的变化受到时代情况的感染（“文变染乎世情”），不同文体的兴衰和时代有关（“兴废系乎时序”），推求其源起，归结到它的结束（“原始以要终”），即使是百世的文学流变也是可以知晓的（“虽百世可知也”）。

本小节中的“依经立义”大致有以下几处。一是“故知文变染乎世情，兴废系乎时序，原始以要终，虽百世可知也”。这是《时序》篇的核心观点，它与《礼记·乐记》（《毛诗序》亦同）“治世之音安以乐，其政和；乱世之音怨以怒，其政乖；亡国之音哀以思，其民困”①有意义上的关联，不过刘勰将“政和的治世”“政乖的乱世”“民困的亡国”诸种情况概括为“世情”，而将“安以乐的治世之音”“怨以怒的乱世之音”“哀以思的亡国之音”概括为“文变”，并将两者结合起来，放在一个长期的文学发展史中进行总括，所以刘勰是“依经立义”。二是“原始要终”“百世可知”也是儒家语汇。“原始要终”源于《周易·系辞下》“《易》之为书也，原始要终，以为质也”②，本文后章论思维方式的时候还有论述，不赘。“百世可知”则源于《论语·为政》“其或继周者，虽百世，可知也”③。

十　宋齐文学，略举大较

刘勰在论述完“九变”之后，对宋齐的文学发展也有简要论述。其中多虚美之词。诚如刘永济所言：“非但是非难定，且亦有

① （汉）郑玄注，（唐）孔颖达等正义：《十三经注疏·礼记正义》，上海古籍出版社1997年版，第1527页。

② （魏）王弼等注，（唐）孔颖达等正义：《十三经注疏·周易正义》，上海古籍出版社1997年版，第90页。

③ 杨伯峻译注：《论语译注》，中华书局2006年版，第22页。

所避忌也。"①

> 自宋武爱文，文帝彬雅；秉文之德，孝武多才，英采云构。自明帝以下，文理替矣。尔其缙绅之林，霞蔚而飙起：王、袁联宗以龙章，颜、谢重叶以凤采，何、范、张、沈之徒，亦不可胜数也。盖闻之于世，故略举大较。

对于齐代，刘勰的叙述相对简略。在论述帝王时，刘勰用了"秉文之德"一词。此词源自《诗经·周颂·清庙》"济济多士，秉文之德"②，原指秉持文德之才士，此处谓宋孝武皇帝继承文帝德业。对皇帝的评述，特别是对近世皇帝的评述倾向于赞美，并从《诗经》借用"颂词"，刘勰在遵守儒家"为尊者讳"伦理精神的同时，也在"依经立义"。

在《时序》篇的最后一段，刘勰对南朝齐的各位君主极力赞美，当然也是出于有所避忌的现实考虑，正如纪昀所评："阙当代不言，非唯未经论定，实亦有所避于恩怨之间。"③ 不过，其中的"依经立义"话语模式，让这种虚美显得堂而皇之。

> 暨皇齐驭宝，运集休明。太祖以圣武膺箓，世祖以睿文纂业，文帝以贰离含章，高宗以上哲兴运：并文明自天，缉熙景祚。今圣历方兴，文思光被；海岳降神，才英秀发；驭飞龙于天衢，驾骐骥于万里。经典礼章，跨周轹汉；唐虞之文，其鼎盛乎！鸿风懿采，短笔敢陈？扬言赞时，请寄明哲！

此节中"依经立义"的词汇较多，试分析如下。其一，"休明"，

① 刘永济：《文心雕龙校释》，中华书局2007年版，第151页。

② （汉）郑玄笺，（唐）孔颖达等正义：《十三经注疏·毛诗正义》，上海古籍出版社1997年版，第583页。

③ （梁）刘勰著，（清）黄叔琳注，（清）纪昀评，李详补注，刘咸炘阐说，戚良德辑校：《文心雕龙》，上海古籍出版社2015年版，第262页。

此词源自《左传·宣公三年》"德之休明，虽小，重也；其奸回昏乱，虽大，轻也"[①]，"休明"谓齐代的所有皇帝德美而明。其二，"贰离含章"，"贰离"源于《周易·离卦》象"重明以丽乎正"，象"明两作离"[②]，此处谓齐文帝以明丽文采修饰华章；"含章"出自《周易·坤》六三爻辞"含章可贞"，王弼注："含美而可正"[③]，所以内含美德就叫"含章"。其三，"文明自天，缉熙景祚"，"文明自天"与《诗经·大雅·大明》"有命自天，命此文王"[④]相关，"缉熙"来自《诗经·大雅·文王》"穆穆文王，于缉熙敬止"[⑤]，《诗经·周颂·维清》"维清缉熙，文王之典"，郑笺："缉熙，光明也。"[⑥]"文明自天，缉熙景祚"是说这些皇帝高明的文才都得自上天，福祚光明宏远。其四，"文思光被"，出自《尚书·尧典》"钦明文思安安，允恭克让，光被四表"[⑦]，此处指的是齐国文教遍及各地。其五，"海岳降神"，源自《诗经·大雅·崧高》"维岳降神，生甫及申"[⑧]，意即大海和高山降下神灵（就有了俊才脱颖而出）。其六，"驭飞龙于天衢"，来源于《周易·乾·文言》："时乘六龙以御天也"[⑨]，此处比喻皇帝登位。其七，"扬言赞时，请寄明哲"中的"扬言"来源于《尚书·益稷》

---

① （晋）杜预注，（唐）孔颖达等正义：《十三经注疏·春秋左传正义》，上海古籍出版社1997年版，第1868页。

② （魏）王弼等注，（唐）孔颖达等正义：《十三经注疏·周易正义》，上海古籍出版社1997年版，第43页。

③ （魏）王弼等注，（唐）孔颖达等正义：《十三经注疏·周易正义》，上海古籍出版社1997年版，第18页。

④ （汉）郑玄笺，（唐）孔颖达等正义：《十三经注疏·毛诗正义》，上海古籍出版社1997年版，第508页。

⑤ （汉）郑玄笺，（唐）孔颖达等正义：《十三经注疏·毛诗正义》，上海古籍出版社1997年版，第504页。

⑥ （汉）郑玄笺，（唐）孔颖达等正义：《十三经注疏·毛诗正义》，上海古籍出版社1997年版，第584页。

⑦ （汉）孔安国传，（唐）孔颖达等正义：《十三经注疏·尚书正义》，上海古籍出版社1997年版，第118—119页。

⑧ （汉）郑玄笺，（唐）孔颖达等正义：《十三经注疏·毛诗正义》，上海古籍出版社1997年版，第565页。

⑨ （魏）王弼等注，（唐）孔颖达等正义：《十三经注疏·周易正义》，上海古籍出版社1997年版，第14页。

“皋陶拜手稽首飏言”[①]；“明哲”来源于《诗经·大雅·烝民》“既明且哲，以保其身”[②]，此处指“要用宏论赞誉这个时代，请寄望于那些高明的贤哲”，言下之意，自己才能不足，不能承担这样的大任，显然是自谦之词。短短的一小节文字，却有如此多的经典语汇的使用，刘勰不是为了显耀自己的才学，而在要通过“依经立义”的方式来赞誉齐朝的皇帝与功业，显得并非出于自己的虚造，实在是有“据”可依，从而免除自己的阿谀之诟。而且最后的“短笔敢陈”“请寄明哲”也以谦卑的姿态表明自己说得不好，只是勉强地简略说说。刘勰这样说，“实亦有所避于恩怨之间”（纪昀语）。

第二节　褒贬于《才略》

纪昀评《才略》曰：“《时序》篇总论其势，《才略》篇各论其人。”[③] 刘永济《文心雕龙校释》说得更清楚：“本篇与《时序》篇相辅。《时序》所论，属文学风尚之高下流变，论世之事也。本篇所重，在比较作品之长短，作家之同异，知人之事也。”[④] 其实，刘勰自己也说过“褒贬于《才略》”，即对作家的才能识略进行或褒或贬的评价。本文所论述的作家众多，据詹锳所引沈谦《文心雕龙批评论发微》：“彦和论虞夏有皋陶、夔、益、五子四家，商周有仲虺、伊尹、吉甫三家，春秋有薳敖、随会、赵衰、公孙侨、子太叔、公孙挥六家，战代有屈原、宋玉、乐毅、范雎、苏秦、荀况、李斯七家，两汉有陆贾等三十三家[⑤]，魏晋则有曹丕等四十四家，总共九十八家。”[⑥] 虽然作家众多，但本篇

---

① （汉）孔安国传，（唐）孔颖达等正义：《十三经注疏·尚书正义》，上海古籍出版社1997年版，第144页。

② （汉）郑玄笺，（唐）孔颖达等正义：《十三经注疏·毛诗正义》，上海古籍出版社1997年版，第568页。

③ （梁）刘勰著，（清）黄叔琳注，（清）纪昀评，李详补注，刘咸炘阐说，戚良德辑校：《文心雕龙》，上海古籍出版社2015年版，第274页。

④ 刘永济：《文心雕龙校释》，中华书局2007年版，第163页。

⑤ 刘向出现两次，只能算1人，实则论述的两汉文人只有32人。

⑥ 詹锳义证：《文心雕龙义证》，上海古籍出版社1989年版，第1764页。按：数字有误，先秦20人，两汉32人，魏晋44人，合计96人。即便两汉算33家，总数也是97家。

以时间为序，通过单论、合论、附论等形式巧妙地组织起来，对作家的才能与文学表现之间的复杂关系进行了概括，并适时点出其中的内在原因，所以文章虽然庞大却有条不紊，确实是大手笔。

刘永济认为，本篇在铺叙之中有三种体例，一单论，二合论，三附论。单论者如陆贾、贾谊、司马相如、王褒等。合论有两人合论，如枚乘、邹阳，曹丕、曹植，嵇康、阮籍，等等；有四人合论，如二班两刘，刘向、赵壹、孔融、祢衡等；有数人合论，如王粲、陈琳、阮瑀、徐干、刘桢、应玚六子。附论如崔瑗、崔寔、杜笃、贾逵附于傅毅、崔骃，路粹、杨修、丁仪、邯郸淳附于建安七子，等等。单论者往往独标一体或特出时风，合论者或是父子，或是兄弟，或是名声相当等。附论者大都附庸时流之士。[①] 刘先生研究精深，确为不易之论。本文不对刘勰所论作家再进行归类整理，只揭示其作家评论中的“依经立义”情形。

刘勰开篇说：“九代之文，富矣盛矣；其辞令华采，可略而详也。”此句总括全文，意即作家才略表现在“九代之文”，而从“文”中的“辞令华采”又可窥见其“才略”。以下按“九代”之序，分别论述。

一　虞、夏、商、（西）周之才略

刘勰评论作者才略与文章作品，“原始以要终”，先从远古的虞、夏、商、（西）周开始。

> 虞、夏文章，则有皋陶“六德”，夔序“八音”，益则有赞，五子作歌，辞义温雅，万代之仪表也。商、周之世，则仲虺垂诰，伊尹敷训；吉甫之徒，并述《诗》《颂》，义固为经，文亦足师矣。

此小节论述了虞、夏、商、（西）周时期具有代表性的作家作品，

① 参见刘永济《文心雕龙校释》，中华书局2007年版，第163—164页。

所有作品都载于《尚书》《诗经》。皋陶“六德”出自《尚书·皋陶谟》[①]，夔序“八音”语出《尚书·舜典》[②]，“益则有赞”载于《尚书·大禹谟》[③]，“五子作歌”见《尚书·五子之歌》[④]。这些作品辞义温和雅致，可为千秋万代之表率。仲虺留下的诰令和伊尹陈述的训令见于《尚书》的《仲虺之诰》和《伊训》；吉甫写有《崧高》《烝民》《韩奕》《江汉》[⑤] 等篇，记在《诗经》里，这些作品的义理足以成为常道，文辞也值得师法。

刘勰所评的人与文都来自经典，这是“依经”；刘勰所作的两个判断：与虞夏有关的是“辞义温雅，万代之仪表也”；与商周有关的是“义固为经，文亦足师也”，是“立义”。本节有着典型的“依经立义”的话语模式。

二 春秋战国文士之才略

本阶段叙述文士才略还是从“辞令华采”来谈，但明显比第一个阶段更深入。先看刘勰对春秋之际文士之才略的述评。

> 及乎春秋大夫，则修辞聘会，磊落如琅玕之圃，焜耀似缛锦之肆，薳敖择楚国之令典，随会讲晋国之礼法，赵衰以文胜从飨，国侨以修辞捍郑，子太叔“美秀而文”，公孙挥“善于辞令”，皆

① 《尚书·皋陶谟》：“皋陶曰：‘宽而栗，柔而立，愿而恭，乱而敬，扰而毅，直而温，简而廉，刚而塞，强而义，彰厥有常，吉哉！日宣三德，夙夜浚明有家。日严祗敬六德，亮采有邦。’”参见（汉）孔安国传，（唐）孔颖达等正义《十三经注疏·尚书正义》，上海古籍出版社1997年版，第138—139页。

② 《尚书·舜典》：“夔，命汝典乐，教胄子……八音克谐，无相夺伦。”参看（汉）孔安国传，（唐）孔颖达等正义《十三经注疏·尚书正义》，上海古籍出版社1997年版，第131页。

③ 《尚书·大禹谟》：“益赞于禹曰：‘惟德动天，无远弗届。满招损，谦受益，时乃天道。’”参见（汉）孔安国传，（唐）孔颖达等正义《十三经注疏·尚书正义》，上海古籍出版社1997年版，第137页。

④ 《尚书·五子之歌》：“太康失邦，昆弟五人须于洛汭，作《五子之歌》。”参见（汉）孔安国传，（唐）孔颖达等正义《十三经注疏·尚书正义》，上海古籍出版社1997年版，第156页。

⑤ 范文澜注《文心雕龙注》：“《诗·大雅·崧高》《烝民》《韩奕》《江汉》皆尹吉甫美宣王而作。”参见范文澜注《文心雕龙注》，人民文学出版社1958年版，第702页。

文名之标者也。

春秋时期各国的大夫，在聘问聚会时注重修辞，像美玉的宝库一样丰富，像锦绣的店铺一般光彩照耀。孙叔敖选出楚国的美好典章[①]，随会讲求晋国的礼法[②]，赵衰以知文识礼而跟随公子重耳赴宴[③]，国侨（即子产）以辞令捍卫郑国的利益[④]，子太叔美貌俊秀而有文才，公孙挥擅长辞令[⑤]，这些都是以文名著称的人。刘勰所举六位才士，均来自《左传》，用来例证春秋大夫在朝聘时讲究文采，“依经”而“立义”。

战国以后的文士，晚于经典形成的时间，没有被经典记录称引，不过刘勰的述评仍然有“依经立义”的色彩。

战代任武，而文士不绝。诸子以道术取资，屈、宋以楚辞发采，乐毅报书辨而义，范雎上书密而至，苏秦历说壮而中，李斯自奏丽而动。若在文世，则扬、班俦矣。荀况学宗，而象物名赋，

---

① 《左传·宣公十二年》：“随武子曰：‘蔿敖为宰，择楚国之令典……百官象物而动，军政不戒而备，能用典矣。’”蔿敖即蔿敖，即孙叔敖。参见（晋）杜预注，（唐）孔颖达等正义《十三经注疏·春秋左传正义》，上海古籍出版社1997年版，第1879页。

② 《左传·宣公十六年》：“晋侯使士会平王室，定王享之……殽烝，武子私问其故。王闻之。召武子曰：‘……王享有体荐，宴有折俎。公当享，卿当宴，王室之礼也。’武子归而讲求典礼，以修晋国之法。”士会，即随会，执晋政，卒谥武子。参见（晋）杜预注，（唐）孔颖达等正义《十三经注疏·春秋左传正义》，上海古籍出版社1997年版，第1888—1889页。

③ 《左传·僖公二十三年》秦穆公飨晋公子重耳。子犯曰：“吾不如衰之文也，请使衰从。”公子赋《河水》，公赋《六月》。赵衰曰：“重耳拜赐。”公子降拜，稽首；公降一级而辞焉。衰曰：“君称所以佐天子者命重耳，重耳敢不拜？”参见（晋）杜预注，（唐）孔颖达等正义《十三经注疏·春秋左传正义》，上海古籍出版社1997年版，第1816页。

④ 《左传·襄公二十五年》：“郑子产献捷于晋，晋人问陈之罪，子产对曰……”仲尼曰：“《志》有之：‘言以足志，文以足言。’晋为伯，郑入陈，非文辞不为功。慎辞哉！”参见（晋）杜预注，（唐）孔颖达等正义《十三经注疏·春秋左传正义》，上海古籍出版社1997年版，第1985页。

⑤ 《左传·襄公三十一年》：“子产之为政也，择能而使之，冯简子能断大事，子太叔美秀而文，公孙挥能知四国之为，而辨其大夫之族姓、班位、贵贱、能否，而又善为辞令。”参见（晋）杜预注，（唐）孔颖达等正义《十三经注疏·春秋左传正义》，上海古籍出版社1997年版，第2015页。

文质相称，固巨儒之情也。

战国时期任用武力，而文士不断出现：诸子以各种学说取得资本，屈宋用楚辞发扬文采。乐毅的《报燕惠王书》明辨事理合乎道义，范雎的《献秦昭王书》措辞含蓄而用意深刻，苏秦游说六国诸侯豪壮而中肯，李斯的《谏逐客书》富有文采又能打动人心。要是在“崇文”的年代，他们就是扬雄、班固之类的作家了。荀况是学界的领袖，但他摹状事物而写的赋，文质相称，表现了大儒的实力。这里的“文质相称”显然与《论语》“文质彬彬”含义相似。

三　汉代文士之才略

汉代文士三十二家，其才略表现各有特点。先说西汉群才。汉初的陆贾首先发出奇特的文采，“赋《孟春》而选典、诰”，写《孟春赋》选言于典诰，论辩之辞甚为宏富。贾谊才华颖异，其超逸如同飞奔的骏马（“陵轶飞兔”），他的议论恰当，辞赋清新（“议惬而赋清”）。枚乘的《七发》，邹阳的《狱中上梁王书》，笔下文采丰盈，言辞气势显露（“膏润于笔，气形于言矣”）。董仲舒是专精的儒者，司马迁是纯粹的史家，他们却写出了繁艳的文章（“丽缛成文”），大概像《诗经》作者那样在诗中诉说哀愁吧（“亦诗人之告‘哀’焉”）。显然，刘勰是“依经立义”。董仲舒写有《士不遇赋》，司马迁也有《悲士不遇赋》，两人的作品以丽缛之辞写悲哀之情，刘勰引用《诗经·小雅·四月》“君子作歌，维以告哀”① 来比况，是一种“依经”而作比。

司马相如喜欢读书，学习屈原宋玉的词赋（“师范屈、宋”），深深地沾染夸张艳丽的文风（“洞入夸艳”），获得“文坛辞宗”之名，但考核其精细情况，就会发现义理被辞藻掩盖（“然核取精意，理不

① （汉）郑玄笺，（唐）孔颖达等正义：《十三经注疏·毛诗正义》，上海古籍出版社 1997 年版，第 463 页。

胜辞”），所以扬雄说“文丽用寡，长卿也”，说的真是太对了。刘勰不仅对司马相如的才略与文学表现进行了点评，还交代了才略形成的原因：“相如好书，师范屈、宋”，这是很有见地的。

王褒创作的文采，以细密精巧为特点（“以密巧为致”），绘貌绘声，巧妙可观（“附声测貌，泠然可观”）。扬雄命意作文，含义极为深刻，他的作品内容深广，选辞奇丽，用尽全力来钻研思考，所以能义理丰富而言辞精当（“观其涯度幽远，搜选诡丽，而竭才以钻思，故能理赡而辞坚矣”）。对扬雄的评论同样突出了其才略的外在表现与内在成因。

就东汉而言，论述的作者更多。桓谭的作品像猗顿的财富一样多，被宋弘推荐时也比作司马相如，但他的《集灵宫赋》等作品，偏狭浅浮缺少才华（“偏浅无才”），可见他长于讽谕而不擅长辞赋。冯衍向来喜欢游说之辞，但身处盛世却屡屡失意，其《显志赋》自述心志，也算是“病蚌成珠”了。以上桓谭、冯衍等为单论，以下有多人合论。

班彪、班固，刘向、刘歆两对父子，两代人文采相继，旧的说法是班固的文章优于班彪，刘歆的学问精于刘向，但班彪《王命论》清新明辩，刘向《新序》完整练达，可见，美玉产于昆山，再美也难得超过它的根本（“璇璧产于昆冈，亦难得而逾本矣”）。刘勰曾说“有异乎前论者，非苟异也，理自不可同也”（《序志》），刘勰对二班两刘的看法恰能印证这一点，也显出刘勰的卓越眼光。

傅毅、崔骃，文采齐名，崔瑗、崔寔继承先辈足迹，能使文风世代相继。杜笃、贾逵也有文学上的声名，考察他们的才能只能排在崔、傅之后。李尤的赋作和铭文，有心追慕大家之作，但才力不足，无法振翅高飞（“才力沉膇，垂翼不飞”）。刘勰评李尤之“才力沉膇，垂翼不飞”与儒家经典相关。“才力沉膇”的“沉膇”出自《左传·成公六年》：“献子曰：‘民愁则垫隘，于是乎有沉溺重膇之疾。’”杜注：“沉溺，湿疾；重膇，足肿。”① “才力沉膇”指才力不足。“垂翼不

① （晋）杜预注，（唐）孔颖达等正义：《十三经注疏·春秋左传正义》，上海古籍出版社1997年版，第1902页。

飞”典出《周易·明夷》初九：“明夷于飞，垂其翼。”[①]“垂翼不飞”指无力振翅高飞。这是刘勰依据经典中的语料而凝合成的评价，也是“依经立义”。

马融是一代大儒，文思能与“登高能赋”相合（“思洽登高”），言辞合乎经典规范，文质相得益彰（“吐纳经范，华实相扶”）。“思洽登高”，指马融思力敏捷，是“登高能赋”之人，其源于《诗经·鄘风·定之方中》郑玄注：“升高能赋，可谓有德音，可以为大夫。”[②]“吐纳经范”显示了一代大儒马融的写作“依经立义”，而“华实相扶”是刘勰对马融的评价，与《论语》的“文质彬彬”相通，也是“依经”而评。

王逸著《楚辞章句》博识有功，但在辞采表现上缺乏才力；王延寿继承父志，才华独出，他善于描摹物态，莫非掌握了枚乘的写作方法？张衡学识通晓周备，蔡邕学识精纯文辞雅正，文章与史学兼通，两人隔代相望互相辉映，可谓“竹柏异心而同贞，金玉殊质而皆宝也”（竹子和柏树性质不同，同样耐寒；金玉性质不同，同样是宝物）。刘勰评论张衡、蔡邕两人“文史彬彬”显然来自《论语·雍也》：“质胜文则野，文胜质则史，文质彬彬，然后君子。”[③]此外，刘向的奏议，赵壹的辞赋，孔融的“笔”，祢衡的“文”，都写得不错，各有偏长。潘勖依借经典驰骋才华，所以他的《册魏公九锡文》冠绝君臣[④]；王朗发愤为文寄托情志，在序、铭的写作上获得了成功。这里评价潘勖写作《册魏公九锡文》是“凭经以骋才”，实则点出了潘勖的写作方式是“依经立义”。

对作家作品简略点评后，刘勰总结了两汉文人才略表现的整体趋势：

---

① （魏）王弼等注，（唐）孔颖达等正义：《十三经注疏·周易正义》，上海古籍出版社 1997 年版，第 49 页。

② “建邦能命龟，田能施命，作器能铭，使能造命，升高能赋，师旅能誓，山川能说，丧纪能诔，祭祀能语，君子能此九者，可谓有德音，可以为大夫。”参见（汉）郑玄笺，（唐）孔颖达等正义《十三经注疏·毛诗正义》，上海古籍出版社 1997 年版，第 316 页。

③ 程树德撰，程俊英、蒋见元点校：《论语集释》，中华书局 1990 年版，第 400 页。

④ 《风骨》篇有言：“潘勖锡魏，而思摹经典，群才韬笔，乃其骨髓峻也”，可于此参见。

> 然自卿、渊已前，多役才而不课学；雄、向以后，颇引书以助文；此取与之大际，其分不可乱者也。

在司马相如和王褒之前，作家大都运用才华而不考求学问，但扬雄、刘向之后，则多引经书以助文辞；这就是文才与学问取舍上的大致分野，它们的区分是不可混淆的。[①] 刘勰的这一判断与《事类》篇"扬雄《百官箴》，颇酌于《诗》《书》；刘歆《遂初赋》，历叙于纪传：渐渐综采矣。至于崔、班、张、蔡，遂捃摭经史，华实布濩，因书立功，皆后人之范式也"，是大体一致的，也表明了"依经立义"作为一种话语模式在汉人文章中出现的大致脉络[②]。当然，《事类》篇中列举了扬雄和刘歆的具体篇目，而《才略》篇所说刘向"引书以助文"的情形没有举例。如果联系刘向的《新序》《说苑》《列女传》等著作来看，其引用经典确实很常见[③]。也许可以说，扬雄、刘向在其作品中开始有了自觉的"依经立义"之意识。

四　魏晋文人之才略

刘勰所论魏晋才士 44 人，其辞令华采表现各异。其中，魏代才人

---

① 张国庆、涂光社：《〈文心雕龙〉集校、集释、直译》，中国社会科学出版社 2015 年版，第 880 页。

② 《时序》篇亦云："中兴之后，群才稍改前辙；华实所附，斟酌经辞，盖历政讲聚，故渐靡儒风者也。"

③ 如《说苑·君道》："陈灵公行僻而言失，泄冶曰：'陈其亡矣！吾骤谏君，君不吾听而愈失威仪。夫上之化下，犹风靡草，东风则草靡而西，西风则草靡而东，在风所由而草为之靡，是故人君之动不可不慎也。夫树曲木者恶得直影，人君不直其行，不敬其言者，未有能保帝王之号，垂显令之名者也。《易》曰："夫君子居其室，出其言善，则千里之外应之，况其迩者乎？居其室，出其言不善，则千里之外违之，况其迩者乎？言出于身，加于民；行发乎迩，见乎远。言行君子之枢机，枢机之发，荣辱之主，君子之所以动天地，可不慎乎？"天地动而万物变化。《诗》曰："慎尔出话，敬尔威仪，无不柔嘉。"此之谓也。今君不是之慎而纵恣焉，不亡必弑。'灵公闻之，以泄冶为妖言而杀之，后果弑于征舒。"此段话，除了明引《周易》《诗经》外，"上以风化下"引自《毛诗序》，"风吹草靡"也暗引《论语·颜渊》"君子之德风，小人之德草，草上之风，必偃"。参见（汉）刘向《说苑》，载《四部备要》第 46 册，中华书局 1989 年版，第 3 页。

18 人。刘勰首先对曹丕、曹植的才略进行了比较与分析。

> 魏文之才，洋洋清绮，旧谈抑之，谓去植千里，然子建思捷而才俊，诗丽而表逸。子桓虑详而力缓，故不竞于先鸣，而乐府清越，《典论》辩要，迭用短长，亦无懵焉。但俗情抑扬，雷同一响，遂令文帝以位尊减才，思王以势窘益价，未为笃论也。

魏文帝曹丕才力充沛文采清丽，旧有评论贬低他，说他与曹植相距千里。其实曹植文思敏捷才气过人，诗歌华丽表奏出色，曹丕思虑周详而思力迟缓，所以不能先声夺人，但他的乐府诗清秀超逸，《典论》论辩精要，交互运用各家短长进行评说，认识清楚全面，毫不模糊。但是一般人贬低曹丕、推崇曹植，同声附和，导致曹丕因为居于尊位而才学被低估，曹植因处境窘迫受人同情而评价偏高，这不是确切的评论。

刘勰对二曹的才略对比与前人流行的观点不一样，再次印证了《序志》篇所谓“异乎前论者，非苟异也，理自不可同也”。探讨一下刘勰对二曹的比较方法是很有意思的。他佩服曹丕在《典论》中使用“迭用短长”的方法来评论建安诸子①，便也用“迭用短长”② 的方法来评论曹丕，认为其短处在于“虑详而力缓，不竞于先鸣”，但其“乐府清越，《典论》辩要”，总体来看才略“洋洋清绮”，从而反驳了世俗之人几乎一致的“抑丕扬植”。

这里也有几处表达和儒家经典有关。一是“洋洋清绮”的“洋洋”，出自《尚书·伊训》“圣谟洋洋，嘉言孔彰”，孔传：“洋洋，美善。”③ 二

---

① 曹丕《典论·论文》的确运用了“迭用短长”的方法来评价王粲、徐干等，但他并没有明确提出“迭用短长”这一方法，刘勰才首次将对作家有褒有贬的评述提炼为“迭用短长”这一理论命题。

② 胡大雷认为：刘勰所佩服的亦是他所遵循的，在《才略》篇里，他从短长两方面来评论作家，所谓“褒贬于《才略》”，其意义之一就是对作家有褒有贬。参见胡大雷《〈文心雕龙〉的批评学》，广西师范大学出版社 2004 年版，第 62 页。

③ （汉）孔安国传，（唐）孔颖达等正义：《十三经注疏·尚书正义》，上海古籍出版社 1997 年版，第 163 页。

是“先鸣”语出《左传·襄公二十一年》：“然臣不敏，平阴之役，先二子鸣。”杜注：“十八年晋伐齐，及平阴，州绰获殖绰、郭最，故自比于鸡斗胜而先鸣也。”[①] 说曹丕不竞于先鸣，意即曹丕不善于先声夺人，在才思敏捷方面比不过曹植，这也是借经典而为义。三是“乐府清越”的“清越”出自《礼记·聘义》：“叩之，其声清越以长。”郑注：“越，犹扬也。”“乐府清越”，指曹丕的乐府清新激越。四是“雷同一响”的“雷同”，出自《礼记·曲礼上》：“毋雷同。”郑注：“雷之发声，物无不同时应者。人之言，当各由己，不当然也。”[②] “雷同一响”表示世俗的评价几乎一致。

对于建安七子，刘勰也有论述。他认为王粲是七子中的首位，其他如陈琳、阮瑀、徐干、刘桢、应场各擅胜场。此外，路粹、杨修善写笔记；丁仪、邯郸淳的论述值得赞许。刘劭《赵都赋》可以追攀前辈，何晏《景福殿赋》能够照耀后人，应璩的《百一诗》标举了他的风情，应贞的《临丹赋》构成他的文采。嵇康创造性地发挥言论，阮籍凭着宏放的意气作诗，尽管翅膀不同却一齐高飞。本节说丁仪、邯郸淳的论述，“有足算焉”，反用《论语·子路》“斗筲之人，何足算也”之意，仍然显出刘勰对经典的借用与依立。

本篇论及的晋代文士 26 人。张华的短章文采动人清新流畅，其《鹪鹩赋》有韩非《说难》一样的用意。左思才华不凡，致力于深邃的思考，所以《三都赋》用尽了气力，《咏史》诗出类拔萃，也可谓不遗余力。潘岳文思敏捷，言辞自然和畅，《西征赋》聚焦了他的美采（“钟美于《西征》”），写作哀诔游刃有余（“贾余于哀诔”），都发自内在才情。这里的“钟美”典出《左传·昭公二十八年》：“天钟美于是。”[③]“钟”乃聚集之意。“贾余”也是出自《左传》的典故，《左

① （晋）杜预注，（唐）孔颖达等正义：《十三经注疏·春秋左传正义》，上海古籍出版社 1997 年版，第 1972 页。

② （汉）郑玄注，（唐）孔颖达等正义：《十三经注疏·礼记正义》，上海古籍出版社 1997 年版，第 1240 页。

③ （晋）杜预注，（唐）孔颖达等正义：《十三经注疏·春秋左传正义》，上海古籍出版社 1997 年版，第 2118 页。

传·成公二年》"欲勇者，贾余余勇"[①]，此处谓潘岳写作哀诔游刃有余，有多余的才华可以卖给别人。可见，刘勰对潘岳的评价中有对经典的依据。

> 陆机才欲窥深，辞务索广，故思能入巧而不制繁。
> 士龙朗练，以识检乱，故能布采鲜净，敏于短篇。

陆机、陆云两兄弟，一个文才上求深入、文辞上求广博，所以文思巧妙而不能克服繁杂的毛病；一个明朗精练，能用识力检束繁乱，所以文采省静，以短篇见长。

> 孙楚缀思，每直置以疏通；挚虞述怀，必循规以温雅；其品藻《流别》，有条理焉。傅玄篇章，义多规镜；长虞笔奏，世执刚中；并桢干之实才，非群华之韡萼也。

孙楚结撰文思，往往直抒胸臆、文理通达；挚虞表述情怀，一定依循规范温文尔雅；他对文章流别的品评，很有条理。傅玄的文章，内容多属规劝鉴戒；傅咸的奏议，能继承其父刚直中正之风骨，他们都是真正的栋梁之材，并不是众花的萼托。这里的"刚中""桢干""群华之韡萼"都来自经典。"刚中"指刚直中正，多见《周易》，如《蒙卦》彖："初筮告，以刚中也。"《师卦》彖："刚中而应。"[②]"桢干"指支柱、骨干，出自《尚书·费誓》"峙乃桢干"[③]，原指筑城时用的支柱，后比喻骨干人员。"群华之韡萼"源于《诗·小雅·棠棣》："棠棣之华，萼不韡韡。"毛传："韡韡，光明也。"郑笺："承

---

① （晋）杜预注，（唐）孔颖达等正义：《十三经注疏·春秋左传正义》，上海古籍出版社1997年版，第1894页。按：《养气》篇"贾余于文勇"也引用此典故。

② （魏）王弼等注，（唐）孔颖达等正义：《十三经注疏·周易正义》，上海古籍出版社1997年版，第20、25页。

③ （汉）孔安国传，（唐）孔颖达等正义：《十三经注疏·尚书正义》，上海古籍出版社1997年版，第255页。

华者曰萼。"①"棠棣之华，萼不韡韡"原指花与萼相互依存，光彩闪耀，喻兄弟情深；"非群华之韡萼"指傅玄父子是栋梁之材，不是众花的衬托。刘勰借三个儒经典故对傅玄父子作评论，乃依经而立评。

此外，刘勰在评论夏侯湛时说"夏侯孝若具体而皆微"，"具体而微"来自《孟子·公孙丑上》："子贡曰：……昔者窃闻之，子夏、子游、子张，皆有圣人之一体，冉牛、闵子、颜渊，则具体而微。"赵岐注："体者，四肢股肱也。一体者，得一肢也。具体者，四肢皆具。微，小也，比圣人之体微小耳。体，以喻德也。"② 此处"具体而皆微"，谓内容大体具备而规模都较小，刘勰乃依经而立评。

刘勰评论张载、张协，说"孟阳、景阳，才绮而相埒，可谓'鲁、卫之政'，兄弟之文也"。这里的"鲁、卫之政"出自《论语·子路》："鲁卫之政，兄弟也。"③ 刘勰引用此典故，说明张载、张协才华绮丽不相上下，就像政治中的鲁卫之国、文章中的兄弟一样，乃"依经立义"。

此外，刘勰在评论孙盛、干宝时说："孙盛、干宝，文胜为史；准的所拟，志乎《典》《训》：户牖虽异，而笔彩略同。"这是说孙盛、干宝善于用文辞来写史书，学习的标准是《尚书》中的《尧典》《伊训》之类，揭示了史书创作过程中的"依经立体"。

五　简而有味的总结

刘勰对历代文士的才略及其表现进行述评后，进行了简要的总结：

> 观夫后汉才林，可参西京；晋世文苑，足俪邺都；然而魏时话言，必以元封为称首；宋来美谈，亦以建安为口实。何也？岂

① （汉）郑玄笺，（唐）孔颖达等正义：《十三经注疏·毛诗正义》，上海古籍出版社1997年版，第408页。

② （汉）赵岐注，（宋）孙奭疏：《十三经注疏·孟子注疏》，上海古籍出版社1997年版，第2686页。

③ 程树德撰，程俊英、蒋见元点校：《论语集释》，中华书局1990年版，第902页。

非崇文之盛世，招才之嘉会哉？嗟夫！此古人所以贵乎时也。

后汉作者之多可和西汉相比，晋代文坛可与魏国匹配，然而魏时的言谈，一定以汉武帝元封年代的文学为首；宋代以来的美谈，也以建安文学为佳话。为何这样呢？难道不是因为这两个时期是崇尚文学的盛世，招集人才的盛会吗？可叹啊！这就是古人为什么看重时世啊！

这简单的总结实则还有余味。在文章的最后，我们终于看到刘勰评论历代文士才略的意图了：那就是突出强调“崇文之盛世，招才之嘉会”。从最后的“古人所以贵于时也”的感慨中，我们似乎可以感受到刘勰“自伤不遇”的伤感以及“逢其盛世”的期冀。李曰刚《文心雕龙斠诠》也说：“彦和于诠评文才之外，又特重文章之时会，无其时会，虽有俊才，亦未由驰骋。《孟子》有言：‘虽有智慧，不如乘势；虽有镃基，不如待时。’（按：此见《公孙丑上》）此又何尝非舍人之枨触哉？”[①] 如此说来，“古来所以贵于时也”与《孟子·公孙丑上》似有依立。当然，古人自伤“士之不遇时”也是常见主题，如本篇也提到董仲舒的《士不遇赋》、司马迁的《悲士不遇赋》等，刘勰所说“古人”可能包括了孟子以及董仲舒、司马迁等众多作者。

最后的总结中，也有几处典故来自经典。“魏时话言”的“话言”指“善言”，出自《诗·大雅·抑》：“告之话言。”毛传：“话言，古之善言也。”[②]“宋来美谈”的“美谈”出自《公羊传·闵公二年》：“鲁人至今以为美谈。”[③]“必以建安为口实”的“口实”出自《尚书·仲虺之诰》：“予恐来世以台为口实。”孔传：“恐来世论道我放天子常不去口。”[④]《尚书》中的“口实”指“话柄”，本篇的“口实”指话题，两者意义不同，不过，仍可看出刘勰依据经典而立义

---

① 李曰刚编：《文心雕龙斠诠》，（台北）“国立”编译馆 1982 年版，第 2148 页。

② （汉）郑玄笺，（唐）孔颖达等正义：《十三经注疏·毛诗正义》，上海古籍出版社 1997 年版，第 556 页。

③ （汉）何休注，（唐）徐彦疏：《十三经注疏·春秋公羊传注疏》，上海古籍出版社 1997 年版，第 2245 页。

④ （汉）孔安国传，（唐）孔颖达等正义：《十三经注疏·尚书正义》，上海古籍出版社 1997 年版，第 161 页。

的话语模式。

第三节　怊怅于《知音》

《知音》篇抒发“知音难得”的感慨，指出常见的批评误区以及正确的批评方法和批评态度，并探讨了“音”何以能“知”的原因。《知音》是文学鉴赏论，也是文评论的内容。本篇在梳理文章脉络过程中适时点明“依经立义”的理论建构范式。

一　知音难逢

文章一开头就感叹“知音难逢”。

> “知音”其难哉！音实难知，知实难逢，逢其知音，千载其一乎！

文章的“知音”何其难得啊！文章确实难以被理解，真正懂作品的人实在难以遇到，遇到知音，大概千年之中能有一次机会吧！

“知音”一词，典出《吕氏春秋·本味》（《列子·汤问》略同），伯牙鼓琴而钟子期知音[①]。不过，儒家经典中也有“知音”的出处。《礼记·乐记》：

> 凡音者，生于人心者也；乐者，通于伦理者也。是故知声而不知音者，禽兽是也；知音而不知乐者，众庶是也；唯君子为能知乐。是故审声以知音，审音以知乐，审乐以知政，而治道备矣。是故不知声者，不可与言音；不知音者，不可与言乐，知乐则几

① 《吕氏春秋·本味》篇：“伯牙鼓琴，钟子期听之。方鼓琴而志在泰山；钟子期曰：‘善哉乎鼓琴，巍巍乎若泰山。’少选之间，而志在流水；钟子期又曰：‘善哉乎鼓琴，汤汤乎若流水。’钟子期死，伯牙破琴绝弦，终身不复鼓琴，以为世无足复为鼓琴者。”参见许维遹撰，梁运华整理《吕氏春秋集释》，中华书局2009年版，第312页。

于礼矣。①

《乐记》所言“知音”的“音”，并非具体的“琴音”，而是泛指生于人心、通于伦理的“音乐”，所以“审声可以知音，审音可以知乐，审乐可以知政”，政治之道备于此矣。儒家的“知音”和礼乐制度联系在一起，不知音是“禽兽”（不蒙开化的人），知音而不知乐是“众庶”（普通人），“知乐”则“近于礼”，“唯君子为能”，所以，“知音”还不是最终目的，要由“知音”上升到“知乐”进而“知政”。

刘勰所谓“知音”与“伯牙鼓琴子期知音”的“知音”类似，主要停留在鉴赏层面，强调的是鉴赏者面对文学作品时能透彻领悟作品的内涵意旨，从而做出公允准确的评价。不过从语源的角度来看，与儒家经典还是有关系的。

二 批评三误

刘勰感叹“知音难逢”之后，接着举例说明“音不逢知”的三种情形：

> 夫古来知音，多贱同而思古，所谓“日进前而不御，遥闻声而相思”也。昔《储说》始出，《子虚》初成，秦皇、汉武，恨不同时；既同时矣，则韩囚而马轻，岂不明鉴同时之贱哉！至于班固、傅毅，文在伯仲，而固嗤毅云：“下笔不能自休。”及陈思论才，亦深排孔璋，敬礼请润色，叹以为“美谈”，季绪好诋诃，方之于田巴，意亦见矣。故魏文称“文人相轻”，非虚谈也。至如君卿“唇舌”，而谬欲论文，乃称“史迁著书，谘东方朔”，于是桓谭之徒，相顾嗤笑。彼实博徒，轻言负诮，况乎文士，可妄

① （汉）郑玄注，（唐）孔颖达等正义：《十三经注疏·礼记正义》，上海古籍出版社 1997 年版，第 1528 页。

谈哉！故鉴照洞明，而贵古贱今者，二主是也；才实鸿懿，而崇己抑人者，班、曹是也；学不逮文，而信伪迷真者，楼护是也：“酱瓿”之议，岂多叹哉！

“音不逢知”有三种情况，一是“贵古贱今”。典型的例子就是秦王对韩非、汉武对司马相如。在《韩非子》开始流传之际，《子虚赋》刚刚写成之时，秦皇汉武分别读到了这些文章，都误以不能与作者同处一个时代而感到遗憾。等到见面以后，韩非被囚，司马相如也受冷落。二是“崇己抑人”。就像班固、傅毅两人的文章不相上下，但班固嘲笑傅毅“一下笔就不知道收笔”，还有曹植评论文才，极力贬低陈琳[1]，丁廙请他润色，他就赞叹说这可以成为佳话[2]，刘修喜欢批评文章，他就把刘修比作田巴[3]，他的用意也由此可见。三是“信伪迷真”。就像楼护，能言善辩，却错误地谈论起文章来，说“司马迁著史书的时候曾向东方朔请教”，于是桓谭等人颇为不屑地相视而笑。这些情况，都应该尽力避免。当年刘歆担心扬雄所著的《太玄》文稿会被人拿去盖酱坛子[4]，这样的担心难道是多余的吗？

本节举例证明知音难逢，并没有明显的“依经立义”。不过，刘勰关于错误批评的思想与前代文论有较大关联。刘勰所谓“崇己抑人”思想与曹丕《典论·论文》所谓“文人相轻”“暗于自见，谓己为贤”[5] 是一致的。刘勰所谓“贱同思古”“贵古贱今”也与《淮南

---

① 曹植《与杨德祖书》：“以孔璋之才，不闲于辞赋，而多自谓能与司马长卿同风，譬画虎不成，反为狗者也。”参见赵幼文校注《曹植集校注》，人民文学出版社 1998 年版，第 153 页。

② 曹植《与杨德祖书》：“昔丁敬礼尝作小文，使仆润色之，仆自以才不过若人，辞不为也。敬礼谓仆：‘卿何所疑难？文之佳恶，吾自得之。后世谁相知定吾文者耶？’吾常叹此达言，以为美谈。”参见赵幼文校注《曹植集校注》，人民文学出版社 1998 年版，第 154 页。

③ 曹植《与杨德祖书》：“昔田巴毁五帝，罪三王，訾五霸于稷下，一旦而服千人。鲁连一说，使终身杜口。刘生之辩，未若田氏；今之仲连，求之不难，可无息乎？”参见赵幼文校注《曹植集校注》，人民文学出版社 1998 年版，第 154 页。

④ 《汉书·扬雄传赞》：“钜鹿侯芭，尝从雄居，受其《太玄》《法言》焉。刘歆亦尝观之，谓雄曰：‘空自苦，今学者有禄利，然尚不能明《易》，又如《玄》何？吾恐后人用覆酱瓿也。’雄笑而不应。”参见（汉）班固著，颜师古注释《汉书》，中华书局 1962 年版，第 3585 页。

⑤ 郭绍虞主编：《中国历代文论选》第 1 册，上海古籍出版社 2001 年版，第 158 页。

子》“尊古而贱今”[①]、桓谭《新论》“尊古卑今，贵所闻、贱所见”[②]、王充《论衡》“好高古而称所闻”“贵所闻而贱所见”[③]、曹丕《典论·论文》“贵远贱近，向声背实”[④]、葛洪《抱朴子》“贵远贱近”[⑤]等思想有一致性。

三　知音难逢的主客观原因

刘勰在举证知音难逢后，从客观与主观方面分析了其中原因。

> 夫麟、凤与麏、雉悬绝，珠玉与砾石超殊；白日垂其照，青眸写其形。然鲁臣以麟为麏，楚人以雉为凤，魏民以夜光为怪石，宋客以燕砾为宝珠。形器易征，谬乃若是，文情难鉴，谁曰易分？

麒麟、凤凰与獐子、山鸡区别明显，珠玉与石子完全不同，阳光下它们的样子很容易辨别，人们的眼睛也能看得清清楚楚。但鲁国的臣子把麒麟看作獐子，楚国有人把野鸡当凤凰，魏国有人把夜明珠当作怪石，宋国有人把燕地的石子认作宝珠。有形的器物容易区分，尚且有这样的错误，文章的内蕴难以明鉴，谁说它容易分辨呢？

这是从客观角度论述知音难逢的原因。下文的“篇章杂沓，质文交加”可以总括此一层意思，也就是说：文章复杂多样，质朴与华丽错综出现，这就是“知音难逢”的客观原因。本节中有几处引用儒家经典。一是“鲁臣以麟为麏”，典出《春秋》。《春秋·哀公十四年》：“春，西狩获麟。”《左传》：“春，西狩于大野，叔孙氏之车子锄商获麟，以为不祥，以赐虞人。仲尼观之，曰：‘麟也。’然后取之。”[⑥]《公

---

① 刘文典撰，冯逸、乔华点校：《淮南鸿烈集解》，中华书局1989年版，第653页。

② （汉）桓谭：《新论》，上海人民出版社1977年版，第61页。

③ 黄晖：《论衡校释》，中华书局1990年版，第615、809页。

④ 郭绍虞主编：《中国历代文论选》第1册，上海古籍出版社2001年版，第158页。

⑤ 郭绍虞主编：《中国历代文论选》第1册，上海古籍出版社2001年版，第206页。

⑥ （晋）杜预注，（唐）孔颖达等正义：《十三经注疏·春秋左传正义》，上海古籍出版社1997年版，第2172—2173页。

羊传》："有以告者曰：'有麇而角者。'孔子曰：'孰为来哉！孰为来哉！'反袂拭面，涕沾袍。……西狩获麟，孔子曰：'吾道穷矣。'"①鲁臣不认识麟，将它认作不祥之物交给守护山林之人，麟也被打死。此事于孔子而言，是重大的打击。何休认为："麟者，太平之符，圣人之类；时得麟而死，此亦天告夫子将没之征。"② 所以孔子才说："吾道穷矣。"二是"形器易征"的"形器"出自《周易·系辞上》："形而下者谓之器。"③ 可见，刘勰在论述客观原因时"依经立义"。

再说主观原因方面。

> 夫篇章杂沓，质文交加；知多偏好，人莫圆该。慷慨者逆声而击节，酝藉者见密而高蹈，浮慧者观绮而跃心，爱奇者闻诡而惊听。会己则嗟讽，异我则沮弃，各执一隅之解，欲拟万端之变，所谓"东向而望，不见西墙"也。

鉴赏者大多有自己的偏好，很难作全面的理解和把握。慷慨奔放的人碰到激昂的声调就击节鼓掌，比较含蓄的人看见含蕴的文字就高兴起舞，喜欢浮华的人看到外表绮丽就动心，爱好奇特的人听到奇异就惊讶不已。合乎自己爱好的就赞叹，与自己兴趣不一样的就抛弃一旁，各自执着一隅的见解，想要适应多样的变化，可谓面向东望，看不见西面的墙（"东向而望，不见西墙"④）。

本节中的"一隅之解"的"一隅"，语出《论语·述而》"举一隅不以三隅反，不复也"，原指"凡物有四隅，举一则三隅从可知，学者当以三隅反类一隅以思之，而其人若不以三隅反思其类，则不复

① （汉）何休注，（唐）徐彦疏：《十三经注疏·春秋公羊传注疏》，上海古籍出版社 1997 年版，第 2353 页。

② （汉）何休注，（唐）徐彦疏：《十三经注疏·春秋公羊传注疏》，上海古籍出版社 1997 年版，第 2353 页。

③ （魏）王弼等注，（唐）孔颖达等正义：《十三经注疏·周易正义》，上海古籍出版社 1997 年版，第 83 页。

④ 参见刘文典撰，冯逸、乔华点校《淮南鸿烈集解》，中华书局 1989 年版，第 439 页。原文为："东面而望，不见西墙。"

重教之矣”①，“一隅之解”的“一隅”虽来自经典，但其意义指“片面的理解”，与经典意义有别。

四 知音之法

刘勰在分析了知音难逢的主客观原因后，正面提出了知音之法。

> 凡操千曲而后晓声，观千剑而后识器。故圆照之象，务先博观。阅乔岳以形培塿，酌沧波以喻畎浍；无私于轻重，不偏于憎爱；然后能平理若衡，照辞如镜矣。是以将阅文情，先标“六观”：一观位体，二观置辞，三观通变，四观奇正，五观事义，六观宫商。斯术既行，则优劣见矣。

知音之法的第一条是“博观”，即见多识广。演奏了上千首的乐曲之后就能通晓音乐，观赏过上千把宝剑之后就能识别兵器。所以全面考察文章的得失，务必先见多识广。观览过高山就能了解小丘的低矮；斟酌过大海的波涛就能明白小水沟的细微。

知音之法的第二条是要有正确的态度，“无私于轻重，不偏于憎爱”。只有在或轻或重上没有私心、在爱与憎上没有偏私，评价才能做到像天平一样公平准确，鉴赏文辞就会像照镜子一样客观。

知音之法的第三条是“六观”。要阅读文章，就要从六个方面入手：一看体式安排，二看文辞组织，三看继承变化，四看“奇”与“正”的搭配，五看引事引言，六看声律。掌握了这些方法，文章的优劣就会显现无遗了。

综合来看，知音之法，一要有积累；二要公平公正；三要有具体标准。

本小节中，“乔岳”来自《诗·周颂·时迈》：“怀柔百神，及河

---

① （魏）何晏等注，（宋）邢昺疏：《十三经注疏·论语注疏》，上海古籍出版社1997年版，第2482页。

乔岳。"毛传："乔，高也，高岳，岱宗也。"[①] "畎浍" 来自《尚书·益稷》："浚畎浍距川。"孔传："距，至也，决使九州名川通之至海。一畎之间，广尺深尺曰畎。方百里之间，广二寻深二仞为浍。"[②] "通变"来自《周易》，前文第五章第五节《通变论》已有论述，不赘。

五 音何以能知?

刘勰在论述完知音之法后，还论述了知音为什么可能的问题。

刘勰首先提出一个观点：作家情动于内心而后表现于文辞，读者通过文辞了解作品和作家的情致（"夫缀文者情动而辞发，观文者披文以入情"）。其次打比方，沿着江河上溯追寻其源头，尽管幽深也必定会显露起来（"沿波讨源，虽幽必显"）。同样的道理，世代久远的作者无法看到他的面貌，阅读其文章就能了解到他的内心世界（"世远莫见其面，觇文辄见其心"）。再次，刘勰反问：难道作品会特别深奥难懂吗？（不是的）原因还得从读者身上去找，应该担心的是读者的识鉴浅薄罢了（"岂成篇之足深，患识照之自浅耳"）。刘勰又打了一个比方：弹琴的人心志寄托于山水，琴声就表达出他的情怀（"夫志在山水，琴表其情"），何况用文辞描写的事物，其内涵怎么可能藏匿不见呢（"况形之笔端，理将焉匿"）？因此用心去把握文章的内涵，就像用眼睛观察事物的形貌（"故心之照理，譬目之照形"），眼睛明亮就看得清所有的形状，心灵敏锐就会理解所有的情理（"目瞭则形无不分，心敏则理无不达"）。但是世俗的糊涂人，对内容深沉的东西就抛弃，对浅薄的东西反而喜欢（"然而俗鉴之迷者，深废浅售"），所以庄子讥笑人们爱听《折杨歌》，宋玉感伤《白雪歌》不受重视（"此庄周所以笑《折扬》，宋玉所以伤《白雪》也"）。

---

① （汉）郑玄笺，（唐）孔颖达等正义：《十三经注疏·毛诗正义》，上海古籍出版社1997年版，第589页。

② （汉）孔安国传，（唐）孔颖达等正义：《十三经注疏·尚书正义》，上海古籍出版社1997年版，第141页。

昔屈平有言：“文质疏内，众不知余之异采。”见异，唯知音耳。扬雄自称“心好沉博绝丽之文”，不事浮浅，亦可知矣。夫唯深识鉴奥，必欢然内怿，譬春台之熙众人，乐、饵之止过客。盖闻兰为国香，服媚弥芬；书亦国华，玩绎方美。知音君子，其垂意焉。

以前屈原说：“外表不加华饰，内质朴实，众人看不到我的卓越光彩。”能够看到卓异光彩的，只有“知音”。扬雄自称“心里爱好深沉博大、文采绝艳的文章”，他不喜欢浮泛肤浅的作品是可以看出来的。只有深刻洞察作品的奥妙，才会内心欢喜，就像春天登上高台使众人和悦，音乐和美食能使过客留步。据说兰花是天下最香的花，贴身佩戴会更觉其芬芳；书籍也是国家的精华，欣赏玩味才能领略其中的美。鉴赏文章的文士，要留意这些道理啊。

本节的“依经立义”有以下几处。一是“缀文者情动而辞发”，此与《毛诗序》：“情动于中而形于言”同义。二是“目瞭则形无不分”典出《孟子·离娄上》：“胸中正，则眸子瞭焉；胸中不正，则眸子眊焉。”[①]注：“瞭，明也。”三是“兰为国香，服媚弥芬”典出左《左传·宣公三年》：“郑文公有贱妾曰燕姞，梦天使与己兰曰：‘余为伯儵，余而祖也，以是为而子。以兰有国香，人服媚之如是。’”[②]

需要说明的是，《知音》赞语所说：“流郑淫人，无或失听”，郑声流荡使人过分注重感官快适，可不要失聪而不分雅俗。这里的“流郑淫人”，还是和《论语》“郑声淫”[③] 的传统观点有关。

第四节 耿介于《程器》

《程器》篇是《文心雕龙》的最后一篇[④]。关于《程器》篇的主

① （汉）赵岐注，（宋）孙奭疏：《十三经注疏·孟子注疏》，上海古籍出版社 1997 年版，第 2722 页。

② （晋）杜预注，（唐）孔颖达等正义：《十三经注疏·春秋左传正义》，上海古籍出版社 1997 年版，第 1868 页。

③ 杨伯峻译注：《论语译注》，中华书局 2006 年版，第 185 页。

④ 《序志》篇是序言，不是全书真正意义上的末尾。

旨，学界有不少人从“文德”角度进行解读。如祖保泉认为：“《程器》篇从文、行两方面统一立论。”[①] 周振甫认为，本篇讨论作品的品德、才干问题[②]。张利群认为：《程器》篇明确提出“文德说”，集中探讨了作者及其文学作品的思想道德倾向问题，是中国古代作者批评的重要内容[③]。周兴陆认为：“《文心》虽然没有为‘文德’立目，但是……《程器》篇专门论述了这一问题。”[④] 笔者认为，《程器》有和“文德”相关的内容，但将本篇看作“文德论”专篇，似有不妥。笔者以为，《程器》的基本思路是在简述文坛“务华弃实”现状的基础上引出“文人无行”论及其影响，再反复批驳“文人无行”论，并正面提出“藏器待时”的主张，从而为文人的出路而谋划。从刘勰的批驳与谋划来看，“依经立义”是其主要的话语方式。

一 “务华弃实”的文坛现状

《程器》篇一开头即引用《周书》，主张“梓材之士”兼具器用与文采。

> 《周书》论士，方之梓材，盖贵器用而兼文采也。是以朴斫成而丹雘施，垣墉立而雕圬附。

《周书》谈论士人，用木工制器相比。木工制器既重实用又要文采，所以文士之修炼也要兼顾器用与文采。但是，现实的情况却令人失望：“而近代词人，务华弃实。”晚近的作者务求华采，舍弃政治实才，这不符合“梓材之士”的标准。近代词人“务华弃实”可能受到了东晋玄学思想的影响。《明诗》篇有言“江左篇制，溺乎玄风，嗤笑徇务之志，崇盛忘机之谈”，致力于政务的心志被人耻笑，陶然忘

① 祖保泉：《祖保泉选集·文心雕龙解说》，安徽教育出版社 2012 年版，第 809 页。

② 周振甫：《文心雕龙今译》，中华书局 1986 年版，第 435 页。

③ 张利群：《〈文心雕龙〉体制论》，广西师范大学出版社 2010 年版，第 247 页。

④ 周兴陆：《〈文心雕龙〉精读》，北京大学出版社 2015 年版，第 238 页。

机的清谈反大受推崇，这样的“玄风”影响了两晋及南朝文士。另外，近代词人“务华弃实”也与当时文坛“争奇追新”的时尚有关。所谓“俪采百字之偶，争价一句之奇，情必极貌以写物，辞必穷力而追新，此近世之所竞也”（《明诗》），这种追求骈俪之长、语句之奇、辞语之新、写物之极的时尚，助推了文坛的虚华风气。

二 追溯“文人无行”论及其影响

针对当时文人“务华弃实”的现状，刘勰不由得追溯曹丕的“文人无行”论：

> 故魏文以为“古今文人，类不护细行”，韦诞所评，又历诋群才。后人雷同，混之一贯。吁，可悲矣！

“古今文人，类不护细行，鲜能以名节自立”，这是曹丕的“文人无行”论，本来与文人“务华弃实”、缺少“器用”没有关联，刘勰为什么会将两者联系起来呢？这其中的逻辑是，文人没有“器用”的话，不受重用是无话可说；可是曹丕的话引导人们重点针对文人的德行缺失，这就使得文人即使有“器用”也不能得到重用了。

“文人”作为一个以“文”为专业的类群，其出现的背景和东汉的学术分化有关。王充《论衡·超奇》篇曾将整体性的文人分列四类，“能说一经者为儒生；博览古今者为通人；采掇传书，以上书奏记者为文人；能精思著文，连结篇章者为鸿儒”，“儒生过俗人，通人胜儒生，文人逾通人，鸿儒超文人”①。“文人”的一般含义和特定含义都出现了，可以看出“文人”至晚在东汉初期就有了独立身份。到了东汉后期的光和元年（178），汉灵帝设立鸿都门学，招揽“以词赋小技掩盖经术”的鸿都门人，为此类文人晋身朝廷创造机会，招致传

① 郭绍虞主编：《中国历代文论选》第1册，上海古籍出版社2001年版，第109页。

统鸿儒士人如蔡邕、杨赐等的激烈抨击[①]，其抨击所指，除了出身卑贱外，就是品行不端[②]。这是群体概念的"文人"第一次因"无行"而受到众人责难。

建安二十三年（218），曹丕怀念往昔与建安诸子的情谊、赞扬徐干等的人品与文章，写下《与吴质书》，其中有言："观古今文人，类不护细行，鲜能以名节自立。而伟长独怀文抱质，恬淡寡欲，有箕山之志，可谓彬彬君子者矣。著《中论》二十篇，成一家之言，辞义典雅，足传于后，此子为不朽矣。"[③] 可见，曹丕本是为了突出徐干的高雅情志才拿一般文人来作铺垫，当然，这些"不护细行"的文人也是对较长时期内的文人（包括鸿都门学文人在内）的整体性判断。因为曹丕后来成为魏文帝，其"文人无行"论也广为人知，而且，"文人无行"论可以找到众多例子支撑印证因而成为对"古今文人"的基本评判，其流传更为深广。

韦诞也对多位文人一一指摘。他说："仲宣伤于肥戇，休伯都无格检，元瑜病于体弱，孔璋实自粗疏，文蔚性颇忿鸷……，其不高蹈，盖有由也。"[④] 不过，尽管指出五人都有缺点，韦诞还是根据孔圣"君子不责备于一人"的精神，从文学角度给予五人肯定评价，"然君子不责备于一人，譬之朱漆，虽无桢干，其为光泽亦壮观也"[⑤]。

与魏文帝言论相较而言，韦诞的评论还算客观，给了"光泽亦壮观"的肯定评价；另外，五人"无桢干"之器，"不甚见用""盖有由也"，韦诞毕竟只是针对王粲等五人，不像曹丕那样针对几乎所有的文人；此外，"元瑜病于体弱"，也与德行无关，所以可以想象，韦诞所评对文人出仕的影响微乎其微，但魏文帝乃一国之尊，他的"文人无行"论对文人出仕的负面影响就太大了。颜之推《颜氏家训·文章篇》即谓："自古文人，多陷轻薄：屈原露才扬己，显暴君过；宋玉体貌

---

① 《文心雕龙·时序》篇："杨赐号为'驩兜'，蔡邕比之俳优。"

② 参见周兴陆《〈文心雕龙〉精读》，北京大学出版社 2015 年版，第 239 页。

③ 郭绍虞主编：《中国历代文论选》第 1 册，上海古籍出版社 2001 年版，第 165 页。

④ （三国晋）陈寿撰，（宋）裴松之注：《三国志》，中华书局 1959 年版，第 604 页。

⑤ （三国晋）陈寿撰，（宋）裴松之注：《三国志》，中华书局 1959 年版，第 604 页。

容冶，见遇俳优……"[①]，颜氏一口气举出了36位"翘秀"文人的"轻薄"，显然受到了曹丕"文人无行"论的影响。还有众多有关文人的定性或评论也是沿袭曹丕的论调，所谓"后人雷同，混之一贯"。

在这种情况下，哪怕是有"军国之器""桢干之质"的文人也不会得到公平的对待了。刘勰对此不禁发出感叹："吁，可悲矣！"这一声叹息也拉开了刘勰愤激情绪的闸门。

三 "愤激的反驳"

引出魏文帝"文人无行"论及其影响后，刘勰集中反驳该观点。不过刘勰的反驳是先从顺承魏文帝思路开始的。

（一）"略观文士之疵"——反驳的前奏

刘勰先简略梳理文士瑕疵，承认不少文人的确德行有亏。

> 略观文士之疵：相如窃妻而受金，扬雄嗜酒而少算[②]；敬通之不修廉隅，杜笃之请求无厌；班固谄窦以作威，马融党梁而黩货；文举傲诞以速诛，正平狂憨以致戮；仲宣轻锐以躁竞，孔璋惚恫以粗疏；丁仪贪婪以乞贷，路粹餔啜而无耻；潘岳诡祷于愍怀，陆机倾仄于贾、郭；傅玄刚隘而詈台，孙楚佷愎而讼府，诸如此类，并文士之瑕累。

刘勰举这些例子，一是顺着魏文帝的意思说，二是为下一步的反驳打下基础：文人有这些缺点，武士就没有吗？与武士的缺点相比，文士的缺点又如何呢？

（二）"古之将相，疵咎实多"——第一次反驳

在刘勰看来，"古之将相，疵咎实多"。像管仲偷窃，吴起贪财好色，陈平行为有污点，周勃、灌婴谗言嫉才，"沿兹以下，不可胜

① （南北朝）颜之推撰，王利器集解：《颜氏家训集解（增补本）》，中华书局1996年版，第237—238页。

② "少算"应指扬雄缺少谋算，未能保持气节，因赞美王莽新朝而遭致诟病。

数”。刘勰特别提到孔光和王戎，并以他们为参照为其他文人辩护。孔光位至丞相，却向董贤献媚，何况班固、马融职位卑微，潘岳地位低下呢？王戎是开国大将，却卖官鬻爵引世俗热议，何况司马相如、杜笃生活拮据，丁仪、路粹贫穷寒微呢？两个让步从句带着强烈的反诘语气，表达了刘勰的愤慨：与取得高位的武将们相比，文士们的那些瑕疵更不值一提啊！

然而这些瑕疵并不妨碍孔光被称为名儒，也不妨碍王戎被列入竹林七贤（“然子夏无亏于名儒，浚冲不尘乎竹林者”）。个中原因，恐怕是因为孔光、王戎名位高了，受到的讥讽也减少了。“名崇而讥减”是普遍现象，其中原因除了人们怕得罪位高权重者给自己带来危险的惧罪远祸心理，还和儒家推崇的“为尊者讳”的伦理思想有关系。《公羊传·闵公元年》“春秋为尊者讳，为亲者讳，为贤者讳”[①]，武人多参与军国大事，有武功，有权位，故成为尊者，“为尊者讳”，其他人对武士（有功名者）要注意避讳，对于他们的讥讽就会减少。

需要说明的是，纪昀在“况马、杜之磬悬，丁、路之贫薄哉”后加注“此亦有激之谈，不为典要”[②]，这里的“有激之谈”涉及的是一大段话：从“文既有之，武亦宜然”的“亦”字就可以看出刘勰的不平之气；此后的“古之将相，疵咎实多”也反映了刘勰想要论道并举例证明的意味；“沿兹以下，不可胜数”反映了刘勰对武士瑕疵数不胜数的轻蔑之意；此后的两个反诘式让步从句，明显表露了刘勰对文人的辩护。

（三）“岂曰文士，必其玷欤？”——第二次反驳

刘勰对魏文帝“文人类不护细行”的观点，提出第二次反驳：文人未必都是“不护细行”，也有“无玷瑕”的文人。

> 若夫屈、贾之忠贞，邹、枚之机觉，黄香之淳孝，徐干之沉默，岂曰文士，必其玷欤？

① （汉）何休注，（唐）徐彦疏：《十三经注疏·春秋公羊传注疏》，上海古籍出版社1997年版，第2244页。

② （梁）刘勰著，（清）黄叔琳注，（清）纪昀评，李详补注，刘咸炘阐说，戚良德辑校：《文心雕龙》，上海古籍出版社2015年版，第285页。

像屈原、贾谊忠诚正直，邹阳、枚乘机敏警觉，黄香至孝，徐干沉静淡泊，这些都是正面例子，谁说文士就一定有缺点呢？这是直接针对"文人无行"论的反驳，是有力的反证。当然，"岂曰文士，必其玷欤?"这样的反问句式，也以一种不容置疑的语气表达了刘勰的愤慨。

（四）"自非上哲，难以求备"——第三次反驳

刘勰认为，"人禀五材，修短殊用"，人禀有五材之质，或长或短表现不同，"自非上哲，难以求备"。这显然与《论语·微子》"无求备于一人"的思想相通。可以说，"自非上哲，难以求备"是刘勰对"文人无行论"的第三次反驳。这一次反驳直接以圣人之言为依据，显然是依经立义，反驳很有力度。不过，此次反驳是从普遍意义上辩驳，并不是专门针对"文人"而言。

（五）"江河腾涌，涓流寸折"——第四次反驳

刘勰又把有瑕疵的文人武士所受到的不同待遇作了对比：

> 然将相以位隆特达，文士以职卑多诮，此江河所以腾涌，涓流所以寸折者也。名之抑扬，既其然矣，位之通塞，亦有以焉。

同样是有瑕疵，将相因为地位崇高而特别显达，文人因职位卑微而多受讥诮，这就是大江大河浪腾波涌、小水小溪曲折难行的原因吧。"江河腾涌，涓流寸折"这一对比鲜明的境遇，不由得让刘勰大发感慨：名声的抑扬就是这样啊！官位的通达还是不畅，也是有原因的啊！

王元化认为，从这段话里，我们可以清楚地看到，刘勰对于当时等级森严的门阀制度产生的种种恶习感到愤懑和不平。[①] 笔者赞同此观点，认为这段话既反映了刘勰对当时的门阀制度的愤懑不平，也是对曹丕"文人无行论"的反驳。如果说门阀制度是决定士人出路的一种基本制度[②]，那么曹丕"文人无行"论则是强化门阀制度不公平性

---

① 王元化：《刘勰身世与士庶区别问题》，载《文心雕龙讲疏》，广西师范大学出版社 2004 年版，第 14 页。

② 门阀制度是三国两晋南北朝时期的选官用人制度，此前的汉朝采用的是察举制，此后的隋唐等都是实行科举制。

的主流论调，两者共同作用，对“文人”（特别是出身寒门的文人）造成了合力性打击，造成文人“涓流寸折”、前路不畅的结果，与武士的“江河腾涌”相比，简直是天壤之别。从这个角度讲，专门针对“文人瑕累”的“文人无行”论本身就不公平，这是刘勰对曹丕“文人无行”论的第四次反驳。

(六)“士之登庸，成务为用”——第五次反驳

经过四次对“文人无行”论的反驳后，刘勰还对曹丕的“文人无行”论进行了第五次反驳：“士之登庸，以成务为用。”

> 盖士之登庸，以成务为用。鲁之敬姜，妇人之聪明耳，然推其机综，以方治国。安有丈夫学文，而不达于政事哉？

士人被重任为官，以能成就事务为准则。所谓的“成务”，是指具有现实的政治才干，“达于政事”。鲁国的敬姜，是妇人中的聪明人，她都就织机加以推论，来比喻治理国家[①]；哪有丈夫学了文章，却不通达政事的呢？“安有丈夫学文，而不达于政事哉”，也是愤激之言，既表达了对大丈夫比不过妇人的不服，也表达了刘勰对自己“学文”而“达于政事”，兼具“文采”与“器用”的自信。

为了说明“成务为用”的准则，刘勰从三个方面举例。首先，举“有文无质”的扬雄、司马相如为例。

> 彼扬、马之徒，有文无质，所以终乎下位也。

司马相如、扬雄之类文人“有文无质”，没有实际的才干，只能写些“劝百讽一”的辞赋，所以最终处于低下的位置。可见刘勰论

---

① 《列女传·母仪》：“文伯相鲁，敬姜谓之曰：‘吾语汝：“治国之要，尽在经矣。夫幅者所以正曲枉也，不可不强，故幅可以为将。画者所以均不均，服不服也，故画可以为正。……推而往引而来者，综也；综可以为开内之师。”’”参见（汉）刘向《古列女传》，中华书局1985年版，第16页。

人，重点是处理现实政治事务的识见与才能①。

其次，举"勋庸有声"而"文艺不称"的庾亮为例。

> 昔庾元规才华清英，勋庸有声，故文艺不称；若非台岳，则正以文才也。

从前庾亮才华清新英秀，功业卓有声望，所以他的文章技艺不被称扬；倘若不是身居高位、功勋卓著，那他应该也是以文才著称啊！此处对庾亮的称赞，暗含对"位高任重者，怠其职责，而以文采邀誉"②（刘永济语）的讥讽，也表明了刘勰虽然看重"文艺"但更加看重"武功"，更加看重"成务为用"。

最后，举"文武相宜"的郤縠、孙武为例。

> 文武之术，左右惟宜。郤縠敦《书》，故举为元帅，岂以好文而不练武哉？孙武《兵经》，辞如珠玉，岂以习武而不晓文也？

刘勰认为，文士也好，武人也好，都应该像郤縠、孙武那样兼有"文""武"之术。"岂以好文而不练武哉？……岂以习武而不晓文也？"这两个反问句，也有愤激之气，表面是说郤縠、孙武是能文能武的人，兼备器用与文采，能够成就事务；言下之意是自己何尝不是能文能武之人？只是没有上位的机会、没有施展政治才干的机会啊！正如纪昀所评："观此一篇，彦和亦发愤而著书者。观《时序》篇，此书盖成于齐末。彦和入梁乃仕，故郁郁乃尔耶？"③ 的确，刘勰有才而久不见用，故胸臆间郁积了愤懑之气。

---

① 周兴陆：《刘勰"文德"论新探》，《文艺理论研究》2015 年第 1 期。

② 刘永济：《文心雕龙校释》，中华书局 2007 年版，第 169 页。

③（梁）刘勰著，（清）黄叔琳注，（清）纪昀评，李详补注，刘咸炘阐说，戚良德辑校：《文心雕龙》，上海古籍出版社 2015 年版，第 285 页。

刘勰强调"成务为用"，即强调文人经世达政的实才[①]。在用人的标准上，到底是坚持器用、才能为先，还是坚持德行为先，是一个长期以来充满争议的话题。儒家一直遵行德行为先的评价标准与用人标准，但曹操在《求贤令》发出质疑："若必得廉士而后可用，则齐桓公其何以霸世"，并第一次旗帜鲜明地喊出了"唯才是举"[②] 的口号。刘勰没有曹操那么大的气魄，不敢直接质疑"孔门四教，德行为首"，也没有曹操那样的地位和权势，不可能搬出"唯才是举"的口号，而是用"依经立义"的方式建构一个观点——"士之登庸，以成务为用"。"登庸"，登用，语出《尚书·尧典》"畴咨若时登庸"[③]；"成务"，成就事务，语出自《周易·系辞上》："夫《易》，开物成务"[④]；"士之登庸，以成务为用"乃依经立义——强调政事实才，重实才而忽德行。曹丕"文人无行"论恰恰相反，突出了德行而无视实才。从这个意义讲，"士之登庸，以成务为用"是对曹丕"文人无行"论的反驳，是第五次反驳。

值得指出来的是，刘勰在第五次反驳中还有两处"依经立义"。一是"文武之术，左右惟宜"的观点。饶宗颐认为："《诗》云：'允文允武。'《礼》云：'故可以为文，可以为武。'《左传》：'有文事者，必有武备。'文武本自异途，彦和则合一之，既主华实相胜，且力倡文武兼资。故讥'扬马之徒，有文无质，所以终乎下位'，而言'文武之术，左右为宜'。郤縠、孙武可为楷式，是以'摛文必在纬军国'，此虽本《周书·梓材》之说，贵器用而兼文采，实亦取乎《诗》'允文允武'之意，与晋宋文人见解迥殊，要亦依经以立论者也。"[⑤]另一处是"郤縠敦《书》，故举为元帅"的例据。《左传·僖公二十七

① 周兴陆：《刘勰"文德"论新探》，《文艺理论研究》2015 年第 1 期。

② 郭绍虞主编：《中国历代文论选》第 1 册，上海古籍出版社 2001 年版，第 165 页；（三国晋）陈寿撰，（宋）裴松之注：《三国志》，中华书局 1959 年版，第 32 页。

③ （汉）孔安国传，（唐）孔颖达等正义：《十三经注疏·尚书正义》，上海古籍出版社 1997 年版，第 122 页。

④ （魏）王弼等注，（唐）孔颖达等正义：《十三经注疏·周易正义》，上海古籍出版社 1997 年版，第 81 页。

⑤ 饶宗颐：《文心雕龙探原·刘勰文学见解之渊源》，载《文心雕龙研究专号》，（台北）明伦出版社 1971 年版，第 4 页。

年》：“（晋文公）作三军，谋元帅。赵衰曰：‘郤縠可。臣亟闻其言矣，说《礼》《乐》而敦《诗》《书》。……君其试之！’乃使郤縠将中军。”① 正义曰：“说谓爱乐之，敦谓厚重之。……心悦礼乐，志重诗书，遵礼以布德，习诗书以行义，有德有义，利民之本也。”② 可见，郤縠的确是一位文武双全、德义并重的儒将，刘勰正是以经典中的郤縠为例据，证明“文武之术，左右惟宜”。

四 “文人的出路”

通过对“文人无行”论的五次反驳，刘勰大体为兼具器用与文采、文武兼备之士人的入仕争得了机会。当然，这只是从道义、道理上为“文人的出路”争机会。此后，刘勰便正面讨论文人的出路问题。

> 是以君子藏器，待时而动。发挥事业，固宜蓄素以弸中，散采以彪外，楩楠其质，豫章其干。摛文必在纬军国，负重必在任栋梁，穷则独善以垂文，达则奉时以骋绩。若此文人，应《梓材》之士矣。

刘勰认为，文人要想有出路，要做好两个方面：第一，“君子藏器”；第二，“待时而动”。

（一）君子藏器

刘勰认为，君子（具体而言指“文人”）应该怀藏利器，等待时机趁势而动。“君子藏器，待时而动”，来自《周易·系辞下》：“君子藏器于身，待时而动。”③ 关于“时”的问题，下文再讨论，此处先讨

① （晋）杜预注，（唐）孔颖达等正义：《十三经注疏·春秋左传正义》，上海古籍出版社1997年版，第1822—1823页。

② （晋）杜预注，（唐）孔颖达等正义：《十三经注疏·春秋左传正义》，上海古籍出版社1997年版，第1822—1823页。

③ （魏）王弼等注，（唐）孔颖达等正义：《十三经注疏·周易正义》，上海古籍出版社1997年版，第88页。

论"器"的问题。

"器"在本篇出现四次，分别是题目的"程器"，开头的"贵器用而兼文采"，文末的"君子藏器，待时而动"以及赞语中的"雕而不器，贞干谁则"。关于"器"的内涵，有不同说法。叶长青说："'形而上谓之道，形而下谓之器'，器者所以求道。彦和首《原道》而终《程器》，示我周行矣。"[①] 叶长青所谓"器者所以求道""道器周行"，是把"器"理解为与"道"相对应的"形器"。张国庆认为："《原道》篇首论'文'的本质，以引出其后各篇所论'文'的种种具体表现，这正显出'道'的真正精神和意义（道生万物，赋予万物生命、生机）；与此相应，《程器》篇自亦当以论'文'的大用作结，总括以上各篇所论'文'的无限丰富与精彩以烘托出'道'的遍在和伟大，最终显出'器'的真正精神和意义（万物生于无限，一本于道）。这样论述，'道''器'相符，体用圆转。"[②] 张国庆先生对"道"与"器"的内涵及其相互关系的论述堪称精妙，不过，他似乎也是从"道生万物，万物本于道"的道家哲学角度来理解"器"（万物），而刘勰所说的"器"有其特定内涵——刘勰所谓的"器"是从儒家思想的内涵来使用的。

"器"本指"器具"，尤其是和军国大事联系在一起的"器具"，如《左传·隐公五年》："公将如棠观鱼者，臧僖伯谏曰：'凡物不足以讲大事，其材不足以备器用，则君不举焉。'"杜预注："大事：祀与兵戎。材：谓皮革、齿牙、骨角、毛羽也。器用，军国之器"[③]；后来引申指人的"才能"，尤其是和军国大事联系在一起的"才能"。由此衍生出"器"的另一个内涵："量才使用"。这就由名词性的"军国之器"（《左传》杜预注）延伸到动词性的"度才而任官"（《论语》孔安国注）。"器"的内涵还包括以下几种：指有形的具体

① 叶长青：《文心雕龙杂记》，福州职业中学印刷厂 1933 年版，第 116 页。

② 张国庆：《〈文心雕龙〉瑕疵辨析》，《上海师范大学学报》（哲学社会科学版）2016 年第 3 期。

③ （晋）杜预注，（唐）孔颖达等正义：《十三经注疏·春秋左传正义》，上海古籍出版社 1997 年版，第 1726 页。

事物——"形器"，与"道"相对；器量；器官；赋税；等等①。《程器》篇的"器"并非"形而下者谓之器"的"器"（"形器"），而是指"军国之器"，即实际的政事才干，它有着特定的儒家"达政成务"的内涵。

《程器》篇共有四处谈到"器"。题目"程器"即衡量一个人的器用与政治实才。开头所谓"贵器用而兼文采"，明确指出"器"是"器用"，主张"梓材之士"应该既有政治实才，又能兼顾文采。文末的"君子藏器"的"器"也是指"器用"。在现实政事中发挥才能（"发挥事业"），本来就应该培养才德以充实内心之美（"固宜蓄素以弸中"），散播文采以显现外在之美（"散采以彪外"），拥有楩木、楠木那样坚实的质地，枕树、樟树那样高大的树干（"楩楠其质，豫章其干"）。铺摛文采一定和军国大事相关，担负重任可成为国之栋梁。从"发挥事业""纬军国""任栋梁"可以看出，"君子藏器"的"器"和"军国之器"相关。此外，"楩楠""豫章"两个词也可旁衬出"器"的内涵。陆贾《新语》有言："楩柟豫章，天下之名木也……立则为大山众木之宗，仆则为万世之用"②，刘勰正以"楩楠豫章"比喻君子能"用之于世"。至于赞语中"雕而不器，贞干谁则"，意思是说如果能雕饰文采却没有政治实才，这样的人怎能被称为"贞干"之才呢？可见，赞语中的"器"也是指"军国之器用"。

还有一点需要说明，本篇五次批驳"文人无行"论，为文人之用世而呼吁，确实称得上"耿介于《程器》"，其意乃在期待"文人之用"。赞语的最后一句说"岂无华身，亦有光国"，这里的"华身"，即"身之华"，意同"身之文"，《左传·僖公二十四年》介之推曰："言，身之文也"③，所以，这里的"华身"，是指文人能"言"；这里的"光国"，典出《周易·观卦》，其六四爻辞"观国之光，利用

① 汉语大词典编纂委员会编纂：《汉语大词典》第3卷，汉语大词典出版社1989年版，第521页。

② 王利器校注：《新语校注》，中华书局1986年版，第101页。

③ （晋）杜预注，（唐）孔颖达等正义：《十三经注疏·春秋左传正义》，上海古籍出版社1997年版，第1817页。

宾于王"[①]，意为观仰王朝的光辉盛大，利于成为君王的贵宾；既然才士希望成为君王的贵宾，那也说明君王礼尚贤宾，所以《观卦》六四象曰"观国之光，尚贤也"[②]。刘勰用此典故，正希望国君能以贤为尚，重用文人。文人之用，于己于国，都能显耀，当然，"华身"也好，"光国"也好，靠的不是其他，正是"文武兼备"[③] 的"器用"。

（二）待时而动

君子（"文人"）只有"藏器于身""蓄素以弸中"，才有可能"散采以彪外"。换句话说，并不是所有的"藏器于身"的"文人"都能"为世所用"，这里面还有一个"时运"的问题。

刘勰认为，"梓材之士"应该正确对待"时运"。不得志就培养品德以著作传世（"穷则独善以垂文"），得志就及时建功立业（"达则奉时以骋绩"）。"穷"与"达"，是不同的"时"，要"待时而动"——或"独善以垂文"，或"奉时以骋绩"。"穷则独善以垂文，达则奉时以骋绩"，与《孟子·尽心下》"古之人，得志，泽加于民；不得志，修身见于世。穷则独善其身，达则兼善天下"[④] 相通，也是依经立义。

联系刘勰的生平，对于"君子藏器，待时而动"或许会有更深刻的理解。刘勰"早孤，笃志好学。家贫不婚娶，在依沙门僧祐，与之居处，积十余年"[⑤]。此时的刘勰无法实现自己的宏伟抱负，可谓"穷"矣。其间，他撰成《文心雕龙》一书，其实也是在"藏器于身"。一方面，《文心雕龙》有着庞大的结构、完整的理论体系，有骈文的体式、华丽的辞藻，有对前代典故的巧妙运用，等等，这些都体现了刘勰的"文采"；另一方面，《文心雕龙》论述了各类应用文体的释义、源流、名篇及写作要领，比如"祝盟""铭箴""诔碑""诏

① （魏）王弼等注，（唐）孔颖达等正义：《十三经注疏·周易正义》，上海古籍出版社 1997 年版，第 36 页。

② （魏）王弼等注，（唐）孔颖达等正义：《十三经注疏·周易正义》，上海古籍出版社 1997 年版，第 36 页。

③ 《章表》篇亦有言："既其身文，且亦国华"，说的是章表的写作既要有"言"之文采，也要体现国之光华。

④ 杨伯峻译注：《孟子译注》，中华书局 2008 年版，第 236 页。

⑤ （唐）姚思廉撰：《梁书》卷五十《刘勰传》，中华书局 1973 年版，第 710 页。

策”“檄移”“封禅”“章表”“奏启”“议对”等，又说明刘勰具有写作政用文之“器用”。“文采”与“器用”显现于《文心雕龙》之书，也可以说涵藏于刘勰之“身”，所以说刘勰撰写《文心雕龙》是“藏器于身”，当时的际遇可谓“穷则独善以垂文”。

《文心雕龙》既成，未为时流所称，刘勰“乃负其书候约出，干之于车前，状若货鬻者”[①]，这是刘勰的“待时而动”。此次献书得到了沈约的器重，刘勰也可能得到了沈约的推荐，所以在入梁后不久即入仕，任临川王萧宏“记室”，迁车骑仓曹参军，出任大末县令，改官仁威南康王萧绩记室、兼东宫通事舍人等，此时的刘勰正可谓“达则奉时以骋绩”。当时天子七庙的祭祀，已受佛教的影响用蔬果来代替牛羊，而祭祀天地、社稷，还宰杀牲畜，于是刘勰上表，请求祭祀天地社稷和祭祀七庙一样改用蔬果做祭品。这是刘勰第二次“待时而动”。此次上表得到了采纳，刘勰也因此迁步兵校尉，兼东宫通事舍人如故。东宫昭明太子萧统爱好文学，深爱接纳刘勰。此时的刘勰仍可谓“达则奉时以骋绩”。

后来刘勰的恩师僧祐于天监十七年（518）去世，刘勰受皇帝命回定林寺与慧震重新整理佛经，接替僧祐未竟的事业。佛经整理完毕，刘勰请求出家，先削发明志。皇帝批准后刘勰即出家为僧，改名慧地。不到一年，刘勰就死了。

可见，从刘勰的生平来看，他做到了“君子藏器，待时而动”，也践行“穷则独善以垂文，达则奉时以骋绩”的准则。当然，刘勰选择出家并先期削发明志，恐怕也是因为他明白像他这样的文人，已经没有大的政治前途了。因此，关于“文人的出路”，除了“藏器待时”外，恐怕也有许多不可控的因素。

五 《程器》篇的重要意义

《程器》篇中，刘勰虽不时有愤激之语，实则耿耿于怀的是文人

① （唐）姚思廉撰：《梁书》卷五十《刘勰传》，中华书局1973年版，第712页。

的出路问题，文章通过对“文人无行”论的五次反驳，提出了文人应兼具器用与文采并“藏器待时”的主张，全篇逻辑严密。周兴陆说，“刘勰在《程器》篇里批驳‘文人无行’论是富有特见卓识的。如果刘勰在《文心雕龙》这样一部‘论文’的著作中也持有‘文人无行’论的偏见的话，那么众多文人更可能生前寂寞，死后沉沦了。”① 周先生此论高妙。笔者认为，还可补充一点：刘勰批驳“文人无行”论不仅是为了抒发愤激之情，更是要为文人的出路发言，要为文人的入仕与上位争机会。

魏伯河认为，《程器》篇“蕴含了刘勰强烈的干进意图，不啻为一篇向统治者进献的有关人才问题的策论”②。此文看到了《程器》篇中刘勰谋求仕进的干进意图，有其合理性，但刘勰反复批驳“文人无行”论并正面提出“藏器待时”的观点，并不是为个人仕进而考虑，而是为了整个“文人”群体发声，是为文士阶层谋出路，如果仅仅将其限定在个人仕进的范围，则大大掩盖了本篇的意义。由于此前还没有这样的为文人出路反复辩驳、正反论辩的专篇论文，我们可以说，《程器》篇是中国文论史上第一篇为文人谋出路的论文。

当然，一种定型的社会观念不会因刘勰一个人的反驳而顿然改变，“文人无行”论在刘勰之后仍继续流行③。梁朝萧子显评论谢超宗时也引用魏文帝“文人无行”论：“魏文帝云‘文人不护细行’，古今之所同也。”④ 北齐杨遵彦作《文德论》，以为“古今辞人皆负才遗行，浇薄险忌，惟邢子才、王元景、温子升彬彬有德素”⑤。颜之推《颜氏家训·文章篇》也说：“自古文人，多陷轻薄。”⑥ 北宋的刘挚也对“文

① 周兴陆：《刘勰“文德”论新探》，《文艺理论研究》2015 年第 1 期。

② 参见魏伯河《〈文心雕龙·程器〉之干进意图揭秘——兼与张国庆先生商兑》，《中国文化论衡》2018 年第 1 期。按：说“《程器》篇是一篇向统治者进献的有关人才问题的策论”，也不准确。一是《程器》篇五次反驳“文人无行”论，其愤慨的语调并不符合进献策论的语气；二是《程器》篇“藏器待时”的主张显然是以“文人”为潜在阅读对象的。

③ 周兴陆：《刘勰“文德”论新探》，《文艺理论研究》2015 年第 1 期。

④ （南朝梁）萧子显：《南齐书》，中华书局 1972 年版，第 644 页。

⑤ （南北朝）魏收：《魏书》，中华书局 1974 年版，第 1876—1877 页。

⑥ （南北朝）颜之推撰，王利器集解：《颜氏家训集解（增补本）》，中华书局 1996 年版，第 237 页。

人”有偏见：“其教子孙，先行实，后文艺，每曰：‘士当以器识为先，一号为文人，无足观矣。’”① 言下之意“文人”既无德行，也无器识。顾炎武也说：“以文人名于世，焉足重哉。”② 尽管“文人”的具体内涵各有不同，但对于文人的指责与轻视却几乎一致，可见“文人无行”论的影响之深广，文人几乎承受了不堪承受的批评压力。后世之中，似乎只有唐太宗李世民、北宋司马光可以引为刘勰之知己。唐太宗说：“君子用人如器，各取所长。”③ 司马光说：“为政得人则治，然人之才，或长于此而短于彼，虽皋、夔、稷、契各守一官，中人安可求备？……若指瑕掩善，则朝无可用之人；苟随器授任，则世无可弃之士。”④ 由此也可反观，刘勰《程器》篇愤激反驳曹丕“文人无行”论、积极为文人谋出路具有重要的意义。从这个意义上讲，《程器》篇的重要性还有待重新认识。

① （元）脱脱等：《宋史》卷340，中华书局1977年版，第10858页。

② （清）顾炎武著，（清）黄汝成集释，栾保群校点：《日知录集释》，中华书局2013年版，第1106页。

③ （宋）司马光：《资治通鉴》卷192，《四部备要》第39册，中华书局1989年版，第2260页（下）。

④ （元）脱脱等：《宋史》卷161，中华书局1977年版，第3746页。

第十二章　“依经立义”与《文心雕龙》的思维模式

“依经立义”对《文心雕龙》的影响，除了理论体系、文体风格、伦理精神方面，还一个更为内在的层面——思维模式层面。《文心雕龙》有丰富的整体性思维、折衷性思维、溯源性思维。它们与“依经立义”是什么关系呢？

第一节　整体性思维

《周易》有丰富的整体性思维，此一思维深刻地影响了《文心雕龙》。

一　《周易》的整体性思维

《周易》的整体性思维，表现在以下三个方面。

（一）《周易》具有极大的包蕴性

《周易》的包蕴性首先表现在《周易》无限丰富的能指性上。《周易·系辞下》：“夫《易》……其称名也小，其取类也大。”①《周易》的卦爻辞、卦爻象虽然名称比较简单、单一，但其代表的物象却极为丰富。如《乾》卦所代表的物象就很多，如“乾为天、为圜、为君、

① （魏）王弼等注，（唐）孔颖达等正义：《十三经注疏·周易正义》，上海古籍出版社 1997 年版，第 89 页。

为父、为玉、为金、为寒、为冰、为大赤、为良马……为木果”[1]。

《周易》的包蕴性还表现在易理的博大精深。《周易·系辞下》：“《易》与天地准，故能弥纶天地之道，仰以观于天文，俯以察于地理，是故知幽明之故。原始反终，故知死生之说。精气为物，游魂为变，是故知鬼神之情状。”[2]《周易》能知幽明、生死、鬼神，其博大精深足以“弥纶天地”。

（二）卦爻辞的完整与周密

《周易》卦爻辞的完整指卦爻辞描述了完整的过程，如《乾》卦。《乾》卦（䷀）六爻即展示了龙飞升上下的完整过程。龙由潜伏于水中，出现于田野，到因时而动因时而止，再到或飞腾而起或退处于渊，再到高飞在天上，最后高飞穷极而悔恨[3]。《乾》卦六爻展现的是龙由潜藏到高飞穷极的全过程。又比如，《渐》（䷴）卦描绘鸿雁从水中高飞到岸边再到陆地、高山，由低到高的整个过程。

卦爻辞的周密指卦爻辞揭示了事物的多层面的道理。如，“师”卦全面地讲述了战争的规律，包括军队统帅应由有经验之长者担任；要有严明的纪律；保持中正不偏就会不断获得赏赐；军队疑惑不定就会大败；军队撤退暂守，免遭咎害；田猎有所收获（相当于练兵），不必咎责；长者帅师可胜，小人统兵则将大败；君主治军要赏罚分明，小人勿用。[4] 显然，《师》卦有着丰富的军事学思想。

---

① （魏）王弼等注，（唐）孔颖达等正义：《十三经注疏·周易正义》，上海古籍出版社 1997 年版，第 94—95 页。

② （魏）王弼等注，（唐）孔颖达等正义：《十三经注疏·周易正义》，上海古籍出版社 1997 年版，第 77 页。

③ 《乾》卦卦辞：初九：“潜龙勿用。”九二：“见龙在田，利见大人。”九三：“君子终日乾乾，夕惕若厉，无咎。”九四：“或跃在渊，无咎。”九五：“飞龙在天，利见大人。”上九：“亢龙有悔。”参见（魏）王弼等注，（唐）孔颖达等正义《十三经注疏·周易正义》，上海古籍出版社 1997 年版，第 13—14 页。

④ 《师》卦卦辞：“师贞，丈人吉，无咎”；初六：“师出以律，否臧凶”；九二：“在师中，吉无咎，王三锡命”；六三：“师或舆尸，凶”；六四：“师左次，无咎”；六五：“田有禽，利执言，无咎；长子帅师，弟子舆尸，贞凶”；上六：“大君有命，开国承家，小人勿用。”参见（魏）王弼等注，（唐）孔颖达等正义《十三经注疏·周易正义》，上海古籍出版社 1997 年版，第 25 页。

（三）卦序编排的关联与流转

《周易·系辞上》有言"生生之谓易"[①]，揭示了世间万物生生不息、变化无穷的道理。在卦序编排上，《周易》也体现了"生生不息"的道理。《周易》的倒数第二卦是《既济》，表示已经成功，最后一卦《未济》表示事情未办成，这样的安排蕴含着深刻的哲理：一切事物，没有终止，总是不断流转、生生不息。

《序卦》还揭示了卦与卦之间的关联。六十四卦，分成三十二对，每一对卦象的关系是"非覆即变"[②]。《序卦》还在三十二对卦之间建立起意义联系，形成意义"链条"，如：

> 夫妇之道不可以不久也，故受之以《恒》。恒者，久也。物不可以久居其所，故受之以《遁》。遁者，退也。物不可以终遁，故受之以《大壮》……[③]

《序卦》并没有揭示各卦的所有意义，只是抓住每一卦某一方面的意义进行联系沟通，从而把六十四卦（三十二对）联结成一个有机整体。

二　《文心雕龙》的整体性思维

《周易》的整体性思维对《文心雕龙》有影响，这种影响只能从《文心雕龙》的词汇、话语中去找寻。《文心雕龙》的整体性思维从"弥纶群言"一词可以凸显。"弥纶"一词来自《周易》，在《文心雕

① （魏）王弼等注，（唐）孔颖达等正义：《十三经注疏·周易正义》，上海古籍出版社1997年版，第78页。

② 覆即两卦之间卦体上下颠倒，如《屯》（䷂上坎下震）倒过来就变成《蒙》（䷃上艮下坎），变即两卦之间卦画阴阳相反，如《乾》（䷀）卦六阳爻全部变成阴爻即《坤》（䷁）。参见（魏）王弼等注，（唐）孔颖达等正义《十三经注疏·周易正义》，上海古籍出版社1997年版，第95页。

③ （魏）王弼等注，（唐）孔颖达等正义：《十三经注疏·周易正义》，上海古籍出版社1997年版，第96页。

龙》中总共出现六次，可见其影响之深[①]。《周易·系辞上》“《易》与天地准，故能弥纶天地之道”，孔颖达疏：“弥谓弥缝补合，纶谓经纶牵引。”[②]“弥纶群言”即是综合概括各家言论得出合理观点。这正是《文心雕龙》整体性思维的表现。

《文心雕龙》的整体性思维主要体现在以下三个方面：第一，整体上的“体大虑周”；第二，“剖情析采”上的“笼圈条贯”；第三，批评上的“圆照之象”[③]。

（一）体大虑周

“体大”即指篇幅容量大、结构庞大。全书38000多字，分五十篇，涵盖“文之枢纽”“论文叙笔”“剖情析采”多个方面，在中国文论史上独一无二，即令置之世界文论史上也非常少见。“虑周”即指《文心雕龙》考虑周到全面，每一篇都是高水平的论文，其理论准确精到、论述严谨周密。因此，章学诚赞誉《文心雕龙》“体大而虑周”“笼罩群言”。[④]

（二）笼圈条贯

《序志》篇说：“剖情析采，笼圈条贯。”“笼圈条贯”即综合概括，条理贯通，体现了创作论和批评论的整体性，自《神思》至《情采》谈论基本创作理论，自《镕裁》至《总术》（再加《物色》）谈写作技法，自《时序》至《程器》谈文学批评。“剖情析采”的24篇文章，往往贯穿着文学史、文学理论、文学批评三者的结合，逻辑严密、条理清晰。

（三）圆照之象

“圆照之象”指客观公正而整体全面的批评，这是一种理想的批

① 《原道》：“弥纶彝宪，发挥事业。”《史传》：“然史之为任，乃弥纶一代，负海内之责，而赢是非之尤。”《论说》：“论也者，弥纶群言，而研精一理者也。”《附会》：“弥纶一篇，使杂而不越者也。”《总术》：“况文体多术，共相弥纶，一物携贰，莫不解体。”《序志》：“铨序一文为易，弥纶群言为难。”

② （魏）王弼等注，（唐）孔颖达等正义：《十三经注疏·周易正义》，上海古籍出版社1997年版，第77页。

③ 参见李建中《文心雕龙讲演录》，广西师范大学出版社2008年版，第52页。

④ （清）章学诚著，刘公纯校点：《文史通义》，中华书局1985年版，第559页。

评。《知音》篇认为："将阅文情，先标'六观'：一观位体，二观置辞，三观通变，四观奇正，五观事义，六观宫商。""六观"正是实现"圆照之象"的具体标准。

第二节　折衷性思维

黄叔琳曾指出："《文心雕龙》包罗群籍，多所折衷。"[①]"折衷"是刘勰的建构《文心雕龙》理论体系的重要方法。这种方法反映了刘勰的折衷性思维，这种思维与《周易》《左传》《礼记》等经典中的折衷性思维具有一致性。

一　经典中的折衷性思维

五经中有折衷性思维的相关表述。如：

（一）《尚书》。《盘庚中》盘庚在迁都前训诫臣民："汝分猷念以相从，各设中于乃心。"《吕刑》"观于五刑之中"，《酒诰》"尔克永观省，作稽中德"，《立政》"兹式有慎，以列用中罚"[②]，这些"中"，都表示"正确"（准确、恰当）的意思。

（二）《周易》。《周易》重"中正"。起初的"中正"是指卦爻位置而言。一卦六爻，二、五爻是上、下两卦的中位，位置比较好。如果阴爻居阴位，阳爻居阳位，就"当"位，就"正"。所谓"九五之尊"，是指九五爻既是上卦的中位，又当位，是大人之位，既"中"且"正"。后来，"中正"就有了道德、伦理上的正直、正当之意。

《周易》还非常讲究"时中"，"时中"即合适恰当的时机，语出《蒙·彖》："蒙，亨，以亨行，时中也。""时中"精神的一个重要表现是随时变化，不固执，懂变通。《丰·彖》："天地盈虚，与时消息。"《损·彖》："损益盈虚，与时偕行。"《艮·彖》："时止则止，

① 杨明照：《文心雕龙校注拾遗》，上海古籍出版社1982年版，第739页。

② （汉）孔安国传，（唐）孔颖达等正义：《十三经注疏·尚书正义》，上海古籍出版社1997年版，第171、206、232—233、249页。

时行则行，动静不失其时，其道光明。”《随·彖》：“天下随时，随时之义大矣哉。”①

（三）《礼记》。《礼记·中庸》篇集中体现了“中庸”思想。“中庸”即“用中”，即“执两用中”，掌握住事物对立两端并在两端间选取、运用正确之点②，“执其两端，用其中于民”③ 正是对“中庸”原则的阐释。

二 《文心雕龙》折衷性思维的表现

《文心雕龙》受到了五经中的“折衷”思维模式的影响。以下从总体原则与具体例证略作说明。

（一）总体原则——“唯务折衷”

《序志》篇谈到理论异同的处理原则：“同之与异，不屑古今，擘肌分理，唯务折衷。”不在乎理论的同与异，也不在乎理论的“古”与“今”，只求合适正确、不偏不倚。“唯务折衷”是刘勰写作《文心雕龙》的一个总体原则，而此原则恰恰反映了折衷性思维是《文心雕龙》的重要思维方式。

（二）理论折衷举例

前文对《文心雕龙》的理论已有较全面的分析，其理论的准确与精妙已多有论述，以下仅摘取几例，以见出其中的折衷性思维。

1. 楚辞观。“固知楚辞者，体宪于三代，而风杂于战国，乃《雅》《颂》之博徒，而辞赋之英杰也。”刘勰对楚辞的认识是全面客观、准确公允的。

2. 通变观。刘勰对裴子野代表的“复古派”和萧纲代表的“新变派”进行综合分析，克服两派的片面性，提出了“通变”的理论

① （魏）王弼等注，（唐）孔颖达等正义：《十三经注疏·周易正义》，上海古籍出版社 1997 年版，第 20、34、52、62、67 页。

② 张国庆：《中国古代美学要题新论》，中国社会科学出版社 1994 年版，第 4 页。

③ （汉）郑玄注，（唐）孔颖达等正义：《十三经注疏·礼记正义》，上海古籍出版社 1997 年版，第 1626 页。

主张[①]。

3. 知音观。刘勰认为"知音"面临主观和客观的难度，如果首先做到"博观"，然后又能客观公正（"平理若衡，照辞如镜"），并遵守一定的批评标准（"六观"等）就能实现"圆照之象"的批评。

此类范畴还有很多，不一一细举。人们常常用来"体大思精""体大而虑周"赞扬《文心雕龙》，其中的"思精"即表明刘勰的许多理论非常精当精妙，这也是"折衷性思维"达到的效果。

第三节　溯源性思维

《知音》篇"沿波讨源"，可作为《文心雕龙》溯源性思维的形象表述；《文心雕龙》多次提到的"原始要终"[②]、《序志》篇所说"原始以表末"也包含了"原始"的成分，可作为溯源性思维的理论表述。《文心雕龙》的溯源性思维与《周易》的溯源性思维有密切联系。

一　《周易》的溯源性思维

《周易》的溯源性思维表现在以下三个方面。

（一）"太极"是世界的本原

太极是世界的本原，太极生成两仪（阴、阳），两仪生成四象（太阳、太阴、少阳、少阴[③]），四象生八卦，八卦推演吉凶，吉凶定则大业可成。归根结底，"太极"是世界的本原。

（二）圣人作八卦以通神明

八卦的创作就是一个仰观俯察、远近不遗、不断抽象、不断凝结的过程。所以，通过卦爻象也能推知天道人事，"以通神明"。这种由

---

① 参见赖力行《中国古代文论史》，岳麓书社2000年版，第122—123页。

② 如《史传》"乃原始要终，创为传体"，《章句》"然章句在篇，如茧之抽丝，原始要终，体必鳞次"，《附会》"原始要终，疏条布叶"，《时序》"原始以要终，虽百世可知也"。

③ 孔颖达认为："两仪生四象者，谓金木水火，禀天地而有。"参见（魏）王弼等注，（唐）孔颖达等正义《十三经注疏·周易正义》，上海古籍出版社1997年版，第82页。

“象”通“神”的过程也是溯源性思维的体现。

（三）原始要终以为质

“《易》之为书也，原始要终，以为质也。六爻相杂，唯其时物也”①，《易》这部书中，六爻的发展变化体现了特定的时空和物象，“原始要终”才能形成卦体大义。这些都是溯源性思维的表现。

二 《文心雕龙》的溯源性思维

《文心雕龙》的溯源性思维与《周易》密切相关，可以从三个方面加以理解。

（一）推原文之本体

《原道》篇认为，天文、地文、人文都始于“道”。人文发展史上，从伏羲、神农、唐尧、虞舜，到伯益、后稷，再到夏禹、文王、周公旦直到孔子，都作出了伟大的人文功绩，弘扬了以“仁孝”为核心的儒家思想。推原文之本体是“道”，具体是以儒家思想为主的人文之道，表现了溯源性思维。

（二）文体溯源

《宗经》表达刘勰的“宗经”思想，其中的重要内容即主张五经为文体之源并树立了最高标准。“论文叙笔”20篇，都运用了“原始以表末”的方法，即追溯文体的起始以说明其流变。前文已有详述，不赘。

（三）风格上的宗经倾向

刘勰在《通变》篇认为商周时期的作品“丽而雅”，这才是理想的典范风格，表明刘勰在文学风格上的宗经倾向。

《体性》篇有“八体”之说，其中第一体即“典雅”，《定势》开篇的“四势”第一势是“模经为式者”，也体现了风格上的宗经倾向。

以上从文本论、文体论、风格论对《文心雕龙》的溯源性思维

① （魏）王弼等注，（唐）孔颖达等正义：《十三经注疏·周易正义》，上海古籍出版社1997年版，第90页。

进行了梳理。需要说明的是，本章所说的思维模式，可能也见于诸子文献[①]。但是，从“弥纶群言”“唯务折衷”“原始要终”等词源来看，《文心雕龙》中所体现的整体性思维、折衷性思维和溯源性思维还是以儒家经典为本。此外，《文心雕龙》还有其他的思维方式，比如直觉式思维，具象式思维[②]，等等，这些思维方式对《文心雕龙》的影响比起上述三种思维方式要小一些，不再细述。

① 如，老庄道家将“道”作为宇宙万物的起源，从而构建起道家的宇宙本体论哲学，这也是溯源性思维的体现。

② 参见李建中《文心雕龙讲演录》，广西师范大学出版社2008年版，第71页。

第十三章 《文心雕龙》“依经立义”的效果

“依经立义”是《文心雕龙》重要的理论建构范式，那么“依经立义”对《文心雕龙》的影响效果如何呢？先看看一般性的、普遍性的“依经立义”的影响效果。

一种言论、观点、学说，如果依经而立，会在两方面表现“依经立义”的效果。一方面，它因依据经典而获得话语的权威性[①]与神圣性[②]，从而造成读者潜意识中的接受倾向，并带给人们质疑或排斥的巨大压力。这对于某种言论或学说的认同、推广、运用有积极效果。另一方面，“依经立义”所带来的权威性、神圣性以及接受的压迫性，让人们习惯于接受外在的思想权威，而不是独立思考，从而导致陈陈相因、思想保守、缺少创新，甚至顽固僵化，这就产生了消极效果。

《文心雕龙》的“依经立义”又有哪些具体的效果呢？

第一节 积极效果

大体而言，“依经立义”对《文心雕龙》的积极效果表现在以下四个方面。

① 权威性是指其理论与儒家圣人的思想一致或相通，符合官方的正统思想，是主流官方话语。

② 神圣性是指其理论与圣人思想一致，神圣而不容置疑。

一　内容方面求"质"求"真"

儒家文艺思想在内容上有求"质"求"真"倾向[①]，《文心雕龙》"依经立义"，也追求内容方面的"质"与"真"。如，《宗经》篇"宗经六义"中"情深而不诡"即突出深厚真挚的感情，"事信而不诞"强调真实可信的事理。《祝盟》篇"祝史陈信，资乎文辞""修辞立诚，在于无愧"，《奏启》篇"奏之为笔，固以明允笃诚为本"，等等，体现了对"诚""信"的要求。《情采》篇主张内在之"情"与外在之"采"相符相配，也体现了"质""真"的价值追求。《文心雕龙》的求"质"求"真"使得文学作品能真实反映社会生活，表达民众心理诉求，寄托作者真实情感，等等，这对作品的成功无疑非常重要。

二　表达方面求"文"求"美"

《毛诗序》提倡"主文而谲谏"，《左传》有"言之无文，行而未远"，这代表了儒家对文采的重视，也即在艺术表达方面对"文""美"的追求。《文心雕龙》"依经立义"，也求"文"求"美"。

"剖情析采"中，《风骨》"若能确乎正式，使'文明以健'，则风清骨峻，篇体光华"，体现的是风清骨峻的文章之美；自《镕裁》至《总术》（包括《物色》）论各种创作技巧，是为了追求文章之美。此外，《文心雕龙》的骈文体式也表现了艺术美、形式美的追求。

三　功能方面讲求功利教化

儒家思想追求道德、德性，"善"是其核心的价值追求[②]。《礼记·

---

① 如《尚书》的"诗言志"，《毛诗序》的"情动于中而形于言""发乎情，止乎礼义"，《左传》所记载的"观风知政"，《周易》"修辞立其诚"，《论语》子曰："巧言令色，鲜矣仁"，都表现求"质"求"真"倾向。

② 具体内容则包括仁、义、礼、智、信、温、良、恭、俭、让、德、忠、勇、正、直、刚等。

大学》“止于至善”[①]，即表明对于“善”的追求永无止境。“依经立义”的《文心雕龙》也体现了求道德之“善”的价值维度，主要表现在文艺功能方面讲求功利教化。

《明诗》篇认为“诗者，持也，持人情性”，诗有“顺美匡恶”的功能，涉及道德教化。《史传》“彰善瘅恶，树之风声”也体现了对史书道德功用的主张。前文第七章讨论《文心雕龙》对儒家伦理精神的依立时已有论述，不赘。

四 思维方式的中和圆通

第十二章论述了《文心雕龙》的思维方式受到了传统儒经，特别是《周易》的重要影响。整体性、溯源性、折衷性三大思维方式的共同作用，使《文心雕龙》的思维方式总体上显得中和而圆通。这也对《文心雕龙》全书的“体大虑周”“体大思精”产生了重要作用，这也可以看出“依经立义”对《文心雕龙》的积极影响。

第二节 消极效果

“依经立义”虽然对《文心雕龙》有着积极的影响，其消极影响也较为明显。具体来说，表现在以下方面。

一 忽视小说

《文心雕龙》“论文叙笔”涉及众多的文体，却忽视了小说。除了在《谐隐》[②]《诸子》[③] 篇偶尔提及外，刘勰没有对小说作更多探讨。

① （汉）郑玄注，（唐）孔颖达等正义：《十三经注疏·礼记正义》，上海古籍出版社 1997 年版，第 1673 页。

② 《谐隐》：“然文辞之有谐讔，譬九流之有小说，盖稗官所采，以广视听。”

③ 《诸子》：“青史曲缀以街谈”，“迄至魏晋，作者间出，谰言兼存，琐语必录。”

而且，所谓“曲缀以街谈”“谰言”“琐语”[①] 的说法都表现了刘勰对“小说”的轻视[②]。显然，这与魏晋时期小说的发展是不相称的。

小说在六朝已有较大发展。东晋干宝的《搜神记》是志怪小说的代表作。南朝宋刘义庆编撰《世说新语》和《幽冥录》，前者是志人小说的代表，后者是志怪小说选集。可见，小说在刘勰之前已成显著的文学现象。刘勰对此不作详谈，恐怕与其“依经立义”的思维方式有关。

班固曾说：“小说家者流，盖出于稗官，街谈巷语，道听途说者之所造也。孔子曰：‘虽小道，必有可观者焉，致远恐泥，是以君子弗为也。’”[③] 所谓的“孔子曰”其实是子夏所说（《论语·子张》），而且并非针对“小说”（指的是“小技艺”），班固有意将子夏的话移至孔子名下，意在借用圣人的名头与经典的权威，把小说排在“可观者”之外[④]，这是“依经”而“立义”；当然，班固将“小说”排斥于“可观者”之外，也是符合孔子的思想的，因为孔子的确说过“道听而途说，德之弃也”[⑤]，而“小说”正是“道听途说者之所造也”，所以是“德之弃”者。刘勰不顾小说已成气候的现实，严重忽视小说，反映出他对班固“小道观”的接受，也体现了他“依经立义”的思维模式。

二　贬低魏晋以来的文学新变

《通变》篇中，刘勰评价近代文学——“魏晋浅而绮，宋初讹而新”，这是一个很低的评价。《序志》篇认为近代文风“文体解散”

---

① “曲缀以街谈”即“细琐地连缀起街谈巷语”，“谰言”即“诬言”，“琐语”即“琐碎的话”。

② 陆机、沈约等也不关注小说，小说似乎被六朝的文论家排除了讨论范畴之外，其中的原因，恐怕与儒家“致远恐泥”“君子弗为”的观念有关。

③ （汉）班固著，颜师古注释：《汉书·艺文志》，中华书局1962年版，第1745页。

④ 《汉书·艺文志》：“诸子十家，其可观者九家而已。”参看（汉）班固撰，颜师古注释《汉书·艺文志》，中华书局1962年版，第1746页。

⑤ 杨伯峻译注：《论语译注》，中华书局2006年版，第210页。

“言贵浮诡”“讹滥”，反映了刘勰对近代文学的轻视和贬低。《定势》篇中，刘勰将近代辞人打破词语常规语序的做法称为“诡巧”“讹势”，尽显轻视之意。《指瑕》篇中，刘勰对晋末篇章中的“赏”“抚”的用法提出批评[①]，认为它是情感不正、文风浮薄所致，显然，刘勰对文字的引申义认识有所不足，有简单地否定文字引申而泥古不变的倾向。[②]《物色》篇中，“依经立义”的刘勰讲究“物色尽而情有余”，反对近代文人追求“形似”。他没有看到，追求形似也是文学发展的一种新变，恰恰体现了文学表现功能的增强，以及人们对于形式美的追求。

三 囿于经典而举例有待商榷

一般说来，刘勰“依经立义”时以经典为例证是非常有说服力的[③]，但也存在一些因囿于经典而举例有待商榷的情况。

可分两种情况：一是不肯举经典以外的例子。如《丽辞》引用《尚书》《周易》中的文例来说明“自然成对”[④]，并不是这些例子本身不足以例证“丽辞”，而是还有更合适的例子。《老子》中的丽辞比五经中的丽辞更丰富、更工整漂亮，比如“道可道，非常‘道’，名可名，非常‘名’”，“知人者智，自知者明”，等等[⑤]。这也说明刘勰因“依经立义”而不肯举经典以外的例证。

---

① 《指瑕》：“夫‘赏’训锡赉，岂关心解，‘抚’训执握，何预情理；《雅》《颂》未闻，汉魏莫用，悬领似如可辩，课文了不成义：斯实情讹之所变，文浇之致弊。”

② 张国庆、涂光社：《〈文心雕龙〉集校、集释与直译》，中国社会科学出版社2015年版，第767页。

③ 比如《夸饰》篇论《诗经》《尚书》中的夸张手法，“言峻则嵩高极天，论狭则河不容舠，说多则子孙千亿，称少则民靡孑遗；襄陵举滔天之目，倒戈立漂杵之论：辞虽已甚，其义无害也”；《物色》篇论《诗经》中的景物描写，“‘皎日’‘嘒星’，一言穷理；‘参差’‘沃若’，两字连形：并以少总多，情貌无遗矣”。

④ 如《尚书》“罪疑惟轻，功疑惟重”，“满招损，谦受益”，《周易》“序《乾》四德，则句句相衔；龙虎类感，则字字相俪；乾坤易简，则宛转相承；日月往来，则隔行悬合；虽句字或殊，而偶意一也”。

⑤ 陈鼓应：《老子注译及评介》，中华书局1984年版，第53、192页。

另一种情况是，刘勰受古文经学的影响，将《易》看作最重要的经典而不肯举《易经》以外的其他经典为例。比如《总术》篇对颜延年的反驳。颜延年以为，"笔"是有文采的"言"，经典是"言"而不是"笔"①，传记则是"笔"而不是"言"②。刘勰认为，颜延年此论自相矛盾，因为《易》有"文言"，当然有"文采"，如果"笔"是有文采的"言"，则《易》代表的经典自然是"笔"，颜延年所说的"经典则言而非笔"就不能成立了。刘勰的反驳自然也算有理，但显然经典中最有文采的是《诗经》。要证明经典有文采，举《易》而不举《诗》，显然有举例不当之嫌③。个中原因，可能与刘勰受古文经学影响将《易》作为最重要经典有关。

四　依采前说或致创新不足

刘勰在《诸子》篇隐约谈到了这个问题。他说："夫自六国以前，去圣未远，故能越世高谈，自开户牖；两汉以后，体势浸弱，虽明乎坦途，而类多依采：此远近之渐变也。"刘勰认为，先秦诸子眼光超越，高谈阔论，所以各类子书颇有创见；两汉以下，由于汉武帝罢黜百家、独尊儒术，学者以儒学为坦途，大多依傍前说，拾人牙慧，这是远近不同的时代所显示的不同学术风气。"类多依采"，很大程度上表现为"依经"而"立义"，这样的子书理论气势就逐渐衰退了。刘勰敏锐地觉察出子书的远近之变，指出依傍采信前人之说（主要是儒家经典）会使子书缺少独创，其理论气势渐渐衰弱，当然刘勰也承认，这样的子书虽然缺少理论创新，终究是符合儒家思想，是正确可行的"坦途"。"类多依采"是刘勰对两汉以来子书带有否定性的评价。这个评价一定程度上也体现了"依经立义"带来的消极

---

① 言下之意经典没有多少文采。

② 比如《左传》富有文采，属于"笔"。

③ 如果颜延年表明他所说的经典不包括《诗经》，或者将《诗经》归入"文"，则刘勰不会以《诗经》为例来进行反驳，但颜延年原话的全文不见于现存之书，无法考证，而"经典则言而非笔"应该看作全称命题，则刘勰用《诗》来反驳最有力。

影响。

关于刘勰依采前说而有时导致创新不足的情况，《乐府》篇刘勰对音乐的看法即是一例。国庆师认为："由于强烈地以所谓'中和之响'和古圣先贤音乐为依归，《乐府》篇遂对后世音乐少有肯定而多予批评。……总体上看，刘勰的音乐观念是属于儒家范畴，但即使与之前的一些儒家代表人物、儒家典籍相比，他的音乐观念也是非常保守的。"[①] 比如，齐宣王因喜欢"世俗之乐"（而不喜"先王之乐"）而自惭，孟子却说："今之乐犹古之乐也。"[②] 因为孟子认为，只要君王与民同乐，不管今乐古乐，都值得肯定。《礼记·乐记》也说"五帝殊时，不相沿乐；三王异世，不相袭礼"[③]，这就是说时世不同，乐也必然有所变化。《礼记·乐记》又说："礼乐之情同，故明王以相沿也。"[④] 显然，"明王"相沿的不是具体的音乐（包括形式、内容），而是音乐的本质与社会功能（比如："与民同乐"）。"孟子、《礼记·乐记》在强调着音乐的某些基本内质、功能相同相沿的前提下，都对音乐在具体的形式与内容方面的与时变化给予了明确的肯定，与之对照，刘勰的观念显然是大不如先儒了。"[⑤] 可以说，刘勰在对待音乐的态度上不但没有创新反而后退了。

五　态度保守或致气魄不足

"依经立义"对《文心雕龙》的消极影响还有一种情况："依经立义"使刘勰的态度偏于保守，使其在对某一历史事件进行评价或作出

① 张国庆：《〈文心雕龙〉瑕疵辨析》，《上海师范大学学报》（哲学社会科学版）2016 年第 3 期。

② 杨伯峻译注：《孟子译注》，中华书局 2008 年版，第 19 页。

③ （汉）郑玄注，（唐）孔颖达等正义：《十三经注疏·礼记正义》，上海古籍出版社 1997 年版，第 1530 页。

④ （汉）郑玄注，（唐）孔颖达等正义：《十三经注疏·礼记正义》，上海古籍出版社 1997 年版，第 1530 页。

⑤ 张国庆：《〈文心雕龙〉瑕疵辨析》，《上海师范大学学报》（哲学社会科学版）2016 年第 3 期。

判断时气魄不足。态度的保守导致判断的气魄不足，可从刘勰反对给"皇后立纪"略见一斑。刘勰在《史传》篇中评论史籍为"皇后立纪"时说：

> 及孝惠委机，吕后摄政，史班立纪，违经失实，何则？庖牺以来，未闻女帝者也。汉运所值，难为后法。牝鸡无晨，武王首誓；妇无与国，齐桓著盟；宣后乱秦，吕氏危汉：岂唯政事难假，亦名号宜慎矣。张衡司史，而惑同迁固，元帝王后，欲为立纪，谬亦甚矣。寻子弘虽伪，要当孝惠之嗣；孺子诚微，实继平帝之体；二子可纪，何有于二后哉？

刘勰反对班固和司马迁为吕后立纪，理由是"违经失实"。"违经"是说为妇人立纪违背了儒经中"不许妇人参与国政"的训诫。《牧誓》中周武王说"牝鸡无晨"[①]；《榖梁传》僖公九年齐桓公葵丘之盟说："毋使妇人与国事。"[②]"失实"是说吕氏并不是真正的帝王。汉惠帝仁弱，政权由吕后掌管，只是汉朝刚好碰到这种事，难为后代效法。刘勰更举出宣后乱秦、吕氏危汉的历史事件论证：政事不可假手妇人，本纪的名号也要慎重啊。此后的张衡想给汉元帝的王皇后立纪，真是荒诞得很啊！考察子弘虽不是张皇后亲生，但他也是惠帝的子嗣；孺子婴确实德薄力微，但他真是平帝的继承者，这两人可以立本纪，与两位皇后（吕后、元后）又有什么关系呢？

刘勰反对给皇后立本纪，对司马迁、班固、张衡等的批评，反映出刘勰"依经立义"的立场，也显出其思想的保守性。司马迁立"吕太后本纪"是因为汉惠帝仁弱，大权出于吕氏，这是尊重历史事实的态度，也反映出司马迁的卓识与大胆创新的魄力。刘勰一句"庖牺以来，未闻女帝者也"，就把所有的"皇后本纪"给否定了。这当然于

---

① （汉）孔安国传，（唐）孔颖达等正义：《十三经注疏·尚书正义》，上海古籍出版社1997年版，第183页。

② （晋）范宁注，（唐）杨士勋疏：《十三经注疏·春秋榖梁传注疏》，上海古籍出版社1997年版，第2396页。

经典有所据，但相比司马迁而言，刘勰的态度未免显得保守了，而其作出的论断与司马迁相比，气魄显然要差许多。

尽管存在上述诸多消极影响，“依经立义”对《文心雕龙》的积极影响还是占主导地位。

余　论

前文对“依经立义”的内涵以及《文心雕龙》“依经立义”的背景、原因、外在表征、效果作了交代，并重点探讨了《文心雕龙》在理论体系、伦理精神、思维模式三方面“依经立义”的情况，又分为“文原论”“文体论”“文术论”“文评论”四大板块对全书的“依经立义”进行了全面的梳理。不过，还有一些内容需要交代：一是《序志》篇的“依经立义”情况简介；二是《文心雕龙》“依经立义”而又兼收并采的大略情形。

一　《序志》篇的“依经立义”

《序志》是全书的序言，有四个方面体现了“依经立义”。

（一）君子处世，树德建言

刘勰在《序志》篇谈到人是万物之灵，但“形同草木之脆”，要想“名逾金石之坚”，只能“树德建言”。显然，这种价值观来自《左传》“三不朽”的思想。刘勰还借用孟子之言“予岂好辩哉？予不得已也”[①]，说明自己并非喜好与人争辩，而是想要建言而垂名青史，迫不得已。无论是“建言”的志愿还是“不得已也”的使命感，都是“依经立义”，可称作创作动机之“依经立义”。

① 杨伯峻译注：《孟子译注》，中华书局2008年版，第116页。原文：“《孟子·滕文公下》“我亦欲正人心，息邪说，距诐行，放淫辞，以承三圣者，岂好辩哉？予不得已也。”

（二）唯文章之用，实经典枝条

刘勰认为要阐明孔圣的思想，最好的是注释经书，但马融、郑玄等学者，阐发得已经很精辟了。就算自己有深入的见解，也难以自成一家（“就有深解，未足立家”）。“足以立家”正是刘勰生命价值观的体现。这种情况下，刘勰只有另辟路径，开始“论文”。

在刘勰看来，“唯文章之用，实经典枝条”，所有重要的政治事项如“五礼”、“六典”、君臣名分、军国大事等都要通过文章来形成、来体现，文章的政治功用非常大。这可以称为文章功用之“依经立义”。

（三）不述先哲之诰，无益后生之虑

刘勰对十多位文论家的文论进行了点评，给出的评价都不高。他认为论文如果不能阐述儒家圣人（经典）的教导，对后代探讨文章是没有益处的（“不述先哲之诰，无益后生之虑”）。“先哲之诰”即是“经”；“述”指申明阐述，按照孔子“述而不作，信而好古”（《论语·述而》）的思想，“述”指阐述儒家先哲的教诲，“述先哲之诰”正是一种“依经立义”。“不述先哲之诰，无益后生之虑”，这一双重否定句式，正体现了刘勰对“依经立义”之有益性的强调，换句话说，论文就要“述先哲之诰”，这样才会“益后生之虑”。这可以称为论文目的之“依经立义”。

（四）位理定名，彰乎大《易》之数

刘勰在《序志》里对《文心雕龙》全书的结构作了介绍①。刘勰是有意识地按照《周易》“大衍之数”来结构《文心雕龙》，每篇讨论之义理与篇名都是深思熟虑的结果②，绝不是可有可无，也不可将篇

---

① 《序志》：“盖《文心雕龙》之作也，本乎《道》，师乎《圣》……位理定名，彰乎大《易》之数，其为文用，四十九篇而已。”

② 张国庆等认为，刘勰对于《文心雕龙》全书的完整结构，除在《序志》篇作过细致的叙述，还从宏观方面作过一次明示和暗示。明示即《序志》篇所云：“位理定名，彰乎大易之数，其为文用，四十九篇而已。”暗示则来自《文心雕龙》的开篇和结尾，开篇是《原道》，结尾是《程器》，借“道”“器”、体用思想而暗示出《文心雕龙》全书有某种其来有自的整体构架。参见张国庆、涂光社《〈文心雕龙〉集校、集释、直译》，中国社会科学出版社2015年版，前言第4页。

目随意移动。此外，笔者还想强调，刘勰所谓“彰乎大衍之数”，这一“彰”字非常重要，它表明刘勰是有意识、有目的地以“大衍之数”来组织全书结构的，这可以说是总体结构的“依经立义”。

二　“依经立义”与兼采百家

《文心雕龙》建构起体大思精的理论体系，“依经立义”是主要的方法，此外兼采百家。本书所谓“百家”不是指先秦诸子百家，而是指儒家经典以外的，可供学习和选取的，有助于文章写作的各种思想资源。比如，纬书、楚辞、子书、史书及历代文论等。

《谐隐》开篇所言一小段话既“依经立义”又“兼采百家”。

> 芮良夫之诗云：“自有肺肠，俾民卒狂。”夫心险如山，口壅若川，怨怒之情不一，欢谑之言无方。

刘勰先引芮良夫的《诗经·大雅·桑柔》原话“自有肺肠，俾民卒狂”，说统治者因满足一己私欲而使老百姓都感到迷惑，再引《庄子·列御寇》“凡人心险于山川”[①]和《周语·国语上》召公所言“防民之口，甚于防川。川壅而溃，伤人必多，民亦如之”[②]，因此而立义——“怨怒之情不一，欢谑之言无方”。刘勰认为，谐言是老百姓对上层统治者表达怨怒之情进行欢谑嘲弄而出现的。这一理论从政治现实和民众心理的角度来探讨谐言的起因，眼光独到而深中肯綮。这一理论的建构既依《诗经》，也兼采子书（《庄子》）和史书（《国语》），是“依经”而又“兼采”的典型例证。以下对刘勰兼采百家的情况略加申述。

（一）纬书的“事”“辞”与思想

刘勰不仅有专篇对纬书进行辨正酌取，在某些具体的观点上也有

① 陈鼓应注译：《庄子今注今译》，中华书局1983年版，第896页。

② 徐元诰撰，王树民、沈长云点校：《国语集解》，中华书局2002年版，第11页。

对纬书思想的采纳。

在《正纬》篇中，刘勰认为“酌经验纬，其伪有四”①，但刘勰并不是要全盘否定纬书。相反，他认为纬书“事丰奇伟，辞富膏腴，无益经典而有助文章”。显然，刘勰在依“经”论“纬”的时候，着重强调纬书的“事”与“辞”（即典故与文辞）有助文章，正体现了一种“依经”而“兼采”的眼光。

在《明诗》篇中，刘勰对“诗”的定义也酌取了纬书的思想。“诗者，持也，持人情性”，来自《诗纬·含神雾》。刘勰不仅依据纬书将“诗”训为“持”，而且将其与《论语·为政》“诗三百，一言以蔽之，曰‘思无邪’”② 这样的圣人之言联系起来，认为“持之为训，信有符尔”。可见，刘勰并没有因为“持”的训义出自纬书就轻易地放弃它，这可以作为纬书“有助文章”的一个理论案例。

在《诏策》篇中，刘勰谈到了“教”的定义，“经”“纬”并用。“‘教’者，效也，言出而民效也。契敷五教，故王侯称‘教’”，“‘教’者，效也，言出而民效也”，其义取自《春秋纬元命苞》：“天垂文象，人行其事，谓之教。教之为言，效也，言上为下效，道之始也”③；“契敷五教，故王侯称‘教’”，典出《尚书·舜典》帝曰：“契，百姓不亲，五品不逊，汝作司徒，敬敷五教，在宽。”④“五教”的具体内涵，据《左传·文公十八年》指“父义、母慈、兄友、弟恭、子孝”⑤。可见，“教”的定义中，刘勰先引“纬”再依“经”，“依经”而又“兼采”。

此外，刘勰在《封禅》篇也引用了纬书。“《绿图》曰：‘潬潬噅

---

① 一从思想言，“经正纬奇，倍摘千里”；二从数量言，“纬多于经，神理更繁”；三从作者言，“八十一篇，皆托于孔子”，则是“尧造绿图，昌制丹书”；四从时代言，“先纬后经，体乖织综”。

② 程树德撰，程俊英、蒋见元点校：《论语集释》，中华书局1990年版，第65页。

③ （宋）李昉等撰：《太平御览》卷三百六十，中华书局1960年影印本，第1656页下栏。

④ （汉）孔安国传，（唐）孔颖达等正义：《十三经注疏·尚书正义》，上海古籍出版社1997年版，第130页。

⑤ （晋）杜预注，（唐）孔颖达等正义：《十三经注疏·春秋左传正义》，上海古籍出版社1997年版，第1862页。

嗚，莽莽雉雉，万物尽化。’言至德所披也。《丹书》曰：‘义胜欲则从，欲胜义则凶。’戒慎之至也。”这里，刘勰引用《绿图》的话证明“至德所披”，又引用《丹书》的话证明“戒慎之至”，而《绿图》《丹书》都是纬书，可见刘勰对纬书是有所择取的。

（二）楚辞的“奇”“华”

刘勰对屈原和楚辞有准确的定位，看到了楚辞的巨大影响，更关键的是刘勰揭示了楚辞对于文学创作的理论意义。就其理论建构而言，刘勰也是“依经”与“兼采”并用。

刘勰首先批评淮南王刘安、班固、王逸、扬雄、汉宣帝等对楚辞的评价是“鉴而弗精，玩而未核”，再依“经”论“骚”，指出《楚辞》与“经典”有四“同”（“典诰之体”“规讽之旨”“比兴之义”“忠怨之辞”），也有四“异”（“诡异之辞”“谲怪之谈”“狷狭之志”“荒淫之意”），然后下定义：“固知楚辞者，体宪于三代，而风杂于战国，乃《雅》《颂》之博徒，而辞赋之英杰也”，并评价楚辞“虽取熔经旨，亦自铸伟辞”。刘勰看到了楚辞与经典的关联，也看到了楚辞的独创，评价精当。他对屈原的评价——“气往轹古，辞来切今，惊采绝艳，难与并能”，突出其“才气”与“辞采”，显示出“兼采”的眼光。

刘勰又认为，屈原的许多篇章，情感深厚而描写真切，极富艺术感染力①。不同的人可以从《楚辞》学到不同的东西②。所以刘勰主张，“凭轼以倚《雅》《颂》，悬辔以驭楚篇，酌奇而不失其贞，玩华而不坠其实”。这既指出了楚辞的理论意义，即楚辞在文体风格上有着区别于《诗经》的“奇”与“华”，也反映了刘勰“依经”而又兼采百家的理论建构方式。

需要说明的是，刘勰也对其他作家的作品进行了大量的例证与点评，比如，在“文体论”20篇中，刘勰往往以作家作品为例论证某种文体（此谓“选文以定篇”），《体性》篇也以12位作家论证作者之“性”与文章之“体”的关系，《才略》篇论作家才能识略与文章成就

---

① 《辨骚》：“故其叙情怨，则郁伊而易感；述离居，则怆怏而难怀；论山水，则循声而得貌；言节侯，则披文而见时。”

② 《辨骚》：“才高者苑其鸿裁，中巧者猎其艳辞，吟讽者衔其山川，童蒙者拾其香草。”

涉及众多作家作品，但没有哪位作家的作品可以获得与屈原的《楚辞》同等的理论地位。

（三）子书的文风、例证与思想

《诸子》篇认为诸子“述道言治，枝条五经”，是五经这个“根本”上发展出来的枝条，“其纯粹者入矩，踳驳者出规”。刘勰认为：

> 孟、荀所述，理懿而辞雅；管、晏属篇，事核而言练……吕氏鉴远而体周，淮南泛采而文丽。斯则得百氏之华采，而辞气之大略也。

这个评价凸显了诸子有别于“经”的独特文风。

《文心雕龙》也引用子书的有关材料作为例证。如《铭箴》篇提到铭文的体式：“天子令德，诸侯记功，大夫称伐”，但灵公卜葬所得石椁上面竟然预刻上了“灵公”的谥号，赵武灵王在番吾山刻下游踪，秦昭王在华山刻下博局。“灵公有夺里之谥”典出《庄子·则阳》[1]；“赵灵勒迹于番吾，秦昭刻博于华山”，典出《韩非子》[2]，这样的铭文实在是荒唐可笑，不合铭文“正体”，是反面的例证。

《文心雕龙》采用子书有时是为了佐证依“经”所立之“义”。如《章表》篇说：

> 原夫章表之为用也，所以对扬王庭，昭明心曲；既其身文，且亦国华。章以造阙，风矩应明；表以致策，骨采宜耀：循名课实，以文为本者也。……荀卿以为“观人美辞，丽于黼黻文章”，亦可以喻于斯乎！

前文已有论述，刘勰糅合《周易·夬·彖》“扬于王庭”[3] 和

① 陈鼓应注译：《庄子今注今译》，中华书局1983年版，第734页。

② （清）王先慎撰，钟哲点校：《韩非子集解》，中华书局1998年版，第276页。

③ （魏）王弼等注，（唐）孔颖达等正义：《十三经注疏·周易正义》，上海古籍出版社1997年版，第56页。

《诗经·大雅·江汉》"对扬休命"而成"对扬王庭"，"既其身文"则语出《左传·僖公二十四年》"介之推曰：'言，身之文也'"①。刘勰使用这些经典中的材料立"义"——章表"以文为本"。此后，刘勰又引用《荀子》的话"观人美辞，丽于黼黻文章"②，使别人看到你的美文华辞，比文采交错的黼、黻、文、章等还要美丽，刘勰认为，荀子的话可以用来比喻章表的特点。显然，刘勰引用《荀子》是要佐证依经所立之义——章表乃"以文为本者"。

有意思的是，刘勰在《议对》篇里又通过引用子书《韩非子》来论证"议"体的创作原则："文以辨洁为能，不以繁缛为巧；事以明核为美，不以深隐为奇"，要求"议体"辨洁明核，不必过分讲求文采。

> 昔秦女嫁晋，从文衣之媵，晋人贵媵而贱女；楚珠鬻郑，为薰桂之椟，郑人买椟而还珠。若文浮于理，末胜其本，则秦女楚珠，复存于兹矣。

"秦女嫁晋""楚珠鬻郑"两个典故都出自《韩非子·外储说左上》③。田鸠回答楚王关于"墨子其言多不辩"时，用"秦女嫁晋"

① （晋）杜预注，（唐）孔颖达等正义：《十三经注疏·春秋左传正义》，上海古籍出版社1997年版，第1817页。

② 刘勰此处引文与今本《荀子》略异。《荀子·非相》有言："观人以言，美于黼黻、文章；听人以言，乐于钟鼓琴瑟。故君子之于言无厌。"杨倞注："观人以言，谓使人观其言；黼黻文章，皆色之美者。白与黑谓之黼，黑与青谓黻；青与赤谓之文，赤与白谓之章。"参见（清）王先谦撰，沈啸寰、王星贤点校《荀子集解》，中华书局1988年版，第84页。笔者按：刘勰引用《荀子·非相》，与今本略异，但其所引，意在说明章表"以文为本"的特点。另，"观人美辞"，应按《荀子集解》杨倞注，理解为使动用法，意为使人看到自己的美文，比黼黻文章还要华美。现有《文心雕龙》译本多有误。

③ "楚王谓田鸠曰：'墨子者，显学也。其身体则可，其言多而不辩，何也？'曰：'昔秦伯嫁其女于晋公子，令秦为之饰装，从文衣之媵七十人。至晋，晋人爱其妾而贱公女，此可谓善嫁妾而未可谓善嫁女也。楚人有卖其珠于郑者，为木兰之柜，薰以桂椒，缀以珠玉，饰以玫瑰，辑以羽翠，郑人买其椟而还其珠。此可谓善卖椟矣，而未可谓善鬻珠也。今世之谈也，皆道辩说文辞之言，人主览其文而忘有用。墨子之说，传先王之道，论圣人之言以宣告人，若辩其辞，则恐人怀其文忘其直，以文害用也。此与楚人鬻珠，秦伯嫁女同类，故其言多不辩。'"参见（清）王先慎撰，钟哲点校《韩非子集解》，中华书局1998年版，第266页。

"楚珠鬻郑"两个故事打比方，说明墨子之说不像当世之辞讲求雄辩，"以文害用"（而是强调质朴、实用）。关于"议体"写作规则的"依经立义"，前文第九章第五节已有详述；此处关于《韩非子》两个典故的引用，恰是用来佐证"议体"不必过分讲求文采，要以理为本，如果"文浮于理，末胜其本"，就是"秦女嫁晋""楚珠鬻郑"重演了。

同样是引用子书来佐证依经所立之义，却因为"章表"与"议体"不同的文体要求，一个要求"以文为本"，一个反对"文浮于理"，因此引用子书的材料也就呈现出不同的甚至相互矛盾的面貌。

《文心雕龙》采用子书还有一种情况是通过反驳子书有关论述来强化依"经"所立之"义"。《征圣》篇说：

> 颜阖以为仲尼"饰羽而画，徒事华辞"，虽欲訾圣，弗可得已。然则圣文之雅丽，固衔华而佩实者也。

据《庄子·列御寇》，鲁哀公问颜阖：重用孔子，鲁国是否还有救？颜阖认为"仲尼'饰羽而画，徒饰华辞'"①，不适合鲁国；如果重用孔子，鲁国会很危险②。刘勰认为，说孔子"饰羽而画，徒事华辞"，是对圣人的无端指责，是站不住脚的。因为圣人的文章，本来就是既有外在的华采又有内在的美质。采用《庄子》颜阖的话，只是为了批驳其"饰羽而画，徒事华辞"的看法，从而强化"圣文之雅丽，固衔华而佩实"的观点。

在《文心雕龙》全书中，刘勰还具体吸收子书的有关思想。略举两例。

《体性》即引用了《墨子》中的"染丝"典故。"夫才由天资，

---

① "徒事华辞"，《庄子·列御寇》本作"從（从）事华辞"，"從""徒"字形相似，或传抄有误。

② 鲁哀公问乎颜阖曰："吾以仲尼为贞干，国其有瘳乎？"曰："殆哉圾乎！仲尼方且饰羽而画，从事华辞。以支为旨，忍性以视民而不知不信，受乎心，宰乎神，夫何足以上民！彼宜女与？予颐与？误而可矣。今使民离实学伪，非所以视民也，为后世虑，不若休之。难治也。"参见陈鼓应注译《庄子今注今译》，中华书局1983年版，第893页。

学慎始习，斫梓染丝，功在初化，器成彩定，难可翻移。”“染丝”，语本《墨子·所染》：“子墨子言见染丝者而叹，曰：‘染于苍则苍，染于黄则黄，所入者变，其色亦变，五入必，而已则为五色矣。故染不可不慎也！’”[①] 丝一旦染色，就不可改变，所以染丝必须非常慎重。墨子慎于染丝的态度被刘勰加以吸收，糅合成“学慎始习”的观点。

《养气》篇与王充的“养气”思想密切联系。王充的“养气”，是一种养生延年的方法，强调“养气自守”“爱精自保”。刘勰将此养生思想移至文学创作，指出“率志委和，则理融而情畅；钻砺过分，则神疲而气衰”，提出“吐纳文艺，务在节宣：清和其心，条畅其气；烦而即舍，勿使壅滞”的观点。

刘勰还吸收了《老子》《庄子》《管子》《吕氏春秋》《淮南子》等诸多子书的思想，无须细谈，已可明白刘勰的“依经”而又兼采子书的大体情形了。

（四）史书的材料与思想

《文心雕龙》既有专门的史论——《史传》篇，又吸收了史书的许多思想和材料，显示了《文心雕龙》理论体系对史书的兼采。

就史论而言，《史传》作为论述史籍及史书创作的专篇，其中对《春秋》以后的史籍有贯通古今的评述，对左丘明、陆贾、司马迁、班固、张衡、陈寿、邓粲、孙盛等史家也有准确而全面的评价，对史书创作的基本要求、常见困难、常见失误、基本准则等也作了深入阐述，是史传文论的重要篇章。刘勰在《史传》篇特别批评司马迁、班固为吕后立纪“违经失实”，张衡欲为元帝王皇后立纪也受到指责，可见，史书及史家是刘勰建构“史传”文体论时重点关注的对象。

就史料引述而言，《文心雕龙》的许多篇目都有体现。如《谐隐》篇就引述了《史记》《战国策》《列女传》等史书中的史料。如刘勰说“子长编史，列传《滑稽》，以其辞虽倾回，意归义正也”，这是对《史记·滑稽列传》的点评。刘勰还从《史记·滑稽列传》中吸收了

① （清）孙诒让撰，孙启治点校：《墨子间诂》，中华书局 2001 年版，第 11—12 页。

“淳于髡说齐威以甘酒”“优旃讽秦二世漆城”“优孟谏葬马”[①] 等典故。此外，“伍举刺荆王以大鸟”典出《史记·楚世家》[②]，“齐客讥薛公以海鱼”典出《战国策·齐策》[③]，“庄姬托辞于龙尾，藏文谬书于羊裘”典出刘向《列女传》[④]。其他篇目也引用了不少史书中的材料，如《诔碑》谈到了私诔的出现——“柳妻之诔惠子”——例证也来自《列女传》等，兹不详述。

刘勰吸收了史书中的有关思想。如《颂赞》篇有言“民各有心，勿壅惟口”，这里的“勿壅惟口”，显然出自我国第一部国别体史书《国语·周语》：“邵公曰：‘防民之口，甚于防川……夫民之虑于心而宣之于口，成而行之，胡可壅也！若壅其口，其与能几何？”[⑤] 邵公对“防民之口，甚于防川”的厉王进行规劝，“勿壅惟口”正是其规劝的主题。《谐隐》篇“夫心险如山，口壅若川，怨怒之情不一，欢谑之言无方”，也引用了此典故。

又如《封禅》篇谈到邯郸淳的封禅文《受命述》“攀响前声，风末力寡，辑韵成颂，虽文理顺序，而不能奋飞”，意即邯郸淳的《受命述》攀附以前的封禅文，但缺乏力量，不过是连缀而成的颂词，尽管文理通顺，但没有奋飞的气势。这里的“风末力寡”与《史记·韩长孺（安国）列传》“冲风之末，力不能漂鸿毛，非初不劲，末力衰也”[⑥] 的观点相通。

再如《情采》篇有言：“桃李不言而成蹊，有实存也；男子树兰而不芳，无其情也。夫以草木之微，依情待实；况乎文章，述志为本，言与志反，文岂足征？”这里引用了《史记·李广传赞》的名言：“桃李不言，下自成蹊。”[⑦]

《文心雕龙》还吸收了其他史书的有关思想，兹不详述。

---

① （汉）司马迁：《史记》，中华书局 1959 年版，第 3199、3200、3203 页。
② （汉）司马迁：《史记》，中华书局 1959 年版，第 1700 页。
③ 何建章注释：《战国策注释》，中华书局 1990 年版，第 297—298 页。
④ （汉）刘向编撰：《古列女传》，中华书局 1985 年版，第 183—184、77—78 页。
⑤ 徐元诰撰，王树民、沈长云点校：《国语集解》，中华书局 2002 年版，第 11—13 页。
⑥ （汉）司马迁：《史记》，中华书局 1959 年版，第 2861 页。
⑦ （汉）司马迁：《史记》，中华书局 1959 年版，第 2878 页。

（五）文论思想

刘勰对历代文论有吸收继承，也有创新发展。正如他在《序志》篇所言：

> 夫铨序一文为易，弥纶群言为难……及其品评成文，有同乎旧谈者，非雷同也，势自不可异也；有异于前论者，非苟异也，理自不可同也。同之与异，不屑古今，擘肌分理，唯务折衷。

刘勰的文论与前人文论，有同有异，处理“同异”的唯一标准就是看谁说得更合理（“唯务折衷”）。前人说的有理，不妨雷同，这就继承前人的观点；自己说得更有理，不妨有“异”，这就发展前人的观点。

比如他吸收了扬雄关于“诗人之赋”与“辞人之赋”的观点，“诗人之赋丽以则，辞人之赋丽以淫”[①]，在此基础上再加以发展，形成“诗人丽则而约言，辞人丽淫而繁句”（《物色》）的观点。

《知音》篇中刘勰谈到三种错误的批评，其中，“崇己抑人”与曹丕《典论·论文》所谓“文人相轻”“暗于自见，谓己为贤”是一致的；“贱同思古”“贵古贱今”与曹丕“贵远贱今，向声背实”[②]（《典论·论文》）的文论思想也有一致性。

在文论方面，刘勰更明显地受到陆机的影响。章学诚云：“古人论文，惟论文辞而已矣。刘勰氏出，本陆机氏说而昌论‘文心’。”[③]陆机的《文赋》谈论文学创作的整个过程，包括创作前的准备、构思、想象、灵感等，也谈到了十类文体等，刘勰的《神思》《养气》以及“论文叙笔”部分都在继承陆机文论的基础上有所发展，讨论更加细密、更加深入。

刘勰还对魏晋时期的文论家挚虞、李充、皇甫谧等的文论思想有

① 汪荣宝撰，陈仲夫点校：《法言义疏》，中华书局1987年版，第49页。
② 郭绍虞主编：《中国历代文论选》第1册，上海古籍出版社2001年版，第158页。
③ （清）章学诚著，刘公纯标点：《文史通义》，中华书局1985年版，第278页。

所吸收与发展，兹不深论①。

从以上所论五个方面来看，“纬以配经”，可大致于归于“经”；“楚辞”属于“集部”第一类，“文论”属于集部第四类“诗文评”，子书属于四部之“子部”，“史书”属于四部之“史部”，所以，刘勰兼采的内容涉及传统学术的“经、史、子、集”四部，其涉及面非常广阔。在面对南北朝之前的经、史、子、集四部以及中国古代思想文化时，在运用南北朝以前中国古代多元思想以及众多文化典籍以指引、充实《文心雕龙》一书的思想内容并建构《文心雕龙》一书的形式架构时，刘勰采取了“依经立义”为主而又“兼采百家”的基本立场与方法。这一基本立场与方法的全面展开，不仅形成了《文心雕龙》一个非常显著的特色与风貌，而且最终从内容到形式都极大地推动形成了《文心雕龙》一书地负海涵般的宏大格局！完全可以说，“依经立义”为主而又“兼采百家”之于《文心雕龙》，厥功至伟！

① 参见吕武志《魏晋文论与文心雕龙》，（台北）乐学书局 2006 年版，第 257 页。

附表 《文心雕龙》引用经典材料统计情况

（单位：次）

篇目	《诗》	《书》	《礼》	《易》	《左氏传》	《公羊传》	《穀梁传》	整体引用	五经小计	《论语》	《孟子》	《孝经》	合计
《原道》	4	11	5	22	3				**45**	4	1		**50**
《征圣》	3	1	8	9	5	1			**27**	7			**34**
《宗经》	5	11	8	10	10	2	1	7	**54**	2			**56**
《正纬》	2	4	2	5	4		1	1	**19**	5			**24**
《辨骚》	9	1		2	4			2	**18**	4	1		**23**
《明诗》	10	5	5	1	5				**26**	4	4		**34**
《乐府》	11	6	13	1	6	1			**38**				**38**
《诠赋》	4	2	4	3	4				**17**	1	1		**19**
《颂赞》	12	4	2		1				**19**	1	1		**21**
《祝盟》	6	7	18	4	9	3	1	1	**49**	3			**52**
《铭箴》	3	4	9	2	8				**26**	1			**27**
《诔碑》	5	2	13	2	1				**23**	1			**24**
《哀吊》	4	3	3	1	7				**18**	2	1		**21**
《杂文》	2		1	2					**5**	1			**6**
《谐隐》	3	1	2	1	7				**14**	1	2		**17**
《史传》	1	5	4	3	12	3	5		**33**	2	2		**37**
《诸子》		1	5	3	2				**11**	5	2		**18**
《论说》	3	2	4	6	2			1	**18**	3			**21**
《诏策》	5	13	9	11	1		1		**40**	1			**41**
《檄移》		9	3	2	10	1			**25**	4			**29**

续表

篇目	《诗》	《书》	《礼》	《易》	《左氏传》	《公羊传》	《穀梁传》	整体引用	**五经小计**	《论语》	《孟子》	《孝经》	**合计**
《封禅》	4	4	3	1	1				**13**	1			**14**
《章表》	3	7	8	4	8				**30**	1			**31**
《奏启》	5	8	4	5	1			1	**24**	2	3		**29**
《议对》	6	6	3	3	1	1			**20**	1			**21**
《书记》	7	6	13	7	14		1	2	**50**	2	1	1	**54**
《神思》	4		3	5					**12**	1	2		**15**
《体性》	2	1	2	2	3				**10**	1			**11**
《风骨》	5	1	4	4	1				**15**	2			**17**
《通变》	1	2	1	9	2				**15**	1	1		**17**
《定势》	1			4	1				**6**		1		**7**
《情采》	11	1	9	3	6				**30**	4		1	**35**
《镕裁》		2		5	1				**8**	3			**11**
《声律》	1	1	6	3	1	1			**13**				**13**
《章句》	6	2	4	3	2		1		**18**				**18**
《丽辞》	2	2	2	5	2				**13**				**13**
《比兴》	20	1		6	4				**31**				**31**
《夸饰》	9	3	1	5	4			2	**24**		4		**28**
《事类》	2	4		6	5			1	**18**		2		**20**
《练字》	1	2	4	2				1	**10**	3			**13**
《隐秀》	2		2	4	2				**10**		1		**11**
《指瑕》	3	3	9	2	7				**24**	2			**26**
《养气》	1	1	3	1	6				**12**	3	2		**17**
《附会》	3	2	3	6	8				**22**		2		**24**
《总术》				2	3			1	**6**	1	1		**8**
《时序》	12	7	3	5	6	1		4	**38**	5	1		**44**
《物色》	11	1	5	3	2				**22**	1	1		**24**
《才略》	4	9	3	2	12				**30**	3	1		**34**
《知音》	2	1	2	1	3				**9**	1	2		**12**
《程器》	1	5	4	4	3				**17**		2		**19**

续表

篇目	《诗》	《书》	《礼》	《易》	《左氏传》	《公羊传》	《穀梁传》	整体引用	**五经小计**	《论语》	《孟子》	《孝经》	**合计**
《序志》		4	4	4	3			1	**16**	4	3		**23**
合计	221	178	223	206	213	14	11	25	**1091**	94	45	2	**1232**

参考文献

一　专著

（一）《文心雕龙》类

陈拱本义：《文心雕龙本义》，（台北）台湾商务印书馆 1999 年版。
范文澜注：《文心雕龙注》，人民文学出版社 1958 年版。
郭鹏：《〈文心雕龙〉的文学理论和历史渊源》，齐鲁书社 2004 年版。
胡大雷：《〈文心雕龙〉的批评学》，广西师范大学出版社 2004 年版。
胡辉：《刘勰诗经观研究》，云南大学出版社 2015 年版。
黄侃著，吴方点校：《文心雕龙札记》，中国人民大学出版社 2004 年版。
简良如：《〈文心雕龙〉之作为思想体系》，中国社会科学出版社 2011 年版。
蒋祖怡：《文心雕龙论丛》，上海古籍出版社 1985 年版。
李建中：《文心雕龙讲演录》，广西师范大学出版社 2008 年版。
李平：《〈文心雕龙〉研究史论》，黄山书社 2009 年版。
李曰刚编：《文心雕龙斠诠》，（台北）"国立"编译馆 1982 年版。
（南朝梁）刘勰著，（清）黄叔琳注，（清）纪昀评，李详补注，刘咸炘阐说，戚良德辑校：《文心雕龙》，上海古籍出版社 2015 年版。
（南朝梁）刘勰著，（清）黄叔琳注，李详补注，杨明照校注拾遗：《增订文心雕龙校注》，中华书局 2012 年版。
刘永济：《文心雕龙校释》，中华书局 2007 年版。

陆侃如、牟世金译注：《文心雕龙译注》，齐鲁书社 1995 年版。
吕武志：《魏晋文论与文心雕龙》，（台北）乐学书局 2006 年版。
戚良德：《文心雕龙分类索引》，上海古籍出版社 2005 年版。
戚良德：《文心雕龙校注通译》，上海古籍出版社 2008 年版。
饶芃子主编：《文心雕龙研究荟萃——〈文心雕龙〉一九八八年国际研讨会论文集》，上海书店 1992 年版。
饶宗颐：《文心雕龙研究专号》，（香港）香港大学中文学会编 1971 年版。
王元化：《文心雕龙讲疏》，广西师范大学出版社 2004 年版。
王元化选编：《日本研究〈文心雕龙〉文论集》，齐鲁书社 1983 年版。
吴林伯：《文心雕龙义疏》，武汉大学出版社 2013 年版。
[日] 兴膳宏撰，彭恩华编译：《兴膳宏〈文心雕龙〉论文集》，齐鲁书社 1984 年版。
杨明：《文心雕龙精读》，复旦大学出版社 2007 年版。
杨明照：《文心雕龙校注拾遗》，上海古籍出版社 1982 年版。
杨明照：《文心雕龙学综览》，上海书店出版社 1995 年版。
叶长青：《文心雕龙杂记》，福州职业中学印刷厂 1933 年版。
詹锳：《〈文心雕龙〉的风格学》，人民文学出版社 1982 年版。
詹锳义证：《文心雕龙义证》，上海古籍出版社 1989 年版。
张长青：《文心雕龙新释》，湖南大学出版社 2009 年版。
张国庆、涂光社：《〈文心雕龙〉集校、集释、直译》，中国社会科学出版社 2015 年版。
张立斋：《文心雕龙注订》，国家图书馆出版社 2010 年版。
张利群：《〈文心雕龙〉体制论》，广西师范大学出版社 2010 年版。
张少康：《文心雕龙新探》，齐鲁书社 1987 年版。
张文勋：《文心雕龙研究史》，云南大学出版社 2001 年版。
中国文心雕龙学会、全国高校古籍整理委员会编辑：《〈文心雕龙〉资料丛书》，学苑出版社 2004 年版。
周兴陆：《〈文心雕龙〉精读》，北京大学出版社 2015 年版。
周振甫：《文心雕龙今译》，中华书局 1986 年版。
周振甫注：《文心雕龙注释》，人民文学出版社 1981 年版。

朱供罗：《“依经立义”与〈文心雕龙〉的理论建构》，云南人民出版社 2019 年版。
朱文民：《刘勰志》，山东人民出版社 2010 年版。
祖保泉：《祖保泉选集·文心雕龙解说》，安徽教育出版社 2012 年版。

（二）经学类

程树德撰，程俊英、蒋见元点校：《论语集释》，中华书局 1990 年版。
程苏东：《从六艺到十三经：以经目演变为中心》，北京大学出版社 2018 年版。
（清）顾栋高辑，吴树平、李解民点校：《春秋大事表》，中华书局 1993 年版。
（汉）韩婴撰，许维遹校释：《韩诗外传集释》，中华书局 1980 年版。
黄寿祺、张善文：《周易译注》，上海古籍出版社 2004 年版。
姜广辉主编：《中国经学思想史》，中国社会科学出版社 2003 年版。
刘起釪：《尚书学史》，中华书局 2017 年版。
（清）皮锡瑞著，周予同注释：《经学历史》，中华书局 1959 年版。
钱穆：《论语新解》，巴蜀书社 1985 年版。
（清）阮元校刻：《十三经注疏》，上海古籍出版社 1997 年版。
（清）王聘珍撰，王文锦点校：《大戴礼记解诂》，中华书局 1983 年版。
王云五主编，郑玄注，王闿运补注：《尚书大传》，商务印书馆 1937 年版。
王云五主编，朱右曾著：《逸周书集训校释》，商务印书馆 1937 年版。
杨伯峻译注：《论语译注》，中华书局 2006 年版。
杨伯峻译注：《孟子译注》，中华书局 2008 年版。
（宋）朱熹集注，赵长征点校：《诗集传》，中华书局 2011 年版。
［日］竹添光鸿注：《左传会笺》（影印本），四川出版集团·巴蜀书社 2008 年版。

（三）一般古籍

（汉）班固著，颜师古注释：《汉书》，中华书局 1962 年版。

（三国晋）陈寿撰，（宋）裴松之注：《三国志》，中华书局 1959 年版。
（南朝宋）范晔撰，（唐）李贤等注：《后汉书》，中华书局 1965 年版。
（唐）房玄龄：《晋书》，中华书局 1974 年版。
高亨注译：《商君书注译》，中华书局 1974 年版。
（清）顾炎武著，（清）黄汝成集释，栾保群校点：《日知录集释》，中华书局 2013 年版。
何建章注释：《战国策注释》，中华书局 1990 年版。
（汉）桓谭：《新论》，上海人民出版社 1977 年版。
黄晖：《论衡校释》，中华书局 1990 年版。
（清）纪昀：《影印文渊阁四库全书》，（台北）台湾商务印书馆 1986 年版。
黎翔凤撰，梁运华整理：《管子校注》，中华书局 2004 年版。
李步嘉校释：《越绝书校释》，武汉大学出版社 1992 年版。
（宋）李昉：《太平御览》，中华书局 1959 年版。
（清）刘开：《孟涂骈体文》，《丛书集成续编》，（台北）新文丰出版公司 1988 年版。
（清）刘师培：《刘申叔遗书》，凤凰出版传媒集团・凤凰出版社 1997 年版。
刘文典撰，冯逸、乔华点校：《淮南鸿烈集解》，中华书局 1989 年版。
（东汉）刘熙撰，（清）毕沅疏证，（清）王先谦补，祝敏彻、孙玉文点校：《释名疏证补》，中华书局 2008 年版。
（汉）刘向编撰：《古列女传》，中华书局 1985 年版。
（汉）刘向：《说苑》，《四部备要》第 46 册，中华书局 1989 年版。
（清）马国翰：《玉函山房辑佚书》，长沙嫏嬛馆光绪九年（1883）版。
（唐）欧阳询撰，汪绍楹校：《艺文类聚》，上海古籍出版社 1965 年版。
上海师范大学古籍整理研究所编：《困学纪闻》，《全宋笔记》第七编九，大象出版社 2015 年版。
（南朝梁）沈约：《宋书》，中华书局 1974 年版。
（战国）慎到：《慎子》，《四部备要》，中华书局 1989 年版。
（宋）司马光撰，标点资治通鉴小组校点：《资治通鉴》，中华书局 1956

年版。
（汉）司马迁：《史记》，中华书局 1959 年版。
（清）孙诒让撰，孙启治点校：《墨子间诂》，中华书局 2001 年版。
（元）脱脱：《宋史》，中华书局 1977 年版。
汪荣宝撰，陈仲夫点校：《法言义疏》，中华书局 1987 年版。
王琯：《公孙龙子悬解》，中华书局 1992 年版。
王利器：《新语校注》，中华书局 1986 年版。
（清）王先谦撰，沈啸寰、王星贤点校：《荀子集解》，中华书局 1988 年版。
（清）王先慎撰，钟哲点校：《韩非子集解》，中华书局 1998 年版。
（南北朝）魏收：《魏书》，中华书局 1974 年版。
（南朝梁）萧统编，（唐）李善注：《文选》，上海古籍出版社 1986 年版。
（南朝梁）萧子显：《南齐书》，中华书局 1972 年版。
（明）徐师曾撰，罗根泽点校：《文章明辨序说》，人民文学出版社 1965 年版。
徐元诰撰，王树民、沈长云点校：《国语集解》，中华书局 2002 年版。
（汉）许慎撰，段玉裁注：《说文解字注》，浙江古籍出版社 2006 年版。
许维遹撰，梁运华整理：《吕氏春秋集释》，中华书局 2009 年版。
（清）严可均辑：《全上古三代秦汉三国六朝文》，商务印书馆 1999 年版。
（南北朝）颜之推撰，王利器集解：《颜氏家训集解》，中华书局 1993 年版。
杨伯峻：《列子集释》，中华书局 1979 年版。
杨朝明、宋立林主编：《孔子家语通解》，齐鲁书社 2009 年版。
（唐）姚思廉撰：《梁书》，中华书局 1973 年版。
（宋）张君房编：《云笈七签》，天津古籍出版社 1988 年版。
（清）章学诚著，刘公纯标点：《文史通义》，中华书局 1983 年版。
（清）赵翼著，王树民校证：《廿二史札记校证》，中华书局 1984 年版。
赵幼文校注：《曹植集校注》，人民文学出版社 1998 年版。

（四）近人今人著述

蔡钟翔、黄保真、成复旺：《中国文学理论史》，北京出版社1987年版。
曹顺庆：《中外比较文论史》，山东教育出版社1998年版。
陈鼓应注译：《老子今注今译》，商务印书馆2003年版。
陈鼓应：《老子注译及评介》，中华书局1984年版。
陈鼓应注译：《庄子今注今译》，中华书局1983年版。
杜道明：《走向和谐之路——中国的和谐文化与和谐美学》，国防大学出版社2000年版。
郭绍虞主编：《中国历代文论选》，上海古籍出版社2001年版。
赖力行：《中国古代文论史》，岳麓书社2000年版。
李壮鹰主编：《中国古代文论读本》，高等教育出版社2008年版。
孙秋克主编：《中国古代文论新体系教程》，浙江大学出版社2007年版。
孙蓉蓉：《谶纬与文学研究》，中华书局2018年版。
[美] 田辰山：《中国辩证法：从〈易经〉到马克思主义》，萧延中译，中国人民大学出版社2016年版。
吴建民：《经学与古代文论之建构》，南京大学出版社2016年版。
张国庆：《中国古代美学要题新论》，中央编译出版社2010年版。
张国庆：《中和之美——普遍艺术和谐观与特定艺术风格论》，中央编译出版社2009年版。
张文勋：《张文勋文集》，云南大学出版社2000年版。

二　论文

（一）期刊论文

曹顺庆、王超：《论中国古代文论的中国化道路——对“中国文学批评”学科史的反思》，《中州学刊》2008年第2期。
曹顺庆、王庆：《中国传统学术生成的奥秘：“依经立义”》，《中州学刊》2012年第5期。
曹顺庆、王庆：《中国文学理论的话语重建》，《文史哲》2008年第

5 期。
陈朝晖：《北朝儒学教育及其影响》，《齐鲁学刊》1991 年第 6 期。
刁生虎：《依经立义与主体证悟——汉代屈骚阐释的价值取向与解读方法》，《理论界》2006 年第 8 期。
董玲：《也谈百年“龙学”亟需再反思》，《湖北第二师范学院学报》2012 年第 6 期。
傅勇林：《中印欧文化范型的确立及其意义与言说方式的历史形成》，《中国比较文学》1999 年第 2 期。
高林广：《“立体”和“剬范”：〈文心雕龙〉“三礼”批评的意义旨归》，《华中师范大学学报》（人文社会科学版）2011 年第 6 期。
郭明浩、万燚：《“述而不作”与中国阐释学建构》，《云南社会科学》2012 年第 6 期。
黄高宪：《试论〈易传〉对〈文心雕龙〉的影响》，《周易研究》2000 年第 1 期。
李飞：《由六朝任诞风气释“雅颂之博徒”——兼论〈文心雕龙·辨骚〉篇的枢纽意义》，《中国文化研究》2013 年第 2 期。
李建中、张金梅：《依经立义：作为中国文论研究方法的建构》，《思想战线》2009 年第 6 期。
李凯：《“风骨”精神的文化阐释——兼论刘勰〈文心雕龙·风骨〉与儒家思想的联系》，《四川师范大学学报》（社会科学版）2002 年第 5 期。
李平：《20 世纪中国〈文心雕龙〉研究的回顾与反思》，《文艺理论与批评》1999 年第 5 期。
李洲良：《春秋笔法的内涵外延与本质特征》，《文学评论》2006 年第 1 期。
刘绍瑾：《“依经立论”与“文的自觉”——论〈文心雕龙〉理论体系的杂糅与矛盾》，《文心雕龙研究荟萃——〈文心雕龙〉一九八八年国际研讨会论文集》，上海书店 1992 年版。
马宏山：《也谈〈文心雕龙〉的理论体系——与牟世金同志商榷》，《学术月刊》1983 年第 3 期。

马一浮：《论六艺该摄一切学术》，胡晓明、傅杰主编《释中国》1998年第2卷。

牟世金：《"龙学"七十年概观》（上、中、下），《社会科学战线》1987年第3、4期，1988年第1期。

牟世金：《〈文心雕龙〉的总论及其理论体系》，《中国社会科学》1981年第2期。

钱仲联：《文心雕龙识小录》，《文艺理论研究》1985年第1期。

饶宗颐：《刘勰文艺思想与佛教》，《文心雕龙研究专号》，（台北）明伦出版社1971年版。

石了英：《从〈诗〉学到诗学——刘勰〈诗经〉阐释与〈文心雕龙〉诗学理论》，《重庆师范大学学报》（哲学社会科学版）2013年第1期。

童庆炳：《〈文心雕龙〉"杂而不越"说》，《文艺研究》2007年第1期。

童真：《阐释学与中国依经立义的意义生成方式》，《求索》2004年第9期。

魏伯河：《〈文心雕龙·程器〉之干进意图揭秘——兼与张国庆先生商兑》，《中国文化论横》2018年第1期。

张国庆：《〈文心雕龙〉瑕疵辨析》，《上海师范大学学报》（哲学社会科学版）2016年第3期。

张国庆：《儒家的时中精神及其在古代文艺理论中的意义》，《思想战线》1988年第2期。

张金梅：《刘勰"〈春秋〉笔法"论及其文论建构》，《江汉论坛》2011年第11期。

张利群：《中国古代作者创作素质构成论研究——刘勰的"才、气、学、习"说新解》，《江西师范大学学报》2002年第4期。

张文勋：《〈文心雕龙〉的理论体系》，《云南社会科学》1981年第2期。

周兴陆：《刘勰"文德"论新探》，《文艺理论研究》2015年第1期。

朱供罗：《明代徐𤊹〈文心雕龙〉跋语"王孙孝穆"考——兼论〈文心雕龙·隐秀〉补文证伪的一条新线索》，《昆明学院学报》2019年第2期。

朱供罗、郭林红：《魏晋南北朝文论“依经立义”概览》，《文艺评论》2016 年第 11 期。
朱供罗、李笑频：《从征引五经看〈文心雕龙〉的“依经立义”》，《昆明学院学报》2020 年第 2 期。
左东岭：《文体意识、创作经验与〈文心雕龙〉研究》，《文学遗产》2014 年第 2 期。

（二）学位论文

1. 博士学位论文

蔡宗阳：《刘勰文心雕龙与经学》，博士学位论文，（台北）台湾师范大学，1989 年。
李凯：《儒家元典与中国诗学》，博士学位论文，四川大学，2002 年。
毛宣国：《汉代〈诗经〉阐释的诗学研究》，博士学位论文，武汉大学，2007 年。

2. 硕士学位论文

郭明浩：《“述而不作”与中国阐释学》，硕士学位论文，湖北民族学院，2011 年。
张晓峰：《〈尚书〉经传对〈文心雕龙〉的影响》，硕士学位论文，江西师范大学，2008 年。

后　记

2016年6月上旬，国家社科基金资助项目公示，我的"《文心雕龙》'依经立义'研究"幸运获批西部项目，这对我而言具有特殊的意义。在云南众多高校中，许多国家课题项目都和民族、边疆、热点有关，有关传统的、经典的项目，申报成功的似乎要少得多。我的项目能够申报成功，的确给了我很大的信心。它也给我一个启示：只要我们坚持不懈地努力，传统的、经典的项目同样可以申报成功。

在课题研究的过程中，我在博士学位论文《"依经立义"与〈文心雕龙〉的理论建构》的基础上加以拓展，并常常向导师张国庆先生及有关"龙学"专家请益。课题研究得出的基本结论是：《文心雕龙》的"依经立义"现象非常丰富，在理论体系、体制风格、伦理精神、思维模式等方面均有着非常突出的表现；刘勰"依经立义"有历史、现实、自身多方面的原因，"依经立义"也为《文心雕龙》带来了积极与消极两方面的影响。

在课题研究过程中，我有两个感受越来越强烈：一是刘勰的眼界十分宽阔，综览经书、史书、子书、文集诸多方面，可以说《文心雕龙》是了解中国魏晋以前的古代文化、古代历史、古代文学的一扇窗户；二是《文心雕龙》的确十分伟大，其对文学史的通观总览，对历代作家作品的评骘论说，对文学理论的弥纶折中，造就了中国文论史上独一无二的"体大""思精""虑周"之作。

有鉴于此，我应该感谢"《文心雕龙》'依经立义'研究"这个课题。它不仅让我对《文心雕龙》"依经立义"现象有了丰富的立体的感知，让我对作者刘勰的知识、素养、情感等方面有了更多的了解与体验，也让我得以一窥刘宋以前中国古代哲学、历史、文学、文化的整体状貌。也许可以这样说，这个课题为我以及团队成员提供了一次愉快的学术之旅，打开了一扇潜在的学术之窗。

说到感谢，自然首先要感谢我的导师张国庆先生。在我博士学位论文的预答辩和正式答辩两个场合，先生曾两次提醒我，《文心雕龙》的“依经立义”是多方面的，要深入把握精细分析。这直接启发我博士一毕业马上以“《文心雕龙》‘依经立义’研究”为题申报国家课题并最终幸运获得立项。此后，先生在我的项目开题会以及多次交流中反复提醒，“要在‘依经立义’的深度与广度上再加强”。这样的学术指导是非常有益的。现在，我的课题容量已是博士学位论文容量的2 倍以上，但是否符合导师期待，仍心怀忐忑。

我也要感谢我的团队成员。感谢姜晓霞老师，姜老师在我博士学位论文开题时就鼓励我申报国家课题：“今年开题，明年好好做论文，后年申报国家课题就差不多了。”后来的情形还真如她吉言。感谢胡辉兄，胡老师对《文心雕龙》有着深入的了解并写了不少论文，对《文心雕龙》的“诗经观”、作家论，也有长期的关注和系列的成果。感谢李笑频兄长，笑频兄将家传的黄叔琳注、纪昀评《文心雕龙》（民国《四部备要》本）转赠于我，使我感动奋发；其对于西方哲学的理解也让我受益良多。其他的课题成员也对本课题的完成提供了很大帮助。

我也要感谢昆明学院教务处、科研处、计财处、人文学院多方面的支持，尤其是在教学任务比较重的时候，同意我参与“西部青年骨干教师进修项目”从而在首都师范大学访学一年。这样的访学对我的课题结题和学术进步都大有裨益。

我还要特别感谢我在首都师范大学的访学导师左东岭先生。左先生接受我的访学申请，让我得以集中精力完成课题，也让我有机会聆听左先生的《〈文心雕龙〉精读》等课程。左先生还谈到《文心雕龙》的研究空间还很大，学者要想在“龙学”上有所作为，一要细读文本，二是合理质疑。这些都让我大受启发。

要感谢的人还有很多，比如一直鼓励我的詹七一院长、邓瑶院长、孙秋克教授等。当然，我要感谢的人永远少不了一直以来无条件支持我的家人。

最后，让我以一首小诗表达我此刻的心情和感受吧。

读《刘勰传》有感

刘勰高论冠古今，苞举群籍实有因。

为向名山添不朽，十年寺院寄只身。

朱供罗

2022 年 8 月